Aus Freude am Lesen

Weihnachten: Fest der Liebe und der Verstimmungen. Zeit für Aufbrüche und Ausbrüche. Im Norden ist das nicht anders als sonstwo – vielleicht noch ein klein wenig irrer und existentieller, denn wo sich die Landschaft weiß und weit erstreckt, ist im Zweifelsfall auch die Einsamkeit umfassend. Der norwegische Schriftsteller Levi Henriksen beleuchtet sie in seinen Erzählungen, die kleinen Katastrophen und blitzenden Hoffnungsschimmer rund um die Weihnachtszeit. Wie zum Beispiel die beiden Greise, die pünktlich zum Fest aus dem Altenheim flüchten, um sich mit einer Flasche Schnaps im Tiefschnee zu vergnügen. Oder der Zuhälter, der unverhofft in einer Schweinekrippe zu Tode kommt – und ein liebender Ehemann, der sich selbst als Geschenk verpackt, muss lernen, dass die Bescherung anders ausfällt als gedacht...

LEVI HENRIKSEN wurde 1964 in Kongsvinger/Norwegen geboren. Er ist Musiker, Journalist und Autor. Seine ersten Erfahrungen als Schriftsteller sammelte er 1999 mit einem Reisebericht über Alaska. Sein Debütroman »Bleich wie der Schnee« wurde von Norwegens Buchhändlern zum Lieblingsbuch des Jahres gewählt. Mit seinen schrägen Kurzgeschichten zur Weihnachtszeit feiert er in seiner Heimat seit Jahren Triumphe. Eine seiner Erzählungen wurde vom norwegischen Kult-Regisseur Bent Hamer unter dem Titel »Home for Christmas« verfilmt.

Levi Henriksen

Home for
Christmas

Schräge Weihnachtsgeschichten aus Norwegen

Aus dem Norwegischen
von Gabriele Haefs

btb

Die norwegischen Originalausgaben erschienen unter den
Titeln *Bare mjuke pakker under treet (2005)* und *Alt det som
lå meg på hjertet* (2009) bei Gyldendal Norsk Forlag, Oslo.

MIX
Papier aus verantwor-
tungsvollen Quellen
FSC® C083411

Verlagsgruppe Random House FSC-DEU-0100
Das für dieses Buch verwendete
FSC®-zertifizierte Papier *Pamo House*
liefert Arctic Paper Mochenwangen GmbH.

1. Auflage
Deutsche Erstveröffentlichung November 2011
Copyright © Gyldendal Norsk Forlag AS 2005, 2009
Copyright © der deutschsprachigen Ausgabe 2011 by btb Verlag
in der Verlagsgruppe Random House GmbH, München
Umschlaggestaltung: © semper smile, München,
nach einem Umschlagentwurf von Dirk Strödel
Umschlagmotiv: © John Christian Rosenlund
BulBul Film / Pandora Film Produktion © 2010
Satz: Uhl + Massopust, Aalen
Druck und Bindung: CPI – Clausen & Bosse, Leck
MI · Herstellung: BB
Printed in Germany
ISBN 978-3-442-74318-6

www.btb-verlag.de

Besuchen Sie unseren LiteraturBlog www.transatlantik.de!

Für Elisabeth, Leah und Hermann

Bald werden die Engel landen,
bald steht der Morgen in Brand,
wage ich zu sagen, wir haben einander,
legst du die Wange in meine Hand.

Ulf Lundell *Snart kommer änglarna att landa*
(Bald werden die Engel landen)

Inhalt

SONSTIGE GESCHICHTEN

In diesem Jahr nur praktische Geschenke

Die Kinder und ich bekommen zu Weihnachten, was wir uns wünschen. Tone bekommt, was sie verdient.

Es war kein besonders gutes Jahr. Moment, ich fange am besten noch mal an: Es war ein Scheißjahr. Dreiunddreißig war für einen Mann noch nie ein gutes Alter. Jesus wurde ans Kreuz genagelt, ich selbst bin nach Hause gekommen, nur um zu entdecken, dass Tone das Schloss an der Haustür ausgewechselt hatte und nicht daran dachte, mir einen neuen Schlüssel zu geben. Okay, es war ihr Haus. Von ihren Eltern geerbt und so. Und vielleicht hatten wir ja auch nie zusammengelebt, wir hatten nur dasselbe Haus geteilt. Vielleicht bin ich selbst schuld daran, weil ich sie nie zum Traualtar geschleppt habe, womit sie mir anfangs immer in den Ohren gelegen hat. Aber trotzdem, all meine Platten und Bücher waren noch immer da drin, und nicht zuletzt die Kinder: Thorbjørn und Turid. Sechs und vier.

Anfangs sagte Tone, es sei, weil ich viel zu viel weg sei, weil ich die Kleinen zu wenig sähe. Verflucht noch mal, wie selektiv die Frauen sein können, wenn es darum geht, woran sie sich erinnern wollen. Okay, ich war viel auf Achse – an den Wochenenden. Tingelte durch Ostnorwegen und spielte vor mehr Menschen mit Filzhüten und Flanellhemden, als ich es im Grunde genommen selbst wahrhaben wollte. Aber ich bezahlte die Miete und die Raten fürs Auto. Außerdem hatte ich im Großen und Ganzen die Woche über frei. Bis Thorbjørn in die Schule kam, brauchte er mittwochs nicht in den Kindergarten zu gehen, und Turid hatte nur einen Halbtagsplatz.

Am ersten Abend in meinem angemieteten Zimmer blieb ich stehen und betrachtete mich im Spiegel. Ich dachte, vielleicht hat Tone doch Recht. Vielleicht machte ich doch nicht mehr so viel her. Boots und Jeans waren meine Art, mich in Schale zu schmeißen. Das Beeindruckendste an meinem Lebenslauf war eine Single, die es nicht einmal in die norwegischen Charts geschafft hatte. Ich spielte mit dem Gedanken, mir einen Job als Musiklehrer zu suchen, mit festen Arbeitstagen und einmal im Monat Gehalt aufs Konto. Aber das ist so eine Sache: Wenn Frauen anfangen, davon zu reden, dass du dich verändern müsstest, ist es meistens schon zu spät. Niemand ist dir fremder als eine Frau, mit der du das Bett geteilt hast und die sich für einen neuen Mann interessant macht. Genau dieser Gedanke kam mir plötzlich, nachdem ich zu Hause angerufen hatte – oder bei Tone – vor einem Auftritt in Trøgstad.

»Ich hab einen neuen Mann kennengelernt, Lars Roar mit H«, sagte Tone.

»Hä?«

»Lars Roar mit H. Roar spricht sich mit H: H-r-o-a-r«, buchstabierte Tone.

»Mit H?«, fragte ich.

»Er ist neu im Betrieb. Es hat einfach peng gemacht. Ich könnte ihn auf der Stelle heiraten«, sagte Tone, und dann folgte eine Menge Gequatsche, das sie sich für ihre Freundinnen hätte aufsparen können. Ich hatte nicht vor, Tones Freundin zu werden und über Lars Roar mit H zu plaudern, und das sagte ich ihr. Genau da kam das Ganze richtig in Schwung.

Plötzlich wurde ich ein gefährlicher Mann. Tone fühlte sich von mir bedroht.

Eigentlich komisch, denn ich saß nur ein einziges Mal bei der Polizei, während die Russen einen nach dem anderen von meiner Familie umbrachten: Vater, Mutter und meine kleine Schwester.

»Was würden Sie tun«, fragte der Polizist, »wenn die Russen versuchten, Ihren Vater umzubringen, und Sie hätten ein Gewehr?«

»Nichts«, sagte ich. »Ich glaube nicht, dass ich von einer Waffe Gebrauch machen oder gewalttätig werden würde.«

»Und wenn einer Ihre Mutter vergewaltigen würde und anschließend Ihre Schwester dran wäre?«

»Nichts. Ich würde nichts machen!«

Das hab ich gesagt. Natürlich wusste der Polizist ebenso gut wie ich, dass das gelogen war. Ich wurde aber trotzdem als Pazifist eingestuft und kam ums Militär herum. Seitdem kann ich mit gutem Gewissen sagen, dass ich nie etwas von dem, was ich damals heim Verhör behauptet habe, zurückgenommen habe. Was vermutlich ganz leicht ist, solange die Russen auf der richtigen Seite von Pasvikdalen bleiben.

Als ich kam, um meine Sachen zu holen, waren die Kinder bei der Schwiegermutter, und Tone führte sich auf, als ob ich abgehauen wäre. Möglich, dass ich irgendwas nicht kapiert hatte, dass es in diesen Dingen eine Art Psychologie gibt, die ich nicht ganz mitbekommen hatte. Eine Art Verleugnungsmechanismus.

Ihr fiel es jedenfalls leichter, von all den Abenden zu reden, an denen ich »Guitar Town« gesungen hatte, als darauf zu antworten, was der neue Rasierapparat im Bad zu suchen habe. Das Schlimmste war, dass in der Küche ein Käfig mit einem verdammten Wellensittich stand. Ich fragte, ob er den Kindern gehöre. Sie sagte, sie kümmere sich um ihn, während Lars Roar mit H ein Seminar besuche. Ich zeigte meine Abscheu etwas zu offen. Ich tat nichts, um zu verbergen, was ich von einem Kerl halte, der Vögel im Käfig mag. In dem Moment kappte Tone alles, was uns einmal verbunden hatte, und ließ ihren Worten freien Lauf. Es endete damit, dass ich sie bei den Schultern packte und schüttelte, nur um den Wortstrom zu stoppen, um nicht mit anhören zu müssen, wie sie ihr schlechtes Gewissen erleichterte, um nicht mit ansehen zu müssen, wie die Mutter meiner Kinder mit verzerrtem und kantigem Gesicht herumbrüllte. Vielleicht hätte ich zuschlagen sollen. Ja, ich bereue fast, dass ich es nicht getan habe. Es wäre sowieso aufs Gleiche hinausgelaufen.

Jetzt habe ich Thorbjørn und Turid seit sieben Wochen nicht gesehen. Und heute ist Heiligabend. Tone hat gesagt, ich könne die Geschenke für die Kleinen vielleicht irgendwann in der Woche nach Weihnachten abliefern. Sie werde mich wegen der Details noch anrufen.

Meine Rhythmusgruppe und ich haben bei den Pfingstlern gespielt, um auf Weihnachten einzustimmen. Ich habe die ganze Zeit an die Kinder gedacht. An Turids Hand, die sich wie eine Mutter um meinen Zeigefinger schraubte, wenn wir spazieren gingen. An Thorbjørn, der immer zu mir ins Bett kam, wenn er Albträume hatte.

Der Gemeindevorsteher Tordenskiold, den alle nur Donnergroll nennen, kommt hinterher zu mir. Er hat gehört, dass es nicht zum Besten steht. Möchte wissen, wo ich Weihnachten feiern werde.

»Gemeinsam mit den Kindern«, antworte ich.

»Wie schön«, sagt Donnergroll. »Vielleicht wendet es sich zum Guten.«

»Ja«, sage ich. »Alles wird jetzt gut.«

Draußen bleibe ich stehen und rauche eine Zigarette mit dem Bassisten und dem Schlagzeuger. Neben uns steht die Weihnachtskrippe. Donnergroll und die jungen Leute haben sich in diesem Jahr selbst übertroffen. Die Figuren haben fast Lebensgröße und sehen sehr echt aus.

Die Jungs, mit denen ich spiele, sind in Ordnung. Wir halten seit über zehn Jahren zusammen. Für sie ist es ein Hobby. Der Bassist arbeitet in einer Apotheke, der Schlagzeuger ist Journalist bei der Lokalzeitung. Er hat auch herausgefunden, dass Tone, die Kinder und Lars Roar mit H heute Abend auf Skogli sein werden. Wir wünschen uns gegenseitig schöne Weihnachten, und der Bassist steckt mir das Päckchen zu, um das ich gebeten habe.

Den ganzen Tag hat es auf Skogli heftig geschneit, und in der Dämmerung sehen die Häuser am Weg wie spitze, innen beleuchtete Schneepyramiden aus. In den meisten Gärten ist alles beleuchtet, von Fichten und Kiefern bis zu Rosenhecken und Geräteschuppen. Wind und Schneetreiben lassen die Lichterketten blinken, und ich habe das Gefühl, als triebe ich dahin, als stünde ich auf einem Schiffsdeck und sähe zum Land hinüber. Dann finden meine Scheinwerfer wieder die reflektierenden Streifen an den Leitpfosten, und ich blinke mich hinauf zu unserem Haus. Zu Tones Haus.

Ich parke an der abfallenden Seite der Scheune. Ich weiß, dass ich alles auf eine Karte setze. Schließe wieder die Augen und spreche ein kleines Gebet, während ich die Tür zum alten Schweinestall aufschiebe. Same procedure as last year, Miss Sophie? Same procedure as every year, James! Lieber, lieber Gott, blick herab auf mich kleines Menschenkind. Ich öffne die Augen. Das Nikolauskostüm und die Maske hängen an der Wand. Hinten bei der Mistluke kann ich undeutlich den Sack mit den Geschenken erkennen. Ich schalte die Taschenlampe an und stelle sie auf den schmalsten Lichtstrahl ein. Finde die Pakete von Lars Roar mit H für Turid und Thorbjørn. Ich werfe sie zur Luke hinaus, stecke meine in den Sack, ziehe das Nikolauskostüm an und setze die Maske auf, wie ich es die letzten fünf Jahre getan habe. Ich fingere die kleine braune Flasche aus dem Päckchen, das ich von unserem Bassisten bekommen habe, ziehe den Lappen aus der Tasche und probiere, ob sich der Korken herausziehen lässt. Dann heißt es nur noch warten.

Ich denke an den Tag, als wir das Nikolauskostüm drüben in Schweden im Spargrisen von Charlottenberg kauften. Wir hatten drei Tragetaschen voll Fleisch und so viel Wein und Bier über die erlaubte Menge hinaus dabei, dass wir uns auf Schleichwegen aus der EU herausstahlen.

Es war Thorbjørns zweites Weihnachtsfest, und als wir nach Hause kamen – ich glaube, es war am Tag vor Heiligabend –, wollte ich nur schnell das Kostüm anprobieren. Tone war gerade mit dem Stillen fertig und hatte Thorbjørn in die Wiege gelegt, als ich wie ein Mannequin in die Stube stolziert kam. Ehrlich gesagt, ich weiß nicht, wie es passiert ist oder wer den ersten Schritt machte, aber plötzlich hatte sie mich aus der roten weiten Hose geschält, und wir waren auf dem Fußboden vor dem ungeschmückten Baum zugange. Wenn ich jemals so etwas wie experimentierfreudigen Sex erlebt habe, dann da. Einen Augenblick hatte ich das furchtbare Gefühl, hinter der Nikolausmaske zu ersticken, dann glitt Tone auf eine Art und Weise unter mich, wie sie es nie zuvor getan hatte, und alles war nur noch Bewegung.

Hinterher waren wir beide verlegen, aber am nächsten Tag

lachten wir, als wir versuchten, der Maske einen neuen Bart anzukleben. Seit dem Abend erinnert der, der mit den Geschenken zu uns nach Hause kommt, eher an einen ziegenbärtigen Rassisten aus einer Grungeband als an den Mann vom Nordpol.

Die Außentür klappt, ich schraube den Korken von der Flasche, kippe einen Schwung auf den Lappen und bin bereit. Habe zu Hause geübt. Weiß genau, was ich tun muss. Ich nehme den Lappen in die linke Hand, damit ich ihn mit der rechten festhalten kann. Ich brauchte eine Weile, bis ich mir das ausgedacht hatte, aber im Grunde ist es sehr logisch. Ich bin Rechtshänder und habe die meiste Kraft im rechten Arm. Das Einzige, was ich nicht völlig unter Kontrolle habe, ist die Größe von Lars Roar mit H. Wenn er viel größer oder kleiner als ich sein sollte, könnte es schwierig werden, ihn zu packen.

Er ist fast genauso groß wie ich. Ich packe ihn, als er das Licht einschalten will. Er zappelt, schafft es, den Kopf zu drehen, aber als er sieht, wer ihn überfällt, scheint er aufzugeben. Lars Roar mit H ist wie eine Forelle. Eine Forelle ergibt sich, wenn du sie aus dem Wasser gezogen hast. Ein Flussbarsch zappelt immer weiter, bis ihm das Genick gebrochen wird. Flussbarsche waren mir immer am liebsten. Forellen werden überbewertet.

Nachdem er ganz ruhig geworden ist, bette ich ihn auf den Heuballen, die noch immer hier liegen, in die stabile Seitenlage. Breite die alten Schlafsäcke über ihn, die Thorbjørn und ich benutzt haben, als wir im Frühling hier übernachteten. Einen Augenblick bleibe ich stehen, die Hände um seinen Hals gelegt. Zähle langsam bis zehn, während ich überlege, wie es sich wohl anfühlen würde, wenn ich zudrückte. Ich ziehe die Maske leicht vom Gesicht, warte, bis das Herz wieder normal schlägt, nehme dann den Sack auf und öffne die Tür. Draußen hat es aufgehört zu schneien. Mir fällt eine Zeile aus einem schwedischen Lied ein. »Nun löscht Gott das Licht, nun entzünden wir es. Die Gefangenschaft ist vorbei, die Freiheit beginnt.« Es ist umgekehrt, denke ich. »Nun löschen wir das Licht, nun entzündet Gott es«, aber das andere passt gut. Schon bin ich über den Hof, die Treppe hinauf und zur Tür hinein.

»Ho, ho, ho, gibt es hier artige Kinder?«, frage ich brummend. Der Duft von fetten Rippchen und Kümmelkohl dringt durch die Nikolausmaske und erinnert mich daran, dass ich seit Mittag nichts gegessen habe. Ein Gefühl, als ob der Magen mit einem Löffel ausgehöhlt worden wäre.

Thorbjørn kommt mit einem jubelnden »Ja!« angelaufen und umklammert mein Bein, als wollte er mich überwältigen. Turid ist zurückhaltender, bleibt in der Türöffnung zum Wohnzimmer stehen und kaut auf ihrem Zopf. Ich knie mich hin und hole eines der Pakete hervor, das ich für sie gekauft habe. Vielleicht ist es das Muminhaus.

»Bist du Turid?«, frage ich und muss husten. Ich bin es nicht gewohnt, in einer so tiefen Stimmlage zu sprechen. Sie nickt.

»Meine Helfer haben mir gesagt, dass du in diesem Jahr sehr brav gewesen bist«, sage ich, und sie kommt näher und drückt mich genau in dem Augenblick, als Tone den Kopf aus dem Zimmer steckt und fotografiert.

»Hallo, Weihnachtsmann!«, sagt sie. »Es sieht so aus, als ob du heute schon weit gegangen wärst. Willst du nicht in die Stube kommen und dich ein bisschen ausruhen?«

»Ja, gerne«, sage ich, und mir kommen die Tränen, als Turid mich bei der Hand nimmt. Thorbjørn schiebt hinten am Sack, und wie ein dreiköpfiger Troll bewegen wir uns ins Haus hinein. Der Weihnachtsbaum steht zwischen den Fenstern statt in der Ecke, und Mamas Adventsstern, der sonst im Fenster hing, ist gegen einen elektrischen Kerzenständer ausgetauscht worden. Sonst sieht es genauso aus wie letztes Mal, als ich hier Weihnachten gefeiert habe.

Tone ist ein wenig verdutzt, als Turid das Muminhaus auspackt, und ich beeile mich, meiner Tochter eines von Tones Päckchen zu geben. Ein weiches. Sicher etwas Vernünftiges. Thorbjørn hat das Papier von einem Buch über Davy Crockett gerissen, und ich achte darauf, dass er noch etwas von seiner Mama bekommt. Viele sagen, Thorbjørn sei eine genaue Kopie von mir aus der Zeit, als ich eingeschult worden bin. Auf so was habe ich früher nie recht geachtet, aber jetzt sehe ich deutlich, dass er dieselbe Haarfarbe hat und diesen Wirbel auf der Stirn, der die Haare zu Berge stehen lässt wie ein Horn.

Doch warum ich mich in den Schenkel kneifen muss, um nicht laut zu flennen: Ich weiß nicht, ob ich dies noch einmal erleben werde. Und als Turid so weit aufgetaut ist, dass sie näher kommt und sich auf meinen Schoß setzt, wünsche ich mir, dass Gott mein Licht ausblasen möge. Hier, heute Abend. Jetzt. Dass er mich einfach heimholen könnte. Dass er meiner Seele Flügel verleihen könnte und mich davonschweben lassen wie den Engel von Bethlehem, hinauf zu Mama, Großvater, Johnny Cash und all den anderen, die vor mir die goldene Leiter hochgestiegen sind. Aber Gott verleiht meiner Seele keine Flügel. Nicht jetzt. Turid springt von meinem Schoß, und als ich vom Stuhl aufstehe, bleibt ihre Wärme auf meinem Schenkel, als wäre ich eine Wand und sie die Sonne.

Ich weiß: An diesen Augenblick werde ich mich mein ganzes Leben lang erinnern. Ich werde ihn mit in meinen Kiefernsarg nehmen. Was auch immer geschieht, ich habe es geschafft, mir meine Kinder am Heiligabend für ein paar

Minuten zurückzustehlen. Der Vater zu sein, der ich immer gewesen bin. Es gibt etwas auf das Holzkreuz zu schreiben, unter dem ich einst liegen werde: »Er gab alles für seine Kinder.«

Ich gehe in die Küche. Tone rührt die Reiscreme. Ich umarme sie von hinten, freue mich, dass der Wulst um ihre Taille gewachsen ist, und als ich ihre Brüste liebkose, könnte ich schwören, dass sie schon ein wenig herunterhängen. Sie dreht sich um, die Zunge wie ein rohes Stück Fleisch zwischen den Zähnen, als sie die Hand in meine Weihnachtsmannhose steckt.

»Später, Weihnachtsmann«, sagt sie, und ich nicke nur. Fühle nichts. Es könnte genauso gut ein Arzt sein, der meine Pobacken umfasst hält.

»Der Weihnachtsmann muss auf die Toilette«, sage ich, und Tone lächelt.

Ich mache, dass ich schnell nach oben komme. Greife mir den Käfig mit dem Wellensittich, der auf einem Tisch am Fuß der Treppe steht. Öffne den Käfig und bekomme den Vogel zu fassen. Im Bad finde ich in der Hausapotheke eine Rolle mit Klebeband, und langsam und sorgfältig klebe ich die Flügel am Körper fest. Was nicht leicht ist. Der Wellensittich zappelt und hackt mich mehrmals in die Finger, aber schließlich ist er ordentlich mit Klebeband umwickelt. Ich öffne den Deckel und werfe den Vogel ins Klo. Der Wellensittich versucht herauszuklettern, findet aber an dem glatten Porzellan keinen Halt, bleibt liegen und schwimmt mit den Beinen nach oben. Ich ziehe die Spülung. Die Vogelaugen sehen aus wie große ungemahlene Pfefferkörner, ehe sie verschwinden.

Im Wohnzimmer drücke ich die Kinder länger an mich, als ich dürfte. Tone kommt aus der Küche, ich brumme, dass ich weiter müsse, und bin zur Tür hinaus – wieder aus ihrem Leben.

Im Schweinestall lade ich mir Lars Roar mit H auf die Schulter und lege das Bündel auf den Rücksitz des Chevys. Eigentlich hatte ich vor, ihm vorher das Nikolauskostüm anzuziehen, will aber nicht riskieren, dass Tone rauskommt. Ich entwische bergab in Richtung Skogli. Im Dunkeln hinter der stillgelegten Skifabrik halte ich an. Ziehe Lars Roar mit H mühsam das Kostüm über und bekomme plötzlich Stiche vor lauter Panik, weil ich befürchte, er sei tot. Dann spüre ich, dass der Puls gleichmäßig schlägt. Er schläft nur. Er wird bis weit nach dem Frühstück am ersten Feiertag schlafen. Vor der Pfingstkirche halte ich an und ziehe ihn aus dem Auto. Hin zur Krippe. Muss Josef und den einen Esel leicht zur Seite schieben, bevor ich ihn hingesetzt bekomme, den rechten Arm um das Jesuskind gelegt. Zum letzten Mal vergewissere ich mich, dass er keine Papiere bei sich hat, dann gieße ich ihm ein bisschen Wodka in den Mund, passe aber auf, dass alles wieder rausläuft, damit er nicht erstickt. Ich begieße das Nikolauskostüm gehörig, gehe über den Kirchplatz und setze mich in den Chevy. Schiebe eine CD ein.

»Hey pretty baby, are you ready for me,
it's your good rockin' daddy down from Tennessee.«

Dann wähle ich die Nummer der Polizei und drehe die Lautstärke runter, als ich durchkomme.

»Vor dem Gebetshaus in Skogli schläft ein Besoffener in der Weihnachtskrippe. Ich glaube, ihm muss der Magen ausgepumpt werden«, sage ich.

Dann lege ich auf und trete das Gaspedal durch, ab in Richtung Schweden. Über mir hängen die blinkenden Lichtkreuze der Flugzeuge im Luftkorridor von Gardermoen. Ich denke mir, dass ich froh bin, nicht einer der Heiligen Drei Könige zu sein. Dass es heute so viele Lichter gibt. Dass es so viele Arten gibt, in die Irre zu gehen.

Übersetzt von Ruth Stöbling und Gabriele Haefs

Hoch droben singt jubelnd der Engelein Chor

Zu Weihnachten macht man schnell mal etwas falsch. Mama sagt, das liegt daran, dass ich wachse. Beim Luzia-Umzug in der Schule im vorigen Jahr hatte Lehrer Nilsen sich in den Kopf gesetzt, dass auch ein Wichtel mitgehen müsste, und das war natürlich ich. Alles ging gut, bis in der 3 B mein Bart Feuer fing und Lehrer Nilsen ihn mir abreißen und darauf herumspringen musste. Die anderen Jungs fanden es mutig von mir, dass ich nicht geschrien habe. Aber ich war einfach nur so außer Atem, genau wie am Ersten Weihnachtstag vor zwei Jahren, als ich Mamas Freund mit meinem neuen Radschlitten angefahren habe und er sich beim Sturz das Bein gebrochen hat. Nachdem er dann aus dem Krankenhaus entlassen worden war, hat er uns nur noch zweimal besucht. Mama sagt, dass er jetzt in Bergen wohnt. Im vorigen Jahr wurden übrigens beim Luzia-Umzug zum letzten Mal richtige Kerzen benutzt.

In diesem Jahr sollen wir die Geburt Jesu aufführen, und weil ich in den Musikkurs gehe und gern singe, spiele ich Josef. Ich kriege oft die Hauptrollen, wenn wir in der Schule Theater spielen. Manchmal ziehen die anderen Jungs mich dann auf, und ich glaube, sie sind nur neidisch, aber in diesem Jahr hat keiner was gesagt. Jedenfalls nicht, nachdem sie Lehrer Nilsens Esel gesehen hatten. Lehrer Nilsen war mehrere Abende hintereinander im Werksaal beschäftigt und gestern hat er dann dieses Vieh angeschleppt, das ich mit Mona Silvana auf seinem Rücken ziehen soll. Lehrer Nilsen erzählte stolz, dass er einen ausrangierten Arbeitstisch benutzt hat. Er hat ihn in zwei Teile gesägt, den einen mit Sackleinen bespannt und mit Stoff- und Wollresten beklebt. Einige von den Jungs flüsterten, das sehe aus wie die trächtige Kuh, die wir voriges Jahr beim Schulausflug auf dem Bauernhof gesehen haben, aber ich fand, es sah eher aus wie mein alter Teddy, nachdem ich ihn in der Tür zerquetscht und Mama ihn wieder zusammengenäht hatte.

Jetzt dauert es nur ein paar Minuten, dann geht das Stück los, und alle Eltern sitzen schon da. Durch den Vorhang habe ich eben Mama entdeckt. Sie trägt den roten Mantel und die hohen schwarzen Stiefel, nach denen die Männer sich im Einkaufszentrum immer umdrehen. Mama hat Zöpfe. Ich habe hier noch nie eine andere Mutter mit Zöpfen gesehen.

Lehrer Nilsen wandert umher und reicht uns allen die Hand, genauso wie im Fernsehen der König nach dem Fußballendspiel im Herbst. Ich werde ganz besonders nervös, als er zu mir kommt, nicht weil der Esel aussieht wie eine dicke Kuh oder ein zerquetschter Teddybär, sondern weil Mona Silvana ziemlich groß ist. Ich habe Angst, dass sie vielleicht so viel wiegt, dass ich nur noch keuchen werde, statt meinen Text aufzusagen. »Atmen, atmen, atmen«, predigt mein Musiklehrer gern, »ist immer des Sängers bester Freund.«

Dann schiebt Lehrer Nilsen Schafe, Hirten und Herbergsleute auf die Bühne und tritt vor den Vorhang. Ich versuche, Mona Silvana anzulächeln, aber die ist zu sehr darauf konzentriert, nicht die Jesuskindpuppe fallen zu lassen, die sie unter ihrem Umhang woandershin schieben musste, als sie auf den Esel gestiegen war. Ich höre fast kein Wort davon, was Lehrer Nilsen sagt, außer: »Meine Damen und Herren, die 4 C, Josef, Maria und das Jesuskind!«

In dem Moment, als der Vorhang hochgeht, weiß ich, dass wir ein Problem haben. Nicht, dass Mona Silvana zu schwer ist – Lehrer Nilsen hat unter die Eselsbeine Filz geklebt, und deshalb gleitet der Esel ganz leicht über den Bühnenboden –, nein, mir geht es eher um die Geräusche, die wir auf dem Weg nach Bethlehem und zur ersten Herberge von uns geben. Es knarzt wie eine Hollywoodschaukel voller Großmütter.

»Hier-komme-ich-um-mich-schätzen-zu-lassen-meine-Verlobte-ist-schwanger-habt-Ihr-Platz-in-Eurer-Herberge?«, frage ich ganz schnell und will schon hinzufügen: »Nein, leider nicht.« Der Esel knarzt jetzt nicht nur, er kracht ganz laut und ist in der Mitte zusammengesunken, so dass Mona Silvanas Beine über den Boden schleifen.

»Hier-komme-ich-um-mich-schätzen-zu-lassen-meine-Verlobte-ist-schwanger-habt-Ihr-Platz-in-Eurer-Herberge?«, brülle ich, und diesmal kann der Herbergswirt mit der Antwort nicht einmal anfangen, ehe ich zum Stall weiterjage. Ich brauche alle meine Kräfte, es sind nur noch zwei, drei Schritte, dann hört es sich an, als ob hinter mir eine Lawine herunterbricht, der Esel wird seltsam leicht, und ich falle auf die Nase. Als ich mich umdrehe, sehe ich Mona Silvana auf dem Boden liegen, sie hat das Jesuskind unter sich, und der Kopf der Puppe kullert wie eine kleine Mohrrübe über den Boden. Ich merke, dass ich keine Luft bekomme, und ich versuche ganz schnell, mich von der Bühne zu rollen.

Mona Silvana fängt an zu weinen. Nicht nur zu weinen, sie schreit wie am Spieß.

»Atmen, atmen, atmen«, denke ich, lasse den Kopf des Jesuskindes weiterkullern und komme auf die Beine. Trete mitten auf die Bühne und fange an zu singen: »Zu Bethlehem geboren ist uns ein Kindelein, das hab ich auserkoren, sein Eigen will ich sein.«

Ich kann gerade noch sehen, dass Mama einstimmt, dann senkt sich der Vorhang, und jetzt kommen auch mir die Tränen. Ich schluchze so sehr, dass ich kein Wort herausbringen kann. Das bessert sich erst, als Mama hinter die Bühne kommt und findet, ich sei der beste Sänger auf der ganzen Schule.

»Weihnachten ist nichts für mich, dann geht immer alles schief. Das ist ungerecht«, sage ich, gerade als Lehrer Nilsen angelaufen kommt und meinen Kopf streichelt.

»Håkon, tut mir leid. Das war meine Schuld. Der Esel war nicht gut genug zusammengesetzt. Nicht weinen, du hast das sehr schön gemacht«, sagt Lehrer Nilsen und scheint selber mit den Tränen zu ringen.

»Niemand war schuld. Alle haben sich große Mühe gegeben. Ich habe noch nie bei einem Krippenspiel so schöne Kulissen gesehen«, sagt Mama und streichelt tröstend Lehrer Nilsens Arm. Lehrer Nilsen sagt nichts, sieht aber etwas weniger unglücklich aus. Er ist im vorigen Schuljahr aus Fredrikstad hergezogen und wohnt allein in einem Keller am anderen Flussufer.

Lehrer Nilsen liebt das Theater sehr, und montags erzählt er oft von Stücken, die er in Oslo gesehen hat, und dann geht es nicht um »Jim Knopf und Lukas, der Lokomotivführer« oder »Karlsson vom Dach«. Nein, ich glaube, er findet Stücke am schönsten, die sich nur so anhören, als ob sie für Kinder wären. »Ein Puppenheim« ist das Beste, was Lehrer Nilsen je gesehen hat, aber das Angebot hier in der Stadt gefällt ihm nicht. »Die Schaufensterpuppen im Kaufhaus hier sind doch viel lebendiger«, hat er einmal über die Schauspieler hier am Theater gesagt.

»Mama hat auch Theater gespielt, sie ist total gut. In der Zeitung hat gestanden, dass sie Ähnlichkeit mit Marilyn Manson hat«, sage ich.

»Monroe«, sagt Mama und stupst mich an. »Und das ist jetzt ewig her, Håkon, und alle waren gleich gut.«

»Was habt ihr denn gespielt?«, fragt Lehrer Nilsen und sieht ein bisschen weniger traurig aus.

Mama erzählt etwas über eine Straßenbahnendstation, aber dann wird hinter uns wieder losgeweint. Ich glaube, diesmal ist es Mona Silvanas kleiner Bruder.

Die, die noch vor wenigen Minuten meine Verlobte war, starrt mich wütend an, als ob ich den Esel ganz bewusst ruiniert hätte. Lehrer Nilsen bittet um Entschuldigung und geht zu den anderen hinüber.

»Sollen wir im Café ein Stück Kuchen essen, ehe wir nach Hause gehen?«, fragt Mama und fängt an, meine Sachen zusammenzusuchen.

»Ja, wenn ich Kakao kriege«, sage ich, und dann kommt etwas aus meinem Mund, was ich mir noch gar nicht richtig überlegt habe.

»Können wir nicht Lehrer Nilsen zu Heiligabend einladen?«

»Was?«, fragt Mama und hört auf, meinen Kittel in meine Tasche zu stopfen.

»Du hast doch gesagt, dass wir allein sind, weil Oma zum Onkel nach Harstad fährt.«

»Ja, aber deshalb können wir doch nicht deinen Lehrer einladen. Der hat bestimmt andere Leute, die er besuchen kann.«

»Lehrer Nilsen ist sehr nett«, sage ich.

»Ja, bestimmt«, sagt Mama, und dann ist Lehrer Nilsen wieder da. Er schiebt sich die Haare aus den Augen und stopft sich hinten das Hemd in die Hose.

»Waren Sie Blanche?«, fragt er.

Mama nickt.

»Sie waren sicher eine sehr gute Blanche.«

»Das war nur so eine Theatergruppe, die wir hatten, als ich studiert habe«, sagt Mama, aber ich kann sehen, dass sie sich freut.

»Tennessee Williams ist mein amerikanischer Lieblingsautor«, sagt Lehrer Nilsen.

»Haben Sie Lust, Heiligabend zu uns zu kommen?«, frage ich.

»Was?«, fragt Lehrer Nilsen, und ich weiß nicht, ob er lächeln will oder jetzt wieder traurig wird.

»Haben Sie Lust …«

»Herr Nilsen will sicher nach Hause«, sagt Mama und lächelt ihr Jetzt-gibt's-doch-keinen-Kuchen-Lächeln.

»Nein, das mache ich erst nach den Feiertagen, aber ich kann doch nicht Ihr Familienessen stören.«

»Wir sind nur zu zweit, Oma ist in Harstad«, sage ich. Mama und Lehrer Nilsen reden wild durcheinander, dann verstummen sie gleichzeitig.

»Können Sie nicht kommen, bitte?«, sage ich, und Lehrer Nilsen schaut Mama an.

»Ob ich für zwei oder für drei koche, spielt doch keine Rolle«, sagt sie.

»Ja, danke, aber wenn es nicht …«

»Hurra«, sage ich. »Dann können wir uns zusammen die alten Filme im Fernsehen anschauen.«

»Ja, wenn es Herrn Nilsen recht ist«, sagt Mama.

»Aron«, sagt Lehrer Nilsen.

Mama sagt nicht sofort etwas. Wir verlassen die Aula und gehen zum Einkaufszentrum, aber ich kann dem Klappern ihrer Absätze anhören, dass sie ein bisschen sauer ist.

»Du hast doch gesagt, es wäre ein wenig traurig, am Heiligen Abend allein dazusitzen«, sage ich.

»Aber ich hatte nicht vor, deinen Lehrer einzuladen.«

»Lehrer Nilsen ist sehr nett«, sage ich noch einmal und füge hinzu: »Ihr findet doch das Theater toll und habt im selben Monat Geburtstag. Und man kann doch gut mit ihm reden.«

»Sicher«, sagt Mama. »Bestimmt kann man gut mit ihm reden, ich will nur hoffen, dass es nicht den ganzen Abend Schulgerede sein muss.«

Ich will wieder etwas vom Theater sagen, aber dann geht mir auf, was ich angerichtet habe. Zuerst kommen nur Tränen, aber am Ende schluchze ich so sehr, dass ich keine Luft mehr kriege.

»Aber lieber Håkon, ich bin nicht böse. Herr Nilsen, Aron, kann gerne kommen. Das macht doch nichts. Das wird sicher lustig«, sagt Mama und nimmt mich in den Arm. Ich kann nicht sofort antworten. Muss sie ganz fest an mich drücken, damit mein Schluchzen verstummt.

»Das ist es nicht«, sage ich. »Aber ich hab für das Jesuskind alles kaputtgemacht. Das ist doch nie in den Stall gekommen.«

»Denk da nicht dran, alle wissen schließlich, wie die Geschichte weitergegangen ist.«

»Nö. Mona Silvanas Bruder und die anderen kleinen Geschwister haben das Stück vielleicht noch nie gesehen. Und jetzt glauben sie vielleicht nicht an Jesus, sie haben doch nicht gesehen, wie er geboren worden ist. Ich hab Weihnachten total ruiniert.«

»Lieber Håkon«, sagt Mama noch einmal. »Wenn diese Kinder nicht an Jesus glauben wollen, dann ist das nicht deine Schuld.«

»Papa hat dafür gesorgt, dass ich nicht mehr an den Weihnachtsmann glaube. Wenn ich nicht gesehen hätte, wie er sich verkleidet hat, würde ich vielleicht noch immer an ihn glauben.«

Ich bleibe einfach im Bett liegen, als ich am Heiligen Abend aufwache. Unten im Erdgeschoss kann ich Mama hören. Bestimmt werden im Fernsehen schon Zeichentrickfilme gezeigt, aber ich ziehe die Decke wieder ganz hoch. Das haben Papa und ich immer am Heiligen Abend gemacht, in dem großen Doppelbett, während wir uns darauf gefreut haben, dass Mama uns Kakao und Schmalzkringel bringt. Der Baum war schon am Vorabend geschmückt worden, und ich fand es wunderbar, ganz lange mit dem Arm um Papas Hals dazuliegen und zu wissen, dass unten Weihnachten auf uns wartet. Papa war so warm. Mama schläft immer in Schlafanzug und Wollsocken. Papa war immer nackt.

Ich weiß noch, wie ich einmal gefragt habe, warum er ein Loch mitten auf dem Bauch hätte. Papa sagte, da hätten die Deutschen ihn angeschossen. Das fand ich spannend. Ich hab den Krieg immer schon toll gefunden, und ich baue schrecklich gern Modelle von Kriegsflugzeugen.

Erst nach seinem Tod habe ich entdeckt, dass ich auch einen Nabel habe, und Mama hat mir erzählt, dass Papa sieben Jahre nach Kriegsende geboren worden war. Jetzt macht niemand mehr Witze mit mir.

Die beiden Freunde, die Mama nach Papas Unglück gehabt hat, haben mit mir geredet wie die Lehrer in der Schule. »Håkon, wie heißt die Hauptstadt von Schweden?« So ungefähr haben sie geredet. Und wenn ich dann Kuala Lumpur geantwortet habe (dieses Wort sage ich schrecklich gern), dann hat keiner gelacht, keiner hat Witze gemacht.

buchhandlung ADAM

Am Kurpark 20
82467 Garmisch-P.
Tel. 08821-57375

Quittung

Barverkauf

Q 394951

11.11.2011 10:35:53

Titel Autor ISBN	E-Preis	Menge	MwSt. G-Preis
Home for Christmas			7 %
Henriksen, 97834427431	9,99	1	9,99
Enigma. Das Buch der Rätsel			7 %
Mazza, 97838094271	14,99	1	14,99
Summe netto		2	23,35
MwSt 7%			1,63
MwSt 19%			0,00
Summe			**24,98**

Vielen Dank für Ihren Einkauf

Online - Shop www.buch-adam.de

St.Nr. 119/217/70344 FA Garmisch

UID DE 193161929

Immer wenn ich etwas sagen wollte, dann sahen sie mich an, als ob jetzt etwas schrecklich Erwachsenwichtiges kommen müsste, obwohl ich vielleicht einfach Mama um ein Butterbrot bitten wollte.

Lehrer Nilsen ist anders. Er behandelt mich nicht wie einen Erwachsenen. Er macht Witze, wenigstens manchmal. Einmal, als wir für das Krippenspiel geübt haben, hat er mich »Little Lord Fauntleroy« genannt. Ich habe keine Ahnung, wer das ist, aber der Name gefällt mir. Er ist fast so schön wie Kuala Lumpur.

Ich springe aus dem Bett und laufe Mama fast über den Haufen, als sie mit Kakao und Schmalzkringeln die Treppe hochkommt.

»Willst du nicht im Bett essen?«, fragt sie.

»Im Wohnzimmer«, rufe ich und renne die Treppe hinunter.

Mama kommt hinterher und stellt den Kakaobecher und die Untertasse mit den Schmalzkringeln auf den Couchtisch.

Solange ich mich zurückerinnern kann, hat Mama für mich immer einen riesengroßen Schmalzkringel gemacht, wenn sie für Weihnachten gebacken hat. Jetzt backt sie keine Plätzchen mehr, nur noch Schmalzkringel. Mama sagt, dass der Schmalzgeruch sie in Weihnachtsstimmung bringt. Ich finde, es riecht wie Tierfutter, und dann zischt es so scheußlich, wenn sie die Kringel ins Schmalz fallen lässt. Es gibt noch einen Geruch, den Mama zu Weihnachten braucht. Hyazinthen. Solche weißen kräuseligen Palmenblumen, die ganz stark nach Mädchenparfüm riechen.

Ich gehe mit den Schmalzkringeln und dem Kakao zum Sessel am Fenster und sehe, dass Mama zwei Hyazinthen auf die Fensterbank gestellt hat.

Über Nacht hat es ein bisschen geschneit, und auf der anderen Straßenseite schippt der Vater von Fredrik aus meiner Klasse neben seiner Auffahrt Schnee zu spitzen Haufen.

Papi hatte einen Schneepflug, mit dem er den Hofplatz geräumt hat, aber den hat Mama verkauft, weil er so groß und schwer war. Sie sagt immer, dass sie einen neuen kaufen will, aber dazu ist sie noch nicht gekommen. Deshalb muss ich die Treppe fegen und den Weg zum Briefkasten freischaufeln, und einer der Nachbarn hilft bei der Straße zum Haus.

Papa fehlt Mama sehr. Nicht nur beim Schneeschaufeln, sondern auch bei allem, wozu Eltern sich sonst gegenseitig brauchen, glaube ich. Wenn ich nachts manchmal zum Pipi-machen aufstehe, dann sehe ich sie mit übereinandergeschlagenen Armen am Wohnzimmerfenster. Sie erinnert mich dann an Fredriks Mama, wenn die fröstelnd zum Rauchen auf der Treppe steht. Mama raucht nicht.

Papa und Mama haben viele Jahre gebraucht, um mich zu bekommen. Papa hat gesagt, ich käme aus der Retorte, genau wie Frankensteins Monster. Als ich wissen wollte, wer dieser Frankenstein ist, hat Mama gesagt, er solle keinen Unsinn reden.

»Wir brauchten eben eine Retorte«, sagte sie.

»Wozu denn?«, fragte ich.

Mama sagte es hätte eben ganz besonders lange gedauert, bis ich geboren wurde, und deshalb hätten sie mit Torte gefeiert.

»Ich wette, dass Lehrer Nilsen ganz toll Schnee schaufelt«, rufe ich Mama zu, die am Herd beschäftigt ist.

»Mmmm.«

»Er hat richtige Muskeln. Das hab ich im Sportunterricht gesehen«, füge ich hinzu, und das stimmt auch ein bisschen.

Jedenfalls habe ich ihn gesehen, denn Lehrer Nilsen ist Vertretungslehrer, und wenn der richtige Sportlehrer krank ist, dann gibt er Sportunterricht.

Mama gibt keine Antwort, sondern knallt die Backofentür zu und kommt mit den Händen hinter dem Rücken ins Wohnzimmer.

»Welche Hand willst du?«, fragt sie.

Ich zeige auf die Hand mit der Armbanduhr. Nichts!

»Pech«, sagt sie und will sich schon umdrehen.

»Mama, wirklich«, sage ich. »Für so was bin ich jetzt zu groß.«

»Dann bist du vielleicht auch zu groß, um schon morgens ein Geschenk zu bekommen?«

»Nööö, so groß bin ich auch wieder nicht«, sage ich, und sie reicht mir ein flaches, viereckiges Paket. Ich reiße das Papier herunter. Ein Bausatz für eine Messerschmitt BF 109. Das ist der tollste Jäger aus dem Krieg.

Als der Fernsehansager nach den Disneyfilmen allen am Fernseher fröhliche Weihnachten wünscht, habe ich fast nichts mitbekommen, obwohl das sonst zu Heiligabend meine Lieblingssendung ist. Die meiste Zeit habe ich im Sessel am Fenster gesessen und mir alle Autos angesehen, die vorüberfahren, aber Lehrer Nilsen kommt zu Fuß.

»Mama, Mama», rufe ich und wir gehen beide in den Gang, um Lehrer Nilsen zu begrüßen. Wenn ich er wäre, würde ich jetzt sagen, dass Mama sehr hübsch ist. Niemand in der Klasse hat so eine hübsche Mama, ja, ich glaube, heute habe ich die hübscheste Mama von der ganzen Schule. Sie trägt einen weißen flauschigen Pullover und einen roten Rock, der ihr gerade über die Knie reicht. Die Haare hat sie sich hinter die Ohren gebürstet, und ich bin froh, dass sie keine Zöpfe hat. Dann wirkt sie so mädchenhaft. Lehrer Nilsen sieht in der Schule bestimmt genug Mädchen. Ich frage mich, ob er ihr die Hand küssen wird, wie im Film.

Lehrer Nilsen öffnet die Tür. Will etwas zu Mama sagen, dann geben die Beine unter ihm nach, genau wie eben bei Bambi im Fernsehen. Er landet seitlich auf der einen Tüte. Unter jedem Schuh hat er eine dicke Schneesohle.

»Alles in Ordnung? Hast du dich verletzt?«, fragt Mama.

»Wir haben keinen, der für uns Schnee schaufelt, schon fast ein Jahr nicht«, sage ich.

»Håkon fegt sonst immerhin die Treppe, aber heute hat er das wohl vergessen«, sagt Mama und runzelt die Stirn, als sie mich ansieht.

»Das macht doch nichts. Mir ist nichts passiert«, sagt Lehrer Nilsen, aber als er nun wieder steht, sieht er kleiner aus als im Klassenzimmer. Er reicht Mama einen in Papier gewickelten Blumenstrauß und hängt die andere Tüte an die Türklinke.

Mama hat den Tisch schön geschmückt, mit weißen und roten Servietten, Weihnachtstellern und selbstbemalten Gläsern. Lehrer Nilsen nimmt sich beim Essen mehrmals und sagt, so gut hätte er zu Weihnachten noch nie gegessen.

»Nicht mal bei deiner Mutter?«, fragt Mama.

»Die war keine gute Köchin«, sagt Lehrer Nilsen.

So sitzen sie eine Weile da, und mir fällt ein, was Papa über Mama und Oma gesagt hat, wenn sie sich unterhalten haben: Pingpong mit Worten. »Das hört sich an, als ob ihr Pingpong mit Worten spielt.« So ist es jetzt auch bei Mama und Lehrer Nilsen.

Ab und zu nennt Mama mich Plappermaschine und sagt: »Jetzt spielen wir das Schweigespiel.« Aber nun plappert sie, und sie scheint vergessen zu haben, dass sie sonst immer sagt: »Es ist nicht gefährlich, wenn es still ist.« Aber das macht nichts. Das ist nur gut so. Es ist schön, dass Lehrer Nilsen und Mama Gesprächsstoff haben.

Als der Reispudding aufgetischt wird, bin ich so glücklich wie lange nicht mehr. Ich versuche, ganz brav stillzusitzen, wie Mama mir das beigebracht hat, aber es fällt mir immer schwerer, nicht zu den Päckchen unter dem Weihnachtsbaum hinüberzublicken. Zum Glück findet Lehrer Nilsen die Mandel fast sofort, und zum Glück hat er so viel Schweinerippe und Kümmelkohl gegessen, dass er sich nicht zweimal nimmt. Wir räumen ganz schnell den Tisch ab, und dann darf ich die Geschenke verteilen. Es gibt für Mama und mich je eins von Lehrer Nilsen. Von uns bekommt er Handschuhe und Socken und eine Schneekugel mit einem Weihnachtsschlitten, der durch einen Tannenwald fährt. Mama meinte, so was dürfte man für einen erwachsenen Mann nicht kaufen, aber ich habe gesagt, dass Lehrer Nilsen sich immer freut, wenn es schneit.

Ich bekomme ein Snowboard, vier Bücher, 1000 Kronen und wie üblich warme Klamotten von Oma. Zwei Brettspiele, Spiderman, neue Schlittschuhe und einen neuen Eishockeyschläger. Ich bewahre Lehrer Nilsens Geschenk bis zum Schluss auf. Darin klappert etwas. Es ist der Bausatz für eine BF 109. Die Schachtel ist an der einen Ecke eingequetscht, sonst sieht sie genau aus wie die, die ich morgens bekommen habe.

Eigentlich werde ich sauer, wenn ich zu Weihnachten zweimal das Gleiche bekomme, aber jetzt freue ich mich auf eine Weise, auf die ich mich noch nie gefreut habe. Mama und Lehrer Nilsen mögen dieselben Dinge, oder jedenfalls verschenken sie gern dieselben Dinge.

»Tausend Dank«, sage ich und umarme Lehrer Nilsen, dann bin ich ein bisschen verlegen, weil ich ihn vorher noch nie umarmt habe, und ich umarme Mama auch noch ganz schnell.

Sie scheint mit ihren Geschenken zufrieden zu sein.

Ich habe ihr in der Schule eine Weihnachtsfrau gebastelt und eine Tasse getöpfert, und Oma hat mir geholfen, einen Pullover und einen Rock zu kaufen. Und am Ende habe ich ihr ganz allein ein Buch mit schönen Bildern aus Italien ausgesucht. Mama hat immer gesagt, sie würde da gern mal hinfahren.

Vom Lehrer Nilsen bekommt Mama einen Film, der irgendwas mit einer Katze heißt. Sie reißt ihn mir aus den Händen, ehe ich ihn mir genau angesehen habe.

»Das ist vielleicht das allerbeste Stück von Tennessee Williams. Paul Newman ist großartig«, sagt Lehrer Nilsen, und Mama lächelt über das ganze Gesicht, und deshalb hoffe ich, er begreift, dass sie auch in so einem Film mitspielen könnte. Ich kenne keine, die sich so in die Handlung einlebt wie Mama, und ich glaube, am liebsten sieht sie Filme, wo zuerst gar nicht geknutscht wird, dann wird viel geknutscht, dann wird gejammert, und am Ende wird das Gejammer mit Knutschen beendet.

Ich gehe mit dem Bausatz zum Esszimmertisch. Denke, dass Mama und Lehrer Nilsen sicher über Filme und vielleicht Italien reden wollen.

Als ich die Schachtel öffne, fällt mir sofort auf, dass die eine Hälfte des Flugzeugrumpfes zerbrochen ist, und auch wenn ich die zerbrochenen Stücke noch zusammenleimen kann, wird es bestimmt eher aussehen wie ein plattgedrücktes U-Boot als wie eine BF.

Ich laufe ganz schnell in die Küche, denn Lehrer Nilsen

soll nicht traurig darüber sein, dass das Modell zerbrochen ist. Ich schiebe die Schachtel in den Besenschrank und hole das Flugzeug, das ich zusammengesetzt habe, als Mama Kartoffeln geschält und Kohl gekocht hat. Die Teile kleben vielleicht noch nicht richtig fest? Doch, sicher, und wie. Ich drehe den Wasserhahn auf und denke, dass der Klebstoff hoffentlich wasserlöslich ist.

»Was machst du denn da?«, fragt Mama.

»Wasch mir die Hände«, sage ich und versuche, die Teile auseinanderzuziehen. Aber das geht nicht. Das Einzige, was passiert, ist, dass die Aufkleber herunterfallen.

»Jetzt komm schon«, sagt Mama.

»Okay«, sage ich, lege das Flugzeug wieder in die Schachtel und klappe sie zu.

Im Wohnzimmer sitzen Mama und Lehrer Nilsen jetzt auf dem Sofa, aber sie sehen nicht aus, als ob sie sich über Filme oder Italien unterhalten. Nein, sie sitzen genauso da wie Fredrik und Mona Silvana, als sie vor Weihnachten im Bus zur Kirche den Sitz teilen mussten. Fredrik saß ganz am Rand, und als der Bus auf den Parkplatz fuhr, rutschte er in den Mittelgang.

Ich stelle die Schachtel auf den Esstisch, und Lehrer Nilsen springt auf.

»Soll ich dir helfen?«, fragt er.

»Nein, das ist nicht nötig«, sage ich, aber er steht schon am Tisch, ehe ich die Schachtel verstecken kann.

»Mal sehen«, sagt er, öffnet den Deckel und nimmt das Flugzeug heraus. »Aber du bist ja schon fertig?«

Ich nicke nur. Weiß nicht, was ich sagen soll.

Lehrer Nilsen dreht sich zu Mama um.

»Dein Sohn ist nicht nur ein guter Sänger und Schauspieler, er ist auch schnell und geschickt«, sagt er.

»Ich hab die Aufkleber noch nicht angebracht«, sage ich.

»Håkon«, sagt Mama. »Das hast du doch schon…«

»Können wir nicht um den Weihnachtsbaum gehen?«, bitte ich.

Mama und Lehrer Nilsen sehen mich nur an.

»Du findest es doch kindisch, um den Weihnachtsbaum zu gehen«, sagt Mama und sieht ein bisschen streng aus.

»Aber du sagst doch, zu Weihnachten darf man kindisch sein.«

»Du musst jedenfalls einsehen, dass drei Leute zu wenig sind, um um den Weihnachtsbaum zu gehen. Wir können doch gar keinen Kreis bilden.«

»Dann nehmen wir eben meine Stofftiere.«

»Das glaube ich nicht«, sagt Mama.

»Bitte«, sage ich und sehe Lehrer Nilsen flehend an.

»Mir macht das nichts aus«, sagt er.

Es wird nicht ganz so, wie ich mir das vorgestellt hatte. Denn damit der Kreis groß genug wird, reichen I-Ah und mein Zebra nicht aus. Ich muss auch noch die grüne Stoffschlange holen, die Mama nicht leiden kann, und Mama hält den Schwanz und Lehrer Nilsen den Kopf. Sie können einander nicht einmal ansehen, weil der Baum zwischen ihnen ist. Nachdem wir »O Tannenbaum« und »Süßer die Glocken nie klingen« gesungen haben, behaupte ich, dass mir schlecht ist, und laufe ganz schnell zum großen Sofa.

»Wo soll er heute Nacht schlafen?«, frage ich Mama, als sie und Lehrer Nilsen sich auf den engen Zweisitzer setzen.

»Zu Hause. Ich werde zu Hause schlafen. Hab mir für elf Uhr ein Taxi bestellt«, sagt Lehrer Nilsen, ehe Mama den Mund aufmachen kann.

»Mir ist richtig schlecht. Ich glaube, ich gehe ins Bett«, sage ich.

»Jetzt schon?«, fragt Mama. »Sonst bleibst du Heiligabend doch immer bis Mitternacht auf.«

»Ich hab zu viel gegessen. Vielleicht wird es besser, wenn ich mich ein bisschen ins Bett lege.«

»Ich kann das Taxi bitten, etwas früher zu kommen«, sagt Lehrer Nilsen.

»Wollt ihr nicht den Film sehen?«, frage ich und zeige auf das Video, das Mama nach dem Auspacken unter den Couchtisch gelegt hat.

Nachdem ich mir die Zähne geputzt und gute Nacht gesagt habe, schleiche ich mich in die kleine Kammer im ersten Stock, die Mama als Arbeitszimmer benutzt. Ich ziehe leise die Tür hinter mir zu, binde ein Taschentuch um den Hörer und fange an, die Taxinummer zu wählen. Ich drücke mir die rechte Hand gegen den Hals und sage: »Hier spricht Aron Nilsen. Ich möchte das Taxi zum Engsolevei abbestellen.«

Die Frau in der Taxizentrale fragt, ob ich krank geworden bin. Ich sage, ich hätte einen Kropf bekommen, und lege auf. Dann suche ich das alte graue Telefon, das Mama von einer Tante geerbt hat. Ich ziehe den Stecker von dem heraus, mit dem ich gerade telefoniert habe, und stöpsele das graue ein. Nehme den Hörer ab und schiebe ihn so weit unter den Schreibtisch, wie das überhaupt nur möglich ist. Jetzt funktioniert das Telefon im Erdgeschoss nicht, das weiß ich von damals, als ich den Hörer vom Telefon im Arbeitszimmer nicht richtig aufgelegt hatte. Und wenn Mama hier oben nachschaut, ob der Hörer richtig liegt, dann wird ja alles aussehen, als ob es völlig in Ordnung wäre.

Ich gehe ins Bett, und unten klingt es, als ob Lehrer Nilsen singt und Mama lacht. Ich freue mich auf morgen. Ja, ich wünschte, es wäre schon morgen, und ich könnte nach unten laufen und sehen, dass Lehrer Nilsens Stiefel im Gang stehen und seine Jacke am Haken hängt, dass der Klodeckel hochgeschlagen ist und im Waschbecken Bartstoppeln kleben.

Schnee über Disney World

Wir kamen nach Florida, als der letzte Orkan soeben vorübergezogen war. Die anderen waren mitten durch das Land getobt. Die Meteorologen sagen, zwischen zwei Orkanen dieser Stärke können Jahre liegen. Florida hatte in knapp zwei Monaten vier abbekommen. Die Bäume waren abgebrochen, als wäre ein Riese darübergetrampelt, hätte die Beine halbwegs auf den Boden gesetzt und sich die Sache dann in letzter Sekunde noch anders überlegt. Die großen Plakate – oder deren Reste – schlagen wie nasse Wäsche an ihren Stangen hin und her, und das Neonschild mit dem Namen des Hotels ist erloschen. Nicht das ganze Schild, aus Holiday Inn ist HO I geworden. Jetzt, wo ich hier sitze, kommt mir das überaus angebracht vor. Auch für dich ein Hoi. Ich hebe die Flasche und trinke der Nacht zu. Elvira und die Kinder liegen auf dem Bett und sehen fern. Disney Channel natürlich. »Fantasia«. Diese Scheißmusik ist überall. Ich konnte Micky noch nie leiden, jedenfalls nicht, seit er Kleider trägt. Anfangs war er nicht schlecht, damals, als Goofy ein Holzbein hatte und Micky selbst ein Bengel in kurzen Hosen war. Micky im Wilden Westen, Micky als Flieger, Micky auf Gespensterjagd, diese Geschichten, die mag ich. Jetzt finde ich ihn nicht mehr überzeugend. Er ist von der falschen Seite der Stadt in die Vororte gezogen. Und seit er diese ganze Bildungsreise hinter sich gebracht hat, ist er glatt und zahm geworden.

Ich begreife nicht, warum man sich ums Verrecken verändern soll, warum es sozusagen nötig ist, sich selbst als Mensch neu zu erfinden. Warum kann man nicht einfach sein, wie man ist? Der sein, der man am besten sein kann. Darum geht es für mich bei Amerika. Um das viele *how to sonstwas*. Das Leben und wie man es lebt für Dummies. Mit jedem Schritt ein besserer Mann werden. Fünfzig Arten, die Karriereleiter hochzusteigen und gesellschaftlichen Erfolg zu haben. Deshalb ist Donald mein Mann. Donald war immer schon mein Mann. Donald verstellt sich nicht, sondern ist immer der, der er ist, und er geht selbst, auch wenn er nur zur Tür kommt. Donald ist hier in Disney World fast nicht vorhanden. Als wir vorhin im Park waren, war die Schlange von Kindern, die mit Micky fotografiert wurden, doppelt so lang wie die vor Donald.

Ich leere die Flasche und öffne eine zweite. Unser Zimmer liegt im zwölften Stock, und draußen auf dem kleinen Balkon weht ein kühler Wind. Der 23. Dezember, und hier sitze ich in Socken und einem dünnen Pullover. Das gehört zu den Dingen, die mir an Florida gefallen. Die Temperatur. Im Zimmer lachen Fanny und Richard. Ich ahne durch den Vorhang die Umrisse von Elvira. Sie beugt sich neben den Fernseher. Holt sicher ein Bier aus dem Kühler. So war es eigentlich in letzter Zeit immer, oder vielleicht nicht nur in letzter Zeit, sondern schon eine ganze Weile. Wir scheinen immer an anderen Orten zu sein, auch wenn wir uns im selben Haus aufhalten, und es ist so weit gekommen, dass wir nicht *miteinander* sprechen, sondern *zueinander*. Ich wüsste ja gern, was wir uns dabei gedacht haben. Eine Woche in Disney World. Eine Woche zu Weihnachten in Disney World. Was wir gebraucht hätten, wäre irgendeine Form von Therapie gewesen, gesetzt den Fall, ich wäre so ein Mann, der zur Therapie geht, und wenn es überhaupt so weit gekommen wäre, dass ich Elvira gesagt hätte, dass wir das brauchten.

Wir sind zum zweiten Mal zusammen hier drüben. Also *hier* wie: in Amerika. Zuletzt waren wir hier, ehe wir die Kinder bekommen haben. Das war eine schöne Reise. Elvira kennt sich aus mit Amerika. Elvira gefällt es hier. Sie war Austauschstudentin in Fort Lauderdale, und als sie früher in diesem Jahr den Kulturpreis bekommen hat, kam es uns wie eine gute Idee vor, ein wenig wegzufahren. Eine Woche an einem Ort ohne Telefone, jedenfalls ohne Telefone, die für Elvira klingelten. Das brauchten wir, so müssen wir uns das gedacht haben. Ja, und vielleicht auch, dass die Kinder allerlei darüber lernen könnten, sich zu freuen. *Lasset die Kindlein zu mir kommen. Wahrlich, wahrlich, ich sage euch, wenn ihr nicht werdet wie die Kinder, werdet ihr nicht in mein Reich eingehen.* Wir hätten beide wissen müssen, wenn es eins auf der Welt gibt, das man nicht im Voraus buchen kann, dann ist das die Freude von Kindern. Hier sind zu viele Leute. Die Schlangen sind zu lang. Alle bitten um Entschuldigung, wenn sie einen nur ansehen. Das gefällt mir nicht an Amerika. Diese übertriebene Höflichkeit. Eine gute halbe Stunde in einer Warteschlange, und ich komme mir vor wie eine Dokusoap-Version von »Old MacDonald had a farm, EE-I-EE-I-O. There was *excuse me* here, and *excuse me* there, here, there, here, there, everywhere. EE-I-EE-I-O.« Gestern haben wir eine Stunde an der Achterbahn angestanden – oder eigentlich vor einer gediegenen Eisenbahn –, und dann gab irgendein Teil seinen Geist auf, gerade, als wir an der Reihe gewesen wären. Solche Dinge sind Kindern nicht leicht zu erklären.

Ich kann sehen, dass Elvira sich an diesen Tagen Mühe

gegeben hat, wirklich Mühe gegeben. Sie hat gelächelt und war überaus geduldig, hat sich um alles gekümmert, und ich weiß, ich hätte mich weiter öffnen müssen. Es ist nur, dass es mir so schwerfällt, mich zu verstellen, und ich kann das Gefühl nicht abschütteln, dass wir Wasser treten. Ja, wir treten einfach nur Wasser, und egal wie viel Mühe wir uns auch geben, wir bekommen keinen festen Boden unter die Füße. Nicht so wie früher. Ich erinnere mich an das erste Mal, als wir miteinander geschlafen haben, wir waren mit offenen Vorhängen eingeschlafen und wurden am nächsten Morgen früh davon geweckt, dass die Sonne uns ins Gesicht schien. Anfangs war es, als lebten wir mit offenen Fenstern, der nächste Tag konnte nicht schnell genug kommen. Jetzt macht es nichts, wenn die Nacht lang wird, der Morgen spät kommt.

Ich trinke den letzten Rest aus der Flasche. Merke sofort, dass ich Lust auf mehr habe, bringe es aber nicht über mich hineinzugehen. Noch nicht. Ich muss natürlich die Kinder küssen, mit ihnen das Abendgebet sprechen und alles, aber es ist so schön, hier draußen zu sitzen. Hier zu sitzen und stumm zu sein, mit niemandem über irgendein Thema sprechen zu müssen, einfach hier zu sitzen und zu spüren, wie das Bier sich in meinem Magen niederlässt. Ich habe nicht aufgehört, Elvira zu lieben, aber ab und zu stelle ich mir vor, mit den Kindern allein zu sein. Elvira wäre dann irgendwo und wäre Künstlerin, und wir könnten zu Hause sein und Familie sein. Wir haben unsere Art, den Alltag einzurichten, aber wenn Elvira nach Hause kommt, nachdem sie irgendein Altersheim ausgeschmückt hat, oder wenn sie in Bergen eine Einzelausstellung hatte oder auf Studienreise in Deutschland war, dann stört sie das Gleichgewicht in unserem Dasein. Elvira hat ein schlechtes Gewissen, weil sie so lange weg war, und am liebsten möchte sie gleich am ersten Tag alles wiedergutmachen, oder jedenfalls am zweiten, Picknicks und auswärts übernachten, Würstchen grillen und Schneehöhlen graben. Ausflüge nach Schweden und Kinobesuche. Es macht mich müde, Mama und Papa zugleich zu sein, und wenn wir uns diese Aufgabe dann wieder teilen, würde ich am liebsten zu Hause sitzen und gemeinsam die Ruhe genießen.

Dieser Herbst hätte meiner sein sollen. Ich habe ein Teilzeitstudium aufgenommen. Die Stelle, wegen derer mein Vater mir auf die Schulter geklopft und gesagt hat, jetzt sei ich für mein Leben lang gesichert, war dann doch nicht ganz so sicher. Deshalb mache ich jetzt eine Ausbildung als Buchprüfer. Das war immer schon meine Stärke. Dinge in Ordnung zu halten. Debit und Kredit. Gleichgewicht. Elvira und ich hielten es für eine gute Idee, dass ich mir eine bessere Ausbildung verschaffte, und durch die Abfindung von der Post wurde ich fürs Lernen bezahlt, jedenfalls im ersten Jahr. Aber in diesem Herbst habe ich mich auf den Unterricht kaum konzentrieren können. Elvira hatte ihren großen Durchbruch als Künstlerin, und dauernd will jemand etwas von ihr. Am Ende musste ich zum Arbeiten in die Stadtbibliothek gehen. Elvira war in diesem Herbst noch häufiger auf Reisen als sonst, und ich sehe ja ein, dass es ihre große Chance ist. Jetzt kann sie in ihre Zukunft als Künstlerin investieren, und mit der Hand auf dem Herzen glaube ich deshalb sagen zu können, dass ich nicht neidisch bin. Aber es ist anstrengend, immer mit Elvira als Künstlerin zu tun zu haben, nicht mit meiner Frau. Die Lokalzeitung fragt mich bei der Eröffnung neuer Ausstellungen, ob ich nicht stolz auf sie bin, Frauenzeitschriften wollen Reportagen über ihren Alltag machen, die Leute sprechen mich auf der Straße an und gratulieren, sagen, es müsse doch spannend sein, mit einer

Künstlerin zusammenzuleben. Manchmal sehne ich mich nach der Zeit, als Elvira zu Hause war und gemalt und entworfen hat, ich war unterwegs und trug die Post aus, und wir waren eine normale Familie, die sich damit abmühte, mit dem Geld über die Runden zu kommen.

»Kommst du rein?«, fragt Elvira. Sie hat die Balkontür aufgeschoben, ohne dass ich es bemerkt hätte.

»Ja«, sage ich. »Es ist nur so schön, hier draußen zu sitzen.«

Ich warte, bis sie wieder hineingegangen ist, dann ziehe ich den Rest des Abends in meine Lunge und versuche, einen Stern zu finden, nach dem ich navigieren kann, aber das geht nicht. Ich kann keine Sterne sehen. Der Smog in Orlando liegt wie ein Verdunkelungsrollo über dem Himmel, und ich versuche deshalb, Autoscheinwerfer zu finden, an denen ich die Richtung peilen kann. Versuche, mich selbst in einem solchen Auto zu sehen, unterwegs durch die einsetzende Nacht, aber ich kann mir keinen anderen Ort vorstellen, wo ich sein sollte, außer zu Hause. Zu Hause in den kleinen Dingen. Frischgekochter Kaffee, morgens Spiegeleier mit Speck, die Freude, am Frühstückstisch zu sitzen und zu sehen, wie ein neuer Tag Gestalt annimmt. Ich denke an Traver'n, einer von denen, die am längsten bei der Post gearbeitet hatten. An seinem zweiundsechzigsten Geburtstag fuhr er den Karren ordentlich in den Dreck. Als wir gerade die Sahnetorte anschneiden wollten, kam die Frau, mit der er eine Affäre hatte, zur Tür herein, und schon war es Zeit für ein neues Kapitel – oder eher den Epilog – in Traver'ns Leben. Sein Geburtstagsgeschenk für ihn selbst war plötzlich, dass er sich eine neue Wohnung suchen musste, trotzdem war er erleichtert, als ich bei der Arbeit mit ihm darüber redete. Traver'n sagte, das, was geschehen sei, sei zum Besten gewesen. Wenn nicht, wäre er eines Tages aufgewacht, um festzustellen, dass das Leben vergangen sei, dass er ein bitterer alter Mann mit einer bitteren alten Frau geworden sei, ein Paar, das einander nichts mehr zu sagen hatte.

Es dauert noch fünfundzwanzig Jahre – ein Vierteljahrhundert –, bis ich zweiundsechzig bin, und ich fürchte, dass ich eines Tages aufwachen und mich noch kleiner fühlen werde als jetzt. Ich werde bald mit Elvira sprechen und ihr sagen müssen, wohin das alles läuft. Ich greife nach der Flasche, aber dann fällt mir ein, dass sie leer ist.

Ich stehe auf, um ins Zimmer zu gehen, drehe mich in der Tür aber um.

»Prost, Donald«, sage ich und hebe die leere Flasche. »Auf Entenhausen, ja, und auf den Bösen Wolf, wo immer der heute Nacht wohl schlafen mag.«

Im Zimmer riecht es nach Zahnpasta und Seife. Fanny und Richard haben schon Schlafanzüge angezogen, jedenfalls neu gekaufte Nacht-Shirts mit Minnie und Micky. Es macht mich klein zu merken, wie groß sie geworden sind. Fanny ist schlank und groß. Ich kann sie als dickes Baby vor mir sehen, Scharlach am ersten Weihnachtsfest, die Wangen, die in dem kugelrunden Gesicht rot aufloderten. Richard, der so lange brauchte, um reden zu lernen. Richard, der erst mit über zwei Jahren Haare bekommen hat. Jetzt hat er einen Struwwelkopf und einen Mund, dessen Lippen nie aufhören, sich zu bewegen, selbst dann nicht, wenn er schläft. *PAPA! Im Bett ist ein Drakulus. MAMA! Nein, ich will nicht, Fanny. Hilfe, Indianer! Apatschen!*

Ich lege mich mitten auf das eine Bett, und die Kinder kriechen rechts und links neben mich.

»Ich setze mich ein bisschen auf den Balkon. Gute Nacht, ihr kleinen Trolle«, sagt Elvira, kommt zu uns und umarmt die Kinder nacheinander. Dann streichelt sie meine Wange und lächelt. Ich hebe als Antwort die Mundwinkel.

»Gott beschütze Vater und Mutter und alle Kinder auf Erden. Amen«, enden wir im Chor und dann schlage ich das Buch auf, das wir an unserem ersten Tag hier gekauft haben. Es handelt von den verschiedenen Disney-Gestalten und davon, wie der Park entstanden ist. Tinkerbell, Winnie Pooh, Alice im Wunderland und Cinderella, unglaublich, wie viele Gestalten Disney anderswo ausgeliehen hat. Davon steht hier aber nichts. Hier steht auch nicht, dass der alte Walt sich hat einfrieren lassen und irgendwo in einem Lager darauf wartet, dass die Wissenschaft ihn eines Tages wieder zum Leben erweckt. Kranker Arsch. »Walt Disney hat die Vollendung von Disney World nicht mehr erleben dürfen, aber er starb in dem Bewusstsein, dass seine Vision in den besten Händen war«, heißt es im Buch. Ich lese weiter über Schneewittchen und die Sieben Zwerge, über Micky auf dem Dampfer Willie und wie Clarence Nash – die Stimme Donalds – entdeckt wurde. Zuerst wird Fanny neben mir ruhig, dann fallen auch Richard die Augen zu. Ich schließe meine ebenfalls. Merke, dass das besser ist als Bier. Einfach hier zu liegen, wie ein schamloser Dieb, zwischen meinen Kindern, Wärme von ihren Körpern zu stehlen und zu spüren, wie ich überall ruhig werde. Entspannt. Schläfrig. Zu spüren, wie sie mir wieder Leben einhauchen.

Ich höre, wie Elvira die Balkontür öffnet. Sicher hat sie draußen geraucht. Sie raucht immer, wenn wir Ferien haben und wenn sie arbeitet. Früher habe ich sie gebeten, damit aufzuhören. Gesagt, es sei blödsinnig, sich Krebs anzurauchen, wenn man aus so vielen anderen Gründen sterben könnte. Und dass ich sie noch viele, viele Jahre brauchen würde. Jetzt wünschte ich, sie könnte aufhören, weil es nicht gut riecht.

Sie packt meinen einen großen Zeh und schüttelt vorsichtig meinen Fuß.

»Leon?«, fragt sie mit leiser Stimme.

»Mmm«, antworte ich.

»Kommst du mit raus, oder wollen wir uns auf das andere Bett legen?«

»Mmm.«

»Was denn?«

»Ich bin so müde. Wenn ich die Augen schließe, sehe ich eine endlose Schlange vor mir.«

»Aber den Kindern gefällt es doch gut, auch wenn wir oft Schlange stehen müssen. Sie werden sich ihr Leben lang daran erinnern. Stell dir vor, wenn sie einmal eigene Kinder bekommen und Bilder von dieser Tour zeigen können. Vielleicht werden sie dann darüber lachen, wie jung wir waren.«

»Ja«, sage ich. »Sie werden darüber lachen, wie wir waren, als wir jung waren.«

Ich habe die Augen noch immer geschlossen, aber ich kann sie vor mir sehen. Die Fältchen, die sich um die Augen herum öffnen, die Bluse, die um ihre Taille spannt, die Haare, die immer blonder werden.

»Kommst du?«, fragt sie.

»Okay. Muss noch kurz den Rücken strecken.«

Drei Eiswürfel klirren im Kühler, und sie zieht die Tür hinter sich zu.

Als die Tür wieder aufgeht, habe ich wirklich geschlafen. Ich war in Skogli, in Skogli bei Fannys Hochzeit. Ich weiß nicht mehr, wen sie heiraten wollte oder wer sonst noch da war. Elvira bleibt vor dem Bett stehen, in dem ich liege, aber ich öffne die Augen nicht. Atme weiter schnaufend durch die Nase. Habe keine Ahnung, wie viel Zeit vergangen ist, hoffe aber, dass sie nicht zu lange gewartet hat. Ich weiß, ich sollte die Augen aufmachen, erklären, dass ich eingeschlafen war, ich sollte ins andere Bett kriechen und mir von ihr erzählen lassen, was sie im Laufe des Tages am meisten beeindruckt hat. Ich bekomme ein schlechtes Gewissen, weil ich einfach liegen bleibe. Sie geht ins Badezimmer, und ich schaue verstohlen auf die Uhr. Seit sie das Zimmer verlassen hat, sind fast zwei Stunden vergangen. Jetzt müsste ich jedenfalls so tun, als sei ich eben erst aufgewacht, und auf das andere Bett überwechseln. Nur ein schlechter Mensch würde tun, als sei nichts geschehen.

Als ich am nächsten Morgen die Augen aufschlage, läuft bereits der Fernseher, und Fanny ist zu Elvira hinübergerutscht. Sie sitzen halb aufgerichtet im Bett, Fanny mit dem Kopf im Arm ihrer Mutter. Die Vorhänge sind geöffnet, das Licht von draußen füllt das ganze Zimmer, und die beiden sehen aus, als ob sie in einem Bild zu Hause wären. Sie sehen aus, als gehörten sie zusammen. Natürlich sehen sie so aus. Sie sind Mutter und Tochter. Ich setze mich auf und lächele. Denke, jetzt muss ich etwas sagen, wie, dass es hier ja wirklich viel mehr Sonne gibt, als wir es um diese Jahreszeit gewöhnt sind. Da wacht Richard neben mir auf.

»Hallo, Papa«, sagt er mit der Stimme, die er jeden Morgen benutzt. Die leicht überraschte Stimme, bei der es klingt, als ob er mich zum ersten Mal erblickt.

»Fröhliche Weihnachten«, sage ich und halte mein Lächeln krampfhaft fest.

»Aber, Papa. Wir waren uns doch einig, dass erst morgen Weihnachten ist, weil wir in Amerika sind«, sagt Richard.

»Das hatte ich vergessen, und weißt du, was ich noch vergessen habe? Geschenke. Aber wir sind ja Heiligabend ohnehin nicht zu Hause, und da brauchen wir ja wohl keine Geschenke auszutauschen, oder?«

»Papa, sei nicht so blöd. Du weißt genau, dass wir die Geschenke morgen bei Mama Dixie und Papa Joe aufmachen werden.«

Er sagt Dixie und Joe, als ob er sie sein Leben lang gekannt hätte, und ich habe wieder das Gefühl, als werde alles Licht aus dem Zimmer gesogen. Dixie und Joe sind das Ehepaar, bei denen Elvira in ihrer Austauschzeit in Fort Lauderdale gewohnt hat. Sie haben uns einmal in Norwegen besucht, aber da war Richard erst zwei Jahre alt. Trotzdem klingt er so, als gehe es um Oma und Opa, um die allernächsten Familienangehörigen. Mir graust schon vor einem ganzen Tag auf Amerikanisch. Vor Familienfilmen, Zeitungsausschnitten und Jahrbüchern aus dem College. Vor Truthahn mit Füllung, Eierlikör und kitschigen Fernsehfilmen.

Unten im Restaurant im ersten Stock – mit Blick über die zackigen, bärtigen Wipfel einiger Mangrovenbäume – frühstücken wir. Rühreier, Speck, Bratkartoffeln, Apfelsinensaft und Kaffee für die Erwachsenen, und dann ist diese verdammte Maus schon wieder da. Elvira und ich müssen mit den Kindern zu zwei Waffeleisen gehen, die Mickys Kopf abbilden, mit den riesigen Ohren und allem.

»Fuck fucking Micky Maus«, sage ich zu Elvira.

»Mama, Papa hat das böse Wort gesagt«, sagt Fanny.

»Wir können froh sein, dass Papa überhaupt etwas sagt«, erwidert Elvira und schaut mich aus Augen an, die plötzlich viel tiefer eingesunken wirken, viel größer als in meiner Erinnerung. Ist sie dünner geworden? Hat der ganze Stress im Herbst sie älter gemacht? Wann habe ich sie eigentlich zuletzt richtig angesehen? Wann habe ich sie so gesehen, wie sie jetzt ist, nicht, wie sie vor zwei oder gar drei Jahren war?

»Stellt euch vor, Heiligabend unter Palmen. Spitze! Zu Hause regnet es«, sage ich und frage mich, ob Elvira das Aufgesetzte in meiner Stimme hört. Ich höre mich an wie ein Betrunkener, der so tut, als wäre er nüchtern.

Die Uhr piepst, und Richards Waffel ist als erste fertig. Er beschmiert sie mit Blaubeermarmelade, und wir beide gehen zurück zum Tisch. Im Hotel wohnen nicht viele andere Gäste, abgesehen von einer Handvoll älterer Ehepaare und einer schwedischen Familie, vor der wir uns noch nicht als Norweger geoutet haben. Noch weniger, als ich es über mich bringe, mich in einer fremden Sprache zu verstellen, bringe ich es über mich, mein miserables Schwedisch zu bemühen, damit die selbstzufriedenen Schweden mich verstehen können.

Wir sitzen im Bus zum Umsteigebahnhof und sehen Männer in Warnwesten und mit Motorsägen, die den widerspenstigen Bäumen zu Boden helfen, denen, die sich offenbar nicht entscheiden können, ob sie nach dem Wüten des Orkans stehenbleiben oder fallen wollen. Eine Schar von Jugendlichen, auch sie in Warnwesten, sammelt am Straßenrand Abfälle auf, und wir überholen einen Lastwagen, dessen Ladefläche mit zerbrochenen und verdrehten Reklameplakaten halb gefüllt ist. Vielleicht wäre das das Richtige für Elvira und mich. Ein Sturm. Wir zwei zusammen gegen etwas, das größer ist als wir beide. Ich, der Holzläden vor die Fenster nagelt. Elvira, die riesige Plastikgefäße mit Wasser füllt, wir, die Kerzen, Konservenbüchsen und Schlafsäcke in den Sturmkeller tragen. Wir, die einander in die Arme nehmen, während der Sturm an unserem Haus rüttelt. Elvira und ich gegen den Rest der Welt.

Dann werde ich von dem alten Gefühl überwältigt, dass

mit mir etwas nicht stimmt. Dass mir etwas fehlt. Ab und zu scheint es mir wichtiger zu sein, dass ich etwas habe, wofür ich sterben kann, statt dafür zu leben. Als ob ich immer einen Schritt hinter oder vor dem Punkt stünde, wo die Dinge wirklich geschehen. Haben wir denn nicht die Kinder? Ist das nicht größer als wir beide? Der Bus legt sich in eine Kurve, und Elvira wird gegen mich gepresst. Ich lege ihr den Arm um die Schulter. Es fühlt sich nicht richtig an, so, als ob wir nicht ganz zueinander passten. Aber es muss ja wohl Grenzen dafür geben, wie sehr ich mich wie ein Arsch verhalte. Elvira sagt nichts, legt aber den Kopf an meine Schulter. Es ist Heiligabend, Heiligabend in Amerika, und näher sind wir beide uns hier noch nicht gekommen.

Die Parks sind seit zwei Stunden geöffnet, aber die Schlangen vor dem Monorail, dem Zug, der uns in das Magic Kingdom bringen soll, sind noch genauso lang wie morgens zur Öffnungszeit. Ich denke, jetzt werden die Kinder ungeduldig, aber seltsamerweise lächeln sie noch immer. Zum ersten Mal, seit wir hergekommen sind, wirken sie erwartungsvoll und freundlich. Noch beim Frühstück hat Elvira gesagt, die Kinder müssten sich heute gut benehmen, wenn sie bei Dixie und Joe Geschenke haben wollten, und der amerikanische Weihnachtsmann sei mindestens so streng wie der norwegische. Richard und Fanny sind jetzt wahre Musterkinder, während etliche Weihnachtsmänner hin und her wandern und aus rosa getupften Säcken Süßigkeiten verteilen. Sie wirken leicht absurd in ihren bodenlangen roten Filzmänteln, während die meisten anderen Männer T-Shirts tragen.

Als der Zug uns vor dem Eingang ausgespuckt hat, nachdem unsere Rucksäcke der obligatorischen Sicherheitskontrolle unterzogen worden sind und wir uns einen Wagen zum Transport von müden Kindern geholt haben, befinden wir uns auf einer Art Hauptstraße von Amerika. Zumindest bilde ich mir ein, dass es so ausgesehen hat, als Amerika Hauptstraßen und Innenstädte hatte, nicht nur Straßen, die dich so schnell wie möglich zu den Einkaufszentren bringen. Wir fangen mit der Show vor Cinderellas Schloss an, und da sind sie wieder: Walt und der Mäuserich, Hand in Hand. Eine riesige Bronzestatue des Mannes, der also in dem Bewusstsein gestorben ist, dass seine Vision in den besten Händen sei. *Den besten Händen?* Den Bronzehänden eines kleinen Schädlings? Ich halte es nicht einmal für einen mildernden Umstand, dass das Micky-Denkmal nur eine kurze Hose trägt. Donald ist natürlich nicht zu sehen.

Am ersten Tag hier beim Schloss gab es eine Vorstellung, in der Disneys berühmteste Fieslinge, Käpt'n Hook, Schneewittchens böse Stiefmutter, Cinderellas Stiefschwestern und jede Menge modernerer Figuren aus den Videofilmen der Kinder sich ausleben durften, ehe sie vom Guten bezwungen wurden. Heute hat das Böse Ruhe. Heute sind Weihnachtsmänner angesagt: Gelbe Weihnachtsmänner, schwarze Weihnachtsmänner, weiße Weihnachtsmänner und rote Weihnachtsmänner. Die Kleider sind natürlich rot, aber die Weihnachtsmänner kommen aus allen Winkeln der Erde, und der indianische Weihnachtsmann trägt statt einer Mütze eine Federkrone, die tief in seinen Rücken hängt. Cinderellas Schloss mit den weißen und blauen Turmzinnen ist mit glitzernden Girlanden geschmückt, und vom höchsten Turm aus zieht sich ein Seil zu einem der Bauten beim Eingang. Ich frage mich, wozu das wohl dient. Sollen die Weihnachtsmänner ihre Show vielleicht damit abschließen, dass sie das Seil hinabrutschen? Aber nein, nachdem sie ein halbes Dutzend Weihnachtslieder gesungen, den Kindern Süßigkeiten zugeworfen und Groß und Klein feierlich haben versprechen lassen; *Yes, Santa, I promise I'll be good,* verschwinden die Weihnachtsmänner im Schloss, in einem Schlitten, der von einigen rotnäsigen Rudölfen auf zwei Beinen gezogen wird. Fanny springt auf und nieder und klatscht aus voller Kraft, Richard dagegen schüttelt sich vor Lachen und hat beide Hände vor den Mund geschlagen.

»Hast du das gesehen, Papa?«, fragt er, ohne die Hände wegzunehmen. »Die vielen Weihnachtsmänner?«

»Ja, feine Weihnachtsmänner«, sage ich, und meine Lippen finden ein Lächeln. Über mir ist der Himmel fast blau, nur einige wenige Wolken kräuseln sich am Horizont. Der Big Thunder Mountain ragt rostrot mitten im magischen Königreich auf, und dahinter kann ich die Löwen in Afrika brüllen hören. Plötzlich habe ich das Gefühl, das alles wie in einem Film zu sehen. Als säße ich in einem Regisseursstuhl hoch oben über allen anderen und sähe den Typen, der ich bin, mit den Händen in der Tasche dastehen, mit seiner Familie, umgeben von den Kulissen auf dem größten Spielplatz der Welt. Ist es so zu sterben, zu spüren, wie die Seele den Körper verlässt, wenn alles um dich herum nicht mehr wirklich ist? Von den Dingen weggesaugt zu werden, zu spüren, wie alles undeutlich wird, ehe es ganz verschwindet? Ich schließe die Augen, aber dort gibt es keinen Platz mehr für mich. So vieles drängt sich auf. Es kommt eine Zeit, wo sie mich nicht mehr brauchen – die Kinder. Es kommt eine Zeit, wo wir keine Familie mehr sind, so wie jetzt – egal wie sehr wir ins Stocken gekommen sind. Es kommt eine Zeit, wo wir einander fremd werden, wo ich nicht mehr der bin, der vorangeht, den Weg zeigt, sondern der, der aufhält und bremst.

»Na los, Action«, rufe ich und klatsche in die Hände. »Wollen doch mal sehen, ob die Achterbahn wieder funktioniert.«

Der Big Thunder Mountain war einmal der größte künstliche Berg auf der Welt, lese ich in einer Broschüre, und große Teile der Achterbahn sind im Stockfinstern im Berginneren angelegt. Als die Wagen sich in Bewegung setzen, ziehe ich mich automatisch in mich zusammen und packe Richard, der neben mir sitzt. Als wir schneller werden, habe ich das Gefühl, dass mein Nacken gebrochen werden soll, aber ich wage nicht, mich auszustrecken, aus Angst, mit etwas zusammenzustoßen. Endlich werden wir wieder ans Tageslicht gespuckt, ich habe das Gefühl, als sei mir der Hals umgedreht worden, und kann einen Schrei nicht unterdrücken.

»Das war witzig, Papa, das machen wir noch mal!«, ruft Richard, als die Wagen anhalten.

»Dann müssen wir uns ganz hinten anstellen. Lasst uns lieber etwas anderes ausprobieren«, sagt Elvira, und ich lächele ihr dankbar zu. Ihre Haare sind zerzaust, unbeabsichtigt punkig, aber plötzlich glaube ich, die Frau, die ich geheiratet habe, erkennen zu können, ohne nach ihr suchen zu müssen.

Wir fahren mit der Wildwasserbahn über den Splash Mountain, und auch diese Tour verläuft teilweise im Dunklen. Hier ist es jedoch zum Glück nicht ganz finster, und wir gleiten durch das Hillbillynest von Goofy und den Kumpanen des Bösen Wolfs, ehe unser schwimmender Wagen sich schräg aufrichtet und der abschließende Sturz über zwanzig Meter erfolgt. Elvira und Richard sitzen vorn, und als wir gerade oben angekommen sind, reißen sie ihre Hände nach oben. Plötzlich spüre ich selbst in meiner Brust ein Geräusch, ungefähr wie das Schnurren einer Katze, und ich merke, dass ich lache. Danach – auf dem Weg zum Ausgang – bleiben wir stehen und kaufen ein Bild, das in dem Moment aufgenommen worden ist, als wir nach unten stürzten. Ich wusste gar nicht, dass auch ich die Hände oben hatte. Und wir alle haben denselben idiotischen Gesichtsausdruck. Als der Tag ein wenig in sich zusammensinkt und die kräuseligen Wattewolken am Himmel ausfransen, haben wir im Magic Kingdom nur vier Touren noch nicht ausprobiert, von den Touren wohlgemerkt, die wir alle fahren können. Den ganzen Tag lang sind neue Leute in den Park geströmt, und wir haben Glück, als wir in einer Pizzeria gleich bei Peter Pan einen Tisch finden.

Gerade ist das Essen auf den Tisch gestellt worden, und ich habe Pizzastücke auf die Teller verteilt, als Richard aufs Klo muss.

»Kannst du dich nicht zusammennehmen?«, sage ich und ärgere mich. Es ist immer dasselbe, wenn wir essen wollen, und ich habe versucht, ihn zum Pinkeln zu bringen, als wir vorhin auf dem Klo waren, um uns die Hände zu waschen.

»Nein, ich muss jetzt«, sagt Richard, rutscht vom Stuhl und geht auf den Ausgang zu.

Ich schlinge einige große Bissen hinunter, aber der Käse ist so heiß, dass mir der Rest des Stückes auf den Teller fällt und ich mehrmals von meiner Cola trinken muss, um das verbrannte Gefühl im Gaumen zu betäuben. Richard ist bereits auf dem Klo verschwunden, und ich stoße die Tür mit der Schulter auf. Mein Mund brennt noch immer, und obwohl die Männer, die sich an den anderen Becken gerade die Hände trocknen, mich seltsam anstarren, muss ich mich einfach bücken und am freien Wasserhahn trinken.

»I just burned my mouth on some pizza«, erkläre ich und richte mich wieder auf. Der Mann zu meiner Linken nickt und lächelt.

Dann fällt mir auf, dass Richard in einer Klozelle verschwunden sein muss, obwohl ich ihm mehrmals erklärt habe, dass es viel leichter ist, die Kinderpissoirs zu benutzen, die es auf allen Toiletten hier im Park gibt. Ich klatsche unter dem Hahn in die Hände, damit das Wasser wieder läuft. Lege die Hände zusammen und feuchte mein Gesicht mit dem kalten Wasser an. Stelle fest, dass ich wirklich ein wenig Farbe bekommen habe. Die Tür fällt hinter dem letzten der beiden Männer zu, die sich gerade die Hände gewaschen haben, und ich stehe allein vor den Toilettenzellen.

»Beeil dich, Richard, das Essen wird kalt«, sage ich.

Keine Antwort.

»Richard«, sage ich noch einmal, jetzt lauter.

Noch immer keine Antwort.

Ich bücke mich und schaue unter den Türen hindurch. Keines der Schuhpaare gehört Richard. Ich öffne die Türen der anderen drei Zellen, eine nach der anderen. Denke, dass er vielleicht auf der Kloschüssel steht. Denke, dass er vielleicht so ein Spiel treibt, das nur Richard witzig findet. Das nur Richard begreift. Niemand. Niemand steht hinter diesen Türen. Die Haut auf meinem Bauch spannt sich an. Ich muss den Mund öffnen, um atmen zu können. Stürze aus der Tür. Frage zwei Männer, die gerade hereinkommen, ob sie einen kleinen blonden Jungen gesehen haben. Sie schütteln den Kopf. Ich renne zu unserem Tisch zurück. Fanny und Elvira schauen mich über den Pizzastücken fragend an.

»Habt ihr Richard gesehen?«, frage ich, lauter, als ich wollte.

Sie schütteln den Kopf.

»Er ist verschwunden«, sage ich und laufe zum Klo zurück. Denke, dass ich vielleicht nicht richtig nachgesehen habe. Einer der Männer, die mir beim Hereinkommen begegnet sind, wäscht sich gerade die Hände. Ich lasse mich auf den Boden fallen. Jetzt sind drei Zellen besetzt. Ich denke etwas, das ich eigentlich gar nicht denken will, und dann stehe ich einfach da, auf der Kloschüssel zwischen zwei der besetzten Zellen. Ich schaue über den einen Rand. Ein kahlköpfiger Mann mit der Hose zwischen den Knien auf dem einen Klo, ein langhaariger Mann, der sich gerade abwischen will, auf dem anderen. Beide sind allein.

»What the fuck«, ruft der Typ, der seine Hände trockenpusten lässt, als er mich im Spiegel sieht.

»Shut up, I've lost my son«, sage ich und laufe wieder hinaus. Vor der Tür stoße ich auf Fanny und Elvira.

»Habt ihr ihn gesehen?«, rufe ich.

Sie schütteln den Kopf.

»Wir müssen hier suchen«, sage ich und drehe zuerst eine Runde durch das Restaurant, bleibe bei zufällig ausgewählten Leuten stehen und frage nach Richard. Wieder Kopfschütteln. Ich laufe jetzt in Richtung Dschungel-Jim oder wie immer das hier heißt. Afrika. Das Letzte, was wir vor dem Essen besucht haben. Ich finde ihn beim Eingang. Er sitzt auf einer Bank und hat mir den Rücken zugekehrt. Irgendwer hat ihm einen Becher Limonade gegeben.

»Richard«, sage ich und merke plötzlich, dass meine Beine so zittern, dass ich mich auf ihn stützen muss, um nicht zu fallen. »Richard, du darfst nicht weggehen, ohne Bescheid zu sagen.«

Er dreht sich zu mir um. Es ist nicht Richard. Von vorn hat er nicht einmal sonderliche Ähnlichkeit mit ihm. Der Junge sagt etwas, das ich nicht verstehe. Ich mache kehrt und laufe zurück. Gleich neben mir schlägt jemand auf eine Trommel. Aber ich sehe keinen Aufmarsch. Sehe niemanden trommeln. Ist das in mir? Ich mache noch einige Schritte. Spüre, wie die Welt sich dreht. Ich kann wirklich spüren, wie die Welt sich um ihre eigene Achse dreht. Ich denke an das viele Wasser hier. Den künstlichen Afrikastrom, auf dem wir unterwegs waren. Sehe, wie Richards schlaffer Körper aus dem künstlichen See gehoben wird. Den hin und her schlagenden Kopf. Das bleich gewordene Gesicht. Denke an etwas, das ich am ersten Tag hier in einer Zeitung gelesen habe. Eine Sechsjährige, die vergewaltigt und ermordet wurde. Ich sehe mich selbst in ein viereckiges Loch schauen. Höre die Erde, die auf den Sargdeckel auftrifft. Ein Weihnachtsmann steht gleich neben mir mit seinem *Ho, ho, ho and a very merry Christmas*. Ich stoße ihn weg und laufe weiter. Ein Stück viel zu heiße Pizza, hat mehr nicht dazugehört? Kein zu schnelles Fahren auf glatten Winterstraßen zu Hause in SkogIi. Ich brauchte nicht zuzulassen, dass er auf Skiern einen zu steilen Hang hinuntersaust. Ihn beim Baden nicht zu weit hinausschwimmen zu lassen, sondern nur ein Stück Pizza. Ich glaube, ihn jetzt überall zu sehen. Packe Kinder an der Schulter. Drehe sie herum. Ein Vater versetzt mir einen Stoß, und ich stolpere über die Räder eines Kinderwagens. Ich schramme mir die Knie auf. Komme wieder auf die Beine. Laufe weiter. Das hier darf nicht passieren. Richard kann kein Wort Englisch. Kann sich nicht verständlich machen. Ein perfektes Opfer. In Amerika wimmelt es von Irren. Leuten, die Embryos aus dem Bauch ihrer Mutter schneiden. Pädophilen. Ich sehe eine Frau in Disney-Uniform, die mit einem asiatisch aussehenden Paar spricht. Ich dränge mich dazwischen. Trampele dem Mann auf die Füße. Hole tief Luft und versuche, genügend Wörter zu sammeln.

»Sie müssen mir helfen, mein Sohn ist verschwunden. Kann ihn einfach nicht finden. Ich habe ihn verloren«, sage ich und muss mir alle Mühe geben, nicht zu schreien.

»Ganz ruhig, Sir«, sagt die Frau und mustert mich mit strengem Blick. Das Paar hinter mir weicht ein wenig zurück.

»Mein Sohn ist verschwunden. Bitte, helfen Sie mir«, sage

ich, doch die Asiatin und der Mann machen einfach kehrt und gehen.

»Okay, Sir, wo haben Sie ihn zuletzt gesehen?«, fragt die Frau, die Sylvia heißt, das verrät das Schildchen auf ihrer Brust, und während ich sie mit mir in Richtung Restaurant ziehe, erzähle ich von der heißen Pizza, dem Klobesuch und meinem Sohn, der kein Englisch spricht.

Fanny sitzt im Restaurant noch immer am selben Tisch und mampft Pizza. Ich ärgere mich, weil sie in einem solchen Moment essen kann

»Wo ist Mama?«, frage ich. Meine Stimme klingt gepresst, als hätte ich heute noch kein Wort gesagt.

»Auf dem Klo«, sagt Fanny und macht eine Kopfbewegung in die Richtung, aus der wir gerade gekommen sind.

»Auf dem Klo? Sucht sie denn nicht nach Richard?«

Fanny will etwas sagen, aber dann merke ich, dass jemand mir in den Oberschenkel kneift.

»Hallo, Papa«, höre ich Richards Stimme. Ich fahre herum. Sehe ihn gleich hinter mir stehen, Hand in Hand mit Elvira.

»Ich war auf dem Damenklo«, sagt er und lacht. Der Erdball dreht sich immer schneller, und jemand packt mich, als ich falle.

Später, nachdem ich über einen halben Liter Cola und das restliche Wasser getrunken habe, nachdem wir uns gesetzt und noch eine Pizza bestellt haben, nachdem Elvira und die Kinder noch einige Touren gefahren sind, während ich nur auf einer Bank gesessen und gewartet habe, kehren meine Sinne langsam zurück. Erst jetzt fange ich an zu registrieren, was um mich herum geschieht. Die Dunkelheit hat sich schon längst gesenkt, und weil es der 24. Dezember ist, schließt der Park zwei Stunden früher als sonst. Als Elvira,

Fanny und Richard zurückkommen, strömen die Massen bereits zum Ausgang, und ich denke an Noah, die Arche und die vielen Tiere, die sich zusammendrängen, um an Bord zu gelangen.

Bei Cinderellas Schloss geht das Feuerwerk los. Wir haben das bisher noch nie erlebt. Richard durfte nicht so lange aufbleiben, aber heute fangen sie früher an. Die Kinder drängen sich in dem Wagen zusammen, den wir den ganzen Tag geschoben haben, und Elvira und ich finden einen Platz am Rand einer Bank. Als wir uns gerade setzen, kommt Donald vorübergewatschelt. Ohne zu überlegen, ob ich das eigentlich will, packe ich ihn am Arm. Dem flauschigen weichen Arm. Er riecht nach feuchter Badezimmermatte.

»Can we take a picture?«, frage ich.

Donald nickt, ich lege den Arm um ihn, und Elvira knipst ein Bild. Das Funkeln des Blitzlichts scheint ein Gewitter auszulösen. Die Sterne am Himmel werden plötzlich angezündet, aber sie sind nicht mehr nur gelb, sind nicht mehr matt und trübe. Der Himmel ist übersät mit Licht, wie ein explosiver Pfau, der über uns sein Rad schlägt. Dann Kugelblitze, flammende Fontänen und ein riesiger Weihnachtsmann, der seine Rentiere antreibt, ehe vom Schlitten die Pakete hochwirbeln. Oben im höchsten Turm des Schlosses wird das Licht eingeschaltet, und das Feuerwerk erlischt. Am Fenster erscheint eine Gestalt. Eine grüngekleidete Gestalt. Peter Pan. Dann nimmt er einfach Anlauf und springt heraus. Das Publikum hält den Atem an. Richard schreit, aber Peter Pan fällt nicht. Unter ihm entfaltet sich ein riesiges Stück Stoff, und ich glaube zuerst, dass er an einem Hangglider davonschwebt, aber dann begreife ich, weshalb das Seil da ist, das ich früher an diesem Tag bemerkt habe. Wie ein Engel gleitet Peter Pan zu Boden, und jetzt sehe ich, was auf dem Stück Stoff unter ihm steht. *From all of us, to all of you; a very merry X-mas.* Um uns herum fangen die Leute an zu klatschen, und auch ich klatsche, obwohl ich noch nie einer war, der klatscht. Als ich mich umdrehe, um etwas zu Richard zu sagen, werden unten vor dem Schloss Scheinwerfer eingeschaltet und ich kann sehen, dass es schneit. Riesige Flocken wirbeln durch die Dunkelheit auf die Scheinwerfer zu, wie Motten auf dem Weg zum Licht. Schnee legt sich in meine Haare. In die Haare meiner Kinder. In Elviras Haare. Der Schnee ist sicher nicht echt. Er muss unecht sein. Ich meine, in Florida schneit es ja wohl nicht? Wir sind weiter südlich als Kairo, um Himmels willen, aber es ist ja auch egal. Unecht ist geil. Unecht ist schön. Unecht ist, was wir jetzt brauchen. Ich blicke in die Gesichter meiner Kinder, sie strahlen. Ich sehe Elviras Gesicht an, und nun erkenne ich wieder die Frau, in die ich mich verliebt habe, ich sehe, was uns noch immer weitertragen kann. Ich denke an Papa. Papa kurz vor seinem Tod, als er Blut in sein Taschentuch spuckte und sagte, seine schönste Erinnerung sei die an damals, als meine Schwester und ich klein waren, wenn der Baum geschmückt war und wir uns zusammen an den Tisch setzten, wie wir ihn und Mama umarmt haben, nachdem wir Hardy-Bücher und Schlafpuppen ausgepackt hatten. Das Tuscheln und die leisen Schritte, wenn wir am nächsten Morgen versuchten, uns nach unten zu schleichen, um mit den neuen Sachen zu spielen. Dann denke ich an die vielen Male, wenn ich mir vorgestellt habe, wie ich Elvira bitte, einfach zu gehen. Die vielen Male, wenn ich mir überlegt habe, dass ich keine Lust mehr auf sie habe. Die Male, wenn ich mir vorgestellt habe, wie ich nach Oslo fahre, mir eine dicke, fette Nutte suche und mich in ihrem Fleisch begrabe. Bei dieser Vorstellung wird mir schlecht. Ich schäme mich.

Ich drehe mich zu Elvira um. Nehme ihr Gesicht in meine Hände, finde ihre Lippen. Küsse sie mit offenen Augen. Um uns herum wogen Menschenmassen aus Silhouetten auf den Ausgang zu. Es sieht aus wie ein Fluss, der über die Ufer schäumt. Aber das macht nichts. Wir haben hier eine Insel. Ich bücke mich zu dem Wagen, in dem die Kinder vor sich hin dösen. Umarme sie beide zugleich. Merke, dass ich für beide eine Träne habe. Für alle drei. Meine Kinder. Meine Frau.

Ein Haus aus Händen

»Der Teufel soll dich holen«, dann knallt hinter ihr die Tür zu, und ich stehe da und lausche den Schritten, die die Treppe zum ersten Stock hochlaufen, so, wie ich in letzter Zeit oft hier gestanden habe. Wir brauchen kaum noch einen Anlass, um loszulegen. Was ich die ganze Zeit für eine Phase halten wollte, scheint sich zu einem Zustand entwickelt zu haben, und paradoxerweise flucht sie jetzt wie ein Seemann, weil ich keine Lust habe, heute Nachmittag in die Kirche zu gehen. Ich hätte mir das überlegen sollen, ich hätte es besser wissen müssen, aber ich finde es heuchlerisch, dass wir nur zu Weihnachten in die Kirche gehen.

»Ich bin Heiligabend immer schon in die Kirche gegangen«, ruft Elisa, die Wimperntusche läuft ihr über die Wangen, ihr Gesicht verwandelt sich von venusglatt zu greisinnenrunzlig, und das in nur wenigen Sekunden.

»Es ist einfach blöd, wenn du nur eine Weihnachtschristin bist«, habe ich erwidert, und da hat sie mich verwünscht. Dabei weiß sie, dass ich das nicht leiden kann. Vielleicht macht sie es ja gerade deshalb. Ich weiß, es ist idiotisch. Nach all den Jahren mit Nachtwachen am Wochenende und Diskussionen mit übermäßig betrunkenen Menschen müsste ich mit den Schultern zucken, wenn geflucht wird oder ich Tiraden aus derben Schimpfwörtern hören muss. Ich habe so oft Leute behandelt, die durch Windschutzscheiben geschleudert wurden und sich Finger abgeschnitten haben, aber immer wenn jemand grob flucht und dabei Geschlechtsteile in nicht-medizinischen Termini beschreibt, dreht sich in mir etwas um, und ich höre die Stimme meines Vaters. Die Stimme, die wir unter der Woche nicht hörten und die sich am späten Freitag- oder Samstagabend vor Mamas Gesicht heiser brüllte. Und wenn ich mich jetzt sehen könnte, dann wüsste ich genau, wie ich jetzt aussehe. Wie ein kleiner schmollender Junge, der gerade wegen etwas ausgeschimpft worden ist, das er nicht getan hat. Elisa bemüht gern Freud, aber nicht immer kann ein Mann selbst entscheiden, welche Koffer er auf eine Reise mitnimmt.

Ich habe nicht aufgehört zu glauben, das ist nicht der Grund, aus dem ich nicht in die Kirche gehen will. Eigentlich habe ich immer geglaubt. Es ist nur, dass ich nicht mehr die Zeit finde zu glauben, wie ich will. Und deshalb habe ich ein schlechtes Gewissen. Ich bin nicht von Gott weggeglitten, eher ist er ein wenig in Vergessenheit geraten. Wie der Brief, den du die ganze Zeit schreiben willst, aber wenn du dich dann hinsetzt, klingelt das Telefon, im Fernsehen gibt es etwas Interessantes, oder dir fällt ein, dass du vergessen hast, die letzte Kilometerpauschale abzurechnen.

Jedes Jahr zu Neujahr schwöre ich mir, häufiger in die Kirche zu gehen, häufiger die Bibel zu lesen. Ich habe mir sogar ein eigenes Buch gekauft – ein Logbuch –, um die Bibelstellen zu notieren, die ich in den Mannakörnern finde. Dieses Buch habe ich seit drei Jahren. Ich habe zwei Stellen aufgeschrieben.

Als Mama, mein kleiner Bruder und ich nach Kongsvinger gezogen sind, haben wir oft den Gottesdienst besucht, und bis ich zwölf wurde, habe ich kaum je die Sonntagsschule geschwänzt. Später habe ich zusammen mit einem Pfingstler aus Halden studiert, und bei einem Glas hat er einmal gesagt, er habe im Gebetshaus gelernt, Jesus zu fürchten. Ich habe das in der Kirche nie so erlebt. Ich hatte eher das Gefühl, dass Jesus meine Hand nahm und mich durch die Stunden des Gottesdienstes führte. Ich habe mir wohl nie die Zeit genommen, dieses Gefühl wieder an mich heranzulassen.

Ich schenke mir eine Tasse Kaffee ein und sehe den Weihnachtsbaum an, den wir gestern geschmückt haben. Wir haben das geschafft, ohne uns zu streiten. Zwei Papierkörbchen, die mein Bruder und ich als Kinder geflochten haben, und ein dicker Coca-Cola-Weihnachtsmann aus den USA, den mein Onkel einmal auf einem Landurlaub bei sich hatte, das ist mein Beitrag. Elisa hat für den Rest gesorgt, und ich protestiere schon lange nicht mehr gegen den Stern oben am Baum, der die Spitze ersetzt, an die ich gewöhnt war.

Es ist ein schöner Baum, und ich fühle mich plötzlich egoistisch. Es ist nicht so, dass es ein wahnsinniges Opfer wäre, in die Kirche zu gehen, eigentlich nicht, es ist nur, dass sie Ruhe und Geborgenheit darin finden kann, und sie kann unbeschwert zwischen damals und jetzt hin und her wandern, doch ich weiß nicht, ob ich dieselbe Fähigkeit besitze.

Wir sind seit fünf Jahren verheiratet, und seit ich als praktischer Arzt angefangen habe, musste ich dreimal am Heiligen Abend arbeiten. In diesem Jahr habe ich wieder Dienst, und das ist einer der Gründe, aus denen ich nicht in die Kirche gehen will. Ich kann mein Mobiltelefon natürlich auf lautlos stellen, aber mitten in der Predigt hinausstürzen zu müssen, weil es in meiner Jackentasche kitzelt, kommt mir ein wenig blasphemisch vor. Ich habe versucht, Elisa zu erklären, dass diese Schichten guten Verdienst bedeuten, habe versucht, ihr klarzumachen, dass ich jetzt zwar Überstunden machen muss und lange Tage habe, aber dass wir uns dann schneller die Dinge anschaffen können, die wir uns wünschen, und rascher unabhängig werden. Elisa sagt, dass ich mich so darauf konzentriere, was hinter der nächsten Kurve liegt, dass ich das Lenkrad schon herumreiße, wenn wir uns noch auf gerader Strecke befinden. Ich habe gesagt, dass sie heute Abend zu ihrer Mutter zum Essen fahren kann, und ich werde dann nach Feierabend vorbeischauen. Elisa sagt, es sei unnatürlich für Mann und Frau, niemals gemeinsam Heiligabend zu feiern, das gebe unserer Beziehung eine Schlagseite. Ich sage, wir können das alles nachholen, wenn wir Kinder bekommen. Elisa fragt, wann wir dazu Zeit haben werden.

Ich gehe in den ersten Stock und finde sie in ihrem Arbeitszimmer. Sie legt am Computer eine Patience. Die geht nicht auf. Ein großes rotes Kreuz, nachdem sie die letzten drei Karten umgedreht hat. Ich umarme sie von hinten. Weiß nicht, was ich tun soll, um die Sache besser zu machen, deswegen umarme ich sie einfach nur. Elisa startet eine neue Runde. Karo-Zwei auf Pik-Drei.

In zwei Stunden beginnt mein Dienst, doch dann ruft auf einmal die Krankenschwester vom Notruf an und sagt, ich müsse mit einem Vater aus Skogli sprechen. Das Kind hat vierzig Grad Fieber. Die Schwester sagt, dass der Vater kein Auto hat und ausländisch klingt. »Sehr ausländisch«, fügt sie hinzu, ehe sie ihn durchstellt. Ich hole tief Luft. Es ist nicht so sonderlich verlockend, heute Abend noch losfahren zu müssen. Andererseits würde es die Zeit ein wenig schneller vergehen lassen. Vielleicht.

»Hallo?«, frage ich, und der Vater erklärt in stockendem Norwegisch die Symptome. Es klingt nach einer Infektion der oberen Luftwege. Ich bitte um die Adresse. Der Vater sagt, die sei schwer zu finden. Ich bitte ihn, mir den Weg so gut zu erklären, wie er kann, ich werde dann anrufen, wenn ich mich verfahre. Er sagt, dass er kein Telefon hat. Ich frage, wie er jetzt mit mir spricht. Der Vater sagt, er stehe in einer Telefonzelle, das Handy wirke nicht dort, wo er wohnt. »Mitten in Wald. Alles ganz klein«, sagt er. Ich frage, wo die Mutter ist. Er erklärt, dass sie sich um das Kind kümmert. Ich bitte ihn, bei der Telefonzelle zu warten.

Ich setze mich ins Auto, überlege, ob Elisa allein in die Kirche gehen wird. Vorhin hatte sie sich noch nicht entschieden. Über mir scheint der Himmel sich wie ein Fausthandschuh mit dem Futter nach außen umzustülpen. Alles läuft in Zeitlupe ab. In Richtung Skogli fällt der Schnee immer stärker, und wie immer wenn es dunkel ist und ich durch ein Schneegestöber fahre, habe ich das Gefühl, zu fallen, den Schneeflocken entgegenzuwirbeln.

Die Tempo-Sechzig-Zone, die stillgelegte Fabrik und die Badestelle, ich fahre ein wenig schneller, als die Straße gerade wird. Vor der Telefonzelle warten zwei Gestalten. Die größere steigt vorn ein, die kleinere gleitet auf den Rücksitz. Der Schnee liegt wie eine Kappe auf den dunklen Haaren der Männer, und ich vermute, dass sie aus dem Iran oder dem Irak kommen, möglicherweise sind sie auch Kurden.

»Wo lang jetzt?«, frage ich und ahne eine Bewegung im Rückspiegel, werde aber vollständig von einem Arm überrascht, der mich von hinten über die linke Schulter packt, während der Mann auf dem Beifahrersitz mir die Mütze über die Augen zieht. Ich wehre mich, will um mich schlagen und trete das Gaspedal durch. Das Auto macht einen Sprung nach vorn, ehe die Handbremse angezogen wird und kalter Stahl sich gegen meinen Hals presst. Ich höre auf, mich zu wehren, nehme den Fuß vom Gaspedal. Das Aufbrüllen des Motors hat mir Ohrensausen verpasst, und meine Herzschläge hören sich an wie Tropfen in einem leeren Eimer.

»Ruhig«, sagt die Stimme neben mir.

»Was ihr wollt, findet ihr in meiner Tasche«, sage ich.

»Ruhig«, sagt die Stimme wieder, und ich versuche, mich zu entspannen. Das Messer berührt die Spitze meines Adamsapfels und gibt mir das Gefühl, ununterbrochen schlucken zu müssen.

»Du jetzt nicht fahren, ich fahren«, sagt die Stimme unvermindert ruhig.

Ich fange an, nach dem Türgriff zu suchen, und hoffe, sie werden sich mit dem Auto begnügen.

»Nein«, sagt die Stimme jetzt. »Nicht raus, Platz tauschen.«

Dann wird die Beifahrertür geöffnet und zugeschlagen. Meine eigene Tür wird aufgerissen, und jemand versetzt mir einen Stoß in die Rippen.

»Rüberrutschen.«

Ich versuche, diesen Befehl zu befolgen, schaffe es aber nicht, die Beine über die Gangschaltung zu heben. Die ganze Zeit spüre ich das Messer an der Kehle. Der Mann, der auf die Fahrerseite gekommen ist, hilft mir, meine Beine unter dem Armaturenbrett zu befreien, und ich rutsche hinüber auf den Beifahrersitz. Ich will mir die Mütze von den Augen wegschieben.

»Nein, Mütze auf«, sagt die Stimme, die schon die ganze Zeit redet, und ich lasse mich gegen die Tür sinken. Versuche mit der Zunge die Mütze ein wenig wegzustoßen, damit sie nicht so dicht über meinem Mund sitzt.

»Könnt ihr nicht einfach den Wagen nehmen?«, frage ich und erkenne meine Stimme kaum.

»Du müssen helfen. Helfen jetzt.«

In der warmen Dunkelheit unter der Mütze verliert alles seine Form, und die Stimme scheint von der anderen Seite eines großen Saales zu mir zu sprechen. Ich versuche, nicht an das Messer zu denken, kann aber die Erinnerung an einen Mann nicht verdrängen, der mit durchgeschnittener Kehle eingeliefert wurde. Die Wunde lächelte mich an wie ein zusätzlicher Mund. Der Wagen macht noch einen Sprung und fährt dann einen Kreis, dann einen zweiten und einen dritten, ehe der Fahrer ihn im Griff hat und ich mir einbilde, dass es in Richtung Schweden geht. Meine rechte Hand findet das Telefon in meiner Jackentasche, und durch das Leder des Handschuhs versuche ich, die richtige Taste zu drücken, aber der Mann hinter mir scheint meine Gedanken gelesen zu haben. Er sagt nichts, lässt mein Telefon nur in das Mittelfach fallen. Der Wagen nimmt eine Kurve, dann kommen neue Runden im Kreis. Ich habe keine Ahnung mehr, in welche Richtung wir fahren, aber es geht aufwärts, ziemlich steil aufwärts, und etwas scharrt an der Unterseite der Karosserie. Nach vielleicht zehn Minuten halten wir an. Ich bleibe sitzen und bete, während ich auf das kratzende, brennende Gefühl am Hals warte und auf mein Leben, das in einem einzigen großen Zuschnappen verschwindet. Der Motor wird ausgeschaltet, die Beifahrertür geöffnet, die Mütze weggezogen, und der größere Mann zieht mich heraus und auf die Beine.

»Bitte, helfen«, sagt er, und seine Stimme klingt plötzlich viel schwächer. Wir stehen vor einer Hütte. Im Fenster brennt eine Petroleumlampe. Offenbar sind wir mitten im Wald. Ich sehe kein anderes Licht. Wir sind auf allen Seiten von Bäumen umgeben.

»Bitte«, sage der Größere noch einmal, und wir gehen auf die Hütte zu. Keiner der Männer hält mich fest, und erst als der Kleinere die Tür öffnet, fällt mir auf, dass er meine Tasche mitgenommen hat. Die Hitze aus dem Raum schlägt mir entgegen, und die Haare der Frau auf der Holzpritsche kleben an ihrem Kopf. Aber nicht nur die Hitze lässt sie schwitzen, sie atmet keuchend, und unter der Decke wölbt sich ihr Bauch. Ich werde zu einer einzigen Bewegung, streife Jacke und Handschuhe ab und greife nach meiner Tasche. Dann lächele ich die Frau an und zeige auf die Petroleumlampe vor dem Fenster. Die Männer zögern ein wenig, dann reagiert der Größere, reißt die Lampe an sich und stellt sie auf einen Stuhl vor dem Bett.

»Du musst leuchten«, sage ich, schlage die Decke beiseite und frage die Frau:

»Ist das Wasser schon abgegangen?«

Sie nickt.

»Wie weit sind die Wehen auseinander?«

»Fünfzehn Minuten vielleicht.«

»Okay, das schaffen wir«, sage ich, streichele ihre Wange und schiebe ihr Kleid hoch. Die Gebärmutteröffnung ist schon groß, aber nicht groß genug, ich muss sie bitten, sich dagegen zu stemmen, wenn sie mit dem Pressen beginnt. Eine Wehe bricht los, und ihr Schrei lässt den größeren Mann den Kopf noch weiter wegdrehen, während er die Lampe schräg von sich weghält wie einen Degen. Ich warte darauf, dass die Frau sich wieder entspannt, dann untersuche ich sie genauer. Für einige entsetzliche Sekunden befürchte ich eine Sitzgeburt, doch dann taste ich den Kopf und den weichen Teil, bei dem es sich um die Fontanelle handeln muss. Danke, Gott, der Kopf kommt zuerst. Ich lege die Decke zurück und winke dem Mann, auf die Längsseite des Bettes zu treten. Er gehorcht, ohne meinen Blick zu erwidern, und ich lege der Frau die Blutdruckmanschette um den rechten Arm. Normal.

Ich nehme dem Mann die Lampe weg und stelle sie auf den Stuhl.

»Ich brauche Wasser, um das Kind und meine Hände zu waschen. Wo habt ihr hier Wasser?«

»Nehmen Schnee.«

»Wir können noch einen Krankenwagen holen.«

Der Kleinere legt dem Größeren die Hand auf den Arm und sagt etwas in einer Sprache mit vielen Konsonanten. Der Größere dreht sich wieder zu mir um. »Der See ist nicht weit, aber viel Eis.«

»Hackt ein Loch.«

Wieder schreit die Frau und spannt sich zu einem Bogen.

»Du musst atmen«, rufe ich. »Das Atmen nicht vergessen.«

Sie sieht mich nur an.

»Atmen, atmen, atmen, atmen«, sage ich und mache Kreisbewegungen mit der Hand, damit sie versteht. Sie entspannt sich einen kurzen Moment, dann ertönt ein neuer Schrei, bei dem mir die Ohren klingen, und der kleinere Mann schnappt sich einen Plastikeimer bei der Tür und rennt hinaus. Ich überprüfe wieder die Öffnung. Der Muttermund ist größer geworden. Es dauert jetzt nicht mehr so lange, aber ich muss sie bitten, nicht mehr zu pressen. Dann denke ich an einen Kollegen, der gesagt hat, dass Frauen aus dem Mittleren Osten beim Gebären viel lauter sind als die aus Europa.

»Hinten in meinem Auto liegt eine neue Decke, sie ist in Plastik gewickelt. Hol die«, sage ich zu dem größeren Mann, der nicht sofort reagiert.

»Ganz ruhig. Ich laufe schon nicht weg«, sage ich, und der Mann geht hinaus.

Ich streiche der Frau über die Stirn. Sie versucht zu lächeln, und ihr Gesicht glättet sich ein wenig. Erst jetzt sehe ich, dass sie sehr jung ist, sicher nicht älter als zwanzig.

»Das geht gut«, sage ich und mache wieder Kreisbewegungen mit der Hand, als eine neue Wehe sich ankündigt. Der größere Mann kommt mit der Decke herein, gerade als sie besonders laut schreit. Ich zeige auf die Lampe, und er lässt die Decke auf das Fußende des Bettes fallen und nimmt wieder seine Fechtposition ein. Die Gebärmutteröffnung ist nun noch größer geworden.

»Jetzt fangen wir bald mit der Arbeit an«, sage ich zu der Frau, und der Mann stellt die Lampe zurück auf den Stuhl. Zum ersten Mal erwidert er meinen Blick. Seine Augen sehen aus wie Ölflecken im Schnee.

»Warum seid ihr hergekommen?«, frage ich.

Er antwortet nicht sofort, und erst, als ich mich wieder zu der Frau umdrehe, fängt er an zu reden.

»Wir müssen zurück.«

»Wohin?«

»In den Iran. Da wird sie getötet, und das Kind. Ich sicher auch getötet.«

»Von den Geistlichen?«

Er schüttelt den Kopf. »Von Familie.«

»Warum das?«

»Sie ist aus Kurdistan. Ich Iran. Kein good match.«

»Seid ihr deshalb nach Norwegen geflohen?«

Er schüttelt wieder den Kopf. »Mezra und ich hier kennengelernt, in Asylheim.«

Hinter uns wird die Tür geöffnet. Eine neue Wehe erfasst die Frau und geht in eine andere über. Jetzt wird es ernst.

»Kocht Wasser«, rufe ich über meine Schulter und dirigiere den größeren mit der Lampe wieder ans Fußende des Bettes.

»Pressen, pressen, pressen, atmen, atmen, atmen.«

Nachdem ich den kleinen Jungen gewaschen und an die Brust seiner Mutter gelegt habe, wandert mein Blick plötzlich ab. Ich habe schon mehrere Kinder entbunden, aber ich werde mich nie ganz an dieses Gefühl gewöhnen, die Welt zum ersten Mal zu sehen, aus Gottes Augen blicken und spüren zu können, wie es am ersten Tag gewesen sein muss. Mein Alltag als Arzt dreht sich meist darum, die Finsternis wegzuhalten, selten habe ich mehr Licht werden sehen als jetzt. Der größere Mann kniet neben dem Bett und hat die eine Hand der Frau in seine genommen. Ich denke an Elisa, an unsere Autos und das alte Holzhaus, das wir für mehr als eine Million renovieren wollen. Ab und zu können zwei Paar Hände das ganze Haus sein, das ein Mann und eine Frau brauchen.

Ich gehe zum Fenster und kann mein Auto draußen als pelziges Bündel erahnen, und mir wird bewusst, dass in dieser alten Bauernhütte sicher schon früher Kinder geboren wurden. Der größere Mann erhebt sich und kommt auf mich zu.

»Soll ich euch ins Krankenhaus fahren?«, frage ich.

Der Mann schüttelt den Kopf.

»Habt ihr Windeln und Kleider für den Kleinen?«

Er nickt.

»Kann ich mal sehen?«

Er hebt eine Tasche vom Boden auf und zeigt mir zwei Packungen Windeln, einige Salben, Waschlappen und genügend Kleidung.

»Wie seid ihr hier gelandet?«, frage ich.

»Es war Schluss mit Platz.«

»Schluss mit Platz?«

»Wir uns bei anderen versteckt, aber wollten Weihnachten feiern. Gäste uns können verraten.«

»Ich kann euch nicht mit einem neugeborenen Baby hier lassen.«

»Ich habe Bruder in Schweden. Will abholen, aber Auto kaputt.«

Der größere Mann nickt zu dem anderen hinüber.

»Und jetzt müsst ihr hier bleiben?«

»Morgen werden geholt.«

Ich nicke. Weiß nicht, was ich noch sagen soll. Der größere Mann öffnet seine Brieftasche, zieht einen Fünfhunderter heraus und hält ihn mir hin.

»Danke«, sagt er.

»Ich sollte euch danken«, sage ich und stecke ihm den Geldschein in die Hemdentasche.

Der kleinere Mann fährt mich zurück, diesmal ohne Messer an meiner Kehle. Ich weiß, ich könnte ihn zu Boden schlagen, weiß, dass ich das tun sollte. Zumindest sollte ich die Mütze hochschieben, um sehen zu können, wo wir sind. Aber ich tue nichts. Der Wagen hält, und ich ziehe die Mütze hoch, auf der Uhr sehe ich, dass wir genau sechs Minuten gefahren sind. Der Mann springt aus dem Wagen, ohne sich umzusehen, und verschwindet hinter der Telefonzelle.

Ich müsste die Polizei anrufen. Skogli ist nicht so groß.

Ich rutsche hinter das Lenkrad. Nehme mein Telefon und fange an, die Nummer einzugeben.

»Hallo?«, sagt die Stimme.

»Ja, hallo, Elisa«, sage ich. Dann kann ich nichts mehr sagen, sondern muss an den Straßenrand fahren und anhalten.

Für einige Herzschläge bin ich einfach leer. Wer ich war, habe ich vergessen. Wer ich einmal werden wollte, weiß ich nicht mehr, und wer ich jetzt bin, ist mir nicht so ganz klar.

Dann spüre ich plötzlich, dass ich mich so sehr nach ihr sehne, dass es mir fast Angst macht. So habe ich seit unserer Hochzeit nicht mehr empfunden. Damals war sie alles, was ich brauchte, was ich mir wünschte.

»Ich habe ein Kind geholt«, sage ich.

»Dann wird es spät?«

»Nein, es ging alles gut. Ich komme jetzt nach Hause. Vielleicht können wir in die Mitternachtsmette gehen.«

»Gern«, antwortet sie, dann schweigen wir beide. Ich lege auf. Ein Auto kommt mir entgegen. Wird langsamer. Die Gesichter von Fahrer und Beifahrer wenden sich mir zu. Was die wohl denken? Was die wohl zu sehen glauben? Einen Mann, der nur auf eine Entschuldigung wartet, um aufzugeben, oder einen Mann, der dabei ist, aus dem Ende einen neuen Anfang zu machen?

Und gib uns heute

Die Körbchen und die Kerzen auf dem Geschenkpapier versetzen mich sonst in gute Stimmung. Heute aber nicht, als ich hier sitze und das letzte Geschenk einpacke. Ich sehe mich im Spiegel, und meine Stimmung hebt sich ein wenig, aber nur ein wenig, auch wenn ich verstehen kann, warum ich noch immer auf der Straße Blicke auf mich ziehe. *Noch immer.* Das klingt, als ob ich auf die Rente zuginge; Butterfahrten nach Hirtshals und Wellness-Wochenenden mit Bridgepartnerinnen auf schwedischen Gesundheitsfarmen. Ich bin nicht alt, plus-minus fünfzig (hängt von der Tagesform ab), ich meine, dass sich junge Männer noch immer nach mir umdrehen, und nicht nur junge, übrigens. Sagen wir einfach, dass ich noch immer Aufmerksamkeit errege. In dieser Hinsicht sind Männer schlicht gestrickt. Es reicht, sich geradezuhalten und ein wenig mit den Stiefelabsätzen zu klappern, und schon sind die meisten Männer verloren. Ein gerader Rücken und energische Schritte, ja, und am besten lange Haare, schulterlange Haare. Die Farbe spielt keine Rolle, ich habe es mit blond, rot und kastanienbraun probiert, die Männer drehen sich immer um. Ich glaube, sie spielen gern mit dem Gefühl, mit einer solchen Frau zusammen zu sein, einer Frau, die weiß, wohin sie ihre Schritte setzt. Vielleicht nicht für ein ganzes Leben zusammen zu sein, leider äußerst selten für ein ganzes Leben, aber jedenfalls für eine Nacht, für ein Wochenende. Ich habe gerade noch eine Sendung über Männer gesehen, die auf ältere Frauen stehen. Ein Mann von Anfang zwanzig sagte, wir seien wie Blumen, seien am schönsten, ehe wir zu verwelken beginnen. Überaus dichterisch gesagt.

Ich sehe noch immer den jungen Mann aus der Fernsehsendung vor mir, er ähnelte einem Peter Pan, der gerade an diesem Tag als Erwachsener aufgewacht war. Es ist dumm, dass ich jüngere Männer nicht mag, ich mag sie nicht auf *diese* Weise. Sonst könnte alles einfacher sein. Nicht unbedingt, dass ich dann glücklicher wäre, aber es wäre einfacher. Auf jeden Fall einfacher. Ich mustere mein Gesicht gründlich, frage mich, ob ich bald anfangen werde zu verwelken. Es kommt mir früh vor, ich glaube, ein wenig entscheidet man das auch selbst.

»Fröhliche Weihnachten«, schreibe ich auf den Aufkleber und befestige ihn am Umschlag für meinen einzigen Neffen, Johnny. Er wird im Februar sechzehn, und ich habe diesmal sechs Tausender beigelegt. Moped, Mädchen, diese ganzen Sachen.

Es muss schön sein, am Anfang von allem zu stehen. Als ich sechzehn war, kam ich aufs Gymnasium. Es war dasselbe Jahr, in dem ich zum ersten Mal mit einem Mann zusammen war, oder eher war es ein Junge, ja, auf jeden Fall ein Junge, auch wenn er schon Abitur machte. Ich lächele das Gesicht im Spiegel an und überlege, ob ich Lippenstift nehmen soll oder nicht. Ich entscheide mich für einen tiefroten. Es gibt keinen Grund, das nicht zu tun, auch wenn meine Mutter sich am Heiligen Abend nie geschminkt hat. Nationalfeiertag, Vaters Beerdigung, Silvester und so weiter, aber niemals am Heiligen Abend. An Jesu Geburtstag, wie sie immer sagte.

Schade, dass es nicht auch andere Dinge gab, die sie an diesem Tag unbedingt vermeiden wollte.

Ich lege die Geschenke ins Netz und stelle den Umschlag für Johnny neben den Spiegel in der Diele. Ich habe noch einen anderen Brief geschrieben. Einen Brief ohne Geld, einen Brief, in dem es um Schuld geht, aber nicht meine Schuld, auch wenn er von mir handelt, von Kristen und mir, Kristen Jovik und mir. Ich nehme meinen Mantel vom Haken. Den Ledermantel, der mir bis zu den Knöcheln reicht. Lege den Schal mit dem Schottenkaro um, den Kristen mir in der Carnaby Street gekauft hat, als er im November zu einem Seminar drüben war, den er mir bei seinem letzten Besuch hier mitgebracht hat. Am letzten Wochenende, an dem er hier übernachtet hat. So hatte er das sicher nicht geplant. Ganz sicher nicht, aber als wir am Sonntag beim Frühstück saßen, war es nicht mehr schön. Ich konnte nicht aufhören, obwohl ich wusste, dass ich aufhören musste. Weiß nicht, ob ich das schon einmal so empfunden habe, jedenfalls nicht als Erwachsene. Denselben Trotz wie früher als kleines Kind, du bist blöd und deine Mutter erst recht, und dann stehst du da mit Haarsträhnen in der Hand und klebrigen, salzigen Lippen.

Er hatte den ganzen Sommer und Herbst darüber gesprochen, dass er seine Frau verlassen würde. Dass er das bald tun würde. Als ich am Fenster stand, vor unserem ersten Treffen nach London, und als ich ihn den Hang hoch auf mein Haus zukommen sah, dachte ich: mein Mann. Als wir beim Essen noch eine Flasche Rotwein öffneten, dachte ich: mein Mann. Als er einschlief und den Arm um mich gelegt hatte, nachdem er ausnahmsweise einmal nicht oben gelegen hatte, dachte ich: mein Mann. Als er am nächsten Morgen Brötchen aufwärmte und mir Kaffee ans Bett brachte, dachte ich: mein

Mann. Und so dachte ich für den Rest des Tages an ihn. Es war wie unser erstes gemeinsames Wochenende. Er streckte die Hand aus, und ich ließ nicht los. Wir waren uns selbst genug, bis er sagte, er müsse mir etwas sagen. Ich dachte an HIV. Er erzählte von Liv. Es war eine Woche her, dass wir uns in der Rezeption des Hotels getroffen hatten, wo ich arbeite. Als er um meine Telefonnummer bat, sagte ich ja. Am folgenden Freitag aßen wir zusammen, und ich lud ihn zum Kaffee zu mir ein. Dann ergab es sich so, dass er nicht ging, und als der Sonntag kam, war er noch immer da.

Natürlich hätte ich Argwohn schöpfen müssen. Männer, die es mit dem Gehen nicht eilig haben, sind Männer, die einen Ort haben, wo sie sein müssten, einen Ort, wo sie hingehören. Trotzdem kam es für mich total überraschend, dass er verheiratet war. Dass er ein ganzes Wochenende mit mir verbringen konnte, um dann am Sonntagabend einfach zu seiner Frau nach Hause zu fahren. Ich sagte, ich wolle ihn niemals wiedersehen. Er sagte, seine Beziehung zu seiner Frau sei zu Ende. »Die ist tot. Die ruht unter dem Schnee.« Genau so hat er das gesagt. *Ruht unter dem Schnee.* Seltsam, wie poetisch Männer werden, wenn sie sich in die Enge getrieben fühlen. Als ich ihn bat zu gehen, sagte er, sie würden sich scheiden lassen. Als ich ihn am nächsten Wochenende wieder hereinließ, berichtete er, jetzt habe er sich entschieden.

Ich probiere zuerst die rote Baskenmütze, aber die wirkt zu bieder und alt. Ich ende bei dem schwarzen Samthut, der vorn eine kleine Rose hat. Er ist vielleicht nicht mein schönster Hut, aber er hat etwas Zeitloses, das mir gefällt. Mary Pickford, Greta Garbo, Rita Hayworth, Marilyn Monroe. Sophia Loren, Brigitte Bardot, Jane Fonda, Julia Roberts und Jennifer Lopez hätten diesen Hut allesamt tragen können, und sie hätten dann ausgesehen wie in den dreißiger Jahren und wie in den neunziger Jahren und zugleich einfach zeitlos. Ich weiß nicht, ob der Hut so richtig für die Kirche passt, aber noch einmal: Na und? Wenn du schon kommst, um zu beten, spielen die Kleider ja wohl keine Rolle?

Ich stecke die Briefe für Kristen und Johnny in die Tasche, streife mir das Netz über die Schulter und schließe die Tür hinter mir ab. Vielleicht könnte ich ein Taxi anhalten, aber das würde alles nur komplizierter machen. Dann müsste ich es in mehreren Etappen nehmen. Ich kann eher den Wagen bei Emmy stehen lassen. Sicher wird sie bei dem Essen mit mir und Johnny eine Flasche Wein öffnen. Dieses Jahr ist das zweite Weihnachtsfest, seit mein Schwager seinen tödlichen Unfall gebaut hat. Ich überlege, was schlimmer ist, Witwe zu sein oder die Nummer 2? Ich komme mir gemein und böse vor, kaum habe ich diesen Gedanken zu Ende gedacht. Gemein und böse an Heiligabend. Ich bin gemein und böse an Heiligabend, aber nicht auf diese Weise. Nicht auf die kleinliche Weise. Nicht meiner eigenen kleinen Schwester gegenüber. Das andere geht mehr darum, wie es war, ehe Jesus geboren wurde. Es hat etwas Alttestamentarisches. Auge um Auge, Zahn um Zahn. Es beruhigt mich, das zu denken, und meine Hände zittern nicht, als ich mich ins Auto setze. Ich muss nicht aufs Klo, mein Herz schlägt gleichmäßig. Ich bin ruhig. Ich bin ruhig. Ich bin ganz ruhig.

Normalerweise macht Heiligabend mich traurig. Wehmütig. Ein Tag, um alles zu vermissen, was nicht mehr da ist. Schon als ich noch ganz jung war, war das so. Jetzt aber bin ich nur erwartungsvoll. Erleichtert. Hier komme ich mit dem Rest meines Lebens. Es ist besser, das zu bereuen, was man tut, als das, was man nicht tut, nicht wahr? Natürlich ist das wahr, und ich bin ganz ruhig.

Die Stadt sieht in diesem Jahr so aus, als sei Weihnachten einfach vom Himmel gefallen. Nicht so, dass es plötzlich gekommen wäre, das nun wirklich nicht, die Dekorationen waren schon Mitte November fertig, aber es sieht aus, als hätte die Fee des nicht sonderlich guten Geschmacks die Hand aufs Geratewohl in ihren Sack gesteckt und mit Weihnachtsglitter um sich geworfen, und alles habe dann einfach dort hängen dürfen, wo es gelandet war.

Auf den Straßen sind überraschend viele Leute unterwegs. Hand in Hand, mit kleinen Taschen über den Schultern. Taschen mit den guten Schuhen und mit Aquavitflaschen. Paare mittleren Alters, die irgendwohin unterwegs sind. So etwas hatte ich auch für Kristen und mich erhofft. Arm in Arm durch Weihnachten, auf dem Weg zu Verwandten oder Freunden. Wir beide zusammen in den Hauptstraßen.

Aber jetzt? Einen kleinen Moment lang ist es wieder da. Das Zittern, das flüchtige Gefühl guter Dinge, die bevorstehen, das Gefühl, dass die Geduldige am Ende alles Gute bekommt. Ich werfe einen Blick in den Rückspiegel. Es sind nicht mehr die Augen einer Frau, die wartet.

Ich halte auf der anderen Seite der Brücke an einer roten Ampel. Das hier ist eine seltsame kleine Stadt. Sie klammert sich an zwei Hänge, und vielleicht wurde sie wegen des Flusses so gebaut, aus Angst vor Überschwemmungen? Ich weiß es nicht. Jetzt vermittelt sie mir nur das Gefühl, in einer Grube zu stecken, in einem Tiergrab festzusitzen. Wenn ich bei Emmy gewesen bin und mit ihr geweint habe, *um* sie geweint habe, ist es vorgekommen, dass wir uns vorgestellt haben, irgendwo anders zu sein. Zwei alternde Dramaqueens in einem riesigen Haus, durch das sie in wehenden Gewändern flattern. Zwei Schwestern, von denen niemand weiß, wie sie dort gelandet sind oder warum. Es ist seltsam, ich habe immer Frauen verachtet, die sich schlagen lassen,

Frauen, die bei schlagenden Männern bleiben. Jetzt habe ich gelernt, dass es in einer Beziehung mehr gibt, als man sieht. Als man auf den ersten Blick sieht. Es war nicht, dass Kristen ein dermaßen phantastischer Liebhaber war, dass er mich an Orte brachte, wo ich noch nie gewesen war, nicht das machte es schwer, ihn wegzuschicken. Nein, es ging eher darum, dass wir reden konnten, wirklich reden, über Dinge, die ich anderen Männern gegenüber niemals erwähnt habe. Jetzt sehe ich, dass auch das eine Illusion war, wie auch, dass er einmal gesagt hat, wir würden zusammenziehen. Eigentlich konnte Kristen nicht sonderlich gut reden. Er war ein guter Zuhörer, aber vielleicht ist das wiederum nur ein anderes Wort dafür, ein schlechter Sprecher zu sein.

Die Ampel springt auf Grün um, und ich bin noch immer ruhig. Ja, das bin ich. Ganz ruhig. Es ist noch immer nicht zu spät, das Lenkrad nach links zu drehen, mich vor die anderen Autos zu schieben und eben ein wenig zu früh zu Emmy und Johnny zu kommen, aber ich gebe Gas und fahre weiter geradeaus.

Was Kristen so besonders gemacht hat, war, dass er, anders als mein Ex-Mitbewohner, Ex-Verlobter und die anderen Männer, mit denen ich zusammengewesen bin, sich nie darin eingemischt hat, wer ich war, *wie* ich war. Ich verstehe jetzt, warum. Ich glaube jedenfalls zu verstehen, warum. Kristen hatte nie vor, seine Frau zu verlassen, er hatte nie vor, bei mir zu bleiben. Du bittest deine Geliebte nicht, leiser zu werden, wenn sie spricht, du ärgerst dich nicht über ihre Freundinnen oder wirst sauer, weil sie plötzlich Überstunden machen muss.

Jetzt habe ich ihr Haus erreicht. Sie wohnen gut, sie wohnen teuer, in einer ziemlich neuen Wohnanlage. Kristens Auto steht noch immer dort, und ich halte versteckt am Ende der Garagenzeile. So habe ich die drei Haustüren gut im Blick. In fast allen Wohnungen brennen elektrische Leuchter, hinter mehreren Fenstern hängen blinkende Weihnachtssterne, und in der mir am nächsten gelegenen Wohnung strahlt ein riesiges rotes Herz. Die Glühbirne, die es erleuchtet, zeichnet sich deutlich in seiner Mitte ab, und ich kann mein Herz pochen hören. Kann es pumpen hören. Ich denke an Emmy und mich als Kinder. Die Taschenlampe auf der Hand. Die dünne Haut. Das Gefühl, das Blut durch die Adern strömen zu sehen. Das rote. Das überaus rote. Blut und Fleisch. Wie verletzlich wir sind. Ich öffne die Tür, mache einige Schritte vom Auto weg und leere alles aus, was ich im Magen habe, hinter der Garage. Bleibe stehen und schnappe nach Luft, reibe mir Schnee auf die Stirn. Ich bin jetzt ruhig. Ganz ruhig. Schaue auf die Uhr. Setze mich wieder ins Auto. Jetzt müsste er bald kommen. Die Tür ganz links öffnet sich, ehe ich den Gedanken zu Ende gedacht habe. Kristen kommt zuerst. Er trägt einen hellbraunen Mantel, den ich noch nie gesehen habe. Dann kommen die beiden Kinder. Ein Junge und ein Mädchen. Ich glaube, sie sind zehn und zwölf. Und die Frau.

Der schwarze Audi gleitet aus der Garage, und als er in Richtung Stadt losblinkt, laufe ich über den Vorplatz. Bleibe bei der Haustür stehen, finde Kristen, Liv, Ada und Sondre Jovik, Hausnummer 3 a. Meine Absätze klappern über die Fliesen im Hausflur, ich drücke auf den Fahrstuhlknopf, habe aber keine Zeit zu warten und laufe die Treppe nach oben. Mein Hals ist wund. Das Atmen fällt mir schwer. Zweiter Stock. Ich nehme immer zwei Stufen auf einmal. Versuche, nur Bewegung zu sein. Dritter Stock. 3 c, 3 b, 3 a. Ich beuge mich zum Briefschlitz vor, fasse nach dem Brief in meiner Tasche. Weiter hinten auf dem Gang wird eine Tür geöffnet. Jemand kommt heraus und bleibt ein Stück von mir entfernt stehen. Ich werfe einen Blick in diese Richtung. Eine ältere Dame mit einem Grablicht in der Hand.

»Ein letzter Weihnachtsgruß. Fröhliche Weihnachten«, rufe ich, schiebe den Umschlag durch den Briefschlitz und renne die Treppen hinunter.

Der Parkplatz vor der Kirche ist fast voll, ich halte bei der Schule auf der anderen Straßenseite, und als die Glocken anfangen zu läuten, laufe ich ganz schnell hinein. Die Bankreihen im Kirchenschiff sind fast alle besetzt, und ich sehe ein, dass es unmöglich ist, Kristen hier zu finden. Ich bleibe mit dem Liederheft in der Hand stehen und lasse meinen Blick über die Gemeinde schweifen. Auch die Empore ist dicht besetzt. Der erste Gottesdienst ist immer am besten besucht. Ich hätte es wissen müssen, und ich weiß es auch, aber ich hätte ja doch nicht früher kommen können. Ganz hinten gibt es noch Plätze, und als ich mich gerade setzen will, entdecke ich ihn. Er steht auf, um seinen Mantel auszuziehen. Ich gehe weiter nach vorn, möchte gern einen Platz gleich bei ihnen oder vor ihnen finden. Ich sehe, dass Kristen und seine Familie am Rand ihrer Bank sitzen. Die Bank ist nicht ganz voll, für eine ist jedenfalls noch Platz. Ich glaube, er hört mich, ehe er mich sieht. Seine Arme wirken an seinen Schultern festgeschraubt, seine Bewegungen sind marionettenhaft, und ich schwöre, ich kann es knacken hören, als er vorsichtig den Kopf bewegt und mich aus dem Augenwinkel ansieht.

»Ist hier noch ein Platz frei?«, frage ich die, die ganz außen sitzt.

»Sicher doch«, sagt seine Frau, Frau Jovik, Frau Liv Jovik, lächelt und rutscht ein Stück nach innen. Die Bewegung pflanzt sich durch die ganze Reihe fort, und ich lasse mich ganz außen auf die Bank sinken.

»Danke«, sage ich. Wieder lächelt sie. Kristen sagt nichts. Sieht mich nicht an. Aber ich registriere, dass seine Nasenlöcher sich ausweiten und dass die Muskeln an seinem Kiefer anschwellen. Er setzt sich gerade, sinkt dann ein wenig in sich zusammen und faltet die Hände um sein Liederheft. Und da fällt es mir auf. Sie trägt genauso einen Schal wie ich. Meinen Schal aus der Carnaby Street.

»Schöner Schal. Wo haben Sie den gekauft?«, frage ich und spiele an meinem eigenen herum.

»Der war ein Geschenk«, sagt sie und lächelt ein wenig unsicher.

Hinter uns spielt der Organist die ersten Töne an, als die Pastorin am Anfang der Prozession durch den Mittelgang schreitet. Josef, Maria, ein kleiner rosa Puppen-Jesus, Kaspar, Melchior, Balthasar, die Hirten auf dem Felde und die Engel gleich hinterher. Die Kinder bleiben bei einer Krippe vor dem Altar stehen, das Jesuskind wird hineingelegt, die Heiligen Drei Könige, die Hirten und die Engel stellen sich ehrerbietig zum Kreis auf. Die Pastorin stimmt das erste Lied an. Kristens Hände schlagen das Liederheft auf, seine Lippen bewegen sich, aber ich kann ihn nicht singen hören. Die Stimme der Pastorin übertönt alle anderen, sie hat eine schöne Stimme, *Hosianna, hosianna, Gott in der Höhe.* Die kleinen Kinderhände, die die Hirtenstäbe halten, Kristens Kinder, die neben ihm auf der Bank sitzen, die Tochter, die der Mutter etwas zuflüstert, lächelt, Kristen, der sich gerade setzt, Kristen, der wieder in sich zusammensinkt. Das geschieht dir recht, denke ich, das geschieht dir wirklich recht. Ich bin ganz ruhig, die Stimmen hinter mir, die Stimmen um mich herum, Kristen, der sich wieder bewegt, seine Frau neben mir, ihre Hände im Schoß gefaltet, ihre Haut wird auf den Handrücken runzlig, meine Hände sehen jünger aus, aber diese Hände werden heute Abend auf seinem Tisch ruhen, diese Hände werden seine Geschenke öffnen, ich bin ruhig, ich bin ruhig, ich bin ruhig. Ein Kind ist uns geboren, die Hirten sahen ihn zuerst. Ich drehe mein Gesicht Kristen zu, er merkt, dass ich ihn ansehe, sie beugt sich ein wenig zwischen uns, und ich denke an die vielen Male, wenn er gesagt hat, dass er mich liebt, an die Lügen, an die Geschenke. Jetzt sitzen sie und ich hier mit dem gleichen Schal. Ob er wohl an mich denkt, wenn er mit ihr schläft? Ob er heute Abend mit ihr schlafen wird? Jesus auf dem Altarbild kehrt sein Gesicht gen Himmel, sicher der Heimat zu, jedenfalls sieht er aus, als wisse er, wohin er gehört.

Danach, als der Gottesdienst zu Ende ist, drehe ich mich zu ihr um und strecke die Hand aus.

»Fröhliche Weihnachten«, sage ich.

»Fröhliche Weihnachten«, antwortet sie.

Ihr Händedruck ist schlaff, genau wie ich ihn mir vorgestellt habe.

»Auch Ihnen fröhliche Weihnachten«, sage ich zu Kristen und lächele, als ich ihm die Hand reiche.

»Fröhliche Weihnachten«, sagt er, ohne mein Lächeln zu erwidern, ohne meinen Blick zu beantworten.

Das ist es, worauf ich mich gefreut habe, dieser Augenblick ist es, den ich in den letzten Wochen immer wieder vor mir gesehen habe. Aber als sie an mir vorbei und weiter durch den Mittelgang gehen, habe ich nur ein hohles Gefühl. Die Kleine schiebt ihre Hand in die Kristens und sagt etwas zu ihm, er bleibt stehen und hebt sie hoch. Ich erwarte, dass er mich ansieht, dass er sich umdreht, ehe er die Tür erreicht hat, aber er geht einfach weiter. Dann ist er verschwunden. Dann sind sie verschwunden.

Es ist Heiligabend. Wenn du ein braves Kind warst, kommt

der Weihnachtsmann zu Besuch. Mutters Stimme. Jesu Geburtstag. Ich bin eine Räuberin. Eine Diebin, eine schnöde Diebin. Es geht hier nicht um Jesu Geburt, es geht um die Kreuzigung. Ich würde gern hinter Kristen herlaufen, ihn beiseiteziehen, ihm erzählen, wie gern ich ihn leiden sehen möchte, ihm sagen, wie sehr er mich verletzt hat. Dann könnte ich sagen, dass er heute Glück hat, dass er eine neue Chance bekommen hat, was du anderen antust, tust du dir selbst an, dass das hier nur ein Aufschub ist, dass neue Briefe kommen werden, andere Frauen. Es kann ja sein, dass bereits andere Briefe unterwegs zu seinem Briefschlitz sind.

Das alles könnte ich sagen, aber ich sage nichts. Laufe nicht hinter ihm her, bleibe stehen, bis ich ganz allein in der Kirche bin. Allein mit Jesus. Allein mit mir selbst.

Nur wenige Autos stehen noch auf dem Parkplatz. Meine Hände zittern, als ich meins aufschließe. Ich müsste jetzt mit einem Lächeln losfahren, ich müsste zufrieden sein, erleichtert. Danke für alles, und fröhliche Weihnachten dir und deiner Familie. Aber ich verspüre nichts davon. Ich habe das Gefühl, mich selbst verraten zu haben, etwas geworden zu sein, das ich nicht sein will.

Auf den Straßen ist jetzt sehr viel weniger Verkehr. Fast keine Paare, die sich an der Hand halten, sind mehr unterwegs. Als ich bei Emmys Garage bremse, erfüllt mich der Wunsch, klein zu sein. Mich sollte drinnen ein Schoß erwarten, jemand, der mir über die Haare fährt. Ganz ruhig jetzt, das findet sich alles. Du brauchst doch keine Angst zu haben.

Emmy öffnet die Tür in einer knallroten Weihnachtsschürze, die ich ihr wohl geschenkt habe. Ich kann sehen, dass sie geweint hat, und sie umarmt mich lange, als ich ihr fröhliche Weihnachten wünsche. Es tut gut zu merken, dass sie mich braucht, dass sie sich auf meinen Besuch gefreut hat. Ich blinzele mir ein paar Tränen aus den Augen und denke, dass ich hier auch übernachten kann. Dass wir in ihr Doppelbett kriechen und im Dunkeln lange reden können.

Johnny sitzt im Wohnzimmer vor dem Fernseher. Der Weihnachtsmann irgendwo an einem australischen Strand. Johnny ist ein lieber Junge. Ich bin seltsam dankbar dafür, dass ich heute Abend hier sein kann.

Ich ziehe die Pakete aus meinem Netz und lege sie unter den Weihnachtsbaum. Es sind ziemlich viele Pakete dafür, dass wir nur zu dritt sind, und plötzlich fällt mir das Geld für Johnny ein. Ein halbes neues Moped oder so. Ich schiebe die Hand in die Manteltasche und merkte, dass das Etikett heruntergefallen ist. Ziehe es heraus, dann den Umschlag. Versuche, den Aufkleber wieder zu befestigen, aber der Klebstoff ist schlecht, und der Zettel fällt immer wieder herunter. Erst als ich das Klebeband aus der Küche hole, sehe ich es. Ich kann immer noch spüren, was ich dachte, als ich den Umschlag beschriftet habe. Wie ich »Liebe Liv« mit sehr viel Kraft geschrieben habe und wie das L von Liv sich durch das Papier gedrückt hat. Ich muss lachen. Kann einfach nicht aufhören.

»Aber was ist denn los?«, fragt Emmy.

»Ich bin ein Wirrkopf«, sage ich. »Ein Riesenwirrkopf. Ich hab doch wirklich das falsche Geschenk mitgebracht.«

Ich gehe ins Wohnzimmer.

»Johnny?«

»Mmm.« Er kann kaum die Augen vom Bildschirm losreißen.

»Deine Tante hat es geschafft, dein Geschenk zu Hause zu vergessen. Soll ich es holen fahren?«

Er sieht mich mit den blauen Augen seiner Mutter an.

»Bring es doch einfach beim nächsten Mal mit.«

Ich nicke und gehe zum Fenster. Schaue auf die Stadt hinaus, die sich zur Mitte des Tales hinunterwälzt. Ich kann mich nicht erinnern, wann ich mich zuletzt so reich gefühlt habe.

Bald werden die Engel landen

Wann kann man eigentlich sagen, dass eine Geschichte beginnt? Am Tag, an dem man geboren wird? Es könnte so einfach sein. Und es brauchte gar keine Geschichte zu werden. Ein Satz hätte vielleicht auch gereicht. »Es war einmal ein Knabe, der geboren wurde, und wenn er nicht gestorben ist, dann lebt er heute noch, und dann kam eine Maus, und das Märchen war aus.« Ja, genauso hätte es gehen können. Genauso hätte es gehen müssen.

Aber dann ist da diese Sache, dass man die Karten ausspielen muss, die das Leben einem gibt, und wenn man miese Karten kriegt, was tut man dann? Weiterspielen oder aufgeben? Ich habe keine Antwort darauf. Eigentlich habe ich beides versucht, aber einen großen Unterschied habe ich dabei nicht bemerkt.

Ich habe keine Ahnung, wie ich hergekommen bin. Weiß nicht, was ich hier hinter diesem Pappschild überhaupt mache. In einer anderen Zeit, an einem anderen Ort hätte ich vielleicht lächeln können über diesen unfreiwilligen Stabreim, den ich auf mein Pappstück geschrieben habe, aber nicht heute. Nicht jetzt.

Ich wurde unter Wasser geboren. Vielleicht hat das etwas zu bedeuten? Kaum für die vielen Bewohner von Oslo mit ihren Erklärungen und mit ihren mit Büchern vollgestopften Regalen, aber ich kann sozusagen sehen, wie die Leute zu Hause die Lippen aufeinanderpressen und verständnisvoll nicken, wenn sie jetzt über mich sprechen. Alle, die versuchen, die Sterne zu deuten, die aus dem Kaffeesatz lesen oder die wissen, wie der Rest des Lebens verlaufen wird, wenn sie das Pik-As vor dem König aus dem Kartenspiel ziehen.

»Er war von Anfang an verdammt«, sagen sie jetzt sicher. »Lasarus Hjalmarsen war von Anfang an verdammt.«

Mama war die Letzte, die in Skogli unter freiem Himmel getauft wurde. Es war ein Sonntag Anfang August, und es war noch ein Monat bis zu ihrem Termin. Ein frischbekehrter Landfahrer machte den Anfang, dann eine Kellnerin aus Kongsvinger.

Der Prediger, der die Taufe vornahm, war ein soeben aus dem Kongo zurückgekehrter Missionar. Er verstand sich darauf, große Gefühle heraufzubeschwören, und als Mama endlich an die Reihe kam, hatte er die Gemeinde an den Rand einer Beatles-Hysterie gebracht. So wurde es mir jedenfalls erzählt. Mama, die bis dato ein großer Fan von George Harrison gewesen war, war wie die meisten Frauen aus der Gemeinde zutiefst bewegt, und als der Missionar sie zum dritten Mal untertauchte, ließ er sich ebenfalls mitreißen wie ein Gitarrist, der die Saiten besonders lange zu einem Solo ausdehnt. Unter Mamas weißem Kittel hatte ich bereits angefangen, mich zu bewegen, aber da sie weder an den Heiligen Geist noch an Geburten gewöhnt war, ließ sie bereitwillig auf sich spielen. Okay, es stimmt nicht ganz, dass ich unter Wasser zur Welt gekommen bin, aber da hat die Geburt angefangen, und im Nachhinein habe ich mich gefragt, was aus meiner Seele geworden wäre, wenn ich draußen im Baklengselv ertrunken wäre.

Mein Vater hieß Unbekannt. Das ist jedenfalls der Name,

der auf meiner Geburtsurkunde steht. Mama wollte nie darüber reden, aber ich habe immer geglaubt, dass jemand aus der Gemeinde Eben Ezer der Schuldige war. An beiden Händen sind mein Mittelfinger und mein Ringfinger gleich lang. Ich habe in Mamas Familie noch nie so etwas gesehen, aber früher, wenn ich in der Andacht war, habe ich mir immer die Finger der anwesenden Männer angesehen. Die Finger, die sich zum Gebet verschränkten, die Finger, die sich zur Lobpreisung über dem Kopf spreizten, und die Finger, die sich durch Paulus' Briefe an die Epheser und Galater blätterten, aber niemals habe ich jemanden mit derselben Eigenheit gesehen. Deshalb kam ich in die Schule, ohne ein Verhältnis zu Messern, Äxten und Hämmern zu haben. Ich besaß keine Angel und fuhr mit Mamas altem Damenrad durch die Gegend. In der zweiten Woche wurde ich zum Trinkwasserbrunnen gerufen. »Vom Wasser bist du gekommen, und zum Wasser wirst du zurückkehren«, psalmodierten die anderen Jungen, pressten meinen Kopf unter den Wasserstrahl und zwangen mich, den Mund zu öffnen. Dann hielten sie mich fest. Anfangs konnte ich schlucken, aber das Wasser presste immer stärker gegen die Bauchwand, und am Ende konnte ich nicht mehr. Der Strahl, der mein Zäpfchen traf, und das Wasser, das aus meiner Nase lief, erfüllten mich zuerst mit der panischen Gewissheit, ertrinken zu müssen. Dann aber war es mir egal. Ich hörte auf, mich zu wehren. Nachdem ich umgefallen war, rührte ich zwei Tage lang weder Wasser noch irgendeine andere Flüssigkeit an. Ich weigerte mich ganz einfach zu trinken. Erbrach mich, egal ob Mama mir Limonade, Milch oder Saft vorsetzte. Am Ende ging sie mit mir zum Arzt, der mir irgendetwas intravenös verpasste. Seither habe ich nie wieder einen Tropfen Wasser getrunken.

Ich setze mich an der Wand ein wenig behaglicher hin. Rücke die drei Ausgaben der Tageszeitung unter mir richtig. Die letzte Zeitung bis überübermorgen. Denke an meinen Onkel und seine Erzählungen über die Reitturniere, an denen er teilgenommen hat. Wie sie sich Zeitungen in die Hosen gestopft haben, um warm zu bleiben. Zeitungen waren schon immer eine hervorragende Isoliermasse. Ich ziehe die Pall-Mall-Packung und die Streichholzschachtel hervor. Eine zerknickte Zigarette und vier Streichhölzer, das ist alles, was mir noch bleibt. Die erste Zigarette, die ich je geraucht habe, war aus alten Tabaksresten, gedreht mit Zeitungspapier, diese hier schmeckt nur ein wenig besser. Früher habe ich den Geruch frisch angezündeter Zigaretten gemocht, den Geruch davon, alt genug zu sein, um zu tun, was ich will. Jetzt rieche ich gar nichts. Meine Nase ist verstopft, mein Gaumen wie ausgedörrt. Ich versuche, mich zu erinnern, wann ich zuletzt gegessen habe, das war vielleicht gestern Morgen, oder auch am Abend davor, ich bin nicht sicher. Normalerweise verstärken Zigaretten das Hungergefühl, sorgen dafür, dass meine Därme sich zusammenkrümmen, aber so ist das jetzt nicht. Ich komme mir hohl vor, als wäre ich einfach leer gekratzt worden und in mir stecke nur noch ein riesiges schwarzes Loch.

Was mich gerettet hat, war der Fußball. In der vierten Klasse habe ich zum ersten Mal mitgespielt. Vom ersten Tritt an bestand eine Verbindung zwischen meinem Fuß und dem Ball, die nichts ähnelte, was ich je empfunden hatte. Das Leder an meiner Schuhspitze machte mich heil. Es war wie Tanzen. Als wäre ich einer der Musketiere, Geronimo, der niemals gefangen werden konnte. Plötzlich war ich einfach obenauf. Unverwundbar. Der König der Wiese. Der König über Schnee, Kies und Gras.

Als ich mit fünf Toren mein Debüt in der städtischen Nachwuchsmannschaft lieferte, hatte ich schon längst den Spitznamen Jordan, nach dem Leeds-Mittelstürmer Joe Jordan. Später habe ich gedacht, dass dieser Name eine doppelte Bedeutung hatte. Wenn ich mit Mama ins Gemeindehaus von Eben Ezer ging, gab es immer mehrstimmigen Harmoniegesang über den Jordan, den Strom Jordan, den wir alle überqueren müssen.

Ich will ja nicht protzen, aber ich war ein guter Fußballspieler. Ich weiß, dass noch lange nach meinem Verschwinden in der Stadt über mich gesprochen wurde, dass durchaus die Meinung vertreten wurde, dass jedenfalls der eine Aufstieg mir zu verdanken gewesen sei. Aber der Fußball ist wahrlich eine treulose Geliebte, und ich tat das Unvorstellbare, ich küsste Jesus in Gethsemane. Ich ließ mich vom Nachbarclub abwerben.

Für mich ging es beim Fußball nicht um Farben, und als das Angebot kam, fand ich es eben spannend. Im Nachbarort hatten sie es einmal bis in die zweite Liga gebracht, und in dieser Spielzeit hatten sie eine gute Mannschaft. Übrigens, wenn ich ehrlich sein soll, ganz ehrlich, dann hatte die Farbe wohl doch etwas mit meiner Entscheidung zu tun. Die Farbe der Tausender, die mir zugesteckt wurden, damit ich meinen Namen unter den Vertrag schrieb. Man durfte damals beim Fußball kein Geld nehmen, deshalb wurden mir die sieben Tausender auf einem Rastplatz gleich jenseits der Ortsgrenze überreicht.

Natürlich war ich ein wenig naiv, eigentlich sogar nicht nur ein wenig, denn ich war voll und ganz verloren in dem Gefühl, was ich mit einem Ball machen könnte. Ich vergaß den Trinkwasserbrunnen und die Tatsache, dass niemand höher ist als seine eigene Fallhöhe. Ich glaubte, dass alle, die meine Fähigkeiten in Rot bewundert hatten, das auch in Grün tun würden. Da hatte ich mich geirrt. Meine Autoreifen wurden aufgeschlitzt, mein Briefkasten platt geschlagen und die Haustür meiner Mutter mit grüner Farbe vollgeschmiert.

Im Frühling war ich gleichbleibend gut in Form und schoss in jedem Spiel ein Tor, abgesehen von dem Auswärtsspiel gegen meine alte Mannschaft, das Null zu Null endete. Zu Beginn der Sommerferien lagen wir an der Tabellenspitze, zwei Punkte vor der Mannschaft, für die ich schon als Junior gespielt hatte. Ich engagierte mich in der restlichen Spielzeit nicht mehr so sehr, aber als wir beim letzten Spiel der Saison meine frühere Mannschaft zu Gast hatten, war ich der Torschützenkönig in unserer Liga. Die Zuschauertribüne war voll besetzt, über viertausend Menschen waren zum Lokal-Derby erschienen, um zu sehen, wer die Besten waren.

Das Spiel verlief wie das Auswärtsspiel, und mir gelang kaum ein Schuss. Es schien wieder mit Null zu Null zu enden, als unser Rechtsaußen zwei Minuten vor Schluss im Strafraum gefoult wurde. Als ich hinging und den Ball auf die Kreidemarkierung legte, hatte ich das Gefühl, zwei Pferde gleichzeitig reiten zu wollen. Zwölf Jahre in Rot verschwinden innerhalb einer Spielzeit nicht ganz, egal wie laut die angereisten Fans auch »Judas« schreien. Aber zugleich waren es diese Beschimpfungen, die mich anfeuerten. Die verzerrten Gesichter. Die Zeigefinger. Die geballten Fäuste. Als ich zurückging, um Anlauf zu nehmen, dachte ich, dass ich am Montagmorgen versuchen müsste, mein Auto zu verstecken, wenn ich zur Arbeit fuhr, ja, nicht nur am Montag, sondern in der ganzen Woche. Vielleicht für den Rest des Herbstes, wenn ich nicht mein halbes Gehalt für Reifen ausgeben wollte.

In dieser Spielzeit hatte ich sechs Elfmeter gelandet. Sechs

Elfmeter. Sechs Tore. Alles in allem wusste ich nicht, wie viele Tore ich im Laufe meiner Karriere vom Elfmeterpunkt aus geschossen hatte, aber ich hatte nie danebengetroffen. Das heißt, einmal hatte der Torhüter den Ball abgewehrt, aber danach hatte ich ihn dann doch ins Netz gelegt.

Ich schoss nie in eine feste Ecke, sondern konzentrierte mich auf den Versuch, den Torwart auszutricksen. Das war vielleicht ein wenig arrogant, aber die besten Elfmeter waren die, die ich mitten ins Tor setzte, während der Torwart der Länge nach in der Ecke lag. Als ich loslief, hatte ich mich entschlossen, nicht aufzutrumpfen, sondern auf Nummer sicher zu gehen. Ein kleiner Ruck des Oberkörpers schickte den Torwart nach links, in die entgegengesetzte Ecke von der, in die ich den Ball schießen wollte. Ich wollte schon den rechten Arm heben, wie ich das immer machte, wollte mich umdrehen, um die Huldigungen meiner Teamgenossen entgegenzunehmen, bekam eine Gänsehaut angesichts des Publikumsgebrülls, das kommen würde, und dann knallte es. Ich hatte auch früher schon die Querlatte getroffen, natürlich hatte ich das, aber dann war das Geräusch anders gewesen, gedämpfter, jetzt sang es, sang auf unangenehme Weise. Ein Geräusch, das ich später wiedererkennen würde, als wir die Gräber zuschaufelten und als sich einige größere Steine in die Erde geschmuggelt hatten, die dann die Griffe der Särge trafen.

Aber damals glaubte ich, taub zu werden. Das dröhnende Gefühl kam aus mir heraus, als sei mein Kopf in eine riesige Muschel verwandelt worden. Ich sah die Adern, die in den Gesichtern meiner Mitspieler hervorquollen, die Münder, die sich um Wörter zogen, die ich nicht hörte, die Gegner, die jubelten, die Verzweiflung auf der Tribüne, die zu Freude wurde. Das alles sah ich wie in einem Film ohne Ton.

Und der Ball. Ich sah den Ball. Im Mittelkreis. Vor den Füßen eines Gegners, ich sah den langhaarigen Abwehrspie-
ler laufen. Er schüttelte einen Gegner ab und sprang elegant
über den Libero, der mit den Stollen zuerst angerutscht kam,
und dann folgte das Märchenhafte. Vierzig Meter. Mindestens vierzig Meter. Alle Gesichter dem Ball zugewandt, als ob
sich plötzlich der Stern von Bethlehem ein zweites Mal gezeigt hätte, nur brachte er diesmal keine Erlösung, jedenfalls
nicht für mich.

Ich greife nach der Zigarettenpackung. Und mir fällt ein, dass
ich eben die letzte geraucht hatte. Ich rücke mein Pappschild
gerade, stelle den Becher ein wenig anders hin, um die Beine
ausstrecken zu können. Es wird jetzt kalt. Schrecklich kalt.
Aber noch nicht so, dass die Fingerspitzen erfrieren. Nein,
es ist nichts, was außen anfängt. Das hier ist etwas, das aus
mir selbst stammt. Ich weiß, ich müsste aufstehen, herumspringen, versuchen, Leben in meinen Körper zu rütteln,
aber ich habe Angst, dass mir dann schwindelig wird, dass
ich umkippe und liegen bleibe. Ich muss mich nur ein wenig
sammeln. Vielleicht eine Zeitung anzünden? Nein, das ist zu
früh. Ein Lagerfeuer hier in meiner Ecke würde die Spendierfreude der Menschen sicher zerstören, die Spendierfreude,
aus der ich den letzten Rest herauszuwringen versuche. Einer
meiner Kumpels ein wenig weiter die Straße hoch hat einmal
gesagt, es sehe aus, als ob die Menschen, die an uns vorüber-
gehen, in ihren Leben immer zehn Minuten zu spät kämen.
Gut gesagt, aber wenn es stimmt, wie spät dran bin dann ich?
     Ich habe nie mehr einen Ball angerührt, nachdem ich die-
sen Elfmeter versenkt hatte. Das ist die Wahrheit. Nicht einmal, wenn ich im Sommer in einem Park hier in Oslo gesessen habe und ein Ball auf mich zugerollt kam, fühlte ich mich

versucht. Ich habe den Ball immer aufgehoben und seinem Besitzer zugeworfen.

Wenn ein guter Fußballspieler aufhört, gibt es in den Zeitungen immer viel Gerede. Die Sportjournalisten, die daran zweifeln, dass genug genug ist, und immer neue Spekulationen aufwerfen. Der Trainer und die Fans, die bitten. Der Spieler selbst, der nicht so recht weiß, ob er für eine neue Spielzeit motiviert ist. Ich dagegen ging einfach nicht mehr zum Training. Das hatte ich nicht geplant, ich hatte es mir nicht überlegt, es kam einfach so.

Die meisten meiner Mitspieler und Fans meinten, ich hätte den Elfmeter bewusst verpatzt, eine Behauptung, die eigentlich an ihrer eigenen Ungerechtigkeit scheiterte. Aber Fußball war noch nie gerecht, und in der Enttäuschung über den verpassten Aufstieg wurde mir eine Präzision angedichtet, wie sie kaum ein Kevin Keegan oder ein Tom Lund in ihren Glanzzeiten hätten erreichen können. Ich spielte deshalb ein wenig mit dem Gedanken, wieder zu meinem alten Club zurückzukehren, aber es blieb bei diesem Gedanken. Jordan Hjalmarsen endete wie ein Doppelagent nach dem Krieg, niemand schien noch zu wissen, was sie von mir zu halten hatten, niemand hatte das Gefühl, sich ganz auf mich verlassen zu können, niemand, der mit Fußball zu tun hatte. Noch vor Ende des Jahres hatte ich so oft bei meiner Arbeit als Monteur im Elektrizitätswerk gefehlt, dass ich gefeuert wurde. Und als sich meine ehemaligen Mitspieler die Eisspikes unter die Schuhe schraubten, bohrte ich zum ersten Mal den Spaten in den halb gefrorenen Boden oben auf dem Friedhof. Während die Erzfeinde von beiden Seiten der Ortsgrenzen ihre Adidas- und Umbro-Trikots anzogen, um die Spielzeit auf unebenen Kiesbahnen zu starten, faltete ich Planen auseinander, legte Wärmeelemente aus, wo neue Gräber angelegt werden sollten, und streute warmen Sand und Meersalz zwischen die Grabsteine, damit die Trauergemeinden nicht mit den Särgen in die kautabakschwarzen Löcher fielen, die in jenem Winter zum Himmel hochklafften. Hier oben auf dem Friedhof bekam ich meinen neuen Spitznamen, und jetzt – hier in der Stadt – hat niemand je von Jordan Hjalmarsen gehört. Ich rede nie über Fußball, und keiner von meinen Kumpels ahnt, dass ich in meiner Heimatstadt einmal berühmt war – sogar ziemlich berühmt. Lasarus Hjalmarsen dagegen kennen die meisten.

Ich glaube, es muss in den Sommerferien gewesen sein, ein Jahr, nachdem ich mit dem Fußball aufgehört hatte. Es hatte seit dreieinhalb Wochen nicht mehr geregnet, und innerhalb von kurzer Zeit krepierten ungewöhnlich viele alte Leute. Ich hatte dauernd das Gefühl, erkältet zu sein, der Staub der trockenen Erde brannte in meiner Nase, und meine Poren schienen verstopft zu sein. In der ersten Klasse hatte ich von einem der großen Jungen gehört, dass Hunde nur an der Zunge schwitzen, ich weiß nicht, ob das stimmt, aber in jenem Sommer kam ich mir vor wie ein Hund, kein einziger Schweißtropfen schien meine Haut zu durchdringen. Ich will damit nicht sagen, dass ich mit der Zunge geschwitzt hätte, aber immer wieder strömten salzige Bäche von meiner Kopfhaut in Augen und Mund. Ja, in diesen Wochen hatte ich das Gefühl, nur durch die Haare zu schwitzen, und fing an, Flaschen zu verstecken, in Zeitungspapier gewickelte Bierflaschen, überall auf dem Friedhof. Nur so war alles erträglich. Ich wusste einfach keinen anderen Weg. Der Gedanke an das Bier, das auf mich wartete, machte meine Arbeit fast erträglich.

Um mich herum ist jetzt fast alles zum Stillstand gekommen. Die Leute haben das Herumlaufen hinter sich. Den Stress.

Hinter mir läuten jetzt die Glocken des Domes. Ein Mann im Mantel und mit roter Strickmütze – der erste Mensch seit sicher zehn Minuten – beugt sich über mich. Papier raschelt, als er etwas in meinen Becher steckt.

»Fröhliche Weihnachten«, sagt er.

»Fröhliche Weihnachten«, sage ich, versuche zu lächeln und füge hinzu: »Gott segne Sie.«

Aber er ist schon verschwunden, unterwegs zu Weihnachten, zum Licht. Ich nehme die Streichholzschachtel und kann eine der Zeitungen unter meinem Hintern hervorziehen. Meine Finger sind gefühllos, und das erste Streichholz fällt zu Boden, ehe ich Feuer gemacht habe. Es zischt nur und erlischt im Schnee auf dem Bürgersteig. Ich muss meine rechte Hand mit der linken festhalten und klemme mir die Streichholzschachtel mit der Zündfläche nach oben zwischen die Knie. Jetzt geht es besser, und die Flamme beginnt, sich durch die erste Seite der Zeitung zu fressen. Ich halte die linken Finger so dicht an das Feuer, wie ich es nur wage, und bilde mir ein, dass eine große wunderbare Wärme sich von meinen Handflächen aus in meinem Körper verbreitet. Mein Körper ist fast voll, und ich denke an Kongsvinger und an damals, als ich genug Geld hatte. An den Dürresommer, als ich als Totengräber gearbeitet habe. Den Tag, an dem ich gefeuert wurde. Eigentlich habe ich immer nur gerade so viel getrunken, um es durch den Tag zu schaffen, wenn ich bei der Arbeit war. Aber an diesem Tag gab es zwei Beerdigungen, und als ich das zweite Grab füllen wollte und die fünfte Flasche im Schatten von Rittmeister Kamphaugs Grabstein geöffnet wurde, schwankte schon alles. Es ist klar, dass es heiß war, es ist klar, dass ein Bier und sich über einen Spaten zu bücken keine empfehlenswerte Kombination sind, aber an jenem Tag wäre es wohl auch schiefgegangen, wenn ich Wasser hätte trinken können. Als ich den Spaten mitten in den Haufen aus frisch aufgeworfener Erde bohrte, trat ich auf eine Vase, die auf dem Nachbargrab umgefallen war, und dann schlug der Sargdeckel mir den Atem aus dem Leib. Ich konnte noch kurz an Daniel in der Löwengrube denken, dann nahm alles die Farbe der Erdwände um mich herum an.

Der andere Gräber weckte mich, oder besser gesagt die Erde, die er ins Loch warf. Als ich mich aufrichtete, hätte er mich mit dem Spaten fast geköpft, dann rannte er los. Als er um die Ecke bei der Kirche bog, hatte ich schon Angst, dass ich nie wieder aus diesem Grab herauskommen würde, und wenn ich jetzt daran denke, kommt es mir manchmal so vor, als wäre es mir auch nicht gelungen. Aber egal, so bekam ich meinen Spitznamen. Den anderen Spitznamen. Den, der mir noch immer anhaftet.

Um mich herum wird Oslo dunkel. Ich laufe hier seit zehn, zwölf Jahren umher, aber es war nie meine Stadt. Es ist eine Stadt, in die alle kommen, der aber niemand entkommt. Ich fische die beiden anderen Zeitungen unter mir hervor und zünde die eine an. Ich habe so verdammtes Heimweh nach Kongsvinger. Sogar jetzt, mitten im Winter, wenn die Glomma, dieser stahlblaue Axthieb, der die Stadt zerteilt, die Hänge auf beiden Seiten zusammenzupressen scheint und die Stadt aussehen lässt, als ob sie noch mehr Schlagseite hätte als sonst. Und der Sommer! Früher Morgen in der Festung oben, mit dem Gefühl, den Anfang der ganzen Welt zu sehen, *es werde Licht, es werde Licht, es werde Licht,* während der Fluss sich einladend und elegant wie ein Frauenarm durch die Stadt ausstreckt. Ich habe an die Stadt immer als an eine Frau gedacht, vielleicht meine Frau? Nur habe ich ihr nie den Kuss gegeben, den sie verdient, den Kuss, den ich verdiene. Ich versuche festzustellen, ob es in mir einen Weg gibt, einen Pfad, auf dem ich rückwärts, vorwärts oder seitwärts gehen kann. Alle anderen Orte kommen mir besser vor als dieser hier. Ich muss einfach wieder nach Hause. Ich kann Mama vor mir sehen. Wie lange ist es her, dass ich ihr Gesicht gesehen und gleichzeitig mit ihr gesprochen und ihre Stimme nicht nur als Echo aus einem Telefonhörer gehört habe? Zwei Jahre? Drei? So ungefähr. Mama ist über achtzig, und ich weiß, egal wo sie heute Abend auch sein mag, sie wird die Hände falten, Ihn dort oben bitten, mich kleines Wesen gnädig anzusehen. Ich schaue zur Uhr oben im Turm hoch. Zehn vor fünf. Der letzte Zug nach Hause geht um halb sieben, das glaube ich jedenfalls. Ich stehe auf. Wenn Mama gefragt hat, habe ich immer gesagt, dass ich eines Tages zurückkehren werde. Dieser Tag ist jetzt. Jeder andere Ort kommt mir besser vor als dieser hier. Ich bin rasch bereit. Wenn ich eine Flasche hätte, würde es schneller gehen, aber ich werde mir etwas als Reiseproviant kaufen. Jede Sehne, jeder Muskel in meinem ganzen Körper sehnt sich danach, sich mit der Welt zu drehen, nicht gegen sie. Ein paar lange Züge werden den Schwindel vertreiben, und alles wird gut sein. Gut für eine Weile. Ich falte das Pappschild zusammen, mit dem ich diesen ganzen Herbst hindurch gebettelt habe, und stecke es in die Tasche. Mein Motto. Die Worte, die manche zum Anhalten gebracht und ihnen einen Kommentar entlockt haben. Alle anderen Orte kommen mir besser vor als dieser hier. Alle.

Ich lehne mich an die Wand, um mich zu sammeln, habe ein wenig von dem Gefühl von früher, wenn ich aus dem Umkleideraum kam. Im Schaufenster des Hutladens nebenan bleibe ich im Reflex meines Spiegelbildes stecken. Meine Haare sind strähnig, mein Mantel schlottert um meinen Leib, aber ich weiß nicht, ob der Mantel zu groß ist oder ich zu klein bin. Ich trete näher heran. Die Haut unter dem Kinn wird jetzt schlaff, die Augen scheinen tiefer ins Gesicht gesunken zu sein, und meine Hand zittert, als ich den Arm über den Kopf hebe. Meine Hand zittert, aber es ist noch immer mein Arm, es ist noch immer mein Arm, auch, wenn ich niemals wieder Jordan Hjalmarsen werden kann.

Ich bin eine Viertelstunde vor Abfahrt des Zuges am Bahnhof. Habe eine Flasche reiner Ware gekauft, und es erfordert meine ganze Willenskraft, nicht schon einen Schluck zu trinken, ehe ich die Fahrkarte gekauft habe. Noch schlimmer wird es, als der Zug endlich kommt und ich den Verschluss in Ruhe lassen muss, bis der Schaffner meine Fahrkarte kontrolliert hat. Ich beiße mir so hart auf die Lippen, dass es nach Blut schmeckt, aber als kurz vor Lillestrøm der Schaffner kommt, kann ich mich endlich entspannen. Der Wagen ist fast leer, abgesehen von einem älteren Ehepaar und einem asiatisch aussehenden Mann ganz vorne. Ich öffne die Flasche und erschleiche mir einen Schluck. Dann noch einen und noch einen. Ich lasse mich auf dem Sitz zurücksinken und warte darauf, dass der Schnaps sich festsetzt und das Tempo dessen verringert, was vom Tag noch übrig ist. Ich hatte vom Hauptbahnhof eigentlich anrufen und mitteilen wollen, dass ich unterwegs bin, aber diesen Fehler habe ich schon einmal gemacht. Habe Mama erzählt, ich hätte eine Karte für den nächsten Zug, aber dann ist im letzten Moment etwas dazwischengekommen. Ich will lieber von Kongsvinger aus anrufen. Lillestrøm liegt hinter uns, und die Stadt macht den Dörfern Platz. In den Häusern an der Bahnstrecke kann ich sehen, dass Weihnachten Einzug gehalten hat. Gartenlampen blinken, Weihnachtssterne funkeln, und Bäume in den Wohnzimmern glitzern. Ich kann Mütter mit Weihnachtsschürzen und Stressrosen auf den Wangen vor mir sehen. Ich kann den Geruch von Kümmelkohl und krosser Bratenkruste riechen. Ich kann Väter hören, die vor sich hin fluchen, während sie im Keller herumwühlen und sich fragen, wer seit dem Vorjahr das Nikolauskostüm verlegt haben kann. Ich weiß noch, wie es früher am Heiligen Abend war. Mama sorgte immer dafür, dass ich die Mandel im Reispudding fand, die Geschenke, die immer mehr waren, als sie es sich leisten konnte. Oma, die das Weihnachtsevangelium vorlas, und Opa, der »Schön ist's auf Erden« auf der Geige spielte, ehe ich das erste Geschenk auspacken durfte. Irgendwo im Zug kann ich plötzlich Musik hören. Ich fahre mir mit den Händen durch die Haare, fange ich jetzt an, mir solche Dinge einzubilden? Hat die Kindheit mich eingeholt? Nein, es ist wirklich Musik. Das habe ich im Zug noch nie gehört, aber jetzt wohl. Vielleicht liegt es daran, dass Weihnachten ist? Vielleicht ist es jeden Tag so? Ich bin schon lange nicht mehr mit der Bahn gefahren. Dann erkenne ich die Musik. Es ist das schönste Weihnachtslied, das ich kenne. Ich weiß nicht mehr, wer es singt, aber es ist ein Schwede. Es handelt davon, dass bald die Engel landen werden, es handelt davon, einander zu vergeben, auch wenn man die Fehler der anderen kennt. Ich schließe die Augen. Die Bewegungen des Zuges und das Summen der Räder machen mich schläfrig. Ich bin wieder im Stadion. Lege den Ball auf die Kreidemarkierung. Ich schwöre, ich kann den Herzschlag des Publikums wie das synchrone Dröhnen einer Trommel hören. Ba-bumm, ba-bumm, ba-bumm. Ich nehme Anlauf, mache diesen Ruck mit dem Oberkörper, und der Torwart wirft sich zu Boden. Diesmal treffe ich den Ball mitten auf dem Spann, und der Flug wird weniger schief. Das Leder streift den Pfosten nur ganz oben, ehe der Ball ins Netz knallt. Vor mir, hinter mir, auf den Seiten explodiert das Stadion: Jordan, Jordan, Jordan. Ich hebe den rechten Arm über meinen Kopf.

Als der Zug zehn Minuten zu spät in den Bahnhof von Kongsvinger einfuhr, standen Streifenwagen und Krankenwagen schon Seite an Seite bereit. Der Schaffner beugte sich aus der Tür und zeigte ihnen den richtigen Wagen. Krankenwagenfahrer und Arzt gingen zuerst hinein, dann der ältere Polizist und der Dienstanwärter. Der Dienstanwärter hielt sich während der ganzen Szene im Hintergrund. Der Arzt hielt zuerst dem Mann, der am Fenster gelehnt saß, die Hand vors Gesicht. Dann fühlte er am Handgelenk den Puls, zog ein Stethoskop heraus und horchte die Brust ab. Am Ende leuchtete er mit einer kleinen Taschenlampe unter die Augenlider. Er richtete sich auf und sah die Polizisten und den Krankenwagenfahrer kopfschüttelnd an. Der Arzt und der ältere Polizist tauschten den Platz.

»Hast du den schon mal gesehen?«, fragte der Dienstanwärter.

Der andere zuckte mit den Schultern.

»Ich bin nicht sicher«, sagte er und stieß mit dem Fuß die kleine Flasche an, die auf dem Boden stand.

»Jedenfalls hatte er Durst«, sagte er und durchsuchte die Taschen. Hob die Fahrkarte des Mannes hoch.

»Ein durstiger Teufel, der die Endstation erreicht hat«, fügte er hinzu.

»Hat er denn keinen Ausweis bei sich?«, fragte der Dienstanwärter.

»Glaub ich nicht. Keine Brieftasche, und das Geld liegt einfach lose in der Manteltasche, aber was ist das denn?«

Der ältere Polizist zog ein zusammengefaltetes kleines Pappschild aus der Manteltasche.

»Ja, was ist das?«, fragte der Dienstanwärter und beugte sich vor.

»Ein Schild.«

»Was steht da?«

Der ältere Polizist faltete das Schild auseinander und hielt es unter die Deckenlampe im Wagen.

»Das Leben ist launisch«, las er vor.

»Was bedeutet das?«, fragte der Dienstanwärter. Aber der andere gab keine Antwort. Legte das Pappschild auf den Sitz und beugte sich über das Gesicht des Mannes. Strich die strähnigen Haare aus den Augen und drehte den Kopf ein wenig weiter ins Licht.

»Was ist los?«, fragte der Dienstanwärter.

»Ich glaube, ich weiß, wer das ist.«

»Wer denn?«

»Jordan Hjalmarsen, vielleicht der beste Fußballspieler, der je hier aus der Stadt gekommen ist.«

»Und hast du ihn erkannt?«

»Nicht so ganz, aber der Satz: ›Das Leben ist launisch‹ war sein einziger Kommentar, nachdem er vor vielen Jahren in einem wichtigen Spiel einen Elfmeter versenkt hatte.«

Pernille von oben und von unten

Pernille ist von unten genauso schön wie von oben. Das finde zumindest ich. Das trifft nicht für alle Menschen zu. Mamas Gesicht sieht von unten so aus, als gehöre es eigentlich auf einen Schlachtertresen, während der Körper meiner großen Schwester Maria die Umrisse von Norwegen hat. Aber nicht Pernille, sie ist von allen Seiten gleich schön, genau wie der Erdball. Das soll nicht heißen, dass Pernille im Gesicht rund wie ein Ball ist, nein, sie ist nur von hier unten gesehen ebenso schön wie aus der normalen Perspektive am Tisch. Wenn ich meinen Bleistift aufhebe und mich wieder aufrichte, dann ändert sich ihre Form nicht, wird nicht zu etwas anderem. Pernille von oben und Pernille von unten ist genau dieselbe, und ihr Lächeln schnürt mir die Brust zu.

Der Lehrer macht noch ein paar Ansagen, und wenn wir wollen, dürfen wir unsere Lesebücher über die Weihnachtsferien mit nach Hause nehmen. Dann gehen wir hinaus und setzen uns in den Bus, der uns zur Kirche und zum Gottesdienst bringen soll. Alle außer Pernille. Pernille ist bei den Zeugen Jehovas. »Die glauben nicht an Jesus«, sagt Mama, und da sie nicht an Jesus glauben, sind sie keine Christen. Sie glauben nicht einmal an den Weihnachtsmann, das tue ich eigentlich auch nicht, aber ich finde es schon seltsam, dass die Zeugen Jehovas nicht Weihnachten feiern. Als Mama mir das erzählte, schloss ich die Augen und versuchte, mir Weihnachten ohne Weihnachten vorzustellen. Es war einfach nur dunkel, wie wenn man vor dem Fernseher sitzt, und plötzlich ist das Licht weg. Der Bildschirm ist noch immer da, aber niemand hat etwas davon. Pernille und der Rest der Familie sind im Sommer hierher nach Skogli gezogen, und nicht alle in der Gemeinde fanden es gut, als sie anfingen, herumzugehen und bei den Leuten an die Tür zu klopfen. Eigentlich fand niemand das gut. Mama konnte nicht begreifen, warum sie ihre Zeitschriften und Bücher in die Briefkästen von Leuten stopfen mussten, die schon gläubig waren, und Papa nennt sie nur Jehuchteln. Ich weiß nicht, was das bedeutet, aber es klingt nicht nett. Jehuchtel sage ich neuerdings, anstatt zu fluchen, wenn ich mir wehgetan habe.

Die Fenster im Bus beschlagen schon. Pernille geht vorbei und dann weiter zur alten Brücke. Ich kneife die Augen ein bisschen zusammen, bilde mir ein, ich könnte sie unter Wasser sehen. Der dicke schwarze Zopf hängt unter ihrem Stirnband herab wie ein Fischschwanz.

»Dann sind alle soweit?«, ruft der Lehrer und setzt sich.

»Ich komme nicht mit«, rufe ich, springe auf und nehme die Tasche mit, in die ich die Süßigkeiten für den letzten Schultag gesteckt habe.

»Was?«, sagt der Lehrer und kommt durch den Bus auf mich zu. »Alle müssen mitkommen.«

»Mir ist schlecht.«

»Unsinn. Du hast einfach zu viel Limo getrunken.«

»Maria hat die ganze Nacht auf dem Klo gesessen«, sage ich, halte mir die Hand vor den Mund und würge. Der Lehrer antwortet nicht gleich, sondern sieht auf die Uhr über dem Kopf des Busfahrers. In einer Viertelstunde beginnt der Gottesdienst.

»Ich kann dich hier nicht allein lassen«, sagt er und schaut zum mittlerweile leeren Schulhof hinüber.

»Ich gehe zur Schulschwester und bitte sie, Papa anzurufen, der arbeitet gleich in der Nähe«, schlage ich vor.

»Hallo«, sage ich und hole Pernille mitten auf der Brücke ein. Sie scheint sich nicht zu freuen, dass sie mich sieht, aber es macht ihr offenbar auch nichts aus. Sie ist einfach genauso hübsch wie vorhin oder vielleicht noch hübscher, denn jetzt hat sie solche roten Rosen auf den Wangen, wie Mama sie sich schminkt, wenn sie für meine kleinen Vettern und Cousinen den Weihnachtsmann spielen soll.

»Warum bist du nicht im Bus?«, fragt sie.

»Ich wollte doch gar nicht mit dem Bus fahren«, sage ich und denke, dass ich ihr noch nie so nahe gewesen bin. Dann bemerke ich, dass ich ein bisschen größer bin als sie. Das macht mich froh, denn ich gehöre zu den kleinsten Jungen in der Klasse.

»Nicht?«, sagt sie und schaut mir in die Augen. »Warum bist du dann eingestiegen?«

»Ich wollte nur schnell Christer etwas geben«, sage ich.

»Ein Weihnachtsgeschenk?«, fragt sie.

Ich will schon ja sagen, aber dann fällt mir ein, dass Mama gesagt hat, dass die Jehuchteln nicht Weihnachten feiern und sich deshalb auch gegenseitig nichts schenken.

»Nein, ein Buch, das ich von ihm geliehen hatte.«

Wir haben die Brücke überquert und gehen eine Zeit lang wortlos weiter. Ich wüsste gern, wohin wir unterwegs sind, ich tippe auf den Bahnhof. Vielleicht will Pernille mit dem Bus nach Hause fahren. Ich weiß gar nicht, wann die normalen Busse fahren, denn wenn ich nicht den Schulbus nehme, kann ich immer mit Papa fahren.

Die Stadt ist voll von Weihnachten. Quer über die Straße hängen riesige Kerzen aus Plastik und Weihnachtsdekorationen an einer grünen, zottigen Leine, die sicher aussehen soll wie Tannenzweige. Die Schaufenster sind mit Schneespray besprüht, und im Secondhandshop – wo früher das Spielzeuggeschäft war – dreht ein Zug seine Runden. Mit einem Weihnachtsmann als Lokführer. Ich möchte anhalten und mir das Fenster genauer ansehen, aber Pernille geht einfach weiter. Haben wir es eilig? Vielleicht kann sie bei irgendwelchen Bekannten mitfahren, oder sie ist unterwegs zu einem Jehova-Treffen? Deren Gemeindesaal ist auf dem anderen Flussufer.

»Wann geht der Bus?«, frage ich und muss einen Doppelschritt machen, um sie einzuholen.

»Halb eins«, sagt sie, und ich versuche, mir zu überlegen, was der Bus wohl kostet. Ich habe von Mama hundertzwanzig Kronen bekommen, um für Maria ein Weihnachtsgeschenk zu kaufen. Das Geld reicht auf alle Fälle für den Bus nach Skogli, aber ich muss auch noch das Geschenk besorgen. Das ist meine letzte Chance. Ich bekomme eine Gänsehaut, wenn ich mir den Heiligen Abend ohne ein Geschenk für Maria vorstelle. Letztes Jahr habe ich nämlich schon ihren Geburtstag vergessen. Ich hatte eigentlich an Parfüm gedacht, an eins, das nicht so sehr nach Maiglöckchen riecht wie das, das sie zurzeit benutzt. In der Fußgängerzone liegt eine Parfümerie, aber ich weiß nicht, wie ich dorthin gelangen soll, ohne dass Pernille mein Vorhaben durchschaut. Ich sehe auf die Uhr. In zehn Minuten fährt der Bus.

»Ich freue mich auf die Ferien«, sage ich, und dann biegen wir zum Bahnhof hin ab.

»Die Ferien sind das Beste am ganzen Weihnachtsfest«, sagt Pernille.

»Ja, die Ferien sind das Beste.«

»Feierst du auch kein Weihnachten?«, fragt sie und dreht sich zu mir um, sodass ich stehen bleiben muss. Ich will das gar nicht sagen, ich hoffe, dass ich es nicht sagen werde, ich kann nicht hören, wie ich es sage, aber ich sehe ihrem Gesicht an, dass ich es gesagt habe.

»Aber du bist doch kein Zeuge, oder?«, sagt sie und mustert mich ein bisschen so, wie meine Mama es tut, wenn sie sagt, dass ich ein Schlaukopf bin und es noch weit bringen werde.

»Nein«, sage ich und schlucke, bis der Kloß in meinem Hals weg ist. »Wir finden es nur verkehrt.«

»Verkehrt? «

»Es ist nicht richtig.«

»Nicht richtig?«

»Nein.«

»Ist es nicht richtig, Zeuge zu sein?«

Mir rutscht die Tasche von der Schulter, ich bücke mich, um sie aufzuheben, und versuche, mich zu erinnern, was bei den Pfingstlern gesagt wird.

»Als Jesus gelebt hat, wurde kein Weihnachten gefeiert.«

»Nein«, sagt Pernille. »Das ist ein heidnischer Brauch.«

»Ja«, sage ich. »Heidnisch.«

»In was für einer Sekte bist du?«

»Sekte?«

»Ja, zu welcher Sekte gehört deine Familie?«

»Wir gehören nur uns selbst«, sage ich, und sie scheint mit dieser Antwort zufrieden zu sein, denn sie lässt mich vorbei, und wir gehen auf das Bahnhofsgebäude zu. Dort stehen schon mehrere Busse, und ich weiß, dass ich den nehmen muss, auf dem »Charlottenberg« steht.

»Ich muss nur schnell was im Kiosk besorgen«, sage ich und nicke zum Bahnhofskiosk hinüber.

»Okay«, sagt Pernille. »Ich setze mich schon mal in den Bus.«

Im Kiosk gehe ich zuerst zu den Zeitschriften und versuche, nicht zum obersten Fach zu schauen. Da liegen nämlich die Zeitschriften, die manchmal in den Schulpausen auftauchen. Zeitschriften, bei denen ich das Gefühl habe, dass mir der Hals eng wird. Dann kriege ich kaum Luft. Ich muss aber trotzdem hinsehen und einen Schritt zurücktreten. Eine riesige Frau, die ihren Busen herausstreckt, sieht aus, als ob sie mir gleich auf den Kopf fallen könnte. Ich blättere ganz schnell ein paar Popzeitschriften durch, aber die sind kein richtiges Weihnachtsgeschenk, also gehe ich zu den Büchern.

»Ein Buch ist das beste Weihnachtsgeschenk der Welt«, sagt Papa, und ich hoffe, dass er Recht hat. Hoffe, dass Maria das auch so sieht, auch wenn sie in letzter Zeit nicht sehr oft Papas Meinung war. Ich sehe die Bücher durch, aber keiner der Umschläge sieht besonders cool aus, und ich kenne keinen Autorennamen. Aber dann. Das da: »Maria und die Liebe«. Meine Schwester heißt doch auch Maria. Da wird sie sich sicher freuen.

»Das hätte ich gerne«, sage ich und lege das Buch auf den Tresen.

»Neunundneunzig Kronen«, sagt die Frau an der Kasse und gibt den Betrag ein.

Ich ziehe den Hunderter aus meiner Brieftasche und bezahle.

»Soll ich es einpacken?«, fragt die Frau.

»Ja, bitte«, sage ich, als hinter mir die Tür aufgeht.

»Na los, Thomas, der Bus wartet auf dich«, sagt Pernille.

Ich reiße das Buch an mich.

»Soll ich nicht … «, setzt die Frau an.

»Ich muss mich beeilen«, sage ich und laufe hinter Pernille her aus dem Kiosk.

Ich muss in den Bus steigen, die Türen schließen sich hinter mir, und der Fahrer lässt den Motor an.

»Skogli«, sage ich.

»Dreißig«, sagt er und biegt vom Bahnhof ab.

Ich sage nichts, stehe nur da, merke, wie mein Gesicht heiß wird.

»Das macht dreißig Kronen«, sagt er, fährt auf die Straße hinaus und schaut mich scharf von der Seite an.

»Ich habe nur noch einundzwanzig«, sage ich.

Gerade will er etwas sagen, als Pernille aufspringt und mir einen Zehner zusteckt.

»Kann ich dir leihen«, sagt sie.

Ich lege das gesamte Geld in die Hand des Fahrers und habe schon Pernilles Sitz erreicht, als er hinter mir herruft: »He, du kriegst eine Krone zurück!«

Ich komme mir vor, als hätte ich Fieber, und reiße mir die Mütze vom Kopf, ehe ich mich neben Pernille auf den Sitz fallen lasse. Ich halte noch immer das Buch in der Hand.

»Liest du die Maria-Bücher? «, fragt Pernille.

Ich stecke das Buch ganz schnell in meine Mütze, nicke aber.

»Das ist das letzte Buch der Reihe«, fügt sie hinzu.

»Weiß ich.«

»Willst du es heute Abend lesen?«

»Nein, nicht gleich heute.«

»Kann ich es leihen?«, fragt sie und sieht mich lächelnd an.

Ich wünschte, sie hätte nicht gelächelt, ich wünschte, sie hätte mir nicht gerade erst Geld geliehen, ich wünschte, ich müsste nicht spüren, wie ihr Oberschenkel sich an meinen drückt.

»Ich will bald, ziemlich bald damit anfangen«, sage ich und rutsche ein wenig weiter zum Mittelgang hinüber.

»Du kriegst es Heiligabend wieder. «

»Heiligabend? Nicht früher?«

»Ich fahre mit meinen Eltern weg. Wir kommen erst Heiligabend zurück.«

Der Bus schaukelt auf den ersten Kreisverkehr zu, und sie rutscht zu mir herüber. Ich muss mich mit aller Kraft gegen sie stemmen, damit wir nicht in den Mittelgang fallen. Pernille riecht nach Parfüm, das habe ich noch gar nicht bemerkt, aber es riecht gut, nicht so stark wie bei Maria. Ich schlucke, will etwas sagen, aber ich bin einfach leer. Meine Hand legt die Mütze auf ihren Schoß.

»Tausend Dank«, sagt sie und lächelt wieder. »Aber deine Mütze brauche ich nicht.«

Ihr Oberschenkel presst sich wieder gegen meinen, und jetzt tut es gut. So gut, dass ich mich auch nach dem letzten Kreisverkehr noch dagegenstemme. Als wir in Skogli ankommen, hämmert mein Herz wie im Sportunterricht, und mein ganzes rechtes Bein tut weh.

Wir bleiben vor den Schneewehen am Straßenrand stehen, als der Bus weitergefahren ist. Pernille wohnt gleich bei der Haltestelle, während unser Haus ein Stück weiter liegt.

»Es ist lieb von dir, dass ich mir das Buch ausleihen kann. Ich freue mich. Danke«, sagt sie noch einmal.

»Bitte sehr«, sage ich und hätte fast hinzugefügt: »Fröhliche Weihnachten.«

»Dann kriegst du es gegen fünf wieder«, sagt sie jetzt.

»Gegen fünf, so spät?« Meine Zunge wird trocken.

»Wir kommen nicht früher nach Hause, aber ich bringe es dir dann sofort. «

Ich denke an die Weihnachtssterne im Fenster, den Tannenkranz an der Tür und an Mama, die Kümmelkohl kocht.

»Ich kann es mir doch bei dir abholen. Wohnst du hier?«

Ich nicke zu dem großen, weißen Haus hinüber, das ein ganz flaches Dach hat und von manchen Leuten »Stall« genannt wird.

»Ja«, sagt sie. »Das ist unser Haus. Bis dann. Und noch mal danke.«

Sie kommt auf mich zu und umarmt mich. Das passiert so plötzlich, dass ich gar nichts mehr machen kann. Weiß auch nicht, was ich hätte machen sollen. Ich stehe da, meine Arme hängen herab, und meine rechte Hand steckt noch immer in der Tasche. So bleibe ich stehen, während sie sich umdreht und geht. So stehe ich noch immer da, als sie auf der Treppe anhält und winkt. Ehe ich den Arm heben und zurückwinken kann, ist die Tür hinter ihr zugefallen.

Den restlichen Nachmittag und den ganzen nächsten Tag spüre ich sie: ihre kalte Wange, die sich gegen meine gedrückt hat. Ich spüre sie, als wir die Weihnachtswurst kosten. Ich spüre sie, während wir Trivial Pursuit spielen und Maria ausnahmsweise einmal nicht sauer ist, als sie verliert. Ich spüre sie, als Mama den Baum schmückt und mich bittet, die Trittleiter zu holen, damit wir den Stern oben auf den Baum setzen können. Ja, ich spüre sie so deutlich, dass ich gar nicht sauer werde, als Mama fragt, ob ich ihr helfen kann, wo sie doch weiß, dass ich schon seit der dritten Klasse Höhenangst habe, als ich das auch schon mal machen sollte und in den Baum gefallen bin.

Der Heilige Abend beginnt früh, der Tag vergeht aber langsam, sehr langsam. Mama fragt, ob ich schon ein Geschenk auspacken will, aber ich lehne dankend ab. Ich finde, dafür bin ich jetzt zu groß. Über Nacht hat es geschneit, und ich spiele mit dem Gedanken, einen Schneemann zu bauen, aber dann fällt mir ein, dass ich auch dafür zu groß bin. Ich ziehe mich an und laufe nach draußen.

In den beiden letzten Jahren gab es Heiligabend überhaupt keinen Schnee. Papa meint, das liege am Klimawandel, aber Mama sagt, das stehe so in der Bibel. »Dass es nicht mehr schneit?«, habe ich gefragt. »Das auch«, sagte Mama und erzählte, dass es in der letzten Zeit eben so sein wird. Ich möchte nichts über die letzte Zeit hören und davon, dass wir jetzt schon mittendrin leben. Ich will nicht schon jetzt in den Himmel kommen, aber natürlich will ich immer noch lieber dort sein als an jenem anderen Ort. Deshalb freue ich mich über den Schnee in diesem Jahr, denn er bedeutet, dass der Klimawandel uns doch noch nicht in die letzte Zeit gebracht hat. »Danke, lieber Jesus«, sage ich, und dann bereue ich, dass ich Pernille angelogen habe. Ja, eigentlich habe ich auch Jesus angelogen, als ich behauptet habe, dass wir Weihnachten nicht feiern. Ich reiße mir die Handschuhe herunter und falte ganz schnell die Hände. »Verzeihung«, flüstere ich. »Ich glaube an dich. Ich glaube an den Heiligen Abend.«

Es ist sicher erst zwölf, aber ich gehe trotzdem bei Pernille vorbei. Vielleicht sind sie ja schon früher zurückgekommen, aber das Garagentor steht offen, und der Wagen ist weg. Ich weiß nicht, woher Pernille kommt, aber irgendwer hat gesagt, ihr Vater sei Däne. Ich wüsste gern, ob sie einfach nach Kongsvinger oder noch weiter gefahren sind.

Ich mache einen langen Spaziergang. Ich gehe und gehe. Vorbei an Autofriedhof und Badestelle. Am alten Laden und am Gemeindesaal der Pfingstler entlang. Ich überquere die

Eisenbahngleise und nehme den neuen Weg zurück. Zu Hause vermute ich, dass die Wanduhr stehengeblieben ist, aber Mama sagt, dass sie sie gestern aufgezogen hat. Ich sehe ein wenig fern, blättere in ein paar Büchern und komme schließlich mit, als Papa die Großeltern abholt.

Es dauert über eine halbe Stunde, bis wir wieder da sind, und Mama und Maria haben in der Zwischenzeit den Tisch gedeckt. Draußen ist es dunkel. Auf dem Heimweg haben wir Leute gesehen, die Raketen abgefeuert haben, und wir haben ein Gewehr knallen gehört, obwohl Papa gesagt hat, es sei noch viel zu früh, um Weihnachten zu begrüßen.

»Mama «, sage ich und gehe in die Küche. »Glaubst du, wir können mit dem Essen noch ein bisschen warten? Ich habe Bauchweh.«

»Das geht doch nicht. Wir essen um fünf. Wir essen immer um fünf.«

»Einige in meiner Klasse haben Magengrippe.«

»Du bist doch nur so aufgeregt wegen der Geschenke«, sagt Mama.

»Dann würde ich das Essen doch so schnell wie möglich hinter mich bringen wollen. Ich war heute schon zweimal auf dem Klo.«

»Warum hast du nichts davon gesagt?«

»Ich hatte gehofft, dass es sich legen würde«, sage ich, greife mir an den Bauch und laufe aufs Klo.

Da drinnen habe ich einen dicken Pullover, meine Gummistiefel und eine Mütze versteckt. Geschenkpapier, um das Buch für Maria einzupacken, habe ich unten ins Handschuhregal gelegt.

Ich reiße zwei Blatt Klopapier ab, rolle sie auf, mache sie unter dem Wasserhahn nass und lasse sie ins Klo fallen. Dann fällt mir ein, dass es sich nicht so anhört, wenn jemand

Magengrippe hat. Ich nehme die fast leere Seifenflasche, fülle sie mit Wasser und spritze den Inhalt in die Kloschüssel.

»Mir ist so schlecht«, jammere ich. »Ich muss bestimmt eine halbe Stunde hier bleiben.«

Ich kann Mama durch den Gang kommen hören, und sie greift nach der Klinke.

»Lass mich rein, damit ich nach dir sehen kann«, sagt sie.

»Mama! Ich sitze auf dem Klo. Ich beeile mich«, heule ich und spritze den Rest Seifenwasser ins Klo.

»Vielleicht musst du gleich ins Bett. Wir warten ein bisschen mit dem Essen«, sagt Mama und geht zurück.

Ich ziehe mich rasch an, öffne ganz leise das Fenster und klettere mit den Beinen zuerst hinaus. Was für ein Glück, dass das Klo nicht im ersten Stock liegt und dass ich nicht runterklettern muss. Runterklettern ist das Schlimmste. Rauf geht so einigermaßen.

Meine Füße treffen auf den Schnee, und ich stoße die Trittleiter um, die ich dort aufgestellt habe, um wieder ins Haus klettern zu können. Ich fange an, zu Pernille zu laufen. Es schneit seit einigen Stunden nicht mehr, und der Himmel ist sternenklar. Als ich bei ihr zu Hause ankomme, glaube ich zuerst, dass niemand da ist. Dann werden im ersten Stock einige Lampen angeschaltet, und ich sehe auf der Rückseite des Hauses Licht im Erdgeschoss. Ich zähle bis zweihundertfünfundsiebzig, ehe ich zur Tür gehe und klingele. Im Haus rumpelt etwas, und eine kleine Weile vergeht, dann wird endlich geöffnet. Es ist nicht Pernille, ich glaube, es ist ihr Vater.

»Guten Abend«, sagt er, und ich finde, er klingt überhaupt nicht dänisch.

»Hallo«, sage ich und hätte ihm fast fröhliche Weihnachten gewünscht. »Ich heiße Thomas Thorsen und gehe in Pernilles Klasse. Sie hat sich von mir ein Buch geliehen, und das wollte ich holen. «

»Das muss das Buch sein, in das sie sich die letzten Tage vergraben hat. Wir mussten auf der Heimfahrt sogar die Beleuchtung hinten im Auto einschalten, aber ich glaube, sie ist jetzt fertig. Pernille!«, ruft er über seine Schulter.

Eine Tür, die vielleicht ins Wohnzimmer führt, wird hinter ihm geöffnet, und Pernille kommt heraus. Sie trägt einen weißen Rollkragenpullover und eine rote Hose. Ich finde, fast alle Mädchen sehen in Weiß und Rot schön aus. Pernille ist schöner als schön.

»Hallo«, sage ich, und erst jetzt kann ich das Winken vom letzten Schultag erwidern. Ich komme mir blöd vor. Kindisch.

»Hallo, Thomas«, sagt sie. »Maria war super. «

Im ersten Moment glaube ich, dass sie von meiner Schwester redet, erst dann fällt mir ein, weshalb ich gekommen bin.

»Ja, ich freue mich auch schon darauf. Dachte, ich könnte gleich anfangen«, sage ich und hoffe, dass Pernille sich ein wenig beeilt. Es wäre schön, hier mit ihr stehen bleiben zu können, aber nicht, wenn ihr Vater mich so ansieht, außerdem ist mein Opa bestimmt schon ungeduldig. Er wird immer sauer, wenn er nichts zu essen bekommt.

»Jetzt hol schon das Buch, damit Thomas zu seiner Familie zurückgehen kann«, sagt der Vater, als ob er meine Gedanken lesen könnte.

»Thomas feiert nicht Weihnachten«, sagt Pernille.

»Ach«, sagt der Vater. »Warum nicht?«

»Weihnachten ist ein heidnischer Brauch«, sage ich.

»Das stimmt«, sagt der Vater, und ich hätte gern gewusst, warum seine Kleider so abgenutzt sind. Die Ellbogen seiner Cordjacke sind flickenbesetzt, und seine Hose hat Löcher an den Knien. Vielleicht müssen die Zeugen Jehovas viel herumkriechen, so wie Mama es von den Pfingstlern früher erzählt hat.

»Gehört deine Familie einer Sekte an?«, fragt er jetzt.

»Sie gehören nur sich selbst«, sagt Pernille.

»Das ist gut«, sagt der Vater und lacht. »Es ist das Beste, sich selbst zu gehören, jedenfalls ab und zu. Vielleicht möchtest du dir Pernilles Teleskop ansehen?«

Ich will eigentlich nur das Buch zurückhaben und nach Hause laufen. Vielleicht könnte ich fragen, ob ich morgen wiederkommen darf. Aber ich habe keine Lust, hier auf der Treppe herumzustehen und mit ihrem Vater über Sekten und heidnisches Brauchtum zu reden, deshalb nicke ich.

»Schön«, sagt der Vater. »Pernille möchte Astronomin werden, wenn sie groß ist. «

»Astronomin? «

»Ich will den Himmel studieren«, sagt Pernille.

»Gott und so«, sage ich und bin froh, dass ich nicht auch noch Jesus gesagt habe.

»Nein, nein«, sagt der Vater und lacht wieder, jetzt lauter. »Sterne und Planeten, das, was vor dem Himmel ist.«

»Kann ich dieses Teleskop jetzt sehen?«, frage ich und trete mitten in den Flur, damit ihr Vater aufhört, so schrecklich viel zu reden.

Pernille antwortet nicht sofort. Sieht mich an. Dann lächelt sie und tritt einen Schritt auf mich zu.

»Also komm«, sagt sie und nimmt meine Hand. Ich trete mir selbst auf den Fuß, wäre fast gestolpert und halte mich an ihrem Arm fest. Pernille sagt nichts, wird nicht wütend oder sauer, lässt aber meine Hand los.

Ich folge ihr die Treppe zum ersten Stock hinauf. Sie öffnet eine gelbe Tür und geht hinein. Ich gehe hinterher und mache ganz schnell die Tür zu, damit ihr Vater nicht nach-kommt. Dann geht es mir auf: Ich bin im Zimmer von Pernille Høegh, jetzt bin ich mit ihr allein. Das Zimmer hat die-selbe Farbe wie die Tür, und ich frage mich, ob die Zeugen Jehovas Ostern feiern. In meinem Kopf dreht sich alles, denn Pernille riecht genauso wie am letzten Schultag, als sie mich umarmt hat. Ich greife nach dem Reißverschluss meiner Jacke, um ihn zu öffnen.

»Nein, das ist nicht nötig«, sagt Pernille und nimmt sich einen Pullover vom Stuhl.

»Gehen wir wieder nach unten?«, frage ich.

»Nicht nach unten, sondern nach oben«, antwortet Pernille.

»Nach oben?«

»Ja, Papa hat das Teleskop auf dem Dach angebracht.«

Ich sehe zur Tür hinüber. Kann mich nicht daran erin-nern, dass die Treppe noch weitergegangen ist. Vielleicht gibt es in einem der anderen Zimmer einen Ausgang. Pernille hat den Pullover angezogen, schüttelt ihren Pferdeschwanz und streift rote Fausthandschuhe über. Sie beugt sich vor und öff-net die Fensterhaken. Ich drehe mich zur Tür um. Pernille schiebt das eine Bein hinaus, als wollte sie hinunterspringen.

»Kommst du?«, fragt sie über ihre Schulter.

Ich kann nichts sagen. Ihre Stimme scheint aus dem Keller zu kommen.

»Kommst du?«, fragt sie noch einmal und dreht den gan-zen Kopf zu mir um.

»Raus?«, frage ich.

»Ja, ich habe doch gesagt, dass es auf dem Dach steht.«

»Aber da kommt man doch wohl nicht aufs Dach!«, sage ich und versuche, meine Stimme nicht zittern zu lassen.

»Wir müssen die Feuerleiter hochklettern«, sagt sie und

schiebt auch das andere Bein hinaus. Es muss da draußen einen Balkon geben, denn sie scheint direkt vor dem Fenster zu stehen. Sie streckt mir durch den Vorhang die Hand hin. Ich komme mir vor, als hätte ich Marmelade unter den Stiefeln, und ich drücke mich von der Wand ab, um meine Beine freizubekommen. Ich schaffe zwei Schritte, aber ich stehe noch immer mitten im Zimmer.

Pernille steckt den Kopf durch die Vorhänge und sieht mich an.

»Ist dir schlecht?«, fragt sie.

»Hab nur ein bisschen Bauchschmerzen.«

»Dann solltest du aber schnell nach Hause gehen«, sagt sie.

»Nicht doch«, sage ich und versuche lockerzulassen, damit meine Beine sich bewegen. Ich schaffe es bis zum Fenster, nehme ihre Hand, schiebe das linke Bein aus dem Fenster und blicke Pernille voll ins Gesicht. Nicht nach unten schauen, denke ich, und dann ist auch das andere Bein draußen. Ich lehne mich an den Fensterrahmen. Pernille lächelt, sie scheint es überhaupt nicht kalt zu finden. Ich beiße die Zähne zusammen, damit sie nicht klappern.

»Du kannst die Sterne viel klarer sehen, wenn es vorher geschneit hat«, sagt sie und legt den Kopf in den Nacken. Ich nicke.

»Da oben ist es.«

Sie zeigt auf eine Feuerleiter, die von dem kleinen Balkon zum Dach führt.

Wieder nicke ich. Es ist überhaupt nicht weit, aber es ist hoch. Richtig hoch. Ich muss mich konzentrieren, um mich nicht umzudrehen und nach unten zu schauen, aber ich glaube, dass sich gleich vor dem Balkon etwas bewegt. Sicher ein Baumwipfel.

»Soll ich vorgehen?«, fragt sie.

»Mmmm.«

Sie stellt den Fuß auf die zweite Sprosse und fängt an, nach oben zu klettern. Es sind nur zehn Sprossen, ich zähle, dann ist sie oben. Sie schiebt den Kopf über die Kante, ich packe die Leiter mit beiden Händen. Hole tief Luft und hebe das Bein vom Balkon. Es kommt mir nicht vor wie Klettern. Es kommt mir vor wie der Anfang von einem Absturz. Ich denke an den Typen, der in den Brunnen geworfen wurde, hieß der nicht Josef? Ich weiß nicht mehr, warum er dort gelandet ist, jedenfalls hatte es mit seinen Brüdern zu tun. Ja, und dann war da noch Jesus. Auch der wurde in ein Loch gesperrt, aber obwohl er tot war, konnte er wieder lebendig werden. Schließlich fällt mir noch eine Geschichte aus der Sonntagsschule ein. Etwas über einen Mann, der träumte, wie er auf einer Leiter zum Himmel hochkletterte. Ich stelle mir vor, dass ich träume, das macht alles leichter. Pernille nimmt auf der letzten Sprosse meine Hand, und ich bin ein bisschen traurig, es hätte doch umgekehrt sein müssen.

Ich kenne alle Planeten, aber nicht die Sterne. Ich weiß zwar nicht, wo die Planeten am Himmel sind, aber ich weiß, wie sie heißen. Über Sterne weiß ich nichts. Abgesehen vom Großen Wagen, und dann hat Papa mir einen von den Bären gezeigt, aber ich weiß nicht, ob es der Kleine oder der Große war. Jetzt sehe ich weder den Großen Wagen noch die Bären. Der Himmel ist voller Lichtpunkte, genau wie wenn ich die Augen schließe, nachdem ich in eine Lampe geschaut habe.

»Komm her, dann kannst du durch das Teleskop sehen«, sagt sie.

Es knackt, als ich über das Dach gehe. Das Teleskop ist weiß und lang und sieht aus wie eine Flugzeugabwehrkanone aus dem Zweiten Weltkrieg. Auf der Bank gleich dahinter, die eigentlich nur ein breites Brett ist, die auf einem Autoreifen liegt, gibt es zwei Sitzunterlagen. Ich frage mich, ob sie immer hier liegen oder ob Pernille sie eben mitgebracht hat. Ich habe nicht gesehen, dass sie etwas getragen hätte, aber die Sitzunterlagen sind nicht zugeschneit. Ohne zu begreifen, warum, bin ich neidisch. Vielleicht, weil sie mutig genug ist, hier zu sitzen und sich die Sterne anzusehen. Vielleicht, weil sie oft zusammen mit jemand anderem hier sitzt. Vielleicht, weil sie offenbar so viel weiß.

»Weißt du etwas über Sternbilder?«, fragt sie.

Ich schüttele den Kopf. Sie zieht ihre Sitzunterlage zu mir herüber, öffnet eine Art Deckel am Ende des Teleskops und hält ihr linkes Auge davor. Mitten auf dem Teleskop gibt es eine runde Stelle, an der sie dreht. Das ist sicher so wie bei einem Fernglas.

Sie dreht zuerst das Teleskop in die Richtung unseres Hauses, dann in die Gegenrichtung, und die ganze Zeit zeigt es schräg zum Himmel.

»Jetzt schau mal«, sagt sie und rutscht ein Stück weiter weg.

Ich kneife das linke Auge zu und versuche, mit dem anderen den Himmel zu finden. Zuerst sehe ich nur ein unklares Gewimmel, dann sehe ich die Sterne, und einer davon jagt plötzlich los wie eine Rakete. Ich bilde mir ein, dass er zischt, aber ich höre nichts. Dann lösen sich die Sterne vom Himmel und kommen auf mich zugewirbelt. Es sieht so aus, wie wenn Papa abends mit dem Auto durch ein Schneegestöber fährt. Plötzlich habe ich das Gefühl, dass ich falle, ich hänge mit dem Kopf nach unten da. Verliere den Halt, stürze hinaus in den Weltraum. Mama. Papa. Dann geht mir auf, dass mir nur schwindelig ist, und dann fällt mir ein, warum ich eigentlich hier bin. Wie viel Zeit ist wohl vergangen? Ich schüttele meinen Kopf, um Ordnung hineinzubringen.

»Ist das nicht schön?«, fragt Pernille.

Ich nicke.

»Es gibt insgesamt achtundachtzig Sternbilder. Was du gesehen hast, war der Große Wagen, der gehört eigentlich zum Großen Bären. Der Große Wagen ist einer der sieben hellsten Sterne in diesem Sternbild.«

»Papa hat mir den Großen Bären schon mal gezeigt, aber jetzt wirkt der so nah«, sage ich.

»Ich weiß. Als ich zum ersten Mal durch das Teleskop geschaut habe, dachte ich, ich könnte die Sterne antippen, wenn ich einen einigermaßen langen Zweig hätte.«

Wir sitzen jetzt ganz dicht nebeneinander. So dicht, dass ich ihren Atem an der Wange spüre, wenn sie spricht. Vielleicht sollte ich versuchen, sie zu küssen? Dann kriege ich Angst, weil ich so denke. Ich habe noch kein Mädchen geküsst. Letzten Sommer habe ich Anitas Busen angefasst, aber ich habe nie gewagt, sie zu küssen. Anitas Busen war weich, mir wurde heiß, und mir wurde schwindelig. Ich dachte, wenn es so ist, erwachsen zu werden, dann weiß ich nicht, ob ich das will. Jetzt ist es anders, jetzt komme ich mir gar nicht berechnend vor. Ich habe nur so ein komisches Gefühl. Pernille lächelt. Pernille ist mir so nah. Pernille und ich sind hier zusammen, auf dem Dach, weder auf dem Boden noch im Himmel.

»Soll ich dir etwas zeigen?«, fragt Pernille.

»Ja«, sage ich, und wir beugen uns gleichzeitig zum Teleskop vor. Unsere Wangen berühren sich, und heute ist Pernille nicht kalt. Sie ist heiß, glühend heiß, oder vielleicht bin ja ich kalt. So bleiben wir eine Weile sitzen. Ich traue mich nicht, die Augen zu schließen. Habe Angst, ich könnte mutig genug werden, um dann den Arm um sie zu legen. Was, wenn sie böse wird? Oder wenn dasselbe passiert wie bei

Anita? Plötzlich macht meine Hand etwas Unvorhergesehenes. Pernille rückt ein bisschen beiseite, und ich setze mich wieder gerade hin.

»Wo ist dein Haus?«, fragt sie.

Ich zeige auf den Storveg, und Pernille dreht das Teleskop in diese Richtung.

»Das rote?«

»Ja.«

»Das mit der Garage und dem Traktor dahinter?«

»Ja, mit dem räumt Papa Schnee.«

»Aber auf dem Hof steht ein Weihnachtsbaum.«

»Nicht doch«, sage ich, schiebe sie weg und halte das Auge ans Teleskop. An der Fichte auf dem Hof, die Mama schon Anfang Dezember geschmückt hat, brennen die Lichter, und ich glaube, dass sich dort etwas bewegt. Jemand geht über den Hof.

»Das ist nicht unser Weihnachtsbaum«, füge ich ganz schnell hinzu. »Der gehört den Nachbarn. Was wolltest du mir zeigen?« Mein Herz hämmert so laut, dass ich nichts anderes hören kann. Pernille dreht das Teleskop wieder Richtung Himmel. Ich denke an unser Haus. An Mama, Papa, Maria, Oma und Opa. Ist eine halbe Stunde vorbei? Ich habe kein sonderlich gutes Zeitgefühl.

»Jetzt schau mal«, sagt Pernille, und ich gehorche.

Genau vor dem Teleskop steht ein riesiger Stern. Ein Stern, der wirklich strahlt. Er scheint größer zu sein als alle anderen. Als sei er die Mama und die anderen Sterne rundherum die Kinder.

»Das ist der Sirius«, sagt Pernille. »Das ist der hellste Stern am ganzen Himmel.«

Sie hätte diesen Namen nicht zu erwähnen brauchen. Ich weiß, wie der Stern heißt. Das ist der Stern von Bethlehem.

Den haben die Weisen aus dem Morgenland gesehen. Der hat ihnen den Weg zu Jesus gezeigt. Mir ist dieser Stern noch nie aufgefallen. Pernille hat ihn sicher schon hundertmal gesehen. Ich begreife nicht, wie man diesen Stern ansehen kann, ohne an Weihnachten zu denken.

Pernille legt mir die Hand auf die Schulter, und ich drehe mich zu ihr. Ich weiß nicht, wer anfängt, aber ich spüre ihre Lippen auf meinen und glaube, dass wir uns küssen. Weiß, dass wir uns küssen. Wir stehen auf. Ich weiß nicht, warum, aber wir stehen auf. Ich lege die Arme um sie. Sie hat ihre Fausthandschuhe in den Schnee fallen lassen und schiebt die Hände in meine Taschen. Ihr Atem ist in meinem Mund, und ich kann daher nicht ausatmen. Wir stehen am äußersten Rand des Daches, und alles ist so schön, alles wird so hell. Daran glaube ich. Das hier ist real, und ich weiß, dass Jesus verzeiht, dass er sagt, wir sollen andere so behandeln, wie wir von ihnen behandelt werden möchten.

Meine Ohren rauschen, ich merke, dass mein Gesicht nicht mehr kalt ist. Ich habe die Augen geschlossen, ohne es zu wissen, aber meine Hände fangen nicht von selbst an zu denken. Nicht jetzt. Als ich die Augen wieder aufschlage, sind auch Pernilles offen, und sie scheint am Himmel zu hängen. Vielleicht sollte ich hier auf dem Dach bleiben, vielleicht muss ich sogar hier bleiben. Wer weiß, ob ich es schaffe, die Leiter hinunterzuklettern? Wenn ich falle, ob ich dann Jesus noch ganz schnell um Vergebung bitten kann? Das hoffe ich zumindest. Vergib mir, denke ich, und dann küsse ich sie wieder.

Welche Farben hätte Rembrandt genommen?

Seit ich mit den Zwillingen allein bin, sind sie meine ganze Welt. Die beiden äußersten Grenzpfosten, dahinter gibt es nur Finsternis. Ich war wie ein Seemann aus dem Mittelalter, voller Angst, über den Rand der Welt zu kippen, wenn ich mich zu weit von ihnen entfernte. Heute werde ich mich hinter die Grenzpfosten wagen, heute werde ich die Zwillinge weiter mitnehmen.

Caitlin kam aus Cork und hatte in Skogli eine Hütte gemietet, um zu malen. So lernten wir einander kennen. Ich wusste nichts über Kunst, aber der Elektrohandel, in dem ich arbeite, lag neben einem jetzt geschlossenen Hobbyladen. An einem Nachmittag vor fast zehn Jahren kam der Besitzer herüber und fragte, ob ich wohl ein Paket für eine irische Dame mitnehmen könnte, die soeben in mein Heimatdorf gezogen war. Ocker, Pariserblau, Titanweiß, Kadmiumrot und einige kurzschäftige Pinsel, das hat uns zusammengebracht. Ganz zu Anfang wusste ich sogar, wie diese Farben auf Englisch heißen, aber als wir uns dann besser kennenlernten, sprachen wir nur noch Norwegisch miteinander, fast nur Norwegisch, während unsere Töchter englische Namen bekamen. Wendy und Victoria, nach Caitlins Großmüttern. Ich fand, dass ich ihr das immerhin schuldig war. Noch immer begreife ich nicht, was sie dazu gebracht hat, Cork gegen

Skogli einzutauschen, aber sie sagte, es liege am Licht, es falle hier auf eine andere Weise über den Tag als in Irland. »Wenn das Licht etwas so Besonderes ist, warum nimmst du dann so wenige Farben?«, fragte ich einmal. »Rembrandt hat nur fünf benutzt«, sagte sie, und das war eigentlich das einzige Mal, dass ich mich als Kunstexperte versucht habe, aber mir gefiel, was sie malte. Es war etwas an der Stimmung auf den Bildern, das mich traf, mich vielleicht an sie erinnerte, ich entdeckte immer etwas Neues, wenn ich die Bilder ansah.

Eigentlich seltsam, wie schnell jetzt zu damals wird. Ein Kuss auf die Wange, ein eiliges »mach's gut«, und ich habe sie nie wiedergesehen. Oder es ist möglich, dass wir das nicht gesagt haben, es ist möglich, dass ich keinen Kuss bekam, es ist möglich, dass wir einander nicht einmal ansahen. Vielleicht hatte ich am Vorabend vergessen, die Spülmaschine auszuräumen, vielleicht wollten wir beide nicht gleich viel oder dasselbe, als wir schlafen gingen. Das alles zerreißt mich, wenn ich jetzt daran denke. Das alles wird zu etwas, mit dem ich nicht umgehen kann. Wir trennten uns mit einem Kuss und einem »bis nachher«.

Es ist nicht ganz richtig zu sagen, ich hätte sie niemals wiedergesehen. Irgendwie tat ich das ja, aber zugleich war es nicht sie. Im Nachhinein habe ich mir überlegt, dass es ungefähr wie die Autos war, die wir am Straßenrand sahen, als wir in einem Frühling auf Kreta waren. Autos, die nach norwegischem Maßstab noch mehrere Jahre hätten fahren können, die aber, obwohl offenbar noch alles funktionierte, etwas seltsam Verlassenes an sich hatten. So war es auch mit Caitlin, auch wenn sie gute Arbeit an ihr geleistet hatten. Die Glasscherben entfernt, die Haare gewaschen, das Gesicht so schön gepudert und geschminkt wie auf einem Foto. Und genau das war sie geworden. Ein Foto. Eine Maske. Ein Stück

Haut, eine Oberfläche über nichts. So wie die ausrangierten Schaufensterpuppen, die sie im Keller gestapelt hatte, für eine Theateraufführung später in diesem Jahr, bei der sie das Bühnenbild liefern sollte.

Ich hatte immer geglaubt, dass ich als Erster gehen würde. Nicht, dass ich krank gewesen wäre, nicht, dass ich mich auch nur schlecht gefühlt hätte, aber die meisten Männer glauben wohl ganz natürlich, dass sie vor ihren Frauen sterben werden. Das wird uns schon als Kindern beigebracht, so soll es sein. Nicht nur sterben wir zuerst, wir sterben auch auf gewaltsamere Weise. Wir springen im Suff von Brücken, fahren mit dem Motorrad in einer Kurve geradeaus oder schlagen uns gegenseitig tot, so meint die Statistik, aber die Statistik hat nie von mir gesprochen.

Es waren die Mädchen, die fanden, wir müssten Caitlin etwas mitgeben, und nachdem wir Abschied genommen hatten, legte Victoria Braunschädel mit in den Sarg. Braunschädel war der Teddybär, für den sie plötzlich zu groß geworden war, als sie mit der Schule angefangen hatte, der aber doch immer wieder in ihrem Bett landete, wenn sie glaubte, wir sähen das nicht. Wendy hatte sich für das Buch über Pocahontas entschieden, sie hatte einen Monat gebraucht, um es zu lesen, nachdem sie endlich die Buchstaben gelernt hatte. Ich hatte Farbtuben und Pinsel mitgebracht, brachte es aber nicht über mich, sie in den Sarg fallen zu lassen. Ich wollte mich nur zu Caitlin legen, die Hand in ihre rostroten irischen Haare stecken, meinen Oberschenkel über ihre schieben, wie ich das immer tat, wenn ich vor ihr aufwachte, und dann hätten wir einfach die Finsternis über uns sinken lassen können. Nur dass meine Mädchen wie Anker an meinen Armen hingen, und als der Mann vom Bestattungsunternehmen den

Deckel auf den Sarg legte, lag das, was Caitlin und mich zusammengeführt hatte, noch immer in einem Leinenbeutel in meiner Tasche. Mein letzter Gedanke, ehe wir die Kapelle verließen, war, wie viele Farben Rembrandt genommen hätte, um dieses Bild zu malen.

Nach der Beerdigung hat diese Frage sich immer wieder zu Wort gemeldet. Ich denke daran, wenn ich vor einem der vielen ungesicherten Bahnübergänge bei Skogli stehen, den Zug aus Stockholm tuten höre und alles in mir sich darauf konzentriert, etwas zu finden, das mich stark genug macht, um mich nicht ins Auto zu setzen und langsam auf die Schienen zu fahren. Es ist dasselbe, was ich denke, wenn ich den Gasherd andrehe und wenn ich mit dem Zünder in der Hand zögernd davorstehe. Oder wenn ich abends im Badezimmer gurgele und das Mundwasser neben die Schlaftabletten in den Schrank stelle.

Als wir Caitlin in die Erde gelegt hatten, dachte ich, Pinsel und Farben würden für die Mädchen eine schöne Erinnerung sein, aber jetzt liegt der Leinenbeutel im Keller, zusammen mit Caitlins vielen unvollendeten Bildern. Im Keller sind auch immer mehr von ihren vollendeten Bildern gelandet. Ich habe gestern, als wir den Weihnachtsbaum geschmückt haben, wieder eine Ladung erledigt, und die wenigen Bilder, die noch an der Wand hängen, sind so angebracht, dass ich sie nicht ansehen muss.

Victoria und Wendy hatten beim Schmücken freie Hand. Wir haben den größten Weihnachtsbaum gekauft, den ich je gesehen habe, und alles, was wir an Engeln, Weihnachtswichteln, Kerzenleuchtern und sonstigem Schmuck haben, wurde hervorgeholt. Das Haus läuft geradezu über vor Weihnachten, aber je mehr wir geschmückt haben, umso verlassener wirkt es.

Ich kann einfach nicht in Stimmung kommen. Kann nicht aufhören, die Abdrücke ihrer Bilder anzustarren, die sich als helle Vierecke auf der Wandtäfelung abzeichnen. Sie erinnern mich an Orte, die wir auf der Karte unentdeckt gelassen haben, Orte, die wir besuchen wollten, wenn wir alt wären.

Heute Nacht haben wir alle drei im Doppelbett geschlafen, genau wie wir es gemacht haben, als Caitlin gerade überfahren worden war. Die Kinderpsychologin sagte, das sei keine glückliche Lösung, wir müssten so bald wie möglich in die Normalität zurückfinden. So hat sie sich ausgedrückt. Als ob das Leben je wieder normal werden könnte. Ich lag heute Nacht wach zwischen den Zwillingen und dachte daran. Welche Angst ich habe, es nicht zu schaffen, für sie hier zu sein. Und da ging mir auf, was ich zu tun habe.

Als Caitlin von ihrer Schwangerschaft erzählte, hoffte ich auf einen Jungen, und als wir erfuhren, dass es Zwillinge waren, dachte ich das noch immer. Weiß nicht so recht, warum, aber ich glaube, es war so banal, dass ich mir jemanden wünschte, mit dem ich zum Fußball gehen und den ich zum Angeln oder in Matinées mit alten Wildwestfilmen mitnehmen könnte. Als der Arzt im Krankenhaus Wendy hochhielt und fragte, ob ich sehen könnte, was es war, merkte ich, dass mich die Enttäuschung überwältigte, aber es ist das einzige Mal, dass sie mich enttäuscht haben. Jetzt daran zu denken erfüllt mich mit schlechtem Gewissen, aber vor allem war es so, dass ich eine Sterbensangst davor hatte, Vater zu werden. Ich hatte in meinem ganzen Leben kaum je ein Baby auf dem Arm gehabt, und irgendwie glaubte ich, mit Jungen bessere Arbeit leisten zu können, sie seien im Umgang leichter. Ich weiß, dass das nicht stimmt, aber was mir in der Kindergartenzeit und in den ersten Schuljahren aufgegangen ist, war, dass

Jungen als Kinder geboren werden, Mädchen aber als kleine Frauen. Wendy und Victoria haben mich immer schon seltsam verlegen machen können. Es ist möglich, dass Caitlins Zweisprachigkeit sie besonders offen gemacht hat, denn obwohl wir zwei nicht viel Englisch miteinander sprachen, achtete Caitlin sehr darauf, mit ihren Töchtern ihre Muttersprache zu benutzen. Fast jedes Mal, wenn Wendy und Victoria im Kindergarten auf mich zukamen, übertrafen sie einander in lauten Beteuerungen, wie lieb sie mich hätten. Die anderen Nylonrücken, die sich über Schuhbänder und Gummihosen beugten, hatten Glück, wenn sie ein kleines »Ich hab dich gern, Papa« hören durften. Meine Mädchen liebten mich auf Norwegisch und auf Englisch. Caitlin, Victoria und Wendy waren ein kleiner Indianerstamm, bei dem ich verzweifelt versuchte, ein vollwertiges Mitglied zu werden. Aber während sie ihren Pferden nur die Hacken in die Seiten drückten und über den Gipfel galoppierten, ohne zu wissen, was sie auf der anderen Seite erwartete, ging ich zu Fuß hinterher, so schnell ich konnte. So kam es mir einige Male vor, und Victoria war erst sechs, als sie einmal Caitlin fragte, wo in aller Welt sie mich gefunden hätte. Noch immer kann alles, was Caitlin in den Mädchen hinterlassen hat, mir ganz einfach den Atem verschlagen. Das irische R, wenn sie Englisch sprechen, Victoria, die am liebsten auf dem Bauch liegt, die Hände unter sich, als sei sie mitten im Gebet eingeschlafen. Der Wirbel in Wendys Nacken, der sie aussehen lässt, als ob sie Zöpfe hätte, wenn ihre Haare ein wenig zu lang werden. Sie gehen jetzt in die zweite Klasse, und obwohl sie sich im Badezimmer lieber allein fertigmachen wollen, ist es noch nicht so weit gekommen, dass sie mir gegenüber verlegen wären. Immer wenn ich sie nackt hintereinander her durch das Haus jagen oder in die Badewanne rutschen sehe, staune ich darüber, dass sie genau sind wie ihre Mutter. Und das gibt mir dasselbe Gefühl von Unzulänglichkeit wie im Kreißsaal. Caitlin hätte ihnen vieles beibringen können. Vieles, so kommt es mir vor, wird sich als Handicap entpuppen, weil sie mit einem alleinstehenden Vater aufwachsen. Über solche Dinge habe ich nach dem Unfall nachgedacht. An solche Dinge denke ich abends, während ich mich mit allen Fasern meines Körpers danach sehne, zum Barschrank zu gehen, den Verschluss von einer Whiskeyflasche aufzudrehen und die Flasche an den Mund zu setzen. Aber ich weiß, wenn ich diese Flasche öffne, dann werde ich auch die nächste öffnen, und wenn ich der Sehnsucht, nichts zu fühlen, erst nachgebe, was soll dann aus den Zwillingen werden? Noch ein Verlust. Noch mehr Sehnsucht. Ich glaube nicht, dass ich stark genug bin, um mich noch lange aufrecht zu halten, aber ich kann Wendy und Victoria nicht bei meinem Absturz zusehen lassen. Deshalb muss es so kommen, wie es kommt.

Ich gehe hinunter in die Küche und fange an, Kakao zu kochen. Dort haben wir uns alle vier meistens aufgehalten. Caitlin hatte auf dem Müllplatz eine alte Tür gefunden, die wir seither als Tisch benutzen. Ich fahre mit der Hand über das abgenutzte Holz. Glaube noch immer, unter den Buntstiftstrichen der Mädchen den Abdruck von Caitlins Weinglas sehen zu können. Hier saßen wir, wenn wir Engel klebten, Papier für Weihnachtskörbchen und Girlanden zurechtschnitten. Hier haben wir die Weihnachtskarten geschrieben. Wendy und Victoria schickten meiner Schwiegermutter beide eine, und jede gab sich alle Mühe, die andere mit Schmeicheleien und Lobreden zu übertreffen, damit die Oma gerade in ihrem Bett schlafen will, wenn sie zu Besuch kommt. Ich merke, wie mein Mut mich im Stich lässt, wenn ich an Mrs. Amelia Doyle denke, aber ich darf mir solche Gedanken jetzt nicht erlauben. Ich gehe zum Barschrank, drehe den Verschluss der nächstbesten Flasche auf und trinke einige lange Züge, nur um das Brennen in der Speiseröhre zu spüren, nur um durch eine physische Handlung Tränen hervorzurufen. Ich stelle die Flasche zurück und sehe Amelias Gesicht vor mir, ein Stück frischgefrorene Erde, in der die Karrenräder tiefe Spuren hinterlassen haben. Amelia hat vieles erlebt. Amelia hat viele verloren. Amelia weiß, was Trauer ist. Ich muss dem Barschrank den Rücken zukehren. Gehe in die Küche.

»Hallo, Papa«, sagt Victoria, die immer als Erste aufsteht. »Du hast die Haare aber schön.«

»Danke«, murmele ich und denke an damals, als sie in einem Imbiss eine wildfremde Frau angesprochen hat, um ihr zu erzählen, ihr Papa sei der schönste Mann auf der Welt. Welche Erstklässlerin nennt ihren Vater so? *Mann.* Zu hören, wie sie dieses Wort auf diese Weise benutzte, gab mir das Gefühl, sie habe meine Hand schon losgelassen und sei auf den Beifahrersitz irgendeines Jungmännerautos gestiegen. Ich muss lächeln. Caitlin behauptete immer, ich hätte angefangen, mich vor den Freunden der Mädchen zu fürchten, sowie sie in den Kindergarten gekommen waren.

»Kann ich den neuen Mantel in die Kirche anziehen«, fragt Wendy, als sie aus dem ersten Stock herunterkommt. Sie umarmt mich und nimmt den Becher voll Kakao.

Ich kann nicht sofort antworten. Dass jetzt beide hier sind, lässt meine Stimme versagen. Ich trinke einen Schluck Kaffee und räuspere mich.

»Ja«, sage ich. »Ihr könnt anziehen, was ihr wollt.«

»Ich will keinen Mantel. Damit warte ich, bis Oma kommt. Jetzt sind es nur noch vier Tage«, sagt Victoria.

»Drei, wenn du heute nicht mitrechnest«, sagt Wendy, und ich nicke. Ich habe noch nie so viele Weihnachtsgeschenke für sie gekauft wie in diesem Jahr. Die Mädchen waren zum Glück immer dankbar für ihre Geschenke, aber an diesem letzten Heiligen Abend ist es so, dass wirklich jeder Posten auf dem Wunschzettel abgehakt wurde und dass noch dazu ganz unten einige neue aufgeführt werden. Ich spüre schon, was ihr Lächeln mit mir machen wird.

Wir kommen früh zur Kirche, und ich halte am Rand des Parkplatzes, damit wir schnell wieder nach Hause können. Wir zünden auf Caitlins Grab drei Kerzen an, und die Mädchen stecken jede die selbstgemachte Blume in die Tannenzweige.

»Ich glaube, es geht ihr gut, Papa«, sagt Wendy und schiebt ihre Hand in meine. Mein Hals schnürt sich zusammen, und ich nicke nur. Über mir ist es wohl sternklar, aber ich habe nicht die Kraft, den Kopf zu heben. Ich habe Angst, ich könnte etwas sehen, das mich noch mehr an Caitlin erinnert. Wir gehen in die Kirche, und ich starre meine Schuhspitzen an.

Vorn im Kirchenschiff zündet jedes Mädchen eine Kerze an und stellt sie in den Kreis, der den Erdball symbolisieren soll.

»Willst du keine Kerze für Mama anmachen?«, fragt Victoria.

Ich schüttele den Kopf.

»Ich zünde lieber zwei für euch an«, sage ich und stecke die Kerzen fest.

Mehrmals während des Gottesdienstes gerate ich ins Gleiten, aber ich habe mir das so oft überlegt, ich bin ganz sicher, dass ich es tun werde. Gott hatte seine Chance. Er hätte Caitlin an jenem Morgen zehn Minuten früher aufwachen lassen können.

Zu Hause stelle ich Kartoffeln und Kümmelkohl auf, wärme Schweinerippen und Bratwürste an. Die Mädchen haben den Tisch bereits gedeckt, und sie haben von Caitlin gelernt, die Servietten so zu falten, dass auf jedem Teller ein kleiner Schwan zu liegen scheint.

Victoria und Wendy nehmen sich zweimal, während ich mit meiner einen Portion zu kämpfen habe. Egal wie viel Bratenfett ich über die Kartoffeln gieße, sie wollen nicht durch meine Speiseröhre. Im Reispudding stochere ich nur herum, und ich bin erleichtert, als Wendy die Mandel findet und wir den Nachtisch beenden können.

»Wir müssen doch erst abwaschen?«, fragt Victoria übervernünftig, und wieder trifft es mich, wie groß sie geworden sind, ich kann fast sehen, wie ihre Schritte von Tag zu Tag länger werden. Vor einem Jahr wären sie einfach ins Wohnzimmer gestürzt und hätten verlangt, dass wir mit dem Auspacken anfangen. Dann geht mir auf, dass sie vielleicht jetzt eine Art Verantwortung für mich empfinden. Eine Verantwortung für die Dinge, die Caitlin sagen würde, wenn sie hier wäre.

»Nein, wir packen jetzt aus. Es ist doch Heiligabend. Wir schwänzen heute den Abwasch«, sage ich, und beide Mädchen kommen zu mir und umarmen mich gleichzeitig, als ob sie das schon vorher verabredet hätten.

Im Wohnzimmer teilt Wendy die Päckchen aus, und das braucht seine Zeit. Noch immer liest sie viel langsamer als ihre Schwester, aber das macht nichts. Wir haben Zeit genug. Nichts eilt noch. Jede legt ihre Päckchen auf einen Haufen, und keine packt aus, ehe alle Geschenke verteilt sind. Caitlin hat immer alles in ein Buch geschrieben, was sie bekamen und von wem. Ich sehe keinen Grund, mir diese Mühe zu machen.

»Ach, Papa, genau, was ich mir gewünscht habe«, sagen sie abwechselnd nach jedem Päckchen und trampeln mehrmals durch den Papierhaufen, um mich zu umarmen. Wenn ich sie jetzt ansehe, scheint ihnen nichts zu fehlen, sie scheinen überhaupt kein Gefühl dafür zu haben, wie es sein müsste. Und gerade das macht mich unbeschreiblich froh. Gerade das macht mich unbeschreiblich traurig.

Normalerweise hole ich mir am Heiligen Abend einen Müllsack und stecke das Papier hinein, während die Zwillinge die Geschenke auspacken, aber auch diese Mühe habe ich mir jetzt nicht gemacht. Ich lasse das Papier einfach dort liegen, wo die Mädchen es fallen lassen. Ich selbst habe drei Pakete bekommen, und das ist mehr als genug. Eigentlich habe ich gar keine Lust zum Auspacken, aber zwei sind von den Mädchen, und die will ich nicht enttäuschen. Zuerst öffne ich das Paket von meinem Bruder in Bodø. Ein Weltatlas und eine Fahrt auf der neuen Kielfähre. Außenkabine und alles. Überaus umsichtig. Die Mädchen haben mit Holzstücken gebastelt. Mit Hilfe von Farbe, Watte und Perlen haben sie einen Weihnachtsmann und eine Weihnachtsfrau geschaffen, fast ohne die Holzstücke zu verändern, so wie sie draußen im Wald ausgesehen haben. Solche Dinge kann ich einfach nie sehen. Sie haben diese Fähigkeit von Caitlin geerbt. Ich vergrabe ganz schnell mein Gesicht in ihren Haaren, sie sollen nicht sehen, dass mir Tränen in den Augen stehen.

»Tausend Dank«, sage ich. »Was ihr alles könnt.«

»Wir haben noch etwas«, sagen sie wie aus einem Munde, und ihr Lächeln wird noch breiter als beim Auspacken von Schlittschuhen, Meerjungfrauen-DVDs und Computerspielen, die sie um die ganze Welt führen.

Ich nicke nur, bin froh, dass es bald vorbei sein wird.

»Aber Papa, du musst versprechen, nicht hinzuschauen. Du musst dich mit dem Rücken zu uns vor den Weihnachtsbaum setzen«, sagt Victoria.

»Und du darfst erst kommen, wenn wir es dir sagen«, sagt nun Wendy. Sie verlassen das Zimmer, und ich kann hören, dass sie in den Keller hinuntergehen.

Ich setze mich vor den Weihnachtsbaum und kehre der Tür den Rücken. Falte die Hände auf meinem Schoß, löse die Finger aber gleich wieder voneinander. Es ist unmöglich, für so etwas zu beten, wie ich es tun werde. Es gibt niemanden, zu dem ich beten könnte. Die Flasche mit dem selbstgemachten Punsch steht im Kühlschrank bereit. Sie steht da schon seit Tagen. Wenn ich das letzte Paket ausgewickelt habe, werden wir in die Küche gehen, und ich werde die Mädchen bitten, mit ihren neuen Filzstiften etwas zu zeichnen. Bilder für Oma, die bald kommt. Ich habe schon die Weihnachts-CDs herausgesucht, die wir laufen lassen können, während wir den Punsch trinken.

Wieder muss ich die Finger auseinanderreißen, es ist jetzt zu spät, alles geht so, wie es gehen soll, niemand kann die Zeit umdrehen. Caitlin unter dem Schnee oben auf dem Friedhof, die Augen meiner Mädchen, die bald zufallen werden, ehe sie sich um ein großes Nichts schließen. Ich habe keine Angst mehr, ich habe keine Angst, ich habe keine Angst, doch, ich habe Angst, ich spüre es in den Fingerspitzen, am Rückgrat und zwischen den Schultern. Ich spüre es im Rauschen des Blutes, das von meinem Herzen zu meinen Ohren hochgedrückt wird, im Zittern, das meine Hände gefühllos macht, aber ich habe keine Angst um mich, ich habe Angst um meine Mädchen, größere Angst denn je. Ich stehe auf und gehe zum Barschrank.

»Jetzt kannst du kommen, Papa«, ruft Victoria aus der Küche, und ich habe sie nicht einmal aus dem Keller kommen hören. Habe nicht gemerkt, wie viel Zeit vergangen ist.

Ich stehe aus dem Sessel auf und schaue mir ein letztes Mal das Wohnzimmer an. Unser Hochzeitsbild, ihre Bücher, die Puppen der Mädchen, das Sofa, auf dem wir uns immer gegenübergesessen haben, um den Tag durchzugehen, die Sessel, die die Großeltern ihr geschickt haben, damit sie in Norwegen jedenfalls gut sitzen könnte.

Ich öffne die Küchentür und sehe, dass sie die Deckenlampe ausgeschaltet und Kerzen angezündet haben, dann hält alles an. Ich erstarre gleich vor der Türschwelle. Caitlin sitzt am Ende des Küchentisches und kehrt mir den Rücken. Sie trägt die Lammfelljacke, die sie bei unserem letzten Besuch in Cork gekauft hat, um den Kopf hat sie das mexikanische Halstuch gewickelt, wie sie es beim Malen immer getan hat. Neben ihr steht eine Staffelei, auf der einige Striche skizziert sind. Pinsel und Farbtuben liegen auf dem Tisch.

»Komm, Papa«, sagen die Mädchen und nehmen jede eine Hand von mir. Ich weiß nicht, ob sie mich ziehen oder ob die Küche schrumpft, aber jetzt stehe ich neben Caitlin und sehe, dass es eine der Puppen aus dem Keller ist. Das Gemälde ist das, das sie am Tag vor ihrem tödlichen Unfall angefangen hatte. Meine Brust schnürt sich zusammen. Ich stehe da und ringe in einem riesigen sprachlosen Nichts um Atem.

»Du warst in letzter Zeit so traurig, fanden wir«, fängt Victoria an.

»Deshalb haben wir das für dich gemacht«, sagt Wendy.

»Aber was ist das?«, frage ich mit der Stimme eines Hundertjährigen.

»Das ist Mama, die oben im Himmel sitzt und uns malt«, sagt Victoria, und die Beine geben unter mir nach. Ich reiße die Mädchen beim Sturz mit, aber nichts tut weh. Nicht deshalb heule ich. Nicht deshalb heule ich schlimmer als bei Caitlins Tod. Schlimmer denn je.

»Gefällt es dir nicht?«, fragt Wendy, und ihre Unterlippe fängt an zu zittern.

»Ist das ein blödes Geschenk?«, fragt Victoria, und jetzt fließen auch ihre Tränen.

»Doch, das gefällt mir. Das ist das schönste Geschenk, das ich je bekommen habe. Ich liebe euch. Habt ihr das gehört? Ich liebe euch«, schluchze ich und schäme mich für alles, was ich in letzter Zeit gedacht habe. Hier geht es nicht um mich. Es ist noch nie um mich gegangen. Es geht um Wendy und Victoria.

»Weißt du, was wir gedacht haben?«, fragt Victoria, nachdem wir uns ausgeweint haben und aufgestanden sind.

Ich schüttele den Kopf.

»Wir haben gedacht, wir könnten Mamas Farben nehmen und das Bild fertig machen. Dann kriegt Oma es, wenn sie kommt. Dürfen wir das, Papa? Bitte. Oma würde sich so freuen«, sagt Victoria.

»Wir haben schon angefangen, den Punsch anzuwärmen, dann können wir es uns beim Malen gemütlich machen. Du kannst gern das Marzipanschwein haben, das ich gekriegt habe, weil ich die Mandel gefunden habe. Bitte, Papa. Please«, sagt Wendy.

»Natürlich können wir ein Bild für Oma malen, aber ich möchte jetzt keinen Punsch. Wir nehmen Weihnachtsbrause«, sage ich und kippe den Punsch in den Ausguss, und während meine Mädchen ihre Gläser mit Weihnachtsbrause füllen und das Marzipanschwein in drei gleich große Stücke teilen, weiß ich, welche Farben Rembrandt genommen hätte.

Glitzer

Auf dem Tisch, zwischen der Pfefferkuchendose und dem Weihnachtsstern, steht bei mir ein gerahmtes Bild von Rosa Parks. Das gehört zu den ersten Dingen, die die Kundschaft sieht, wenn ich sie in den Wagen lasse, aber bisher hat noch niemand danach gefragt. Ich habe noch niemandem erzählt, dass Rosa Parks eine kleine Farbige war, die in einem der Südstaaten der USA in einen Bus stieg, ich glaube, es war in Alabama, und sich auf einen für Weiße reservierten Platz setzte. Solche Menschen bewundere ich. Solche Menschen habe ich immer schon bewundert. Wenn jemand sagt, dass etwas unmöglich ist, dass es nicht geht, steige ich über den Zaun und gehe über die Felder, bis ich dahin gelangt bin, wo ich hin will, oder bis ich mich unterwegs möglicherweise verirrt habe.

Bei meiner ersten Elchjagd vor einigen Jahren habe ich viel an sie gedacht, an Rosa Parks. Zu Hause gab es plötzlich viele, die klare Ansichten über mich hatten. Ich kam auf die Titelseite der Zeitungen, wurde im Radio interviewt, und die Leute stießen einander an, wenn ich in Kongsvinger in ein Geschäft ging. Ich habe jetzt schon länger keinen Elch mehr gejagt. Es ist nicht mehr so interessant.

Jemand klopft an die Tür, und draußen steht ein jüngerer Mann, den ich noch nie gesehen habe. Er stutzt bei meinem

Anblick, nicht genug, um auf dem Absatz kehrtzumachen, aber genug, um zu zögern.

»Äh«, sagt er, so wie Leute, die stottern, gern einen Satz eröffnen. »Was kostet das denn?«

»Die Preise stehen an der Wand«, sage ich, lächele und zeige darauf. Der Mann sagt, er werde sich die Sache überlegen, und ich gehe hinein und setze mich wieder. Ich schaue auf die Uhr. Bald ist Feierabend. Der Laden auf der anderen Seite des Parkplatzes hat schon vor einer halben Stunde die Lampen heruntergedreht.

Ich schenke mir noch eine Tasse Tee ein. Ich sitze gern so da. Sehe zu, wie die Stadt an den letzten Abenden vor Weihnachten zur Ruhe kommt. Ich stehe mitten zwischen der alten und der neuen Hauptstraße, und das Verkehrsrauschen hat seine Wirkung. Die Leute reden über Bäche im Frühjahr und darüber, nachts den Flüssen zu lauschen, für mich ist es die beste Schlafmedizin, mich in den Wagen zu legen, während die Autos sich weiter auf allen Seiten bewegen. Auf diese Weise kann ich alle Spannungen abladen. Die Geräusche der anderen haben mir immer schon Geborgenheit geschenkt. Einmal, als ich noch klein war und ins Bett sollte, bildete ich mir ein, die Welt werde während der Nacht untergehen. »Kannst du den Zug nicht hören?«, fragte Vater. Ich nickte als Antwort. »Solange der Zug tutet, wird es immer Orte geben, zu denen man reisen kann, und dann kann die Welt nicht untergehen, dazu hat sie keine Zeit.« Vielleicht nicht die beste Erklärung aller Zeiten, aber ich lächele, wenn ich jetzt daran denke.

Ich weiß nicht, ob ich wirklich hier im Wohnwagen übernachten soll, in der Nacht vor Heiligabend, aber je mehr Geld die Leute in Händen haben, umso diebischer werden sie. Wohlgemerkt, diebisch auf eine lustlose Weise. Niemand macht sich noch die Mühe, in den Wald zu gehen, um einen Weihnachtsbaum zu stehlen, das ist zu anstrengend, auch wenn diese Art Diebstahl weiterhin akzeptiert wird. Eine Art Äpfelklauen für Erwachsene. Ich denke an Vater und muss wieder lächeln. Er war kein Jäger, hatte kein Gewehr und ging selten angeln. Aber der Weihnachtsbaum, der war seine Aufgabe. Axt und Thermosflasche im Rucksack, den Holzschlitten im Schlepp in den Wald, dann in der Dämmerung nach Hause, mit dem schönsten Weihnachtsbaum, den er finden konnte. Ein Weihnachtsbaum, der ziemlich oft, um nicht zu sagen immer, stark abwich vom Schönheitsideal meiner Mutter. Im Nachhinein habe ich mir gedacht, dass vielleicht in diesen Augenblicken, wenn Vater zur Tür hereingetrampelt kam, mit einem Baum, der immer seine Philosophie »groß ist schön« verkörperte, der Keim dazu gelegt wurde, was ich heute mache. Dass das etwas war, was mich in einen Beruf führte, in dem ich mich wohlfühle, einen Beruf, den ich wirklich kann. Denn wenn man sich das so überlegt, wirkt es doch seltsam veraltet, dass angeblich nur Männer Weihnachtsbäume verkaufen können.

Vielleicht hat es so lange gedauert, bis ich mich als Weihnachtsbaumverkäuferin durchgesetzt hatte, weil die Branche so der Tradition verhaftet ist. Vierundsechzig Prozent der norwegischen Bevölkerung ziehen noch immer Tannen vor, zehn Prozent wollen Edeltanne. Ich habe beide, ja, und auch Fichten, natürlich, und damit ist die Nachfrage in dieser Stadt gedeckt. Manchmal träume ich davon, in einer großen Stadt Weihnachtsbäume zu verkaufen, in Oslo zum Beispiel. Dann könnte ich mir vorstellen, auch serbische Tannen und Engelmanntannen anzubieten. Die eine glänzt fast silbern und behält die Nadeln besser als eine normale Tanne. Die andere kommt ursprünglich aus den Rocky Mountains und wird fast blau. Heute im Radio gab es eine interessante Sendung. Irgendwo in Florida haben die Behörden verboten, in öffentlichen Gebäuden Weihnachtsbäume aufzustellen. Etliche Kläger halten diese Bäume noch immer für religiöse Symbole. Herrgott, so was kann auch nur in den USA passieren. In der Ukraine hat die Polizei radioaktive Weihnachtsbäume beschlagnahmt, die auf einem Markt im Süden des Landes verkauft werden sollten. Die Bäume waren verbotenerweise in einem Wald geschlagen worden, der beim Unfall von Tschernobyl verstrahlt worden war, und die Polizei sucht jetzt die Käufer der gesundheitsschädlichen Bäume. In England hat eine Doktorandin der Neurophysiologie sich dafür ausgesprochen, mit Hilfe von Genmanipulation selbstleuchtende Weihnachtsbäume zu züchten. Ich weiß nicht so recht, was ich von dieser Frau halten soll. Irgendwie hat sie etwas von Rosa Parks, aber zugleich habe ich Probleme damit, dass wir an der Schöpfung herumpfuschen. Und ich glaube auch nicht, dass der Markt für selbstleuchtende Weihnachtsbäume unersättlich ist. Ich kann mir nur schwer vorstellen, dass jemand von hier dreitausend Kronen für einen Weihnachtsbaum bezahlt, und wenn er noch so sehr selbst leuchtet.

Ich bin eben aufgestanden, um den Fernseher einzuschalten, als draußen mein Autoalarm losgeht. Verdammt. Mir sind schon acht Weihnachtsbäume gestohlen worden. Ich schnappe mir die Taschenlampe, reiße die Tür auf und stürze hinaus. Beim Cherokee sehe ich eine Gestalt, die sich zur Tür hineinbeugt.

»He«, brülle ich und hebe die Taschenlampe mit der rechten Hand wie einen Schlagstock.

Die Gestalt fährt herum, und als ich den Lichtkegel auf

das Gesicht richte, kann ich sehen, dass es ein Mann ist, ein bärtiger, heruntergekommener Mann. Mir fällt ein, dass ich das Pfefferspray im Wagen vergessen habe, und mein Herz hämmert los. Ich mache es wie immer, wenn ich Angst bekomme: Ich werde laut.

»Was zum Teufel soll das denn da? Am Tag vor Heiligabend in das Auto einer Frau einzubrechen«, rufe ich und bereue das sofort. Ich fand es immer schon schrecklich, wenn die Tatsache, dass ich eine Frau bin, als Nachteil – oder Vorteil – für mein Verhalten ausgelegt wurde. Ich bin nicht hilflos, und um das zu betonen, packe ich die Taschenlampe wieder wie einen Schlagstock.

Der Mann hat noch immer nichts gesagt, und ich trete einen Schritt näher.

»Nicht schlagen«, sagt er, die Stimme ist zu klein für seine Gestalt, und er hält die Hände beschützend vor sein Gesicht, auf eine Weise, die mir klarmacht, dass er angetrunken ist.

»Warum willst du in mein Auto einbrechen?«

Ich bin noch immer laut, habe aber keine Angst, jedenfalls nicht, solange er die Hände so hält.

»Ich brauche Geld.«

»Wie heißt du?«

»Johannes Hagen«, sagt er.

Ich nutze die Taschenlampe wieder zum Leuchten.

»Johannes Hagen aus Skogli?«, frage ich.

»Ja«, sagt er und lässt seine Hände ein wenig sinken, so dass das Licht sein Gesicht trifft.

»Was ist denn hier los?«, ruft eine Stimme,

»Nichts«, sage ich und drehe mich um. Es ist der Ladenbesitzer.

»Hattest du einen Einbruch?«, fragt er und tritt neben mich. »Diesen Penner sehe ich nicht zum ersten Mal.«

Und ehe ich etwas sagen kann, fängt er an, in das Mobiltelefon in seiner Hand eine Nummer einzugeben.

»Was machst du?«, frage ich.

»Die Polizei anrufen.«

»Tu das nicht!«

»Ich hab doch deinen Autoalarm gehört.«

»Den hab ich selbst ausgelöst.«

»Und warum leuchtest du den Typen dann mit der Taschenlampe an?«, fragt der Ladenbesitzer, und ich merke, dass ich sauer werde. Ich werde immer sauer, wenn Männer meine Probleme lösen wollen. Wenn Männer sich verhalten, als ob ich beschützt werden müsste.

»Ich leuchte nicht ihn an, ich leuchte die Weihnachtsbäume an«, sage ich.

»Na gut, na gut, dann entschuldige«, sagt der Ladenbesitzer und geht mit beleidigter Miene davon.

Während dieser ganzen Szene hat Johannes Hagen ruhig dagestanden, ohne ein Wort zu sagen, ohne sich zu bewegen. Sein Bart reicht bis unter seinen Schal, die schulterlangen Haare werden an den Schläfen grau, und sein Mantel scheint auch als Schlafsack zu dienen.

Als der Ladenbesitzer die Straße überquert hat, will Johannes Hagen in dieselbe Richtung gehen.

»Warte, ich muss mit dir reden«, sage ich. »Komm mit in den Wohnwagen.«

Er sieht mich unschlüssig an und wirft einen raschen Blick zu dem Ladenbesitzer hinüber, der jetzt die Laderampe erreicht hat.

»Es ist noch immer nicht zu spät, um ihn bei der Polizei anrufen zu lassen«, sage ich, und Johannes Hagen nickt.

Ich halte die Tür auf, und er geht hinein. Setzt sich im Mantel an den Tisch.

»Erkennst du mich nicht mehr?«, frage ich.

Er schüttelt den Kopf.

»Johanne Jakobsen«, sage ich.

»Johanne?«, fragt er, und zum ersten Mal sieht er mir ins Gesicht. Seine Augen sind so braun wie immer, aber sein Blick hat etwas Erloschenes.

Ich fühle mich seltsam verlegen, als er meinen Namen ausspricht, und ich stehe auf, nur um mich in der Kochecke beschäftigen zu können.

»Kaffee? Tee?«, frage ich, und als er zögert: »Punsch?« Er zögert noch immer, und ich schüttele den Rotweinkarton. Er nickt.

»Lange nicht mehr gesehen«, sagt er und wirkt nicht mehr ganz so resigniert, seine Stimme trägt jetzt besser.

»Ja«, sage ich. »Viele Jahre. Fünfundzwanzig vielleicht, seit dem letzten Mal. Wie geht es dir?«

Johannes schlägt die Augen nieder. Zupft sich einige lose Fäden vom Ärmel. Ich weiß, was er denkt. Dieser Mantel sagt eigentlich alles.

»Wohnst du in Kongsvinger?«

Er nickt.

»Die ganze Zeit schon?«

»Ich bin im Sommer zurückgekommen.«

»Ich mach uns ein bisschen Punsch«, sage ich und denke, dass der vielleicht das einzige Warme ist, das er heute in den Bauch bekommen wird. »Möchtest du etwas essen? Ich habe Bratwürste, Frikadellen und Kümmelkohl.«

Johannes zuckt nur mit den Schultern.

»Ich weiß nicht«, sagt er, und ich kann unmöglich sehen, ob es ihm etwas ausmacht, hier zu sitzen, ob er lieber gehen würde oder ob es ihm egal ist. Sein Mantel ist nicht nur verschlissen, er sieht aus, als hätte sein Träger unter einem Auto gelegen und versucht, ein Ölleck zu reparieren. Jetzt merke ich, dass Johannes Hagen außerdem einen neuen Geruch mit in den Wohnwagen gebracht hat. Einen Geruch nach Frostschutzmittel und gekochtem Kohl. Ich glaube, dieser Geruch bringt mich dazu, es zu sagen, lässt mich losreden, ohne nachzudenken.

»Möchtest du nicht duschen?«, frage ich und überlege sofort, ob ich das nur gedacht habe, hoffe, dass ich das nur gedacht habe, dann sehe ich in seinem Gesicht, dass es nicht der Fall ist.

»Hier?«, fragt er, und es ist zu spät, so zu tun, als hätte ich es nicht gesagt.

Ich nicke.

»Bei der Toilette gibt es eine Dusche, und ich habe saubere Kleider. Ich habe einen Sack Kleidungsstücke für die Heilsarmee, ich habe meiner Schwägerin versprochen, den dort abzugeben. Und du bist ungefähr so groß wie mein Bruder.«

Johannes Hagen bildet aus den Händen ein Fernglas und hält sie vor sein Gesicht. Wenn es ein echtes Fernglas wäre, dann wüsste ich gern, ob ich darin größer oder kleiner würde.

»Geht es dir nicht gut?«, frage ich, und damit gelingt es mir zum zweiten Mal innerhalb weniger Minuten, eine direkte Dummheit auszusprechen.

»Ich hab ein paar Bier gekippt«, sagt Johannes, und ich weiß nicht, was ich antworten soll. Bin froh, weil er das mit der Dusche offenbar nicht so ganz registriert hat. Dann denke ich an damals, als es ein winzig kleiner Buchstabe war, ein schnödes s, das uns voneinander trennte. Wir haben immer Witze darüber gemacht. Über die Namen. Wir konnten uns nie über Henne und Ei einigen. Ob es zuerst Johannes gab und dann Johanne oder umgekehrt.

»Ich nehme dankend an«, sagt Johannes, und ich bin nicht sicher, worauf er geantwortet hat.

»Entschuldige?«

»Ich könnte eine Dusche und ein paar neue Klamotten gebrauchen, ja«, sagt er, und zum ersten Mal lächelt er mich an. Das erinnert mich an altes rissiges Leder, aber mit seinem Gesicht geschieht etwas. Als wäre eine Fotografie glattgestrichen worden, die die Jahre in einer Brieftasche zerknittert haben.

»Na gut, okay«, sage ich und suche nach anderen Dingen, die ich sagen kann, die uns ein wenig weiterbringen können. Ich habe das Gefühl, dass wir uns Bälle zuwerfen und dass ich diesen Ball nicht auffangen kann.

»Ich hol dir ein Handtuch«, sage ich und gehe in das kleine Badezimmer. Stecke Faltencreme und Haarentfernungsmittel in meine Kulturtasche und ziehe den Reißverschluss zu. Ich habe keine sauberen Handtücher mehr, also muss ich das nehmen, das ich bei meiner letzten Dusche benutzt habe. Zum Glück ist es trocken, und ich falte es so ordentlich wie möglich zusammen. Dann versprühe ich ein wenig Parfüm im Raum.

»Okay, du kannst kommen. Soll ich etwas zu essen machen?«, frage ich.

»Danke«, sagt Johannes und lächelt noch einmal. Ich wünschte, er lächelte nicht. Es ist, wie zu sehen, dass ein Spaten in den Boden gerammt wird. Die Erde, die von einem frischen Grab entfernt wird. Gerade hier und jetzt geht mir auf, dass der größere Teil meines Lebens hinter mir liegt. Zum Teufel damit, über den Zaun zu klettern und über die Felder zu laufen. Tief in der Frau, die ich geworden bin, ist ein kleines Mädchen, das sich verirrt hat.

»Ich habe gefragt: Geht es *dir* nicht gut?«, sagt Johannes.

Er ist jetzt aufgestanden und steht vor mir, lässt den Mantel auf den Boden fallen.

»Doch«, sage ich und lächele. »Mir geht's gut. Morgen ist Heiligabend, und ich habe fast alle Bäume verkauft. Es ist nur, dass ... ich weiß nicht immer ... manchmal, da ...«

Ich hole Luft, versuche zu verstehen, was ich eigentlich sagen will.

»Ich habe eine Sendung über orthodoxe Juden gesehen«, sage ich dann.

»Juden?«, fragt Johannes und streift sich die Stiefel ab.

»Orthodoxe Juden«, wiederhole ich. »Eine Gruppierung unter den orthodoxen Juden. Sie glauben, dass nichts Böses dich treffen kann, solange du in der Bibel liest. Ja, sogar, wenn du von einer Giftschlange gebissen wirst, stirbst du nicht, wenn du weiter in der Bibel liest. Manchmal fürchte ich, dass es bei mir so ist. Dass ich mit einer Bibel in der Hand dastehe, und wenn ich mit dem Lesen aufhöre, dann wird mein ganzes Leben mich wieder einholen.«

»Dann gehe ich jetzt duschen«, sagt Johannes, und ich merke, wie meine Wangen glühen. Sechsundfünfzig Jahre alt, und hier stehe ich und werde rot.

Nachdem er die Tür hinter sich geschlossen hat, gieße ich Rotwein aus dem Karton und leere das Glas auf einen Zug. Punsch? Also echt. Ich nehme die Reste vom Mittagessen aus dem kleinen Kühlschrank, verteile sie auf zwei Töpfe und zünde das Gas an, während ich an das erste Mal denke, als Johannes Hagen getrunken hat. Wir waren gerade achtzehn, und es war Silvester. Ich hatte meine Cousine überredet, für uns alle jeweils sechs Bier zu kaufen, und wir saßen unten in meinem Zimmer. Meine Eltern waren bei einem Onkel in Oslo und dachten, ich besuche ein Jugendfest im Gemeindezentrum. Ich hatte noch kaum Erfahrung mit Alkohol.

Auf einem Klassenfest hatten einige Jungen mir etwas einge-schenkt. Johannes kam aus einer Pfingstler-Familie und hatte nie getrunken. Ich dachte, sechs Bier pro Nase würden uns weniger verlegen machen, sechs Bier würden uns den Mut geben, das zu tun, was wir in dem halben Jahr, in dem wir jetzt zusammen waren, nicht gewagt hatten. Ich hatte mich geirrt. Das Bier glitt rasch nach unten und kam dann wie-der hochgeschossen. Als wir uns hinlegen wollten, war ihm so schwindelig, dass ich ein Campingbett holte und ihn da-rauf legte. Ich hatte gerade erst das Licht gelöscht, als ich es krachen hörte und Johannes anfing zu wimmern. »Johanne, Johanne, Hilfe. Die Decke ist mir auf den Kopf gefallen«, jammerte er. Als ich Licht machte, ging mir auf, dass das Campingbett umgefallen war, und dann war Johannes mit dem Kopf unter den Tisch gerutscht.

Wir brauchten noch einen Monat, um so zusammen zu sein, wie ich mir das wünschte, und wir trafen uns noch an-derthalb Jahre lang. Es gab keinen Streit, keine neuen Hände, die ich halten konnte, ich verbrachte nur mehr und mehr Zeit bei meinem Landwirtschaftsstudium. Ich bin deshalb nicht sicher, ob ich nicht mehr hingegangen bin oder Johannes nicht mehr gewartet hat. Wir liefen uns immer wieder über den Weg, in Skogli und in der Stadt, und als die Jahre ver-gingen und es Johannes immer schwerer fiel, sein Leben auf geradem Kurs zu halten, dachte ich oft daran, dass ich ihm das erste Bier gegeben hatte. Aber dann konnte ich mir ein-reden, dass ich nichts mit Johannes' Vorliebe für die Gosse zu tun hatte. Er war ein Unglück, das nur darauf gewartet hatte, geschehen zu können.

Das Essen wird warm, und er dreht die Dusche aus. Ich hole einen Teller aus dem Schrank, ahne meine Umrisse in dem matten Fensterglas. Was ist das für ein Bild? Was um alles in der Welt mache ich hier? Lade einen Penner in meinen Wohnwagen ein. Koche für einen Mann, der in den letzten zwanzig Jahren die Flasche gebraucht hat, um im Gleichgewicht zu bleiben. Ich denke an meine Freundinnen. Was machen die heute Abend? Vielleicht sind die Kinder zu Weihnachten nach Hause gekommen. Die Ehemänner dösen vor dem Fernseher. Eine Flasche mit mittelteurem Rotwein auf dem Couchtisch. Dann fällt mir mein Karton ein. Ich fülle zwei Gläser und schütte den Rest in den Ausguss.

Johannes kommt in einem Pullover, der um ihn herumschlottert. Nicht, weil der ausgeleiert wäre. Aber die Jahre haben sich bei meinem Bruder abgelagert, und von Johannes kann man das nicht sagen. Seine Züge sind markant, ohne dass er runzlig wäre. Seine Augen sind schmal wie bei hartgesottenen Freiluftfanatikern, gewöhnt daran, die Blicke dort haften zu lassen, wo die Sonne auf weite Schneeflächen trifft. Ich weiß noch, dass Johannes gern Bücher über Kanada gelesen hat. Er redete von der Sehnsucht danach, allein in den endlosen Weiten zu hausen, davon, dass Städte ihn einsam machten. Ich weiß eigentlich so wenig über Männer. Sie waren einfach da, wie Weihnachtsbäume. Etwas, das ins Haus getragen wird, seine Funktion erfüllt und dann hinausgeschafft wird, wenn man einen neuen braucht.

Er setzt sich an den Tisch, und ich stelle das Weinglas und einen Teller mit Frikadellen, Bratwurst und Kartoffeln vor ihn hin.

»Willst du nichts?«, fragt er und sieht Jahre jünger aus, nachdem er sich die Haare aus der Stirn gestrichen hat.

»Nein, ich hatte gerade gegessen, als du gekommen bist.«

Johannes leert das Weinglas, ehe er das Besteck auch nur angefasst hat. Sein Blick wandert zu dem Karton.

»Der ist leer«, sage ich.

Johannes nickt, und ich sehe, dass er sich zusammenreißt, um nicht das vor mir stehende Glas anzustarren.

»Ist das deine Schwester?«, fragt er und nickt zu dem Bild von Rosa Parks hinüber, das ich auf die Anrichte gestellt habe.

»Nein, du weißt doch, ich habe keine …«, fange ich an, dann geht mir auf, dass das nur Unsinn ist, und kann ein Lächeln nicht unterdrücken.

»Weihnachtsbäume also«, sagt er und schiebt sich ein Stück Kartoffel mit Frikadelle in den Mund.

»Ja, ich verkaufe jetzt seit sechs, nein, schon seit sieben Jahren Weihnachtsbäume. Das gefällt mir. Anfang August fahre ich nach Dänemark und suche mir meine Bäume aus.«

Johannes sagt nichts, er schüttelt nur den Kopf.

»Was?«, frage ich.

»Findet du das denn nicht komisch? Dass wir, hier mitten in diesem Tannenwald von Land, unsere Weihnachtsbäume in Dänemark kaufen müssen?«

»Doch, schon«, sage ich und fühle mich auf seltsame Weise in die Ecke gedrängt. »Ich habe es auch schon mit norwegischen Bäume versucht, aber das lohnt sich nicht richtig. Es ist schwer, mit den Waldbesitzern gute Abmachungen zu treffen, aber im nächsten Jahr möchte ich etwas Neues versuchen. Bäume auf der Wurzel kaufen, damit die Leute selbst fällen können. Herrgott, das wird fast wie das gute alte Gefühl, ehrlich und redlich den Kram zu klauen.«

Ich bereue sofort, das gesagt zu haben, aber ich ärgere mich auch ein wenig. Ich ärgere mich über mich selbst, weil ich die ganze Zeit das Gefühl habe, mich verteidigen zu müssen. Nicht ich habe etwas verbrochen. Ich stehe auf, gehe zur Anrichte und drehe das Bild von Rosa Parks zur Wand.

»Du hattest immer schon gute Ideen, Johanne.«

Johannes lächelt und schiebt den Teller weg. Er hat den Kümmelkohl nicht angerührt, alles andere aber ist verschwunden. Ich setze mich wieder an den Tisch.

»Johanne?«, fragt er, und sein Gesicht wirkt noch immer sanft. »Kann ich dich wohl um etwas bitten?«

Ich nicke und fange an, das Glas über den Tisch zu schieben.

»Könntest du mir wohl die Haare schneiden?«

Bei dieser Frage erstarrt meine Hand. Ein wenig Wein tropft auf den Tisch.

»Dir die Haare schneiden?«

Er nickt.

»Weiß schon gar nicht mehr, wann ich zuletzt so lange Haare hatte, und jetzt, wo ich neu eingekleidet bin. Danke, übrigens.«

Ich weiß nicht, was ich sagen soll, deshalb nicke ich nur.

»Alle Frauen können doch Haare schneiden, oder?«, fragt er, und ich begreife, dass er wieder einen Witz macht.

»Ich habe das noch nie gemacht, aber so sehr viel anders, als die Weihnachtsbäume ein wenig zu stutzen, kann das ja wohl nicht sein«, sage ich, zufrieden, weil ich auch Witze machen kann.

»Nein, groß ist der Unterschied sicher nicht, etwas weniger Harz vielleicht... an den Weihnachtsbäumen«, sagt Johannes, und dann lachen wir beide.

Ich nehme ein altes Hemd meines Bruders und binde es Johannes wie einen Latz um den Hals. Dann hole ich die beiden letzten Flaschen Limonade aus dem Kasten im Schrank und stelle den Kasten hochkant mitten in den Raum. Die Schere habe ich abends benutzt, um die Weihnachtsgeschenke zu verpacken, sie ist nicht sonderlich scharf, aber eine andere habe ich nicht.

»Hast du einen Kamm?«, frage ich.

Er schüttelt den Kopf.

Ich gehe ins Badezimmer und hole meine Haarbürste, kämme die noch immer feuchten Haare nach hinten und versuche, die Bewegungen des Friseurs nachzumachen, so, wie ich sie schon oft im Spiegel gesehen habe. Aber das geht nicht. Ich kann nicht zwischen den Borsten schneiden. Ich lasse die Bürste auf den Boden fallen und nehme meine linke Hand als Kamm. Johannes' Haare sind weich, aber oben werden sie dünn. Eine kahle Stelle von der Größe einer Apfelsine ist immer besser zu sehen, je mehr ich schneide, und erst jetzt begreife ich, warum eine solche Stelle »Mond« genannt wird. Bisher war das nur ein Wort für mich, aber jetzt sehe ich, dass die kahle Stelle bei Johannes wirklich aussieht wie ein Mond an einem dunklen Oktoberhimmel. Ich fahre mit dem Daumen über diese Stelle. Fahre und fahre, während ich schneide. Johannes Hagen und ich Haut an Haut. Dann denke ich an das erste Mal, als ich ihn nackt gesehen habe. Das erste Mal, als wir miteinander geschlafen haben. Wie er versuchte, sich nichts anmerken zu lassen. Seine Hände, die damals zitterten, so wie heute, aber damals hob er nicht das Glas hoch. Sondern mich. Er hielt mich in seinen Händen und sagte, ich sei das Schönste, was er je gesehen habe. Der schüchterne Junge aus der Pfingstler-Familie sagte Dinge, die niemals vorher jemand zu mir gesagt hatte. Tränen steigen mir in die Augen. Ich würde ihn gern umarmen. Ich würde ihn gern nackt sehen. Mit ihm unter die Decke kriechen. Ich habe Lust zu sagen, dass all diese Jahre nichts bedeuten. All diese Jahre brauchen nichts zu bedeuten. Ich habe Lust zu sagen, dass jetzt alles gut wird. Alles wird gut. Morgen ist Heiligabend. Wir können uns den schönsten Weihnachtsbaum aussuchen, der noch übrig ist. Ihn mit nach Hause nehmen und schmücken. Mit dem Glitzerschmuck meiner Großmutter, wenn ich den noch finden kann. Ich hatte vor fünf Jahren zuletzt einen Weihnachtsbaum. Wenn ich Heiligabend nach Hause komme, bin ich in der Regel so erschöpft, dass ich es nicht mehr über mich bringe, einen Baum zu schmücken. Außerdem macht der Weihnachtsbaum mich einsam, wenn ich niemanden habe, mit dem ich ihn gemeinsam ansehen kann. »Eine Weihnachtsbaumverkäuferin ohne Weihnachtsbaum, nicht gerade die beste Reklame, die man sich vorstellen kann«, sagte mein Bruder im vergangenen Jahr. Aber ich bin nicht seiner Ansicht. Es zeigt nur, dass ich gute Arbeit leiste.

»Du bist plötzlich so still?«, fragt Johannes.

Ich zucke mit den Schultern, dann fällt mir ein, dass er mich nicht sehen kann, und ich hole tief Luft, ehe ich etwas sage.

»Wo wirst du Heiligabend verbringen?«

Johannes lässt den Kopf sinken, und ich schneide einen Zacken in seinen Pony.

»Jetzt sagst du nichts. Wirst du mit deiner Familie zusammen sein?«

»Nein«, sagt er, seine Stimme ist wieder so dünn wie vorhin, dann findet er seine alte Tonlage. »Ich werde wohl bei einem Kumpel landen. Und dann trinken wir uns durch den Abend.«

Wieder füllen Tränen meine Augen. Ich kann nicht antworten.

»Weißt du, woran ich denke?« Vielleicht hört er, dass ich Tränen hinunterschlucke, denn er antwortet selbst.

»Dass alles hier Wildnis war, aber jetzt ist es fast ein einziger großer Garten. Sollten wir darauf stolz sein? Ist es ein Schritt in die richtige Richtung?«

»Ich weiß nicht, Johannes«, sage ich. »Ich weiß nicht.«

Nachdem ich ihm die Haare geschnitten und die Strähnen weggebürstet habe, gebe ich ihm den Rest meines Weines. In der Ecke läuft leise das Radio, während wir reden. Hören Choräle und Weihnachtslieder. Draußen klart es auf. Zwischen den Wolken hat sich eine Rinne gebildet, in der die Sterne schwimmen. Wir tauschen Geschichten aus, während das gleichmäßige Rauschen der Autos um uns herum immer mehr in Stille übergleitet, in nichts.

Ich fange an, das Bett zu machen, habe aber nicht gefragt, ob er bleiben will. Habe ihn nicht zum Gehen aufgefordert. Weiß nicht, was er denkt. Ob er etwas denkt. Weiß nicht, was ich denke. Ob ich etwas denke.

»Kann ich heute Nacht hier bleiben?«, fragt er.

Ich nicke, und obwohl wir beim ersten Mal, als wir uns zusammen hingelegt haben, um einiges leichter bekleidet waren, bin ich jetzt verlegener. In den letzten Nächten, die ich im Wohnwagen verbracht habe, habe ich einen Schlafsack benutzt. Den überlasse ich ihm, dann lege ich mich unter eine Decke, die seit dem Sommer im Schrank liegt.

»Gute Nacht«, sagt Johannes, und dann dauert es nicht lange, bis er gleichmäßig Atem holt.

Ich bin im Wagen noch nie so spät schlafen gegangen, und draußen gibt es keine Bewegung mehr. Keine Geräusche, die mir beim Einschlafen helfen könnten. Ich starre die Decke an, denke, dass es eine lange Nacht werden wird. Ich drehe mich zu Johannes hin und sehe, wie sein Brustkorb sich hebt und senkt. Bald passe ich mich diesem Rhythmus an, und alles um mich herum verschwindet. Ich erwache nur einmal im Laufe der Nacht, und nun hat Johannes den Arm über meine Decke gelegt.

Als ich das nächste Mal die Augen aufschlage, ist es hell. Ich bin allein im Wagen. Jemand spricht draußen. Ich setze mich auf. Es ist fünf nach zehn. Ich habe verschlafen. Ich verschlafe sonst nie. Wache immer um halb sieben auf. Ich trete die Decke weg. Sehe meine Brieftasche mitten auf dem Tisch liegen. Gestern lag sie nicht dort. Dann fällt mir ein, dass ich gestern Abend vergessen habe, den Tagesumsatz zum Nachtsafe zu bringen. Ich nehme die Kasse aus dem Schrank. Sie ist nicht abgeschlossen. Ich klappe den Deckel auf. Soviel ich sehen kann, ist das ganze Geld noch da. Ich hebe meine Brieftasche hoch. Öffne sie. Es fehlen fünfhundert Kronen. Ich drücke auf die Pumpkanne. Es ist noch eine Tasse übrig. Der Kaffee ist kaum noch lau, aber das spielt keine Rolle. Ich brauche etwas im Mund, das meine Zunge vom Gaumen lösen kann.

Jemand klopft an die Tür. »Ist schon geöffnet?«, fragt eine Stimme. »Hallo? Wir brauchen einen Baum.«

Ich gebe keine Antwort, sondern lasse mich vor dem Fenster auf den Stuhl sinken. Und da sehe ich Johannes aus dem Laden gegenüber kommen. Er hat in jeder Hand mehrere vollgestopfte Plastiktüten und bleibt auf der Treppe stehen, wie um Anlauf zu nehmen. Ich bilde mir ein, dass er ein wenig schwankt. Ich frage mich, ob die Tüten Bier enthalten. Ich frage mich, woran er denkt. Ich frage mich, ob er auf dem Weg zurück hierher ist. Dann tue ich etwas, was ich seit vielen Jahren nicht mehr getan habe. Ich schließe die Augen und falte die Hände.

Telemark

Ich knalle am Heiligen Abend auf den Boden. So ist es schon lange. Meine Füße sind etwas zum Stehen, nicht zum Gehen.

Mein Kinderzimmer war dekoriert mit Skispringern aus Österreich, Polen, Finnland, der Schweiz, der Tschechoslowakei, der DDR, der BRD, Frankreich und sogar einem aus England. Ich hatte natürlich auch Norweger an den Wänden, und ehe mein Vater starb, ging er mit mir zu den norwegischen Meisterschaften, damit ich einige von ihnen richtig springen sehen könnte. Aber jedenfalls hingen die Finnen direkt über meinem Bett. Die Finnen waren das Letzte, was ich vor dem Einschlafen sah, und das Erste, worauf morgens mein Blick fiel. Ich glaube, ich mochte die Finnen am liebsten, weil es bei ihnen keinen Unfug gab. Sie winkten nicht in die Kamera, mit schelmisch hochgezogenen Augenbrauen, sie fummelten nicht oben bei der Sperre nervös an ihren Helmriemen herum. Die Finnen benahmen sich, als wären sie allein auf der Welt, den Finnen war die Sache ernst. Sie hatten immer denselben Gesichtsausdruck, ob sie nun auf die Sprungschanze kletterten, kurz vor dem Absprung standen oder eben gelandet waren. Als mein größter Held die WM gewann, sagte er danach in einem Interview, sich dem perfekten Skisprung zu nähern sei, wie zu wagen, sich selbst auszuschalten, und das Auftreffen auf den Boden bringe immer ein Gefühl der Trauer mit sich.

Als ich alt genug wurde, um zu springen, schloss ich oben auf der Schanze immer die Augen und dachte an meinen finnischen Helden. So stand ich dann da und ließ es um mich herum Nacht werden, bis ich zu einer einzigen großen Bewegung wurde. Unmittelbar vor meinem achtzehnten Geburtstag nahm ich an der norwegischen Nachwuchsmeisterschaft teil und war einer der lokalen Namen, an die sich die größten Erwartungen knüpften. Ich war nach der ersten Runde an achter Stelle und brauchte besonders lange, um vor dem ersten Sprung nach oben zu kommen. Aber sowie ich lossprang, spürte ich, dass alles richtig war, dass ich weit springen würde. Als es abwärts ging, hatte ich das Gefühl, noch mehrere Meter vor mir zu haben. Dann ging mir auf, dass etwas nicht stimmte, und als ich auf dem Boden auftraf, verschwand mein rechter Ski, während der andere sich nicht löste. Ich kam mit dem Kopf zuerst auf dem Boden auf, merkte, wie die Skispitze oder vielleicht die Bindung meine rechte Wange aufriss, dann wurde ich herumgeschleudert.

Ich lag drei Monate im Krankenhaus. Die Knochenbrüche waren verhältnismäßig unkompliziert, aber beim Sturz hatte ich mir große Teile der Haut von der rechten Wange gefetzt. Nach einigen Tagen entzündete sich diese Wunde, eine Entzündung, die mich fast das Leben gekostet hätte.

Als ich das nächste Mal einen Sprungversuch machte, starrten die anderen mein Gesicht so besessen an, dass ich mich nicht konzentrieren konnte. Ich konnte nicht zu *etwas* werden, etwas, das einfach lossprang und alles losließ, was ich war. Ich spürte den Wind, der das Gerüst beben ließ, und oben angekommen nahm ich die Schanze als bodenlosen

Schlund unterhalb des Sprungturms wahr. An diesem Abend stellte ich meine neuen Stiefel und Skier ganz hinten in den Schuppen.

Dezember ist zu meinem Monat geworden. Dann bin ich da. Oder eigentlich fängt es jetzt mitten im November an. Gott sei Dank dafür, dass die Weihnachtsstraßen so früh eröffnet werden. Im vorigen Jahr war ich sogar schon am 7. November dabei, als die Geschäftsleute den Startschuss gaben. In diesem Jahr dauerte es eine Woche länger, ehe ich zum ersten Basar eingeladen wurde.

Der Eröffnungsjob für die Saison ist immer etwas Besonderes. Man muss sich einen guten Start verschaffen. Es reicht nicht, sich zu bücken und zu fragen, ob auch alle brav gewesen seien. Was man sagt, muss von innen kommen, man muss das werden, was man darstellt. Meine Großmutter war sehr gut im Aufsagen von Gedichten. Sie stellte sich dabei immer mit leicht gespreizten Beinen hin und hob die rechte Hand ein Stück weit, als ob sie dort einen Spickzettel versteckt hätte. Das war ihre Ausgangsposition, darin fühlte meine Großmutter sich sicher. Ich habe davon viel gelernt. Kleine Tricks, kleine Routinen, die mir helfen, in Gang zu kommen, auch wenn meine Jobs durchaus unterschiedlich sein können und wenn meine Ausgangsposition stark variiert, je nachdem, ob von mir erwartet wird, dass ich sitze oder stehe. Das Allerwichtigste ist, dass ich mein Nikolauskostüm schon zu Hause anziehe, dass ich der Weihnachtsmann von dem Augenblick an bin, in dem ich bei meinem Auftraggeber durch die Tür schreite. Die Verwandlung muss passieren, ehe ich dort ankomme, wenn nicht, dann wird es wieder so, wie auf der Reservebank zu sitzen. Ohne Nikolauskostüm gehe ich ohnehin nur äußerst selten vor die Tür.

Es war schon manchmal problematisch, dass ich nicht Auto fahre. Deshalb bin ich vor Weihnachten oft mit dem Taxi unterwegs, und manchmal fährt mich mein Nachbar. Er ist ehemaliger Seemann und verbringt seine Tage, wie er es will. Einige Male habe ich das Moped genommen, wenn es wirklich kritisch wurde. Seit in der Stadt das größte Einkaufszentrum in der ganzen Gegend gebaut worden ist, bin ich ohnehin weniger unterwegs. Die Arbeitszeiten sind verhältnismäßig fest, und ich kann ohne allzu große Probleme den Bus nehmen. Wenn ich abends fertig bin, sind die Leute nur selten so betrunken, dass sie an meinem Kostüm zupfen. Aber es kommt vor, und im vorigen Jahr wurde eine meiner Masken ruiniert. Zum Glück habe ich gelernt, dass auch das zum Job gehört, und ich habe immer zwei Masken in Reserve. Ich kaufe sie über eine Firma in den USA, die vor allem die Filmbranche beliefert.

Viele beklagen sich über die Kinder und behaupten, die würden immer unhöflicher und undankbarer. Das stimmt nicht. Wenn die Süßigkeitentüten verteilt werden, kommt es fast immer vor, dass jemand sich zweimal zu mir schleicht, aber ich kann mich noch an die Weihnachtsfeste in meiner Kindheit erinnern. Daran, wie oft ich mit nur einer einzigen kleinen verschrumpelten Clementine nach Hause gehen musste, weil die großen Jungs sich doppelte Rationen Gummibärchen und Lakritzboote erschlichen hatten. Ich arbeite jetzt seit achtzehn Jahren als Weihnachtsmann, und die Kinder sind so wie immer. Was sich verändert hat, sind die Eltern. Die werden sauer, die pöbeln mich an, wenn in einer Tüte ein Schokoriegel oder ein Aufkleber fehlt. Oft werden sie geradezu unangenehm, und zwei Mütter wollten mich sogar schon schlagen.

Es ist der Tag vor Heiligabend, aber ich versuche, nicht daran zu denken. Versuche, nicht an mich heranzulassen, dass bald wieder die dunkle Zeit beginnen wird. Bald wird Schluss damit sein, dass ich es über mich bringe, unter Leute zu gehen.

An einigen der kältesten Tage kann ich mich hinter Schal und Mütze verstecken, aber ich kann die Kinder nicht auf den Schoß nehmen, die Mütter umarmen und dieses viele Weiche spüren. Deshalb bedeutet der Dezember mein Leben, dann kann ich von dem Gefühl überwältigt werden, Mensch zu sein, auch wenn das nur durch Kostüm und Nikolaus-maske geht.

Der neue Direktor des Einkaufszentrums hat in Minnea-polis studiert, und es war seine Idee, dass ich nicht nur he-rumwandern und Süßigkeiten austeilen soll. Einige Stunden pro Tag dürfen die Kinder mir deshalb erzählen, was sie sich wünschen, und dann werden sie gratis auf dem Schoß des Weihnachtsmannes fotografiert. Das Bild wird ihnen zusam-men mit einem Gemeinschaftskatalog der im Zentrum ver-tretenen Spielwarenläden zugesteckt. Anfangs ging das gar nicht so gut, denn der Direktor hatte nicht daran gedacht, dass norwegische Kinder so engen Kontakt zum Weih-nachtsmann nicht gewöhnt sind. Für viele Kinder macht es einen großen Unterschied aus, ob sie die Hand ausstre-cken und eine Tüte mit Süßigkeiten bekommen oder ob sie auf das Knie des Weihnachtsmanns klettern sollen. Anfangs brauchten die Kinder viele Aufforderungen, bis sie sich vor-wagten. Am dritten Tag setzte sich deshalb eine Großmutter von Mitte fünfzig auf meinen Schoß, um ihren Enkelkindern klarzumachen, dass kein Grund zur Sorge bestand.

»Ich wünsche mir einen lieben Mann, längere Sommer und ein Auto, das bergauf so gut fährt wie bergab«, sagte sie und drückte mich an sich.

Seither haben mehrere Frauen reiferen Alters auf meinem

Schoß gesessen, um den Kindern zu zeigen, dass ich nicht gefährlich bin. Vorige Woche kamen kurz vor Feierabend zwei Frauen ohne Kinder. Gutaussehende Frauen mit Sieh-mich-an-Schminke, kniekurzen Röcken und hochhackigen Stiefeln, durch die ich sie schon hörte, als ich sie noch längst nicht sehen konnte. Die erste Frau spielte die Enttäuschte, weil der Fotograf schon gegangen war, und überredete ihre Freundin, uns mit ihrer eigenen Kamera zu fotografieren. Anders als bei den Kindern dauerte diesmal nicht das Wünschen lange, sondern das Fotografieren. Die Frau rutschte hin und her, bis sie eine bequeme Stellung fand. Ihre Freundin trieb es noch ärger, und als sie endlich zufrieden war, konnte ich das alles nicht mehr zurückhalten, wofür ich niemals Auslauf bekomme, ohne dass ich mit Scham und Erniedrigung bezahlen muss. Ich weiß nicht, ob die Frauen etwas bemerkt hatten, aber als ich zum Klo stürzte, hämmerte mein Puls mit meinen Stiefelabsätzen um die Wette. Danach fragte ich mich, ob die Frauen wohl wussten, wer ich war, ob ich ihnen leidtat und sie vor Weihnachten nur ein wenig nett sein wollten. Aber das glaube ich eigentlich nicht. Kaum jemand ahnt, wer ich wirklich bin, kaum jemand kennt mich anders denn als Weihnachtsmann.

Wie erwartet wird der 23. Dezember zum hektischsten Tag von allen, und der Fotograf muss zum dritten Mal die Blitzlichtbatterie auswechseln, als die Schlange endlich kleiner wird. Ich selbst komme mir vor wie der Papst und weiß schon gar nicht mehr, wie oft ich die Hand zu einem segnenden Ho-ho-ho gehoben und verständnisvoll genickt habe, um zu sagen, dass es mit Mechanobaukasten, Rapunzelbarbie und dem Herrn der Ringe, Teil 1 bis 3, sicher klappen wird. Ich freue mich jetzt schon darauf, mich auf dem Sofa auszustrecken, einen der klassischen Weihnachtsfilme aus Hollywood einzulegen und die schläfrige Seligkeit nach einem langen Arbeitstag über mich sinken zu spüren. Mein Hals ist trocken, und die Zunge klebt mir am Gaumen. Ich trinke heimlich einen kleinen Schluck Cola, auch wenn der Direktor gesagt hat, es sei dem Weihnachtsmann streng verboten, außerhalb des Pausenraumes etwas zu sich zu nehmen. Ich verstecke die Flasche im Sack, lasse den zu Boden sinken, richte mich auf und sehe, dass mich von der Treppe zum Untergeschoss her eine Frau von Mitte vierzig beobachtet. Diese Frau wirkt irgendwie bekannt, einen Moment scheint sie zu mir unterwegs zu sein, aber dann kommen zwei kleine Mädchen angelaufen. Als ich das nächste Mal aufblicke, ist die Frau verschwunden.

Die Mädchen wünschen sich jede ein Pony, ich sage, ich werde sehen, was sich machen lässt, und ich frage, ob sie nicht noch andere Wünsche haben, etwas, das ich leichter auf meinen Schlitten packen kann. »Rosa Ballerina-Taschen«, sagen sie wie aus einem Munde. »Das werden wir schon schaffen«, sage ich und gebe ihnen Zuckerstangen, damit sie nicht losquengeln, wo der Fotograf steckt.

Ich schaue auf die Uhr. Nur noch eine halbe Stunde bis Feierabend. Es wird fast guttun, das Nikolauskostüm loszuwerden, auch wenn ich weiß, wie leer es morgen um diese Zeit sein wird. Ich bücke mich, um heimlich die Colaflasche aus dem Sack zu ziehen, und plötzlich ist sie wieder da. Zielbewusst diesmal. Klick-klack über den Boden. Erst, als sie direkt vor mir steht, sehe ich, dass ihre Augen glasig sind, aber ich rieche keinen Alkohol, als sie auf meinen Schoß gleitet. Dann erkenne ich sie. Emma oder Emmy Soundso. Sie war auf der Schule zwei Klassen über mir, und ich weiß noch, wie einmal zwei ältere Jungen so aneinandergerieten, dass ihre Motorräder umkippten, weil sie sie beide abholen wollten. Emma oder Emmy drehte sich einfach um und ging zurück in die Schule.

Sie sagt nicht sofort etwas, sondern legt mir den rechten Arm um den Hals und drückt so fest, dass meine Maske an meiner Wange festklebt. Der Parfümgeruch umhüllt mich, und ich habe das Gefühl, dass alles Blut aus meinem Kopf in meinen Schritt gesaugt wird.

Ich räuspere mir ganz oben in der Kehle einen Spalt frei, versuche, mich ein wenig vorzubeugen, damit ihre Nähe nicht mehr ganz so überwältigend ist.

»Ist etwas passiert?«, frage ich.

Sie sagt noch immer nichts, und mir geht auf, dass sie weint.

»Ich bin bald fertig, kannst du nicht am Ausgang warten?«, sage ich und kann meinen Mut fast nicht fassen.

Sie zuckt mit den Schultern, und ihre Lippen finden mein Ohr.

»Was ich mir zu Weihnachten wünsche, ist, dass jemand mich so lieben kann, wie ich bin«, flüstert sie, steht auf und ist verschwunden. Ich würde gern hinterherlaufen. Würde gern rufen, dass ich sie so lieben kann, wie sie ist, dass ich dieser Mann sein kann, aber ihr Arm um meinen Hals, ihr Atem in meinem Ohr haben mein ganzes Ich zum Pochen gebracht. Obwohl meine Hose weit ist, ist sie jetzt nicht weit genug, deshalb bleibe ich einfach sitzen. Bleibe sitzen, bis ich ohne Sorge aufs Klo gehen kann. Ich sehne mich wirklich nach kaltem Wasser auf der Stirn, aber ich bin nicht allein und begnüge mich damit, mir die Hände zu waschen. Die Augen, die mich aus dem Spiegel anstarren, sind unter der Maske rot unterlaufen, und ich bin wieder bei einem anderen Weihnachtsfest angelangt. Meine Hand, die den Pinsel hebt, die weiße Farbdose neben der Whiskeyflasche auf dem Ausgussbecken, das klebrige Gefühl auf der Haut. Am nächsten Morgen brauchte ich eine ganze Flasche Terpentin, um die Farbe zu entfernen. Meine Haut riss in großen Flocken ab, aber mein halbes Gesicht war weiterhin blaulila. Jetzt kann ich im Winter fast nicht aus dem Haus gehen, weil ich mir so leicht Erfrierungen hole. Mit den Kälteproblemen kann ich dennoch leben, schlimmer sind die Frauen, die so tun, als bekämen sie bei meinem Anblick keine Gänsehaut.

Ich trage Stuhl und Tisch hinter die Kulissen der Nikolauswerkstatt und laufe los. Natürlich glaube ich nicht, dass Emma oder Emmy wirklich am Ausgang steht, bin aber doch enttäuscht, als dort nur ein Offizier der Heilsarmee wartet. Ich lege einen Hunderter in den Kessel, sage etwas über das Wetter, aber Emma oder Emmy ist nirgendwo zu sehen. Dann laufe ich los, um den letzten Bus nach Hause zu erwischen. Aus alter Gewohnheit gehe ich nach ganz hinten und lasse mich auf die Rückbank fallen, als wir gerade an der anderen Seite des Einkaufszentrums vorbeifahren. Emma oder Emmy schaut zum Eingang hinüber, und ich fange an, gegen das Fenster zu klopfen. Mache Gesten, die sie dazu bringen sollen, den Kopf zu drehen, aber sie zeigt keine Reaktion. In mir steckt etwas, das den Fahrer rufen möchte, das auf den Knopf drücken, nach vorn laufen will, aber bei der Brücke bin ich noch immer nicht aufgestanden. Am anderen Ufer bin ich nicht mehr sicher, ob ich sie wirklich gesehen habe. Ich lasse mich auf dem Sitz zurücksinken, versuche, mein Inneres abzuschalten. Der Verkehr in den Straßen ist noch nicht abgeebbt, und riesige Schneeflocken wirbeln zwischen den Autos hin und her. Als ich zu Hause aus dem Bus steige, sehe ich hinten bei der Sprungschanze Licht, und ich glaube, auf der Abfahrt Schatten ahnen zu können. Der Sportverein hat hart gearbeitet, um die Schanze für das Springen am ersten Tag im Jubiläumsjahr vorzubereiten. Sie haben schon gefragt, ob ich dann als Weihnachtsmann auftreten will. Im Wohnzimmer gebe ich einige Löffel Honig in meinen Tee, bleibe sitzen und starre aufs Dorf hinab. In dieser Nacht wird noch mehr Schnee fallen, und am Hang auf der anderen Seite kann ich bereits das orangene Licht eines Räumfahrzeugs sehen, das sich einen Weg ins Tal hinabbahnt.

Ich werde früh wach, bleibe aber im Bett liegen. Denke an Bekannte, die morgens nicht mehr die Füße auf den Boden stellen. Viele behaupten, es sei zu leicht aufzugeben. Unfug. Es ist leichter, einen Fuß vor den anderen zu setzen und durch einen weiteren Tag zu taumeln. Es erfordert Mut, das nicht zu tun.

Was mich aus dem Bett holt, ist ein Anruf des Zentrumdirektors.

»Du brauchst heute nicht zu kommen«, sagt er. »Jemand hat heute Nacht vor dem Zentrum einen Selbstmordversuch unternommen. Da kommt es mir nicht richtig vor, dass du herkommst und die letzten Wunschzettel in Empfang nimmst.«

»Alles klar«, sage ich. »War das ein Betrunkener, wie beim letzten Mal?«

»Nein«, sagt der Direktor. »Es war eine Frau.«

»Hast du sie gefunden?«

»Nein, der Wachdienst. Sie hatte Tabletten genommen und sich auf eine Bank am Eingang gesetzt.«

»War das eine alte Frau?«

»Das weiß ich nicht, aber die Polizei sagt, dass sie keine bleibenden Schäden davontragen wird.«

»Weißt du, wie sie heißt?«

Ich höre, wie er in seinen Papieren blättert.

»Emmy Johanson. Kennst du sie?«

Ich nicke in den Hörer.

»Du wirst natürlich auch für heute bezahlt«, sagt der Direktor jetzt, kurze Pause, als rechne er damit, dass ich noch mehr sagen will, dann: »Wir melden uns im Oktober. Du hast wirklich einen hervorragenden Job gemacht. Fröhliche Weihnachten«, sagt er, und ich lege auf. Gehe ins Badezimmer, drehe die Dusche auf und werfe einen Blick in den Spiegel. Mein Gesicht wie der Flyktningesee Mitte April. Eine riesige Wasserrinne auf der einen Seite, der Rest voll von geborstenem fauligen Eis.

Für den Rest des Tages kann ich nicht aufhören, an Emmy zu denken. Hebe mehrmals den Hörer und wähle die Nummer des Krankenhauses, lege aber auf, ehe jemand antwortet. Sehe vor mir Emmy Johanson vor dem Einkaufszentrum, den Kopf, der auf die Brust sinkt, den Schnee, der sich in die Haare des hübschesten Mädchens der Schule legt.

Es wird dunkel, als ich zur Tür und zum Schuppen gehe. Ich habe drei Familien einen Auftritt als Weihnachtsmann versprochen, und wenn mein Nachbar zu Hause wäre, würde er mich sicher fahren, aber so nehme ich das Moped. Solange es nicht mehr als fünf Grad minus wird, ist das kein Problem. Ich ziehe Vaters alten Mantel über mein Kostüm, und die Maske sorgt dafür, dass ich den Frost nicht im Gesicht spüre.

Auf der Fahrt ins Dorf hinab muss ich dauernd auf die Bremse treten. Obwohl die Kälte mich nicht quält, findet der Wind seinen Weg durch die Sehschlitze der Maske, und meine Tränen laufen los. Bei der Sprungschanze muss ich anhalten. Ich habe das Gefühl, das ganze Dorf durch die Wand eines Aquariums zu sehen.

Der Sportverein hat gute Arbeit geleistet. Nachdem mein Vater und einige andere Idealisten gegen Ende der fünfziger Jahre in Gemeinschaftsarbeit die Sprungschanze angelegt hatten, gab es hier viele gute lokale Springen, aber vor etwa fünfzehn Jahren verloren sowohl der Sportverein als auch die Jungen aus der Gegend das Interesse daran. Ich bin nicht ganz sicher, warum die Schanze jetzt wiederhergestellt wird. Ob einfach der Sportverein sich im Jubiläumsjahr damit brüsten will, oder ob das Sprunginteresse wirklich wieder wächst. Ich halte mich nicht mehr richtig auf dem Laufenden, aber ich habe gelesen, dass eine Frau den ersten Sprung von der frischrenovierten Schanze machen wird. Diese Vorstellung macht mich seltsam froh, und dann begreife ich, was an meiner Lende kribbelt, seit ich heute mein Nikolauskostüm angezogen habe. Der Maiglöckchengeruch, der Geruch von Emmy, es muss Emmy sein, hängt noch immer in der Maske. Ich kann mir das nicht nur einbilden, da bin ich ganz sicher. Und dann weiß ich, was ich zu tun habe. Ich drehe das Moped um und fahre nach Hause.

Beim nächsten Versuch geht die Fahrt ins Dorf hinab noch langsamer, aber das macht nichts. Auch wenn ich noch nie ein vielbeschäftigter Mann war, kann ich mich nicht erinnern, wann ich zuletzt so viel Zeit hatte. Bei Overåsbakken halte ich beim Auslauf unterhalb der Schanze, sauge den Abend in mich ein und behalte ihn, dann gebe ich den Hang hinauf Gas.

Noch immer liegen Bretter im Schnee, und die Sperre ist noch nicht montiert worden, aber die Sprungschanze wirkt trotzdem nicht unfertig. Sie liegt da, wie sie in meiner Erinnerung immer dagelegen hat. Ich fahre nach ganz oben und halte dort an. Im neuen Flutlicht schwingt der Auslauf sich

zum Tal hin wie ein ganz frisches Blatt, das in eine Schreib-
maschine eingespannt worden ist. Gleich oberhalb der Stelle,
wo die Sperre angebracht werden wird, sind vier Fackelhalter in den Schnee gesteckt worden. Zwei auf jeder Seite der
Spur. Ich steige vom Moped und gehe in die Bude, in der die
Ausrüstung aufbewahrt wird. Suche eine Weile, finde aber
nicht das Gesuchte, nur einige alte Zeitungen, aber das macht
nichts, das muss reichen, zum Glück habe ich Streichhölzer
in der Tasche. Ich reiße einige Blätter aus den Zeitungen,
stopfe sie in einen Fackelhalter und nehme meine Skier vom
Moped. Es ist fast dreiundzwanzig Jahre her, dass ich diese
Stiefel zuletzt getragen habe, aber sie passen noch immer. Ich
befestige die Bindung, denke daran, wie ich den Schanzen-
rekord aufgestellt habe, zweiundsiebzig Meter, frage mich,
wie weit ich jetzt springen kann. Der Wind kommt in Stö-
ßen von der Seite, aber ich glaube nicht, dass ich deshalb am
ganzen Leib friere. Ich richte mich auf, schließe die Augen,
und dann ist Emmy da. Emmy, aufrecht sitzend im Krankenhausbett. Ich kann mich sehen, wie ich vor ihrer Zimmertür
stehe, mein Herz schlägt schneller, ich versuche festzustellen,
ob ich Mut genug habe, die Faust zu ballen, ob ich das habe,
was nötig ist, um anzuklopfen. Ich öffne die Augen, reiße die
Maske ab und lasse sie in den Schnee fallen. Atme zweimal
tief durch, reiße ein Streichholz an und halte es an die Zeitungen. Ich spüre schon das Gewicht von ganz Telemark im
Leib.

Achtzig Schritte in der Minute

Der Kopf von Blix. Nie werde ich den Kopf von Blix vergessen. Er sah aus wie ein umgekippter Weinkrug. Ein großes Stück Schädel war herausgebrochen, und unter dem, was vom Hut des Oberstleutnants übriggeblieben war, strömte Blut über den Aprilschnee wie Wein über eine Tischdecke. Ich habe jetzt lange keinen Wein mehr getrunken, habe lange nicht mehr an einem Tisch mit einer Decke gesessen. Jeder Dritte fiel an diesem Hang, und wenn Gott gnädig gewesen wäre, wäre Sadolin, der verdammte Sadolin, einer von ihnen gewesen. Der Hauptmann verstauchte sich auf dem Weg nach unten den Fuß, wurde aber von einem kräftigen Mann aus Gausdal in Sicherheit getragen. Von mir aus hätte der Gausdaler ihn ruhig liegen lassen können. Sadolin, der hitzige, jähzornige Sadolin, hat uns an diesem Tag viele Männer gekostet. Seine Augen waren blank wie frischgewetzter Degenstahl, als wir den Hang hinabgelaufen waren und ihm aufging, dass das Eis auf dem kleinen See uns nicht zu den Schweden hinübertragen konnte. Zu den Blauröcken, die Schulter an Schulter das Feuer eröffneten und immer weiter schossen, während wir versuchten, uns nach oben zurückzuziehen.

Zum Glück trug das Eis auf der Glomma, als wir später an dem Tag ins Lager liefen, und wir verbrachten die folgende

Nacht in Sicherheit unter der Festung Kongsvinger und dachten dabei an alle, die im Schnee geblieben waren.

Sadolin wurde für Tapferkeit und Haltung gelobt, wir einfachen Soldaten für Mut und Ausdauer. Jetzt sitzt Sadolin wohl in der Offiziersmesse und stößt auf Heiligabend an, während ich meine Ausdauer bei der Wache beweisen muss.

Ich war seit Ende September nicht mehr bei Ingrid zu Hause, weiß nicht, wann ich August oder Karoline zuletzt auf dem Schoß hatte. Von diesem Jahr sind nur noch wenige Tage übrig, und jeden Abend im vergangenen Monat, wenn wir uns zur Ruhe gelegt haben, habe ich die Hände gefaltet und dafür gebetet, dass 1809 ein besseres Jahr wird. Ein Jahr ohne Krieg, Missernte und Unfreiheit. Ich wünschte, ich könnte wirklich an diese Gebete glauben.

Der Schnee fiel in diesem Jahr schon früh, und die Kälte umschloss die Festung bereits Ende Oktober. Der Herbst und der Winter bisher waren trostlos. Wir haben fast nichts mehr zu essen, unsere Uniformen sind nur noch Fetzen, und wir mussten den Toten ihre Kleider wegnehmen. In der vergangenen Woche habe ich meine Rockschöße abgeschnitten und damit meine Hose geflickt, aber zum Glück sind meine Stiefel noch unversehrt. Im November haben wir mehrere Zelte zu Lazarettlaken und Hemden zerteilt. Es scheint, als würden Blutruhr und Typhus das schaffen, was den Blaurücken nicht gelungen ist. Fast jeden einzelnen Tag erklingen die Trommeln, wenn wieder ein Mann im Erdboden versenkt wird. Gestern war John an der Reihe. Wir sind zusammen eingezogen worden.

Der Wind gewinnt hier oben auf dem Höhenzug viel an Tempo, und an einzelnen Abenden, wenn ich Nachtwache halte, bringt das Geheul Stimmen von unten im Tal mit. John hat geglaubt, das seien Vorboten aus dem Jenseits.

Ich sehe das eher praktisch. Das ganze Dasein hier ist eine Vorwarnung des Todes. John träumte davon, Dichter zu werden, ich träume mich nur nach Hause. Ich bin sechsundzwanzig Jahre alt und seit drei Jahren Soldat, aber ich werde nie das Herz eines Kriegers bekommen. Ich sehne mich nach dem Wald, nach unserem kleinen Feld und der Hütte, die kurz nach unserer Hochzeit fertig wurde.

Eigentlich ist meine Zeit abgelaufen, und ich müsste schon seit einem Monat zu Hause sein. Ich habe vom Sattler für Ingrid, Karoline und August neue Schuhe machen lassen. Das hat mich eine silberne Schnupftabakdose und mein bestes Messer gekostet. Mein einziger wertvoller Besitz ist jetzt die alte Familienbibel.

Die Schuhe sind aus dem Stiefelleder eines toten Blaurocks, aber nicht ich hatte sie ihm abgenommen. Ich bin kein Leichenfledderer. Noch nicht. Aber wenn ich noch länger hier bleiben muss, dann fürchte ich, dass es bald so weit kommen kann. Dass ich schlimmere Dinge tun werde, als zu töten. Ich habe von denen aus Lærdal gehört. Der Hunger quält die aus Lærdal schon viel länger. Angeblich schmieren sich manche unter ihnen das Gesicht mit Ruß ein, ehe sie in den Kampf ziehen, um ihre Taten vor Gott zu verbergen. Ich habe gehört, dass die Schweden nicht glauben wollen, dass Norweger mit solcher Wildheit kämpfen können. Es gibt Geschichten darüber, dass die aus Lærdal sich nicht immer damit begnügen, den gefallenen Blauröcken die Stiefel auszuziehen, dass sie ihnen die Beine abhacken, wenn sie es eilig haben. Mich schaudert, und ich rede mir ein, dass es mir darum geht, dass die Stiefel zu Schuhen für meine Familie geworden sind, nicht, dass sie von den Beinen eines gefallenen Soldaten gehackt wurden. An einem Tag wie diesem versuche ich, allen toten Feinden Respekt entgegenzubringen. Aber ich hatte keine solchen Gedanken, als ich die Schuhe in meinen Tornister gepackt habe. Ich verspürte keine Trauer um die, die auf dem Kampfplatz geblieben waren, sondern nur Freude darüber, dass ich meine Zivilkleidung hervorholen durfte. Dann kam die Nachricht vom Obersten, dass alle, die ihren Dienst abgeleistet hatten, doch noch bleiben müssten. Die Schweden standen schon tief im Land, Gerüchte besagten, dass sie gleich nach Neujahr angreifen würden.

Die Festung liegt da wie eine Krone auf dem kahlen Kopf eines Königs. Die Bäume beim Fähranleger bilden den Haarkranz über seinen Ohren. Jetzt ist die blaue Stunde. Bald wird das alles, dieses ganze Nichts, noch unsichtbarer werden, und nur die Feuer unten am Fluss, die Lichter am anderen Ufer werden ein Lebenszeichen mit sich tragen.

Ich denke an Ingrid, Karoline und August, und ob die Schweden die Festung wirklich angreifen werden. Hier oben auf der Anhöhe waren noch nie Schweden, jedenfalls keine Blauröcke. Drei Jahre wofür? Für einen roten und weißen Stofffetzen? Ein paar Flecken Land? Wessen Land denn überhaupt? Nicht mein Land. Das Land der Gutsbesitzer. Derer, die immer Brot auf dem Tisch haben, nicht nur Brot, sondern auch Fleisch. Mein ganzes Leben lang war es so. Ich bin nach dem Rhythmus eines anderen Mannes marschiert. Wenn nicht mit Gewehr und Bajonett, dann mit Heugabel und Axt. Achtzig Schritte in der Minute. Unserem Hauptmann war das wichtig. Diesem verdammten Sadolin. Achtzig Schritte in der Minute. Ein Parademarsch. In letzter Zeit hat es nur selten einen Parademarsch gegeben.

Will der Allmächtige es denn wirklich so, hat Er das Leben so für uns alle eingerichtet, die ganz unten am Fuße der Pyramide arbeiten? Wir, die Ägypten niemals verlassen konnten. Wir, die niemals nach Kanaan hinüberschauen durften. Wofür kämpfen wir denn? Wenn ich wenigstens wüsste, wofür wir kämpfen! Du sollst nicht töten, heißt es in den Geboten. Den Geboten, die Moses vom Berg mitbrachte. Du sollst nicht töten. Ich habe getötet. Jedenfalls zwei Mann. Was bedeutet das für meine Seele? Wird es mir helfen, dass ich im Krieg getötet habe, getötet für König und Vaterland? Was ist mit einem Mann, der nie für seine Familie da war? Ein Mann, der nicht alles für seine Familie tut, ist überhaupt kein Mann.

Was erwartet der König eigentlich von mir? Wie viel kann er erwarten? Macht es aus mir einen besseren Norweger, wenn ich hier oben auf den Mauern ausharre, bis die Trommeln mich ins Grab begleiten? Was ist mit meiner Frau und meinen Kindern? Habe ich nicht Gott gelobt, Ingrid zu lieben und zu ehren, bis dass der Tod uns scheide? Ich habe Gott nichts versprochen, was mit diesem Kriege zu tun hätte.

Wenn Mutter nicht über die Grenze gekommen wäre, wenn sie in Värmland geblieben wäre, würde ich niemals diese Uniform tragen müssen. Aber es wäre trotzdem kein Unterschied. Ich wäre immer noch ganz unten am Fuße der Pyramide, nur würde ich statt einer roten Uniform eine blaue tragen.

Ich versuche, die Augen zusammenzukneifen. Bilde mir ein, den Rauch, der aus unserer Hütte aufsteigt, tief drinnen im Wald auf dem anderen Flussufer sehen zu können. Aber das ist nur Einbildung. Sogar an klaren Tagen ist es fast unmöglich, so weit zu blicken. Eine tiefe, vage Dunkelheit zieht sich über die Hänge. Bald wird es Zeit zur Ablösung.

Ich werde nie das Herz eines Soldaten haben. Ich werde immer der Scholle gehören. Und mir fällt etwas ein, was John gern gesagt hat: »Alle, die es mit dem Leben nicht eilig haben,

haben es mit dem Sterben eilig.« Aber wenn ich jetzt sterbe, dann habe ich das immerhin selbst entschieden. Ich habe mein Leben in meine eigenen Hände genommen, statt auf eine schwedische Kugel zu warten oder, was wahrscheinlicher ist, auf den Typhus.

Es ist noch Zeit, ehe mir auf der Runde um die Mauer der andere Wachtposten begegnet. Jetzt nicht mehr denken. Handeln. Hier auf dem Festungshof sind keine anderen Soldaten. Ich lehne das Gewehr an die Mauer. Wenn jemand fragt, dann muss ich eben zur Latrine. Es ist ganz dringend. Ich weiß, dass ich alle Regeln breche, weil ich den anderen Posten nicht informiere. Aber es ist Heiligabend. Die Schweden würden Heiligabend niemals angreifen. Ich laufe, so schnell ich kann, zu den Kasematten und hole den Rucksack und das Seil, das ich dort versteckt habe. Unten in der Kaserne kann ich die Soldaten singen hören: »Schön ist's auf Erden.« In der Offiziersmesse singt niemand.

Ich laufe wieder zur Mauer hoch. In der Nordostecke wächst eine riesige alte Trauerbirke. Oberst de Seue hat, als er im Frühling als Kommandant verabschiedet wurde, in seiner Abschiedsrede gesagt: »Solange diese Birke noch keimt, werden die Schweden die Festung niemals einnehmen können.« Ich habe den Baum erreicht, ziehe mich nach oben, drei, vier Äste, und hänge meine Habseligkeiten auf. Lasse mich wieder fallen und gehe ruhig zur Mitte der Mauer. Bleibe stehen und warte auf den anderen Wachtposten, dann kann ich kehrtmachen und zurückgehen.

Die Uhr schlägt fünfmal. Die Ablösung kommt auf die Minute genau. Wir salutieren, und ich springe schnell von der Mauer, stelle mein Gewehr ab und schleiche wieder in die Kasematte. Es sind noch immer keine anderen Soldaten hier, und ich packe meine Kleider und die Bibel zusammen, ziehe meine Uniform aus und stecke sie in einem Sack unter die Bank. Niemand soll Karelius Winther einen Dieb nennen. Wenn sie mich fassen, wird es zwar keinen Unterschied machen, es gibt so oder so sechsmal Spießruten. Aber dann will ich immerhin wissen, dass ich nichts gestohlen habe, dass ich nur das genommen habe, was Gott mir und nur mir gegeben hat: das Leben.

Ich warte, bis der Wachtposten in der Ecke bei der Birke kehrtmacht, dann schleiche ich mich zur Mauer. Ich klettere auf die Birke, schultere den Rucksack, nehme das Seil und robbe über den dicksten Ast, dann liegt die Mauer hinter mir. Ich kann nicht sehen, was unter mir ist. Es ist Schnee, aber ich weiß nicht wie viel. Ich kann es nicht riskieren, das Seil hängen zu lassen, deshalb suche ich mir die Mitte und lasse es auf beiden Seiten des Astes hinunterhängen, achte darauf, dass beide Enden gleich lang sind. Fange an, mich hinunterzulassen. Rechne jeden Moment damit, dass die Wachtposten Alarm schlagen, dass ich die Mündungsflamme sehe, dass ich spüre, wie mir das Leben entrissen wird, und dann nichts mehr. Aber niemand brüllt, niemand schießt. Ich stelle die Füße auf den Schnee. Einen Moment stehe ich da wie Jesus auf dem Wasser, dann versinke ich bis über die Knie.

Vorsichtig ziehe ich das Seil von der Birke und rolle es auf. Versuche, mein Gewicht gleich zu verteilen, damit ich nicht noch tiefer im Schnee versinke. Der Wind kommt von der Seite, und ich klappere mit den Zähnen. Das ist gut. Jetzt werden meine Spuren bald verweht sein. Hoffe ich. Noch steht nicht fest, dass es Spuren zum Verwehen geben wird. Ich kann die Füße nicht heben, ohne wieder einzusinken. Erst, als ich den Tornister in den Schnee lege und mich darauf setze, kann ich die Beine hochziehen. Aber jetzt kann ich die Skier nicht erreichen. Oder was heißt Skier, sie sehen fast aus wie Schneeteller. Ich habe sie selbst hergestellt, und sie sind ungefähr eine Elle lang. Ich muss mich in den Schnee legen, um sie aus dem Tornister ziehen zu können.

Sind das Stimmen oben auf der Mauer? Höre ich Stimmen oben auf der Mauer? Ich lege den Kopf schräg, aber mein Herz hallt mir so wütend in den Ohren wider, dass ich es nicht sicher weiß. Ich sitze ganz still da. Überlege, ob ich die Hände falten sollte, traue mich aber nicht. Aus Angst, die Skier zu verlieren.

Nichts. Ich höre nichts. Ich habe die Skier angeschnallt. Stelle vorsichtig die Füße auf den Schnee. Ich sinke nicht ein. Als ich mich nach dem Tornister bücke, fange ich an zu gleiten. Schneller und schneller. Ich schwebe. Allmächtiger Gott. Ich kann fast nicht anhalten. Ich versuche es mit Pflug, doch die Skier sind zu stumpf. Klobig. Biegungen machen Probleme. Steuern macht Probleme. Es geht einfach vorwärts. Geradeaus vorwärts. Die Umrisse der Bäume, etwas Weißes, das sich aus all dem anderen Weißen erhebt und auf mich zukommt. Ich lasse mich fallen. Lande auf der Hüfte. Werde herumgewirbelt. Der Atem wird mir aus dem Leib gepresst. Ein goldener Funkenregen hinter meinen Augenlidern. Dann presst ein Schrei sich aus mir heraus, und ich bleibe liegen und ringe auf der Seite im Schnee nach Atem. Ein Baum. Eine riesige Tanne. Die hat mich aufgehalten. Ich bin unten am Waldrand angelangt. Über mir, hoch oben, kann ich die Festung wie eine Kante unten am Himmel ahnen.

Ich richte mich auf, kann aber den rechten Arm nicht heben. Versuche zu ertasten, ob etwas gebrochen ist. Es kommt mir nicht so vor. Es tut nur weh. Entsetzlich weh. Ich muss mir die Schulter verknackst haben. Meine ganze linke Seite tut weh, aber ich bin froh, dass ich mir die Bibel in die Jackentasche gesteckt habe. Wenn nicht, dann hätte ich mir beim Zusammenstoß mit dem Baum die Rippen gebrochen. Ich streife den linken Ski ab. Den anderen habe ich verloren, aber das spielt keine Rolle. Sie sollten mich ja doch nur durch den tiefen Schnee am Festungshang bringen. Hier im Wald liegt weniger Schnee. Und dieser Schnee trägt. Ich versuche, mich im Wald zu orientieren und ein gutes Stück oberhalb des Fähranlegers zu bleiben. Ich darf nicht riskieren, von einem Wachtposten dort erkannt zu werden.

Mein Arm schmerzt bei jedem Schritt, und ich merke, dass auch mein Rücken übel zugerichtet ist. Das ist aber egal, denn die Luft, die ich in meine Lunge ziehe, ist der Atem eines freien Mannes, und wenn ich schon nicht als freier Mann leben kann, werde ich immerhin als einer sterben. Ich schüttele mir diese Gedanken aus dem Kopf. Ich werde nicht sterben. Ich gehe nach Hause. Ingrid. Gott, wie ich mich nach Ingrid sehne. Es kann nicht gut für einen Mann sein, so lange ohne eine Frau zu leben. Es ist nicht gut für einen Mann, so lange ohne seine Frau zu leben. Ingrid, Ingrid. Ingrid. Geliebte Ingrid.

Ich erreiche den Fluss ein Stück weiter vom Fähranleger entfernt, als ich das vorgehabt hatte. Jetzt ist es zwar noch weiter zu gehen, aber immerhin weniger gefährlich. Der Himmel wölbt sich über mir. Es wird kälter werden.

Wieder wirbelt etwas durch meinen Kopf, das mit Ingrid zu tun hat. Etwas, das meine Schritte schneller werden lässt. Meine Kinder. Bald werde ich meine Kinder wiedersehen dürfen. Ich freue mich darauf, sie in richtigen Schuhen zu sehen. Schuhe sind Mangelware. Schuhe gehören zu den wichtigsten Dingen, die man besitzen kann. Schuhe können uns an andere Orte bringen.

Ich denke an die Geschichte über einen Mann in Skogli, der angeblich seine besten Stiefel seinem Sohn gab, als der eingezogen wurde. Nach der Schlacht, in der Sadolin, der dreifach verdammte Sadolin, versuchte, so viele von uns in den Tod zu schicken, um neue Epauletten für seine Schultern zu bekommen, ging der Vater zum Schlachtplatz auf der Suche nach Fußbekleidung. Er fand seine eigenen Stiefel. Seine eigenen Stiefel an den Füßen eines toten Blaurocks. Ich schlucke den Kloß hinunter. Sehe August und Karoline vor mir. Ingrid und mich, die auf der Treppe stehen und winken. Unsere Kinder, die erwachsen geworden sind. Unsere Kinder, die plötzlich zu langen Schritten werden. Was, wenn noch immer Krieg ist, wenn August achtzehn wird?

Ich gehe hinaus aufs Eis. Das wirkt solide. Die Glomma ist hier nicht so breit. Ich kann im Dunkeln das andere Ufer nicht sehen, weiß aber, dass der Lauf sich gleich vor dem Flussknie verengt. Hier liegt ziemlich viel Schnee. An einigen Tagen türmt er sich zu Schneewehen auf, an anderen ist das Eis fast saubergeschabt.

Mein Arm tut nicht mehr so weh, aber der Rucksackriemen schneidet in meine Schulter, und es scheint kein Blut in den Arm zu gelangen. Ich lasse den Tornister aufs Eis fallen. Fange an, mir den rechten Arm zu massieren. Schüttele ihn mit der linken Hand. Das hilft. Jetzt kann ich die Finger bewegen. Vielleicht kann ich ein Feuer anzünden, wenn ich erst ein Stück tiefer im Wald bin?

Ich glaube, die Bäume auf dem anderen Ufer zu ahnen, lade mir mit der unversehrten Hand den Tornister auf und gehe los. Bald am Ziel. Neue Schneewehen. Einige Schritte zur Seite, als es unter mir knackt und ich das Gefühl habe, dass meine Beine unter mir nachgeben. Ich werfe mich zur Seite, rolle zum Ufer hinüber. Es knackt noch immer, als ob in mir etwas zerbricht. Ich rolle. Spüre plötzlich Steine im

Rücken. Ich bin nicht mehr auf dem Eis. Mein Herz ist wie eine offene Wunde in meiner Brust, und mein Atem brennt wie Schnaps, als ich mich aufrappele. Ich bleibe vornübergebeugt stehen, um wieder zu Kräften zu kommen, als es mir aufgeht. Allmächtiger Gott. Der Tornister. Ich habe meinen Tornister verloren.

Ich falle auf die Knie. Starre aus zusammengekniffenen Augen auf die Rinne, die Rinne im Eis, die nicht da sein dürfte. Ich kann nichts sehen. Ich ziehe mein Feuerzeug hervor. Zünde einen Zweig an. Halte ihn über die Rinne. Nichts. Eismatsch. Graues Wasser. Doch, da. Ganz weit draußen. Ich kann den Deckel des Tornisters gerade noch erkennen. Reiße einige Zweige von den Büschen am Ufer, aber die sind zu kurz. Der Tornister scheint zu sinken. Ich laufe das Ufer hoch. Hoffe, eine Birke mit langen Zweigen zu finden. Es gibt nur Gestrüpp. Ich renne zurück. Denke an Ingrid und die Kinder. Daran, wie sehr ich mich darauf gefreut habe, ihnen die Schuhe zu geben. Dass die Schuhe alles sind, was ich ihnen geben kann. Ich versuche es auf dem Eis auf der linken Seite der Rinne. Das gibt nach. Dasselbe passiert auf der rechten.

Ich mache wieder Feuer. Jetzt ist nur noch ein Riemen zu sehen. Er scheint wie eine Damenhand nach der Eiskante zu greifen. Es ist nicht so kalt. Es ist nicht kalt genug, um es nicht zu tun. Ich habe nicht drei Jahre vergeudet, um mit nichts zurückzukommen. Ich streife den Rock ab. Die Stiefel und die Hose. Das Hemd und die Unterwäsche. Die Strümpfe. Setze die Füße ins Wasser. Es geht steil nach unten. Starke Strömung. Ein Gefühl des Ertaubens. Keine Schmerzen. Keine Kälte. Eigentlich nichts. Ein vages Gefühl, nicht das Gewicht meines Kopfes tragen zu können. Wasser bis an die Brust. Füße rutschen weg. Auf den Rücken legen. Unter das Eis.

Abstoßen. Kante treffen. Ein Stück hinuntergleiten. Den Riemen finden. Ihn festhalten. Weiter mit der Strömung. Felsen unter den Füßen. Kann gegensteuern. Mich abstoßen. Fester Boden jetzt. Fester Boden. Stelle die Füße auf den Boden. Richte mich auf. Wasser bis zu den Knien. Falle. Krieche ans Ufer. Jetzt ist es kalt. Jetzt ist es entsetzlich kalt. Ich bleibe mit dem Gesicht im Schnee liegen. Ich muss hoch. Muss mich aufrappeln. Ich komme auf die Knie. Ich stehe. Versuche, auf und nieder zu springen. Finde mein Hemd. Fange an, mir den Oberkörper trockenzureiben. Die Füße. Ziehe die Hose an. Die Strümpfe. Wickele mich in die Jacke. Kann einige Knöpfe schließen. Dann fange ich an zu zittern. Meine Fußsohlen sind zwei gefrorene Klumpen, das Gehen wird unmöglich, die Finger sind so taub, dass ich nicht weiß, welcher welcher ist. Ich versuche, mein Hemd anzuzünden, aber das ist zu nass. Das Feuerzeug zischt. Ich brauche etwas zum Verbrennen, aber alles im Tornister ist nass. Wenn ich jetzt kein Feuer machen kann, werde ich hier am Ufer der Glomma sterben. Neben dem Tornister mit den Schuhen für Ingrid und die Kinder sterben.

Meine Beine tragen mich nicht mehr, deshalb muss ich zum nächsten Gestrüpp kriechen. Breche einige Zweige ab. Trage sie im Mund zurück zum Feuerzeug. Mache wieder Feuer. Halte die Zweige hin. Sie brennen nicht. Das Feuerzeug erlischt. Ich werde hier sterben. Wie es einem Deserteur nur recht geschieht. Auf dem anderen Flussufer kann ich die Lichter der Festung wie einen bleichen Heiligenschein vor dem Himmel erahnen.

»Verzeiht mir, Ingrid, August und Karoline. Ich habe es versucht. Lieber Gott, sei meiner Seele gnädig.«

Ich versuche, die Hände zu falten, und dann fällt mir die Bibel ein. Meine Finger sind so steif, dass ich einfach aufschreien muss, als ich sie unter meine Jacke zwinge. Sie zwinge, die Bibel an sich zu reißen. Die Bibel vor mir in den Schnee fallen lasse. Die Tränen strömen, als ich abermals das Feuerzeug zum Leben knipse. Meine Finger sind jetzt fast tot. Sie können kaum mehr etwas halten. Ich reiße die Seiten mit den Zähnen aus der Bibel. Spucke sie auf die kleine Flamme. Das Feuer wächst. Ich hole mit dem Mund einige Zweige. Halte die Hände so nah an die Flamme, dass es nach versengten Haaren riecht. Noch mehr Seiten. Noch mehr Zweige. Die Feuerzunge wird zu einem kleinen Feuer. Ich denke, so sieht der Glaube aus. Ich fühle, dass ich in Jesu Antlitz schaue.

Als ich die Hütte erreiche, flackert hinter unserem einzigen Fenster ein kleines Licht. Ich habe noch nie etwas so Schönes gesehen. Selbst wenn Gott mich hinter dem Perlentor in Empfang nimmt und mich durch goldene Straßen wandeln lässt, kann es dort doch niemals einen schöneren Anblick geben. Ich klopfe an. Niemand antwortet. Ich klopfe wieder. Fester.

»Herein«, sagt eine leise Stimme.

Als die Kinder mit den Schuhen an den Füßen eingeschlafen sind und Ingrid mir die Wärme zurück in den Leib gerieben hat, in meinen ganzen Leib, habe ich das Gefühl, im Dunkeln zu glühen. Ingrid schläft in meinem Arm, und ich habe mich niemals wärmer gefühlt, niemals reicher gefühlt.

Morgen muss ich ihr klarmachen, dass wir hier nicht bleiben können. Morgen muss ich ihr klarmachen, dass wir nach Schweden müssen. Ich habe dort noch immer einen Onkel und einige Vettern und Cousinen. In Schweden wird alles besser. Morgen. Heute Nacht will ich sie nur neben mir spüren, will die Kinder im selben Raum atmen hören.

Nach Hause, um Betten zu tragen

Das Geräusch der langen Birkenzweige, die an das Schlafzimmerfenster kratzen, erinnert mich an Fairbanks. Fairbanks, Alaska. Es war im Herbst 1943. Ich war mit der Fähre von Seattle nach Skagway gekommen und in einem alten Ford durch den Chilkoot-Pass nach Kanada gescheppert. Dann musste ich beim Beaver Creek in Yukon die Grenze zu den USA überqueren, um den Alaska Highway zu erreichen, der mich die restliche Strecke nach Fairbanks brachte. Jetzt habe ich gesehen, dass Aufkleber mit dem Spruch *I rode the Alaska Highway and survived* verkauft werden. Heute sind die nur ein Jux, damals aber hatten diese Worte eine Bedeutung, ja, sie waren im wahrsten Sinne des Wortes der Weg, die Wahrheit und das Leben.

Ich war zum Holzfällen nach Alaska gekommen, und in Fairbanks lernte ich einen Landsmann aus Trysil kennen. Er hatte draußen beim Bear Lake eine Hütte gemietet, und eine Woche in jenem Sommer verbrachten wir einfach nur mit Angeln. Noch vor Tagesanbruch suchten wir uns durch die Dunkelheit unseren Weg, luden Angeln, Köder und Proviant auf unseren flachbödigen Kahn. Dann ruderten wir los und tranken aus Blechbechern Kaffee, während wir auf das Morgengrauen warteten. Wollten nicht eine einzige Minute Tageslicht, keine Minute effektive Angelzeit verlieren.

Ich habe nie mehr solche Morgen gesehen. Der Tag schlich sich nicht über die Hügel wie hier in den Wäldern von Ostnorwegen, in Fairbanks schien ein Deckel hochgehoben zu werden. Jedenfalls kam es mir damals so vor, jedenfalls ist es jetzt in meiner Erinnerung so. Abend und Dunkelheit brauchten länger, um sich auszubreiten, aber so ist es auch in Norwegen. Ich finde nicht, dass die Nacht schnell genug kommen kann.

Die meisten Forellen, die wir fingen, wogen so etwa ein Kilo, und wenn wir abends im Licht der Petroleumlampe die Fische reinigten, hatte das Fleisch dieselbe Farbe wie Sauermilch. Ich hatte nicht geahnt, dass Forellen so helles Fleisch haben könnten. Dort lernte ich, dass das, was die Forelle frisst, für die Farbe des Fleisches entscheidend ist. Eine Forelle in einem Bergsee oder einem Gebirgsbach hat die gleiche Haut wie eine Forelle aus dem Tiefland, innen aber sehen sie ganz anders aus.

Ich denke viel an die Forellen aus Fairbanks, und während wir abends die Fische reinigten und einsalzten, kratzten die Zweige einer riesigen Douglasfichte so an der Hütte wie jetzt die Zweige an unserem Schlafzimmerfenster.

Ich hätte diese Birke längst fällen oder das von jemandem erledigen lassen sollen. Aber es wird immer schwieriger, Zeit für solche Dinge zu finden, obwohl die Tage immer nur länger und länger werden. Das ist das Schlimmste, das Allerschlimmste, am Älterwerden, jedenfalls für mich. Ich grübele so viel, noch die kleinste belanglose Kleinigkeit muss ich sorgfältig durchdenken.

In dieser Woche am Bear Lake dachte ich nicht, ich war nur. Ein Mann des Augenblickes. Oder vielleicht kein Mann. Ein Tier. Ein Bär. Ein riesiger Grizzly. Alle Sinne konzentriert auf das Wasser, darauf, die Pfote genau in dem Augenblick auszustrecken, wenn der Lachs springt. Wir waren uns in jenen Tagen selbst genug, und der Krieg in Europa, was wir über den Vormarsch der Deutschen und ihren Würgegriff um Norwegen wussten, die Dinge, die wir jeden Abend im Holzfällerlager diskutierten, unser schlechtes Gewissen darüber, dass wir nicht zu Hause waren, gingen uns dort am See nichts an.

Samstagabend fuhren wir zum Tanz bei den Sons of Norway in Fairbanks City. Dort lernte ich Selma kennen. Ich habe kürzlich erst daran gedacht. Nachdem wir zum ersten Mal den Tanzboden betreten hatten, habe ich eigentlich nie aufgehört, ihre Hand zu halten. Selma war in Alaska von norwegischen Eltern geboren und die Art Mädchen, die ich normalerweise niemals aufgefordert hätte. So ein Mädchen, das mich normalerweise in etwas verwandelt hätte, das mit fest in den Hosentaschen geballten Fäusten an der Wand lehnt.

Selma hatte kurze schwarze Haare (kürzer als jede andere, die mir je begegnet ist), sie trug lange Hosen (ein Mädchen in langen Hosen!) und ein langärmliges weißes Hemd (mitten im Sommer!). Aber obwohl sie wie ein Junge gekleidet war, musste ich sie einfach anstarren. Das lag an dem Lachen, das in ihren Augen wohnte, und an ihren Lachgrübchen, die sich niemals glätteten.

Als ich sie fragte, warum sie so kurze Haare trage und aussehe, als habe sie die Kleider ihres Bruders geliehen, sagte sie nur, es sei für ein Mädchen so schwer, in Fairbanks in Ruhe gelassen zu werden.

»Wieso das?«

»Weil es hier so viel mehr Männer als Frauen gibt«, sagte sie.

Ich wollte wissen, ob sich das jetzt im Krieg nicht ausgeglichen habe, aber sie zuckte nur mit den Schultern.

Später habe ich mich gefragt, warum sie tanzen ging, wenn sie als Frau ihre Ruhe haben wollte, aber Miss Selma Nygaard war eben so. Kopf und Füße waren nicht immer am selben Ort. Ein Spatz in der Hand war für Selma nicht besser als zehn Tauben auf dem Dach. Es war immer das Gegenteil der Fall. Jedenfalls war früher immer das Gegenteil der Fall.

Dieses Mädchen, oder diese Frau, wagte ich, angefeuert durch das Angelglück der letzten Tage, an einem Samstag im Juni 1943 zum Tanz aufzufordern. Es ist jetzt über sechzig Jahre her, dass ich zum ersten Mal zu ihr ins Bett gekrochen bin.

Ihr Kopf liegt jetzt neben mir auf dem Kissen. Sie färbt sich nicht mehr die Haare, und die sind bis zu den Wurzeln weiß. Obwohl sie viel länger sind als bei unserer ersten Begegnung, sind die Haare dünner, und an einzelnen Stellen kann ich die Kopfhaut ahnen. Bei diesem Anblick pressen sich Tränen gegen meine Augenlider.

Ich lege meine Hand auf ihre. Darf sie jetzt auf keinen Fall wecken. Wünschte, ich könnte auch bald schlafen. Unten im Erdgeschoss habe ich den Weihnachtsbaum aufgestellt. Morgen kommen die Kinder – ja, so denke ich noch immer an sie, obwohl Julie sechzig ist und Eric neunundfünfzig. Auch meine beiden Enkelinnen werden dabei sein. Ganz bestimmt wollen sie im Wohnzimmer noch mehr Weihnachtsschmuck aufhängen, ehe sie sich an das Weihnachtsmahl machen.

Das erste Weihnachtsfest nach unserer Hochzeit, das wir zusammen gefeiert haben, werde ich nie vergessen. Wir hatten im November geheiratet, und Selma war bereits mit Julie schwanger. Wir wohnten in einem kleinen einstöckigen Haus in der Noble Street, und obwohl wir wenig Geld hatten, erfüllte Selma das ganze Haus mit Weihnachten. Der Heilige

189

Abend war der erste Tag, an dem ich fühlte, wie etwas in ihrem Bauch trat oder sich jedenfalls bewegte. Als ich die Hand auf die gespannte Bauchhaut legte, hatte ich das Gefühl, dass weit draußen im Meer etwas Anlauf nahm und dann immer größer wurde, um aufs Land zu fegen.

Ich weiß nicht, was andere Männer denken, wenn sie das zum ersten Mal erleben, ich habe mit niemandem je darüber gesprochen, aber ich empfand eine Art mit Panik vermischter Freude. Obwohl ich nur ein Mann mit einer Axt in einem Land war, das nicht ganz meins war, fühlte ich mich doch stark genug, um mit Selma und dem Kind auf dem Rücken den ganzen Chilkoot-Pass hochzukriechen. Ich kam mir noch unbesiegbarer vor als in den Tagen draußen am Bear Lake, als ich das Gefühl hatte, die ganze Welt mit der Angelschnur einholen zu können.

Als wir an diesem Abend schlafen gingen, berührte sie mich auf eine andere Weise als jemals zuvor. Anfangs wich ich aus, versuchte sozusagen, mich zu weigern. Hatte Angst, etwas zu berühren. Zu zerstören. Aber es war etwas an der Art, wie sie glühte, ja, später hatte ich immer das Gefühl, dass Schwangere glühen, dass sie sozusagen ein Licht unter der Haut tragen. An diesem Abend wurde ich zu einer Motte, die mitten in diese Glut flog, und als sie sich zurechtsetzte, fühlte ich etwas in mir schmelzen, während der Leerraum von ihr gefüllt wurde.

Ihre Augen wie zwei Altarbilder, auf denen unser Leben zusammen geschrieben stand. Und ich wusste, dass es mein Augenblick auf Erden war. Das hier war sowohl mein Kreuz als auch meine Auferstehung. Das, was ich allein weitertragen müsste, wenn sie verschwände, zugleich das, zu dem ich mich immer erheben würde, solange wir zusammen wären.

Nach diesem Abend hatte ich immer Angst, Selma zu verlieren. Nicht an einen anderen Mann, sondern an etwas, das dafür sorgt, dass ich mich nicht um sie kümmern kann.

Nils, der Mann aus Trysil, mit dem ich zusammen geangelt hatte, verschwand 1949 in Denali. Manchmal habe ich das Gefühl, auch selber nie ganz aus der Wildnis zurückgekehrt zu sein. Wir hätten Alaska nie verlassen dürfen. Kein Tag vergeht, ohne dass ich diesen Gedanken denke. Das Leben hat uns in Norwegen nicht schlecht behandelt, und ich glaube nicht, dass es uns in Alaska besser ergangen wäre, nur eben anders. Es gab mehr Farbe, mehr Geschmack, mehr Geruch, als wir unser gemeinsames Leben anfingen. Alaska war, wo wir jung waren, Norwegen ist, wo wir sterben werden.

Wir wollten nur einen Sommer zu Hause verbringen, dann erlitt Mutter einen Gehirnschlag, und Vater starb zwei Monate später draußen auf dem Feld an Herzversagen. Da konnten wir nicht zurückfahren. Also blieben wir. Zuerst bis nach Weihnachten. Dann, damit Julie ein Jahr auf eine norwegische Schule gehen könnte, und danach war es plötzlich unmöglich, die Kinder unterschiedlich zu behandeln.

Also beschlossen wir zu bleiben, bis die Kinder die Realschule hinter sich hätten, und ich träumte davon, dass Julie und Eric später an der Universität von Fairbanks studieren würden. Aber sie wurden immer norwegischer, und Selma war immer eine, die sich überall wohlfühlte. Sie fand Freundinnen, sie legte sich Gewohnheiten zu, und natürlich hing ich dann auch an Norwegen, noch mehr als vor meinem Aufbruch nach Alaska. Am Ende kamen unsere Wurzeln uns stärker vor als unsere Füße, und wir beschlossen zu warten, bis die Kinder erwachsen wären. Dann gab es plötzlich Enkelkinder, und im vorigen Jahr wurde Erics Sohn zum Vater unseres ersten Urenkels.

Selmas Hand auf der Decke ist kalt. Sie war früher immer so warm, ja, eigentlich hat sie nach unserem ersten Heiligabend in Fairbanks nicht aufgehört zu glühen, bis jetzt.

Sie war die ganze Zeit eine Art Rätsel. Hatte immer etwas von einem ersten Mal. Immer konnte Selma mich mit vielen Geräuschen füllen. Mein Herz hämmerte gegen meinen Brustkasten, mein Atem drängte sich schnaufend durch die Nasenlöcher, wenn sie ihr Nachthemd neben das Bett fallen ließ.

Obwohl ich genau wusste, wie sie roch und schmeckte, genau wusste, wie ihre Haut sich anfühlte und was sie tun würde, so konnte ich nie das Gefühl abschütteln, ein verlegener junger Mann zu sein, der versuchte, etwas zurückzuhalten, der versuchte, diesem Großen, Zügellosen, das in ihm wuchs, nicht nachzugeben.

Sogar, als wir von älteren Menschen zu alten wurden und ganz neue Wege zu gehen lernen mussten, hat sie mich noch mit diesem Gefühl erfüllt. Jetzt weiß ich nicht mehr, wann wir zuletzt miteinander geschlafen haben, aber in der vergangenen Woche packte sie plötzlich meinen Penis und zog daran. Es passierte so unerwartet und tat so weh, dass ich sie aus purem Reflex fast geschlagen hätte. »Naughty boy«, sagte sie nur. »You naughty boy.«

Und als ich ihre Hände losmachen konnte, waren ihre Augen nur wie blanke Flecken. Sonst ist sie nicht so. Wenn sie sonst Englisch spricht, ist sie munter. Wieder in der Kindheit. Nicht immer erkennt sie mich, aber sehr oft spricht sie über Dinge aus dem Anfang unserer Beziehung, sieht mich als den Mann, der ich einmal war. Deshalb sollte ich mich vielleicht nicht beklagen. Ich bin jetzt fast jeden Tag in Fairbanks.

Die früheren Heiligabende, als die Kinder klein waren,

gehörten zu den allerschönsten Augenblicken, die wir als Familie hatten. Auf meine eigene Weise bin ich gläubig. Ich rede nie viel darüber und hatte nie einen Glauben, mit dem ich andere tragen konnte, aber unser Zusammensein am Heiligen Abend gab mir immer eine Art Verständnis dafür, dass das hier, gerade das hier, das ganze Mysterium von Weihnachten ausmacht.

Ich stelle das Whiskeyglas auf den Nachttisch. Draußen ist es mondhell, aber ich kann den Mond hinter den Birken und Tannen, die das Haus umstehen, nicht sehen. Mir graust davor, dass sie kommen. Mir graust vor Selmas Reaktion. Wie sie immer wieder fragen wird, wer diese Menschen sind, und vor den schmerzlichen Augenblicken, in denen ich mir einbilde, dass sie bei uns ist, ehe sie wieder davongleitet.

Mir graust davor, dass Eric und Julie mir zusetzen werden, weil ich für sie ein Heim suchen soll. Dass ich sie nicht mehr hier behalten kann, dass sie für uns beide zur Gefahr wird. Eine Vorstellung, die mir ganz fremd ist, es ist schlimm genug, dass sie nach Hause kommen, um unsere Betten ins Erdgeschoss hinunterzutragen.

Mehrmals, nachdem sie eingeschlafen war, habe ich die Hände um ihren Hals gelegt, aber dabei ist es geblieben. Am Ende habe ich ihre Wangen gestreichelt. Ich habe versucht, stark genug zu sein, versucht, irgendwo in mir die Kraft zu finden, um ihr hinüberzuhelfen, aber es ist mir nicht gelungen. Es wird mir nie gelingen.

Ich schaue auf die Uhr. Jetzt ist der Heilige Abend da. Plötzlich muss ich an die Eskimos denken. An ein blanket toss, das ich bei einem Fest in Anchorage erlebt habe. Ich weiß nicht einmal, was blanket toss auf Norwegisch heißt, ob es überhaupt etwas heißt. Deckenwerfen? So effektiv wie ein Trampolin nutzen die Eskimos ein Fell, um einen Späher in die Luft zu werfen, so dass er auf große Entfernung Walrösser und Seehunde entdecken kann. Ich schließe die Augen. Falte die Hände. Merke, wie ich hochgeschleudert werde. Merke, wie ich über die Baumwipfel spähe. Merke, dass ich den Mond sehe. Den Himmel sehe.

»Lieber Jesus«, bete ich. »Lieber, lieber Jesus, bitte, hole uns heute Nacht. Das wünsche ich mir zu Weihnachten. Das ist alles, was ich mir zu Weihnachten wünsche.«

Alles, was mir am Herzen lag

Ich muss einfach immer wieder an die Augen des Judas Ischariot denken. Daran, wie sein Blick sich wohl nach innen gerichtet hat, als er seine Lippen von Jesu Wange löste. Ich blicke über die vielen gesenkten Köpfe hinweg, und vor meinen Augen flimmert ein anderes Bild vorüber: die Wellen, die auf Jonas warten, als er auf der Fahrt nach Tarsis über Bord geworfen wird. Jonas, der versuchte, sich vor Gott zu verstecken, und das Meer, das erst zu wüten aufhörte, als er im Walfischbauch lag. Ich denke, wenn ich jetzt von dieser Kanzel hinuntersteige und mich unter die Gemeinde mische, wird es vielleicht auch um mich herum und in mir ruhig werden. Judas zog die Schlinge um seinen Hals zusammen, Jonas kam mit den Füßen zuerst auf. Verspürten sie eine Art Ruhe, eine Art Befriedigung, weil sie sich aufgeben konnten, oder wurden sie von dem verzweifelten Gefühl erfüllt zu fallen? Ich höre die Stimme von Torstein, meinem Mann, ein Sprichwort aus seiner Studienzeit wiedergeben: »Nicht der lange Sturz bringt dich um. Sondern der plötzliche Stop.«

»Und es begab sich in jenen Tagen, dass ein Gebot ausging«, fange ich an und schalte auf Autopilot um. Sehe Isak vor mir, seine roten Haare, die im Sommer blond wurden, und die Haut, die sich über den Rippen spannte wie das Fell einer Bongotrommel.

Später stehe ich bei der Eingangstür und drücke Hände, während ich Dankesworte und gute Wünsche entgegennehme. Früher hat es mich immer geärgert, dass so viele Gemeindemitglieder nur Weihnachtschristen waren, während sie die Bankreihen für den Rest des Jahres leer ließen. Jetzt spielt das keine Rolle mehr.

»Schöne Predigt«, sagt ein Mann, den ich getraut und dessen Sohn ich getauft habe.

»Jetzt kann ich das Wunder von Bethlehem wieder mit mir nach Hause nehmen«, sagt eine Frau in meinem Alter, und der Mann streckt mir die Hand hin und wünscht ein fröhliches Weihnachtsfest. Ich habe sie beide schon früher gesehen, sie wohnen nicht weit von mir entfernt in Skogli.

»Niemand macht das Weihnachtsevangelium so lebendig wie Sie«, sagt eine ältere Frau, die voriges Jahr ihren Mann verloren hat.

Ich lächele und nicke. Weiß nicht, wie bewusst diese Frau ihre Worte wählt, aber sie hat Recht. Ich trage das Weihnachtsevangelium vor wie eine Schauspielerin. Ich hole es nicht mehr von der Stelle, von der alles Gute in mir herkommt. Ich hole es nicht so hervor, wie eine Pastorin das tun sollte. Plötzlich muss ich an etwas denken, was ein bekannter Autor gesagt hat, als er ziemlich spät in seinem Leben nach seiner Einstellung zum Tod befragt wurde: »Der Tod ist nur eine weitere Hure.« Heute komme ich selbst mir vor wie eine Hure. Eine, die nur die Augen schließt und den Leuten das gibt, wofür sie bezahlt haben. Ich schäme mich, weil ich so denke, und verspüre einen Stich der Furcht – nicht, weil ich Angst habe, Gott könnte mich zu Boden schlagen. Nein, ich habe Angst, dass ich vielleicht den letzten Rest dessen verloren habe, was ich an Gefühlen hatte, den letzten Rest Menschlichkeit. Aber dieses Gefühl ist flüchtig. Auf irgendeine Weise bin ich wieder froh, als die letzte Hand gedrückt ist und als ich endlich allein auf dem Parkplatz vor der Kirche stehe. Ich nehme die Zigarettenpackung aus der Tasche und ziehe den Mantel ein wenig enger um mich zusammen. Über mir funkeln die Sterne, und etliche von ihnen scheinen einfach aufgegeben und sich in den Frostperlen in den Tannenzweigen auf den Gräbern verkrochen zu haben. Ich zünde die Marlboro an, und Menschen, die mich nicht kennen, werden sicher den Kopf über die erbärmliche Tatsache schütteln, dass ich erst mit zweiundfünfzig Jahren mit Rauchen angefangen habe. Menschen, die mich kennen, werden es garantiert für einen weiteren Beweis für die Tatsache halten, dass das meiste in meinem Leben langsam gegangen ist.

Ich halte auf der Nordseite der Alten Brücke. Hier unten bildet sich fast nie Eis. Ich gehe einige Meter hinaus auf die Brücke, und in der Dunkelheit unter mir kann ich die Strömung wie ein Zittern erahnen. Wie etwas, das ich nicht sehen kann, von dem ich aber dennoch weiß, dass es da ist. Wie etwas, das sich in hohem Tempo von mir entfernt.

Isaks Gesicht im Schlaf war immer so friedlich. Die Gesichter Torsteins und meiner Brüder hatten nachts oft etwas Gequältes. Sie konnten in einem Albtraum jammern oder lange Reden über die Ungerechtigkeiten halten, die ihnen tagsüber widerfahren waren. Ich habe nie Frauen oder Mädchen gesehen, die im Schlaf von schlechtem Gewissen gequält wurden, so wie die männlichen Mitglieder meiner Familie. Das war bei allen so, nur nicht bei Isak. Seit ich ihn zum ersten Mal gestillt hatte und bis er dann im Krankenhaus lag, besaß er die einzigartige Fähigkeit, in die Nacht zu verschwinden, als wäre das ein Ort, an dem nichts aus der Welt ihn erreichen könnte. Es kam vor, dass ich neidisch auf meine Schwester oder auf Freundinnen war, wenn die von Kindern erzählten, die mitten in der Nacht, den Kopf voller Albträume, weinend zu ihnen kamen. Isak kam nicht ein einziges Mal zu uns ins Bett, weil er nicht schlafen konnte.

Oben unter der Festung zerfetzt eine einsame Rakete den Abend, gefolgt von einem trockenen Knacken, das aus einem Gewehr zu stammen scheint. Unterhalb der Alten Brücke liegt die neue, die irgendwann in den neunziger Jahren erbaut worden ist. Ich fahre nie über die Neue Brücke, wenn sich das irgendwie vermeiden lässt.

Zwischen diesen beiden gab es einmal eine weitere Brücke, und mein Großvater war dabei, als sie gesprengt wurde, um den Vormarsch der Deutschen durch das Glommatal aufzuhalten. Aber die Widerständler hatten zu wenig Dynamit genommen, die Brücke sank in der Mitte nur ein wenig in sich zusammen, und die Hölle hatte freies Geleit in unsere Gegend. Ich habe immer gewusst, dass du alle deine Kräfte aufwenden musst, um das Böse auszusperren.

Ich stelle den einen Fuß auf den Balken zwischen den Stäben im Brückengeländer. Ein kleiner Windstoß bläht meinen Mantel auf, und ich fröstele. Nicht, weil mir wirklich kalt wäre, ich bin wie betäubt und spüre gar nichts, aber mein Körper hat es gelernt, bei dem, was von außen kommt, zu frösteln.

Isaks Geburt war ein Wunder. Wir hatten beide die Hoffnung längst aufgegeben. Alle Versuche mit künstlicher Befruchtung waren fehlgeschlagen, und wir hatten uns damit abgefunden, dass wir niemals Eltern werden würden. Aber dann, in Seiner unergründlichen Güte, wie aus dem Buch genommen, dem wir unsere Leben geweiht hatten, ließ Gott uns an dem Größten teilnehmen, das Mann und Frau zusammen erleben können. Deshalb nannten wir ihn Isak. Sara in der Bibel war neunzig, als sie Mutter wurde. Ich war fast halb so alt.

»Alles kommt zu denen, die glauben«, sagte Torstein, als wir danach im Krankenhausbett lagen und einander an den Händen hielten, während unser Sohn neben uns in dem kleinen Bettchen schlief. Und ich glaubte ihm. Ich glaubte stärker an Gott denn je zuvor. Ich glaubte so stark, dass ich nicht wagte, die Augen zu schließen, aus Angst, dann davonzuschweben und zu verschwinden.

Ich stelle den anderen Fuß ins Brückengeländer. Es sieht aus wie das Gitter eines alten Gefängnisses. Hinter mir auf der Neuen Brücke kann ich ein Auto vorüberfahren hören. Ich spüre die Strömung jetzt überall in mir, so wie ich mir das Murren im Körper eines Gichtpatienten bei Wetterumschwung vorstelle. Mein Kopf wird zu einer Muschel, die das Rauschen des Flusses aufnimmt, und ich verspüre nur Leere. Eine solche Leere, wie damals, als ich zum letzten Mal den Kopf auf Isaks Brust legte und dachte, jetzt gehen mein Körper und ich auseinander. Meine Hände oben auf dem Geländer sind nicht mehr meine Hände, es sind die Hände Jesu, als die Nägel sie durchbohrten, Muskeln und Sehnen zerfetzten, Knochen zerbrachen und das Leben aus ihm hinaussickern ließen.

Ich erinnere mich an den Abend vor dem Unglück. Wie immer las ich Isak aus der Kinderbibel vor, und er hatte sich die Stelle ausgesucht. Er unterbrach mich bei der Kreuzigung und dem Bild, auf dem Jesus zwischen Dismas und Gestas hängt.

»Mama, warum sind die Räuber gefesselt, während Jesus angenagelt ist?«, fragte er.

»Was?«, fragte ich, und er zeigte auf die Zeichnung, aus der ganz deutlich hervorvorging, dass die Schächer neben Jesus am Kreuz festgebunden sind und nicht angenagelt wie der Menschensohn.

»Ich weiß nicht, Isak«, sage ich. »Ich habe keine Ahnung. Vielleicht wollten sie Jesus ganz besonders wehtun.«

Einige Tränen lösen sich aus meinen Augen und verschwinden in der Dunkelheit unter mir. Ich komme mir vor wie eine Vogelscheuche, eine leere Hülle, auf die einige Kleidungsstücke gehängt worden sind. Es war unmöglich, Isak anzusehen, dass auch er eine Vogelscheuche war, als er im Krankenhausbett lag, und ich weiß nicht mehr, ob ein Mann oder eine Frau hereinkam und sagte, sie könnten nichts mehr für ihn tun, seine Organe aber könnten anderen Kindern beim Weiterleben helfen. Ich weiß noch, dass ich schrie. Und ich erinnere mich an das Geräusch ähnlich einer Wassermelone, die auf den Boden klatscht, als meine flache Hand Torsteins Gesicht traf. Mein Vater war Prediger bei den Pfingstlern und praktizierte Taufe unter freiem Himmel, Handauflegen und Teufelsaustreibung, eine Form von christlichem Fundamentalismus, von dem ich mich als Geistliche weit entfernt habe. Aber an diesem Abend im Krankenhaus sah ich ihn vor mir auf der Kanzel. Vater, der gebieterisch die Hände hob und über das Jüngste Gericht sprach.

»Am Jüngsten Tag, wo willst du dann sein?«, rief er der Gemeinde zu. »Wenn Jesus kommt, um uns zu befreien, die Lebenden wie die Toten, wo willst du dann sein? Wie willst du auferstehen?«

Als diese Gedanken in meinem Kopf herumwirbelten, verlor ich alles aus dem Griff. Wenn Jesus kommt, um uns zu befreien, hat Isak keinen Körper, in dem er auferstehen kann. Er wird daliegen wie ein geschlachtetes Tier, sein Brustkorb wird aufgeschnitten und die Rippen werden wie bei einem Stück Fleisch zur Seite gedrückt worden sein.

»Du Mistkerl«, rief ich und meinte Gott und Torstein gleichermaßen. »Warum gibst du mir ein Kind, um es mir dann wieder wegzunehmen?«

»Hör doch zu, Ruth. Das ist das einzig Richtige, Das ist, woran wir glauben. Das war immer das, woran wir geglaubt haben«, sagte Torstein mit einer Stimme, die aus einem Ort zu kommen schien, den nie mehr Licht durchdringen wird.

»Woran wir geglaubt haben! Dass unser Sohn sterben würde? Geschlachtet und zerstückelt?«

Ich hätte, so laut ich konnte, schreien und hinter mir mit der Tür knallen müssen, aber ich schlich mich nur rückwärts aus dem Raum. Seither habe ich nicht mehr mit Torstein gesprochen, im Grunde nicht. Wir haben zusammen den Sarg ausgesucht, haben uns für die Lieder entschieden und nebeneinander in der Kirche gesessen, aber wenn er anruft, nehme ich nicht ab. Wir sind nicht getrennt, aber ich kann auch nicht behaupten, dass wir verheiratet wären.

Eine böse Geschichte ließ in Kongsvinger eine Pastorenstelle frei werden, und ich habe mich vor einem halben Jahr bei einer alleinstehenden Mutter in Skogli eingemietet. Das Leben in seiner ganzen Zufälligkeit ist launisch, aber das ist der Tod auch, und ich hätte nie geglaubt, dass ich in dem Dorf enden würde, wo mein Vater zu Beginn der fünfziger Jahre die Gemeinde Eben Ezer geleitet hat.

Ich bleibe stehen, habe die Hände auf dem Geländer liegen, und meine Füße stehen noch immer auf den Gitterstäben. Das hier könnte ich auf einem Flugplatz sein. Ruth

Sollie, die verreisen will, die aber in der Sicherheitskontrolle gestoppt wird und die Beine spreizen und die Arme heben muss, damit die Metalldetektoren feststellen können, ob sie etwas zu verbergen hat.

Aber ich habe nichts zu verbergen. Ich will nicht fliegen.

»Das lohnt sich doch nicht«, ruft hinter mir eine Stimme, so unerwartet, dass ich einen Schrei nicht unterdrücken kann. Zwei Arme packen meine Beine, meine Knie schlagen gegen das Geländer. Und in dem Moment, in dem ich glaube vornüberzukippen, schlägt mein Herz so heftig, als wolle es sich aus dem Mantel sprengen. Wieder schreie ich, werde vom Geländer weggezogen und mit dem Rücken in den Schnee gepresst. Über mir kann ich nur einen schwarzen Schatten erahnen.

»Loslassen«, rufe ich.

»Es lohnt sich doch nicht«, sagt die Stimme wieder, und Kompostgeruch schlägt mir entgegen. Der Schatten tritt einen Schritt zurück und wird zu einem Mann.

Ich komme auf die Beine, wische mir Schnee vom Mantel, spüre, wie ein Krampf durch meine Oberschenkel jagt, und ich kann ein Stöhnen nicht unterdrücken.

»Alles in Ordnung?«, fragt er.

»Der Teufel soll dich holen«, rutscht es mir heraus.

Er mustert mich lange, als hätte ich ihm mit der flachen Hand ins Gesicht geschlagen. Seine Züge sind grob, wie mit Kohlestift gezogen, im bleichen Licht der Brücke sieht seine Gesichtshaut aus wie Sandpapier, und seine Haare scheinen seit Herbstanfang keinen Kamm mehr gesehen zu haben.

»Es tut mir leid, aber Geistliche dürfen doch nicht fluchen«, sagt er.

»Was?«

»Ich habe noch nie eine Pastorin fluchen hören.«

»Verzeihung«, sage ich automatisch und dann, als das Hämmern in meiner Brust nachlässt: »Sie hätten mich fast zu Tode erschreckt. Ich hatte Sie für einen Vergewaltiger gehalten.«

»Hier mitten auf der Brücke? Am Heiligen Abend?«

Ich gebe keine Antwort, starre ihn nur an. Sein Gesicht hat etwas seltsam Vertrautes, und ich frage mich, ob diese verwüsteten Züge mich an die Zeit erinnern, als ich bei der Stadtmission hospitiert habe, oder ob er mir wirklich schon einmal begegnet sein kann. Weil er so verhärmt aussieht, kann ich sein Alter nicht genauer einschätzen als auf irgendwo zwischen vierzig und sechzig.

»Ich dachte, Sie wollten springen«, sagt er.

Ich suche eine Antwort, etwas Beißendes, etwas Entwaffnendes, etwas Witziges.

»Da irren Sie sich«, sage ich.

»Dann muss ich noch einmal um Entschuldigung bitten.«

»Ich hatte heute drei Gottesdienste, mein Kopf kocht, mein Rücken tut weh, und ich wollte versuchen, ein wenig zu mir zu kommen. Ich brauchte frische Luft, ehe ich zum Essen zu meiner Familie fahre.«

»Ich bitte um …«, fängt er an, scheint sich dann aber zusammenzureißen. »Tut mir leid. Ich habe so oft so dagestanden, dass ich mich in Ihren Bewegungen wiedererkannt habe. Und Sie hatte ich von hinten nicht erkannt. Wusste nicht, dass Sie die Pastorin sind.«

»Woher wissen Sie, wer ich bin?«, frage ich und kann jetzt aufrecht stehen, ohne vom Gefühl zu fallen überwältigt zu werden.

»Sie haben meinen Bruder unter die Erde gepredigt«, antwortet er.

»Ach so«, sage ich und werde zu einer Welle aus Bewegung weg von ihm. »Jetzt muss ich los. Essen mit der Familie, Sie wissen schon.«

Seine Hand wird schneller, und die Ärmel seines viel zu großen Mantels flattern um ihn herum. Der unverkennbare Geruch von altem Suff, der neu geworden ist und jetzt bereits wieder alt wird, schlägt mir entgegen, und in diesem Moment, genau in diesem Moment, geht mir auf, dass ich am Heiligen Abend hierhergehöre. Nicht zum Geruch von Schweinerippe und Kümmelkohl, von Hyazinthen und Tannenzweigen, grüner Seife und Maulbeerencreme, sondern zu dem Geruch von Menschen, die das Leben aus dem Griff verloren haben. Menschen, die einen Fuß vom Rand des Abgrunds gehoben haben und die sich wie ein Hund, der eine Hundepfeife hört, umdrehen und einen Schritt zurücktreten, um andere, die gestürzt sind, auf die Beine zu bringen. Menschen, die sich um andere kümmern, auch wenn die anderen sich nicht mehr um sie kümmern. Menschen, die sich kümmern, ohne eine Gegengabe zu erwarten. Menschen, die wissen, wie groß man auf Knien wird.

»Mein Bruder war der Bessere von uns, natürlich war er das«, sagt der Mann, und seine Stimme scheint vom Grund eines Brunnens zu kommen. »Mein Bruder war gut in der Schule, fand eine sichere Stelle, heiratete früh und wurde Vater von zwei Kindern.«

Ich nicke. Es fängt jetzt an zu dämmern.

»Und dann eines Abends, an einem Abend wie alle anderen, betete er mit seinem Sohn und seiner Tochter zu Abend, küsste sie auf die Stirn und wickelte sie in die Bettdecke, danach band er sich in seinem Auto fest und fuhr in die Glomma.«

Jetzt erinnere ich mich. Markus Berggren, Ende dreißig.

Zwei Kinder und eine Frau. Vater und Mutter. Und das hier muss David, der ältere Bruder, sein.

»Kein Brief. Kein letztes Wort. Nichts darüber, dass er hinter der nächsten Ecke auf uns warten wird. Er war einfach verschwunden.«

»Manchmal ist das so«, sage ich und lege die Hand auf seinen Oberarm, und in dieser Bewegung liegt alles, was ich nicht länger zu sein glaubte.

»In den Tagen nach seinem Tod bin ich zu den Brücken gefahren, zu den Bahnsteigen und den Flussufern, aber dann war da Ihre Stola.«

Ich sehe ihn nur an. Das Wort klingt seltsam in seinem Mund.

»Sie hatten die extra für seine Beerdigung hergestellt, um den Kindern zu zeigen, dass ihr Vater auf der dunklen Seite des Mondes gewesen war. Dass er von einer Larve zur Puppe geworden war, um dann als Schmetterling zu enden, und auf Ihrer Stola sah er aus wie ein Engel, der gerade wegfliegt.«

»Das weiß ich noch«, sage ich mit einer Stimme, die stärker klingt, als ich erwartet hatte. In der Nacht vor der Beerdigung hatte ich gestickt, bis die Dämmerung einsetzte. Auf diese Weise versuchte ich, das Wortlose in Worte zu kleiden. Ich konnte einfach nicht mit dem üblichen lila Band und dem Kreuz um den Hals vor die Kinder treten. Ich konnte nicht dastehen wie bei jeder anderen Beerdigung, wenn ein älterer Mann über der Schneeschaufel tot zusammengebrochen war oder eine alte Frau nachts eine Gehirnblutung erlitten hatte. Der Pfarrer war danach verärgert und fand, ich dürfte nicht mit den heiligen Symbolen herumspielen, aber wenn ich könnte, würde ich es wieder tun.

»Sie haben die Stola danach den Kindern gegeben«, erzählt der Mann jetzt. »Wissen Sie, ich war eben bei ihnen, und meine Nichte hatte sie wie eine Girlande an den Weihnachtsbaum gehängt.«

Ich nicke nur.

»Jetzt stehen wir lange genug auf dieser Brücke«, sagt er und hält mir die Hand hin, wie um mich zum Tanz aufzufordern. Unter mir spüre ich, wie der Fluss drängt, ich spüre diese Bewegung in mir, bis wir auf dem Ufer stehen.

»Kann ich Sie irgendwohin fahren?«, frage ich.

»Das wäre nett. Ein paar Kumpels warten auf mich«, sagt David, und ich fahre wieder auf die Brücke hinaus, fort von der Festung. Die großen Pappglocken, die von den Triumphbogen hängen, erinnern an von der Sonne gebleichte Tierschädel. Die Girlanden am Geländer sind wie riesige Schlingpflanzen, und am anderen Ende der Brücke sind mehrere Glühbirnen erloschen. Ich denke an die Tüte mit dem Weihnachtsschmuck, die im Küchenschrank liegt. Tischdecken, Kerzen, die kleinen Weihnachtswichtel und Engel, die Isak im Kindergarten gebastelt hat. Ich schaue auf die Uhr, es ist noch immer Zeit, mein Versprechen zu halten. Wir kommen an der Stelle vorbei, wo das alte Ortsschild gestanden hat, ehe Kongsvinger immer größer wurde. Wir fahren vorbei an Autogeschäften und weihnachtlich dekorierten Ladenzeilen.

»Hier ist es«, sagt er vor dem letzten Kreisverkehr und zeigt in Richtung Recylinghof, wo ich vor einigen Monaten große Teile meines Lebens mit Torstein deponiert habe. Auch damals ist mir das Haus aufgefallen. Die Farbe blätterte ab, und Straßenstaub und Vernachlässigung hatten die einstmals weißen Wände beige werden lassen. Die Fenster der Glasveranda starrten mich blind an. Das Haus wirkt heute noch genauso verlassen, aber hinter dem einen Fenster kann ich eine Flamme flackern sehen, die von einer Kerze stammen muss. Ich halte in der Einfahrt.

»Wohnen Sie hier?«, frage ich.

»Ab und zu«, sagt er.

»Haben Sie nicht eher Lust, mit mir nach Hause zu kommen?«, frage ich.

»Sie essen doch mit Ihrer Familie.«

»Ich bin nicht nur eine Pastorin, die flucht, ich bin auch eine Pastorin, die lügt«, antworte ich.

David lacht. Ein trockenes, seltsames Lachen, das in Husten übergeht.

»Vielen Dank«, sagt er. »Aber ich habe meinen Kumpels versprochen, hier vorbeizuschauen.«

»Und was werden Sie machen?«, frage ich und komme mir dumm vor, sowie ich das gesagt habe.

»Dasselbe wie immer. Trinken.«

»Aber wollen Sie nicht …«, fange ich an, aber er hebt abwehrend die Hände.

»Okay. Gesegnete Weihnachten und vielen Dank. Es war nett, Sie kennenzulernen«, sage ich und strecke ihm die Hand hin.

»Sie könnten mir einen Gefallen tun«, sagt er und nimmt meine Hand, ohne mir ins Gesicht zu schauen.

»Ja«, sage ich und merke, dass ich lächele.

»Mir etwas Geld leihen. Die Feiertage sind immer so schnell vorbei.«

Zu Hause in der Küche ziehe ich das Nikolauskostüm an und bleibe vor dem Fenster stehen, bis Ingrid im Nachbarhaus mit der Taschenlampe blinkt. Mit langen Schritten überquere ich den Hofplatz. Jørgen kommt angerannt und schlingt mir die Arme um die Beine, ehe ich die Tür hinter mir zuziehen kann. Ich kann sein Herz an meinen Oberschenkeln schlagen fühlen, als er fragt, ob ich Geschenke für ihn habe.

»Ja, natürlich, aber warst du denn auch brav?«, frage ich mit tiefer Stimme.

Er nickt.

»Hast du denn auch für mich ein Geschenk?«, frage ich dann.

»Aber der Weihnachtsmann kriegt doch keine Geschenke?«, meint er und runzelt besorgt die Stirn.

»Doch, manchmal schon«, sage ich, lege eine kleine Pause ein und füge hinzu: »Aber weißt du, was das allerschönste Geschenk für mich ist?«

Er schüttelt eifrig den Kopf und versucht, nicht meinen Sack anzustarren.

»Zu sehen, dass du gesund bist«, sage ich, und als er mich noch einmal umarmt, fange ich an, die Geschenke zu verteilen, weil ich meiner Stimme nicht vertraue. Ich lehne den Kaffee dankend ab und flüstere Ingrid zu, dass ich am nächsten Morgen ohne Kostüm hereinschauen werde.

Es ist so still. Wie im Tod. Ich habe keinen Weihnachtsbaum, und keine Geschenke warten auf mich. Ich habe alle Geschenke, die ich bekommen habe, der Heilsarmee gegeben. Niemand hat einen Grund, mir etwas Persönliches zu schenken, deshalb habe ich nur die Aufkleber von den Paketen abgerissen und alle fortgegeben.

Ich öffne eine Flasche Wein, Torstein und ich mochten die spanischen immer am liebsten, und das ist mein erster Rioja seit Isaks Tod. Mir fällt eine Sendung im Lokalradio ein, die ich gestern Abend aufgenommen habe. Torstein hat sich immer über mich lustig gemacht und behauptet, ich lebte in einer Art technologischer Steinzeit, weil ich noch keine CDs benutze. Vielleicht hatte er Recht.

Ich lege die Kassette in den Rekorder und spule bis zum

Ende vor. Als ich zum ersten Mal den Titel der Sendung sah, dachte ich, sie würde von einer Gemeinde in Kongsvinger ausgestrahlt, aber das Einzige, was im »Radioevangelium« verkündet wird, ist, dass es nur zwei Sorten Musik gibt, gute und schlechte. Ich nehme diese Sendung immer auf, wenn ich gerade daran denke. Ich drücke auf *play*, als das Lied, das mich gestern so beeindruckt hat, angesagt wird. Es setzt ein mit dem Geräusch von Wind, der zu einem Chor wird, während Tom Waits' raue Stimme erklingt, die die Wörter eins nach dem anderen voneinander losreißt und »Silent Night« auf ganz neue Art zusammensetzt. Die Orgel erinnert mich an ein Gebetshaus, die Trommeln und die Bläser an die Heilsarmee und der Chor an die Kirche, in der ich vorhin war. Es gibt viele Arten zu glauben und noch mehr Arten, sich zu verirren. Aber in diesem Moment singt Tom Waits nur für mich. Es ist schön und schrecklich zugleich.

Ich spule das Lied zum Anfang zurück, mache im Kamin Feuer und gehe mit dem Glas zu meinem Arbeitszimmerfenster. Plötzlich wird bei Ingrid die Tür geöffnet, Jørgen kommt heraus und stellt irgendetwas, das sich bewegt, in den Schnee. Dann sieht er mich und hebt zum Winken den Arm über den Kopf. Ich hebe für einen Moment das Glas, ertappe mich aber dabei und winke stattdessen mit der linken Hand.

Dann sitze ich da und starre den leeren Platz an, den er im Schnee hinterlässt, als er wieder ins Haus geht. Ich trinke seinem Haus zu.

»Das ist das Blut Isaks«, sage ich und trinke einen Schluck.

»Das ist der Leib Isaks«, sage ich dann und denke an sein Herz, das noch immer in Jørgens Körper schlägt. Dann strecke ich die Hand nach dem Telefon aus und fange an, die Nummer des Mannes zu wählen, der vielleicht noch immer mein Mann ist.

Das Radioevangelium

Ein Prinzip ist sinnlos, wenn nie dagegen verstoßen wird. Das sage ich mir, als ich die CDs mit den Weihnachtsliedern in der Tasche verstaue und mich ins Auto setze. Früher habe ich immer herumposaunt, das Radio sei tot, wenn die Sendungen nicht live ausgestrahlt werden. Kein umwerfendes Mantra vielleicht, aber das einzige, das ich hatte. Auch nicht gerade der Super-Aufreißspruch, aber das war es dann eben doch. Vor sechs Jahren hatte der Norwegische Lokalradio-Verband sein Jahrestreffen in Førde. Einem Ort, der mich an schnellen Wiederaufbau nach einem Krieg oder einer Naturkatastrophe erinnerte. Die Hauptstraße war eine Sammlung von genau gleich großen Betonvierecken, hintereinander aufgereiht wie die Häuser beim Monopoly. Aber zum Glück floss ein Fluss durch die Stadt. An Orten ohne Flüsse fühle ich mich immer so heimatlos. Ich saß jedenfalls mit einem schalen Bier da und schaute hinaus auf den Fluss, als Renate sich an meinen Tisch setzte. Das Café wurde vor allem von Einheimischen besucht, die sich betranken, und ihr Lärm trieb Renate zu mir nach hinten ans Fenster. Obwohl ich nicht zu denen gehörte, die besonders laut über die Konzessionsbedingungen diskutiert hatten, erkannte sie mich. Renate war vom Arbeitsamt in einem Lokalradio in Drammen untergebracht worden und vor allem mit nach Førde gekommen, damit die Festangestellten eine Chauffeuse hatten. Ich selbst war seit fast neun Jahren bei Kongsvinger Radio für die Musik zuständig.

Renate fragte, ob es nicht anstrengend sei, tagaus, tagein interessant klingen zu müssen. Ich sagte, meine Sendungen handelten nie von mir. Sie wollte wissen, ob ich im Radio Karriere machen wollte, vielleicht Nachrichtenredakteur werden oder in der Hierarchie höher klettern wollte. Ich erklärte, ich sei nicht deswegen bei Kongsvinger Radio, außerdem seien die einen zum Cowboy geboren und die anderen zum Sheriff. Ich ging davon aus, dass ihr klar sei, was ich sein wollte. Renate sagte, sie würde sich niemals trauen, für das Radio eine Direktsendung zu machen. Und da sagte ich den Spruch, den ich gern als mein Mantra betrachte. Da sagte ich, so wenig, wie man die Fehler überspielen kann, die man im Leben begeht, so wenig ist es möglich, mit Sicherheitsnetz gutes Radio zu machen. »Du musst nach Gehör spielen«, sagte ich. »Und das kann ich gut. Die kleinen Nuancen einzufangen, die die Dinge wirklich lebendig machen.«

Eine Stunde später lagen wir in meinem Hotelzimmer und schauten hinaus auf den Fluss, der durch Førde fließt.

Wir heirateten vor fünf Jahren am 23. Dezember. Renate meinte, dann würde ich das Datum niemals vergessen. Ehrlich gesagt fand ich das übertrieben. Mein Gedächtnis ist überdurchschnittlich gut, und ich schreibe nie vorher auf, was ich in meinen Sendungen sagen will. Natürlich muss ich Musiklisten machen, aber nur, weil das vorgeschrieben ist. Ich spiele die Stücke dann aber nie in der Reihenfolge, die ich notiert habe, und oft wechsele ich mittendrin Lieder aus. Das meine ich mit dem Gehör – Menschengehör. Und das fehlt sehr vielen Musikern. Sie stellen vorher eine Setliste auf und halten sich während des Konzerts daran, als sei das der Weg, die Wahrheit und das Leben, egal, ob sie nun für Pfingstler oder Heiden, Börsenmakler oder Kommunisten spielen. Ich meine, du musst die Sendungen ein wenig nach Gehör machen, dich vorantasten. Eine gute Radiosendung soll wie ein Skisprung sein. Ein Skisprung, wo du auf dem obersten Absatz stehst und die Abfahrt nicht klar sehen kannst. Es ist diese Sehnsucht danach, auf ganz neue Weise loszuschweben, in der mein Arbeitsstolz liegt. Ein Arbeitsstolz, den Rebekka, meine Schwester, Dummheit nennt, wenn sie mich anruft und ausschimpft, weil ich zu viel arbeite.

Meine Eltern – Gott hab sie selig – waren auch nie sonderlich begeistert über meinen Beruf. Das heißt, sie betrachteten Radiomoderator kaum als Beruf. Sie hörten nie auf zu meckern, ich solle mir eine richtige Arbeit suchen, und ich weiß, dass Mutter zeit ihres Lebens für mich ein paar Minuten in ihrem Abendgebet reservierte. Einige zusätzliche Minuten, in denen sie innig dafür betete, dass ich bald erwachsen würde und mein Leben zu etwas anderem nutzte, als für andere Leute Platten aufzulegen. Wenn Besuch kam, prahlte sie immer mit meinem Bruder. Aber ehrlich gesagt weiß ich nicht, ob mein Bruder wirklich so viel erwachsener ist, ob er so viel mehr Erfolg hat, auf lange Sicht jedenfalls nicht. Ich nenne Peter immer den Knaben in der Blase oder den Knaben auf der Blase. Er befindet sich häufiger *zwischen z*wei Arbeitsplätzen als *an* einem Arbeitsplatz. Nachdem das letzte Dotcom-Abenteuer endete, hat er das zweitgrößte Haus in Skogli gemietet und ernährt sich jetzt mit dem Verkauf von aus Deutschland importierten Gebrauchtwagen. Jedes Mal, wenn ich ihn jetzt sehe, hat er sein Auto gewechselt. Eigentlich sollte unsere Schwester sich auch ihn vorknöpfen, ich glaube, er ist abends ebenso selten bei seiner Frau zu Hause wie ich.

Renates Eltern sind gestorben, als sie noch sehr jung war, und sie ist bei so vielen Pflegeeltern aufgewachsen, dass sie niemanden Mama und Papa nennt. Sie ist so oft umgezogen, dass ihr kein Ort wie ein Zuhause vorkam. Wir hatten deshalb nur eine kleine Hochzeit. Mir hätte es nichts ausgemacht, kirchlich zu heiraten, aber Renate meinte, das würde wie ein weiteres Radioprogramm werden, ein Auftritt vor einer Menge von Menschen, die ich nicht kannte. Eigentlich war das eine seltsame Behauptung, denn ich habe eine Schwester und einen Bruder, einige Vettern und Cousinen und zwei Onkel, aber ich dachte, Renate fände es vielleicht traurig, dass sie keine Familie vorweisen könnte. Dass sie gerade an diesem Tag nicht daran erinnert werden wollte, was ihr alles fehlte.

Aber das mit dem Radiopromi war wirklich übertrieben. Die Leute wären nicht in die Kirche geströmt, weil sie mich aus dem Radio kennen. Ich bekomme zwar oft Briefe von Hörern, die den Fernseher ausschalten, wenn eine Sendung von mir läuft, aber nur die wenigsten wissen, wie ich aussehe.

Jedenfalls heirateten Renate und ich standesamtlich. Vier Stunden darauf saßen wir im Flugzeug nach New York. Es wurde das schönste Weihnachtsfest, das ich je erlebt hatte. Renate auf der einen Seite und der Hudson auf der anderen. Ich war nie in einer kälteren Stadt gewesen, aber das schien die Versprechen, die wir einander soeben gegeben hatten, nur zu verstärken. Die Wolkenkratzer, die über uns aufragten, die Menschen, die zum Fest hin und vom Fest weg eilten, und Renate und ich wie zwei Einwanderer, die eine Pause einlegen, um Kraft zu sammeln, ehe sie ins Landesinnere weiterziehen.

Es war mein erster – und letzter – Besuch in den USA. Ich habe mich übrigens immer gefragt, warum New York

The Big Apple genannt wird. Ein schlechter Name. New York erinnert nun wirklich nicht an einen Apfel. Wenn wir schon von Essen reden wollen, dann erinnert diese Stadt wohl eher an ein Mandelhörnchen mitten auf einem Ameisenhaufen. Es gab wenig »Leise rieselt der Schnee« und »Jetzt brennen tausend Weihnachtskerzen«. Das heißt, wir standen wirklich händchenhaltend vor dem Weihnachtsbaum beim Rockefeller Center. Durch den Frosthauch unseres Atems sahen die funkelnden Lichter an der Tanne aus wie ein mitten im Sturz erstarrter Wasserfall. Neben dem Baum liefen Paare Hand in Hand Schlittschuh, und ich dachte, dass sie für uns tanzten. Für Renate und mich. Für den Anfang vom Rest unseres gemeinsamen Lebens.

Danach fröstelten wir uns zurück ins Hotel. Der Wind heulte durch die 42nd Street und peitschte uns Tränen in die Augen, als durchquerten wir eine Felsschlucht, während die Schneeflocken uns entgegenwirbelten wie Konfetti. Das Weihnachtsmahl nahmen wir in einem schäbigen Diner zu uns, und plötzlich hatten wir das Gefühl, dass der Weg vom Rockefeller Center hierher uns durch einen ganzen Erdteil geführt und dass wir uns innerhalb einer Viertelstunde aus einem der reichsten Länder der Welt in ein Dritte-Welt-Land bewegt hätten. Vor dem Rockefeller Center hatten die Frauen ihre Fünfhundert-Dollar-Frisuren wie ein Diadem getragen, während behandschuhte Männer die Kragen ihrer Kaschmirmäntel hochklappten und ihre perfekten Gebisse zeigten, wann immer ein Fotograf um Erlaubnis bat, ein Bild zu machen. Im Diner dagegen schienen die meisten Gäste aus resignierter Verzweiflung Zuflucht gesucht zu haben, weil sie keinen anderen Ort hatten, wo sie sein konnten. Die Kellnerin trug rote Netzstrümpfe mit nur ganz wenigen Laufmaschen, und ihr Ausschnitt war so tief, dass es mir schwerfiel, mich auf die Speisekarte zu konzentrieren. An den Tischen um uns herum sah ich mehrere Männer, die ihren Kaffee mit etwas Hochprozentigem verdünnten, und gleich neben uns saß ein weinender Weihnachtsmann. Ich weiß nicht mehr genau, was wir gegessen haben, aber ich glaube, es war dort, wo wir mit einem trockenen BLT- Sandwich und einer Flasche Rotwein endeten, die ein wenig nach Terpentin schmeckte. Der Schnee sammelte sich vor dem Fenster, und wir saßen nebeneinander in der Nische, während unsere Hände ebenso oft unter dem Tisch waren wie darauf. Zum Nachtisch bestellten wir einige White Russians und waren am Ende beide ziemlich beschwipst. Ich weiß nicht mehr, wer auf die Idee gekommen war, aber am Ende kaufte ich dem Weihnachtsmann am Nachbartisch sein Kostüm ab. Als wir zurück ins Hotel gingen, hatte ich das Kostüm über meine Kleidung gezogen.

In unserem Zimmer zog ich die Halskette hervor, die ich unbemerkt von Renate in den Koffer geschmuggelt hatte.

»Ich hab auch was für dich«, sagte Renate, zog mich aus der Hose und fiel auf dem Boden auf die Knie. Ich fing an, die Knöpfe des Nikolausmantels zu öffnen, aber sie machte meinen Bewegungen ein Ende.

Draußen fiel der Schnee immer weiter, und ich versuchte, die Augen offen zu halten, um mich immer an diesen Augenblick zu erinnern. Renate Stein, Frau Thomas Stein, wie man in den alten Zeiten gesagt hätte, mit den kupferroten Haaren und der Marmorhaut, verhielt sich wie eine schnöde Straßenhure, und die Schönheit dieses Augenblickes werde ich in mir tragen, bis mein Körper im Boden verscharrt wird.

Danach konnte ich die Tränen nicht zurückhalten, und ich weiß, es ist nicht sehr männlich. Ich war nie einer, für den Frauen schwärmen. Das stimmt nicht ganz. Frauen schwärmen für meine Stimme, sie hören mich gern reden, aber wenn ich nicht auf Sendung bin, soll ich lieber die Klappe halten. Außerdem erwarten Frauen, dass ich privat ebenso witzig und locker bin wie im Radio. Sie haben nie begriffen, dass es viel leichter ist, zu tausend Menschen zu reden, die man nicht sieht, als von Angesicht zu Angesicht an einem Restauranttisch zu sitzen. Renate hatte mich nie im Radio gehört, als wir uns kennenlernten, und hatte keine Erwartungen daran, wie der Mann hinter der Stimme sein könnte. Ich konnte mit Renate ich selbst sein, ohne die ganze Zeit das Gefühl zu haben, auch privat den Mann vom Radio spielen zu müssen.

Und das trieb mir die Tränen in die Augen, an jenem Weihnachtsfest in New York, und als ich auf dem Boden zusammensank, hatte ich das Gefühl, die Schneeflocken hätten mich über die Stadt gehoben. Ich konnte sehen, wie King Kong da oben am Empire State Building nach den Flugzeugen schlug. Das Chrysler Building sah im Schneegestöber noch mehr aus wie eine silbern schimmernde Rakete. Ich sah den Bruder meines Urgroßvaters, wie er auf Ellis Island seine Schirmmütze abnahm und wie ein Pferd vor dem Arzt den Mund öffnen musste, ehe er Amerika betreten durfte. Ich sah die Freiheitsstatue, die mich ihrerseits anstarrte, ohne mit der Wimper zu zucken, eingehüllt in einen weißen Umhang aus Schnee. Und ich schwebte immer weiter, während der Hudson unter mir wie ein bodenloser Schlund klaffte und der Schnee fiel.

Dieses Jahr habe ich für Renate als Weihnachtsgeschenk eine Reise gekauft. Wir fahren am ersten Feiertag. Die Tickets habe ich in eine alte CD-Hülle von Blondie gesteckt und im Handschuhfach des Autos versteckt, zusammen mit meinem Pass, der jetzt endlich verlängert worden ist.

Renate und ich streiten uns selten, aber wenn sie sich ärgert, dann wirft sie mir vor, einer zu sein, der im Stande ist, das Pferd erst zu satteln und dann über Nacht im Stall stehen zu lassen, ehe er endlich aufbricht. Renate mag Recht haben, aber jetzt werde ich spontaner werden. Dieses Ticket ist der erste Schritt, und ich weiß schon, wie mein Neujahrsvorsatz aussehen wird. Nicht, dass ich das Radio satthätte, aber es wird abends oft so spät. Wenn andere Paare am Esstisch sitzen und einander über ihren Tag erzählen, hat meiner eigentlich noch gar nicht angefangen.

Aber in diesem Jahr wird das anders. Jetzt werden wir einen neuen Anfang machen, und diesmal werde ich nicht mehrere Jahre vergehen lassen, bis wir in die Stadt zurückkehren, in der John Lennon gestorben ist. Ich dachte an ihn, als ich im Reisebüro die Tickets abgeholt habe, es war auf den Tag genau neunundzwanzig Jahre her. Deshalb kam ich mir alt vor. Entsetzlich alt. Ich stand damals zu Hause in Skogli in der Küche und schmierte mir ein Brot, würde wie immer zu spät in die Schule kommen, als ich die Meldung im Radio hörte. Zuerst bekam ich nur mit, dass ein Beatle ermordet worden war. Ich hoffte auf Paul McCartney, wusste aber instinktiv, dass es John Lennon sein musste. Als wir in New York waren, bat ich einen Obdachlosen, uns vor dem Dakota-Apartmenthaus zu fotografieren, wo Lennon erschossen worden war. In diesem Jahr werden wir wieder dort sein, und wenn ich jetzt daran denke, habe ich das Gefühl, dass wir schon dort stehen. Schulter an Schulter gegen den Abend und den eisigen Wind. Danach können wir in einem guten Restaurant essen, ehe wir ins Chelsea Hotel zurückkehren. Beim letzten Mal hatten sie dort kein Zimmer frei, aber diesmal habe ich früh genug angefragt. Cohen, Dylan, Joplin, Vicious und Kristofferson, sie waren alle dort, und ich freue mich auf Renates Gesicht, wenn ich ihr sage, wo wir wohnen werden.

Gestern habe ich den Weihnachtsbaum gefällt. Eigentlich machen Renate und ich das zusammen, Kaffee und Brötchen im Rucksack, und ich ziehe den Holzschlitten meines Vaters. Und wenn wir dann zusammen den Baum geholt haben, beginnt für mich Weihnachten, auch wenn ich oft noch eine Radiosendung vor mir habe. Aber gestern war Renate nicht in Form. Der Arzt hat gesagt, es liegt an ihrem Blutzucker, und oft, wenn ich abends nach Hause komme, ist sie schon im Bett. Ich hoffe, nach Weihnachten, wenn ich weniger arbeite, wird das besser. Wir können lange Spaziergänge am Baklengselv machen, können mit den Skiern nach Overgrenda laufen oder vielleicht auf dem Flyktningesee die Schlittschuhe testen. Ich merke, dass ich auch nicht gerade in Spitzenform bin, es rächt sich eben, dass ich bei meiner Arbeit viel sitze. Wenn es bergauf ging, hatte ich mehrmals das Gefühl, mich verschluckt zu haben, aber es war doch ein schönes Gefühl, mich auf dem Weg hinüber nach Dypedalen wie ein Langläufer abstoßen zu können.

Normalerweise brauchen Renate und ich lange, um einen Baum auszusuchen. Sie mag die kleinen, adretten, ich die hohen mit den dichten Zweigen. Gestern habe ich einfach den erstbesten genommen. Einen Baum, der garantiert eher meiner ist als ihrer. Als ich nach Hause kam, hoffte ich im tiefsten Herzen, Renate würde den ganzen Baum verwerfen und dann gesund genug für einen gemeinsamen Ausflug sein. Aber sie warf nur einen Blick auf die Tanne und sagte, das sei in Ordnung. Jetzt steht der Baum im Schuppen, zusammen mit der Axt, deren Schaft ich abgebrochen habe, als ich bei dem Versuch, eine Kiefernwurzel zu entfernen, einen

Stein getroffen habe. Kiefer gibt immer so schöne Wärme. Wenn wir zwei zusammen am Ofen sitzen und ich die Augen schließe, scheint das Knistern des Feuers fast zu einem Echo des Windes zu werden, der durch den Canyon der 42nd Street fauchte.

Obwohl wir in diesem Jahr den Baum nicht gemeinsam ausgesucht haben, werden wir ihn gemeinsam schmücken. Ich merke, dass ich bei dem bloßen Gedanken daran schon gute Laune bekomme, als ich vor dem Sender halte. Die Lichter des Baumes vor der Tür wogen leicht im Wind, und ich höre aus dem Haus Musik. Ich hoffe, dass jetzt nur der Techniker im Studio ist. Der Redakteur war sauer, als ich bat, die Sendung vorher aufnehmen zu dürfen, und brachte wie üblich einen langen Sermon darüber, wie er damals beim Norwegischen Rundfunk gearbeitet hat. Diesmal hatte ich keinen Nerv, mit der Mütze in der Hand dazustehen, aber ich sagte, ich müsste an unseren Hochzeitstag denken und hätte doch noch nie darum gebeten, die Sendung vorher aufzeichnen zu dürfen. Es gibt im Leben Dinge, die wichtiger sind als Radio.

Ich habe Glück. Im Studio sitzt nur Aslak. Er serviert Rotweinpunsch und Pfefferkuchen und gratuliert mir zum Hochzeitstag. Fragt, ob ich Renate Kaffee ans Bett gebracht habe. Ich schüttele den Kopf, sage, ich hätte so getan, als hätte ich den Tag vergessen, und die Überraschung werde nur umso größer sein, wenn ich zur Tür hereinkomme, sowie meine Radiosendung angefangen hat.

»Du hast Mut oder bist verrückt oder vielleicht beides«, sagt er und macht eine vage Handbewegung.

Ich lächele nur und sage, er könne doch später am Abend vorbeischauen. Er war ja immerhin mein Trauzeuge.

»Fröhliche Weihnachten euch dort draußen im Radioland«, sage ich, als die Lampe nach dem eingespielten Intro rot aufleuchtet. Dann plaudere ich ein wenig über Dinge, die die Zuhörer erwarten, streife die Wahl der besten Weihnachtssingle aller Zeiten in England und zähle auf, welche Künstler an diesem Tag geboren worden sind, ehe ich das erste Lied ansage.

»Heute ist der Tag vor Heiligabend«, sage ich. »Und ich würde gern mit dem schönsten Weihnachtslied anfangen, das ich kenne. Ein Choral mit heftigem Schlagzeug und jeder Menge E-Gitarre.«

Ich weiß nicht, wie oft ich dieses Lied schon gespielt habe, aber wie immer muss ich einfach zuhören. Kein Text drückt besser das aus, was zwischen Mann und Frau schwer zu sagen ist, als »Bald werden die Engel landen«. Nach diesem Lied erwähne ich kurz Alf Prøysen und erzähle von dem fast religiösen Erlebnis, das ich hatte, als ich mir sein Lied für den Heiligabend erstmals wirklich angehört habe.

»In zwei Minuten und zweiundfünfzig Sekunden inklusive Instrumentalpartie konnte er das ganze Weihnachtsevangelium vorführen. Das ist große Kunst«, sage ich und gebe Aslak ein Zeichen, »Silent Night« von Tom Waits aufzulegen, dann aber überlege ich mir die Sache anders, sowie das Lied eingesetzt hat.

»Sorry«, sage ich. »Diese beiden Stücke lassen sich einfach nicht übertreffen. Wir müssen Waits später machen. Wir machen ihn ganz am Ende.«

Aslak schüttelt den Kopf und hält das Lied an.

»Gut, dass wir nicht auf Sendung sind«, sagt er.

»Tut mir leid. Aber ich kann einfach nicht so geistesgegenwärtig sein, wenn wir die Sendung aufnehmen«, sage ich und schiebe die Pogues und »Fairytale of New York« auf der Liste nach oben. Bei diesem Stück will ich Renate die Tickets überreichen. Ich habe sogar ein Nikolauskostüm gekauft, das jetzt hinten im Auto liegt.

Der Rest der Sendung macht keine Probleme, wir brauchen das Band nicht wieder anzuhalten, und niemand wird bemerken, dass meine Sendung heute Abend nicht live ausgestrahlt wird.

Bis Sendebeginn sind es noch zwei Stunden, deshalb schaue ich im Einkaufszentrum vorbei, um Rosen zu kaufen und einige Hundertkronenscheine in den Sammeltopf der Heilsarmee zu werfen. Aus einem Impuls heraus mache ich einen Abstecher in einen Spielwarenladen und finde einen ferngesteuerten 1967er Chevrolet Corvette. Das Auto ist wie geschaffen für meinen Neffen, damit er begreift, dass es eine coolere Alternative zu diesen deutschen Konservenbüchsen gibt, für die sein Vater schwärmt. Eigentlich habe ich schon alle Geschenke, aber der Chevrolet ist um die Hälfte reduziert, deshalb rufe ich Peter an, um mich zu erkundigen. Er ist im Büro und erledigt Rechnungen, aber seine Frau sagt, ihr Sohn besitze bereits zwei ferngesteuerte Autos. Ich bedanke mich für die Auskunft und sage, dass wir uns ja morgen sehen werden. Denke, dass ich ja auch einige weitere CDs in den Geschenketopf meines Neffen legen kann. Dann trinke ich zwei Tassen Cappuccino, esse aber nur einen Donut mit Schokoüberzug. Ich darf mir ja nicht den Appetit verderben, ehe ich zu der Cateringfirma fahre, um das bestellte Essen abzuholen. Die leckerste Mahlzeit, die Renate und ich in New York verzehrt haben, war Jambalaya in einem kreolischen Restaurant, und ich bin sehr gespannt, wie das schmecken wird, was ich heute bestellt habe. Vor dem Haus der Cateringfirma ziehe ich das Nikolauskostüm an und versuche, mir Renates Gesicht vorzustellen, wenn sie mich sieht.

Ich kann meinen Herzschlag in den Schläfen spüren, wenn ich daran denke, wie ich zuletzt für sie den Weihnachtsmann gespielt habe.

Als ich ins Auto steige, verspüre ich das Ziehen im Zwerchfell wie immer, wenn ich zu lange nichts gegessen habe. So war es bei den ersten Malen, wenn ich Renate besuchen wollte und nicht wusste, ob sie zu Hause war oder ob sie sich überhaupt freuen würde, mich zu sehen. Jetzt weiß ich, dass sie zu Hause ist, aber ich frage mich, ob Axel nicht vielleicht Recht gehabt hat. Vielleicht war es doch ganz schön waghalsig zu tun, als ob ich unseren Hochzeitstag vergessen hätte. Zugleich soll man doch Mut beweisen. Laut spielen, um die Aufmerksamkeit zu erhalten. Wie eine Band, die ihr bekanntestes Lied für die Zugabe aufbewahrt, ohne zu wissen, ob eine verlangt werden wird.

Bisher hat es in diesem Winter nicht viel geschneit, die Hügel um Skogli wirken wie gehüllt in ein abgenutztes altes Schaffell, wo die Haare in großen Büscheln ausfallen und die Haut hindurchschaut, grau und fahl. Der Baklengselv, der sonst wie eine frischangestrichene Kirchenwand leuchtet, ist voller Risse und Spalten, in denen die alte Farbe durchschlägt. Als ich auf der Steinbrücke halte und aus dem Pickup steige, sieht der Fluss im Licht der Autoscheinwerfer wie eisfrei aus. Ich trete einen Stein los und werfe ihn ins Wasser wie in einen Wunschbrunnen. Ich wünsche mir Schnee. Große dicke Schneeschichten. Schnee, der an den Hosenbeinen klebt und sich unter die Kleider stiehlt wie eine Erinnerung daran, dass alles geliehen ist. Renate und ich mit Schneetellern oder Skiern auf dem Weg nach Djupdalen. Oben am Hang, wo die Fuchsgänge den Boden aushöhlen, können wir ein Feuer machen und eine Weile wortlos sitzen bleiben, während der Kaffee im schwarzen Kessel blubbert. Sicher haben wir so etwas seit mindestens drei Jahren nicht mehr gemacht.

Ich schaue auf die Uhr. Einen Moment glaube ich, sie sei stehengeblieben. Warten konnte ich noch nie, aber es ist wichtig, nichts zu übereilen. Die ganze Überraschung liegt darin, dass ich mein Eintreffen so timen kann, dass Renate hört, wie ich die Sendung ansage, ehe die Türklingel geht. Ich setze mich wieder ins Auto, ich kann auch hinter der Garage warten. Außerdem wird es seine Zeit brauchen, den Chor ins Auto zu laden, auch wenn meine Schwester versprochen hat, bereit zu stehen, wenn ich komme.

Unten beim Bahnhof biege ich bei der ersten Auffahrt nach rechts ab und sehe Rebekkas Mercedes vor Ingrid Hemingbys Haus stehen. Ihr Sohn Jørgen, meine Zwillingsnichten und noch zwei Geschwister, deren Namen ich mir nicht gemerkt habe, bilden den kleinen Chor, der für Renate Weihnachtslieder singen soll, wenn ich bei ihr klingele.

Das Quintett kommt aus dem Haus, noch ehe ich die Wagentür geöffnet habe. Sie tragen die gleichen Kittel wie der ganze Chor bei den von Rebekka organisierten Auftritten. Jetzt hat jedes Kind sich noch dazu eine rote Nikolausmütze aufgesetzt. Sie erinnern an die Sänger, die in Brooklyn von Haus zu Haus zogen, als Renate und ich dort spazieren gingen.

»Danke, das weiß ich wirklich zu schätzen«, sage ich zu Ingrid und Rebekka, als ich für die Kinder die Türen aufhalte.

»Herzlichen Glückwunsch zum fünften Hochzeitstag, wer hätte das gedacht«, sagt Rebekka, und ein strahlendes Lächeln lässt ihr Gesicht noch runder werden.

Wenn ich sonst Jenny, Janne und ihre Freundinnen nach Theaterproben oder vom Handballtraining abhole, gackern sie mir Migräne in den Kopf. Jetzt aber sagt keines der Kinder etwas, und im Auto macht sich eine feierliche Stimmung breit. Ich drehe das Radio leise an, während wir langsam durch Skogli gleiten. Obwohl sich vor den Einfahrten keine Schneewehen auftürmen, ist das ganze Dorf geradezu weihnachtstrunken. Vielleicht hat die schüttere weiße Decke die Leute zum Übertreiben veranlasst, oder vielleicht ist es sonst der Schnee, der für die Weihnachtsruhe sorgt. Jetzt sind die Bäume, die die Leute in den Gärten geschmückt haben, mehr oder weniger schneefrei, und der Wind zerrt an den Lichterketten. Für einige Herzschläge bin ich wieder in New York, ich stehe oben auf einem Wolkenkratzer, während die Autoscheinwerfer der Straße unten mich anlocken wie eine Motte. Plötzlich bin ich sicher, dass es im Laufe des Abends schneien wird.

In der Busnische gleich vor der Einfahrt zu unserem Haus steht ein riesiger SUV. Sicher jemand, der einen Weihnachtsbaum stehlen will, und ich denke, dass es einfach nicht richtig ist, dass Renate und ich in diesem Jahr nicht zusammen im Wald waren. Vielleicht werde ich morgen noch einen Ausflug vorschlagen. Sagen, dass ich den Baum, den ich selbst geholt habe, nicht leiden kann.

Ich halte beim Briefkasten an, würge die Lichter ab und drehe das Radio lauter. Die Sendung vor meiner geht dem Ende entgegen, der Moderator wünscht noch einen schönen Abend und kündigt das letzte Lied an. Ich werfe einen Blick zum Haus hoch. Zuerst glaube ich, dass Renate schon schlafen gegangen ist, aber dann fällt mir auf, dass auch im Wohnzimmer Licht brennt. Die bleiche, flackernde Glut verrät, dass sie Kerzen angezündet hat.

»Okay, Kinder, fertig zum Konzert?«, frage ich, zwinkere

Jenny, die neben mir sitzt, zu und drehe mich zu den anderen um.

»Singt unser Onkel mit?«, fragt Janne.

»Ich? Nein, ich wollte eigentlich nicht singen, ich will hinter euch stehen und Tante Renate das Geschenk geben, wenn ihr mit dem ersten Lied fertig seid«, sage ich und lächele.

»Nein, nicht du«, sagt Janne und spitzt den Mund wie immer, wenn sie etwas erklären muss. »Ich meine Onkel Peter.«

»Wie kommst du denn auf den?«, frage ich und merke, wie die Haut in meinem Gesicht heiß wird, während das plötzliche Rauschen des Blutes mir die Ohren verstopft.

»Sein Auto steht doch da auf der Straße«, sagt sie und zeigt über meine Schulter.

Ich weiß nicht, was ich sagen soll, oder wie ich es sagen soll. Meine Herzschläge sind so hohl, dass sie von irgendwo unter mir herzukommen scheinen. Obwohl ich sitze, kann ich mich kaum festhalten.

»Er war vorhin bei uns in Kongsvinger«, erklärt Janne jetzt.

»Vielleicht ist es nur ein ähnliches Auto«, sage ich.

»Ich kenne die Buchstaben und die Zahlen auf dem Überführungsschild noch«, sagt sie.

Ich drehe mich langsam zum Haus um und bin sicher, dass die Kinder meinen Nacken knacken hören können. Das Licht des Schlafzimmers wird durch die roten Gardinen gefiltert, und die Fenstersprossen teilen das Glas in gleich große Vierecke ein – wie die Türchen in einem Adventskalender. Als ich klein war, habe ich das letzte Türchen immer erst aufgemacht, nachdem wir in der Kirche gewesen waren.

»Nein«, sage ich und muss meinen Hals erst ein wenig frei schlucken, ehe ich weiterspreche: »Onkel Peter singt nicht mit. Der hackt nur einen Weihnachtsbaum.«

»Im Dunkeln?«, fragt Jenny.

»Ja«, sage ich. Im Radio kommt jetzt die Werbung, die immer zwischen zwei Sendungen geschaltet wird. »Peter ist im Dunkeln immer schon viel besser zurechtgekommen als ich, aber jetzt müssen wir uns beeilen, wenn wir Tante Renate überraschen wollen.«

»Mit welchem Lied fangen wir denn an?«, fragt Janne, als alle fünf aus dem Auto gestiegen sind.

»Könnt ihr ›Weihnachtsabend im Wald‹?«, frage ich.

»Nein«, sagt Jenny. »Aber ›Zu Weihnachten freu ich mich so‹.«

»Das ist gut. Das ist ein schönes Lied«, sage ich und spüre, wie das unruhige Ziehen dem Gefühl weicht, das ich immer dann habe, wenn im Studio das rote Lämpchen aufleuchtet und ich mich über das Mikrofon beuge.

Jenny, Janne, Jørgen und die beiden anderen stellen sich im Halbkreis um mich auf, als wäre ich ein Fußballtrainer, der die letzten Anweisungen erteilt.

»Alles klar, dann klingelt ihr an der Tür und macht weiter, bis Tante Renate öffnet. Und dann singt ihr, und wenn das erste Lied zu Ende ist, komme ich dazu und gebe ihr das Geschenk.«

»Da wird sie sich aber freuen, Onkel«, sagt Jenny.

»Und wie«, fügt Janne hinzu.

»Ja, das glaube ich auch«, sage ich und setze mich wieder ins Auto, während sie zu meinem Haus hochgehen, zu unserem Haus, zu Renates Haus.

Ich ziehe mein Telefon hervor und wähle die Nummer meiner Schwester. Sie meldet sich beim dritten Klingeln.

»Was ist los, Thomas?«, fragt sie.

»Ich glaube, Renates Blutzucker ist total abgestürzt. Du musst sofort kommen. Ich weiß nicht, was ich tun soll«, brülle ich.

»Hast du schon einen Krankenwagen gerufen?«, schreit sie entsetzt.

»Hab ich noch nicht geschafft, jetzt muss ich feststellen, ob sie überhaupt noch atmet«, rufe ich und lege auf.

Ich löse die Handbremse und drücke auf die Kupplung. Als das Auto lautlos rückwärts rollt, habe ich das Gefühl, die Kinder und das Haus, in dem ich gewohnt habe, durch das falsche Ende eines Fernglases anzustarren.

Im Schutz der Garage drehe ich den Zündschlüssel um, und als ich den Wagen in Richtung Kongsvinger herumreiße, kann ich mich selbst sagen hören: »Fröhliche Weihnachten da draußen im Radioland, und zu allen, die es wirklich verdient haben, zu allen, die wirklich brav gewesen sind, kommt der Weihnachtsmann in diesem Jahr ganz früh.«

Austmarka

Meine Tochter schläft auf dem Boden des Pickup. Weiter
sind wir am 23. Dezember nicht gekommen. Bis Austmarka.
Meine Mutter hat immer gesagt, ihre Familie sei diesen Weg
gegangen, in umgekehrter Richtung, aus Savolax in Finnland.
Waldfinnen mit Schießgewehren. Einer schoss einen Bären,
der von einer norwegischen Jagdgesellschaft gehetzt wurde.
Zum Dank durfte er sich ein Stück des Tieres aussuchen. Die
Norweger boten ihm Stücke aus dem Rücken und den Oberschenkeln an, aber mein Stammvater – so hat meine Mutter
ihn genannt – nahm ein Stück aus dem Bauch, Die Stelle, wo
der Bär geschossen wurde, heißt noch immer so, Bärenbauch
eben. Eigentlich liegt meine ganze Familiengeschichte in dieser Erzählung. Wir – oder zumindest ich – waren immer
Bärentöter. Noch immer bleiben die Orte, an denen wir gewohnt haben, wegen der Dinge in Erinnerung, die wir dort
getan haben. Wir waren nie die Art Mensch, die kehrtmacht
und wegrennt oder sich hinlegt und totstellt, wenn der Bär
kommt.

Bis jetzt jedenfalls nicht.

Ich brauche Zeit zum Denken, das sage ich mir. Ich brau-
che Zeit zum Denken, und ich wollte über die Grenze nach
Schweden fahren. Aber was wäre damit gewonnen? Nichts.
Es wäre nur eine weitere Grenze zwischen uns.

Mein Kaffee ist kaum mehr lau, aber das Wasser hat das Pulver doch noch auflösen können. Natürlich konnte ich bei unserem Aufbruch den Gaskocher nicht finden, und die Thermoskanne hat sich über Nacht nicht sonderlich warm gehalten. Aber es geht schon, es ist braun. Es schmeckt nach Koffein. Mein Körper braucht es.

Zweihundertundacht Meter über dem Meer, steht auf dem Schild am See. Sara und ich waren gestern Abend rudern. Ich war davon ausgegangen, dass der Jagd- und Angelverein das Boot für den Winter hereingeholt hätte, aber sie hatten es nur an Land gezogen. Wir sind fast um den ganzen See gerudert. Der ist nicht sonderlich groß und nur zwölf Meter tief. Letzteres sorgt dafür, dass ich mir ziemlich verantwortungsvoll vorkomme. Ich setze meine Tochter keiner Gefahr aus. Zwölf Meter sind natürlich genug, um ohne Rettungsweste zu ertrinken, aber ich bin die ganze Zeit dicht am Ufer geblieben. Wenn wir gekentert wären, hätte ich problemlos mit ihr an Land schwimmen können. Das alles hatte ich mir genau überlegt. Es muss ein mildernder Umstand sein. Ich habe immer versucht, das Beste für Sara zu tun, und als sie das Boot erst gesehen hatte, war sie nicht zu halten. Eine unserer schönsten Touren, seit Iselin gegangen ist, war im Herbst, als wir das Kanu des Nachbarsjungen geliehen hatten.

Ich bin steif und wie gerädert. Der Sitz im Pickup ist gerade so lang, dass ich mich ausstrecken kann, aber ich habe die ganze Nacht in derselben Stellung gelegen. Mehrmals hätte ich fast den Motor angelassen, aber ich wollte Sara nicht wecken, sie schlief in ihrem Winterschlafsack so tief. Ich hatte nur meinen normalen Schlafsack, den ich schon seit der siebten Klasse benutze. Das Kunstleder des Sitzes war eiskalt, und immer wieder wurde ich davon geweckt, dass ich mit den Zähnen klapperte. Eigentlich müsste ich etwas aushalten können, aber die Abhärtung von Generation zu Generation scheint bei mir eine Runde ausgesetzt zu haben. Holzfällen bis zum Bauch im Schnee, sich im Winter mit gewilderten Tieren nach Hause kämpfen, lange Tage, das alles müsste doch wie Startgas durch meine Adern fließen. Aber als ich aufwachte, war mein einer Knöchel vor Gicht ganz steif. Ich versuche jetzt seit einer halben Stunde, ihn beweglicher zu machen. Langsam helfen meine Übungen ein wenig, aber als ich zum Pinkeln hinter der Holzbude war, zog ich mein Bein hinter mir her wie mein Vater ganz am Ende.

Gestern haben wir uns in der Holzbude schlafen gelegt. Die steht gleich am Ufer. Sara meinte, das würde ungeheuer gemütlich werden. Allein das ließ mir schon die Tränen in die Augen steigen. Es erfüllte mich mit einer Art Hoffnung, von der ich nicht geglaubt hätte, dass ich sie noch verspüren könnte. Etwas von dem Gefühl von früher, als sie uns drei zusammen gezeichnet und unsere Namen darunter geschrieben hat, als sei das ein Vertrag, den sie für mich und ihre Mutter einging. Oder wie dann, wenn sie sich am frühen Morgen aus dem Haus schlich, um einen Brief für mich in den Kasten zu legen. Einen Brief, in dem sie fast alle ihre Filzstifte benutzt hatte, um zu schreiben, dass sie mich lieb hat.

Die Hütte hatte Lehmboden, drei lange Pritschen und in der Mitte eine Feuerstelle. In der Decke waren zwei Löcher, um den Rauch abziehen zu lassen, und nachdem wir Würstchen gegrillt hatten, erfand ich Geschichten über ihre Vorfahren, die genauso gesessen hatten. Ich sagte, wir seien ursprünglich Einwanderer gewesen.

»Wie Said?«, fragte Sara, und ich antwortete erst, als sie die Frage wiederholt hatte.

»Ja«, sagte ich. »Wie Said.«

Und ich musste über Prinzessinnen erzählen. Sara will immer Geschichten über Prinzessinnen hören, und alle meine Geschichten werden zu Variationen von Schneewittchen und Aschenputtel. Mit Hexen und bösen Stiefmüttern.

Als ich die Lampe ausschaltete und die große selige Müdigkeit sich langsam in meinem Körper verbreitete, konnte ich auf dem Boden ein Rascheln hören. Ich versuchte, den Pullover, den ich als Kissen benutzte, enger um meinen Kopf zu wickeln.

»Papa?«, fragte Sara.

»Mmm.«

»Warst du das?«

»Nein. Das war sicher nur etwas von den Bäumen, das aufs Dach gefallen ist. Tannenzapfen vielleicht.«

»Papa. Da ist was auf dem Boden.«

»Nicht doch, das hört sich nur so an. Schlaf jetzt.«

»Papa, und wenn das jetzt Ratten sind. Zombie-Ratten. Wenn die uns nun das Gehirn wegfressen, während wir schlafen?«

Ich hätte gern gewusst, woher sie solche Phantasien hatte. Im einen Moment will sie Märchen über Prinzessinnen hören, im nächsten scheinen Horrorfilme für sie Alltagskost zu sein. Wir haben schon lange nicht mehr zusammen einen Film über Pippi Langstrumpf oder die Brüder Löwenherz gesehen.

Dann hörte ich das Geräusch wieder, und diesmal war es ein wenig anders, trocken und knirschend wie ein Korken, der aus einer Flasche gezogen wird. Ich fischte die Taschenlampe aus dem Rucksack neben mir und ließ den Lichtstrahl unter Saras Pritsche über den Boden wandern. Zuerst dachte ich, es seien nur die Mooskissen, mit denen die Spalten in der

Wand abgedichtet worden waren, aber Moos kann sich nicht bewegen, jedenfalls nicht so schnell.

»Papa, was siehst du?«

Ihre Stimme klang jetzt wie früher, wenn sie mitten in der Nacht zu uns ins Bett kam. Immer muss ich an zerreißenden Stoff denken, wenn sie so spricht.

»Nichts. Da liegt nur Moos unter deiner Pritsche«, antwortete ich und hätte gern gewusst, ob das Licht der Lampe die Mäuse vertreiben könnte. Erst als ich das Licht ausgeknipst hatte, setzte das Rascheln wieder ein. Aber die Batterien waren fast leer, und wenn Sara nachts aufs Klo müsste, würde ich Licht brauchen. Ich könnte natürlich noch Holz auf die Feuerstelle legen, aber es war jetzt schon so heiß, dass meine Gesichtshaut mir rissig und wie Pergament vorkam. Also schaltete ich die Lampe aus und musste sofort an eine Geschichte denken, die mein Großvater gern erzählt hatte. Eine von vielen. Es ging um ein Mädchen, das hier aus dem Wald kam. Eines Nachts musste es einmal ganz dringend und ging aus dem Haus. Es hielt ein langes Schwefelholz in der Hand und nahm es in den Mund, als es in die Hocke ging und die Röcke hob. Ich kann noch immer die schwimmende Bewegung vor mir sehen, die mein Großvater mit der rechten Hand machte, um zu zeigen, wie das Schwefelholz weiterhin in der Dunkelheit glühte, während der Böse Wolf das Mädchen wegtrug. Als einigermaßen aufgeweckter Mann von fünfunddreißig Jahren müsste ich über diese Geschichte lachen können. Ein Wolf, der ein Mädchen in Saras Alter im Maul trägt, eine alte Geschichte, die Kindern Angst machen sollte. Nur drängten sich nun Zeitungsartikel aus neuerer Zeit in meine Gedanken. Schwedische Elchjäger, die nachts pinkeln müssen und von Bären getötet und in den Wald gezerrt werden.

Ich streckte mich wieder auf der Pritsche aus, versuchte, eine gute Schlafstellung zu finden, aber nun raschelte es direkt unter mir. Bären und Wölfe sind schlimm genug, aber ich wollte mich und Sara wirklich nicht aus dem Schlaf schreien, weil eine Maus über mein Gesicht rannte.

»Wir legen uns in den Wagen«, entschied ich und schaltete die Taschenlampe ein.

»Ja, lass uns das tun, Papa«, sagte Sara, und als wir die Gummimatte und ihren Schlafsack ins Auto getragen hatten: »Ich weiß, das hier wird gemütlich.«

Ich legte die Gummimatte hinter die Scheibenwischer an der Windschutzscheibe, damit niemand hereinschauen konnte und um die Nacht ein wenig länger festzuhalten. Dann schloss ich die Türen ab und gab vor, müde zu sein.

»Papa, jetzt ist das genau wie in einem Wohnwagen«, sagte Sara. Und dann, nach kurzem Nachdenken: »Oder nicht wie im Wohnwagen, im Wohnmobil. Ich war doch noch nie in einem Wohnmobil.«

»Jetzt schon«, sagte ich. »Sara und Papa im Wohnmobil. Sara und Papa in den Ferien.«

Über dem Wald wird es ein wenig heller, und der neue Tag blinzelt mir unter langen verschlafenen Wimpern zu. Ich friere und ziehe die Jacke enger um mich zusammen. Als kleiner Junge dachte ich, der Winter würde im Frühjahr auf unserem Dachboden eingesperrt. Der Dachboden war nicht isoliert, und wenn ich mich im Spätherbst hochschlich, kam mir ein eiskalter, eingesperrter Durchzug entgegen, der mir fast den Atem verschlug. Heute ist die Tür zum Winter sperrangelweit aufgerissen.

Ich schaue in den Pickup. Sara hat solche Ähnlichkeit mit ihrer Mutter, wenn sie schläft. Liegt auf dem Bauch und hat beide Arme unter die Brust gezogen, als sei sie mitten in einem Gebet eingeschlafen. Es kam vor, dass ich auch lange schlafen konnte. Es kam vor, dass ich nicht mit diesem Gefühl zu fallen aufwachte.

Drei meiner Finger sind bis zum ersten Gelenk hinunter weiß, als ich den Riegel der Tür zur Hütte hochhebe. Das Raynaud-Syndrom, so hat es der Rheumatologe genannt. Die eleganteste Bezeichnung, die jemals auf mich angewendet worden ist. Mein Vater mit seinen Holzfällerfäusten hat es niemals anders genannt als Leichenfinger.

In der Hütte ist es immer noch ein bisschen warm, so warm, dass sich mein Atem nicht weiß färbt, als ich die Tür hinter mir zuziehe. Während ich mich nach dem Holz bücke, sehe ich die Maus, die auf einem Stein an der Feuerstelle sitzt. Sie sitzt ganz ruhig da, wie um sich die Füße zu wärmen. Ehe ich es richtig begreife, knallt die Bratpfanne so hart auf den Stein, dass mein Ellbogen einen elektrischen Stoß abbekommt. Der Schwanz der Maus zuckt noch zweimal, dann hängt er schlaff nach unten wie ein Schlips. Mir ist immer noch schlecht, als ich die Überreste der Maus kurz darauf im See versenke.

Es ist ein flacher Tag. Die Wolken sind auf den Wald gedrückt, und das Wasser sieht aus wie ein graublauer alter Holzboden voller Risse im Anstrich. Als wir gestern Abend in der Dämmerung rudern waren, wurde der Wind von den Bäumen gefiltert und brachte den Geruch von frischgefälltem Holz mit sich, den ich seit vielen Jahren nicht mehr wahrgenommen habe. Ich weiß auch nicht, wann ich zuletzt diese Stille gehört habe. Manche behaupten, sie gingen der Ruhe wegen in den Wald, aber hier wird es niemals ganz still. Draußen auf dem See rauschten die Baumwipfel die ganze Zeit wie damals, wenn zu Hause der Zug vorüberfuhr.

Ich stapele in der Feuerstelle einige Kiefernscheite aufeinander und schiebe Zeitungspapier dazwischen. Meine Hände zittern ein wenig, als ich das Papier mit dem Feuerzeug anzünde. In der Dunkelheit gestern Abend brauchte ich mir keine Sorgen darüber zu machen, ob jemand den Rauch sehen würde. Ich sage mir, dass es auch heute kein Problem sein wird. Das Holz hatte Jahre Zeit zum Trocknen. Es wird keine Rauchsäule geben, die über der Bude gen Himmel zeigt. Und es spielt ja auch keine Rolle. Ich muss es für Sara warm machen.

Ich hole Wasser mit dem kleinen Kaffeekessel und hänge ihn an den Haken aus Strahldraht, der von der Decke hängt. In der Bude riecht es nach Rauch, und das Dach um die Abzugslöcher ist pechschwarz. Als ich klein war, war ich mit meiner Klasse auf einem Schulausflug im Museum für Forstwirtschaft. Dort gab es auch etliche alte Häuser aus der Gegend weiter oben im Tal. Eines von ihnen hat mich damals besonders beeindruckt. Der Museumsführer erzählte, dass bei einem kräftigen Gewitter der Mann im Haus aus dem Fenster geschaut hatte, als soeben draußen der Blitz einschlug. Sein Gesicht wurde für immer auf das Glas gebannt, wie das Negativ einer Fotografie. Der Museumsführer erklärte, wir müssten in einem besonderen Winkel stehen, um das Gesicht klar zu sehen, und ich war der Einzige in der Klasse, dem das gelang. Ich bildete mir ein, die Angst in den Augen des Mannes zu ahnen, als der Blitz den Tag in Fetzen riss. Wenn ich jetzt die Augen schließe, kann ich noch immer das Gesicht vor mir sehen, und ich frage mich, ob auf dieselbe Weise auch von mir und Sara an diesen Holzwänden etwas übrig bleiben wird.

Ich gehe zum Wagen hinüber, öffne vorsichtig die Tür und streichele Saras Wange. Ihre Haut ist so warm und weich, und einen Moment lang sehne ich mich nach der Zeit, als wir zu dritt unter der Decke waren. Nach dem Gefühl, als Erster aufzuwachen und darauf zu warten, dass der Rest der Welt Gestalt annimmt. Sara, die mit Iselin wie zwei aneinandergeschmiegte Löffelchen dalag, sie atmeten immer abwechselnd auf eine seltsam synchrone Weise, als wäre der kleine Körper eine Pumpe, die Luft in den großen blies.

»Sara, bist du wach? Frühstück ist fertig«, sage ich.

Sie murmelt etwas in ihr Kissen, das ich nicht verstehe.

»Was?«

Sie dreht sich auf den Rücken, und ihr Lächeln klebt mich wieder zu einem ganzen Mann zusammen.

»Ich habe so gut geschlafen, Papa, und dann habe ich von Geschenken geträumt. Die Bäume tun mir leid.«

»Die Bäume tun dir leid?«, frage ich.

»Ja, weil wir die abhacken und sie im Zimmer verwelken müssen. Kriegen wir einen Baum?«

»Wenn du willst, aber wenn dir die Bäume leidtun, können wir vielleicht einen vor der Hütte schmücken?«

»Au ja.«

Sara klatscht in die Hände, wie wenn sie mich beim Fußball nachzuahmen versucht.

»Können wir auch Kerzen haben?«

Ich nicke.

»Warum musste Mama so plötzlich weg?«

Ich schlucke und streichele ihre Haare.

»Das hängt mit ihrer Arbeit zusammen.«

»Aber an Weihnachten arbeitet doch kein Mensch.«

»Doch, sicher«, sage ich. »An Weihnachten arbeiten sogar viele.«

236

»Komisch, dass sie nicht gesagt hat, dass du mich im Kindergarten abholst.«

»Das sollte eine Überraschung sein.«

»Das war es auch, eine schöne Überraschung. Aber, Papa?«

Ich nicke und klammere mich noch immer an ihr Lächeln.

»Warum können wir nicht bei dir zu Hause sein?«

»Ich dachte, wir könnten Weihnachten feiern wie Schneewittchen.«

»Schneewittchen?«

»Ja, Schneewittchen im Häuschen bei den Zwergen.«

»Ach, das wird lustig, Papa«, sagt sie und streckt über den Rand des Schlafsacks die Arme nach mir aus.

Ich schiebe die Arme zurück in die Wärme und hebe Sara auf wie ein Paket.

»Jetzt musst du dich anziehen, und dann frühstücken wir«, sage ich und trage sie in die Hütte.

Die Wärme hat sich richtig ausgebreitet, und ich packe Sara aus dem Schlafsack aus. Hole die neue Unterhose und die Socken, die ich gekauft habe. Ihre langen Haare haben über Nacht einige Nester bekommen, und sie wimmert, als ich versuche, sie mit meinem Kamm auszukämmen.

»Das ziept, Papa«, sagt sie und greift nach meiner Hand.

»Entschuldigung«, sage ich, setze gleich oberhalb der Kopfhaut an und zwinge den Kamm durch die Nester. Denke, dass es, Hand aufs Herz, nur eine Elternpflicht gibt, die Iselin besser beherrscht als ich: Saras Haare zu kämmen. Auch wenn ich versuche, ihre Haare sorgfältig und ordentlich zu kämmen, sieht Sara fast immer aus, als käme sie gerade aus dem Bett.

Ich leere den Inhalt des Kaffeekessels in eine alte Emailschüssel und hole vom See kaltes Wasser, damit sie sich beim

Waschen nicht verbrennt. Ich muss ein wenig suchen, ehe ich ganz unten im Rucksack die letzte Würstchenpackung finde, ich schlitze sie mit dem Wagenschlüssel auf und lege sechs Würstchen in die Pfanne.

»Gibt's Würstchen zum Frühstück?«, fragt Sara mit ihrer erwartungsvollen Stimme,

»Ja«, sage ich. »Würstchen zum Frühstück.«

»Mama gibt mir nie Würstchen zum Frühstück.«

Ich streichele eilig ihre Wange und lege die Würstchen auf einen Pappteller.

»Du musst dir vor dem Essen die Hände waschen. Mama sagt, ich muss mir vor dem Essen immer die Hände waschen.«

Ich nicke und friere auf dem Weg zum Wasser. Die Wolkendecke platzt jetzt, und ich bilde mir ein, es liegt ein etwas wärmerer Hauch in der Luft. In Richtung Kongsvinger kann ich Sonnenstreifen ahnen, aber das Wasser ist noch immer so kalt, dass es in die Finger beißt. In der Hütte muss ich mir die Hände über dem Feuer wärmen.

»Bist du wieder weiß?«, fragt Sara mit dem Mund voll Würstchen.

»Ein bisschen«, sage ich.

»Armer Papa, du bist immer so kalt«, sagt sie, kommt zu mir und nimmt meine Hände in ihre.

Der Pickup springt beim ersten Versuch an. Einige Sekunden sitze ich nur da und halte das Lenkrad fest, während ich in mir nach etwas suche, das mich stark genug macht, um in den ersten Gang zu schalten. Ich spiele mit dem Gedanken, meiner Tochter irgendeine Lüge aufzutischen, damit ich nicht in den Ort fahren muss, aber was für eine Art von Vater wäre ich dann? Meine eigene Schusseligkeit hat mich die Geschenke für Sara vergessen lassen, und ich kann sie am Heiligen Abend nicht ohne Geschenke dasitzen lassen. Außerdem denke ich, falls schon nach mir gefahndet wird, dann können sie nichts über das Auto gesagt haben. Ich habe es im Winter noch nie benutzt. Der Typ, bei dem ich den Stellplatz gemietet habe, wollte wissen, was ich um diese Jahreszeit mit dem Chevrolet wollte. Ich erzählte ihm von einem Superangebot fürs Lackieren, von einer Firma, die gerade nicht viel zu tun hat. Er fragte, ob das nicht bis zum Frühjahr Zeit hätte. Ich erklärte, dass es mich dann zehn Scheine extra kosten würde. Er sagte, es sei kein Winterauto, jedenfalls nicht mit den abgenutzten Sommerreifen. Ich sagte, das wisse ich, und ich wolle ja nur bis zur Lackierwerkstatt weiter im Wald fahren.

Gestern bin ich nur mit knapp über fünfzig in Richtung Austmarka gefahren, aber das hat schon gereicht, um in den Kurven zweimal fast vom Weg abzukommen. Ehe wir zum Laden fahren, hole ich hinter der Bude einige Steine und lege sie auf die Ladefläche. Der Ballast wird die Reifen zwar nicht verbessern, aber die Gefahr, auf dem vereisten Asphalt ins Schleudern zu geraten, ist geringer. »Papa, warum gibt es keinen richtigen Schnee? Ich will einen Schneemann bauen und mein Rodelbrett ausprobieren«, sagt Sara, und ihre Stimme wird schwächer, zum ersten Mal, seit ich ihr Rotkäppchen vorgelesen habe und ganz schnell den Abschnitt, wo der Wolf im Bett der Großmutter wartet, hinter mich bringen musste.

»Es wird bald schneien. Das verspreche ich dir«, sage ich und frage mich, warum hier im Wald nur Reif auf dem Boden liegt, während es in Kongsvinger und Skogli immerhin so viel Schnee gibt, dass man nicht im Kalender nachzusehen braucht, um zu wissen, dass Winter ist. Es ist so, als hätte ein Föhn den Schnee aus dem Wald gefegt, als habe die Landschaft hier drinnen nur trotzig mit den Schultern gezuckt und beschlossen, in diesem Jahr den Winter zu ignorieren. Plötzlich kann ich Großvaters Stimme in den Zeiten hören, wenn seine Füße ihn an den Häusern seiner Zechkumpane vorbei und in die erste Reihe in Eben Ezer trugen.

»Als am Amazonas der erste Baum gefällt wurde, als der erste Busch im Regenwald abgehackt wurde, hätten wir die Axt auch gegen uns richten und uns die Beine nehmen können, auf denen wir stehen.«

Ich denke, dass er vielleicht Recht hatte. Vielleicht hat die Natur ihre eigene Art des Protests gefunden, vielleicht will sie mit dem fehlenden Schnee sagen, dass wir sie schlecht behandelt haben. Herrgott, jetzt werde ich noch sentimental. Ich kann mir doch nicht das Leid der ganzen Welt auf die Schultern laden, ich habe an meinem eigenen genug zu tragen. Wie konnte ich nur Saras Geschenke vergessen? Als ich meine Kleider in die Tasche gestopft habe, habe ich noch an die Geschenke gedacht, aber als ich mich in den Pickup setzte, war alles wie weggeblasen. Jetzt liegen die Geschenke, für die ich bei zwei Kumpels Geld leihen musste, unter meinen Arbeitskleidern, die ganz hinten im Schrank Staub ansetzen. Ich werde sie ihr nach Weihnachten geben müssen. Ich hoffe, ich werde sie ihr nach Weihnachten noch geben dürfen.

»Papa, jetzt bist du wieder so komisch still«, sagt Sara und runzelt die Stirn auf eine Weise, die mich an ihre Mutter erinnert.

»Entschuldige. Ich habe nur an die Geschenke gedacht«, rutscht es mir heraus, und ich schalte das CD-Gerät ein.

»Jetzt habe ich eine Maus im Magen«, sagt Sara.

»Maus im Magen?«, frage ich und denke kurz an die Maus, die ich früher am Tag zu Wasser gelassen habe.

»Ja, wenn ich an Geschenke und Heiligabend denke,

dann ist das so, als ob jemand in meinem Magen herum-
nagt.«

»Das geht allen Kindern so«, sage ich.

»Papa, ist dir das auch so gegangen?«

Ich nicke, denn ich glaube, es stimmt. Einmal war auch
ich ein Kind, das sich auf den Heiligen Abend freute. Ich will
schon etwas darüber sagen, wie mein Bruder und ich auf den
Weihnachtsmann gewartet haben, als ich im Auto ein frem-
des Geräusch bemerke. Zuerst glaube ich, dass der Auspuff
ein Loch hat oder dass ein Ast am Hinterreifen festhängt,
aber dann begreife ich, dass das Geräusch von außen kommt.
Das unverkennbare Surren eines Hubschraubers, der sich nähert, setzt sich irgendwo in mir fest und treibt den Rhythmus
meines Herzens höher. Ich fahre an den Straßenrand, steuere
einige hohe Kiefern an und streife sie so dicht, dass der Seitenspiegel den einen Stamm berührt und die Zweige über das
Dach scharren.

»Warum hältst du? Was ist das für ein Krach?«, fragt Sara
und greift nach dem Sicherheitsgurt über ihrem Bauch.

»Sitzen bleiben«, sage ich, viel lauter, als ich das wollte,
und als ich ihren Gesichtsausdruck sehe, füge ich eilig hinzu:
»Ich dachte, mit dem Automotor stimmt etwas nicht, aber
das muss ein Hubschrauber sein.«

»Ein Hubschrauber?«, fragt Sara, beugt sich vor und schüttelt den Kopf. »Ich sehe nichts.«

»Der fliegt sicher zu hoch«, sage ich, aber das ist etwas, das
ich eher hoffe als wirklich glaube.

»Warum fliegt hier ein Hubschrauber?«, will Sara wissen.

»Vielleicht sucht der jemanden, der sich verirrt hat, oder
vielleicht ist jemand krank geworden«, antworte ich.

»Vielleicht ist das der Weihnachtsmann. Ich hab einen Film
gesehen, wo der Weihnachtsmann einen Hubschrauber hatte.«

»Ja«, sage ich, und mir gelingt ein Lächeln. »Wir wollen hoffen, dass es der Weihnachtsmann ist.«

Das Geräusch kommt näher, und ich klammere mich an den Gedanken, dass sie nicht uns suchen. Ich glaube nicht, dass Iselin weiß, dass ich das Auto noch habe. Offiziell habe ich es im vergangenen Herbst verkauft, habe es aber zurückgeholt, als das Geld einfach nicht kam. Aber es kann ja sein, dass der Typ mit dem Stellplatz über mich im Radio gehört hat, wenn solche Dinge denn in den Nachrichten kommen. Wenn es wirklich eine Nachricht ist, dass ein Vater den Heiligen Abend mit seiner Tochter verbringen will. Einen Moment bereue ich, Iselin keinen Zettel in den Briefkasten gelegt zu haben, aber nur einen Moment. Es gibt auf der ganzen Welt nicht so viele Buchstaben, dass sie mich verstehen könnte. Dann ändert der Hubschrauber seinen Kurs und fliegt in Richtung Schweden weiter. Aber das Geräusch scheint den Rest des Tages zu zerhacken, und die Teile rieseln auf mich herab wie die Stücke in einem Kaleidoskop. Nur, dass ich in einem Kaleidoskop noch nie so triste Farben gesehen habe.

»Wie schön, dass du das alte Auto genommen hast, Papa«, sagt Sara und hält ihren Teddy auf dem Schoß wie eine Handtasche.

»Ja, ich weiß, dass es dir gefällt«, sage ich und erwähne nicht, dass es jetzt mein einziges Auto ist.

»Krieg ich das noch immer?«, fragt sie jetzt.

»Was?«

»Du hast immer gesagt, dass ich es kriege, wenn ich den Führerschein mache, damit ich kein Reichei als Freund nehmen muss.«

»Weichei«, sage ich und lache. »Doch, Sara. Du kriegst dieses Auto, wenn du groß bist. Das kannst du dann als Tierärztin gut gebrauchen.«

»Ich will nicht mehr Tierärztin werden. Ich will zum Fernsehen.«

»Okay, dann kannst du mit dem Pickup zum Sender fahren.«

Sara nickt, und ihre beiden schwarzen Zöpfchen tanzen über ihre Schultern. Als sie klein war, hatte sie so ein rundes Gesicht. Eine Wassermelone mit Ohren. Jetzt ist das Babyhafte verschwunden. Ihr Gesicht ist schmaler geworden, die Haut sitzt straffer um den Schädel, und im nächsten Jahr kommt sie in die Schule. Zweimal habe ich geträumt, sie hätte sich einen Freund zugelegt. Es ist das einzige Mal, dass meine Träume nicht von etwas handeln, das gewesen ist oder das gewesen hätte sein müssen. Ich werfe einen Blick in den Rückspiegel und bin dankbar, weil ich keine Rauchsäule über der Bude sehen kann. Dann fahren wir weiter, ohne etwas zu sagen. Der gefrorene Kies knallt von unten gegen den Wagen, und ich habe Watte in den Ohren. Mehrere Häuser am Straßenrand sehen aus wie Pfefferkuchenhäuser, bei denen ein angetrunkener Konditor nicht am Zuckerguss gespart hat.

Als wir den Laden erreichen, halte ich hinter den Zapfsäulen der angeschlossenen Tankstelle. Das ist keine tolle Tarnung, aber wenigstens steht der Pickup nicht voll vor der Nase der Leute, die über die Straße fahren. Auf dem kleinen Parkplatz zähle ich sechs Autos. Alle mit Nummernschildern aus anderen Orten, aber trotzdem stößt es mir bitter auf. Die Nummernschilder verraten ja nicht mehr, wo jemand wirklich wohnt. Ich kurbele das Fenster ein wenig nach unten, als ob ich dann besser denken könnte. Sara greift nach der Schnalle des Sicherheitsgurtes, aber ich lege die Hand auf ihre.

»Kannst du mir einen Gefallen tun?«, frage ich, ziehe die

Mütze tief über die Augen und stopfe den Pferdeschwanz hinten hinein.

»Was denn?«

»Kannst du im Auto warten?«

Sara will schon etwas sagen, reißt sich dann aber zusammen.

»Du bist immer so spät dran, Papa«, sagt sie, und ein schlaues Lächeln breitet sich in ihrem Gesicht aus. Ich muss mich zwingen, das Zittern in meiner Stimme zu verbergen. Im vergangenen Jahr habe ich das Gefühl entwickelt, dass sie in Hundejahren wächst. Zweimal, wenn wir in den letzten Monaten telefoniert haben, hatte sie offenbar verstanden, dass sie mich trösten muss. Und ich frage mich, ist es wirklich so, dass ich, Morgan Svarttjernet, vom Leben so gebeutelt worden bin, dass sogar ein Kind, das noch nicht zur Schule geht, instinktiv merkt, dass es lieb zu mir sein muss?

»Ja, ich bin wohl ein bisschen spät dran«, sage ich. »Aber du hast doch deinen Zeichenblock bei dir. Kannst du nicht etwas Schönes für Oma malen?«

»Fahren wir zu Oma?«, fragt sie und strahlt.

»Heute nicht, aber bald«, sage ich und nehme die Brieftasche aus dem Handschuhfach, während ich mir verstohlen eine Sonnenbrille einstecke, die ich im Sommer am Badestrand gefunden habe.

Ich biege um die Ecke vor der Ladentür, bleibe stehen und zähle noch einmal mein Geld. Ich habe wirklich versucht, mich an viele Bibelworte zu halten, ohne dass es mir gelungen wäre, aber bei einigen ist genau das Gegenteil der Fall. Wie bei dem, dass man Gold und Reichtum nicht in Kästen sammeln soll.

Ich setze die Sonnenbrille auf, und eine Klingel ertönt, als ich die Tür aufdrücke. Die Frau hinter dem Tresen schaut

auf und lächelt, als ich hereinkomme. Die zu enge Nikolausmütze presst ihre Stirn zu einem fragenden Ausdruck zusammen.

»Fröhliche Weihnachten«, sagt sie mit singendem Tonfall.

»Fröhliche Weihnachten«, sage ich und stürze zwischen
zwei schützende Regale. Lege Frikadellen, Weihnachtswurst,
Kümmelkohl, Reispudding und Himbeersoße in den Korb.
Finde eine Packung Lametta, einige Papierengel und eine Girlande in den Farben der norwegischen Flagge. Zwischen den
CDs mit Akkordeonmusik und abgedankten schwedischen
Schlagerstars finde ich auch noch eine mit Kinderliedern.
Oben im Regal steht ein Hörbuch mit den bekanntesten
Märchen von Hans Christian Andersen: *Das hässliche Ent-
lein, Der standhafte Zinnsoldat* und *Das kleine Mädchen mit
den Schwefelhölzern.* Alles Geschichten, die ich Sara immer
wieder vorlesen muss. Die Sammlung besteht aus sechs CDs,
und wenn ich sie kaufen will, muss ich die meisten anderen Waren wieder zurücklegen. Ich schaue kurz auf und an
den Regalen vorbei und stecke mir Hans Christian Andersen vorn in die Hose. Dann lege ich noch einige Sticker, ein
Weihnachtsheft über ein Geschwisterpaar, das Weihnachten
rettet, in den Korb, am Ende kommt noch eine riesige Tüte
Teelichter hinzu. Ich habe die Kasse fast erreicht, als mir einfällt, dass ich die Geschenkaufkleber vergessen habe. Die en-
gelsförmigen sind doppelt so teuer wie die anderen, aber ich
nehme trotzdem eine Packung. Sara liebt Engel doch so, und
bis ich ausziehen musste, hatte sie drei über ihrem Bett hängen. Das hat sie vielleicht noch immer, aber ich war schon
lange nicht mehr in ihrem Zimmer.

Einen kleinen Moment verliere ich die Orientierung. Ver-
gesse, wo ich bin. Meine Mutter sagt, ich solle »gute« Gedanken denken. Ha. Gute Gedanken. Das klingt wie ein Zitat aus

Peter Pan, als wäre ich diese verdammte Tinkerbell. Trotzdem hat meine Mutter Recht, und es war auch nie so schwer, über Iselin Wik gute Gedanken zu denken. Es war weder ihre noch meine Schuld. Eigentlich glich unsere Beziehung ein wenig wie meiner englischen Lieblingsfußballmannschaft, die im vorigen Jahr aufgrund finanzieller Wirrungen die Spielzeit mit zwanzig Minuspunkten anfangen musste. Nur wurde für Iselin und mich jede Spielzeit so. Aber ich finde nicht, dass man einem Mann Vorwürfe machen kann, weil er Abkürzungen nimmt, um für seine Familie alles besser zu machen. Und ich gehe davon aus, dass man auch einer Frau nicht vorwerfen kann, dass sie ein Leben satthat, wo man alle Kurven im Voraus nehmen muss. Aber ich mache ihr Vorwürfe, weil sie versucht, mich im Leben unserer Tochter in Vergessenheit geraten zu lassen. Über den Weihnachtsbasar im Kindergarten habe ich erst zwei Tage später in der Zeitung gelesen. Den letzten Elternabend habe ich ebenfalls verpasst, und jetzt am Luzia-Fest sah ich den Umzug einer anderen Gruppe, weil Iselin am Vortag vergessen hatte, dass die älteren Kinder ihren Luzia-Umzug im Einkaufszentrum machen würden. Iselin behandelt mich wie einen russischen Dissidenten. Hießen die nicht so, die Leute, die, nachdem sie zur Sowjetzeit in Ungnade gefallen waren, plötzlich aus allen offiziellen Bildern wegretuschiert wurden? Iselin sagt, wir als Eltern müssten die ganze Zeit überlegen, was für Sara das Beste ist. Und für Iselin ist es offenbar das Beste für Sara, mich aus Saras Leben zu entfernen.

In den Herbstferien sollte meine Tochter zu mir kommen, aber dann wurde Iselin ein großartiges Angebot für eine Reise ans Mittelmeer gemacht. Natürlich kam es mir sofort egoistisch und armselig vor, dass ich meiner Tochter nur ein fast abbruchreifes Haus in Skogli und einen Reisefernseher zu bieten hatte, bei dem die Farben nur manchmal zu sehen sind. Jetzt vor Weihnachten war es wieder so. Iselin versuchte, wieder dieselben Knöpfe zu drücken. Sagte, ich müsste daran denken, was für Sara das Beste wäre, ich müsste vor allem auf sie Rücksicht nehmen.

Plötzlich merke ich, dass die Frau mit der zu engen Nikolausmütze gleich neben mir steht, und ich kann ihrem Lächeln entnehmen, dass sie etwas zu mir gesagt haben muss.

»Verzeihung«, sage ich.

»Ich habe gefragt, ob Sie finden, was Sie suchen«, wiederholt sie und lächelt mich an wie einen alten Bekannten.

»Ja, eigentlich schon«, sage ich. »Aber wo ist der Packtresen?«

»Der Packtresen?«, fragt sie.

»Ja, ich habe noch ein bisschen Kleinkram, den ich gern einwickeln lassen würde. Wir haben hier im Wald ein Ferienhaus gemietet, und ich habe blöderweise genau die Tüte mit den Geschenken zu Hause vergessen.«

»Wir haben keinen Packtresen. Das hier ist ja eigentlich ein Supermarkt«, sagt sie, aber noch bevor meine Körpersprache etwas Resigniertes annehmen kann, fügt sie hinzu: »Aber Papier haben wir ja. Schauen Sie. Ich kann Ihnen helfen.«

Drei lange Schritte, dann steht sie bei einem Korb mit Geschenkpapier und zieht eine Rolle heraus. Sie kommt auf mich zu und hält die Rolle dabei wie einen Degen.

»Jedes für sich?«, fragt sie, als ich die Waren auf das Rollband lege. Ich nicke, und mir fällt ein, dass ich für den Reispudding keine Mandel und kein Marzipanschwein als Preis habe. Das Schweinchen steht gleich bei der Kasse, aber Mandeln gibt es nicht einzeln, und deshalb fülle ich eine kleine Plastiktüte zur Hälfte. Eine ärmliche Mandel allein in der Tüte würde knauserig und verdächtig wirken. An der Kasse stehen jetzt zwei Frauen in meinem Alter. Ich schaue ihnen nicht ins Gesicht, als ich die letzten Waren auf das Rollband lege.

»Dann wäre alles verpackt«, sagt die Verkäuferin und wirft die Plastikfolie, in die das Geschenkpapier gewickelt war, in einen Papierkorb unter dem Tresen, ohne einen Preis einzugeben.

»Das haben Sie nicht angerechnet.«

»Es ist Weihnachten«, sagt sie und lächelt mich wieder auf eine Weise an, die mich wünschen lässt, ich wäre ein Mann, der selbstbewusst vor Frauen stehen kann.

Die Frauen hinter mir beklagen sich über den ausgebliebenen Schnee, während ich die Plastikfolie um die Geschenkaufkleber aufschlitze. Dann bitte ich um einen Kugelschreiber, schreibe »für Sara von Papa« und klebe die Zettel auf die Pakete.

»Darf es sonst noch etwas sein?«, fragt die Verkäuferin, als sie die Preise eingegeben hat, und nun fällt es mir ein. Ich habe auch die Nikolausmaske vergessen.

»Haben Sie Nikolaussachen?«

»Tut mir leid. Alles ausverkauft. Hatten Sie es beim Packen denn so eilig?«

Ehe ich antworten kann, fällt mir auf, dass die Frauen hinter mir nicht mehr über das Wetter reden.

»Es sind so viele Verrückte unterwegs«, sagt die eine.

»Ja, und nicht nur Ausländer entführen ihre Kinder. Ich hoffe nur, sie finden ihn, ehe alles mit einer Tragödie endet«, erwidert die andere.

Mein Mund wird plötzlich trocken, ich muss meine Hände zwingen, die Waren in die Plastiktüte zu legen, die die Verkäuferin mir gegeben hat.

»Ich hatte es nicht eilig«, sage ich mit tonloser Stimme,

klappe den Kragen meiner Jacke hoch und ziehe mir den Schal ein wenig fester um den Hals. »Aber ich hätte gern eine Nikolausmaske, die noch niemand gesehen hat. Ich habe nur die alte bei mir.«

Durch meine eigene Stimme höre ich die beiden Frauen etwas über Polizei und Zeitung sagen.

»Wo haben Sie und Ihre Tochter denn das Ferienhaus gemietet?«, fragt die Verkäuferin, und es wird still in der Schlange hinter mir. Ich packe weiter meine Einkäufe ein und bin ganz sicher, dass die beiden hinter mir die Adern in meiner Schläfe pochen sehen. Tochter? Ich habe Sara mit keinem Wort erwähnt.

»Ich habe keine Tochter, ich habe einen Sohn. Meine Frau und ich haben da oben ein Haus gemietet«, sage ich und bewege die rechte Hand so, dass ich auf jeden Fall zwei Himmelsrichtungen einbeziehen kann.

»Tut mir leid. Ich dachte, die Sticker wären für ein Mädchen. Meinen Sie Abborhøgda?«, fragt die Verkäuferin.

Ich nicke, reiße die restlichen Waren an mich und bezahle. Als ich zum Ausgang gehe, brauche ich mich nicht umzusehen, um zu wissen, dass sie hinter mir her starren, alle drei. Ich kann gerade noch die Hand auf die Türklinke legen, als die Verkäuferin hinter mir herruft. Ich drehe mich langsam um, erwarte Pfefferspray und lange Fingernägel.

»Könnte das helfen?«, fragt sie und zieht ihre Nikolausmütze aus.

Ich starre sie verständnislos an.

»Wenn Sie die hier über die Maske ziehen, sehen Sie jedenfalls anders aus«, sagt sie. Die beiden anderen Frauen mustern mich, als versuchten sie, sich zu erinnern, wo sie mich schon einmal gesehen haben. Ich schlucke und nehme mich zusammen.

»Ja, danke«, sage ich. »Ich glaube, die kann meinen Jungen hinters Licht führen. Was kostet die?«

»Nehmen Sie sie nur«, sagt die Verkäuferin. »Wir schließen in einer halben Stunde.«

»Hast du alles gekriegt?«, fragt Sara und schmiegt sich in meinen Arm, als wären wir ein normaler Vater und eine ganz normale Tochter, die es sich abends auf dem Sofa gemütlich machen.

Ich nicke nur.

»Jetzt freue ich mich auf Schneewittchen«, sagt Sara.

»Aber wir haben kein Fernsehen in der Hütte. Heute gibt es keine Disneyfilme«, erwidere ich.

»Ich meine nicht den Film, Papa. Aber du hast doch gesagt, wir haben Weihnachten wie Schneewittchen und die Zwerge in der Hütte.«

»Ach ja«, sage ich und merke, wie mein Gesicht sich zu einem Lächeln anspannt. »Das hatte ich ja total vergessen, aber heute Abend machen wir es wie Schneewittchen. Wirklich. Wie im Märchen.«

Auf dem Rückweg zur Bude schaue ich immer wieder in den Rückspiegel, aber wir werden nicht verfolgt. Als ich in den Wald abbiege, überkommt mich ein Gefühl, das ich abends oft habe. Wenn ich allein in meinem Haus in Skogli sitze und das Gefühl habe, dass jemand draußen in der Dunkelheit steht, jemand, den ich selbst nicht sehen kann, und mich beobachtet. Ich halte den Pickup am Straßenrand an und sage, ich müsste die Reifen überprüfen. Bücke mich und mustere den Weg, aber es ist unmöglich zu sehen, ob nach uns jemand über den gefrorenen Kies gefahren ist. Ich zertrete das Eis, das sich auf einer Pfütze gebildet hat, hebe ein Stück davon hoch und halte es wie ein gefrorenes Tuch an meine Stirn. Einen Moment lang sehe ich mein bleiches Gesicht unter dem Eis, die Augen wie zwei gefrorene Brombeeren, und einen Feuerwehrmann, der die Axt hebt, um meinen ertrunkenen Leichnam aus dem Eis zu hacken.

In der Hütte ist noch ein Rest Wärme vorhanden, ich stochere ein wenig Glut hervor und lege zwei Scheite auf die Feuerstätte. Es dauert noch einige Stunden, ehe ich mit dem Kochen anfangen kann, und ich versuche mich zu erinnern, was wir früher getan haben, um die Zeit bis zu den Geschenken herumzubringen. Meine Arme werden schwer und kraftlos. Wenn ich jetzt zu weit in die Zukunft denke, dann, fürchte ich, büße ich vollständig Willen und Fähigkeit zur Bewegung ein.

»Papa, wann kommt Mama nach Hause?« Sara klingt eher fragend als traurig.

»Bald«, sage ich und zwinge mich zum Aufstehen.

»Wann wohnst du wieder bei uns?«

»Nicht so bald, glaube ich, aber das heißt nicht, dass ich dich nicht mehr lieb hätte. Ich habe dich lieber als irgendeinen anderen Menschen auf der ganzen Welt.«

»Das ist viel, Papa.«

»Ja, das ist viel. Aber weißt du was? Jetzt machen wir im Wald einen Spaziergang, ehe wir mit dem Kochen anfangen. Wir können Indianer spielen.«

»Und Zwerge!«

»Das auch.«

Wir balancieren am Rand des gefrorenen Moores wie Indianer auf Kriegspfad, wir brechen Tannenzweige ab, die wir vor die Hütte legen können, um uns die Füße abzuwischen, wir schleichen über eine kleine Felskuppe und finden einen Fuchsbau, den Sara für die Höhle der Zwerge hält. Und dann muss ich Jäger, Chef, Brummbär, Schlafmütze, Happy, Hatschi und Pimpel nacheinander sein, während Schneewittchen nachsieht, ob ich mir die Ohren gut genug gewaschen habe, und mir die Jackentaschen voller Tannenzapfendiamanten stopft. Das Moos bricht unter unseren Füßen wie Blisterfolie, Windbruch und Findlinge machen das Vorankommen schwierig, aber wir steigen auf eine Anhöhe, von der aus wir über den ganzen See blicken können. Der Tag geht schon zur Neige, und der Himmel über Kongsvinger wirkt auf irgendeine Weise abgeblättert.

»Das sieht aus wie ein Bild, das keine Farben bekommen hat«, meint Sara und greift nach meiner Hand.

»Das stimmt.«

»Können wir wieder Indianer spielen?«

Mein Unterhemd klebt mir am Leib, und meine Herzschläge quietschen wie ungeölte Schubkarrenräder.

»Das tun wir doch«, sage ich.

»Wie meinst du das?«

»Weißt du noch, das Indianerbuch, aus dem ich dir so oft vorgelesen habe?«, frage ich.

Sara nickt.

»Die Indianer wollten immer gern oben auf den Hügeln sitzen und Ausblick haben.«

»Warum denn?«

»Dann hatten sie das Gefühl, den Dingen näher zu sein«, sage ich.

»Was denn für Dingen?«

»Gott und sich selbst.«

»Das ist eine komische Antwort.«

»Ja, tut mir leid. Sie haben einfach gern so dagesessen, denn dann konnten sie von weitem sehen, ob sie von anderen, bösen Indianern verfolgt wurden.«

»Gut, dass wir nicht von bösen Indianern verfolgt werden, Papa.«

»Ja«, sage ich. »Das ist sehr gut.«

Dann trage ich sie weiter nach unten, wie ich das schon zahllose Male gemacht habe. In ihren Alben hat Iselin sicher zwei Dutzend solcher Fotos von Sara und mir, und sie hat immer mit ihrer schönsten Schrift unter die Bilder geschrieben, wann und wo sie aufgenommen worden waren. Ich frage mich, was sie ins Album schreiben würde, wenn dieser Augenblick hier verewigt worden wäre.

Als wir wieder zur Hütte kommen, schicke ich Sara nach drinnen, während ich Holz hole, dann lege ich auch die Geschenke unter die kleine Tanne, die dicht vor der Wand steht. Einige Schritte in den Wald hinein platziere ich die Mütze, die der Weihnachtsmann vergessen haben muss, als er die Geschenke gebracht hat. Ich reiße die Tüte mit den Teelichtern auf und fange an, sie auf den Zweigen des Baumes zu verteilen. Es ist fast unmöglich, sie zu befestigen, aber es geht besser, wenn ich zuerst Wachs auf den Zweig tropfen lasse und die Teelichter dann hineindrücke.

»Sara, komm raus, dann zeige ich dir etwas, ehe wir essen«, rufe ich.

Keine Antwort.

»Sara«, mache ich noch einen Versuch, etwas lauter, aber es bleibt ganz still.

Ich reiße die Tür auf. Rauch schlägt mir entgegen, und einen kurzen entsetzlichen Moment glaube ich, ein Feuer sei ausgebrochen. Aber es ist nur der Luftzug von der Tür, der die Glut aufflackern lässt. Ich brauche einige Augenblicke, um klar sehen zu können und Sara zu entdecken, die auf ihrem Schlafsack sitzt und weint.

»Was ist los?«, frage ich, meine Beine geben unter mir nach, und ich muss mich an den Türrahmen lehnen, um nicht zu fallen. Iselin hat Recht. Wieso denke ich, meine Bedürfnisse seien wichtiger als Saras? Natürlich hat sie jetzt Sehnsucht nach ihrer Mutter, natürlich hat sie das, auch wenn sie eigentlich bei mir hätte sein sollen.

»Wir haben den Brei für den Weihnachtsmann vergessen. Wir haben den Weihnachtsmann doch noch nie vergessen.«

Ich brauche einen Moment, um zu begreifen, was sie sagt. Dann muss ich lachen und kann einfach nicht aufhören.

»Man darf andere nicht auslachen, Papa«, sagt Sara. Sie macht einen Schmollmund und verschränkt mit übertriebener Geste die Arme vor der Brust.

»Entschuldige, Sara, ich dachte, etwas Schlimmes sei passiert.«

»Es ist ja auch etwas Schlimmes passiert.«

»Entschuldige noch mal, aber wir können dem Weihnachtsmann doch etwas von unserem Reispudding hinstellen. Ich glaube ohnehin, dass er es satthat, wenn alle ihm warmen Brei hinstellen. Der Weihnachtsmann freut sich sicher über eine kleine Abwechslung.«

»Glaubst du?«, fragt Sara, und sofort schlägt ihr Weinen in Freude um.

»Ja«, sage ich, hole den Reispudding und kippe ein wenig in den roten Plastiknapf, den irgendwer neben die Feuerstätte gestellt hat. Mit der Himbeersoße sieht es aus wie Tierblut im Neuschnee.

»So. Da wird der Weihnachtsmann sich freuen. Sollen wir es einfach vor die Bude stellen?«

»Papa«, sagt sie in dem Tonfall, den sie immer benutzt, wenn sie um etwas bitten will. Um etwas, wovon sie weiß, dass sie es nur bekommt, wenn sie brav ist.

Ich nicke.

»Können wir den Brei nicht auf die Insel bringen, wo wir gestern waren? Ich bin sicher, dass der Weihnachtsmann sich darüber freuen würde.«

»Natürlich können wir das«, antworte ich und ziehe ihr Jacke, Schal und Mütze an. Dann hole ich eine Konservenbüchse, in der wohl irgendwer Würmer aufbewahrt hat. Mit einem rostigen Nagel bohre ich Löcher hinein, zünde ein Teelicht an und setze es hinein. Gebe Sara die Büchse, so dass sie den Faden halten kann, der als Handgriff dienen muss.

»Jetzt musst du dem Weihnachtsmann den Weg zeigen«, sage ich.

Es dämmert bereits, und als ich das Boot vom Land abstoße, höre ich plötzlich irgendwo im Wald einen Hund bellen. Ich schaue auf die Uhr. Der Hund muss weggelaufen sein. Hier in der Gegend gibt es keine Häuser, und niemand führt so spät noch einen Hund Gassi. Ich denke an meinen Stammvater und daran, was er wohl gedacht hat, als er die Hunde der Bärenjäger hörte. Hatte er Angst? Dachte er, sie wollten Jagd auf ihn machen, und was hätte er getan, wenn das wirklich der Fall gewesen wäre? Wäre er geflohen, oder hätte er sich dem Kampf gestellt?

Sara sitzt vorn im Boot und hält die kleine Lampe vor sich hin, wie um den Weg zu leuchten. Ich brauche nicht viele Ruderschläge bis zur Insel, aber plötzlich habe ich das Gefühl, als hätte alle Kraft mich verlassen. Und ich frage mich, wann mein Leben die Richtung verloren hat. Ist so etwas seit dem Tag der Geburt vorbestimmt, oder liegt es an den Genen? Hat es überhaupt irgendeinen Sinn, sich noch länger zu wehren? Vielleicht wäre es besser, sich einfach zu ergeben. Sich wie ein Stein durch das schwarze Wasser sinken zu lassen. Zu Hause in der Schublade liegt eine Lebensversicherung. Ich kann meinem Leben für andere nur einen Wert geben, wenn ich sterbe. Ich höre auf zu rudern.

»Papa, jetzt nicht«, sagt Sara und hält sich die Lampe vors Gesicht, wie mein Bruder das immer gemacht hat, um mir Angst einzujagen.

»Was?«, frage ich.

»Wir sind doch bald bei der Insel.«

Ich nicke, reiße mich zusammen und halte die Ruderblätter wieder ins Wasser. Hinter uns ist Wind aufgekommen, und der Rückenwind bläst mir meine langen Haare vor das Gesicht. Der Wind ist nicht sehr stark, trotzdem habe ich das Gefühl, in Stücke gerissen zu werden. Als der Boden des Bootes über die Ufersteine knirscht, pflanzt dieses Geräusch sich in mir fort, als habe in mir etwas angefangen zu zerbröseln.

»Warte, bleib sitzen«, rufe ich, als Sara im Bug aufstehen will, dann stehe ich bei ihr und kann ihren kleinen Körper ans Ufer heben.

»Jetzt wird der Weihnachtsmann sich freuen, Papa«, sagt Sara und sucht sich einen flachen Stein, um den Reispudding abzusetzen.

»Und wie«, sage ich.

»Können wir die Lampe hier stehen lassen, damit er den Weg findet?«

»Sicher doch.«

Sara stellt die Konservenbüchse vor den Stein, dann kommt sie zurück und umarmt meinen Oberschenkel.

»Ich hab dich lieb«, sagt sie.

Ich kann nicht antworten, ich streichele nur ihren Kopf.

»Können wir jetzt zurückfahren?«

Ich nicke, und als wir das Boot gedreht haben und einige Meter vom Ufer entfernt sind, sehen wir es. Zuerst glaube ich, dass der Wind über dem Wald die Bewegungen auslöst, aber dann spüre ich, wie die ersten Schneeflocken in meinem Gesicht schmelzen. Wasser sickert unter meinen Kragen, während neue Flocken seitlich gegen mein Gesicht fliegen, so dass ich blinzele wie ein kleines Kind.

»Papa, es schneit«, ruft Sara mit ihrer zarten Stimme.

»Ja«, ist alles, was ich herausbringe.

»Du hast dein Wort gehalten. Ich liebe dich«, sagt sie, und ich gerate bei solchen Wörtern in Verlegenheit.

Wir sind jetzt nur noch wenige Meter von der Hütte entfernt, und ich habe den Weihnachtsbaum fast vergessen. Im fallenden Schnee sehen die leicht wogenden Zweige aus wie die Flügel eines Engels, und die Greisenmüdigkeit, die ich eben noch im ganzen Leib gespürt habe, wird von einer Gewissheit vertrieben. Einer Gewissheit, dass, auch wenn ich nicht dabei sein darf, wenn sie den ersten Zahn verliert, konfirmiert wird oder zum Altar schreitet, dieser Augenblick doch immer in mir sein wird und immer in ihr. *Sara und Papa, Heiligabend, Austmarka.* Ich muss einfach ein Lied summen, das ich im Lokalradio gehört habe, als wir gestern Abend zur Hütte gefahren sind, ein Lied über Engel, die bald landen werden.

Vor mir im Boot fängt meine Tochter plötzlich an zu schluchzen.

»Bitte, nicht weinen«, sage ich. »Jetzt machen wir gleich die Geschenke auf.«

»Aber das ist es doch gerade, Papa. Ich habe gar nichts für dich.«

»Das bildest du dir nur ein. Du bist das größte Geschenk für mich«, sage ich.

Der Stern von Bethlehem

Ich sehe ihn nicht zum ersten Mal. Sein Mercedes ist immer frisch gewaschen, sogar im Winter, wenn das Salz Ränder hinterlässt wie Schweiß an einem Hemd. Im Wageninneren riecht es sauber, und er hat keine halb aus der Plastikfolie gezogenen Duftbäume am Rückspiegel hängen, um den Geruch zu vertreiben, den wir gleich verströmen werden. Der Mann ist gut gekleidet, höflich und macht sich nicht die Mühe, seinen Trauring abzulegen, anders als viele andere Zebrafinger, wie wir sie nennen. Es ist vielleicht keine sonderlich passende Bezeichnung, wir haben schlimmere Namen, ganz bestimmt, für diese Männer, die die Kindersitze in den hinteren Teil ihrer riesigen Autos werfen und eine Decke darüber breiten. Es erinnert mich daran, wie ich mir als kleines Mädchen in Constanza die Augen zugehalten und geglaubt habe, niemand könne mich sehen. Später, wenn die Männer zahlen sollten und das Handschuhfach öffneten, um das gerade von der Bank geholte Geld rauszukramen, sah ich dann dort den Trauring liegen und funkeln wie eine Münze in einem Wunschbrunnen. Mehrmals habe ich erlebt, dass der Kunde die Geldscheine anspuckte, ehe er sie in meinen Schoß warf. Irgendwie war das fast besser, als wenn er in Tränen ausgebrochen wäre und einige zusätzliche Hunderter als Ablass glattgestrichen hätte.

Ich versuche, an Omas Haus in den Karpaten zu denken. Im Winter wurde dort die Hälfte der Zimmer abgesperrt, um Holz und Öl zu sparen. Auf ungefähr dieselbe Weise habe ich meine bald drei Jahre in Norwegen überlebt. Ich sperre einen Teil meines Körpers ab und freue mich auf die lange Dusche danach. Das Geld, das mir zugeworfen wird, stärkt die Verachtung, die ich mir selbst entgegenbringe. Die Verachtung, die nötig ist, um die Gefühle zu betäuben, die mich zum Menschen machen. Wenn du es nicht mehr schaffst, diese Gefühle zu betäuben, ist es nicht mehr weit bis zum Sprung ins Hafenbecken. Aurelia ist erst vor zwei Wochen gesprungen. Ich glaube, sie konnte die Vorstellung nicht ertragen, noch ein Jahr wie ein Schinken im Schaufenster des Schlachters ausgestellt zu werden. Vor Weihnachten ist es immer so. Hochsaison für die Brieftaschen. Das Herz, das noch ein wenig mehr zerreißt. Die Männer, die dafür sorgen, dass ihnen wenigstens ein Weihnachtswunsch erfüllt wird.

Als der Mercedes mir entgegenblinkt, denke ich daran, dass ich auch in diesem Jahr nicht in Constanza war. Ich habe das Schwarze Meer seit fünf Jahren nicht mehr gesehen, und plötzlich fehlt es mir wie ein Mensch. Wie jemand, an den ich mich nachts anschmiegen, wie jemand, der mich in den Arm nehmen kann. Es ist so kalt hier auf dem Gipfel von Europa. Eine solche Kälte habe ich noch nie erlebt – auch wenn ich mich vage daran erinnern kann, dass der Strom in unserem Block zwischen elf Uhr abends und sieben Uhr morgens ausgeschaltet wurde und Mama sagte, wir müssten frieren, damit Ceaușescu es warm hätte. Meine kleinen Brüder und ich krochen abends vollständig angezogen unter die Decken. Aber es war auf andere Weise kalt. Wenn ich mich jetzt zähneklappernd an der Straßenecke herumdrücke, spüre ich keine solche Kälte, die erst unten in den Fußsohlen einsetzt und dann im Körper aufwärts kriecht. Nein, was mich zum Zittern bringt, ist etwas, das unter der Brust beginnt und sich dann nach unten weiterbohrt. In den letzten Wochen bin ich mehrmals schreiend aus demselben Traum aufgewacht. Ich bin vom Hals abwärts gelähmt und liege in einem riesigen weißen Raum, in dem zwölf Krankenpfleger auf mich aufpassen. Immer sind es zwölf. Keine Ahnung, warum. Vielleicht sind sie die Jünger von irgendwem?

Plötzlich kann ich Mama vor mir sehen, wie sie die Wohnung schmückt. Mama, die diese seltsame Fähigkeit besitzt, in jeder Niederlage einen Sieg zu finden, in jedem Weinen ein Lachen zu hören. Die meisten Frauen aus meiner Familie sind so. Den Luxus, aufzugeben, dafür hatten sie keine Zeit. Die Männer waren bestenfalls abwesend. Ich erinnere mich, dass Oma einige Tage vor dem Heiligen Abend bei den Nachbarn anklopfte, weil sie Hilfe brauchte, um ein Schwein zu schlachten, und dann war sie den ganzen nächsten Tag mit der Herstellung von Sarmale beschäftigt, unserem Nationalgericht.

Das Schwarze Meer scheint bei Constanza in den Himmel zu münden. Die Laternen wogen in der Nacht auf eine Weise, die es fast unmöglich macht zu erkennen, ob die Schiffe das Land ansteuern oder es verlassen. Die anderen Häfen, auf die ich gestarrt habe, haben mich niemals mit demselben Gefühl von Anfang und Ende erfüllt. Der Bottnische Meerbusen ist nur ein kleines Wasserloch, und der Fjord, der sich um diese Stadt hier erstreckt, ein schlecht geglätteter Kuchenteig. In Riga habe ich geglaubt, jedenfalls für eine Weile, dass Ivars und ich vor einem Anfang stünden. In meiner Einfalt sah ich in unserer Beziehung etwas, das mich an Oma früher zu Weihnachten erinnerte, die Karpaten waren dicht verschneit, und alles wurde nur immer noch weißer, während meine

Brüder und ich tiefer in den Wald gingen. Das Schmutzige und Grauschwarze musste sich geschlagen geben. Bei Ivars hatte ich das Gefühl, dass wir im Kreis wanderten. Am Ende schleppten wir uns durch Schnee, der immer schmutziger wurde, und als er seinen dritten Kumpel in unser Schlafzimmer ließ, war mir klar, dass ich solche Wanderungen immer wieder würde antreten müssen.

Der Mercedes ist jetzt stehengeblieben, und ich trete zwei Schritte vor. Schaue mich auf der Straße nach zivilen Streifenwagen um. Das neue Gesetz hat alles schwieriger gemacht, aber die Männer haben doch keine solche Angst, dass sie keine Männer mehr wären.

»Fröhliche Weihnachten«, sagt er und lächelt.

»Fröhliche Weihnachten«, antworte ich. Ich sage das in diesem Jahr zum ersten Mal, und obwohl es von der Aussprache her zu den einfachsten norwegischen Wörtern gehört, habe ich das Gefühl, mich dabei erbrechen zu müssen.

»Möchtest du eine Runde mitfahren?«, fragt er, und ich sehe, dass er seinen Schal so gebunden hat wie die Kronprinzessin dieses Landes. Es steht ihm nicht wirklich. Es verstößt gegen die energische Art, in der seine Schultern den Mantel tragen, und gegen die Haare aus Stahlwolle, die er fast militärisch nach hinten gekämmt hat. Ich glaube trotzdem, dass der Schal kein Versuch ist, jünger auszusehen, wie bei den Kunden, die ihre restlichen Strähnen mit Haarspray an die Kopfhaut kleben und sich in Kleidung quälen, in denen auch zehn Jahre jüngere Männer lächerlich aussehen würden.

»Oder hast du zu tun?«, fragt er, das Lächeln ist noch immer in seinem Gesicht, und wenn ich hier nicht in kurzem Rock und hohen Stiefeln von einem Fuß auf den anderen träte, könnten wir Vater und Tochter sein, die sich zufällig begegnen und beschließen, zusammen nach Hause zu fahren.

»Ich bin nicht beschäftigt«, sage ich und steige ein. Durch das Fenster im ersten Stock sehe ich, wie Ivars sich eine weitere Zigarette anzündet und sich zum Zimmerinneren umdreht. Von unten von der Straße aus sieht er aus wie irgendein Mann. Ein Mann, der am Kühlschrank eine Liste von Dingen hängen hat, an die er vor dem Heiligen Abend denken muss, und der möglicherweise mit dem Essen wartet, wenn seine Frau spät von der Arbeit kommt. Ivars hat niemals Essen für mich warmgehalten, und als ich vorhin oben war, um mich zu waschen und das Geld für die drei letzten Touren abzuliefern, hat er mir kurz mit dem Handrücken auf jede Wange geschlagen.

»Morgen ist Heiligabend. Die anderen hatten doppelt so viele Touren wie du«, sagt er, und ich frage mich, was an seinem Gesicht mich damals an Richard Gere erinnert hat. Seine Zähne sind gelb und fleckig, weil er fast immer durch eine Zigarette Atem holt, und seine Gesichtshaut hat dieselbe Farbe wie ein helles Stück Stoff, das zu lange in der Sonne gehangen hat.

»Die anderen sind zehn Jahre jünger. Vielleicht kriege ich ja bald mein Geld?«, murmelte ich, und er hob wieder die Hand und trat einen Schritt vor.

»Das macht mich auch nicht jünger«, sagte ich mit lauterer Stimme.

»Du erinnerst mich an Sophia Loren«, sagt der Mann beim Losfahren.

»Wie alt ist die? Achtzig?«, frage ich.

»Fünfundsiebzig«, sagt er. »Aber ich meine ja nicht unbedingt, dass sie dir jetzt ähnelt. Sie war schon mit siebzehn hübsch, und sie zieht noch immer die Männerblicke auf sich. Du hast die gleiche Art Gesicht, ein Gesicht, das nie verblassen wird.«

»Danke«, sage ich und denke an all die Dinge, die ich in dieser fremden kantigen Sprache schon genannt worden bin. Das Geräusch dieser Wörter erinnert mich an Kieselsteine, die über den Boden eines Zinkeimers schrappen.

Wir biegen jetzt zum Containerhafen hin ab. Die allermeisten fahren weiter aus dem Zentrum hinaus, aber ehe mein Kunde die Scheinwerfer seines Mercedes ausschaltet, sehe ich, dass schon ein Wagen hier steht. Die Leute haben vor Weihnachten wenig Zeit.

Es ist wie die letzten Male. Es ist vorbei, fast ehe ich ihn in mir gespürt habe.

»Verzeihung«, sagt er, noch immer die Arme um mich gelegt, als schulde er mir wirklich mehr als einige Geldscheine.

Normalerweise habe ich für dieses Gerede danach nur Verachtung übrig, für alle Männer, die fragen, ob es auch für mich schön gewesen sei und ob sie mich wiedersehen könnten. Als ob ich eine Frau wäre, die umworben werden muss. Ivars hat mir längst klargemacht, dass ich nur eine Form von Werbung brauche, nämlich das trockene Knistern von Geldscheinen, die den Besitzer wechseln.

Vielleicht, weil es der Tag vor dem Heiligen Abend ist, vielleicht, weil Ivars mich in letzter Zeit immer häufiger geohrfeigt hat, vielleicht, weil ich mich ebenso alt fühle wie Sophia Loren, habe ich es durchaus nicht eilig damit, meinen Rock über die Oberschenkel zu streifen und meinen BH hochzuschieben. Ich versuche, mich an das letzte Mal zu erinnern, als mein Körper etwas war, das Männer erobern mussten und nicht einfach fordern konnten.

»Will sie nicht mehr?«, frage ich und bereue es sofort. Es

ist schön warm hier im Auto. Er hat mir ein Kissen unter den Kopf gelegt, und ich werde schläfrig.

»Wer?«, fragt er und stützt sich auf den einen Ellbogen.

»Deine Frau«, sage ich und schließe die Augen, wappne mich gegen den Schlag, der kommen wird. Ich merke, dass er sich aufsetzt, ich kneife die Augen wieder zu und warte auf die Faust. Aber es wird ganz still, und ich liege jetzt unbequem. Meine Augen finden sein Gesicht, etwas an seinem Lächeln erinnert mich an die versteinerten Menschen, die ich auf Bildern aus Pompeji gesehen habe.

»Doch«, sagt er. »Meine Frau wollte noch, ihr Herz aber nicht.«

Ich weiß nicht, was ich sagen soll, und glaube, die Tränen, die mir in den Augen brennen, gelten mehr mir als ihm.

»Das ist jetzt das vierte Weihnachtsfest ohne sie«, sagt er dann.

Ich schiebe meinen BH hoch und streiche mir den Rock über den Oberschenkeln glatt.

»Tut mir leid«, sage ich.

»Macht nichts. Es tut gut, über sie zu reden. Meine Kinder haben wenig Zeit für Erinnerungen.«

»Wart ihr lange verheiratet?«

»Fünfunddreißig Jahre.«

Ich setze mich auf und fange an, meine Lederjacke anzuziehen. Riesige Schneeflocken treiben vom Meer herein und setzen unten auf der Windschutzscheibe zur Landung an. Ich erinnere mich an die Schneeburgen, die meine Brüder und ich gebaut haben, wenn wir bei Oma zu Besuch waren. An den kleinen Augenblick, in dem ich jedes Mal dachte, mein Herz müsste stehenbleiben, wenn ein Schneeball den Weg unter meinen Mantelkragen fand.

»Was machst du am Heiligen Abend?«, fragt er, sein Gesicht ist blass im Licht der Laternen am Ende des Kais, und seine Kleidung riecht ein wenig nach Kampfer.

»Ich werde arbeiten«, sage ich und ziehe den Reißverschluss der Lederjacke hoch. Der Schnee ist jetzt die halbe Windschutzscheibe hoch gekrochen, er erinnert mich an den Sargdeckel meines Vaters, damals, als ich dachte, jetzt muss ich ihn nie wieder sehen.

»Kannst du nicht mit mir kommen?«, fragt er und wird bei jedem Wort leiser, aber sein Blick lässt meinen nicht los. Plötzlich erinnert er mich an einen Hund, nicht an einen kleinen unterwürfigen, sondern an einen Bernhardiner. Einen Hund, der mit einem Cognacfässchen um den Hals kommt.

Er sieht mir weiterhin in die Augen, und ich weiß nicht, was ich sagen soll. Manchmal ist es fast besser, wenn der Mann danach wütend wird und sich aufführt, als ob ich etwas verbrochen hätte.

»Mit dir ins Hotel kommen?«, frage ich und wickle mir den Schal doppelt um den Hals. Ich finde, dieser Prinzessinnenknoten sieht albern aus.

»Mit mir nach Hause kommen«, sagt er, und diesmal wird seine Stimme am Ende des Satzes nicht leiser.

»Und wo ist zu Hause?«

»Gleich bei der schwedischen Grenze.«

»Meinst du, ich soll mit dir bis fast nach Schweden kommen und bis morgen da bleiben?«

»Nein«, sagt er. »Du sollst mit mir zusammen Heiligabend feiern.«

»Und dann?«

»Das entscheidest du selbst.«

»Was entscheide ich selbst?«

»Was dann passiert. Ich habe ein großes Haus. Ich habe Platz genug.«

Ich werde wieder still. Setze mich mit dem Rücken zur Tür, mustere sein Gesicht, weiß jedoch, dass das, was ich dort finde, keinerlei Bedeutung hat. Oma hat immer gesagt, die Augen seien der Spiegel der Seele, aber sie hat sich geirrt. Ich hatte einmal einen katholischen Geistlichen als Kunden. Ich habe ihn sofort erkannt, aus einer Messe, die ich hier besucht hatte. Ich habe niemals jemanden lebendiger über das Jesuskind in der Krippe sprechen hören, und als ich mich danach für die Predigt bedankte, war sein Blick voller Güte. Aber als er bei mir war, konnte er erst kommen, nachdem ich auf ihn uriniert hatte. Der Geistliche war im selben Alter wie der Mercedesmann.

Er öffnet die Brieftasche, und ich denke schon, er will Geld herausnehmen, doch er reicht mir eine Plastikkarte. Ich brauche einen kleinen Moment, um zu begreifen, dass es sein Führerschein ist.

»Hjalmar«, sagt er. »Ich heiße Hjalmar Sand.«

»Was?«

»So heiße ich.«

»Warum gibst du mir den Führerschein?«

»Weil ich Hjalmar Sand heiße. Der Führerschein ist der Beweis.«

Ich denke, dass es ein bisschen wie bei James Bond ist, er sagt seinen Namen zweimal, nur in umgekehrter Reihenfolge. Ich halte den Führerschein vor mich hin. Sehe, dass er bald siebzig wird.

»Was willst du von mir?«, frage ich.

»Was ich will?«, fragt er und scheint es wiederholen zu müssen, um zu begreifen, was ich meine.

Ich nicke.

»Ich will den Heiligen Abend mit einem Menschen verbringen, bei dem ich mich nicht zu verstellen brauche, einem

Menschen, der nicht verlangt, dass ich etwas bin, was ich nicht bin.«

»Wieso das?«, frage ich.

»Ich komme mir vor wie ein Mann, der nicht existiert hat, ehe meine Kinder geboren wurden. Ich liebe sie wirklich, aber sie brauchen sich nicht wie meine Eltern aufzuführen. Und mir die ganze Zeit zu erzählen, was ich zu tun habe. Was das Beste für mich ist.«

»Ich verstehe«, sage ich und glaube das auch. Die Menschen haben viele Möglichkeiten, sich ausgeschlossen zu fühlen. Tief in meiner Tasche vibriert jetzt mein Handy. Es kann nur Ivars sein oder jemand, dem er meine Nummer gegeben hat. Sonst ruft mich niemand an. Wenn ich mit Mama telefoniere, dann immer von einer Telefonzelle aus.

»Okay«, sage ich.

»Okay?«

»Ich komme mit.« Warum nicht, denke ich. »Ich habe nicht so viele Verabredungen«, sage ich dann, und nun tut er etwas, das kein Mann je mit mir gemacht hat. Er greift nach meinen Händen und küsst sie. Seine Lippen auf meiner Haut verpassen mir eine Gänsehaut und lassen mein Rückgrat erzittern. Ich weiß nicht, ob der Kuss es auslöst, aber plötzlich tue ich etwas, das ich in diesem Land noch nie getan habe.

»Ich heiße Constanza«, sage ich.

»Das ist ein schöner Name.«

»Ich heiße so nach meiner Heimatstadt«, sage ich, und dann werden meine Augen wieder blank.

Ich bitte ihn, bei der Ampel vor der Wohnung nach rechts zu fahren, zeige auf eine Bushaltestelle und sage, er könne dort warten. Dann springe ich aus dem Auto, laufe über die Straße und weiter zu dem Torweg, der gegenüber unserer Wohnung liegt. Die Schneeflocken legen sich auf meine Haare, schmelzen auf meiner Haut, und das weiße Geriesel gibt mir das Gefühl, ebenfalls zu fallen. Ein roter Audi hält neben mir an, das Fenster wird heruntergekurbelt, und ein junger Mann fragt, wie viel ich fürs Blasen nehme. Ich rufe: »Fuck off« und laufe in den Torweg, stopfe mir eine Handvoll Schnee in den Mund, ziehe das Handy heraus und wähle Ivars' Nummer. Er meldet sich beim zweiten Klingeln.

»Der will nicht bezahlen. Ich glaube, er hat mir den Kiefer gebrochen«, sage ich und hoffe, dass der Schnee meine Stimme so klingen lässt, als ob ich den Mund voll Blut hätte.

Ivars flucht, nennt mich eine unvorsichtige Scheißfotze und will wissen, wo ich bin. Ich sage, ich stünde in der Løvenskioldsgate und hätte diesen Mann schon früher einmal gesehen. Ich wüsste, an welcher Tankstelle er arbeitet.

Zwei Minuten später kommt Ivars auf die Straße gestürzt und springt in sein Auto. Die Hinterreifen spritzen Schnee auf ein altes Paar, das gerade vorübergeht, als er losprescht.

Ich laufe über die Straße, die Treppe hoch, schließe die Wohnungstür auf und fange an, die Kleidungsstücke, die am normalsten aussehen, in eine Tasche zu stopfen. Alles andere lasse ich liegen, abgesehen von einem Skizzenblock, den ich schon in Rumänien hatte. Nach drei Jahren in Oslo lebe ich mit sehr leichtem Gepäck.

Auf dem Klo nehme ich den Deckel vom Spülkasten, fische die wasserdichte Dose heraus und schüttle die Geldscheine auf den Boden. Denke, das Richtige wäre es jetzt, das Geld in fünf gleich große Haufen zu teilen. Ivars kann damit leben, dass ich nur meinen Anteil nehme, denke ich, aber natürlich kann er das nicht. Wie viel oder wie wenig ich auch nehme, spielt überhaupt keine Rolle. Und die anderen Mädchen? Scheiß drauf. Denen schulde ich nichts. Nichts. Verdient ist ein Wort, das in meiner Welt nichts bedeutet, und die Einzige, der ich etwas schulde, bin ich selbst.

Genau fünf Minuten sind vergangen, als ich wieder unten auf der Straße stehe. Ich laufe den Bürgersteig entlang. Der Schnee fällt noch dichter und fängt alle Geräusche aus der Stadt ein, aber dann fängt ein Auto an zu hupen. Ich drehe mich um, um die Straße zu überqueren, als jemand meinen Namen ruft. Und kann mich nicht mehr bewegen. Ich hätte wissen müssen, dass ein Vorsprung von fünf Minuten nicht ausreichen würde, um Ivars zu entkommen. Ich denke, dass ich in meinem Leben immer schon fünf Minuten zu spät gewesen bin. Wenn ich in Constanza nicht zu spät für den Abendzug gekommen wäre, hätte ich Ivars niemals kennengelernt. Erst nach einem Moment begreife ich, dass die winkende Bewegung im Schneegestöber nicht von Ivars kommt, sondern von Hjalmar, der seinen Wagen halb auf den Bürgersteig gefahren hat. Für einen Moment bleibt alles stehen. Das Bild erstarrt, und die Geräusche werden ausgeschaltet, dann schlägt meine Angst in Zorn um. Ich kann mich nicht entscheiden, in welche Richtung ich laufen soll, aber dann winkt er wieder. Ich brauche nur wenige Schritte, dann knallt meine Tasche gegen die Autotür, und der Spiegel knickt ab.

»Setz dich ins Auto«, fauche ich und reiße die Tür auf. Werfe die Tasche nach hinten und schlage mit der Handfläche so hart auf das Armaturenbrett, dass mir die Tränen in die Augen treten.

»Verdammter Idiot!«, rufe ich. »Ich hab doch gesagt, du sollst an der Bushaltestelle warten! Da hättest du dich auch gleich hier aufs Dach stellen und meinen Namen rufen können!«

Ich bin so wütend, dass ich zittere. In meiner Tasche liegt mein Messer, die Scheide ist ans Futter genäht, damit ich es mit einer einzigen Bewegung herausziehen kann. Für einen Moment sehe ich, wie ich die Klinge in seinen Arm bohre, sehe die Überraschung auf seinem Gesicht, als ich ihn aus der Tür stoße.

»Da kam ein Bus«, sagt er, und plötzlich sieht es aus, als hätte der Schnee auf sein Gesicht abgefärbt. »Außerdem wollte ich dich nicht so weit durch den Schnee gehen lassen. Der kommt doch von der Seite.«

»Fahr einfach«, sage ich und hoffe, dass der Schnee die anderen Frauen vertrieben und niemand diese Szene miterlebt hat.

Wir fahren eine Weile schweigend durch Straßen, die sich zu Weihnachten verkleidet haben. Glitzernd und synthetisch wird das Fest hier und da in den Schaufenstern ausgestellt, verstärkt von wirklichen Bäumen, die einen Schritt von diesem übermäßig Geschmückten und Starren wegtreten. Unten im Zentrum, bei dem großen Hotel, wo die Popstars absteigen, gleitet ein Paar auf der Schlittschuhbahn hin und her. Der Schnee hat sich auch auf ihre Kleidung gelegt und lässt sie aussehen wie zwei riesige Vögel, die loszufliegen versuchen. Etwas an diesem kindischen Anblick von zwei erwachsenen Menschen Hand in Hand zusammen auf Schlittschuhen lässt mich lockerer werden, und ich lasse mich in den Sitz zurücksinken.

»Ich habe Eis immer gemocht, und ich wollte immer schon mal Schlittschuh laufen«, sage ich, und dann haben wir den ersten Tunnel erreicht und werden von Weihnachten weggesaugt. »Constanza, entschuldige, dass ich nicht da gewartet habe, wo du es wolltest. Ich habe nicht nachgedacht«, sagt Hjalmar, und das Junge an seinen Bewegungen scheint zu erstarren. Sein Gesicht erinnert mich an die Grobskizzen, die wir während des Kunststudiums angefertigt haben.

»Vergiss es. Ich glaube nicht, dass jemand was gesehen hat«, sage ich, bin aber alles andere als sicher. Wenn ich eins gelernt habe, dann, dass die Nacht Geheimnisse nur schlecht bewahrt. Ich werfe einen Blick über die Schulter, aber hinter uns kommt kein anderes Auto.

Die Stadt macht einer mehrspurigen Autobahn Platz, und die Lichtstreifen der Bebauung ziehen sich zum Horizont wie die flackernden Lichter, die ich mit meinen Brüdern im Schnee angezündet habe.

Ich fahre aus dem Schlaf hoch, als der Wagen stehen bleibt. Ich lag in einem tiefen traumlosen Schlaf, und die Uhrzeiger haben sich anderthalb Runden gedreht. Zuerst glaube ich, dass er nur eine Pinkelpause einlegt, um uns herum ist es ganz dunkel, aber dann sehe ich, wie sich die Umrisse eines Hauses aus der Nacht lösen.

»Da sind wir. Willkommen«, sagt er und öffnet die Tür. Er hebt meine Tasche vom Rücksitz und zeigt mir den Weg zum Schlafzimmer. Ich rechne damit, dass er sich neben mich legen wird, aber er gibt mir einen Gute-Nacht-Kuss und löscht das Deckenlicht. Ich krieche vollständig angezogen unter die Decke.

Im ersten Moment weiß ich nicht, wo ich bin, und bilde mir ein, zu Hause bei Oma zu sein. Dann fallen mir Hjalmar und die Autofahrt wieder ein. Ich gehe zum Fenster. Das Eis auf dem See unterhalb des Hauses ist blank wie Glas, bis zu einer breiten Rinne in der Mitte. Gezackte Tannen stehen Schulter an Schulter und frösteln unter dem Himmel, und obwohl hier fast kein Schnee liegt, erinnert die Landschaft mich an die Karpaten. Doch für ein Land mit so rauem Klima haben die Bäume etwas Zaghaftes an sich. Die Baumgrenze zu Hause liegt sicher viel höher als hier. Vor zwei Jahren habe ich etwas über einen Schweden gelesen, der Kiefernsetzlinge aus den Karpaten mitbrachte und sie in seiner Heimat oberhalb der Baumgrenze pflanzte, in der Hoffnung, auf diese Weise reich zu werden. Alle Bäume starben. So ist es in meinem Land. Ausländer, die an uns Geld verdienen wollen, indem sie uns an Orte bringen, wo wir uns nicht wohlfühlen. Aber wir waren immer schon zähe Teufel, und Leuten von außerhalb ist es immer schon schwer gefallen, uns zu durchschauen. Vlad Tepes, zum Beispiel, von dem alle glauben, er habe nur anderen Blut aussaugen wollen. Für uns ist er ein Held der Befreiung, der die Türken aufgefordert hat, sich ins Knie zu ficken, ehe er ihre Köpfe auf Stangen spießte.

Hinter mir öffnet sich die Tür, und Hjalmar kommt herein. Das Hündische von gestern, als ich ihn im Auto ausgeschimpft habe, ist vollständig verschwunden. Ich weiß nicht, wie ich es beschreiben soll, aber es ist, wie ein Foto von ihm als jungem Mann zu sehen. Ein Foto, bei dem Glas und Rahmen eingestaubt und fleckig wurden und die Züge unkenntlich gemacht haben. Ein Foto, das dich automatisch den Blusenärmel über das Handgelenk ziehen lässt, um Staub zu wischen. Ich weiß nicht, warum, aber ich strecke die Hand aus und streichle ganz schnell seine Wange. Seine Augen bekommen etwas Weiches.

»Hast du gut geschlafen?«, fragt er.

»Wie ein kleines Mädchen«, sage ich.

Das Frühstück geht ins Mittagessen über, ohne dass wir uns vom Küchentisch erheben. Die hohen Fenster erinnern mich an die Kirche zu Hause. Ich picke an den Dingen herum, die er hingestellt hat, und nippe am Kaffee und der süßen Milch. Das Essen hier ist noch immer ungewohnt, die Kuchen sind seltsam trocken, die Soßen vertrage ich nur schlecht. Aber im Moment habe ich kein Heimweh, ich genieße es einfach, hier zu sitzen, ohne irgendwo hinzumüssen. Ich bitte Hjalmar, mir von seinem Wohnort zu erzählen, und er redet eifrig drauflos.

»Da«, sagt er und »dort« und zeigt mit den Händen wie mit einem Gewehrlauf, und dann feuert er los und redet rasch über Dinge, die geschehen sind. Ich bekomme nur ungefähr die Hälfte mit, aber etwas an seinem Tonfall gibt mir das Gefühl, dass jedes einzelne Wort mich erreicht. Fast wie früher, als ich das Gefühl hatte, dass die ausländischen Popmusiker geradewegs zu mir sprachen, auch wenn ich nicht verstand, wovon ihre Lieder handelten.

Ich frage, ob er mir einige Familienbilder zeigen kann. Zuerst zögert er ein wenig, aber als ich darauf bestehe, verschwindet er im Wohnzimmer und bringt einen Stapel von Alben. Und ich weiß nicht, was es ist, aber etwas an den Bildern – sie führen ihn vom Jungen zum Bräutigam, vom Vater zum Großvater, von der Silberhochzeit zum Sarg seiner Frau in der Kirche – lässt meine Schultern beben. Zuerst ist das Weinen so, wie es in den letzten Jahren immer war. Ein wehes Schluchzen, ein stilles Sickern, weil ich weiß, dass Weinen alles schlimmer macht, aber dann bohrt es sich in mir tiefer und gibt mir das Gefühl zu zerreißen. Ich bin alt geworden, ohne jemals jung gewesen zu sein, ich bin eine Menge leerer Seiten in einem Album. Jetzt breche ich wirklich in Stücke. Hjalmar legt die Arme um mich, und Tränen und Rotz fließen über seine blaue Hemdbrust. Er drückt mich weiterhin an sich, bis ich ohne Schluckauf atmen kann. Dann fragt er, ob ich Bilder von meiner Familie hätte, und ich zeige ihm das Foto von meinen Brüdern und das von Mama, das ich zusammenzukleben versucht habe, nachdem Ivars es zerrissen hatte.

»Nette Jungs«, sagt Hjalmar und stellt das Telefon vor mich auf den Tisch. »Ruf sie doch an und wünsch ihnen gesegnete Weihnachten«, sagt er und streichelt meinen Handrücken.

Ich starre den Hörer des altmodischen grauen Telefons an wie die Klinke einer Tür, bei der ich mich konzentrieren muss, um sie öffnen zu können.

»Ich warte noch ein wenig und hoffe, dass sie zur Abendbrotzeit dann alle da sind«, sage ich. Aber allein schon, dass er das Telefon vor mich hinstellt, lässt mich Mamas Stimme hören, mit dem leicht förmlichen Klang, den sie immer hat, wenn ich anrufe, weil sie sich so zusammenreißen muss, um nicht zu weinen.

Als Hjalmar die Tür aufmacht und wir auf den Hof hinausgehen, bleibe ich stehen und frössele in dem ein wenig zu großen Mantel, den er mir geliehen hat. Ich kann mich nicht erinnern, wann ich zuletzt eine so klare Luft geschnuppert habe. Ich ziehe den neuen Tag tief in meine Lunge und sage mir, dass Ivars mit den anderen Mädchen genug zu tun haben wird. Ich bin aus seinem Leben schon verschwunden. Vergessen.

»Möchtest du die Tiere sehen?«, fragt Hjalmar.

»Die Tiere?«

»Na ja, was heißt schon Tiere. Es ist ja nur ein kleiner Hof, aber ich habe zwei Schweine im Stall, und die brauchen Futter und Wasser.«

Ich nicke, und er holt einen roten Plastikeimer, dann führt er mich zu einem kleinen Stall, der Wand an Wand mit einem Holzschuppen liegt.

»In der besten Zeit hatten Helga und ich Schweine, Schafe, Truthähne und ein paar Ziegen. Nach einigen Jahren ohne

Tiere habe ich mir im Frühling die Schweine gekauft. Ich wollte sie zu Weihnachten schlachten, aber ich habe es einfach nicht über mich gebracht. Jetzt will ich sie im Sommer auswildern, damit sie zu Wildschweinen werden können.«

Ich sehe ihn an, er lächelt nicht, aber ich gehe davon aus, dass es ein Witz sein soll. Ich weiß nicht, ob es noch andere gibt, die Witze mit so ernsten Gesichtern erzählen können wie die Norweger.

»Zu Hause in Rumänien gibt es jede Menge Wildschweine«, sage ich.

»Die würde ich gern sehen.«

»Ich kann sie dir ja zeigen«, sage ich und meine das auch.

»Ja, das wäre schön«, sagt er und krault das eine Schwein hinter dem Ohr.

Über den Schweinen hängen drei rote Wärmelampen, die im Raum eine behagliche Temperatur verbreiten. Die Tiere grunzen eifrig, als sie uns sehen, und sie reiben sich mit einem Scharren aneinander, das mir eine Gänsehaut beschert. Der harsche Mistgeruch füllt meine Nase, und ich kann mich nicht erinnern, wann ich zuletzt etwas so Gutes gerochen habe. Ich muss den Handrücken vor meine Augen heben, um nicht zum zweiten Mal an diesem Tag meine Schminke zu ruinieren.

»Meine Oma hat immer gesagt, dass Schweine alles fressen«, sage ich.

»Da hatte deine Oma ganz recht«, sagt Hjalmar, leert den Eimer in den Trog, legt mir den Arm um den Rücken und schiebt mich aus der Tür, während das Grunzen der Schweine in zufriedenes Schlabbern übergeht. Nachdem ich die Tür hinter uns zugezogen habe, geht er in einen Raum neben dem Schweinestall und kommt mit einem Paar weißer Schlittschuhe in der Hand zurück.

»Gestern hast du gesagt, dass du gern mal Schlittschuh laufen würdest. Diese hier haben meiner Tochter gehört. Ich glaube, sie passen. Fröhliche Weihnachten.«

Im ersten Moment weiß ich nicht, was ich antworten soll, und ich denke an die Geschenke, die ich früher von Männern bekommen habe.

»Jetzt?«, frage ich. »Meinst du jetzt? Ich habe es noch nie versucht.«

»Wir können es machen, während der Braten in der Röhre ist. Ich helfe dir«, sagt er, und wir bleiben stehen und haben die Arme umeinander gelegt.

Wir trinken Kaffee und knabbern an ein paar Plätzchen, dann schaltet Hjalmar den Backofen ein und holt ein Stück Schweinerippe aus dem Keller. Für einen Moment schwanke ich in einem hohlen Nichts und frage mich, wie das Leben sich jetzt wohl wenden wird. Hjalmar hat auf den Hand-flächen Altersflecken so groß wie Kupfermünzen, und ob-wohl sein Gesicht sich gut gehalten hat, können die Haut-falten unter seinem Kinn nicht verbergen, wie alt er wirklich ist. Zugleich hat ein Mann, der Fleisch im Laden kauft, weil er es nicht über sich bringt, seine Schweine zu schlachten, et-was Rührendes, egal, ob es ein Witz ist oder nicht, dass er sie freilassen will.

»Was kann ich tun?«, frage ich.

»Setz dich und mach es dir gemütlich.«

»Ich muss etwas tun.«

»Du kannst die Kartoffeln schälen und dann welche für die Schweine kochen, aber die brauchen nicht geschält zu werden.«

Ich mache mich an die Arbeit, und während der Duft des auf kleiner Flamme gebratenen Fleisches sich im Zim-mer ausbreitet, komme ich mir nützlicher vor als seit vielen

Jahren. Als ich das Wasser von den Schweinekartoffeln gieße, geht der Tag bergab, und der Himmel hat etwas Erschöpftes.

»Wenn du die Schlittschuhe holst, können wir einen kleinen Ausflug versuchen. Ich muss nur noch den Kohl kleinschneiden und den Schweinen die Kartoffeln geben, dann komme ich nach«, sagt Hjalmar und streichelt meinen Oberarm. Dann schrillt die Türklingel. Das Geräusch lässt mich mitten in der Bewegung erstarren, und ich kann mich erst bewegen, als Hjalmar öffnen geht und ich einen jüngeren langhaarigen Mann sehe, der mir noch nie begegnet ist. Sie wechseln einige Worte, die ich nicht verstehe. Hjalmar nickt und nimmt etwas entgegen, das in eine Decke gewickelt ist, dann schließt er die Tür.

»Ich muss oben im Dorf den Weihnachtsmann spielen, aber das dauert nicht lange«, sagt er und zieht die Stiefel und den roten Mantel an, die in die Decke gewickelt waren.

»Kann ich inzwischen die Schweine füttern? Das habe ich gemacht, als ich klein war«, sage ich.

»Schaffst du das denn?«, fragt Hjalmar.

Ich sehe ihm ins Gesicht und nicke.

Ich muss die Kartoffeln abkühlen lassen und trinke zwei Tassen Tee, ehe ich mit dem Kessel auf den Gang hinausgehe. Ich stelle ihn auf den Boden, ziehe den Mantel an, binde die Schnürsenkel der Schlittschuhe aneinander und hänge sie mir über die Schulter.

Der Schnee hat jetzt auch dieses Dorf erreicht, und die Kristalle rieseln wie Zucker über mein Gesicht. Die Schweine müssen einen sehr guten Geruchssinn haben, denn ihr Grunzen wird immer infernalischer, je näher ich dem Stall komme. Als ich hineingehe, kreischen sie dermaßen, dass ich die Tür offen stehen lasse, damit das Geräusch entweichen kann. In aller Eile werfe ich Hände voll Kartoffeln in den Trog, und der Lärm wird so effektiv gedämpft, als hätte ich den Schweinen eine Schlinge um den Hals gelegt und diese angezogen. Ich kippe die restlichen Kartoffeln aus dem Eimer und mische Kraftfutter darunter, wie Hjalmar es mir gesagt hat, und ich könnte schwören: Das eine Schwein zwinkert mir zu.

»Gesegnete Weihnachten, Mama, gesegnete Weihnachten, Cosmin, gesegnete Weihnachten, Florin«, sage ich, als plötzlich die Tür hinter mir zuknallt und ich herumfahre.

»Auch dir gesegnete Weihnachten, Constanza«, sagt Ivars.

Meine Hand lässt den Eimer los, er bleibt neben meinem Fuß liegen wie die Kugel einer Fußkette.

Die Zigarette glüht in Ivars' Mundwinkel wie der böse Blick, und etwas an dem roten Schein der Wärmelampen lässt mich an die Hölle denken. Satan mit verzerrtem Gesicht in einer blutfarbenen Grotte, wo er einen riesigen Speer schwenkt. Ivars hat kein verzerrtes Gesicht, er lächelt fast gutmütig. Ivars hat keinen Speer, er hat die Hände in engsitzende Lederhandschuhe geschoben, die ich noch nie gesehen habe. Ich weiche zurück, bis ich spüre, wie der Schweinekoben sich in meinen Rücken bohrt, der Mantelsaum findet den Weg durch die Gitterstäbe, und ich merke, dass die Schweine am Stoff nagen wie an alten Essensresten.

Ivars machte einige Schritte nach vorne und bleibt unmittelbar vor mir sehen. Er lächelt noch immer, und plötzlich bin ich ganz ruhig. Mehrere Weihnachtsfeste sind vergangen, seit er zuletzt gelächelt hat, und ich weiß, was das bedeutet. Ich habe mich oft gefragt, wie das Ende aussehen wird. Habe mir einen Hauseingang vorgestellt, eine Spritze in meinem Arm, das Knacken meines Kopfes auf dem Bürgersteig oder mein Herz, das bricht, während das dunkle Wasser um mich zusammenschlägt. Auf irgendeine Weise kommt es mir ganz richtig vor, dass es hier geschehen soll, irgendwie ist es fast wie zu Hause. Ich fange an zu beten, aber nicht zu Gott. Ich bete zu Mama, zu meinen Brüdern, zu Oma. Ivars lächelt noch immer, während er Handschellen aus der Jackentasche reißt und mich an die Gitterstäbe kettet.

»Du hast also mit Eiskunstlauf angefangen«, sagt er, nimmt die Schlittschuhe von meiner Schulter und fängt an, mir die Haare abzuschneiden. Es fühlt sich eher an, als würden sie mit der Wurzel ausgerissen, und ich kann die Tränen nicht zurückhalten. Er wirft die Haare den Schweinen hin, die sofort aufhören, am Mantel zu nagen.

»Du solltest vorsichtiger sein, wenn du dich abholen lässt, Constanza. Jedenfalls, wenn du nicht zurückkommen willst«, sagt er und fängt an, mir auf der anderen Seite des Kopfes die Haare abzuschneiden. Ich reiße an den Handschellen. Bin nicht mehr ruhig. Denke an das Geld, das Mama niemals sehen wird, und an Hjalmar, der als Nächster büßen muss. Ivars zieht meinen Kopf nach hinten, und meine Augen scheinen aus den Höhlen zu quellen. Ich versuche zu schreien, bekomme aber keine Luft. Versuche mich zu wehren, aber er reißt meinen Kopf nur noch weiter nach hinten. Die Schlittschuhkufe wird mit einem Geräusch durch meine Haare gezogen wie eine Geigensaite, die gespannt wird. Die Handschellen schneiden sich in die Haut, ich versuche zu treten, treffe aber nicht. Versuche, ihm ins Gesicht zu spucken, aber mein Mund ist wie ausgedörrt, und die Spucke fühlt sich an wie Sägespäne. Ich versuche ihn Satan, Teufel und Arsch zu nennen, aber mein Schluchzen und mein Stöhnen ertrinken im Lärm der Schweine. Vaterunser. Ich muss mich an den Anfang des Vaterunsers erinnern.

Dann fallen die Schlittschuhe plötzlich in den Schweinekoben, und Ivars lässt mich los. Er hat dasselbe Gesicht wie immer, wenn er sich einfach bedient hat. Hinter mir schlabbern die Schweine noch immer, und ich glaube, ihm ist schlecht. Er ist mitten in der Bewegung erschlafft, seine Augen sind starr. Dann sehe ich die Zinken der Heugabel, die aus seiner Brust ragen, das Blut, das jetzt über die Jacke tropft.

Hjalmar stößt zu, und Ivars fällt in die Ecke. Von hinten sieht er aus wie gepfählt. Hjalmar geht zu einem Werkzeugkasten unter dem Fenster, nimmt eine große Zange heraus und schneidet die Kette zwischen meinen Handgelenken durch.

»Geht's so weit?«, fragt er, und ich falle ihm um den Hals. Wenn er jetzt loslässt, werde ich nie wieder aufstehen können. Wenn ich kippe, werde ich immer weiter fallen, auch, nachdem ich den Boden erreicht habe.

»Ist er tot?«, frage ich, und meine Stimme ist deutlich lauter als das Grunzen der Schweine.

»Die Heugabel hat sein Herz durchbohrt«, sagt er mit einem Blick, der meinen nicht loslässt.

»Bist du sicher?«

Hjalmar nickt.

Ich lasse ihn los und trete einen Schritt vor. Meine Beine zittern nicht mehr. Ich denke daran, wie oft Ivars mich gezwungen hat, mich gebeugt, mich gekrümmt, mich gebrochen, mich benutzt, mich verflucht, mich geschlagen, mich verhöhnt, mich gehasst hat. Wie oft er mir eingehämmert hat, dass er Gott ist, dass er mir Leben einhaucht, dass ihm jeder Schritt gehört, den ich gehe. Jetzt liegt er zusammengekrümmt in der Ecke des Schweinestalls, wie ein Sack Mehl, den jemand weggeworfen hat, während ich fester auf meinen Beinen stehe denn je.

»Tut mir leid, Constanza. Ich hätte versuchen müssen, ihn

niederzuschlagen, aber ich hatte Angst, er würde mich überwältigen. Plötzlich hatte ich die Heugabel in der Hand. Das
ist jetzt mein Problem«, sagt Hjalmar, seine Augen sind ernst,
aber sein Blick ist blau und klar.

»Du hast richtig gehandelt«, sage ich.

»Ich fahre dich in ein Hotel in Kongsvinger, dann rufe ich
die Polizei.«

»Hjalmar«, sage ich und spreche zum ersten Mal seinen
Namen aus. »Nicht du hast ein Problem. Nicht ich habe ein
Problem. Ivars hat ein Problem.«

Dann erinnere ich ihn daran, was meine Großmutter immer gesagt hat.

Nachdem Hjalmar die Schlüssel für die Handschellen gefunden hat, bleibe ich auf dem Hofplatz stehen und reibe mir
die Handgelenke. Weiter oben am Hang scheint jemand zu
schießen, und wie auf ein Signal hin wird auf jeder Seite des
Tales eine Rakete abgefeuert, und beide treffen sich in der
Mitte über dem Dorf.

Hjalmar öffnet das Handschuhfach des Autos, mit dem
Ivars gekommen ist, findet die Fahrzeugpapiere und sagt
einen Namen, den ich noch nie gehört habe.

»Kenne ich nicht«, sage ich.

»Dann hat er den Wagen sicher gestohlen. Im Wagen liegt
nichts, was ihm gehört. Kannst du fahren?«

Ich schüttele den Kopf.

»Wir müssen auch das Auto loswerden«, sagt er, und ich
nicke nur.

»Weißt du«, sagt er dann. »Der Flyktningesee ist der tiefste
hier in der Gegend. Kannst du deine Schlittschuhe holen?«

»Was?«, frage ich und spüre einen rostigen Geschmack im
Mund.

»Ich fahre den Wagen zur Rinne, aber ich kann es nicht riskieren, die Scheinwerfer zu benutzen und von der Straße aus gesehen zu werden. Du musst mitkommen und mir mit einer Taschenlampe den Weg leuchten. Früher sind wir am Heiligen Abend immer Schlittschuh gelaufen, und wenn jemand auf den See hinaussieht, dann ist nur die Taschenlampe von jemandem zu sehen, der über das Eis gleitet.«

»Aber ich kann das Gleichgewicht nicht halten«, wende ich ein.

»Du kannst neben dem Auto herlaufen und dich am Seitenspiegel festhalten. Das geht sehr gut«, sagt er.

Hjalmar steuert den Zwischenraum zwischen zwei Tannen an, und dann ist er auf dem Eis. Er steigt aus und öffnet für mich die Tür. Die Schlittschuhe sind ein bisschen zu klein und pressen meine Zehen zusammen. Als ich versuche, einen Schritt zu machen, gleiten meine Beine auseinander. Hjalmar legt den Arm um mich und schiebt mich auf die Fahrerseite. Ich stütze die Taschenlampe auf den Spiegel, wie er sagt, und lege den anderen Arm durch das Fenster und um seine Schulter.

»Wird denn niemand die Spuren sehen?«, frage ich.

»Wir sind jetzt auf der Schlittschuhbahn, und erst kurz vor der Rinne liegt wieder Schnee, und ich glaube, die Spuren werden bis morgen verschwunden sein.«

Dann setzen wir uns in Bewegung. Ich leuchte mit einem kleinen Strahl den Weg und klammere mich ans Auto. Wir sind vielleicht noch zwanzig Meter von der Rinne entfernt, als Hjalmar anhält. Er steigt aus, legt einen Ziegelstein auf das Gaspedal, und mit der Spitze eines Skistocks schaltet er in den ersten Gang. Langsam bewegt das Auto sich vorwärts, und für einen Moment glaube ich, es werde das Loch verfehlen, das dort draußen im Eis klafft, doch dann trifft das linke Rad auf der Eiskante auf, und der Wagen kippt seitwärts in die Rinne. Er bleibt kurz liegen und wippt hin und her, dann höre ich das Wasser durch die offenen Fenster schäumen, das Heck richtet sich ein wenig auf, und dann versinkt das Auto.

Ich habe schon lange nicht mehr an einem See gestanden, der mir eher wie ein Meer vorgekommen ist. Als wir uns umdrehen und Hjalmar mich zum Land zieht, bleiben einige Schneeflocken auf meinen Wimpern liegen, und die Lampe über der Tür zum Schweinestall scheint mir einen Moment zuzuzwinkern wie der Stern von Bethlehem. An jenem Abend hat alles angefangen, und ich stelle mir das Kindlein in der Krippe vor, das zu einem solchen Glauben heranwuchs, dass es übers Wasser gehen konnte.

Und also lasse ich diese Geschichte hier enden.

Indianer

Papa ist tot, Mama ist weg, und Leahs Füße an meinem Oberschenkel fühlen sich an wie Eisklumpen. Ich packe die Decke
fester um uns und lege Leah den Arm um die Schulter. Unten
im Haus schlägt die Uhr elfmal, und wir sitzen seit dem Aufstehen vor dem Fernseher.

»Jetzt sehen wir bald den Weihnachtsmann am Strand«,
sage ich.

»Den Weihnachtsmann am Strand?«, wiederholt Leah und
schüttelt den Kopf wie immer dann, wenn sie etwas nicht
versteht. Ich überlege mir, dass ich ihr sagen muss, dass sie
nach dem Haarewaschen eine Spülung benutzt. Mama hat sie
immer daran erinnert, damit ihre Haare nicht so schwer zu
kämmen sind.

»Zu Heiligabend zeigen sie, wie man in anderen Ländern
Weihnachten feiert. In Australien geht der Weihnachtsmann
zu den Badenden an den Strand. Das musst du doch noch
wissen? Voriges Jahr hast du so gelacht, dass dir der Kakao
aus der Nase gespritzt ist«, sage ich.

Wieder schüttelt Leah den Kopf.

»Das hab ich vergessen, aber ich hab Lust auf Kakao«, sagt
sie.

Leah weiß fast nichts mehr aus der Zeit vor Papas Tod.
Manchmal glaube ich, sie behauptet das nur, und ich wünschte,

ich könnte das auch, aber mir fällt es schwer, nicht mehr an Papa zu denken. Jeden Sommer ist er mit uns auf eine Felseninsel gefahren und hat für uns ein Indianerzelt gebaut. Papa klemmte sich vorn und hinten Tücher in den Bund seiner Boxershorts. Dann bemalte er uns das Gesicht, und wir mussten ihm helfen, sich indianische Namen auszudenken. Die waren jedes Jahr neu und richteten sich danach, was wir seit dem letzten Mal gemacht hatten. Bei unserem letzten Spiel fand ich die Bemalung zu kindisch und wollte nur noch Benjamin heißen. Papa trat vor mich, die Arme vor der Brust verschränkt, wie er das immer machte, wenn ich sauer war.

»Da du mir nicht helfen willst, musst du wohl Kleiner Sauerteig oder vielleicht Übellauniger Büffel heißen«, sagte er und konnte nicht ernst bleiben, als ich nur noch saurer wurde.

Mein Hals ist wie ausgedörrt, wenn ich daran denke. Warum habe ich mir von ihm keinen richtigen Namen geben lassen? Leah wurde Die-plötzlich-auf-zwei-Rädern-reitet. Ich hätte Der-vier-Tore-schießt oder Der-als-Erster-in-der-Klasse-oben-auf-dem-Galdhøpiggen-ankam sein können. Jetzt wird Papa mich nie mehr Fußball spielen sehen. Wir werden nie mehr zusammen einen Ausflug machen.

Ich hole Socken für Leah und ziehe sie über ihre Eisklumpen, ehe ich in die Küche gehe und Wasser in den Kocher laufen lasse. Die Dose mit dem Kakaopulver ist die gleiche, die Papa immer gekauft hat. Der Kakao wird nicht so gut wie Mamas mit Milch, aber ich glaube nicht, dass Leah den Unterschied merkt. Der Geruch des Pulvers erinnert mich an den Sommer.

Auf unseren Indianertouren waren nur Papa, Leah und ich zusammen, aber kurz bevor im Herbst die Schule wieder anfing, gingen wir alle vier zusammen für einige Tage paddeln. Damit hatten wir nach den ersten Indianerlagern angefangen. Mama mochte nicht im Zelt schlafen, sie sagte, es sei Ausflug genug für sie, uns zum See zu bringen, wenn wir auf die Insel rudern wollten. Aber in dem Winter, in dem ich acht wurde, machte Papa einen Kurs über Kanubauen. Das Kanu fiel dann riesig aus, und ich dachte, er hätte es nicht so groß machen müssen, denn wir würden doch nie mehr als drei sein.

Ich weiß nicht, ob Papa Mama überredet hatte oder ob das ihre Idee war, aber als wir das Kanu zum ersten Mal ausprobieren wollten, kam sie mit. Diese Ausflüge zu viert waren das Schönste, was ich je erlebt habe. Eigentlich waren wir beim Paddeln viel mehr Indianer als im Lager mit Papa. Es war irgendwie spannender, denn wir übernachteten an allerlei Orten und konnten immer neue Indianerstämme sein, je nachdem wo wir waren.

Papa war das Wort, an das ich mich nie erinnern kann. Ein Nachdings. Seine Schwestern waren fast so alt wie Oma, und Mama sagte, dass er sich manchmal eher wie ein großer Bruder benahm als wie Leahs und mein Vater. Er hatte jedenfalls mehr Zeit zum Spielen als irgendein anderer Papa, den ich kenne. Aber als Indianer war er am besten, wenn er an einem Ort bleiben konnte, am liebsten auf einer Insel. Wenn er mit mir Blaubeeren suchen ging, musste er Mama anrufen, damit sie uns suchen kam. Mama hat sich immer gut orientieren können, und immer wenn wir das Kanu in neue Gewässer schoben, hatte sie die Karte.

Beim Nachbarn brennen die Lampen in denselben Zimmern wie an den letzten Tagen und Nächten. Ich hoffe, er ist mit seiner Tochter verreist. Gestern war Markus Grude, der

Polizist, zweimal da. Vielleicht ist jemand in der Familie gestorben? Bei uns war er damals zusammen mit der Pastorin. Ich hatte vorher noch nie mit einer Pastorin gesprochen, immer nur mit Männern. Ich habe sie auch später noch gesehen. Sie wohnt jetzt neben einem Jungen, der mit demselben Bus fährt wie ich.

Ich knalle den Küchenschrank zu und versuche, nicht an Papas Sarg zu denken, wie er im Boden verschwand. Eine Elster fliegt an unserem Fenster vorbei und landet auf dem Kanu, das an der Garagenwand hängt. Ich habe zuletzt richtig mit dem Nachbarn gesprochen, als er und seine Tochter im Herbst das Kanu ausgeliehen hatten. Ich mag den Nachbarn gern, aber ich bin froh, dass er weg ist. Bin froh, wenn wir keine Leute in der Nähe haben, die dauernd zu Besuch kommen.

»Tausend Dank«, sagt Leah, als ich den Kakao vor ihr auf den Tisch stelle. Im Fernsehen wird Cinderella gezeigt, wie immer zu Heiligabend. Als ich klein war, fand ich es komisch, dass ein Norweger alle Personen spricht. Er machte das ein bisschen so wie Papa, wenn er versuchte, Mama nachzuahmen, aber trotzdem war es ein Mann, der redete. Früher sagte Mama immer, ich sollte später Professor werden, weil ich oft nach Dingen frage, die sonst keinen Menschen interessieren. Leah war immer ganz anders. Sowie der Fernseher eingeschaltet ist, scheint alles um sie herum zu verschwinden. Jetzt zum Beispiel tastet sie sich mit der Hand zur Kakaotasse weiter, ohne den Blick vom Bildschirm zu entfernen.

Als Papa noch lebte, fand ich Leah nervig, aber jetzt helfe ich ihr bei den Hausaufgaben und kreuze in ihrem Wochenplan alles an. Ich kriege Bauchschmerzen, wenn ich daran denke. Vielleicht sollte ich es irgendwem sagen. Vielleicht wird Leah im Kopf so wie die Art, in der sie sich kleidet. Viele Farben, die zusammen komisch wirken.

»Wollen wir ein Spiel spielen?«, sage ich, um auf andere Gedanken zu kommen.

Leah achtet nicht auf mich.

»Leah!«, sage ich mit Papastimme. »Wollen wir ein Spiel spielen?«

Sie nickt, ohne die Augen vom Bildschirm zu entfernen.

»Wenn Cinderella vorbei ist, musst du ausschalten. Es ist nicht gut, zu lange fernzusehen.«

»Aber der Weihnachtsmann«, sagt Leah, und zum ersten Mal heute brauche ich nicht zweimal zu fragen.

»Der Weihnachtsmann kommt erst heute Nachmittag«, sage ich.

»Der Weihnachtsmann am Strand«, sagt Leah.

Den hatte ich total vergessen. »Wir können nachher noch ein bisschen fernsehen.«

Von uns beiden sieht eher Leah indianisch aus. Wenn sie sich die Haare gewaschen hat, glänzen die wie eine Pferdemähne, und wenn ich es schaffe, flechte ich ihr Zöpfe. Ihre Augen haben die gleiche Farbe wie Mandeln, und manchmal habe ich das Gefühl, dass Papa mich noch immer ansieht. Ich habe die blonden Haare von Mamas Familie, und wenn wir in der Stadt aus dem Schulbus steigen, glaube ich, dass Leute, die uns nicht kennen, uns nie im Leben für Geschwister halten würden.

Sie schüttelt den Kopf.

»Aber vielleicht nach Cinderella. Was gibt es zu essen? Pizza?«

»Jetzt gibt es gar nichts zu essen«, sage ich.

»Das weiß ich doch. Ich meine nachher«, sagt sie, dreht

sich zu mir um und stemmt die Hände in die Seite, auf die Weise, die Papa »mini-erwachsen« genannt hat.

»Leah. Heute gibt es keine Pizza, sondern Weihnachtsessen wie bei allen anderen.«

»Echt?«, fragt sie und wirkt überrascht, aber nun reitet der Prinz auf Cinderellas Hof. Leah dreht den Kopf zum Bildschirm um.

»Ja«, sage ich.

»Jetzt krieg ich doch Hunger«, sagt sie in dem Moment, in dem ich mir die Decke über die Beine lege.

Ich stelle die Füße auf den Boden, und sie schaut wieder mich an.

»Benjamin, warum können wir dieses Jahr zu Weihnachten nicht zu Oma fahren?«

»Das dauert so lange. Wir machen das sicher nächstes Jahr, wenn Oma nicht mehr im Krankenhaus ist«, sage ich, und ihre Augen richten sich wieder auf den Bildschirm, während der Prinz bei Cinderellas zweiter Stiefschwester den Schuh anprobiert.

Unten in der Küche lege ich die Weihnachtswurst zum Auftauen in warmes Wasser und nehme aus dem Schrank eine Packung Kümmelkohl, die schon seit dem letzten Jahr da liegt. Weder Leah noch ich essen den sonderlich gern, aber zu Weihnachten isst man ihn eben. Ich hätte ja noch anderes Weihnachtsessen besorgt, aber als ich zuletzt Geld holen wollte, hat der Bankautomat Mamas Karte verschluckt. Deshalb konnte ich für Leah kein Geschenk kaufen, aber ich habe ein Buch von mir eingepackt, von dem ich weiß, dass es ihr gefällt. Vor dem Essen werde ich versuchen, noch ein anderes Geschenk zu finden.

Ich mache gerade ein paar Brote mit Erdbeermarmelade,

als Markus Grudes Auto vor dem Nachbarhaus hält. Der Polizist klopft an die Tür und tritt auf die unterste Treppenstufe. Dann schaut er plötzlich zu unserem Haus herüber, und ich lasse mich auf den Boden fallen. Mein Herz hämmert dermaßen, dass mir der Arm wehtut. Ich hoffe, er hat mich nicht gesehen. Ich hoffe, er setzt sich wieder in sein Auto und fährt, aber dann klingelt es. Ich frage mich, ob er wohl wieder geht, wenn ich nicht aufmache, aber wenn er mich am Fenster gesehen hat, dann wird er sicher immer weiter klingeln.

Markus Grude lächelt, als ich die Tür öffne.

»Hallo, Benjamin. Hast du Morgan heute schon gesehen?«, fragt er und nickt zum Nachbarhaus hinüber.

»Ich habe ihn zuletzt gesehen, als wir am letzten Schultag mit dem Bus nach Hause gekommen sind«, sage ich.

»Na gut. Kann ich kurz mit deiner Mutter sprechen?«

»Die ist nicht zu Hause«, sage ich und fröstele im Wind, der vom Baklengselv hochkommt.

»Am Heiligen Abend ist sie nicht zu Hause?«, fragt der Polizeibeamte und runzelt die Stirn.

»Doch, sicher«, sage ich und nicke, während ich die Zähne zusammenbeiße, damit sie nicht zu klappern anfangen.

»Aber?«, fragt er und starrt mir wie ein Lehrer ins Gesicht. Im Fernsehen ist Cinderella offenbar zu Ende, denn Leah hat ihre Kinder-Hits-CD eingelegt.

»Die ist in Kongsvinger. Irgendwelche Weihnachtsgeschenke, die sie bestellt hatte, kommen erst heute, und da wollte sie uns nicht dabei haben.«

Der Polizist will etwas sagen, aber zugleich klingelt es in seiner Jacke.

»Na gut«, meint er und zieht das Telefon aus der Tasche. »Aber sie soll mich anrufen, wenn sie wieder da ist.«

»Sag ich ihr. Fröhliche Weihnachten«, sage ich.

»Fröhliche Weihnachten«, sagt er und hält sich das Telefon ans Ohr.

Leah und ich haben den ganzen Christbaumschmuck aus der Schachtel verwendet, und ich finde, die Tanne sieht schön aus, auch wenn wir die Spitze nicht befestigen konnten. Früher stand der Baum immer in der Ecke zwischen Esstisch und Stereoanlage. Jetzt steht er im Wohnzimmer vor dem Fenster. Wenn jemand auf den Hofplatz kommt, wird er glauben, dass wir wie alle anderen sind.

Ich räume die Teller weg. Leah hat den Kümmelkohl nicht angerührt, aber alle Würste aufgegessen. Wir hatten keinen Reispudding, deshalb habe ich ganz normalen Reisbrei gekocht. Der ist zwar unten angebrannt, aber das macht nichts. Ich nehme ein paar Löffel von oben, stecke die Mandel in Leahs Portion und packe ganz schnell eine Tüte Geleehütchen ein, die ich im Schrank gefunden habe.

»Will Mama denn nicht mal Nachtisch?«, fragt Leah, und ihre Lippen fangen an zu zittern.

»Sie wollte vielleicht später ein bisschen aufstehen«, sage ich und stelle den Teller vor meine Schwester hin. »Ich glaube, diesmal kriegst du die Mandel.«

»Das ist ungerecht«, sagt Leah, zieht die Mundwinkel nach unten und will schon auf die mini-erwachsene Art die Arme verschränken, hält aber mitten in der Bewegung inne.

»Was ist los?«, frage ich.

»Immer kriege ich die Mandel! Ich hatte sie voriges Jahr und im Jahr davor auch.«

Zum ersten Mal seit Papas Tod erlebe ich, dass sie so weit zurückdenkt, und ich weiß nicht, was ich sagen soll. Ihre Tränen fließen los, und ich habe Angst, weil sie nicht schluchzt oder aufstößt. Kein Mädchen aus meiner Klasse weint so wie jetzt Leah.

»Kriege ich immer die Mandel, weil ich klein bin? Papa hat mich immer sein kleines Herz genannt. Warst du dann sein großes Herz?«

Sie hört sich erkältet an, und sie weint weiter lautlos. Ich wische ihr mit meinem Pullover die Tränen ab.

»Ich glaube, wir waren alle sein Herz, aber er hat Mama das große genannt.«

»Papa fehlt mir, ich wünschte, Mama wäre nicht mehr da«, sagt Leah, und jetzt weint sie so wie andere Mädchen.

»Mama hat auch Sehnsucht nach Papa, deshalb ist sie so. Und, Leah, du weißt doch, dass Papa im Himmel ist. Daran können wir nichts ändern.«

»Warum nicht?«, fragt sie, steigt vom Stuhl und legt die Arme um mich, als ob mich das zu Papa machen könnte.

»Jetzt essen wir den Nachtisch«, sage ich. »Und weißt du, wie du sichergehen kannst, dass nicht geschummelt wird?«

Sie schüttelt den Kopf und wischt sich mit der Serviette das Gesicht.

»So!«, sage ich und verschiebe die Schüsselchen auf dem Tisch, zähle dabei laut bis zehn und höre auf.

»Oh, was ist das denn?«, sage ich und starre aus dem Fenster.

»Was denn?«, fragt Leah und fährt so rasch herum, dass sie fast umgefallen wäre.

»Ich glaube, da ist jemand!«

»Der Weihnachtsmann«, ruft sie und stürzt zum Fenster. Es gibt ein Geräusch wie dann, wenn Vögel gegen das Fenster fliegen, als ihre Stirn die Fensterscheibe trifft, und rasch tausche ich die Teller aus.

»Ich sehe nichts«, sagt sie und dreht sich enttäuscht zu mir um.

»Das war sicher nur eine Elster oder so. Jetzt essen wir den Nachtisch, sonst kommt der Weihnachtsmann nie.«

Leah stopft sich drei Löffel Brei in den Mund und lässt sich nicht mal Zeit, um dazwischen zu schlucken. Dann wieder ein Schrei, die Hände erhoben, wie nach einem Treffer, und ich bin froh, dass ihre Stimmung so rasch umschlagen kann.

»Ich hab die Mandel! Ich hab die Mandel, Benjamin. Das war nicht geschummelt.«

»Gratuliere«, sage ich und reiche ihr die Tüte mit den Geleehütchen. »Und du weißt ja, was du jetzt zu tun hast.«

Sie schüttelt den Kopf, aber ich kann ihr ansehen, dass sie sich nur verstellt.

»Den Tisch abräumen«, sage ich.

»Ich hab doch die Mandel gekriegt«, erwidert sie.

»So haben wir das immer gemacht. Papa hat immer gesagt, es wäre ungerecht, wenn der, der den Preis kriegt, nicht wenigstens abräumen müsste.«

Leah nickt und stellt meinen Teller auf ihren eigenen.

»Mama müsste abräumen. Mama tut nie irgendwas. Ich wünschte, sie wäre weg«, sagt sie noch einmal und fragt dann, ehe ich antworten kann: »Was hat sie denn überhaupt für eine Krankheit? Sie hat sich doch nichts gebrochen oder sich wehgetan.«

Ich bin selbst auch nicht sicher. Aber Mama war auch nach Leahs Geburt eine Weile so. Ist viele Tage nicht aufgestanden, und Oma kam zu uns, um zu helfen. Ich kann verstehen, dass die Erwachsenen traurig sind, wenn jemand stirbt, aber ich kann nicht verstehen, wieso sie traurig werden können, weil sie ein Kind kriegen.

»Ich glaube, Mama ist so komisch, weil sie traurig ist«, sage ich.

»Das bin ich auch«, sagt Leah, und ihre Stimme wird scharf.

»Jetzt müssen wir schnell den Tisch abräumen. Stell dir vor, der Weihnachtsmann kommt und sieht die ganze Unordnung.«

Ich habe Shampoo und Haarbalsam von Mama für Leah eingepackt und dasselbe mit einer alten CD für mich selbst gemacht. In Papas Nikolaussack liegen auch die Geschenke, die Oma geschickt hat, und während Leah den Tisch abräumt, stelle ich den Sack eilig auf die Treppe. Vielleicht könnte ich noch einmal an die Schlafzimmertür klopfen, aber das bringt ja nichts. Jetzt ist es zu spät. Draußen wird es dunkel, und es schneit. Wenn wir ausgepackt haben, können Leah und ich vielleicht noch eine Schneelaterne bauen. Ich klingele, ziehe die Tür leise wieder zu und laufe aufs Klo.

»Leah. Es hat geklingelt. Kannst du mal nachsehen? Ich bin gerade auf dem Klo«, rufe ich, so laut ich kann.

Ihre Füße trommeln über den Boden, und ich warte, bis ich die Tür gegen Papas Geländer schlagen höre, ehe ich hinterhergehe.

»Der Weihnachtsmann«, sage ich überrascht und ziehe gleichzeitig mit Leah am Sack.

»Nein«, sagt sie. »Nur sein Sack.«

»Er muss heute Abend noch viele Kinder besuchen und konnte sicher nicht warten. Willst du die Aufkleber lesen? Papa hat doch versprochen, dich das tun zu lassen, wenn du erst lesen kannst.«

»Mach du das.«

»Aber voriges Jahr hast du dich doch so darauf gefreut.«

»Ich will nicht.«

Ich versuche, mir so komische Reime auszudenken, wie Papa das immer gemacht hat, solche, die irgendetwas mit dem Inhalt der Pakete zu tun haben, aber das schaffe ich nicht. Leah reißt nur das Papier von allen Geschenken und legt sie vor sich auf den Tisch, als wären es praktische Dinge wie Socken oder Handschuhe.

»Du hast aber viele schöne Sachen gekriegt«, sage ich.

Sie nickt.

»Und eine neue Puppe von Oma.«

Wieder nickt sie.

»Ich hab ein Playstation-Spiel«, sage ich und halte es ihr hin, aber sie hält meinen Blick fest.

»Ich wünsche mir Papa.«

»Ich weiß«, sage ich. »Aber ...«

»Können wir nicht zu Papa fahren?«, fällt sie mir ins Wort.

Ich packe Omas letztes Geschenk aus. Ein Buch über das Überleben in der Wildnis. Ich weiß nicht, was ich Leah sagen soll. Wir haben ihr doch erzählt, dass Papa tot ist. Dass er bei seinen Eltern ist. Leah hat früher verstanden, was es bedeutet, wenn jemand tot ist. Aber vielleicht habe ich mir das ja nur eingebildet. Wenn jemand in Skogli gestorben ist, sagt Mama immer, dieser Mensch sei in den Himmel gefahren, als sei der Himmel ein Ort wie Schweden oder das Mittelmeer.

»Wir können jetzt nicht zu Papa«, sage ich, lege mein Buch auf den Tisch und suche nach etwas Beruhigendem und Erwachsenem, das ich sagen könnte.

»Wollen wir eine Schneelaterne bauen?«, frage ich dann.

»Benjamin, bitte. Papa fehlt mir so.«

Ich sehe, dass ihre Zöpfe schief geflochten sind und dass ihr weißer Rollkragenpullover einen gelben Fleck hat, vielleicht von einer Apfelsine. Sie scheint seit dem Sommer kleiner geworden zu sein. Ich kann nicht antworten, denn dann wird sie merken, dass ich mit den Tränen kämpfe. Aber Leah starrt mich weiter an, deshalb forme ich mit dem Mund ein Lächeln und zucke mit den Schultern.

»Weißt du noch, was Papa gesagt hat?«, fragt sie dann, und ich schüttele den Kopf.

»Dass die Sterne von toten Menschen gemacht worden sind, die Löcher in den Himmel getreten haben, damit wir sehen können, dass sie nachts Lichter anzünden.«

Sie sagt diesen langen Satz, ohne Atem zu holen, wie etwas, das sie in der Schule auswendig gelernt hat. Ihre Augen sind groß und liegen ganz tief im Kopf, wie die Augen von Kindern in afrikanischen Flüchtlingslagern. Solche Augen, die fast nie blinzeln. Ich weiß noch, dass Papa das über die Sterne gesagt hat, und mir geht auf, dass Leah sich so gut an ihn erinnert wie ich.

»Ich werde mal fragen, wann Mama aufstehen will«, sage ich.

In dem Raum, der Mamas und Papas Schlafzimmer war, riecht es nach altem Blumenwasser, und das Nikolauskostüm, das ich herausgesucht habe, liegt auf dem Bett, wo ich es hingelegt habe. Das Hochzeitsbild, das Mama nach Papas Tod über den Nachttisch gehängt hat, ist verrutscht, und das Wasserglas und die zwei Tablettendosen sind umgekippt. Ich war nicht in vielen Schlafzimmern von Erwachsenen, aber ich habe noch nie gesehen, dass andere dort ihr Hochzeitsbild hatten. Normale Leute haben es an der schönsten Wand in ihrem Haus, aber Mama kommt ja fast nie mehr ins Wohnzimmer.

»Mama«, sage ich und bleibe bei der Tür stehen. Wegen des Geruchs versuche ich, beim Reden den Atem anzuhalten.

»Mama!«, sage ich noch lauter. Sie liegt auf dem Rücken,

und ich sehe, wie ihre Brust sich unter ihrem Schlafanzug auf und ab bewegt, ansonsten könnte sie auch tot sein. Als ich vorhin mit dem Kostüm hier war, hat sie immerhin die Augen aufgemacht, auch wenn sie ihren Blick nicht bewegt hat.

Ich gehe zu ihr und packe ihre Schulter, und sie stößt einen Laut aus wie dann, wenn Leah sich auf die Luftmatratze legt, um die Luft herauszupressen.

»Mama«, rufe ich ihr ins Ohr, aber sie reagiert nicht. Ich gehe zum Fenster. Der Christstern im Wohnzimmer der Nachbarn sieht aus wie in Watte gepackt, aber das liegt nur daran, dass der Schnee sich jetzt auf die Birke vor dem Haus legt. Hinten auf unserem Hofplatz, gerade so weit, wie die Lampe vor der Garage reicht, gibt es zwischen den Tannen eine Öffnung, dort, wo der Weg zum Baklengselv hinunterführt. Im Dämmerlicht sieht die Öffnung aus wie ein Gang, und ich weiß, dass es niemals anders sein wird. Markus Grude wird zurückkommen, und ich bin nicht sicher, ob ich dann wieder so lügen kann. Oder vielleicht wird Leah sich in der Schule verplappern. Die Lehrer sind ohnehin schon misstrauisch, weil Mama nie zu den Elternabenden kommt, auch wenn ich ihre Schrift sehr gut nachahmen kann. Und Oma! Wenn sie aus dem Krankenhaus entlassen ist, wird sie häufiger anrufen und erst dann Ruhe geben, wenn sie mit Mama sprechen kann.

Ich wünschte, wir würden in den alten Zeiten leben. Dann könnten wir bei Oma wohnen, so, wie sie als Kind bei ihrer Oma gewohnt hat. Aber als im letzten Jahr die Eltern eines Klassenkameraden bei einem Flugzeugabsturz ums Leben kamen, durfte er nicht bei seiner Oma wohnen, weil die zu alt war.

»Bis dann, Mama. Leah und ich gehen zu Papa«, sage ich

und würde gern hinzufügen, dass ich sie lieb habe, aber das schaffe ich nicht. Stattdessen schreibe ich das auf eine leere Seite in dem Buch, in dem sie ihre Gedichte stehen hat, und ganz unten füge ich hinzu, dass Leah und ich losgezogen sind, um Indianer zu sein.

»Das ist so, als ob wir in deiner Schneekugel wären«, sage ich zu Leah, als wir über den Hofplatz auf die Garage zugehen.

Leah nickt und hält die Stalllampe ein wenig höher. Der Schnee legt sich auf ihre Mütze und ihren Mantel, und in dem flackernden Licht sieht es aus, als ob ihr ein Fell wächst. Oben in Overgrenda fallen kurz hintereinander fünf Schüsse, und ich denke, dass sie jetzt Weihnachten einschießen. Ich bekomme ein schlechtes Gewissen, weil wir schon mit allem fertig sind, ehe die normalen Leute damit anfangen. Noch ein Grund, aus dem wir genauso gut losgehen können. Ich bin zwölf Jahre alt und kann nicht so für mich und meine Schwester sorgen, wie ich das müsste.

Leah bleibt plötzlich vor mir stehen und hebt ihre Lampe noch ein wenig höher.

»Was ist los?«, frage ich.

»Ich kann kein Loch im Himmel sehen.«

»Weil es schneit. Der Himmel ist bewölkt.«

Leah gibt keine Antwort, sondern bleibt stehen, wie um ein Loch in die Wolken zu brennen.

»Über dem Fluss schneit es vielleicht nicht. Vielleicht sehen wir da die Sterne. Kannst du das hier halten?«, frage ich und reiche ihr den Rucksack mit Kakao und Broten. Ich schiebe sie zur Garage weiter und sorge dafür, dass sie nicht zum Haus hinüberblickt. Wenn ich mich jetzt zu den Lichtern im Wohnzimmer umdrehe, werde ich das, wozu ich mich entschlossen habe, bestimmt nicht ausführen.

Ich habe schon oft das Kanu heruntergehoben, zusammen mit Papa und auch allein, aber jetzt sitzt es einfach fest. Ich bitte Leah, auf einen Stuhl zu steigen, damit sie das Licht dichter an die Lederriemen halten kann, mit denen das Kanu befestigt ist. Obwohl die Stalllampe ziemlich trübe ist, kann ich sehen, dass die Riemen schief angezogen sind und sich überkreuzen. Es wird lange dauern, sie aufzubinden, falls mir das überhaupt gelingt.

»Kannst du dich in die Tür stellen?«, frage ich Leah und hole die Säge, mit der ich den Weihnachtsbaum gefällt habe. Genauso klingt es, wenn Papa neue Saiten auf die Gitarre zieht, nur noch schlimmer, und mir läuft es eiskalt den Rücken hinunter. Es ist anstrengend, die Arme hoch über dem Kopf zu bewegen, und ich muss zwei Pausen einlegen, ehe die Riemen endlich reißen. Das Kanu fällt mit dem Bug zuerst, rutscht aus dem hintersten Riemen und wirft einen Stapel Farbeimer um. Leah tritt einen Schritt zurück, lässt die Lampe in den Schnee fallen und hält sich die Ohren zu. Ich kann die letzte Reihe vor dem Absturz retten, aber mein Herz schlägt wie wild.

»Dann können wir aufbrechen«, sage ich, lege die Paddel unten ins Kanu und fange an, es hinter mir herzuziehen. Es kratzt über den Kies, was in meinem Kopf wie ein Zahnarztbohrer klingt, und Leah hält sich die Ohren zu, bis ich den Rasen erreicht habe und das Kanu mit einem weicheren Geräusch über den Schnee gleitet.

»Leuchtest du?«, frage ich, und sie hebt die Lampe wieder auf.

Die Bäume am Weg scheinen in der Dunkelheit höher zu sein, und die Zweige strecken sich wie knochige Skelettarme nach uns aus.

»Nicht so schnell«, sage ich. Das Licht der Lampe ist nicht

größer als eine Apfelsine, bildet aber dennoch einen Tunnel durch die Nacht. Als wir eine Ruhepause einlegen, höre ich deutlich das Rauschen des Baklengselv. Ich habe es im Winter noch nie so laut gehört. So klingt es im Frühling, wenn das Eis bricht. Ich binde mir den Schal los, aber das macht das Atmen nicht einfacher.

»Jetzt sind wir bald da«, sage ich, und Leah nickt. Auch wenn ich ihr Gesicht nicht deutlich sehe, erinnert sie mich auf eine Weise an Mama, die mir noch nie aufgefallen ist. Ich schlucke. Der letzte Teil des Weges führt steil nach unten, vorbei an Felsbrocken, und dann haben wir das Ufer erreicht. Hier habe ich Schlittschuh laufen gelernt, aber in den letzten Wintern war der See nicht gefroren. Wenn wir mit dem Schulbus nach Hause gefahren sind, habe ich in diesem Winter überhaupt noch nirgendwo am Baklengselv Eis gesehen. Jetzt bin ich froh darüber, dass wir uns einfach treiben lassen können. Weg von Skogli, zu Papa. Ich überlege mir, dass wir vielleicht beten müssten. Ich überlege mir, dass ich vielleicht etwas sagen müsste. Aber ich habe keine eigenen Gedanken in mir. Nur ein Bild, das ich von Oma bekommen habe, es zeigt Jesus, der auf dem Wasser geht. Als ich zu ihr gesagt habe, dass niemand das kann, niemand kann auf dem Wasser gehen, wenn kein Eis liegt, sagte sie, eines Tages würde ich verstehen, was das Bild bedeutet. Aber ich weiß es noch immer nicht. Papa wollte nur über die Straße gehen, und dann war er nicht mehr da. Die Pastorin hat gesagt, dass er nichts mehr gemerkt hat.

»Setzt du dich rein?«, frage ich Leah.

»Wie kann Papa uns jetzt sehen? Es gibt doch keine Sterne«, sagt sie, und ich höre, dass sie versucht, nicht zu weinen.

»Er sieht uns, solange du die Lampe festhältst.«

Leah setzt sich. Ich lege die Paddel mitten ins Boot und atme tief durch, damit mein Herz ruhiger schlägt, aber es klopft nur noch schneller.

»Ich hab dich lieb, Leah«, sage ich, während ich das Kanu zum Wasser schiebe. Die Unterfläche des Kanus kratzt über die Steine, und ich lehne mich mit Leibeskräften dagegen, um diesem Geräusch zu entgehen. Ich rutsche auf einem Stein aus, versuche, mich auf das Kanu zu stützen, schiebe es damit aber weg.

»Ich kann die Lampe nicht mehr halten«, ruft Leah, und ich falle in den Fluss. Versuche, mich abzustützen, aber das Wasser ist zu tief. Es zieht mich nach unten. Ich weiß nicht mehr, wo oben ist. Wo Land ist. Mein Bein steckt fest, und die Strömung reißt an mir. Ich trete mich los. Rufe nach Leah. Es kommt nur ein Gurgeln dabei heraus. Der Atem bleibt mir in der Brust stecken. Ich knalle gegen einen Stein. Kann nicht auf die Beine kommen. Werde wieder unter Wasser gezogen. Das Wasser umschließt mich. Oben. Unten. Wenn man zum dritten Mal untergeht, ertrinkt man. Ich sehe Jesus nicht. Man kann nicht auf dem Wasser gehen. Ich denke Leahs Namen. Wir müssten zusammen sein. Ich schaffe einfach gar nichts richtig.

Ich kann mich auf den Rücken drehen. Meine Augen sind voller Tränen. Papa schneidet Löcher in die Wolken, und die Sterne fangen an zu fallen. Zerfetzen das Dunkel um mich herum. Ich denke, dass Sterben schnell geht. Es platscht im Wasser. Leah hat die Lampe wiedergefunden. Ich versuche zu rufen, dass sie an Land bleiben soll. Etwas Großes packt mich. Ein Arm um meinen Hals. Ich werde an Land gezogen. Der Schnee nimmt mich auf. Mein Herz hämmert gegen den Boden.

Ich kann nicht aufstehen, aber im Lichtstrahl sehe ich, dass das Kanu sich zwischen zwei Steinen verkeilt hat. Leah klammert sich mit beiden Händen im Bug fest, es platscht wieder, und etwas Schweres watet im Licht einer Taschenlampe los. Jemand schreit. Aber ich höre nicht, was. Das Kanu fängt an zu schwanken. Ich glaube, dass es gleich umkippen wird, aber dann gleitet es von den Steinen. Plötzlich ist Leah hinter der Lampe, und als das Kanu sich dem Ufer nähert, ändert der Lichtstrahl der Taschenlampe seine Richtung, und ich ahne etwas Rotes und Flatterndes. Leahs Stimme ist so schrill, dass ich nicht verstehen kann, was sie sagt. Das Licht kommt auf mich zugestürzt, die Schritte haben denselben Rhythmus wie mein Herz, und dann lässt Leah sich neben mir in den Schnee fallen.

»Der Weihnachtsmann ist am Strand! Der Weihnachtsmann ist am Strand«, ruft sie mir ins Ohr, und über ihr taumelt eine größere Gestalt aus der Nacht. Der Weihnachtsmann hat keinen Bart. Der Weihnachtsmann hat keine Mütze. Der Weihnachtsmann bringt keine Geschenke, aber das spielt keine Rolle. Der Weihnachtsmann hat Mamas Arme.

Die dunkle Seite des Mondes

Als Junge hatte ich über meinem Bett ein Plakat von Neil Armstrong. Ich habe in letzter Zeit viel an ihn gedacht. An Neil Armstrong und an Jesus. Dunkle Flecken. Dinge, von denen du weißt, dass sie da sind, die du aber nicht sehen kannst. Neil Armstrong, der einfach nicht wissen konnte, ob er jemals auf die Erde zurückkehren würde. Und dann habe ich an den alten Vorsteher von Eben Ezer gedacht, der die Bibel verbrennen wollte, falls die Astronauten da oben Leben fänden. Immer häufiger sind im vergangenen halben Jahr diese Dinge zu einem verschmolzen, während ich an unserem Schlafzimmerfenster stand und zum Mond hochschaute. Ich wüsste gern, ob Neil Armstrong jemals von Angst davor erfüllt war, was sich da oben auf der dunklen Seite verstecken könnte, oder ob er so in den Augenblick vertieft war, dass er alle Gedanken daran, was schiefgehen könnte, verdrängt hat.

Unser Haus liegt ganz am Rand des Overgrenda genannten Plateaus, und wenn das Dorf eine Sprungschanze wäre, würden Anita und ich gleich beim Absprung wohnen. Ich bleibe ungefähr so eine Zigarettenlänge draußen auf der Treppe stehen, während ich versuche, mich zu konzentrieren. Unten im Tal schwelt es noch immer, aber der Brand ist jetzt unter Kontrolle. Ich war der Erste aus der Mannschaft, den der Feuerwehrhauptmann nach Hause geschickt hat. Ich weiß, er wollte nett sein, aber ich kann mich nicht darüber freuen. Unten im Gluthaufen werden meine Kollegen vermutlich die Reste von zwei Menschen finden, und auch wenn der Tod der Tod bleibt, egal wann im Jahr er eintritt, ist er am Heiligen Abend doch immer etwas Besonderes, so als versuche er dann ganz besonders spektakulär aufzutreten. Am ersten Weihnachtsfest, an dem ich Dienst hatte, mussten wir dem Krankenwagen helfen, nachdem ein Auto mit vier Kongolesen westlich von Kongsvinger in der Glomma gelandet war. Alle ertrunken. Drei Jahre später wiederholte sich das mit einer Familie mit kleinen Kindern auf der anderen Seite der Stadt. Zum vierten Mal erlebe ich nun bei der Heiligabendschicht einen Todesfall, aber seltsamerweise ist es zum ersten Mal ein Feuer, das diese Leben holt.

In den vergangenen Stunden hat es ununterbrochen geschneit, und der Tag, der etwas Lässiges und Rastloses hatte, als ich heute früh beim Briefkasten war, hat sich dem Weiß ergeben. Die Tanne mit den Christbaumkerzen hat sich ein wenig zusammengerissen, zwar senken sich die untersten Zweige zu Boden, doch der ganze Baum ragt zackig wie ein Kirchturm in die Wolken. Ich war als Kind oft mit meinem Vater in der Kirche, aber Anita und ich waren niemals Kirchenmenschen. In letzter Zeit sind wir jedoch mehrere Male beim Gottesdienst auf der hintersten Bank gelandet. In der Kirche kann ich mich entspannen, auch, wenn Anita meine Hand fester hält als damals vor mehr als einer Silberhochzeit, als wir vor dem Altar knieten.

Drei Geistliche wechseln sich mit den Gottesdiensten ab. Zwei von ihnen erinnern mich an die Streber aus meiner Klasse, die die Hausaufgaben immer auswendig konnten, die Pastorin dagegen hat eine ganze eigene Weise, um Jesu Gleichnisse auf neue Art verständlich zu machen. Vielleicht wirkt sie so glaubwürdig, wenn sie über den verlorenen Sohn und die vielen anderen Verlierer spricht, weil sie geschieden ist oder getrennt lebt. Bei Ärzten geht es mir auch so, am besten gefallen mir immer die, von denen ich weiß, dass sie selbst auch schon krank gewesen sind.

Durch die Wohnzimmerfenster kann ich sehen, dass die Lampen nicht mehr brennen, dass die neuen Talgkerzen aber angezündet sind. Ich muss schlucken. Ich weiß gar nicht mehr, wann wir zuletzt eine Packung Kerzen gekauft hatten, ehe die Mitteilung kam. Jetzt können ganze Abende vergehen, ohne dass wir im Wohnzimmer das elektrische Licht einschalten.

Ich weiß, dass Anita das Essen warm hält und dass sie nicht gegessen hat, auch wenn ich gesagt habe, sie solle nicht warten. Aber ich bringe es trotzdem nicht über mich, mich zu erkennen zu geben. Noch nicht. Ich weiß noch, an unserem ersten gemeinsamen Heiligabend, als ich noch kein Feuerwehrmann war, stand ich auch eine Weile draußen, ehe ich ins Haus ging, und überlegte mir, wie ich ihr von dem Briefumschlag mit dem Weihnachtsgeld erzählen sollte, um aus der Überraschung möglichst viel herauszuholen. Damals fühlte ich mich reicher denn je zuvor, und jetzt geht es mir auf irgendeine Weise auch so, auch wenn der Briefumschlag in meiner Jackentasche kein Weihnachtsgeld enthält.

Ich gehe in den Holzschuppen, finde die Zehnerpackung Winston, die ich oben im Werkzeugkasten versteckt habe, und setze mich auf den Hackklotz. Anita und ich haben gleichzeitig mit Rauchen aufgehört, und sie gerät außer sich, wenn sie entdeckt, dass ich heimlich Zigaretten habe. Es ist ein seltsamer Gedanke, dass ihre ersten Worte an mich die Frage waren, ob ich eine Zigarette für sie hätte. Ich war stellvertretender Hausmeister bei der Zeitung, für die sie arbeitete, und obwohl wir fast auf den Tag genau gleich alt waren, hatte sie schon Karriere gemacht und war in der Hierarchie nach oben geschossen. Als Vertriebschefin legte sie Wert auf ein ernsthaftes Auftreten und kleidete sich dementsprechend seriös. Das hat mich damals angezogen, sie war so ganz anders als alle Frauen, mit denen ich vorher zusammen gewesen war. Anita Kristensson hatte etwas Unerreichbares, und zwar weniger wegen ihres Aussehens, sondern weil sie bei allem, was sie tat, Selbstsicherheit ausstrahlte. Oder vielleicht nicht Selbstsicherheit, vielleicht war es eher Unabhängigkeit. Die Fähigkeit, Dinge auf ihre Weise zu lösen, ohne andere Menschen für die Lösung zu halten. Nichts an Anita Kristensson ließ annehmen, dass ihr Leben eine halbe Sache sein würde, auch wenn sie niemals einen Mann fände, an den sie sich auf einem Hochzeitsbild anlehnen könnte. Dass wir trotzdem zusammen in Glas und Rahmen landeten, erschien vielen wohl als Experiment – und vielleicht war es für uns am Anfang auch so. Als wir das erste Mal miteinander schlafen wollten, konnte ich mich nicht von dem Gedenken daran befreien, wer sie war, oder eher, *was* sie war. Von dem primitiven Gefühl, mich auf diese Weise nach oben zu schlafen. Der Junge vom Nachbarstamm, der die Häuptlingstochter entführt und an den Haaren in seine Höhle zerrt. Als ich die Knöpfe ihres anthrazitfarbenen Kostüms öffnete, wurde die Erregung des Augenblicks fast überschattet von der übersprudelnden Freude über die Geschichte, die ich am Montagmorgen in der Kaffeepause erzählen könnte. Aber als wir dann Haut an Haut dalagen, überkam mich ein Gefühl der Feierlichkeit. Etwas, das meine Bewegungen verlangsamte und mir die Kehle zuschnürte. Ein Gefühl, das ich früher nur verspürt hatte, wenn ich beim Abendmahl durch den Mittelgang lief. Als mein Mund ihr Geschlecht fand, geschah das mit demselben Gefühl, mit dem ich die Lippen an den Kelch hielt.

Wenn ich heute der jungen Ausgabe von Ansgar Øverby begegnete, bin ich nicht sicher, ob wir uns gut verstehen würden. Aber in der Kaffeepause hielt ich die Klappe. Anita wurde zu mehr als nur zu einer Geschichte, die ich mit den Arbeitskollegen teilen könnte, und als das Wochenende ein Ende nahm, war zwischen uns immer noch Samstag.

Die erste Zigarette seit mindestens vier Monaten schmeckt bitter, aber ich drücke sie nicht aus, denn etwas an diesem Geruch nach Schwefel und Tabak erinnert mich an den Yellowstone-Nationalpark. Ich bin in letzter Zeit so empfänglich geworden. Ein Geruch, ein Blick, ein Windstoß, ein Sonnenstrahl, mehr ist nicht nötig, um mich an einen ganz anderen Ort zu versetzen. Oft an einen der Orte, die Anita und ich ganz zu Anfang unserer Beziehung oder später zu dritt, zu viert und schließlich zu fünft besucht haben. Es ist seltsam, dass wir, als die Mädchen klein waren, mit dem Zeigefinger in den Atlas tippten und die wirklich langen Reisen planten, die wir unternehmen würden, wenn die Kinder groß sind. Aber nachdem die Jüngste von zu Hause ausgezogen ist, sind wir kaum auch nur zum Einkaufen nach Schweden gefahren. Anita hat ihre Weinproben, das Nähkränzchen, in dem keine nähen kann, die Jogginggruppe und immer neue Kurse, um mit den wechselnden Trends in der Zeitungswelt Schritt zu halten. Ich fische mit den Jungs von der Arbeit Lachs, bastele an alten Autos herum, die vielleicht nie wieder auf der Straße landen werden, und stottere während der Elchjagd mehr Überstunden ab, als mir eigentlich zustehen. Abends schlafen wir in der Regel mit unseren Rotweingläsern vor dem Fernseher ein, ab und zu geben wir dem Tag eine besondere Würze, indem wir in Reisekatalogen blättern und vage planen, einen Teil des Jahres im Ausland zu leben, wenn wir in Rente gehen. Immer häufiger in den letzten Jahren hatte ich das Gefühl, dass wir eher die Leitung eines Familienunternehmens waren – eines Hauses, eines Grundstücks – als Mann und Frau, die sich für den Rest des Lebens ihr Ja-Wort gegeben haben. Es war nicht so, dass unsere Herzen sich auf die Suche nach neuen Wegen gemacht hätten. Anita Kristensson, die sich anfangs zehn Jahre älter gekleidet hatte, als sie war, hielt äußerlich Schritt mit Frauen, die entsprechend viel jünger waren, und wegen meines Jobs habe ich mich immer gut in Form halten müssen. Aber irgendwie hörten wir auf, einander zu bemerken. Ich weiß noch, dass ich sie nach einem Friseurbesuch zum Weinen brachte. Die schwarzen Haare, die ihr in unserer ganzen gemeinsamen Zeit über den halben Rücken gefallen waren, endeten plötzlich auf dem Blusenkragen, aber mir fiel erst etwas auf, als sie es selbst erwähnte. In dieser Nacht lag ich noch lange wach, nachdem sie eingeschlafen war. Ich versuchte, mich uns beide als alte Leute vorzustellen. Ich sah meine Großeltern vor mir: Wenn sie mit dem Bus nach Kongsvinger fuhren, setzten sie sich auf getrennte Sitze, und wenn sie zusammen draußen unterwegs waren, ging Opa immer einige Schritte vor Oma her. Sie wohnten bis zu Omas Tod zusammen, ich hörte nie ein böses Wort und glaube nicht, dass sie je das Gefühl hatten, das Leben hätte ihnen ganz andere Karten geben müssen. Aber während Anita mit ihrer neuen Frisur neben mir auf dem Kissen schlief, tat mir das Zwerchfell auf eine Weise weh, wie ich es seit vielen Jahren nicht mehr erlebt hatte. Es war dieses Ziehen, das mir immer kam, wenn ich während der Wachen bei der Feuerwehr nicht schlafen konnte und bereute, dass ich keine bessere Ausbildung gemacht, sondern meine Berufswahl dem Zufall überlassen hatte. Ich war zu einem Mann geworden, der immer wieder dieselben Kleider anzieht, weil sie eben im Kleiderschrank ganz oben liegen.

Als ich endlich zum Arzt ging, hatte ich dieses seltsame Gefühl wie ein Hexenschuss im Rücken seit vielleicht einem Monat. Ich habe Arztbesuche immer schon so lange wie möglich aufgeschoben, in der Hoffnung, dass die Probleme sich von selbst lösen, und erst, als es nicht mehr ging, hatte ich widerwillig um einen Termin gebeten. Selten komme ich mir lebendiger vor, als wenn ich mit einem Schulterklopfen und einem Rezept in der Tasche die Praxis verlasse, aber diesmal war alles ganz anders. Strahlender Sonnenschein, aber ich zog die Jacke am Hals zusammen. Leuchtend blauer Himmel, aber ich schlug die Augen nieder. Ein Boot stampfte zielbewusst durch die Strömung der Alten Brücke, aber ich hatte keine Lust, an Bord zu sein.

Anita und ich hatten eine unserer seltenen Verabredungen zum Mittagessen, und als ich das Straßencafé erreicht hatte, blieb ich einfach stehen und sah sie an, wie sie mit dem Rücken zu mir dasaß. Ich musste an die vielen Male denken, die ich sie so hatte sitzen sehen. Über der Nähmaschine, wenn sie die Hosen der Mädchen kürzer machte, über den Weihnachtskarten, die zum jährlichen Familienbericht für Freunde und Verwandte wurden, oder über den Fotoalben, bei der Auswahl, welche Erinnerungen in diesem Jahr des Bewahrens wert waren.

Ich glaube, ich wollte die Sache beschönigen, sagen, man könne noch nichts sicher sagen, aber die eskimoschmalen Augen, von denen ich auch nach dreißig Jahre noch nicht weiß, ob sie grün oder braun sind, hatten schon immer eine ganz eigene Fähigkeit, quer durch mich hindurchzusehen.

»Der Arzt befürchtet, es könnte Krebs sein, aber wir müssen erst die Laborergebnisse abwarten«, sagte ich und schaffte es, meine Stimme normal klingen zu lassen.

Ich hatte erwartet, Anita werde vielleicht sagen, wir dürften nicht im Schnee herumtrampeln, ehe der gefallen wäre, oder dass sie meine Hand streicheln würde, als wäre ich ein kleines Kind mit aufgeschrammten Knien. Anita tat keins von beiden. Sie brach in Tränen aus, fiel vor mir auf die Knie und legte den Kopf auf meinen Schoß. Wasserglas und Cappuccinotasse fielen vom Restauranttisch, aber das bemerkte sie gar nicht. Ihre Reaktion kam so unerwartet, dass alle Bewegungen in mir erstarben. Wenn sie weint, schließt sie normalerweise die rechte Hand wie eine Sauerstoffmaske über ihrer Nase und stößt ein seltsames Schluchzen aus, während die Tränen hervorquellen. Jetzt strömten Bäche aus Wimperntusche über ihr Gesicht und hinterließen auf meiner Jacke Flecken in der Farbe, die ich mehr als alles andere gewöhnt bin: eine Mischung aus Ruß und Wasser.

»Ich hätte früher zum Arzt gehen sollen, aber jetzt wollen wir uns nicht im Voraus Sorgen machen«, sagte ich und streichelte ihre Hand.

Anita brachte keine Antwort heraus, sie schluchzte weiter, wie unsere Kinder, als sie klein waren und Fahrräder sie in den Straßengraben warfen, die Albträume sie aus dem Bett jagten oder die Treppenstufen ihnen ein Bein stellten.

Als das Essen auf den Tisch kam, konnten wir beide nur ein wenig in der Dekoration herumstochern. Wir nahmen uns den Rest des Tages frei und fuhren mit Anitas Auto nach Skogli zurück, als wäre ich schon zu krank, um selbst zu fahren.

Abends kam sie in ihrem schönsten Nachthemd ins Bett. Sie hatte sich die Haare hochgesteckt und sich mit ihrem

Gesicht beschäftigt wie vor einem Fest, und sie füllte unser Schlafzimmer mit Maiglöckchenduft. Zuerst brachte ich kein Wort heraus. Es war eine Art Angst, ich könnte kränker sein, als ich das eigentlich war. Dass sie auf irgendeine Weise wusste, dass es keine Hoffnung mehr gab. Dass sie sich so angezogen hatte, um Abschied zu nehmen. Aber als der Abend zur Nacht wurde, erinnerte nichts davon, was sie tat, an Abschied.

Damals, als ich einen Schritt vorgetreten war und vor dem Altar galant genickt hatte, hatte ich gedacht, dass sie niemals schöner sein würde. Aber junge Männer sehen sich immer wieder im Spiegel, vor allem, wenn sie älter werden. Zu sehen, wie sich das zu enge Nachthemd über ihrem Bauch aufrollte, ließ mir die Augen überlaufen. Die grauen Haare an den Schläfen, die Haut, die an den Handrücken nicht mehr so elastisch war, die Runzeln in der Stirn, die sie nicht mehr wegretuschieren konnte. Fast alles, was Spuren hinterlassen hatte, von etwas, das gewesen war, ließ sie fieberhaft glühen, und das plötzliche Gefühl des letzten Males für immer ließ das Gewohnte neu werden.

Ich ziehe die Schuppentür hinter mir zu. Es schneit jetzt nicht mehr, die Wolkendecke wirft Risse, und die Nacht mischt sich mit dem Mond, wie eine Kaffeetasse, die jemand gefüllt hat und dann einfach vor sich hin dampfen lässt. Als ich die Tür öffne, weiß ich noch immer nicht, was ich mit dem Brief des Arztes machen soll. Er hat vorgestern angerufen, aber ich habe das Telefon liegen lassen und die Mitteilung auf dem Anrufbeantworter gelöscht, ohne sie mir vorher anzuhören. Ich fürchte mich nicht so sehr vor dem Sterben, sondern davor, dass Anita und ich wieder wie Bruder und Schwester werden.

»Hast du noch immer nichts vom Arzt gehört?«, fragt sie und hängt mir um den Hals, ehe ich auch nur im Flur die Stiefel ausgezogen habe.

»Anita, ich war bei einem Einsatz. Außerdem ist Heiligabend, wir werden erst nach Neujahr etwas hören.«

»Tut mir leid. Wie ist es denn gelaufen?«, sagt sie und umarmt mich noch immer.

»Es war ein explosionsartiger Brand. Der Wagen stand in der Garage, wir nehmen also an, dass sie nicht mehr herausgekommen sind.«

»Ich habe sie eigentlich gar nicht kennengelernt, sie sind ja immer für sich geblieben«, sagt Anita.

»Sie haben hier nicht so lange gewohnt, aber ich kenne den Vater der Frau.«

»Sie kann kurz sein, die Zeit, die man miteinander hat. Die waren sicher fünfzehn, zwanzig Jahr jünger als wir«, sagt Anita.

»So ungefähr«, antworte ich und hänge Jacke und Hose zum Lüften neben die Eingangstür.

»Manchmal schlägt es ungeheuer hart zu«, sagt sie.

»Ja«, sage ich und schlucke etwas Zähes hinunter, weil sie in diesen Monaten den Tod konsequent nur »das« genannt hat. Auf irgendeine Weise gibt ihr das wohl ein Gefühl von Kontrolle, das Gefühl, dass sie die Dunkelheit noch immer auf Armlänge von sich abhalten kann.

Ich streife meine Kleider ab, stehe drei Minuten unter der Dusche und gehe dann in den sauberen Kleidern, die Anita für mich hingelegt hat, ins Wohnzimmer. Erst als ich mich an den Tisch setze, merke ich, dass ich wirklich Hunger habe. Nach einem solchen Einsatz bringe ich normalerweise nur Wasser hinunter, literweise Wasser, aber jetzt lade ich mir Schweinerippe, Kümmelkohl und Bratwurst auf den Teller.

Der Kümmelkohl ist hausgemacht, aber ich kann nicht behaupten, einen Unterschied zu dem zu bemerken, den Anita sonst serviert. Wenn ich heute früh nicht gesehen hätte, wie sie mit dem Kohl am Küchentisch stand, würde ich denken, dass auch dieser aus der Tüte kommt.

»Das schmeckt gut«, sage ich und trinke ihr mit dem Rotweinglas zu.

»Fröhliche Weihnachten«, sagt sie und hebt ebenfalls ihr Glas.

»Es ist so still«, sage ich.

Anita nickt, aber ihr Lächeln erreicht ihre Augen nicht. Das Wohnzimmer und das ganze Haus sind sehr viel weniger geschmückt als sonst, weil Anita sich diesmal viel Zeit genommen hat.

»Waren wir jemals zu Weihnachten ganz ohne die Mädchen hier?«, frage ich.

Anita schüttelt den Kopf.

»Normalerweise ist es umgekehrt.«

»Umgekehrt?«

»Ja, wir müssen ohne dich Heiligabend feiern.«

»Tut mir leid«, setze ich an, aber Anita fällt mir ins Wort.

»Ansgar, das ist schon gut so. Denk nicht mehr daran. In diesem Jahr haben wir zweimal Heiligabend«, sagt sie, und nun kräuselt das Lächeln auch die Haut um ihre Augen.

Ich nicke. Unsere beiden Ältesten sind Krankenschwestern, und die Jüngste arbeitet bei der Stadtmission. Alle haben versucht, ihren Dienstplan zu ändern, als sie für heute eingetragen wurden, aber ich habe sie gebeten, alles wie sonst zu machen. Alles andere würde bedeuten, vor der Krankheit in die Knie zu gehen. Und jetzt können wir uns alle für morgen auf einen weiteren Heiligabend freuen.

Anita und ich beschließen, mit dem Reispudding zu warten, wir räumen den Tisch ab und setzen uns aufs Sofa. Sie schmiegt sich an mich, und ich lege den Arm um sie. Und dann sitzen wir einfach vor dem Weihnachtsbaum. Wir haben fast so viele Pakete wie damals, als die Mädchen klein waren, und einen kurzen Augenblick spüre ich das ganze Leben an mir vorüberflimmern. Alles, was ich versprochen hatte, aus dem aber niemals etwas geworden ist. Alle Male, wenn ich es Abend werden ließ, ohne zu merken, dass der Tag vorüber war. Die kleinen Momente eines Lebens, die erst im Nachhinein etwas wert sind.

»War ich ein guter Vater?«, frage ich.

Anita antwortet nicht sofort, sondern sieht mich an, und ich muss noch einmal schlucken.

»Zusammen waren wir so gute Eltern, wie wir nur konnten«, sagt sie, nimmt meine Hand und legt sie auf ihr Herz.

»Vielleicht würdest du gern ein Geschenk aufmachen«, sage ich und versuche, meine Rührung wegzulächeln.

»Genau das würde ich gern«, sagt Anita, und ehe ich etwas sagen kann, springt sie auf und streckt mir die Hand hin. Wortlos führt sie mich am Weihnachtsbaum vorbei und ins Schlafzimmer. Wir ziehen uns aus, ohne Licht zu machen, und als ich die Augen im trüben Mondlicht ein wenig zusammenkneife, werden meine Herzschläge zu einem dumpfen Echo aus dem Anfang unseres gemeinsamen Lebens.

»Das ist der Leib Jesu. Das ist das Blut Jesu«, sage ich.

»Was?«, fragt Anita.

»Ich denke an das erste Mal, als wir zusammen waren.«

»Tu das nicht. Denk an jetzt. Und an den Rest.«

Danach versuche ich, die Wärme ihres Körpers wie eine Decke über mich zu ziehen, aber ich kann nicht schlafen. Ich warte, bis sie sich auf die Seite dreht und ruhig und gleichmäßig zu atmen beginnt, dann gehe ich hinunter ins Erdgeschoss, ziehe den Brief aus der Jackentasche und schlitze den Umschlag auf. Beim Weihnachtsbaum auf dem Hofplatz scheint der riesige gelbe Wanderstern am obersten Zweig festzusitzen, und jetzt weiß ich, was sich auf der dunklen Seite des Mondes verbirgt. Ich ziehe den Brief aus dem Umschlag und lege ihn mit der Schrift nach unten in die Glut im Kamin.

Wie Wasser, das um einen Stein fließt

Für Leute, die sich für Uhrzeit und solche Dinge interessieren, ist es jetzt wohl ungefähr zwischen dem 23. Dezember und Heiligabend. Ich kündige »Proud Mary« an, und wie üblich bringt dieser Song von Credence um Mitternacht die Leute wie üblich dazu, sich wie zu Beginn der Evolutionsgeschichte aufzuführen. Ich muss daran denken, wie wir aus den Bäumen kamen und uns zögernd aufrichteten, unsicher, wo das wohl hinführen würde. Dann hebt die erste Blonde mit herausgewachsener Dauerwelle die Arme über den Kopf und schiebt die Brüste hervor, eine direkte Einladung an alle, die noch immer klar sehen können. Ich kenne eigentlich nichts Deprimierenderes als Frauen, die sich den Komm-und-nimm-mich-Blick angetrunken haben, oder schlimmer noch, den Jetzt-komme-ich-und-nehme-dich-Blick. Natürlich, auch ich habe mich viel zu oft nehmen lassen, aber es endete fast immer damit, dass ich den Mann hasste, zu dem ich geworden war, wenn ich aus dem Bett stolperte und versuchte, nicht über das Spielzeug der Kinder, die das Wochenende beim Vater verbringen, zu fallen. Ich schließe die Augen und würde mich gern vom Rollen des Flusses mitnehmen lassen, über den John Fogerty geschrieben hat, aber ich denke, dass es genauso ein Weihnachtsfest werden wird wie das letzte.

Ich wollte keine Aufreißnummer. Wirklich nicht. Wir hatten eben mit einer spontanen Version von »Silent night« aufgehört, stark inspiriert von Tom Waits, den wir in der Pause im Lokalradio gehört hatten. Sie kam zu uns und fing an zu reden, als wir zusammenpackten, und eins möchte ich klarstellen: Es ist ein Mythos, dass am Ende nur die hässlichen Frauen übrigbleiben. In Wirklichkeit ist es wie immer im Leben, die aus der Mitte, die Normalen, die, die auf keine Weise auffallen, werden immer als Erste ausgesucht.

Wir sprachen über ihren Namen, und ich fragte, ob sie aus Dallas sei. Sie sah mich nur fragend an. Ich erzählte, wir hätten ein Lied über eine Frau aus Dallas, die sich als Alice vorstellte, aber eigentlich hatte ich das ein wenig verharmlost. Im Lied ist Alice eine Nutte aus Dallas, aber ich sah keinen Grund, das einer Unbekannten so offen zu sagen. Ich begreife im Grunde sowieso nicht, warum ich mit dieser Geschichte angefangen hatte. Kein Mensch in Skogli spricht Alice so aus, dass es sich auch nur entfernt auf Dallas reimt. In Skogli bekommt er drei Silben und reimt sich fast auf Novize. Doch wie sich dann herausstellte, passte das auch nicht so recht zu Alice.

Ich erwache, ohne die Augen zu öffnen. Im ersten Moment weiß ich nicht, wo ich bin, aber ich merke, dass jemand neben mir liegt. Für eine Sekunde kann ich den Countrysong über mich anhalten, ich kann ihn sogar rückwärts ablaufen lassen. Julies Kopf liegt auf demselben Kissen. Emilie und Andreas schlafen im Nebenzimmer. Aber im tiefsten Herzen weiß ich ja, so wenig wie man das Leben rückwärts ablaufen lassen kann, so wenig lässt sich ein Countrysong zurückdrehen. Einen Moment habe ich das Gefühl, kopfüber eine dunkle Treppe hinunterzufallen. Gestern ist ein großes schwarzes Nichts, und ich bin sicher, dass ich geplatzt bin. Dass ich am Tresen vor Anker gegangen bin und die Totenmaske aufgesetzt habe, wie Julie das nannte, und so sitzenblieb, bis meine Finger gelöst und ich hinausgetragen werden musste. Aber ich habe nicht getrunken. Jetzt weiß ich es wieder. Es ist seltsam, aber in den fünfzehn Monaten und zwei Wochen, die vergangen sind, seit ich Schwester Alkohol zum Abschied geküsst habe, bin ich mehrmals so aufgewacht. Total benebelt, wie nach einem wüsten Blackout im Suff. Meine Hände erinnern an zwei verwelkte Zweige, die fast brechen, als ich sie zu einem Gebet falten will, einer Bitte um Entschuldigung an Gott, an mich selbst und nicht zuletzt an alle, die ich in meiner Umgebung mit zu Boden gerissen habe. Es ist so, als hätte mein Körper sich noch nicht ganz daran gewöhnt, könnte nicht begreifen, dass man nach einem Gig auch nüchtern bleiben kann.

Dann ist alles wieder da. Das miese Wortspiel, Dallas, Alice, und wie ganz Texas mich einholte, ehe wir ihr Schlafzimmer auch nur erreicht hatten.

Ich liege noch immer mit zusammengekniffenen Augen da. In mancher Hinsicht wäre es besser, ich würde noch trinken, zumindest wäre es dann einfacher. Nur der Alkohol schenkt diese Verantwortungslosigkeit, wie zwei sturzbesoffene Boxer nach Hause zu wanken und dann einfach übereinander herzufallen, bis man in entgegengesetzten Ringecken zusammenbricht. Es ist etwas anderes, wenn ich nüchtern bin und mit einer Frau nach Hause gehe, weil sie das Gefühl hat, dass gerade an diesem Abend – und vielleicht im ganzen Leben – niemand sie näher an Bruce Springsteen oder Nick Cave heranbringt als ich. Manchmal waren diese Frauen so breit, dass sie sich am nächsten Morgen nicht daran erinnern konnten, dass ich nicht trinke. Dann haben sie auch nicht das Gefühl, etwas erklären zu müssen, oder dass man sich irgendetwas schuldet. Liegt doch alles am Suff, nicht wahr?

Ich schlucke. Versuche, mich zu erinnern, wie Alice aussieht. Das gelingt mir ziemlich gut. Oft ist das schwieriger. Sehr viel schwieriger. Ich versuche, mich zu erinnern, was ich gesagt habe. Ich habe noch mehr gelogen. Sehr viel mehr. Habe jedes Wort gezuckert, so dass mein ganzer Mund sich am nächsten Tag klebrig anfühlte. Diesmal habe ich nicht viel mehr getan, als sie zum Lachen zu bringen und bei dem, was sie sagte, an den richtigen Stellen zu nicken. Trotzdem wünschte ich, ich könnte hier entkommen. Könnte schon aus der Tür und ein Stück die Straße hinunter sein, müsste nichts erklären oder mir erklären lassen, wünschte, es gäbe nichts, was wir beschönigen zu müssen glauben.

Ich öffne die Augen und versuche, etwas vom Tag einzulassen. Alice liegt auf der Seite. Ihre schwarzen Haare hüllen ihr Gesicht ein, als wolle die Nacht sie, uns oder das, was wir getan haben, als wir uns jenseits der Verstellung befanden, nicht ganz loslassen. Ihre Augenbrauen sind hochgezogen, als sei sie mitten in einer Frage eingeschlafen oder habe etwas geträumt, auf das sie keine Antwort erhalten hat. Sie ist hübsch auf die leicht verhärmte Weise, die man oft bei lateinamerikanischen Frauen sieht, wenn sie ein wenig zu schnell erwachsen werden mussten.

Ohne Vorwarnung dröhnt plötzlich »Dancing Queen« durch die Kellerwohnung, und ich kann gerade noch denken, dass das Lied vielleicht aus einem Radiowecker kommt, da springt Alice auch schon aus dem Bett, wie von einem Schwall kalten Wassers getroffen.

»Er ist wach!«, flüstert sie so laut, dass sie husten muss.

»Wer?«, frage ich und setze mich ebenfalls auf, während ich darauf warte, dass die Tür sich mit breiten Schultern und Fäusten füllt.

»Noah«, antwortet sie und spricht diesen Namen aus wie eine Angeklagte, die sich schuldig bekennt.

»Dein Mann?«, frage ich und fische meine Boxershorts vom Boden.

»Mein Sohn.«

Sie flüstert noch immer, aber meine Bewegungen werden etwas weniger hektisch, und ich finde meine Socken in den Beinen meiner umgestülpten Hose.

Ich drehe mich zu ihr um. Sie macht keinerlei Versuch, ihre großen, weichen Brüste zu verdecken, aber nicht das lässt sie so nackt wirken.

»Er ist erst fünf und hat noch immer Sehnsucht nach seinem Vater. Du musst das Nikolauskostüm anziehen.«

»Bitte?«, frage ich und bleibe mit der Hose halbwegs über dem Oberschenkel hängen.

»Er hat mich noch nie mit einem anderen Mann gesehen. Heute ist Heiligabend. Er wartet schon die ganze Woche auf den Weihnachtsmann.«

»Jetzt machst du aber Witze?«, frage ich.

Sie gibt keine Antwort, aber das ist auch nicht nötig, und ich frage mich, wann mein Leben in diese Richtung abgedreht ist. Es ist so, als hätte ich die Bühne durch die falsche Tür verlassen und fände keinen Weg zurück. Mit Julie war es auch so. Schlechtes Timing. Immer schlechtes Timing. Oder vielleicht war es eher so, dass ich erst angefangen habe nachzudenken, nachdem ich schon losgegangen war. Und dann ist es fast immer zu spät.

Mein Onkel behauptet, alles, was wir tun, sei vorausbestimmt. Mein Psychologe meint, ich würde von etwas Dunklem und Destruktivem getrieben, einer Art grundlegender Erkenntnis, dass alles zur Hölle geht, weshalb es keinen Grund gibt, sich zu wehren. Ich hoffe, Onkel und Psychologe irren sich beide. Nennen wir es einfach schlechtes Timing, sonst nichts.

»Jack?«, sagt Alice und fährt mir hastig über die Wange, auf eine Weise, bei der meine Stimme brüchig wird.

»Wo ist das Kostüm?«, frage ich.

Noah ist ein hübscher Junge. Er hat die Haarfarbe eines Asiaten, und seine Augen sind schmal, wie bei Völkern, die generationenlang vom Leben in Wind und Wetter geprägt worden sind. Als er mich sieht, hält er mitten in einer Tanzbewegung inne und bleibt mit ausgestreckten Händen stehen, wie um eine Schubkarre zu schieben. Ich habe vergessen, was ich zu tun habe, deshalb hebe ich die Hand auf eine Weise, die vielleicht eher an einen Prediger erinnert als an einen Weihnachtsmann. Noah fasst sich so weit, dass er die Schritte zum Ausschaltknopf am CD-Gerät hinter sich bringen kann, und das Einzige, was jetzt noch im Zimmer zu hören ist, ist mein röchelnder Atem unter der viel zu engen Maske.

»Weihnachtsmann«, sagt er, und seine Stimme springt eine Oktave höher.

Ich nicke nur.

»Du bist aber früh.«

Wieder nicke ich.

»Warum denn?«

»Weil ich wissen will, ob du brav gewesen bist«, sage ich und nehme die Stimme, mit der ich Johnny Cash singe.

»Hat du auch die Tiere bei dir?«, fragt er.

»Die Tiere?«, frage ich und denke, dass er sich zu Weihnachten vielleicht eine Katze oder einen Hund gewünscht hat.

»Ja, die Rentiere, die deinen Schlitten ziehen.«

»Nein, die sind zu Hause und ruhen sich für heute Abend aus.«

»Zu Hause? Aber wie bist du dann hergekommen?«

Die Wärme meines Atems unter der Maske lässt meine Gesichtshaut prickeln.

»Zu Fuß«, sage ich.

»Vom Südpol?«

»Nein. Ich habe ein Haus in der Nähe, und da bin ich am Heiligen Abend.«

»Wie heißen deine Rentiere?«

»Rudolf«, sage ich.

»Heißen die alle so?«

Ich runzele die Stirn, und die Maske schneidet mir in die Schläfen, während ich versuche, mich an weitere Namen zu erinnern.

»Nein, eines heißt Blitz«, sage ich und denke, dass ich doch immerhin etwas von Joe Ramone gelernt habe, nachdem ich fast seit dem Erscheinen dieses Stückes schon »Merry X-mas, I don't wanna fight tonight« singe.

Bisher hat Alice noch nichts gesagt, aber nun tritt sie neben Noah. Erst jetzt merke ich, dass das kleine Wohnzimmer ziemlich armselig dafür aussieht, dass Weihnachten ist. Vor dem Fenster steht ein Kerzenleuchter, auf dem Tisch liegt ein Weihnachtsläufer, über dem Ofen hängt ein Engelmobile, und neben dem Reisefernseher stehen einige Weihnachtswichtel, aber einen Weihnachtsbaum gibt es nicht.

»Ich glaube, wir müssen den Weihnachtsmann jetzt weitergehen lassen, er muss doch noch bei vielen Kindern vorbeischauen, ehe es richtig Heiligabend werden kann.«

»Ho, ho, ho«, sage ich und schaffe diesmal eine bessere Weihnachtsmannshandbewegung. Ich gehe auf die Wohnungstür zu.

Aber noch ehe ich halbwegs bis zur Tür gekommen bin, kommt Noah angerannt und wirft sich um meine Beine. Er wiegt fast nichts, es liegt also nicht an seinem Gewicht, aber ich habe das Gefühl zu fallen. Ich falle, weil ich versucht habe, mich von gar nichts zurückhalten zu lassen. Alice packt meinen Arm und hält mich fest, noch ehe ich über dem Jungen zu Boden gehe.

»Danke, dass du gekommen bist, Weihnachtsmann«, sagt Noah, völlig unbeeindruckt von der Tatsache, dass seine Mutter und der Weihnachtsmann sich plötzlich in einer unbeholfenen Bewegung aneinanderklammern.

»War mir ein Vergnügen«, sage ich und streichele seinen Kopf, und mit der anderen Hand versuche ich, ein wenig frische Luft unter die Maske zu wedeln, damit das Zimmer vielleicht aufhört, um mich herum zu wogen.

»Ich krieg Bauchweh vor Freude, weil du noch mal kommst«, sagt er und drückt sich ein letztes Mal an mich, ehe er loslässt.

»Vielleicht kommt auch einer von meinen Gehilfen, Heiligabend ist immer schrecklich viel zu tun, und jetzt war ich ja schon einmal hier«, sage ich, und sein Gesicht verdüstert sich, während sein Körper wieder erstarrt, wie im ersten Moment, als er mich gesehen hat.

»Aber vielleicht möchtest du jetzt schon ein Geschenk?«, frage ich rasch, als seine Unterlippe anfängt zu zittern.

»Ja«, ruft er, und in seinem Gesicht wird es wieder heller.

Ich spüre, dass Alice mich ansieht. In der Tasche habe ich einen kleinen, aus einer Coladose gebastelten Engel, den mir gestern Abend jemand aus dem Publikum geschenkt hat, aber um den zu erreichen, müsste ich das Kostüm ausziehen. Ich kann die Hand in die Gesäßtasche schieben, in der ich das Honorar verstaut habe, und einen Geldschein lockern, ohne dass alle anderen daran kleben.

»Bitte sehr«, sage ich und stecke ihm fünfhundert Kronen zu. »Weißt du, der Weihnachtsmann hat erst heute Abend richtige Geschenke bei sich, aber es kommt doch manchmal vor, dass er Kindern, die besonders brav waren, schon vorher ein bisschen Geld gibt. Damit sie sich selbst etwas kaufen können.«

»Tausend Dank«, sagt er und fängt an zu tanzen wie ein Hampelmann.

»Vielen Dank, Jack«, sagt Alice, als sie mich zur Tür bringt. »Aber er kann von dir keine fünfhundert Kronen annehmen.«

Ohne dass es mir aufgefallen wäre, hat sie es geschafft, Noah den Geldschein zu entwenden.

»Ich will aber, dass er das Geld bekommt. Echt. Wir haben gestern ein paar Scheine extra bekommen«, sage ich und versuche, ihre Hand wegzuschieben.

»Ich weiß das zu schätzen, Jack. Wirklich. Aber es wäre nicht richtig«, sagt sie, schiebt den Fünfhunderter in die Tasche vorn im Kostüm und fängt an, die Tür zu schließen.

»Bis bald«, sage ich und höre, wie hohl das klingt.

Sie nickt, lächelt, und dann ist sie aus meinem Leben verschwunden.

Ich bin froh darüber, dass ich ein Stück vom Haus entfernt geparkt habe und deshalb ungesehen von Noah das Kostüm abstreifen kann. Als ich es auf die Rückbank werfe, flattert der Fünfhunderter aus der Tasche, und ich muss einfach daran denken, wie Noah gestrahlt hat. Nicht weil das für einen Fünfjährigen so viel Geld ist, sondern weil ich überhaupt etwas für ihn hatte. Ich nehme die Umschläge für meine vielen nie geschriebenen Weihnachtsbriefe aus dem Handschuhfach und kritzele Noahs Namen auf einen, füge »Vom Weihnachtsmann« hinzu, schiebe den Geldschein hinein und klebe den Umschlag zu. Auf dem Rückweg zum Briefkasten denke ich, ich hätte vielleicht auch das Kostüm wieder anziehen sollen, es ist ja nicht unwahrscheinlich, dass heute Noah die Post holt. Ich stecke den Umschlag in den Briefkasten und registriere, dass Alice mit Nachnamen Theodorsen heißt. Dieser Nachname hat zu Hause in Skogli viele gelehrt, das Jüngste Gericht zu fürchten.

Ich schiebe die Schweinerippe in den Backofen und lege mich aufs Sofa, um mich vor dem heutigen Auftritt in Kongsvinger noch ein wenig auszuruhen. Ich müsste eigentlich Julies Nummer wählen, glaube aber nicht, dass ich die Kraft dazu habe. Als Emilie gestern, bevor ich zum Gig gefahren bin, am Telefon war, blieb ich einfach mit dem Hörer am Ohr stehen. Ich habe Geschenke gekauft und lange Briefe geschrieben, die nun hinten im Auto herumliegen, aber als ich anrufen und ihnen frohe Weihnachten wünschen und sagen wollte, dass ich sie nicht vergessen habe, versagte meine Stimme. Drei Hallos lang stand ich mit der Hand über der Sprechmuschel da und versuchte, etwas zu sagen. Ich konnte Emilie vor mir sehen, oder ich konnte sie so sehen, wie sie aussah, als sie noch hier wohnte. Die blonden Locken, die Lachgrübchen, die Unsitte, die Telefonschnur um den Zeigefinger zu wickeln, während sie spricht. In dem leeren Rauschen, wo meine Stimme hätte sein sollen, konnte ich alles erkennen, was mir als Vater nicht gelungen ist, und ich legte auf. Niemand ist daran schuld, ich wurde als Kind geliebt und habe niemals Doppelschritte machen müssen, um mit meiner Umgebung Schritt halten zu können. Für Julie und mich fing auch alles gut an. Wir waren ein hübsches Paar, als wir Hand in Hand die Kirchentreppe hinunterschritten, aber ich hatte immer schon die Eigenheit, allein zu sein, sogar, wenn ich mit anderen zusammen bin. Wenn ich trank, wurde ich nicht gewalttätig, und ich versuchte es nie bei anderen Frauen, aber ich weiß noch, dass Julie einmal sagte, sie wünschte, ich hätte eine andere. Eine, mit der sie sich prügeln könnte, kratzen und treten, statt mir am Wohnzimmertisch gegenüberzusitzen und zu spüren, dass ich ganz woanders war. Am Ende hatte sie das Warten satt und wollte an ihrem Heimatort einen neuen Anfang machen. Anfangs stellte ich mir vor, wie ich ihr in den Norden folgte, glattrasiert an ihre Tür klopfte, und dann, nur durch einen einzigen Blick, würde Julie einsehen, dass ich ein anderer geworden sei. Aber dass ich nüchtern werden konnte, steigerte nur meine Angst davor, sie noch einmal zu enttäuschen, und am Ende ließ ich sie dann wieder zu lange warten. Bei unseren letzten Telefongesprächen klang ihre Stimme freundlich. Ich kann hören, dass sie mich als Vater der Kinder noch immer gern hat. Aber sie ärgert sich nicht mehr über mich, und deshalb weiß ich, dass es einen anderen gibt. Ich habe mir gesagt, dass es für die Kinder das Beste ist, nicht dauernd zwischen dem neuen Mann und dem alten hin und her gezerrt zu werden, aber das ist nur Blödsinn. Kinder verfügen über eine unglaubliche Anpassungsfähigkeit, aber es würde mir das Herz aus dem Leib reißen, immer wieder am Flugplatz stehen und ihnen hinterherwinken zu müssen.

Ich beginne den kleinen Auftritt bei der Heilsarmee damit, dass ich die G-Saite auf eine bluesige Weise dehne, die in den Ohren der Älteren und Einsamen, die sich hier eingefunden haben, vielleicht nicht ganz richtig klingt. Affe dagegen schaut von seinem Weihnachtsteller auf, und zum ersten Mal an diesem Tag haben wir Blickkontakt. Er hebt den Daumen, als wäre ich ein wirklich guter Gitarrist. Affe und einer seiner heruntergekommenen Kumpels, von dem ich weder Tauf- noch Spitznamen kenne, sitzen gleich vor dem Weihnachtsbaum in dem Café, das nach William Booth heißt. Affe und sein Kumpel erinnern an zwei Puppen, die von Kinderhänden so energisch angepackt worden sind, dass die Kleider an den Nähten gerissen und dicke Haarbüschel ausgefallen sind. Ich frage mich, ob ich wohl jemals so tief hätte sinken können? Jedenfalls war ich so weit unten, dass Affe mich als einen von ihnen erkennt. Immer wenn ich für die Heilsarmee spiele, umarmt er mich und weint, während er es wie eine Heldentat preist, dass ich mit dem Trinken aufgehört habe.

Die älteren Leute sind besser angezogen, aber etliche nicken schon ein. Nichts bringt die Leute leichter zum Einschlafen als Schweinerippe, Kümmelkohl und wehmütige Weihnachtslieder an Heiligabend. Draußen fällt der Schnee immer dichter, dabei hatten die Hügel von Skogli schon etwas Frischgepudertes, als ich zum Weihnachtsfest nach Kongsvinger gefahren bin.

Der Heilsarmeeoffizier gibt mir ein Zeichen, es sei Zeit, zum Abschluss zu kommen, und ich fetze Alf Prøysens »Julekveldvisa« herunter, als wäre dieses Lied ganz unten im Mississippi-Delta entstanden. Jetzt dehne ich am Ende des Liedes nicht nur die G-Saite, sondern alle, als müsste ich mit Satan persönlich um die Wette spielen. Die Reaktion ist nicht gerade überwältigend, und erst, als ich mich in Richtung Applaus verbeuge, sehe ich, wer dort sitzt. Bei diesem Anblick fahre ich hoch, und der Gitarrenriemen rutscht mir von der Schulter. Ich kann das Instrument gerade noch retten, ehe es zu Boden geht, aber es knallt gegen den Monitor. Der dumpfe Aufprall lagert sich in meiner Brust wie ein Echo. Ich weiß nicht, ob sie schon die ganze Zeit da sitzt, während ich so konzentriert war, dass ich sie nicht bemerkt habe, oder ob sie erst später dazugekommen ist. Meine Hand flattert in ihre Richtung, wie heute in der Wohnung. Als sie sich vom Tisch erhebt und auf mich zukommt, ist Noah bei ihr.

»Fröhliche Weihnachten«, sagt sie, und ehe ich antworten kann: »Ich wusste nicht, dass du hier auftrittst.«

»Ich habe dich erst bemerkt, als ich fertig war«, sage ich und versuche, die Gitarre in die Tasche zu stecken, ohne den Reißverschluss zu öffnen.

»Thank you for the money, but you shouldn't have«, sagt sie.

»Warum redest du Englisch mit dem Mann, Mama?«, fragt Noah.

»Das ist mein Sohn, Noah«, sagt Alice und nickt.

»Jack Jacobsen«, sage ich und strecke ihm die Hand hin. Seine Hand hat diese feuchte Wärme, wie nur Kinderhaut sie haben kann, und ich halte sie länger fest, als richtig wäre.

»Bist du zum Helfen hier?«, frage ich und bereue das sofort, als ihre Augen etwas Ausweichendes annehmen.

»Ich bin hier, um mir helfen zu lassen«, sagt sie.

Ehe ich etwas sagen kann, kommt der Offizier herüber, bedankt sich für den Auftritt und fragt, ob ich vor Neujahr noch einmal zurückkommen kann.

Ich nicke.

»Gesegnete Weihnachten«, sagt er und lächelt Alice und Noah ebenso an wie mich.

Alice hat sich die Haare zu einem Zopf geflochten, der ihr über den halben Rücken fällt, und als ich genauer hinsehe, ist ihr roter Dufflecoat vielleicht ein wenig verschlissener, als das bei Frauen in ihrem Alter sonst der Fall ist. Aber die Art, wie sie den Kopf trägt, sorgt dafür, dass ich mich eher nach einer solchen Frau umdrehen würde als nach einer puppenhaften Erscheinung wie denen, die eben einige letzte Hunderter in den Kessel vor dem Eingang gesteckt haben, um dann weiterzustöckeln, ohne einen Blick ins Lokal zu werfen. Ich denke an mein Haus, an die Aussicht, daran, dass ich alles ansehen kann und doch nicht weiß, wohin mit meinem Blick. Einen Moment kann ich das kratzende Geräusch einer Flasche Jameson hören, die geöffnet wird. Spüre den Geruch, wenn der Wind am frühen Morgen an einem Waldsee zum Land umdreht, das brennende Gefühl, das die Lippen betäubt, das Unvergleichliche darin, dem Wind dem Rücken zu kehren, ehe die Windstöße plötzlich heftiger werden und der Tag umkippt.

»Fröhliche Weihnachten, Jack«, sagt sie, umarmt mich und tritt einen Schritt zurück, ehe ich diese Liebkosung erwidern kann.

»Fröhliche Weihnachten«, murmele ich und spüre ein Kratzen im Hals.

»Krieg ich auch einen Kuss?«, fragt Noah.

»Klar«, sage ich und bücke mich.

Er legt mir die Hände um den Hals, aber unmittelbar, ehe unsere Wangen einander begegnen, hält er inne.

»Was ist los?«, frage ich.

»Du bist der Weihnachtsmann«, sagt er.

»Ich spiele Gitarre«, sage ich, lächele und trete einen Schritt zurück. Alice sagt nichts.

»Du riechst genau wie der Weihnachtsmann. Du bist der Weihnachtsmann«, sagt er und umklammert meine Beine, wie schon früher an diesem Tag. Hinten am Tisch stehen

Affe und sein Kumpel auf und beobachten neugierig die ganze Szene.

»Soll ich euch irgendwohin fahren?«, frage ich, und ehe jemand antworten kann, hänge ich mir die Gitarre um und schiebe Noah und Alice vor mir her durch die Tür. Die weihnachtsleeren Straßen empfangen uns mit einem Windstoß voller Schnee, und ich scheuche Mutter und Sohn über den Bürgersteig. Hinter mir höre ich Affe meinen Namen rufen.

Ich habe dort geparkt, wo die Gestapo während des Krieges Norweger gefoltert hat. Ich weiß nicht, warum ich jetzt daran denken muss, aber meine Gedanken wuseln immer auseinander, wenn die Straße sich teilt.

»Mein Auto steht gleich hier. Muss nur schnell auf dem Rücksitz aufräumen«, sage ich, gehe vor den anderen her auf den Forrester zu und kann das Nikolauskostüm in die Wolldecke wickeln, wie einen Proviantsack. Dann schiebe ich das Bündel nach ganz hinten und ziehe die Vorhangplane davor.

Als Alice und Noah beim Auto ankommen, reiße ich die Türen auf, drücke die beiden auf die Sitze und fahre los, noch ehe die Sicherheitsgurte geschlossen worden sind. Affe, der uns gefolgt ist, fuchtelt mit den Armen, ich winke zurück, gebe Gas, und erst beim Gericht fällt mir auf, dass sich noch nicht alle angeschnallt haben.

»Weißt du, Noah«, sage ich, nachdem ich rechts an den Straßenrand gefahren bin, und schiebe meinen Sitz so weit zurück, dass ich den Sicherheitsgurt auf seiner Seite zu fassen bekomme. »Der Weihnachtsmann wohnt immer um Weihnachten herum einige Tage in meinem Haus, sicher riecht er deshalb wie ich.«

»Stimmt das?«, fragt er und wirkt nicht ganz überzeugt.

»Und wie«, bestätige ich und nicke, dann sage ich zu seiner

Mutter: »Vielleicht setzt du dich zu ihm nach hinten. Ich hab keinen Kindersitz.«

»Ich weiß, wie du mir das beweisen kannst«, sagt Noah, als seine Mutter die Tür öffnet.

»Wie denn?«, frage ich und lächele, als Alice sich neben ihn gleiten lässt.

»Wenn ich dich und den Weihnachtsmann zusammen sehe.«

»Aber Noah«, sagt Alice. »Jack muss doch mit seiner Familie essen.«

Im ersten Moment weiß ich nicht, was ich sagen soll, und ich weiß es eigentlich noch immer nicht, als ich meine Stimme sagen höre: »Ich muss mit niemandem essen, und ich kann dir gerne zeigen, dass der Weihnachtsmann und ich nicht derselbe sind.«

Noah nickt eifrig, während Alice die Augen auf eine Weise aufreißt, die Unglauben, aber auch eine vorsichtige Freude verheißt.

»Kannst du auch Gitarre spielen, wenn wir da sind?«, fragt Noah.

Alices Gesichtsausdruck ist noch immer schwer zu deuten.

»Du musst erst noch deine Mutter fragen, denn ihr habt doch bestimmt andere Pläne«, sage ich.

»Nein, keine Pläne«, ruft Noah und dann fragt er seine Mutter ganz offen: »Können wir den Weihnachtsmann und Jack zusammen sehen, Mama? Bitte!«

Alice blickt Noah und mich an, als sei sie es, die nicht so ganz in dieses Bild gehörte.

»Ich weiß nicht«, antwortet sie endlich.

»Können wir nicht mit zu ihm fahren? Ich möchte gern das Haus sehen, wo der Weihnachtsmann zu Heiligabend wohnt«, sagt er.

»Aber Noah«, sagt Alice. »Wir können uns doch nicht so einfach selbst einladen.«

»Das ist wirklich kein Problem«, erwidere ich. »Ich habe vorhin die Rippe in den Ofen gestellt, und wenn mir niemand hilft, muss ich noch bis weit in den Januar hinein dasselbe essen.«

»Er hat Rippe, Mama. Und du warst doch so traurig, weil wir dieses Jahr keine haben können«, sagt Noah und schmiegt die Wange an den Oberarm seiner Mutter.

»Das kommt ein bisschen plötzlich. Geht das wirklich so einfach, Jack? You don't have to do this«, sagt sie.

»Kein Englisch, Mama, kein Englisch!«, sagt Noah.

»Das geht so einfach. Cross my heart and hope to die«, sage ich.

»Kein Englisch, Jack!«, ruft Noah.

Als Alice aus der Wohnung kommt, hat sie zwei Plastiktüten bei sich, und ich glaube zuerst, die enthielten Geschenke. Aber als sie hinten ins Auto einsteigt, kann ich oben in der einen Tüte einen Kinderschlafanzug und eine Kulturtasche sehen und in der anderen einen Pullover. Beim Anblick dieser Dinge muss ich mich ans Lenkrad klammern, damit Alice nicht sieht, wie meine Hände zittern.

»Hast du denn keine Geschenke?«, frage ich.

»We have already opened them«, sagt Alice und schaut aus dem Fenster.

»Kein Englisch«, ruft Noah noch einmal und sagt dann zu mir: »Heute Morgen hab ich vom Weihnachtsmann Geld gekriegt.«

»Dann musst du aber ein braver Junge gewesen sein«, sage ich und fahre hinaus auf die Straße.

»Das sagt Mama auch«, sagt Noah und lacht.

In Richtung Skogli stockt der Verkehr immer wieder, und der Stau löst sich erst bei Sætermokrysset auf. In der Kurve kippt Noah auf dem Sitz um, sein Lachen füllt den ganzen Wagen, und gerade jetzt wiegt dieses Geräusch alle Lieder auf, die ich niemals schreiben konnte.

Beim Flyktningesee halte ich am Sandhaus und sage zu Alice und Noah, dass ich etwas abliefern muss. Hinten im Forrester schnappe ich mir die Geschenke, die noch immer dort liegen, und schiebe sie ins Bündel mit dem Nikolauskostüm.

Hjalmar Sand öffnet die Tür, noch ehe der Lärm der Türklingel erloschen ist, ich wünsche fröhliche Weihnachten und frage, ob er mir wohl aus einer akuten Nikolauskrise helfen kann.

»Es geht um den Sohn einer Freundin. Er heißt Noah. Das Nikolauskostüm und die Geschenke sind hier drin«, sage ich und drücke ihm das Bündel in die Hand.

»So viel kann ich mir sicher merken«, sagt Sand, als hinter ihm eine junge Frau erscheint, die ich noch nie gesehen habe.

»Oder geht das jetzt nicht?«, frage ich.

»Ich habe immer Zeit, den Weihnachtsmann zu spielen«, sagt er. »Ich komme in ein paar Minuten zu euch.«

Ich nicke und bedanke mich noch einmal.

Der Wagen versinkt fast im Schnee, als ich auf den Hof fahre, und die Tannen in der Auffahrt biegen sich schon unter dem Gewicht der weißen Masse. Die Fensterrahmen haben weiße Zierkanten und packen mein Elternhaus in etwas Warmes und Vertrauliches ein.

»Das ist mein Haus, und hier wohnt der Weihnachtsmann immer zu Weihnachten«, sage ich, und Noah klatscht in die Hände.

»Hier ist es aber schön«, sagt Alice.

»Danke«, sage ich, laufe schnell um das Auto, öffne die Tür und helfe ihr mit den Tüten.

»Kannst du aufschließen? Der Schlüssel liegt in der rechten Tasche«, frage ich.

Alice schließt auf, und der Geruch der Rippe empfängt uns, als ich die Tür aufziehe. Ich stelle die Türen im Gang ab, nehme Alices Dufflecoat und hänge ihn an den Garderobenständer. Noah streift einfach die Jacke ab, lässt sie auf den Boden fallen und läuft weiter ins Wohnzimmer. Alice bückt sich, um die Jacke aufzuheben, doch ich halte sie zurück.

»Kannst du die nicht liegen lassen? Bei mir hat schon so lange kein Kind mehr Unordnung gemacht«, sage ich.

Sie lächelt, streichelt meinen Handrücken, und dann gehen wir in die Küche. Ich drehe den Backofen auf, um die Rippe warmzumachen, und setze Kartoffeln auf.

»Könntest du den Tisch decken? Ich muss noch mein Telefon aus dem Auto holen«, sage ich.

»Moment noch«, sagt sie, und dann liegen ihre Arme um meinen Hals, ihre Lippen auf meinen, aber ich schließe nicht die Augen. Ich bin damit fertig, mich im Dunkeln davonzustehlen. Als ich über den Hof auf die Garage zugehe, ziehe ich das Telefon aus der Tasche und wähle Julies Nummer. Es klingelt dreimal, ehe jemand sich meldet.

»Hallo, Emilie. Hier ist Papa, wie schön, deine Stimme zu hören«, sage ich, und als ich mich zum Haus umdrehe, sehe ich Alice und Noah, die den Esszimmertisch decken. Während ich so hier draußen in der Dunkelheit stehe und beobachte, wie die beiden sich im Haus bewegen, muss ich an Wasser denken, das um einen Stein herumfließt und sich dann wieder begegnet. Ich richte mich gerade auf und habe plötzlich das Gefühl, endlich nach Hause gekommen zu sein, obwohl ich schon die ganze Zeit hier wohne.

334

Der Mann ohne Faust

Einmal war ich jemand. Ich war der, der vor dem Gemeindehaus den Weihnachtsbaum anzündete, ich trug am 1. Mai die
Fahne, und immer rief die Zeitung mich an, wenn Olympi-
sche Spiele und WM näherrückten. Und wenn man in Skogli
auf die Sprungschanze steigt, findet man meinen Namen
und meinen Rekord eingraviert in der Messingplatte bei der
Treppe zum Turm. Wenn der Turm noch dort steht. Ich war
seit mehr als zehn Jahren nicht mehr da. Es war mitten im
Sommer, und ich war zusammen mit einer Flasche Hochprozentigem. Damals war ich von dem Verfall überrascht. Darüber, wie schnell es gegangen war. Aber war das wirklich so
schnell? Ich rede wie ein Achtzehnjähriger. Dass ich achtzehn
war, ist lange her, man muss achtzehn mal vier nehmen, eher
noch mit viereinhalb – ha, das klingt wie eine Textaufgabe im
Mathematikunterricht –, um mein jetziges Alter zu erhalten.

Mein Herz krampfte sich zusammen, als ich sah, in welcher Verfassung die Sprungschanze war. Jetzt begreife ich
nicht, warum ich so überrascht war, denn im Grunde war die
Schanze wie ich, voller Fäule im Gerüst. Aber ich dachte an
Gunnar und die viele Arbeit, die wir dort investiert hatten.
Am Hang von Overgrenda gab es immer schon eine Sprungschanze, eine Sprungschanze ohne Sprung, so sahen Gunnar und ich das jedenfalls. Aber Barbier Steinmyra, dem das

Landstück gehörte, war ein zäher Teufel. So einer, der garantiert auch mit dem Leibhaftigen diskutieren würde, wenn der an seine Tür klopft. Mitten auf dem von der Natur vorgegebenen Auslauf wuchs eine riesige Birke, und der Barbier behauptete, das sei der älteste Baum von ganz Skogli. Er sagte, die Birke sei aus einem Samenkorn aus Savolax entsprungen, das seine Vorfahren aus Finnland mitgebracht hätten, als sie im siebzehnten Jahrhundert durch diese Wälder gewandert waren. Ich will nicht behaupten, das sei keine wahre Geschichte. Ich will nicht behaupten, das sei keine schöne Geschichte, auch wenn die Schönheit darin, etwas mitzunehmen, aus dem dann nur ein weiterer Baum in Skogli wird, sich mir vielleicht nicht ganz erschließt. Egal, jedenfalls ließ Steinmyra Gunnar und mich dort keine Sprungschanze anlegen, solange die Birke dort stand.

Gunnar und ich spielten mit dem Gedanken, die Birke anzusägen und den Rest dem Wind zu überlassen, aber Steinmyra war nicht nur stur, er war auch clever, und ich glaube, eine solche Lösung hätte sein Misstrauen erregt. Dynamit und Blitzeinschlag verhalten sich ziemlich unterschiedlich, und wenn Steinmyra unser Eingreifen gewittert hätte, wäre es garantiert nie zu einer Sprungschanze gekommen. Also fingen wir an, die Wurzeln auszugraben. Dafür brauchten wir vierzehn Tage. Wir konnten nur dann graben, wenn die Sommernacht am dunkelsten war, und wir mussten vorgehen wie ein Chirurg – damit kenne ich mich jetzt aus –, der eine Sehne löst und sie dann wieder zurücklegt, damit sie heilen kann. Nur dass in unserem Fall die Wunde nicht heilen durfte. Nachdem wir die Wurzeln aus dem Boden gelöst hatten, füllten wir mühsam mit Erde und Moos nach, damit der Barbier bei seinem Spaziergang um die Birke keinen Argwohn schöpfte.

Nachdem wir alle Wurzeln gelöst hatten, dauerte es noch eine Woche, ehe genug Wind aufkam, um die Birke umkippen zu lassen. »Es war Gottes Wille«, sagten Gunnar und ich, als wir, einige Tage nachdem der alte Baum oben am Hang Schiffbruch erlitten hatte, bei Steinmyra anklopften. Mit Tränen in den Augen nickte Steinmyra, Dein Wille geschehe, und Gunnar und ich legten los.

Im Fernsehen singt ein Knabenchor: »Schön ist's auf Erden.« Für mich ist das zu schön. Irgendwo habe ich gelesen, der Dichter des Liedes sei seinerzeit kristiert worden, weil er die Zustände beschönigte. Und was soll man dann heute sagen? Ich rolle zum Fenster. Den Lampen über dem Parkplatz kann ich ansehen, dass sich endlich Weihnachten über Kongsvinger senkt. Was haben wir mit der Erde angestellt, warum haben wir sie so arm werden lassen, dass sie es kaum noch über sich bringt, uns mit Schnee zu bedecken? Ich halte einen Moment dort inne und genieße den leichten Schneefall. Etwas an den Schneeflocken, die im Laternenlicht reflektiert werden, erinnert mich daran, wie das Licht Marthas Augen losließ. Ich schlucke und rolle zum Schrank hinüber. Nehme meine Kleider und die Krücke heraus. Mehr brauche ich nicht.

Mehr Kreismeisterschaften, als ich mich erinnern kann, und drei norwegische. Und manche meinten durchaus, ich sei gut genug, um vor das M auch noch ein W zu setzen oder es jedenfalls zu versuchen. Aber ob ich in einer solchen Gesellschaft eine Chance gehabt hätte, werde ich nie erfahren. Damals galt noch die Devise, reich und reich gesellt sich gern, und ein Glasbläser aus Skogli hatte nichts, was Sophia Loren auf seinen Schoß hätte locken können, und noch viel weniger das, was nötig gewesen wäre, um von den Bonzen des

Verbandes 1956, als ich auf meinem Höhepunkt war, zu den Olympischen Spielen geschickt zu werden. Vielleicht ist es auch egal, denn es liegt ein gewisser Trost in der Tatsache, dass die besten Skisprünge die sind, die man nie gemacht hat.

Die Sprungschanze war am Neujahrstag fertig, und danach wurde es zur Tradition, an diesem Tag ein Skispringen abzuhalten. Gunnar hatte auf den Bürgermeister und einen feierlichen Salut zur Einweihung gehofft, stattdessen schnitt er selbst die Schnur durch, und die Akkordeonzwillinge spielten einen Pols aus Røros. Es war auch Gunnar Bye, der das Siegerlos zog und den ersten Sprung wagen durfte, während ich beide Läufe meines Schrotgewehrs abfeuerte. In den ersten Jahren war das Spannende im Grunde nur die Frage, ob Gunnar meinen Vorsprung verringern könnte und wie weit hinter ihm der Dritte landen würde. Es dauerte zehn Jahre, bis ich richtige Konkurrenz um den ersten Platz bekam, fünfzehn Jahre, ehe ich nicht mehr auf dem Podium stand. Inzwischen kam es auf Kraft und Brutalität an. Ich war immer ein Schweber gewesen, ein Flieger, ein Stilspringer.

Und die Sprungschanze von Skogli war meine. Sie gehörte mir. Ich gehörte ihr. Bis dass der Tod uns scheide. Amen und halleluja. Aber ich habe viele Seitensprünge gemacht, denn ich war auf ihnen allen. Vikersund, Holmenkollen, Gjerdrum, Skui, Rena nicht zu vergessen. Auf dieser Schanze wurde in Norwegen erstmals über hundert Meter weit gesprungen, zumindest offiziell, und ich selbst schaffte es noch weiter. Oben auf dieser Sprungschanze zu stehen, erfüllte mich mit einem Gefühl, das ich an keinem anderen Ort empfand. Sicher gab es Schanzen, die steiler, enger, größer und gefährlicher waren, aber in Rena erlebte ich alles, worum es beim Skispringen geht, jedenfalls bei jedem guten Skispringen: das Gefühl, dem Tod ein Schnippchen zu schlagen. Der Renaelv bog sich vor mir wie ein Frauenarm, die Hügel legten sich wie zwei knochige Skeletthänge um mein Herz, und der Himmel führte wie ein Laufband direkt in die Ewigkeit. Meine besten Skisprünge habe ich dort gemacht.

Ganz zufällig habe ich vor einigen Jahren morgens das Radio eingeschaltet. Mit der Kaffeetasse am Fenster, war ich bereit, noch einen Tag in Grund und Boden zu starren. In dieser Sendung wurde ein bekannter Sänger interviewt. Eigentlich spielte er in einer Rockband, war aber auch bekannt als Interpret von Alf Prøysens Liedern. Der Sänger wurde gefragt, wie oft er in die Oper gehe, welcher Film ihn zum Weinen bringe und welches Kulturerlebnis bei ihm den größten Eindruck hinterlassen habe. Zuerst glaubte ich, mich verhört zu haben, vielleicht gab es irgendeinen Schauspieler oder Schriftsteller, der fast so hieß wie ich, aber dann fing er an, über Rena zu reden.

»Torgeir Enderud. Das war ein phantastischer Sprung. Er war wie an den Himmel geklebt. Das Einzige, was sich an ihm bewegte, war die Hose, die im Wind wehte. Es war, wie zuzusehen, wie Jesus vom Himmel zurückkehrt, um uns alle zu erlösen.«

Mutter hätte über diesen letzten Satz verächtlich geschnaubt, aber ich nahm es mir zu Herzen und blieb sitzen, ohne mich bewegen zu können. Als ich die Tasse zum Mund hob, war der Kaffee nur noch lauwarm. So sollte es sein. Der bittere Geschmack, wie dann, wenn Gunnar und ich immer wieder die Schanze hochwanderten, dort blieben, bis die Brote im Rucksack wie Knäckebrot schmeckten, und die letzten Schlucke aus der Thermoskanne teilten, auch wenn die eigentlich nur noch die Farbe von Kaffee hatten.

Dort an jenem Morgen am Küchentisch fehlte Martha mir mehr als seit vielen Jahren. Der Morgen war immer die beste Tageszeit für Martha und mich, jedenfalls, seit ich nicht mehr arbeitete. Martha und ich konnten über alles reden, und deshalb taten wir genau das nicht. Es braucht Zeit, um in einer Beziehung so weit zu kommen. Es braucht Zeit, bis die Stille zwischen zwei Menschen zu einem guten Aufenthaltsort wird, wohlgemerkt, eine Stille, die alles enthält, nicht nur Leere. Ihre Hände um die Kaffeetasse, die Haut, die an den Handgelenken locker wurde, die Furchen auf der Stirn wie Risse im Eis, ehe es im Frühjahr zerbricht. Ich fand sie niemals schöner als an diesen Morgen, wenn wir einander nichts mehr beweisen mussten. Jetzt liegen sie und Gunnar oben auf dem Friedhof, einige großzügige Rena-Sprünge von diesem Zimmer entfernt.

Als das Interview mit dem Sänger vorüber war, rief ich bei der Auskunft an und ließ mir seine Nummer geben, wählte aber immer nur die ersten Ziffern. Wenn ich auflegte, geschah das dann aber doch mit dem Gefühl, dass dieser Tag anders sei. Der Morgen brach nicht über mich herein, und ich sehnte mich nicht schon nach dem Abend.

Jetzt war ich fast drei Wochen nicht mehr zu Hause, doch die Ärzte hatten lange die Hoffnung, mich zum Heiligen Abend auf den Hof zurückschicken zu können. Ich sehnte mich nicht danach. Ein Haus ohne eine Frau wird nie mehr sein als nur ein Haus.

Morgen soll es so weit sein. Sie können nichts mehr tun. Die Ärzte haben alles versucht und meinen, ich hätte früher kommen müssen. Ich frage mich, ob ich zum Neujahrsspringen aus dem Bett kann – dem in der deutsch-österreichischen Sprungwoche, meine ich –, nicht dem von Skogli. Seit sie den Jungen gefunden haben, hat es dort keins mehr gegeben. Er war erst zwölf und hatte die ganze Nacht dort gehangen. Niemand hat je feststellen können, was passiert war. Kinder nehmen sich doch nicht das Leben, oder? Ein unschuldiges Spiel vielleicht. Aber kein anderes Kind hat je zugegeben, mit ihm gespielt zu haben. Es war aber auch egal. Der Junge war tot, und niemand wollte je wieder von dieser Schanze springen.

Ich ziehe die Jacke an und stecke die Lederhandschuhe in die Jackentasche. Auf dem Nachttisch liegt eine alte Sportbeilage aus einer Osloer Zeitung. Die ist das Letzte, was ich aus dem Zimmer mitnehme. Seltsam, wie die Zufälle spielen können. Wenn mein Bus an jenem Dezembertag vor dreiundfünfzig Jahren verspätet gewesen wäre, hätte ich Martha nicht kennengelernt. Hätten unser Sohn Thoralf und unser Enkel Bjørn den Zug nach Åsta verpasst, dann wären sie noch bei uns. Diese Sportbeilage habe ich erst gestern gefunden, nachdem ich unten beim Arzt gewesen war und die Nachricht erhalten hatte. Ich habe das Bild schon viele Male gesehen. Viele kennen dieses Bild. Die beiden Schwarzen, Tommie Smith und John Carlos, die bei der Preisverleihung nach dem Zweihundert-Meter-Rennen bei den Olympischen Spielen in Mexiko 1968 die behandschuhten Fäuste heben. Aber erst jetzt ist mir die dritte Person auf dem Bild aufgefallen. Der Weiße. Der Mann, den ich immer für einen Amerikaner gehalten hatte. Aber Peter Norman war kein Amerikaner, er kam aus Australien. Peter Norman holte Silber und hält in seinem Heimatland noch immer den Rekord über die zweihundert Meter. Aber nicht deshalb traten mir die Tränen in die Augen. Sondern wegen allem, was ich über dieses Foto nicht wusste. Die behandschuhten Fäuste haben sich für immer eingebrannt, aber erst gestern, als ich die Hintergrundgeschichte las, fiel mir auf, dass sie die Handschuhe an unterschiedlichen Händen tragen. Tommie Smith hat seinen an der rechten Hand und hebt die Hand in die Luft wie die Freiheitsstatue. John Carlos ist zögerlicher und hat den Handschuh an der linken Hand. Und die Erklärung ist einfach. Unmittelbar vor dem Einmarsch merkte Carlos, dass er seine Handschuhe vergessen hatte, und die beiden Sprinter beschlossen, Tommie Smiths Paar zu teilen. Norman benutzte keine Handschuhe, wusste aber, was die Amerikaner vorhatten. Aus Solidarität steckte deshalb der australische Sprinter das Abzeichen des *Olympic Project for Human Rights* an, das im Vorjahr zur Bekämpfung von Rassendiskriminierung gestiftet worden war. Nach der Siegerehrung sagte Norman, auch er vertrete den Gedanken, dass alle Menschen gleich seien und deshalb gleich behandelt werden müssten. Norman fiel in seinem Heimatland sofort in Ungnade, wurde als Aufwiegler abgestempelt und vom Olympischem Komitee in Australien zuerst verwarnt und dann weggeekelt. Für die Olympischen Spiele in München 1972 schaffte er es dreizehn Mal, schneller zu laufen, als für die Qualifikation nötig gewesen wäre, aber zum ersten Mal in der Geschichte beschloss Australien, keine Sprinter zu den Spielen zu schicken. Kurze Zeit später gab Norman den Sport auf. 1985 riss seine Achillessehne, und die Wunde entzündete sich. Das Bein sollte amputiert werden, aber Norman wurde von einem Arzt gerettet, der sich weigerte, dem Gewinner einer olympischen Medaille das Bein abzuschneiden.

Ich fahre mir rasch mit dem Handrücken über die Augen. Der Arzt, der mit mir gesprochen hat, kannte solche Bedenken nicht. Es war ein junger, frischexaminierter Nordländer, der nicht wusste, wofür mein Name stand, egal wie oft ich ihn auch buchstabierte. Ein Mann, der kaum eigene Erinnerungen daran hatte, wie es damals war, als wir mit Skiern sprangen, statt wie jetzt durch die Lüfte zu flattern. Ich sagte ihm, ein Mann wie ich sei nichts ohne Beine. Der Arzt sagte, mit Beinen würde ich ebenfalls bald nichts mehr sein. Dann nannte er Tag und Stunde, als hätte ich den Klempner wegen eines Termins angerufen. Irgendwie hatte ich auch das Gefühl, das getan zu haben, als müssten nur verstopfte Abflussrohre gereinigt werden. Aber der Dreck hatte sich zu gut festgesetzt.

Peter Norman rettete sein Bein, endete aber im Rollstuhl und verlegte sich aufs Trinken. Als 2000 die Olympischen Spiele in Sydney stattfanden, wurde er von seinem Heimatland nicht eingeladen, wohnte am Ende aber im Lager der Amerikaner. Sechs Jahre darauf starb er an Herzversagen. Die beiden vordersten Sargträger waren Tommie Smith und John Carlos. Die beiden Sprinter waren alt und zerfurcht, aber noch immer Männer, die den Kopf hoch trugen. Bei der Beerdigung sagte John Carlos, Peter Norman habe ihm den Glauben an die Menschheit zurückgegeben. Tommie Smith drückte sich schlichter aus. In seiner Rede sagte er, Peter Norman habe zwar nicht mit ihnen die Faust geballt, aber etwas viel Größeres getan: Er habe ihnen die Hand hingehalten.

Ich setze mich in den Rollstuhl, habe die Krücke auseinandergeschraubt und die Teile in meiner Jacke verstaut. Ein letztes Mal sehe ich mich im Zimmer um, ehe ich die Tür aufschiebe. Eine der Krankenschwestern kommt gerade vorbei und fragt, wo ich hinwill. Ich sage, ich würde gern eine Zigarre rauchen. Sie sagt, sie habe nicht gewusst, dass ich rauche. Ich antworte, dass ich das auch nur einmal im Jahr tue. Sie fragt, ob es gut für mich sein kann, das jetzt zu tun. Ich sage, dass es wohl kaum noch eine Rolle spielt. Sie nickt und fragt, ob sie mitkommen soll. Ich sage, dass ich das sehr gut allein schaffe. Der Fahrstuhl bringt mich hinunter ins Erdgeschoss, und ich schiebe den Rollstuhl um die Ecke, weg von der Rezeption. Beiße die Zähne zusammen und versuche, die Tränen zurückzudrängen, aber der Schmerz beißt sich im Knie fest und wandert nach unten. Ich konzentriere mich darauf, langsam vorwärts zu gehen, und hoffe, dass der Frau an der Rezeption nicht allzu deutlich auffallen wird, dass ich wie ein Betrunkener laufe, der sich krampfhaft darum bemüht, nüchtern zu wirken. Ich lächele mein bestes Angehörigenlächeln und bin sicher, dass ich mich mit dem Münzfernsprecher abmühen muss, um ein Taxi zu rufen, aber vor dem Eingang kann ich einen einsamen Wagen sehen.

Es sind nur sieben, acht Schritte vom Eingang zum Taxi, aber der Schweiß lässt meine Augen brennen, als ich die Tür öffne. Ich steige mit dem linken Bein zuerst ein, und mir wird schwindlig, als ich die Hände nehme, um das andere hinterherzuheben.

Der Fahrer ist jung, aber sein Bauch hängt wie eine Schanzenabfahrt über den Hosenbund. Auch Gunnar ist bis zu seinem Tod Taxi gefahren, aber obwohl er über sechzig wurde, ließ er das viele Sitzen niemals den natürlichen Schwerpunkt seines Körpers verschieben. Als ich bei denen war, die ihn die letzten Meter trugen, kam der Sarg mir fast leer vor. Ich glaube nicht, dass sie, wer immer sie nun sein werden, mit mir größere Probleme haben werden.

Der Fahrer sagt etwas, und ich muss ihn bitten, das Weihnachtslied im Radio leiser zu stellen.

»In Skogli ist es heute Abend hektisch«, sagt er und fährt weiter von der Neuen zur Alten Brücke, wie ich ihn gebeten habe.

»Hektisch?«, frage ich.

»Ja, nicht so sehr für mich, auch wenn das heute meine dritte Tour ist, aber es hat einen großen Brand gegeben.«

»Ist jemand ums Leben gekommen?«, frage ich.

»Das wissen sie noch nicht, aber der Wagen der Hausbewohner steht in der Garage.«

Ich nicke seinem Nacken zu, ohne die Nachricht wirklich an mich herankommen zu lassen. Versuche, mit der Geschwindigkeit zu verschmelzen, die uns über die Brücke trägt. Die Lichter auf der Bahnhofseite sehen aus wie ein bunter Anstrich auf dem Eis, ehe sie unten bei der offenen Stelle vor der Brücke auf eine Weise aufflammen, die mich an die Glasbläseröfen erinnert, über die ich mich früher gebeugt habe. Eigentlich ist Glasblasen auf eine Weise mit Skispringen verwandt. Bei beidem geht es um den Versuch, etwas vorherzusehen, das sich nicht vorhersehen lässt, und nicht zuletzt, sich so auf das Ziel zu konzentrieren, dass es zu etwas wird, das im Blut liegt, eine totale Hingabe an Instinkt und Bewegung.

Die Brücke liegt hinter uns, wir fahren durch die Weihnachtspromenade und vorbei an den letzten Autogeschäften, die die Stadt beleuchten. Der Sendemast sieht mehr denn je aus wie ein riesiger Weihnachtsbaum, bei dem die roten Markierlichter oben an der Spitze blinken. Dann verschluckt uns die Dunkelheit. Keine Autos, die uns entgegenkommen. Kein Funkeln von Sternen. Überhaupt kein Licht, bis wir nach Overås abbiegen. Das Wohnhaus oben sieht aus wie ein auf Grund gelaufenes Schiff, und in der Dunkelheit scheint der Hof dabei zu sein, über den Hang zu kippen und auf der anderen Seite zum Dorf hinabzurutschen.

Sætermosvingen schlängelt sich nach Skogli hinunter. In Richtung Bahnhof glüht es mehr als sonst, und ich kann durch die Tannenwipfel ein blaues, ausgefranstes Licht ahnen.

Vielleicht hat es dort gebrannt, oder vielleicht stammt dieses schimmernde Licht von einem Zug, der sich seinen Weg durch die Dunkelheit bahnt.

Früher war die Weihnachtspromenade beim Bahnhof. Sie bestand aus Girlanden, die vom Supermarkt zu einem der Privathäuser auf der anderen Straßenseite gezogen waren. Gleich vor dem Laden stand der Weihnachtsbaum, den ich immer anzündete, aber zuerst versammelten wir uns vor Kaspersens Kanzel, auf einer kleinen Treppe, die hoch zu einem dicht daneben gelegenen Garten führte, wo der Vorsteher von Eben Ezer stand und aus dem Weihnachtsevangelium las.

Ich werde nie vergessen, wie Martha und ich zum ersten Mal Thoralf mitnahmen. Wir hatten von der alten Nachbarin einen Kinderwagen mit Kufen geliehen, und den ganzen Abend lang hatte ich dasselbe Gefühl wie dann, wenn ich mich oben auf der Sprungschanze absprungbereit machte und nach dem ersten Durchgang in Führung lag. Martha trug einen neuen roten Mantel, und ihre schwarzen Haare, die unter der Mütze hervorlugten, waren mit einem Diadem aus Reif geschmückt. Das Akkordeon gurgelte sich durch mehrere Weihnachtslieder, und um uns herum tanzten alle, während der Atem sich wie Gewitterwolken um die Köpfe legte. Ich stand nur da und hielt Martha im Arm, denn ich habe es nie geschafft zu tanzen. Das eine Mal, wo ich versucht habe, mit ihr das Tanzbein zu schwingen, sagte sie, ich tanzte noch schlechter als ein Musiker. Bei unserer Hochzeit flehte ich sie an, mir den Walzer zu ersparen, damit ich uns nicht blamierte. Und da stand ich dann und hatte die Arme um sie gelegt, während um uns herum die anderen tanzten. Wenn ich jetzt daran zurückdenke, dann war das doch alberner, als wenn ich es gewagt hätte, und ich habe es oft bereut, sie um den Brautwalzer betrogen zu haben. Aber als junger Mann war ich überaus eitel.

Verdammt, ich bin noch immer eitel.

An dem Abend beim Bahnhof hatten wir Thoralf so dick eingepackt, dass seine runden Wangen heiß glühten. Am Wochenende davor hatte ich ein größeres Springen in Gjerdrum gewonnen, und es wäre gelogen, wenn ich behauptete, die bewundernden Blicke der Jungen nicht bemerkt zu haben. Es wäre gelogen, wenn ich behauptete, ich hätte es nicht genossen, meinen Namen in die Notizbücher der vielen Jungen zu schreiben, die so sein wollten wie ich.

Als ich anfing, in den Ergebnislisten immer höher zu springen, warnte Mutter mich davor, mich selbst zu wichtig zu nehmen. Mutter meinte, nur einen dürfe man wichtig nehmen, und Sein weitester Sprung habe geradewegs gen Himmel geführt. Eigentlich gelang es mir so gut, mit beiden Füßen auf dem Boden zu bleiben, wie das für einen Skispringer überhaupt nur möglich ist, aber gerade an diesem Abend erfüllte mich das Gefühl, unbesiegbar zu sein. Ich hatte keine Ahnung, dass Martha und Thoralf vor mir landen und dass ich nach vielen Wegkreuzungen allein bleiben würde. Heute sind die Jungen, die mich bewundernd angesehen haben, selbst alte Männer, und für ihre Söhne bin ich nur irgendein Opa, der schwach auf den Beinen ist.

»Ist das hier richtig?«, fragt der Taxifahrer, als er vor meinen Hof fährt. Nur die Lampe vor dem alten Schweinestall brennt, und nichts an meinem Haus erinnert an Weihnachten.

»Ich war verreist«, sage ich. »Bin erst heute zurückgekommen und hab kurz bei meinem Bruder im Krankenhaus vorbeigeschaut.«

347

Der Fahrer sagt nichts, sondern schaltet nur das Deckenlicht ein.

Nachdem ich bezahlt habe, bleibe ich auf dem Hof stehen, bis die Rücklichter des Wagens um die Scheunenecke verschwunden sind. Mein Bein fühlt sich an, als hätte ich versucht, den Fuß aus einem Fuchseisen zu ziehen, und ich glaube, der Schmerz, der meine Wade hochjagt, wird mich zum Pinkeln bringen, noch bevor ich die Krücke zusammengeschraubt habe und mein rechtes Bein entlasten kann. Ich bleibe stehen, stütze mich auf die Krücke und schnappe nach Luft. Über mir strotzen die Wolken nur so vor Schnee, und bald werden diese krummrückigen, wolfsgrauen Hügel unter dem vielen Weiß noch tierischer wirken. Eigentlich kann ich mich auch gleich hier auf den Hof legen und mich im Frühjahr ausgraben lassen. Mit der Lampe vor dem Schweinestall als Leitstern und der weißen Tür darunter als Grabstein, auf dem nur ich die Buchstaben lesen kann. Aber ich bin nicht nach Hause gekommen, um wie ein Tier zu verrecken.

Im Haus ist es warm, auf diese kalte, elektrische Weise. Der Ofen schnurrt mir nicht entgegen wie damals, als ich noch ein Heim hatte, in das ich zurückkehren konnte. Aber das ist schon in Ordnung. Ich bin ja nur hergekommen, um gleich wieder kehrtzumachen. Ich nehme das Schrotgewehr aus dem Gestell und stecke zwei Patronen in die Jackentasche. Zwei Patronen sind mehr als genug. Ich finde den Zündschlüssel für den Trecker und gieße einen Becher mit Wodka voll. Trinke, so schnell ich kann, und bleibe ruhig stehen, bis das Gefühl, dass die Chirurgen schon angefangen haben, mein Bein abzusägen, nur zu einem dumpfen pochenden Schmerz wird. Ich hänge mir das Gewehr über den Rücken, binde mir die Kopflampe vor und gehe hinaus in die Garage.

Ich muss ein wenig herumwühlen, ehe ich alles finde, was ich brauche, das andere, von dem ich geglaubt hatte, dass ich es nie wieder brauchen würde. Dann befestige ich alles an der Seite des Treckers. Ich bewege mich ganz langsam, um dem Bein weiszumachen, es sei nicht mehr so krank, aber als ich auf den Trecker steigen will, bin ich sicher, dass das Garagendach über mir zusammenbricht. Für einen Moment weiß ich nicht, wo oben ist, wo hinten, wo vorn, und ich muss mich aus allen Kräften darauf konzentrieren, das Lenkrad nicht loszulassen. Ich zähle bis drei und ziehe mich auf den Sitz. Mein Herz pumpt doppelte Schläge, und ich bleibe sitzen und zähle langsam bis hundert, ehe ich den Zündschlüssel umdrehe. Zum Glück hat der Nachbar Ketten aufgespannt und die Batterie aufgeladen, sonst wäre das alles unmöglich. Ich denke, dass Gunnar Recht hatte, als er gesagt hat, unmöglich werde immer mit einem »un-« zu viel geschrieben, trotzdem würge ich den Motor dreimal ab, bevor ich rückwärts aus der Garage fahren kann. Ich kann mit dem rechten Fuß das Gaspedal nicht durchdrücken, also muss ich die Krücke nehmen. Der Trecker bleibt noch auf dem Hof einmal stehen, und ich trinke einige Male, ehe ich wieder Gas geben kann und der Trecker einen Sprung nach vorn macht. Der Schnee fällt so dicht, dass ich meine Augen mit der linken Hand abschirmen muss. Das Lenkrad lässt sich nur schwer bewegen, und es ist gut, dass nicht mehr Schnee liegt, denn ich weiß nicht, ob ich die Kraft gehabt hätte, uns dann auf der Straße zu halten. Ich begegne einem Auto, ich sehe nur die Lichter der Häuser, die durch den Schnee und den Wind aussehen, als würden sie mir entgegengeworfen. Ich biege in Richtung Overgrenda ab, und wenn jetzt jemand aus dem Fenster schaut oder wenn mir Leute entgegenkommen, haben sie vielleicht für einen Moment das Gefühl, dem Weihnachtsmann zu begegnen. Die Schneeflocken legen sich auf meine Mütze und kleben am Schal wie ein Vollbart, der alte abgenutzte Trecker ist wie ein Schlitten, und der Riemen des Schrotgewehrs bewegt sich im Wind wie eine Peitsche, mit der ich die Rentiere antreiben kann. Das Einzige, was fehlt, ist der Sack mit den Geschenken, aber ich habe nicht vor, das, was ich weggeben will, auch noch einzupacken.

In Overgrenda vibrieren die Räder weniger, die Ketten schlagen nicht mehr so hart gegen die Kotflügel, und ein Gefühl ganz ähnlich dem, wenn die Skier auf dem Boden auftreffen, überkommt mich. Nichts eilt noch, ich muss nirgendwohin, es gibt nur mich auf dem Weg durch den Schnee und die einsetzende Nacht. Beim letzten Haus auf dem Plateau biege ich auf den Forstweg ab. Die Krücke rutscht vom Gaspedal, und für den kleinen Moment zwischen Bewegung und abruptem Anhalten spüre ich die starke Sehnsucht danach, an die Tür des Hauses zu klopfen, das dort steht und zu leuchten scheint. Danach, an einem Tisch sitzen zu können und nicht nur Selbstgespräche führen zu müssen. Früher war es so, dass die meisten Besuche in Skogli unangemeldet kamen, jetzt kommt es überhaupt nicht mehr zu Besuchen. Außerdem weiß ich nicht, ob der Feuerwehrmann, der dort wohnt, und seine Frau an einem Abend wie diesem so gern einen Mann wie mich sehen möchten. Er war selbst sehr krank, und der Besuch eines abgemagerten alten Gespenstes würde ihn nur daran erinnern, woran am Heiligen Abend niemand denken möchte.

Ich nehme also wieder die Krücke, der Trecker macht einen Sprung, und ich habe das Gefühl, dass die Zähne in meinem Mund sich lösen. Es ist schwer, den Trecker auf dem Weg zu halten, aber ich muss nicht mehr weit hoch. Die

Sprungschanze liegt vielleicht einen knappen Kilometer weiter oben. Die Zweige der Büsche strecken sich nach mir aus, einer trifft mich an der Stirn und lässt meinen ganzen Schädel singen. Etwas Zähes, Salziges brennt in meinen Augen, aber ich weiß nicht, ob das Blut oder Schweiß ist. Die Vorderräder drehen sich auf dem kleinen Wendeplatz im Leerlauf, und ich fürchte, hier wird es enden. Fürchte, dass ich die letzten Meter nicht schaffen werde. Doch es geht weiter, und im Scheinwerferlicht des Treckers ragen zwei Holzhaufen auf, jemand hat schon das Brennholz des nächsten Winters aufgestapelt.

Baumstümpfe schlagen gegen den Boden des Treckers, Steine kratzen daran, die Räder müssen sich über gefällte Kiefern weiterfressen, aber ich habe den Turm jetzt fast erreicht. Noch zwei Schlucke aus der Flasche, ich rücke die Kopflampe zurecht, stolpere um den Trecker herum und kann das Schrotgewehr und den anderen Kram losmachen. Im Wald hinter mir scheint ein riesiger Vogel die Flügel auszubreiten, und ich halte mitten in der Bewegung inne. Im Krankenhaus habe ich immer noch ein Bett. Aber das ist auch alles, was ich habe. Fast alles. Oben auf dem Friedhof gibt es zwei Gräber, auf denen an diesem Weihnachtsfest kein Licht angezündet werden wird. Heute Abend werden sie in dem funkelnden Lichtermeer wie zwei schwarze Löcher klaffen. Ich schließe die Augen und verdränge diese Gedanken. Zwei schwarze Löcher, das ist alles, was es gibt. Sand und Kies. Erde. Nichts von dem, was war.

Ich habe den Turm erreicht. Die unterste Stufe fehlt, und die Treppe kippt nach Norden. Ich hänge mir das Schrotgewehr über, nehme das Seil hervor und befestige es an meinem Rücken, fange an, mich aufwärtszuziehen. Zum Glück reden wir hier nicht vom Holmenkollen. Der Skoglibakken hat nur neun intakte Stufen, aber auf halber Höhe fängt mein gesundes Bein an zu zittern, und mein Puls jagt durch meine Arme. Ich atme mit offenem Mund, halte mich mit beiden Händen fest und bleibe so stehen, bis ich einen Herzschlag vom anderen unterscheiden kann. Dann drehe ich mich um und rutsche auf dem Hintern immer eine Stufe höher. Das Gewehr scheuert über meinen Rücken, aber ich kann mich leichter bewegen, und das Krampfgefühl im gesunden Bein legt sich. Dann habe ich den obersten Absatz erreicht. Keine Jubelrufe von unten. Keine vor dem Himmel wehenden Flaggen. Keine schnarrende Stimme, die über die Lautsprecheranlage meinen Namen ankündigt. Nur ein alter Mann, der das Gewehr als Krücke nimmt, um aufstehen zu können. Skoglis Lichter schwelen wie die Glut in einem Feuer, und ich komme mir schon vor wie ein Teil der Wolkendecke. Im Licht der Kopflampe sehen die Schneeflocken aus wie Motten, die auf mich zuflattern, und ich hebe das Schrotgewehr, ohne zu wissen, worauf ich ziele. Ich habe vergessen, woran ich gedacht habe.

Wenn Gunnar bei mir wäre, wäre es anders, aber es gibt keinen Grund für einen Salut. Das hier ist nicht der Anfang von irgendetwas. Kein Grund zu feuern. Ich habe nicht vor, mit einem Knall zu gehen. Das Gewehr gleitet mir aus der Hand und fällt am Gerüst nach unten. Hinter mir ist nichts. Nur Wald. Unter mir liegt alles. Die Flasche muss ich irgendwo im Schnee verloren haben, aber das spielt keine Rolle. Ich berausche mich an dem alten schwerelosen Gefühl, dann binde ich das Seil von meinem Gürtel und fange an, die Sprungskier hochzuziehen. Die Bindungen sind alt, noch älter als die Skier, aber ich kann sie um meine Schuhe befestigen. Die abblätternden Rostflocken sehen im Licht der Kopflampe aus wie geronnenes Blut. Ich denke an Jesus und daran, an was für Holz er wohl genagelt wurde. Die einzigen Bäume aus der Bibel, an die ich mich erinnern kann, sind ein Maulbeerbaum und ein Feigenbaum. Nicht gerade passendes Holz für ein Kreuz, und schon gar nicht für belastbare Sprungskier. Ich richte mich auf. Versuche, sicher zu stehen, aber der Schnee, der auf mich zukommt, löst in mir ein wirbelndes Gefühl aus, und ich muss mich auf die Reste des Geländers stützen. Dann fange ich an zu zählen, wie ich das immer getan habe. Ich zähle zweimal, und jede Zahl scheint mein Herz ein wenig ruhiger schlagen zu lassen. Ein letztes Mal die Kopflampe zurechtrücken, dann bin ich so weit. Falls jetzt die Menschen unten im Tal zur Sprungschanze hochschauen, dann ahnen sie mich hoffentlich durch den Schnee wie eine Sternschnuppe. Ich nicke Martha zu. Vor diesem Tanz werde ich mich nicht drücken. Ich reiße mir den linken Handschuh ab, und dann balle ich die rechte Faust über meinem Kopf.

Einmal war ich jemand.

Halt meine Hand ganz fest

Roger konnte als kleiner Junge kein R aussprechen. Wenn ich unseren Sohn zum Kindergarten fuhr, hörten wir immer die Ramones, und sein Lieblingslied war »Do you remember Rock'n'Roll Radio«. Wenn ich ihn nachmittags abholte, kauften wir oft bei Rimi in Rasta ein. Das waren verdammt viele R für einen kleinen Jungen, der Probleme mit der Aussprache hatte. Ich habe mir überlegt, dass es vielleicht schon damals angefangen hat. Der Logopäde konnte seinen Sprachfehler im Laufe des ersten Schuljahrs korrigieren, und ich glaube, Roger wurde deshalb nie gehänselt. Trotzdem bin ich mir sicher, dass es ihn verändert hat. Dass es in ihm eine Art Bewusstsein dafür gesät hat, dass er kämpfen musste, um Dinge zu lernen, die für andere Kinder so natürlich waren wie das Atmen. Er tut mir leid, zugleich war ich stolz, wenn er jeden Abend trainierte, so wie er das beim Logopäden gelernt hatte.

»Rachen«, konnte er sagen. »Rachen, Rachen, Rachen«, und dabei strengte er sich an, die Zunge nicht zu weit hinten im Mund zu halten, wenn er R sagte. Diese Übung machte ihm immer hohle Wangen und er sah aus, als habe er etwas verschluckt, das ihm gar nicht schmeckte.

Ich weiß nicht, ob es allen Eltern so geht, ob sie kurze Momente der Vorahnung haben, aber Elisabeth und ich hatten in diesem ersten Schuljahr das Gefühl, dass unser Junge nie in die Form passen würde, die für ein Kind vorgesehen ist. Im Kindergarten war er der offenste und fürsorglichste Junge von allen, deshalb glaubte ich bei den ersten Anrufen aus der Schule, dass sie uns mit den Eltern eines anderen Kindes verwechselt haben müssten. Einmal wurde behauptet, er habe den Lehrer angespuckt, eine Geschichte, die ich noch heute bezweifele. Ein anderes Mal wurde angedeutet, es fehle ihm an Rücksichtnahme und Fürsorge, weil er einen Jungen in seiner Klasse gefragt hatte, wo sein Vater eigentlich sei, obwohl der Lehrer am Vortag alle zusammengerufen und ihnen erklärt hatte, dass der Vater bei einem Autounfall ums Leben gekommen war. In unserer Familie sprechen wir immer über den Himmel, wenn jemand stirbt, es ist also nicht unbedingt ein Hinweis auf mangelnde Rücksichtnahme, solche Fragen zu stellen. Ich weiß nicht, ob Roger es deshalb gesagt hat, aber es war auch für uns Erwachsene schwer genug, über diesen Todesfall zu sprechen, besonders für uns Erwachsene.

Ich schaue auf die Uhr neben uns in der Dunkelheit. Es dauert noch einige Stunden bis zu Jesu Geburtstag. Im Zimmer hängt der Gestank nach Erbrochenem, aber es riecht scharf wie Essig, anders als bei seinen Kinderkrankheiten damals. Ich habe versucht, ihm die Hand auf die Stirn zu legen. Einen Lappen geholt, wenn die fieberhaften Zuckungen in ihm wüteten, habe versucht, ihn mit meinem eigenen Körper zu wärmen, wenn der kalte Schweiß kam. Die Haut spannt sich über seinen Ellbogen und Knien, als habe er angezogen gebadet und die Kleider an seinem Körper trocknen lassen. Die flohstichartigen Flecken an seinen Unterarmen. Meine Fingerspitzen fahren über die seine vernarbte Haut, als versuchte ich, Blindenschrift zu lesen. Die Rippen sind so deutlich zu erkennen wie die Rillen in einem Waschbrett, und ich muss an Breaux Bridge, Louisiana, denken, an eines der letzten Male, als wir zusammen Familie waren. Es war im Sommer, ehe Elisabeth krank wurde, und Roger entglitt uns bereits. Aber an diesem Abend aßen wir Flusskrebse in einem Restaurant, das vorher eine alte Scheune gewesen war. Vor der Querwand gab es eine Bühne, auf der eine fünfköpfige Band sich alle Mühe gab, Paare jeden Alters auf die kleine Tanzfläche zu locken. Jedes einzelne Lied begann damit, dass die Waschbrettspielerin die Löffel über ihr Instrument zog. Als der Sänger »Jole Blon« – die Nationalhymne des Cajuns, wie er es nannte – ankündigte, beugte Elisabeth sich über den Tisch zu Roger.

»Würdest du bitte mit deiner Mama tanzen?«, fragte sie und zwinkerte übertrieben wie ein junges Mädchen.

»Aber Mama. Nein!«, erwiderte Roger mit bestürzter Miene.

»Bitte. Die Ferien sind fast zu Ende. Als du klein warst, wolltest du immer mit mir tanzen. Und nie mit Mädchen in deinem Alter.«

Das stimmte sogar. Wenn wir Geburtstage oder andere Anlässe besuchten, wo jemand zum Tanz aufspielte, wollte Roger immer mit Mama auf die Tanzfläche. Ich weiß gar nicht, wie oft ich irgendeinen Tanzboden angestarrt habe und meine Frau offenbar mit sich selbst Walzer tanzte, weil ich Roger zwischen den anderen Menschen nicht entdecken konnte. Aber im Lafayette's in Breaux Bridge ließ die Musik sein Gesicht nicht aufgeregt und eifrig wirken. Es sah eigentlich eher aus wie damals, als er schon zu groß war, um mit mir im Doppelbett zu liegen, wenn Elisabeth verreist war und er scheinbar mit großem Widerstreben zur Schlafenszeit den freien Platz einnahm.

»Mama, ich kann diesen Tanz nicht«, sagte er, als die Band loslegte.

»Ich auch nicht«, sagte Elisabeth, erhob sich und zog ihn auf die Tanzfläche.

Damals fiel es mir nicht schwer zu sehen, dass Elisabeth nicht allein tanzte. Roger war einen Kopf größer als sie, und wie er versuchte, seiner Mutter bei den ungewohnten Schritten zu folgen, hatte etwas Rührendes. Ich glaube, niemand hätte gedacht, dass hier Mutter und Sohn miteinander tanzten. Elisabeths Landfahrerblut gab ihr etwas Südländisches, während Roger Haut und Haare von mir geerbt hat. Im Sommer haben wir beide etwas Albinohaftes, und die Wochen in den Südstaaten der USA hatten seine Haare noch heller werden lassen als sonst.

Elisabeth und Roger hielten drei oder vier Stücke durch, ehe sie zum Tisch zurückkehrten, und als seine Mutter ihm als Dank für den Tanz einen Kuss auf die Wange gab, war sein Blick unergründlich. An diesem Abend wurde es Morgen, bis wir ihn wiedersahen.

Es klingt, als sei er endlich eingeschlafen, und ich streichele vorsichtig seine Brust. Die Waschbrettspielerin in Louisiana sagte, jede Musik komme von innen. Ich wüsste gern, ob Roger noch immer Musik in sich hat. Er war einmal der beste Gitarrist in Kongsvinger, und Elisabeth und ich waren stolz, wenn er uns erlaubte, einen Auftritt seiner Band zu besuchen. Ich erinnere mich an Elisabeths Beerdigung. Seine Wattehaare waren an seinen Kopf geklatscht, der Anzug schien zu groß zu sein, und ich hätte nicht gedacht, dass er die zwei Lieder durchhalten würde. Aber er hängte sich die Gitarre um, trat vor den Sarg und sang seine Mutter mit einer solchen Innigkeit nach Hause, dass sogar dem Pastor die Tränen kamen.

Ich fahre aus dem Schlaf hoch und glaube, nur für wenige Minuten die Augen geschlossen zu haben, aber das Morgengrauen ist nicht mehr fern. Ich stehle mich aus dem Bett und gehe hinunter in die Küche, habe Hunger, bringe aber nichts hinunter. Trinke im Stehen vor dem Fenster eine Tasse Kaffee. Ich kann zwar die Hügel um das Haus nicht sehen, habe die Landschaft aber in mir. Den dichten Tannenwald, die weißen Birkenstämme, den Baklengselv, der sich noch nicht zum Winter zurechtgelegt hat, und die Kieswege, die immer noch so liegen wie in der Kindheit meines Großvaters. Das alles, was so vertraut ist, das alles, was solche Geborgenheit schenken müsste. Ich weiß nicht, wie oft Elisabeth und ich darüber geredet haben, dass wir froh darüber seien, nicht in der Stadt zu wohnen. In den Stunden, in denen wir im Einkaufszentrum warteten, während er beim Fußballtraining war, wenn wir ihn zu den Proben mit der Band hin- und herfahren mussten. Die Freude, wenn er ein Tor schoss, der Stolz, als der Name seiner Band ganz oben auf dem Plakat stand. Das Gefühl, dass wir für unseren Jungen alles taten.

Aber wie kann man einen Menschen vor sich selbst beschützen?

Als ich ihn vorgestern gefunden habe, suchte ich ihn schon seit zwei Stunden. Hatte alle seine Kumpels angerufen und Straßen, deren Namen ich nicht kannte, durchkämmt. Straßen, die einander immer mehr ähnelten. Ich wurde von dem alten Gefühl überwältigt, hinter seiner Bahre herzulaufen, während die ins Krankenhaus geschoben wurde. Ich dachte an die vielen Anrufe, die nachts gekommen waren, am frühen Morgen, in der Mittagspause, am 17. Mai, alltags und feiertags. An die vielen Male, wenn ich fast gehofft habe, dass das Telefon nicht mehr klingelt und ich wissen kann, dass er endlich Frieden gefunden hat. Aber es gibt keinen Lärm, der so ohrenbetäubend ist wie ein Telefon, das nicht klingelt.

Zuerst wollte er nicht mitkommen. Wurde aggressiv. Sagte, ich sollte mich aus seinem Leben verziehen. Sein Gesicht, das sich verzog, als ob alles Leben es endgültig verlassen hätte, die Spucke auf meinen Schuhen und dann die Arme um mich. Der knochige Körper, der sich an mich klammerte wie damals, als es nichts gab, was ich nicht in Ordnung bringen konnte. Wie wir durch mit Engeln und Lametta geschmückte Straßen fuhren, wie ich anhielt, um zu kaufen, was er brauchte, damit ich das bekommen könnte, was ich mir zu Weihnachten wünsche.

Oben im Schlafzimmer erbricht er sich wieder, das höre ich. Ich stürze nach oben, reiche ihm den Lappen und ein neues Glas Wasser.

»Wie geht's?«, frage ich.

Er schüttelt den Kopf.

»Soll ich ein wenig Suppe warmmachen?«

»Kannst du dich nicht einfach wieder hinlegen?«, sagt er, und ich nicke. Zum ersten Mal seit Elisabeths Tod teile ich mit jemandem das Bett. Meine Schwestern haben mir im vergangenen Jahr arg zugesetzt. Haben Frauen vorgeschlagen, die ich näher kennenlernen sollte, aber ich hatte keine Kraft dazu. Das Gefühl, doppelt zu trauern, als ob eine Trauer nicht genug wäre, macht mir die Vorstellung unmöglich, wieder einer Frau irgendwelche Aufmerksamkeit zu schenken.

Das Hemd, das er geliehen hat, ist an den Ärmeln zu kurz, trotzdem scheinen meine Kleider ihm zu groß zu sein. Er hat sich die Haare gewaschen und zu einem Pferdeschwanz gebunden, aber sein Gesicht ist noch immer auf eine Weise verwüstet, dass ich darin nach meinem Sohn suchen muss. Seine Fingernägel haben Trauerränder wie die eines Automechanikers, aber als er die Hände um die Teetasse legt, sehe ich die Finger seiner Mutter. Musikerhände. Der kleine Finger und der Ringfinger, denen es anfangs solche Mühe machte, sich für C- und G-Akkorde richtig zu legen.

»Ich habe die Rippe vergessen«, sage ich. »Die liegt noch immer in der Tiefkühltruhe. Ich wollte sie doch zum Auftauen rausnehmen.«

Er zuckt nur mit den Schultern.

»Soll ich nach Kongsvinger fahren und nachsehen, ob noch frische übrig sind?«

Er schüttelt den Kopf.

»Ich habe auch noch Weihnachtswurst und Frikadellen in der Tiefkühltruhe.«

»Ich weiß nicht, ob ich das über mich bringe«, antwortet er und ehe ich noch etwas anderes vorschlagen kann, bricht der große Mann vor mir zusammen wie ein kleiner Junge.

»Ich weiß nicht, ob ich noch mehr aushalte, Papa. Weiß nicht, ob ich wieder auf die Beine komme. Weiß nicht, ob das überhaupt Sinn macht.«

Die Worte sprudeln aus ihm heraus, als ob ihm dabei der Atem verginge. Ich springe auf und versuche, meine Tränen nicht in seine Haare tropfen zu lassen.

»Sag so was nicht«, bitte ich.

»Aber ich habe es so oft versucht.«

Ich kann nichts sagen, deshalb nicke ich nur.

»Warum soll ich es denn überhaupt wieder versuchen? Ich wünschte, ich könnte einfach nur schlafen.«

»Du kannst es Mama zuliebe versuchen.«

»Mama ist nicht mehr da.«

»Ja, das stimmt«, sage ich. »Mama ist nicht mehr da. Aber ich bin hier. Du bist hier. Wir sind hier zusammen.«

»Nein, Papa«, sagt er. »Hier gibt es kein *Wir*. Es gibt nur mich. Nur mich.«

Und dann, als habe er ein wenig nachgedacht:

»So war das nicht gemeint. Aber ich habe es satt, gerettet zu werden. Ich habe es satt, dich zu enttäuschen. Ich habe es satt, dir vor allen Leuten Schande zu machen.«

»Roger«, sage ich. »Du bist mein Sohn.«

»Es ist so anstrengend, Papa«, sagt er, und ich weiß nicht, ob er das Leben meint oder mein Sohn zu sein oder beides auf einmal.

»Wir nehmen uns einfach einen Tag nach dem anderen vor«, sage ich.

»Ich kann kaum weiter als bis zum Abend denken.«

»Dann fangen wir damit an«, sage ich, lasse ihn los und gehe zur Tür.

»Papa?«, fragte er.

Ich drehe mich um und nicke.

»Du hast keinen Weihnachtsbaum.«

»So weit bin ich nicht gekommen.«

»Können wir jetzt einen holen?«

Zuerst glaube ich, mich verhört zu haben.

»Sollen wir jetzt einen Baum schlagen?«

Er nickt.

Draußen hat es so geschneit, dass wir bis über die Knöchel versinken. Als der Wind uns entgegenweht, tritt Roger zur Seite, und ich packe seinen Arm. Er hustet, bis er würgen muss, aber es kommt nur Luft. Er löst meine Hand von seinem Arm.

»Das geht schon«, sagt er und geht vor mir zum Holzschuppen, wo ich Schlitten und Werkzeug aufbewahre. Einen Moment kann ich ihm nicht folgen. Einen Moment bleibe ich nur stehen und schaue hinter ihm her. Als er klein war, sagte meine Mutter, sie habe noch nie einen Jungen gesehen, dessen Gang dem seines Vaters so sehr ähnelt. Jetzt schlurft Roger los, ohne Fußspuren zu hinterlassen, und hinter ihm im Schnee sieht es aus, als sei jemand weggeschleift worden. Ich binde den Schal fester und ziehe die Mütze etwas tiefer in die Stirn. Roger geht noch immer wie ich. Er geht so, wie ich gehen werde, wenn ich je ein alter Mann werde.

Ich dränge mich an ihm vorbei, hebe die Säge von der Schuppenwand und ziehe den Schlitten hinter mir her. Es dämmert schon, und die Schneeflocken reißen sich vom Himmel los wie kleine Kalenderblätter. Ich sehe, dass die Nachbarin im Haus auf der anderen Seite des Storvei Besuch hat. Plötzlich fällt mir ein, dass ihr Schwager gestern beerdigt worden ist, eigentlich hätte ich bei der Beerdigung sein müssen. Aber ich habe ihr mein Beileid ausgesprochen, und ich habe schon lange kein schlechtes Gewissen mehr anderen gegenüber, weil ich wegen Roger meine Pläne umstoßen muss.

»Wir müssen doch nicht so weit gehen. Unten am See gibt es schöne Bäume«, sage ich, aber als ich mich zu ihm umdrehe, sieht er aus wie ein Boxer, der sich nach dem Auszählen sehnt. In Overgrenda feuern einige ungeduldige Seelen eine Salve ab. Das gibt mir die Entschuldigung, die ich brauche, um stehenzubleiben.

»Weißt du«, sage ich. »Wir brauchen nicht weiterzugehen. Heute schneit es doch wie die Hölle.«

Sofort bereue ich diese Worte. Sie klingen nicht witzig. Plump. Ganz ohne Rücksicht darauf, wie es meinem Sohn jetzt zumute ist. Aber all diese Jahre als Vater eines Sohnes, der nicht allein zurechtkommt, haben mich arm an Worten werden lassen. Als sei der Wert von allem, was ich sage, verringert worden. Alle Extreme, alle Gefühle, zwischen denen ich im Laufe eines Herzschlags hin- und herpendele, wenn ich vom großen starken Vater zu einem kleinen Jungen werden kann, stürmen auf mich ein.

»Setz dich auf den Schlitten, und wir nehmen die Tanne dahinten. Wenn wir die schmücken, sieht sie bestimmt gut aus«, sage ich und deute auf einen kleinen Baum gleich hinter der Garage. Roger setzt sich, und ich fange an zu ziehen, glaube, er sei heruntergefallen, so leicht gleitet der Schlitten über den Schnee.

Die Tannenzweige sind auf der Nordseite fast doppelt so lang, und in der Mitte scheint der Stamm einen Knick zu haben, ehe er weitergewachsen ist. Ich schüttele den Schnee ab, und durch die spärlich gewachsenen Zweige ahne ich meinen Sohn, heruntergekommen und elend. Und ich denke: Lieber Gott, kannst du mich jetzt nicht einfach sterben lassen? Kannst du mich nicht einfach auslöschen, wie es im Alten Testament steht? Ich brauche keine goldenen Straßen. Ich brauche keine Auferstehung und keinen Engelschor. Ich will nicht, will nicht mehr sein. Ich will sehen, wie alles, was nach mir bleibt, von innen nach außen gestülpt, in Fetzen gerissen, zu nichts wird. Menschen, die behaupten, das Schlimmste, was einem geschehen kann, sei zu erleben, wie das eigene Kind stirbt, haben nicht ganz Recht. Ich habe Roger schon so oft verloren, dass es in gewisser Weise mein größter Kummer ist, dass er noch immer leben muss.

»Kannst du mir die Säge geben?«, frage ich, und es schneit so dicht, dass ich mir die Hand über die Augen halten muss.

Roger hebt die Säge vom Schlitten und gibt sie mir, wie er mir ein Messer reichen würde. In dieser Bewegung liegt alles, was Elisabeth und ich ihm beizubringen versucht haben. In dieser Bewegung liegt alles, was ich mir wünsche. Egal wie schlecht es um meinen Sohn stehen mag, es gibt noch immer Hoffnung, und sei es nur, weil er noch nicht vergessen hat, wie wir ihm beigebracht haben, mit Werkzeug umzugehen. Dieses Wissen überwältigt mich, und mit einem langen Sprung bin ich bei ihm.

»Roger«, sage ich, und dann scheint eine Lawine die Berge hinunterzudonnern, und ich lasse mich in den Schnee fallen und lege den Kopf auf seinen Schoß.

Der schlichte Baum kann unmöglich so schwer sein, aber die Kufen bohren sich auf ganz andere Weise in den Schnee als vorher. Trotzdem kommt mir der kleine Hang zum Haus vor wie ein Abfahrtslauf. Als ich vor der Treppe stehen bleibe, ziehe ich keinen erwachsenen Mann. Sondern meinen Jungen. Er hält keinen Weihnachtsbaum auf dem Schoß, sondern das Gewehr, das er immer mit sich herumgetragen hat, als sein Leben ein einziger langer Indianerkrieg war. Ich höre seine Stimme, wie er eines Morgens Elisabeth und mich aus dem Schlaf schreckte, als er vor unserem Schlafzimmerfenster Schüsse nachahmte. Sein eifriges, fast ein wenig stolzes Lächeln, als er sich zu uns umdrehte und flüsterte: »Die kriegen uns nicht, das lasse ich nicht zu.«

Ich wische auf der Treppe den Baum ab und kann gerade noch die Tür öffnen, bevor Roger sich an mir vorbeidrängt und zum Klo muss. Als er wieder herauskommt, habe ich den Baum in den Ständer gesteckt und den Christbaumschmuck vom Dachboden geholt.

»Schafft du es, mir beim Schmücken zu helfen?«, frage ich.

»Ich glaube, das musst du machen, Papa«, sagt er. Ich fange an, die Kerzen zu befestigen, und die Wärme im Wohnzimmer lässt das restliche Eis auf den Nadeln schmelzen und auf den Boden tropfen. Dieses Geräusch erinnert mich an etwas aus der biblischen Geschichte, etwas, woran ich seit sehr langer Zeit nicht mehr gedacht habe. Nicht an die Engel und die Hirten auf dem Felde, die Krippe und den Stall. Nein, es erinnert mich an etwas vom Ende der Geschichte. Jesus allein in Gethsemane, als sein Schweiß zu Blutstropfen wurde, die zur Erde fielen. Aber ich denke auch nicht an Tod. Sondern an mehr.

Das Einzige, was an ein Geschenk erinnern kann, ist der neue Plastikeimer, in den Roger sich noch nicht erbrochen hat. Im Moment ist es das schönste Weihnachtsgeschenk, das irgendwer mir geben könnte.

»Papa?«, sagt Roger.

Ich nicke.

»Können wir morgen zu Mamas Grab gehen?«

Der letzte Bus aus der Stadt

Es ist noch keinen ganzen Tag her, dass ich meinen Vater unter die Erde gebracht habe, und hier liege ich zwischen den Oberschenkeln meiner Tante. Ich glaube, wir halten das für die beste Weise, um ihn zu betrauern. Die Tante zieht meinen Kopf nach unten, packt mein Ohr, als wäre ich ein ungezogener Junge gewesen, und presst mein Gesicht an ihre Titten. Ich halte mich ungefähr so wie beim Liegestütz, nur tut es jetzt eher im Kreuz weh als in den Schultern. Über dem Bett hängt ein Kranz, der aussieht wie ein Mistelzweig. Das passt gut zu dieser Jahreszeit, aber ich weiß nicht, ob sie ihn dort angebracht hat, weil Weihnachten ist, oder ob er das ganze Jahr dort hängt. Ich war seit vielen Jahren nicht mehr in ihrem Schlafzimmer, aber das Zimmer ist ebenso vollgestopft wie der Rest des Hauses. Ein seltsamer dunkelhäutiger Weihnachtsmann, der mich an die Negerfiguren erinnert, die die Missionare von ihren Einsätzen mitbrachten, ist ins Bett gefallen und bohrt sich in meine Hüfte. Einige silberfarbene Engel unter der Decke stoßen mit den Köpfen gegeneinander, mit einem begeistert applaudierenden Geräusch im Takt meiner Bewegungen.

Seit sie Witwe ist, verreist die Tante gern, und wenn das Haus nicht in eher gedämpften Farben gehalten wäre, könnte man leicht glauben, dass hier ein Seemann wohnt. Regale, Fensterbänke und Tischplatten sind mit dem vollgestellt, was die meisten Menschen, die diesseits von 1970 geboren wurden, als Kitsch bezeichnen würden. Aber auf seltsame Weise passt das zu meiner Tante. Und ich denke, dass die Umgebung ihr nichts anhaben kann. Zugleich erinnert sie mich an eine Comicserie, die ich als Junge gelesen habe, über den Bau der Eisenbahn im Wilden Westen. Die Lokomotive war die ganze Zeit nur wenige Meter hinter den Arbeitern, meistens Chinesen, die Schwellen legten und die Gleise befestigten. Sowie die Arbeiter einen weiteren Meter fertiggestellt hatten, fuhr die Lokomotive weiter und dann musste sie wieder warten. Ich glaube eigentlich, dass das Leben meiner Tante ebenfalls so war, meins vielleicht auch, wenn ich mir das genauer überlege. Eine Art Warten auf die Erlaubnis vorzurücken. Aber ich bin nie viel verreist. Habe nie das Haus mit so vielen Dingen gefüllt. Ich habe ja nicht einmal ein Haus.

Ich versuche, mich auf die Tante zu konzentrieren, nur Bewegung zu sein, aber ich frage mich eben doch, was dieser Mistelzweig an ihrer Wand zu suchen hat. Er ist jetzt nicht unbedingt daran schuld, dass wir im Bett gelandet sind. Sie brauchte mich nicht unter den Mistelzweig zu locken, um mir einen Kuss zu geben. Als ich mein Weihnachtsgeschenk abliefern wollte, waren meine Hände unter ihrer Golfjacke, noch ehe sie die Tür zuziehen konnte, und unsere Lippen aufeinander ließen die Zähne klirren wie Eiswürfel in einem Glas. Und dann landeten wir übereinander auf der Bettdecke mit Motiven von den Feldern bei Bethlehem, und ich riss ihr fast die Kleider vom Leib, wie das Papier von den größten, verlockendsten Geschenken, die ich als Junge bekommen habe.

Meine Tante liegt im Bett und raucht. Ich stehe am Fenster und halte die fast leere Rotweinflasche in der Hand, während ich mich frage, ob es krankhaft ist, auf ältere Frauen abzufahren. Ich glaube eigentlich nicht. Warum sollte es das sein? Ich bin ein Mann, der an diesen letzten Tagen einen doppelten Schritt auf den Tod zu gemacht hat. Ich bin einen Platz in der Schlange vorgerückt und brauche einen Menschen, an dem ich mich festhalten kann. Nicht, dass ich Angst vor dem Sterben hätte, meinetwegen habe ich mich nie vor dem Tod gefürchtet. Aber ich habe Angst davor gehabt, dass andere vor mir sterben könnten. Bis vor einigen Monaten, als Vater jenseits der Gebetserhörungen war, jenseits von Wundern, endete mein Abendgebet mit der Bitte, ihm noch viele gute Jahre zu geben. Ich schlucke. Ich weiß nicht, wie ich mit dem Alleinsein fertigwerden soll. Mit all den Entscheidungen, die man treffen muss. Eine Frau – die einzige, mit der ich für kurze Zeit zusammenzusein versuchte – sagte, ich käme ihr vor wie ein Popstar und Papa wie mein Manager. Als ich sie fragte, was sie meinte, antwortete sie, dass mein Vater vor mir her durchs Leben zu gehen und für alles zu sorgen schien. Ich brauchte nur zur Stelle zu sein. Kann sein, dass sie Recht hatte. Ich selbst würde wohl eher sagen, dass ich mich immer schon lieber im Hintergrund gehalten habe, und das ist ja wohl nicht so besonders popstarhaft.

Heute Nacht konnte ich nicht schlafen und ging zum Grab, oder genauer gesagt zu dem Erdhügel, unter dem er liegt. Ich wünschte, ich wäre wieder klein, ich wünschte, ich wäre groß geworden, und dann blieb ich bebend auf dem gefrorenen Boden stehen. Ich dachte an eine Uhr mit heruntergefallenen Zeigern. Wer ich gewesen war, hatte ich vergessen, wer ich einmal hatte werden wollen, wusste ich nicht mehr, und darüber, wer ich jetzt war, hatte ich keine klare Meinung mehr.

Wenn Papa zu den Treffen ging, begleitete ich ihn auf der Gitarre und sang die zweite Stimme bei seinen Liedern, während ich dachte, dass es mir eines Tages natürlich vorkommen würde, einen Schritt vorzutreten. Eines Tages würde der Heilige Geist über mich kommen, und dann würde ich in Zungen sprechen und meine eigenen Treffen leiten können. Aber in mir gab es die ganze Zeit etwas, das die Welt nicht loslassen konnte, und draußen in der Welt sehnte ich mich die ganze Zeit zurück ins Gebetshaus.

Als Papa krank wurde, widmete ich ihm all meine Zeit, aber ich weiß noch immer nicht, ob das in der Hoffnung war, ihn gesund zu machen, oder nur ein Versuch, das Unvermeidliche aufzuschieben, so dass ich noch immer eine Verwendung für mich selbst hätte. Heute Nacht habe ich beschlossen, keiner zu werden, der immer mehr Zeit auf dem Friedhof verbringt.

Deshalb muss ich weg, es spielt keine Rolle, wohin, es muss nur ein anderer Ort sein als hier. Ich weiß eigentlich nicht, ob Papa so viel belesener war als der Durchschnitt – der Durchschnitt derer, die lesen –, aber er besaß eine eigene Fähigkeit, das Gelesene mit sich und seiner Umgebung in Verbindung zu bringen. Ich weiß noch, dass er einmal sagte, man könne sich nicht an anderen messen, denn egal wie sehr man sich auch ähnelte, müsse man die Kleider doch selbst tragen.

Ganz plötzlich muss ich etwas Salziges aus meinen Augen wegzwinkern, etwas Salziges, das gestern Nachmittag noch nicht da war, als wir über die vereisten Bretter stolperten und die Kiefernholzkiste in das gefrorene Loch hinabließen, das uns entgegenklaffte wie ein Mund, dem alle Zähne ausgeschlagen worden sind. Das, womit mein Kopf jetzt gefüllt ist, hätte ich mit Papa besprechen können. Solche Dinge. Immer.

Mutter hatte einen tödlichen Unfall mit dem Fahrrad, als ich drei war, und ich habe keine Geschwister. Als kleiner Junge wurde ich von Schoß zu Schoß gereicht, während Papa die Gebetshäuser besuchte und uns mit Gitarre und Bibel durchbrachte. Und wenn wir uns an Begriffe aus dem großen Buch halten wollen, dann gab es unter diesen Frauen viele, die durch den Sohn den Weg zum Vater suchten. Ich glaube, das hat etwas mit meiner Vorliebe für ältere Frauen zu tun, denn ich habe nie verstanden, warum manche Männer so scharf auf Jungfrauen oder junge Mädchen sind. Bei mir ist das genaue Gegenteil der Fall. Ich finde die Vorstellung fast ein wenig abstoßend, irgendwo einzudringen, wo vorher noch niemals jemand gewesen ist. Meine Beziehung zu Frauen ist ungefähr so, wie alten Leuten zuzuhören, wenn sie Geschichten erzählen. Ich habe nie selbst etwas beizusteuern, aber ich kann gern die gehörten Geschichten anderen weiterreichen.

Es ist nicht so, dass ich es erregend fände, dass mein Vater mit meiner Tante geschlafen hat, aber es schenkt Geborgenheit – wirklich – auf eine Weise, die ich nicht ganz erklären kann. Vielleicht hat es damit zu tun, dass ich nie Scham oder Schuld empfunden habe, wenn ich aus dem Bett einer älteren Frau gestiegen bin. Ich habe mich nie verstellt, nie den Eindruck erweckt, ich wolle mehr als zwei Arme, die mich für eine kleine Weile beruhigen können. Meine Tante war übrigens eine der ersten Frauen, mit denen ich geschlafen habe, das muss jetzt fünfzehn oder sechzehn Jahre her sein. Gleich nachdem mein Onkel an einem Herzinfarkt gestorben war. Ich finde nicht, dass es meine Tante zu einer schlechten Frau macht, dass sie mit mir ins Bett gestiegen ist, sowie Onkel David von uns gegangen war. Nein, ich kann mir nicht vorstellen, wie es ist, plötzlich Abend für Abend dazusitzen und jemanden zu vermissen, von dem du weißt, dass er niemals zurückkommen wird. Vielleicht war das einer der Gründe, warum sie mich damals in ihr Schlafzimmer gelassen hat, dass ich so viel von meinem Onkel in mir hatte. Später stellte sie fest, dass Papa, sein Bruder, noch mehr hatte, und während ich nur einmal mit meiner Tante im Bett war – bis heute, meine ich –, machten sie und Papa weiter, obwohl sie eigentlich andere Hände hätten halten müssen.

»Glaubst du, Josef kommt in den Himmel?«, fragt die Tante plötzlich, während sie sich mit dem glühenden Stummel der einen Zigarette eine neue anzündet.

Ich antworte nicht sofort, denn ich weiß nicht, wie streng es da oben zugeht, aber Papa wurde sein Leben lang von Jesus geführt. Das Problem war nur, dass er zwei Hände hatte. Aber das muss vielleicht kein Problem sein, auch wenn in der Bibel von Kamelen durch Nadelöhre die Rede ist, von dem schmalen Weg und allem. Dort steht ja auch, dass Jesus sich mit Zöllnern und Sündern traf, und genau das hat auch Papa gemacht, auch wenn er sich nicht immer mit dem Treffen begnügte. Jedenfalls brachte er Gottes Wort zu vielen Menschen, die im Radio nie den Gottesdienst einschalten und schon gar keine Kirche aufsuchen.

»Ich glaube, sie haben da um einiges schlimmere Burschen als Papa, und da werden sie sicher auch für ihn eine Ecke finden«, sage ich und muss diese letzten Worte aus mir heraushusten.

»David hat erzählt, dass ihre Eltern gehofft hatten, Josef würde Geistlicher werden«, sagt die Tante jetzt und setzt sich im Bett auf. Ihre großen Brüste fallen über ihren Bauch, und ich finde, dafür, dass sie über sechzig ist, hat sie sich gut gehalten.

»Ja, das hat Papa mal erwähnt, aber ich glaube nicht, dass

er dazu geeignet gewesen wäre. Es fiel Papa nicht leicht, die Gedanken weiterzureichen, die andere vor ihm gedacht hatten.«

»Und du, Jonas?«, fragt die Tante. »Wie sieht es eigentlich mit deinem Glauben aus?«

»Dass ich gläubig bin, weißt du«, sage ich und stelle die leere Flasche auf die Fensterbank. »Aber ab und zu denke ich, wenn Jesus heute zurückkehrte, würden sie ihn nicht ins Land lassen.«

»In welches Land?«

»Da hätte er die freie Auswahl.«

Die Tante nickt und hebt die Decke hoch. Ich setze mich neben sie. Sie nimmt meine Hand in ihre.

»Was hast du jetzt vor?«, fragt sie.

»Verreisen«, sage ich, und dann heule ich los. Dabei habe ich nicht mal geheult, als meine Mutter gestorben ist.

Die Tante steckt die Arme nach mir aus, zieht meinen Kopf zu sich und wischt mir die Tränen mit einem Taschentuch ab, das sie auf dem Nachttisch liegen hat.

Ich denke, bald muss ich etwas werden, mehr als nur der Sohn von Josef Rundhaug. Bei diesem Gedanken wird mir schwindlig. Ich bin fünfzig Jahre zu spät geboren, ich gehöre in eine Zeit, in der man nicht ums Verrecken Karriere machen musste.

Manche meiner alten Schulkameraden haben jetzt eigene Firmen, und ab und zu sehe ich in der Zeitung Bilder von ihnen, mit breitem Lächeln, die Zeigefinger auf den Schirm irgendeines Computers gedrückt. Ist das Glück? Ist das das Maß dafür, es zu etwas gebracht zu haben?

Ich bin zweiunddreißig Jahre alt, habe nie ein eigenes Bankkonto gehabt, hatte nie eine Arbeitsstelle so lange, dass ich davon leben konnte. Aber ich bin auch nie eingeschlafen, ohne mich auf den nächsten Tag zu freuen, nie aufgewacht, ohne eilig aus dem Bett zu springen.

Plötzlich trifft es mich wie ein Rippenstoß, dass ich niemals Kinder haben werde. Die Frauen, die ich mag, sind zu alt dafür. Bisher waren Kinder mir immer egal, aber ich war ja auch noch nie elternlos. Jetzt habe ich niemanden über mir und niemanden unter mir. Wenn ich krepiere – hier im Schlafzimmer meiner Tante –, dann glaube ich, ich kenne nicht einmal genug Leute, um meinen Sarg unter die Erde tragen zu lassen. Was in solchen Fällen wohl passiert? Vielleicht muss der Küster ganz allein so einen Wagen ziehen wie gestern, oder vielleicht haben sie einen kleinen Gabelstapler für solche Gelegenheiten. Ich kann es mir vorstellen, der Pastor, die Kiefernholzkiste auf dem Gabelstapler, die Tante und vielleicht eine oder zwei der anderen Damen, mit denen mein Vater sich immer für einige Monate zusammentat.

Meine Tante greift jetzt wieder nach mir, aber ich kann mich nicht konzentrieren und verlasse das Bett. Weiß nicht so recht, was ich tun soll, und ende abermals am Fenster. Vorsichtig hebe ich den Vorhang hoch. Draußen hat der Schnee die Wagenspuren des Taxis gefüllt, das mich hergebracht hat, und einer der Nachbarn meiner Tante lässt die Schneefräse an. Sie hat erzählt, dass er im vorigen Jahr siebenundsechzig geworden ist, in Rente ist er aber noch nicht gegangen. Jeden Morgen nimmt er seine Butterbrote und fährt zu seiner Arbeit in die Autowerkstatt. Ich frage mich, ob er glücklich ist, ob er zufrieden ist.

Auf der anderen Straßenseite bemerke ich zwei Männer. Der eine zieht einen Schlitten, und es sieht fast so aus, als wollten sie einen Weihnachtsbaum holen. Wenn mich etwas tröstet, dann das Wissen, dass andere gewisse Dinge ebenso spät erledigen wie ich.

»Willst du draußen denn keine Weihnachtslichter aufhängen? Als ich klein war, habe ich so etwas nie gesehen,
aber dann waren Papa und ich einmal zu Weihnachten hier
zu Besuch. Ich dachte, dass Jesus hier wohnt«, sage ich.

»Jesus?«, fragt die Tante.

»Der Stall und überhaupt. Dein Haus fiel hier in Skogli
auf. Es erleuchtete die ganze Straße.«

Die Tante sieht mich an und schüttelt den Kopf.

»Das ist jetzt zu hoch für mich. Wenn ich es richtig machen will, dann brauche ich die Leiter, und ich mag nicht
mehr auf Leitern klettern.«

»Ich kann das erledigen, ehe ich gehe«, sage ich.

»Ich weiß nicht«, sagt die Tante und zieht einen roten
Seidenmorgenrock an, der über einem Stuhl neben dem Bett
gehangen hat. »Du brauchst deine Zeit nicht dafür zu verschwenden. Ich bin zu alt für solche Beleuchtung.«

»Tante, bitte«, sage ich. »Sprich nicht so.«

»Ich begreife ja nicht, warum du heute Abend nicht bei
mir essen kannst. Du hast gestern deinen Vater begraben,
und heute ist Heiligabend. Ich weiß ja nicht mal, ob du sonst
irgendwo sein kannst.«

»Doch«, lüge ich. »Das kann ich, aber ich habe noch keinen Grabstein, zu dem ich gehen kann. Gerade heute könnte
diese Christbaumbeleuchtung etwas sein, das ich tue, anstatt
auf das Grab meines Vaters einen Kranz zu legen und dort
eine Kerze anzuzünden.«

»Meine Weihnachtsbeleuchtung liegt im alten Schweinestall. Ich habe sie seit einigen Jahren nicht mehr benutzt,
also musst du nachsehen, ob sie noch funktioniert. Aber eins
musst du wissen, Jonas.«

»Was denn?«, frage ich.

»Kannst du dich an *Helga für alle* erinnern?«

374

Ich schüttele den Kopf.

Die Tante seufzt, und ich muss einfach ihre Brustwarzen anstarren, die sich durch den Stoff ihres Morgenmantels deutlich abzeichnen.

»Das war eine Frau, die Josef gekannt hat. Eine Frau, die viele Männer kannten. Es fiel ihr nicht leicht, allein zu sein, deshalb klappte sie den Briefkastendeckel hoch, wenn sie Besuch wollte.«

»Ach«, sage ich und zucke mit den Schultern.

»Ich weiß, dass so manche in Skogli ähnlich über meine Weihnachtsbaumbeleuchtung reden.«

»Was?«, sage ich, lauter als geplant.

»Nein, nein, nicht so. Aber sie meinen, dass ich die Beleuchtung nur aufhänge, wenn ich einen Mann habe. Was ja auch irgendwie stimmt. Bis zu seinem Tod hat immer David das erledigt. Dann kam dein Vater, und ab und zu haben mir auch andere Männer geholfen, mit denen ich zusammen war.«

»Das weiß ich«, setze ich an, verstumme aber, als sie die Hände hebt.

»Ich war dreiundvierzig, als David gestorben ist, und auch wenn wir zwanzig Jahre verheiratet waren, hatten wir eben erst angefangen. Jetzt lebe ich fast schon länger ohne ihn als mit ihm, und doch denke ich jeden Tag an ihn. Ich habe mich nie ganz auf einen anderen einlassen können. Wir konnten keine Kinder bekommen, und David glaubte, es sei seine Schuld, nach einem Unfall in seiner Kindheit. Aber als David dann nicht mehr da war, ging mir auf, dass das nicht stimmte oder dass der Fehler jedenfalls nicht nur bei ihm lag.«

Erst nach einigen Sekunden geht mir auf, was sie da gesagt hat. Meine Ohrläppchen werden heiß, und ich weiß nicht, was ich sagen soll. Ich hätte Vater meines Vetters oder meiner Cousine werden können. Und Papa der Vater seines Neffen oder seiner Nichte.

»Soll Skogli doch sagen, was Skogli will. Heute machen wir dieses Licht an«, sage ich.

Der Schweinestall wirkt verlassen und entseelt, und ich muss wieder an den Tod denken. Das habe ich in letzter Zeit oft gemacht. Papa hatte Zeit, sich an den Gedanken zu gewöhnen, ich selbst hoffe, dass es bei mir schnell gehen wird.

Mir wird immer klarer, dass ich etwas werden muss, aber was? Ich bin kein so guter Gitarrist wie Papa, mein Glaube ist auch nicht so stark wie seiner, und mit beidem kann man nicht gerade viel Geld verdienen. Dennoch ist er immer wieder dazu zurückgekehrt, hat in den Gebetshäusern Gitarre gespielt und gesungen. Aber eigentlich waren es die Andachten zu Hause, die Papa und mich nach Mamas Tod am Leben erhalten haben. Es gab ständig Witwen, für die er Andachten abhielt, und wenn wir weiterzogen, steckten sie ihm oft einige Hunderter zu.

Die Weihnachtsbeleuchtung hängt an der Wand neben einem alten Overall, und das Kabel ist dicker als in meiner Erinnerung, aber vielleicht habe ich sie einfach nie aus der Nähe betrachtet. Als ich diese Lichter zum ersten Mal brennen sah, wanden sie sich an der Tanne vor dem Küchenfenster hoch und ließen den Baum aussehen wie eine riesige Zuckerstange. Ich hänge mir das aufgerollte Kabel wie einen Patronengürtel über die Schulter und teste den Stecker neben der Tür. Alle Birnen funktionieren, soweit ich das sehen kann.

Ich habe die Tüte mit dem Verlängerungskabel neben die selbstgezimmerte Leiter gestellt, und jetzt nehme ich beides mit. Um mich herum setzt die Dämmerung ein, und es war das Leuchten des Schnees, das mir den Eindruck vermittelt hat, es sei früher am Tag. Ich werfe einen Blick auf die Uhr. Der letzte Bus aus der Stadt fährt in gut zwei Stunden. Da werde ich an Bord sein. Und dann werden wir sehen. Einen Lkw weiter nach Europa. Eine Fähre. Ein Flugzeug. Es spielt keine Rolle. Ich werde schon etwas auftun, sogar am Heiligen Abend. Vielleicht in Richtung Marokko. Jedenfalls werde ich heute Nacht nicht in derselben Stadt schlafen wie mein Vater. Ich muss eine gewisse Entfernung zwischen uns bringen. Muss neu anfangen.

Die Tanne ist gewachsen, seit ich klein war. Sie thront wie ein kleiner Kirchturm vor dem Hausgiebel, aber die Lichterkette ist mindestens zwanzig Meter lang, vielleicht dreißig, also müsste der Baum weiterhin so majestätisch strahlen können wie früher. Die Dämmerung senkt sich jetzt wirklich, und eigentlich brauchte ich eine Taschenlampe, aber ich nehme mir nicht die Zeit, noch weiter im Haus meiner Tante herumzustöbern, deshalb lege ich Leiter und Lichterkette hin und renne zurück zum Schweinestall, um das Verlängerungskabel einzustöpseln. Ich lehne die Leiter an den Baum, und bei dieser Bewegung rieselt Schnee aus den Zweigen. Ein frischer Tannenduft umhüllt mich, so als sei plötzlich eine Tür zum Weihnachtsfest aufgerissen worden. Ich verbinde die Lichterkette mit dem Verlängerungskabel, und jetzt erinnert sie eher an einen heruntergerutschten Heiligenschein, der um Hals und Schultern hängt, als an einen Patronengürtel.

Es ist schwieriger, als ich es mir vorgestellt hatte. Die Zuckerstange kann ich gleich vergessen. Ich begreife nicht, wie mein Onkel das geschafft hat, auch wenn der Baum damals kleiner war und meine Tante vielleicht assistieren konnte. Ich konzentriere mich darauf, die Lichter in einer geraden Linie zum Tannenwipfel hin zu befestigen, und dann will ich es auf der anderen Seite abwärts machen. Es soll jedenfalls gut werden. Das Haus meiner Tante ist das erste, was man nach der Kurve sieht, wenn der Storvei auf der Strecke zum Flyktningesee hinunter gerade wird, und das hat diese Beleuchtung früher zu etwas so Besonderem gemacht. Ich wickele die Leitung dreimal um den Tannenwipfel, damit sie nicht heruntergeweht werden kann, und öffne den Reißverschluss meiner Jacke. Die Wärme der Birnen ist durch den Stoff deutlich zu spüren, ich finde, es riecht auch ein bisschen angebrannt. Deshalb mache ich in aller Eile weiter. Gehe eine Sprosse tiefer, aber plötzlich verschwindet die Leiter unter mir. Ich greife nach den Zweigen, doch sie rutschen mir nur durch die Handschuhe. Ein Schrei drängt sich auf, ein heftiger Ruck, und ich bin nicht mehr auf dem Weg zum Boden. Ich hänge mit dem Rücken zum Baum, strampele, um mich zu befreien, kann die Zweige aber nicht fassen. Die Weihnachtsbaumbeleuchtung wickelt sich um meinen Hals, ich versuche, die Finger unter die Lichterkette zu schieben, versuche, sie zu zerreißen. Meine Beine tanzen unter mir. Ich bekomme keine Luft. Ich werde erwürgt. Ich muss sterben. Vor meinen Augen tanzen Punkte. Ich versuche zu schreien. Ich versuche zu beten. Versuche etwas zu finden, woran ich mich klammern kann. Aber nicht einmal jetzt fallen mir die passenden Worte ein. Ich werde niemals vorn auf dem Podium stehen. Ich werde mir nie mehr Sorgen machen, weil ich etwas werden muss. Meine Arme werden taub. Ich merke, dass ich mich bepisse. Alle Bewegungen verlassen meinen Körper. Ich werde heute Nacht doch in derselben Stadt schlafen wie mein Vater. Er ruft meinen Namen, ich kann es ganz deutlich hören. Ich spüre seine Arme um mich. Ich ergebe mich.

»Jonas, du musst mithelfen. Ich kann dich nicht heben. Die Leiter ist genau unter deinen Füßen.«

Ich höre ihn sprechen, begreife aber nicht, was ich tun soll. Versuche, mich freizustrampeln, treffe etwas Weiches. Ich spüre die Leiter unter mir, kann mich aber nicht aufrichten. Mein Körper hängt glatt nach unten. Die Leitersprosse bohrt sich in meinen Hintern, ich erbreche mich heftig und glaube, Blut zu sehen, dann erkenne ich, dass es der Morgenmantel meiner Tante ist, während sie mir das Kabel vom Hals wickelt.

Ich habe geduscht und stehe im Bademantel meines Onkels im Schlafzimmer. Auf der anderen Straßenseite fährt der Nachbar mit der Schneefräse am Hang eine Kurve. Der Schnee fällt immer dichter. Ich denke an meinen Vater unten im Loch, an die schwarze Erde, daran, dass der Küster noch immer in der Wärme des Krematoriums sitzt und darauf wartet, dass der letzte Gottesdienst endet, während er vielleicht einen Schluck aus der Flasche nimmt, von der alle wissen, dass er sie stets bei sich hat. Der Nachbar hält die Schneefräse an und dreht sich plötzlich zu mir um, als habe er gespürt, dass jemand ihn beobachtet. Automatisch hebe die ich Hand zum Gruß, als ob ich wüsste, wer er ist. Als ob er wüsste, wer ich bin.

»Du weißt, dass du bei mir wohnen kannst. Du weißt, dass du hierbleiben kannst«, sagt meine Tante hinter mir.

Ich drehe mich um. Habe fast vergessen, dass sie da ist.

»Danke«, sage ich, und plötzlich entdecke ich mich im Spiegel neben dem Bett. Ich stehe so da, wie ich noch nie dagestanden bin. Bei dieser Erkenntnis fahre ich zusammen. Ich sehe aus wie mein Vater. Ich gehe zum Bett und lege mich unter die Decke. Meine Tante kommt hinterher und umarmt mich mit ihrem ganzen Körper. Ich schließe die Augen. Denke, dass noch andere außer mir ohne Kinder gut zurechtgekommen sind. Denke, dass ich sicher trotzdem unter die Erde kommen werde, wenn die Zeit reif ist. Die Welt kann warten. Und der Himmel auch.

Jacobsen

Ich weiß noch, wie ich zum ersten Mal meinen Onkel besuchte, nachdem ihm das Bein abgenommen worden war. Er saß auf Kissen gestützt im Sessel, und plötzlich beugte er sich vor und kratzte sich unter dem Knie, das er nicht mehr hatte. Er merkte erst nach einigen Sekunden, dass das Bein nicht mehr da war. So war es auch bei mir und Evy Jacobsen, einmal am anderen Ende des Lebens. Mehrmals bog ich mit dem Imperial noch in ihre Einfahrt und fing an, den Weg zu ihrem Haus hochzugehen, bis mir einfiel, dass sie dort nicht mehr wohnte. Frauen, mit denen ich später zusammen war, waren eher wie die Prothese, mit der mein Onkel endete. Funktional, biegsam und nach einer Weile eine Gewohnheit, auch wenn sie nie zu einem natürlichen Teil von ihm wurde. Als mein Onkel auf dem Sterbebett lag, sagte er, er träume jede Nacht vom Laufen, und dann musste ich ihm versprechen, ihm die Prothese nicht mit ins Grab zu geben.

Ich habe schon lange nicht mehr an meinen Onkel gedacht, aber der Gedanke an Evy lässt mich nie lange los. Es ist noch schlimmer geworden, seit sie im Herbst wieder hergezogen ist. Ich weiß nicht, wie oft ich schon an meinem Fenster gestanden und den Hang hinab auf ihre alte Einfahrt geblickt habe. Als ich letzte Woche den Weihnachtsbaum holen war, bin ich eine Weile oberhalb des Hauses stehengeblieben, ich konnte sehen, dass sie in der Küche beschäftigt war, aber dann glitt sie einfach aus meinem Blickfeld, wie an jenem Sonntag im Bahnhof. Es ist seltsam, wie weit man reisen kann, ohne wirklich von der Stelle zu kommen. Also sägte ich die Tanne mit kurzen energischen Bewegungen ab und stellte mir vor, wie ich an ihre Tür klopfte und fragte, ob sie schon einen Weihnachtsbaum habe. Aber es blieb bei dieser Vorstellung.

Evy sehnte sich immer danach, was auf der anderen Seite des Hügelkammes lag, und was sollte sie denn glauben, wenn ich wieder in ihr Leben getrampelt käme, mit einem Tannenbusch, wie irgendein Holzfäller? Ich hätte sie nur daran erinnert, warum sie vor fast fünfzig Jahren gegangen ist, falls es ihr gelungen ist, das zu vergessen. Außerdem schaut oft ihr Neffe vorbei. Bestimmt hat er ihr einen Baum besorgt.

Ich zünde die Lichter an meinem eigenen Baum an, ich habe sie vor vielen Jahren von meiner Mutter geerbt, aber sie leuchten noch immer. Sie sind vielleicht ein wenig trübe geworden, aber das gefällt mir. Es gefällt mir, sehen zu können, dass die Dinge benutzt worden sind, auch wenn sie noch so funktionieren wie früher. Der Imperial hat noch immer seinen Originallack, wenn er jetzt hinten in der Garage übernachtet. Man kann leicht erkennen, dass dieses Auto sein Leben auf den Straßen hier in der Gegend gelebt hat, aber wenn die Motorhaube aufgeklappt wird, dann erlebt man eine Überraschung. In jedem fünften Winter in den letzten dreißig Jahren habe ich den Motor auseinandergenommen, jede einzelne kleine Schraube, jede Mutter und jedes Teil, habe sie geputzt und gesäubert, gerieben und gewienert und dann alles wieder zusammengesetzt. Abgesehen von einigen Schläuchen und Dichtungen sind es nur Originalteile, aber man muss schon lange in einer Werkstatt gearbeitet haben, um auf den ersten Blick sehen zu können, dass der Motor nicht neu ist. Im Fernsehen habe ich neulich eine Sendung gesehen, in der Paläontologen in Montana ein Fossil fanden, und dann wurde jeder Schritt der Rekonstruktion gezeigt, bis die prähistorische Echse lebensecht im Museum stand. Und da ging mir auf, dass wir es eigentlich genauso machen. Ich versuche, den Motor in perfektem Zustand zu halten, und die Leute sollen sich den Rest selber denken.

Ich befestige die Spitze oben auf der Tanne. Meine Mutter nahm immer einen Stern, Evy war die Spitze lieber. Die erinnerte sie an eine Rakete. An das Reisen. Ich hätte es schon damals begreifen müssen. Und etwas unternehmen sollen. Hätte versuchen sollen, sie aufzuhalten, oder ihr jedenfalls erklären sollen, dass selbst wenn sie sich in eine solche Rakete setzte, sie niemals weit genug reisen könnte, damit ich nicht mehr an sie dachte. Noch immer kann ich träumen, dass ich sie über die Schwelle trage, in dem langen weißen Kleid, das über den Boden fegt, ihre Finger hinter meinem Nacken verflochten, ihr Atem an meinem Hals. Dann wache ich auf, immer mit dem Gefühl, als junger Mann ins Bett gegangen zu sein und dann viele Jahre im Koma gelegen zu haben.

Ich hatte schon lange keinen so schönen Weihnachtsbaum mehr, und mit dem Schmuck bin ich sehr zufrieden, auch wenn meine Besucher immer über die Lichter staunen. Aber ich habe mich daran gewöhnt. Auf den Kopf gestellt sieht die Weihnachtsbaumbeleuchtung aus wie Trägerraketen, sie gibt mir ein gutes Gefühl von Tempo und Bewegung. Dieses Gefühl wird noch verstärkt, als ich einen Blick aus dem Fenster werfe und die Schneeflocken sehe, die wie ein Mahlstrom aus Wattebäuschen gegen die Garagenlampe geschleudert werden. Morgen wird der Storvei zugeschneit sein, ganz zu schweigen von den Stichstraßen, die garantiert erst spät am zweiten Weihnachtstag geräumt werden. Ich hole Jacke und Mütze, ziehe die Stiefel an und gehe hinaus zur Schneefräse. Warum um alles in der Welt habe ich noch nicht bei Evy vorbeigeschaut, seit sie nach Hause gekommen ist? Worauf warte ich eigentlich? Dass sie vor meinem Haus eine Panne hat, damit ich den galanten Ritter in rostiger Rüstung spielen kann? Ja, nein, vielleicht. Vor allem ist es wohl so, dass sie mich als das sehen wird, was ich ja auch bin: ein alter Mann, der noch immer in einem fast genauso alten Auto durch die Gegend fährt. Aber wen will ich eigentlich belügen? Evy Jacobsen denkt garantiert seit vielen Jahren nicht mehr an mich.

Eigentlich habe ich nie aufgehört, an Elvis Engebretsen zu denken, und seit wir wieder im selben Ort wohnen, kommt es ziemlich oft vor, dass ich in Erinnerungen an damals schwelge, als es nur ihn und mich gab. Ab und zu erinnere ich mich eher an diesen Zustand, und eigentlich fehlt mir der. Nicht immer kommt der Gedanke an Elvis mit Gesicht und Körper. Es ist mehr wie damals, als ich ein kleines Mädchen war und versuchte, mir Gott vorzustellen. Er nahm nie Gestalt an, aber wenn ich die Augen schloss und die Hände faltete, wurde ich erfüllt von einem großen warmen Gefühl.

Plötzlich merke ich, dass der Stern oben auf dem Weihnachtsbaum sich gelockert hat und jederzeit im Lametta Schiffbruch erleiden kann. Eigentlich spielt es keine Rolle, ob der Stern schief hängt; solange mein Neffe in Spanien ist, wird niemand ihn sehen. Aber ab und zu ist es so – in meinem Leben sogar ziemlich oft –, dass der Teufel im Detail steckt. Ich weiß nicht, ob ich den Stern wieder befestigen kann, aber ich werde jedenfalls einen Versuch machen. Seit langem schon habe ich keine echte Tanne mehr. Der Baum an sich ist nicht so schwer, deshalb kann ich ihn in meinen

Schoß kippen, und diesmal überzeuge ich mich davon, dass der Stern wirklich fest sitzt. Dann schiebe ich ihn wieder aufrecht und bin froh, dass ich mir ein Modell ausgesucht habe, bei dem der Schmuck an den Zweigen festmontiert ist, sonst würde jetzt auf dem Boden ganz schön viel Lametta und Glitzerkram herumliegen.

Elvis, eigentlich Edvin, wollte unbedingt immer eine Spitze oben auf seiner Tanne haben. Ich habe nie so ganz begriffen, warum, aber er verschlang allen Lesestoff über Raumfahrt, den er finden konnte, und überhaupt alles, wo es um neue Technologie ging. Vielleicht gefiel ihm die Spitze, weil sie ihn an eine Rakete erinnerte? Ich habe zuletzt mit ihm gesprochen, als Neil Armstrong auf dem Mond gelandet war. Mein erster Mann war ungeheuer verärgert, als Edvin mitten in der Nacht anrief, ließ sich dann von seiner Begeisterung anstecken. Ich fühlte mich ja auch geschmeichelt, weil er gerade mich angerufen hatte. Ich hatte das klare Gefühl, dass dieser Anruf für Edvin so wichtig war, wie es für andere Männer von Bedeutung ist, ihre besten Freunde anzurufen, wenn sie Vater geworden sind.

Im Nachhinein wirkt es vielleicht seltsam, dass einer, der so vom Weltraum fasziniert war, in Skogli wohnen blieb, aber die Ratschlüsse des Lebens sind unergründlich. Immerhin weiß ich, dass es Edvin an weiblicher Gesellschaft nicht gefehlt hat. Aber wie ich gehört habe, blieb es nie lange bei einer. Ob das an ihm oder den Frauen lag, weiß ich wirklich nicht. Oft ergibt im Leben nicht alles auf den ersten Blick Sinn. Jedenfalls war es bei Edvin und mir so. Nicht immer ist derjenige, der die Koffer packt, auch der, der weggeht.

Ich hatte gedacht, Edvin würde sich größere Mühe geben, um mich zum Bleiben zu überreden, und als ich dann ging, war ich sicher, dass er hinterherkommen würde. Vielleicht war es unser größter Fehler, dass wir viel mehr angenommen haben, als wir wussten. Aber, Herrgott, wir waren doch erst zwanzig. Was wussten wir schon darüber, eine Beziehung zu bewahren? Was wussten wir überhaupt?

Eine Jugendfreundin aus Kongsvinger meint, dass Frauen und Männer mit Krisen auf unterschiedliche Weise umgehen. Wenn die Probleme sich auftürmen, treten Frauen vor und stellen sich dem, was da kommt. Männer gehen zwei Schritte rückwärts und versuchen, wieder auf die Beine zu kommen, indem sie das aufsuchen, was früher einmal war. Ich glaube, da irrt sie sich, oder aber ich habe in dieser Hinsicht mehr Ähnlichkeit mit Männern als mit meinen Geschlechtsgenossinnen. Doch ich bin nicht zurückgekommen, um wieder auf die Beine zu kommen. Ich kann auch nicht behaupten, dass die Probleme sich aufgetürmt hätten, jedenfalls nicht plötzlich. Mit einer so kleinen Familie wie meiner und ohne eigene Kinder hatte ich das Gefühl, Skogli sei so sehr oder so wenig ein Zuhause wie jeder andere Ort. Ich hatte die Städte satt. Wenn mir in all diesen Jahren etwas aus Skogli gefehlt hat, dann sind das Nächte, die richtig dunkel werden, und das Gefühl, dabei zusehen zu können, dass die Jahreszeiten sich Zeit beim Wechseln lassen. Wenn man so viel Zeit übrig hat wie ich, bedeuten solche Dinge ziemlich viel. Meine Freundin wollte wissen, ob ich denn immer noch auf den Ritter in strahlender Rüstung, der mich mit seinem Pferd abholt, warten würde. Ich habe ihr geantwortet, dass es wohl kaum ein Pferd gebe, das sowohl einen Ritter als auch eine Frau von fast siebzig Jahren tragen könnte. Außerdem hatte ich die Ritter satt, jedenfalls solche Männer, die versuchen, mich in Grund und Boden zu verstehen. Früher, als ich behütet und umsorgt wurde, war das nicht nötig, jetzt, wo das Gegenteil der Fall ist, will ich es nicht. Es liegt eine eigene

Befriedigung darin, nicht zu wissen, wie ich den nächsten Tag durchstehen werde. Es liegt eine Sicherheit darin, dass ich meinen Alltag lenke und allein zurechtkomme. Ohne dieses Gefühl könnte ich auch gleich der letzten Nacht entgegentreten.

Die Männer, die ich geheiratet habe und von denen ich geschieden worden bin, waren fürsorglich und umsichtig, aber bei beiden habe ich gedacht, dass wir im Alter nicht viel Gesprächsstoff haben würden. Wir waren ruhig und gelassen von kleinen Wohnungen zu großen Häusern und zurück zu kleinen Wohnungen übergewechselt, ohne je etwas riskiert zu haben. Ohne je etwas getan zu haben, das gefährlich war oder das gefährlich hätte werden können. Seit meine Lage so ist, wie sie eben ist, haben diese Gedanken mich immer häufiger heimgesucht. Aber das habe ich meiner Freundin gegenüber nicht erwähnt, jedenfalls habe ich diese Worte nicht benutzt. Ich habe auch nichts darüber gesagt, wie weit man reisen kann, ohne überhaupt zu fühlen, dass man unterwegs war, und ich habe auf keinen Fall erwähnt, dass ich wieder an Edvin denke. Bestimmt würde es ihren Verdacht bestätigen, dass ich nicht mehr ganz bei Verstand bin, wenn ich ihr erzählte, dass zu den Dingen, die mir am meisten fehlen, sein Geruch gehört. Nicht der Geruch von Samstagabend mit frischgewaschenen Haaren und sauberem Hemd, sondern sein Schweißgeruch. Der von redlichem sauberen Arbeitsschweiß. Edvin, der auf dem Heimweg von der Arbeit in seinem riesigen amerikanischen Auto vorbeikam. Ich, die neben ihn auf den Vordersitz glitt, während Edvins salziger Geruch mir entgegenwogte, wenn er beide Hände auf das Lenkrad legen musste. Wenn ich jetzt daran denke, erscheint es mir als einer der unverfälschtesten Augenblicke, die ich je mit einem Mann zusammen erlebt habe.

Der Schweiß brennt in meinen Augen, ich versuche, ihn mit dem Fausthandschuh wegzuwischen, aber das macht alles nur noch schlimmer. Die Schneeflocken bringen mein Gesicht zum Prickeln, wie die Haarspitzen von Evy Jacobsen, als sie sich zum ersten Mal auf mich gesetzt hat. Das rechte Vorderrad rutscht im lockeren Schnee am Straßenrand aus, und ich muss alle Kraft aufwenden, um die Fräse aus dem Graben zu ziehen. Der Schnee ergießt sich als langer Strahl in den Straßengraben und legt sich wie Zuckerwatte um die Tannenstämme am Rand der Straße. Gerade jetzt setzen andere sich zum Essen hin. Ich dagegen schiebe eine Schneefräse an. Wenn ich mir das Absurde daran klarmache, verliere ich die Richtung, aber ich muss doch immer an Evy in dem alten Haus denken, daran, dass bestimmt irgendwer morgen zu ihr will. Wenn es Heiligabend schneit, dann schneit es eben Heiligabend. Mehr ist dazu nicht zu sagen. Ich gebe Gas. Die Schneefräse ist im Herbst frisch überholt worden, und ich benutze sie in diesem Winter zum ersten Mal. Einige Kollegen aus der Werkstatt meinten, man solle keine kanadische Schneefräse kaufen, die Modelle aus den USA seien viel besser. Ein seltsamer Einwand. Auch wenn die Kanadier nicht mit einer besonders großen Autoindustrie prunken können, möchte ich doch meinen, dass sie sich mit Schnee besser auskennen als die meisten anderen.

Ich biege vom Storvei ab. Habe die Fahrt den Hang hinab jetzt hinter mir. Evys Haus ist das einzige bewohnte in der kurzen Stichstraße, und ich kann seine Umrisse oben am Hang ahnen. In diesem vielen Weißen, das mir entgegengeschleudert wird, sehen die Lichter hinter den Fenstern aus wie die flackernde Flamme in einer Schneelaterne. Der rechte Vorderreifen schlingert wieder in den Straßengraben, und ich schalte den Motor aus, um die Kette zu begradigen.

Eine gesegnete Stille tritt ein. Normalerweise setze ich Ohrenschützer auf, wenn ich mit der Schneefräse arbeite, aber jetzt hängen sie mir um den Hals. Ich will sie auf dem Storvei nicht tragen, denn sonst könnte ich den Verkehr nicht hören. Erst jetzt geht mir auf, dass ich reichlich verwirrt zu sein scheine. Und dabei habe ich mich immer für so praktisch und vernünftig gehalten. Erstens ist jetzt Essenszeit am Heiligen Abend, nicht gerade die verkehrsreichste Zeit im Jahr, und zweitens würde ich ein Auto durch den Lärm der Schneefräse sowieso nicht hören. Ich bleibe stehen und halte die Griffe der Schneefräse wie eine Wünschelrute. Im nächsten Jahr werde ich siebzig, und nach meiner Militärzeit habe ich niemals außerhalb von Skogli gewohnt. Ich kenne jeden einzelnen Weg wie meine Handfläche, aber im Moment fühle ich mich einfach nur verloren. Nicht, dass es so viele andere Ort gibt, wo ich gern wäre. Deswegen mache ich mich wenigstens nützlich, und Hunger wird diese Arbeit mir auch bringen. Der Heilige Abend kommt mir seit einigen Jahren länger vor als der Karfreitag, aber jetzt muss ich nach dem Essen nicht mehr so viele Stunden vor dem Fernseher sitzen. Ich setze die Ohrenschützer auf und lasse den Motor wieder an. Sein Brummen kitzelt in meinen Ohren wie eine Bassstimme und erinnert mich an den Anfang eines Liedes, dessen Titel mir aber nicht mehr einfällt.

Ich lege »Can this be Christmas« von den Falcons ein. Kein Weihnachtslied kann mich in bessere Stimmung versetzen, und bei dem Saxophon am Anfang muss ich immer an Motorräder denken. Ich habe schon lange bei niemandem mehr hinten aufgesessen, aber Edvin hatte zu Beginn unserer gemeinsamen Zeit ein Motorrad. Das hat er vielleicht noch immer? Ich erinnere mich an die Lederjacke, die sich über seinen Schultern straffte, wenn Edvin den Lenker packte und den ganzen Körper einsetzte, um auf den Starter zu treten. Seit ich wieder hier bin, habe ich ihn nur ein paar Mal durch das Taxifenster gesehen, immer in der Ferne und immer von hinten. Seine Haare sind ganz grau geworden, sein Gang aber ist unverändert. Ich kenne keinen Mann mit solchen O-Beinen, der aber trotzdem beweglich und männlich wirkt. Wegen seines Ganges habe ich das Taxi gebeten, auf der Rückfahrt von Kongsvinger bei ihm vorbeizufahren. Als ich sah, wie Edvin mit energischen Schritten zu seinem Haus hochging, hatte ich das Gefühl, er habe sich an den letzten zwanzig Jahren seines Lebens vorbeigeschummelt. Von mir kann ich das nicht behaupten, und ich verlor den Mut, ihm von Angesicht zu Angesicht zu begegnen. Ich konnte es vor mir sehen, wie er sich Mühe gegeben hätte, sein Lächeln zu behalten und sich nicht anmerken zu lassen, wie alt ich geworden bin. Es ist seltsam, ich weiß noch immer genau, wie er 1960 aussah, während ich mir große Mühe geben muss, mich an die Gesichter meiner Ehemänner zu erinnern. Oder vielleicht ist das überhaupt nicht seltsam. Es ist leichter, sich an Details von den Dingen zu erinnern, die man nicht so oft gesehen hat.

Der rostige Klang der Standuhr, die sechsmal schlägt, füllt das Haus, und ich kann auch gleich mit dem Essen anfangen. Später gibt es eine Sendung über Queensland, die mich interessiert, und dann kann ich nach dem Essen gerade noch einen der Filme sehen, die ich ausgeliehen habe. Ich glaube, ich nehme *Casablanca*. Der ist auf die richtige Weise traurig. Ich brauche heute so einen Film, und etwas an Humphrey Bogarts ungeschliffener Art, Mann zu sein, hat mich immer schon gerührt. Es gab auch *African Queen,* aber den kann ich einfach nicht ertragen. Ich habe für ein ganzes Leben genug von Afrika. Wieder werde ich an den Teufel erinnert, der im Detail steckt, oder vielleicht doch eher im Zufall. Ich hatte eine Reise auf dem Nil gebucht, zu den Pyramiden und ins Tal der Könige, als die Terrorangriffe die ganze Welt aufschreckten und ich mir einbildete, eine Safari in Kenia sei viel ungefährlicher. Wie sehr ich mich doch geirrt hatte. Ich wurde nicht erschossen oder von Löwen gefressen, aber ich habe ein neues Wort gelernt – Polyneuropathie – und nicht zuletzt seine Bedeutung erfahren.

Ich nehme die Schweinerippe aus dem Ofen und fange an, den Tisch zu decken. Hohle die Aquavitflasche und das selbstgebraute Bier, das ich von meinem Neffen bekommen habe, aus dem Kühlschrank. Ich zünde die Lichter an und schalte das CD-Gerät aus, aber es wird nicht still. Der Gedanke an Motorräder scheint in mir ein Geräusch hinterlegt zu haben.

Ich wusste gar nicht mehr, dass der Hang zu ihrem Haus so steil ist, aber ich bin hier wohl eigentlich noch nie hochgegangen, und eine Schneefräse habe ich erst recht nicht geschoben. Ich war einmal fast hier oben, damals, als ich auf einer Indian fuhr. Es ärgert mich noch immer, dass ich dieses Motorrad verkaufen musste, aber ich hatte nicht genug Geld für ein Zweirad und einen fast neuen Wagen. Es gab genug Kopfschütteln in meiner Familie, als ich in meinen jungen Jahren ein hohes Darlehen aufnahm, um den Imperial zu kaufen

Der Pony klebt an meiner Stirn, und ich stopfe mir ein paar Handvoll Schnee in den Mund, um meinen Hals frei zu schlucken. Mein Herz arbeitet mit dem Motor um die Wette, und jetzt bereue ich, nichts gegessen zu haben.

Die Bäume neben dem Weg wogen über mir, und ich

brauche wieder eine Handvoll Schnee. Einige Schritte lang habe ich das Gefühl, an der Schneefräse zu hängen, statt sie zu schieben, und dann scheint der Zugriff um meine Brust loszulassen, und das Atmen fällt mir leichter. Heute Abend werde ich jedenfalls nicht viel Zeit damit verschwenden, mich über das Fernsehprogramm zu ärgern. Wenn ich die Rippe verzehrt habe, werde ich sofort einschlafen.

Ich bin jetzt oben, wo der Weg vor dem Haus abflacht, und in fast allen Zimmern im Erdgeschoss, die ich sehen kann, brennt Licht. Fast ein paar Lichter zu viel, so wie dann, wenn ich selbst zwei Tage verreise und einige Lampen zusätzlich einschalte, damit es aussieht, als sei jemand zu Hause. Warum in aller Welt bilde ich mir überhaupt ein, dass Evy heute Abend allein hier sitzt? Das kann ich ja gar nicht wissen. Sicher ist Evy bei ihrem Neffen oder irgendwelchen Bekannten. Anders als ich haben die meisten Leute am Heiligen Abend etwas anderes zu tun, als Schnee zu räumen und allein zu Hause zu sitzen. Aber wenn Evy nicht da ist, muss sie ja wieder nach Hause, und vielleicht hat sie ja vergessen, ein Räumunternehmen zu bestellen. Bisher ist in diesem Winter der Schnee ja kaum liegen geblieben.

Plötzlich geht mir auf, dass ich gar nicht weiß, wie Evy mit Nachnamen heißt. Ihr erster Mann hieß Helm, der zweite Rahn, und ich habe keine Ahnung, ob sie den ersten oder den zweiten Namen angenommen hat. Eigentlich hoffe ich ja, dass sie so heißt wie früher, aber es spielt im Grunde keine Rolle. Evy Jacobsen wird für mich immer Evy Jacobsen sein. Wieder sehe ich einen Moment lang die Jungs aus der Werkstatt vor mir, ihr spöttisches Gesicht, als ich erzählte, welche Schneefräse ich gekauft hatte. Aber um ehrlich zu sein, war es mir schnuppe, ob die in Kanada, der Mongolei oder Lettland hergestellt worden war. Kindisch, aber wahr, ich habe sie wegen ihres Namens gekauft. Eine *Jacobsen Imperial*. Zwei der feinsten Namen, die ich kenne, zusammengesetzt und wie ein eine Gedenktafel eingraviert. Sechs Pferdestärken. Vier Vorwärts- und Rückwärtsgänge. Motoren an sich haben mich nie glücklich gemacht, aber sie haben mir immer eine Selbstsicherheit gegeben, die mir im Leben sonst meistens fehlt. Mit Motoren kenne ich mich aus. Ich begreife, wie sie funktionieren.

Das Licht der Schneefräse legt sich an den Rahmen des Küchenfensters, als ich wende und wieder den Hang hinabfahre. Noch zweimal hin und her, und der Weg wird auch morgen früh noch befahrbar sein.

Zuerst glaube ich, das Blinken liege an einer Überlastung des Stromnetzes, wie früher an Heiligabend, wenn alle gleichzeitig ihr Essen fertig haben wollten. Aber die Lampen im Wohnzimmer werden nicht schwächer, sie flackern in gewisser Weise stärker, und mir geht auf, dass das Brummen nicht vom Storvei kommt. Jemand ist auf dem Platz vor meinem Haus. Ich mache, dass ich zum Fenster komme. Zuerst begreife ich nicht, was es ist. Ein Verrückter auf einem Motorrad? Ein Wagen mit nur einem Scheinwerfer? Dann erkenne ich eine Schneefräse, die durch meine Einfahrt fährt, und plötzlich ist sie einfach verschwunden, als sei sie in den Graben gekippt. Aber sie scheint nicht umgefallen zu sein. Es wird einfach nur dunkel. Vielleicht ist dem Menschen hinter der Schneefräse schlecht geworden?

Ich schalte das Licht aus, als ich die Vorderscheinwerfer eines Autors über den Storvei fegen sehe. Mutter meinte, ich würde wohl nie erwachsen werden. Vielleicht hat sie Recht. Jetzt stehe ich hier mit demselben Gefühl wie als Junge, wenn ich Angst hatte, beim Äpfelklauen erwischt zu werden. Der Wagen verschwindet in Richtung Flyktningesee, und ich schalte das Licht wieder ein. Wende unten auf dem Asphalt und beginne mit der nächsten Runde. Ich weiß noch, dass Evy und ich an dem Tag, an dem die Musik gestorben ist, in Vaters Duett hier hochgefahren sind. Ein Transistorradio zwischen uns auf dem Sitz, und Evy, die sich mit dem Zipfel ihres Schals die Tränen abwischte, als die Nachricht kam, dass Buddy Holly bei einem Flugzeugabsturz ums Leben gekommen sei. Vater, der früher an diesem Tag sein Gesicht verzogen hatte, als ich bat, sein Auto leihen zu dürfen. Noch eine Erinnerung daran, dass sein einziges Kind nicht richtig im Kopf war. In der Garage stand der fast fabrikneue Imperial, und für ihn war es der Beweis für sein Versagen als Vater, dass ein Sohn, dem eines der teuersten Autos im Dorf gehörte, nur im Sommer damit unterwegs war.

Das Licht kommt wieder zum Haus hoch, und ich weiß nicht so recht, ob ich staune, mich ärgere oder Angst habe. Vielleicht alles auf einmal. Was soll das eigentlich? Wer ist am Heiligen Abend mit einer Schneefräse unterwegs? Und warum? Im Wohnzimmer wird das Weihnachtsessen kalt, und ich sehne mich nach einem Schnaps. Dem guten tauben Gefühl, das sich im ganzen Körper ausbreitet. Ich denke daran, dass ich auf die Treppe hinaus muss, als das Telefon klingelt. Zuerst begreife ich nicht, woher das Geräusch kommt, aber ich finde das Mobiltelefon in meiner Handtasche neben dem Wohnzimmertisch. Ich erkenne die Nummer meines Neffen.

»Hallo?«, frage ich.

»Hallo, Tante«, sagt Albert. »Ist etwas passiert? Du klingst so außer Atem.«

»Ich konnte das Telefon nicht sofort finden«, sage ich und

höre, wie die Schneefräse sich wieder zu meinem Haus hoch-gräbt.

»Ich wollte nur fröhliche Weihnachten wünschen. Wir sitzen in unserem Hotel am Pool und trinken Wein unter Palmen. Wie geht's denn so?«

»Es schneit, sonst geht es gut«, sage ich und überlege, ob ich die Schneefräse erwähnen soll, aber was könnte Albert schon ausrichten? Außerdem glaube ich kaum, dass Diebe und Vergewaltiger die Straße freiräumen, ehe sie in das Haus einer älteren Dame einbrechen.

»Das ist schön. Ich wollte nur fragen. Auch Helen und die Kinder lassen grüßen. Wir sehen uns zu Silvester, nicht wahr?«

»Ja«, sage ich. »Wir sehen uns zu Silvester. Habt schöne Weihnachten, und danke für den Anruf.«

Ich bin gerade wieder in der Küche, als die Schneefräse zur Straße hinunterfährt. Im Licht der Hoflampe kann ich den o-beinigen Gang deutlich erkennen, als die Schneefräse ein wenig zur Seite rutscht. Ich nehme einige Blumentöpfe von der Fensterbank und klappe das Fenster auf.

»Hallo«, rufe ich und winke. Keine Reaktion. Edvin Engebretsen trampelt unverdrossen weiter.

»Hallo«, rufe ich noch einmal, jetzt so laut, dass meine Ohren pfeifen. Die Schneefräse hält einfach weiter auf die Straße zu.

Noch eine Runde, und ich bin fertig. Mein Hemd scheint mir zu klein geworden zu sein, und ich habe solchen Hunger, dass ich wahrscheinlich gar nichts hinunterbringen werde. Wenn es weiter so dicht schneit, habe ich umsonst geschuftet. Dann wird morgen kein Auto zu Evy hochfahren können.

Als er wieder auf den Hof kommt, bin ich bereit. Ich bin froh, dass ich den Sicherungskasten tiefer habe hängen lassen, als das Haus renoviert wurde. Ich zähle bis drei und drücke die Hauptsicherung nach unten. In der tiefen Finsternis warte ich einige Momente, dann schalte ich das Licht wieder ein. Eine kleine Pause, dann drücke ich die Hauptsicherung noch einmal nach unten und dann wieder nach oben. Jetzt muss Edvin doch begreifen, dass er hereinkommen soll.

Das Haus vor mir wird schlagartig stockdunkel, und vor Überraschung lasse ich die Schneefräse los. Der Schnee muss die Bäume auf die Stromleitung gedrückt haben, aber dann wird das Licht wieder eingeschaltet und brennt einige Sekunden, bis abermals die Dunkelheit das Haus verschlingt. Das Licht der Schneefräse bohrt sich wie ein Laserstrahl durch das Küchenfenster, dann ist das Licht wieder da und bleibt an.

Durch das grelle weiße Licht der Schneefräse tanzen mir Punkte vor den Augen, und ich reiße den einen Blumentopf zu Boden, als ich das Fenster öffne.

»Hallo«, rufe ich zum dritten Mal an diesem Abend, aber meine Stimme kann den Lärm des Motors nicht übertönen. Dann wird es ganz still.

»Edvin«, rufe ich mit einer Stimme, die sich immer noch dem Motorenlärm anpasst. Ich kann hören, dass er antwortet, verstehe aber nicht, was er sagt. Er kommt auf das Haus zu, und ich kneife die Augen zusammen, um die tanzenden Punkte zu verjagen.

»Hallo«, sage ich. Mehr fällt mir nicht ein. Meine Zunge klebt mir am Gaumen, und ich versuche, mich so lange zu räuspern, bis meine Stimme wieder kräftiger klingt.

»Fröhliche Weihnachten. Ich hatte Angst, du könntest einschneien.«

Evy antwortet nicht sofort, und wie sie so von ihrem Fenster eingerahmt wird, habe ich das Gefühl, eine Fotografie anzustarren. Ihre Haare haben die gleiche Farbe wie der Schnee, aber ihre Haut scheint noch immer straff über den Wangenknochen zu sitzen, die ihrem Gesicht schon damals etwas Ausländisches gegeben haben.

Der Schnee umschließt seine Mütze wie ein Helm, und seine Jacke ist weiß, als trüge er über seiner Kleidung einen Astronautenanzug.

»Du hättest den Weg nicht freiräumen müssen, aber danke und auch dir fröhliche Weihnachten. Wir haben uns ja lange nicht mehr gesehen«, sage ich und kann nicht glauben, dass wir nun Höflichkeitsfloskeln austauschen, nach all diesen Jahren. Aber Edvin gibt mir das Gefühl, eine alte Frau und zugleich ein verlegenes Mädchen zu sein. Was kann ich überhaupt sagen, das sich nicht verkrampft und gekünstelt anhört?

Edvin nickt, als hätte ich eine tiefe Erkenntnis ausgesprochen, und einen kurzen Moment glaube ich, dass er gleich weinen wird, aber dann geht das Zittern seiner Mundwinkel in ein Lächeln über. Ein solches Lächeln, das mich einmal dazu bringen konnte, den Hang zu seinem Haus hinzulaufen.

»Die Zeit ist vergangen«, sage ich und versuche, fest auf meinen Beinen zu stehen. Meine Augen füllen sich mit Salz, und der Schweiß lässt meine Kleider dampfen. Ich trete einen kleinen Schritt zurück, damit sie meinen Geruch nicht wahrnimmt. Mein Magen krampft sich zusammen, es grummelt im Gedärm, aber nicht der Hunger gibt mir dieses hohle Gefühl. Diesen Augenblick habe ich vor mir gesehen und immer wieder ablaufen lassen, wie eine meiner alten Singles. So wie das Vinyl zerkratzt ist, über und über mit Rissen und Kerben versehen ist, dass die Nadel es nur mit Mühe durch das Lied schafft, so ist diese Begegnung dabei, reibungslos vorüberzugleiten. Morgen werde ich aufwachen und glauben, alles nur geträumt zu haben. Ich habe Evy Jacobsen so viel zu sagen und bringe kein Wort heraus.

»Hast du schon gegessen?«, frage ich.

Er schüttelt den Kopf.

»Bist du auf dem Sprung?«

»Nein«, sagt Edvin. »Ich esse zu Hause.«

»Mit deiner Mutter?«

»Nein, die ist im Altersheim. Und sie ist schon lange nicht mehr ganz da.«

Ich nicke und habe plötzlich das Gefühl, mein Leben sei nur ein langer Sprung von meiner Geburt hierher gewesen. Meiner Freundin hatte ich gesagt, ich fühlte mich nicht alt, und irgendwie stimmt das auch. Aber den Mann zu sehen, mit dem ich mein Erwachsenenleben begonnen habe, lässt die Endstation so nah wirken. Es gibt nicht mehr viele Stopps, wenn ich nur sitzenbleibe.

»Kannst du nicht kurz reinkommen?«, frage ich.

Ich weiß nicht, was ich sagen soll. Hatte immer schon Komplexe, weil ich so schrecklich schwitze, und jetzt könnte man mein Hemd auch gleich auswringen. So hatte ich mir die erste Begegnung mit Evy seit ihrer Rückkehr nach Skogli nicht vorgestellt.

»Ich bin verschwitzt. So kann ich doch am Heiligen Abend keine Leute besuchen«, sage ich.

»Leute?«, fragt Evy neckend wie ein junges Mädchen,

dann fügt sie hinzu: »Ich hatte noch nie etwas gegen den Geruch von Männerschweiß.«

Ich merke, wie mir heiß wird, und das Knirschen des Schnees unter meinen Stiefeln pflanzt sich wie ein Echo durch mich fort.

»Dein Imperial hat mir gefehlt«, sagt sie.

»Hä?«, frage ich und schaue hinaus auf die Schneefräse.

»Dein Auto. Seit ich aus Skogli weggegangen bin, habe ich nicht mehr in einem Amerikaner gesessen. Der ist heute sicher viel wert?«

Ich zucke mit den Schultern und wische mir ein wenig Schnee aus dem Gesicht, damit sie nicht sieht, wie gerührt ich bin. Dass sie noch weiß, was für ein Modell mein Auto ist, erfüllt mich mit einer Freude, die ich mir nicht mehr zugetraut hätte.

»Was ist eigentlich daraus geworden?«, fragt sie jetzt.

Ich antworte nicht sofort, habe Angst, sie könnte begreifen, dass ich das Auto als Tempel benutzt habe, aber ich kann doch nicht weglügen, wer ich bin.

»Ich habe ihn noch immer«, sage ich.

»Wirklich?«

Ihr Lächeln lässt ihr Gesicht glatt werden.

»Ich habe vor gar nicht langer Zeit geträumt, dass ich mit dem Auto fuhr. Ich war nur selten so enttäuscht, als ich aufgewacht bin«, sagt sie.

Ich kann nicht einmal nachdenken, ehe es aus mir herausrutscht, das, was ich sage.

»Jetzt?«, fragt sie ein wenig zögernd durch das Küchenfenster.

Ich nicke.

»Warum nicht«, sagt sie. »Es sind schon ganz andere Leute Heiligabend losgezogen.«

Ich schaue hinter ihm her, als er auf dem Storvei verschwindet, dann rolle ich den Stuhl ins Badezimmer. Ziehe mir Lippen und Augenbrauen nach, spritze mir ein wenig Sonia Rykiel hinter die Ohren und ziehe den weißen Polopullover an, von dem ich mir einbilde, dass er immerhin zwei Jahre von meinem Leben weglügt. Ich nehme die lange rote Jacke vom Haken, nach der Männer sich immer umgedreht haben, wenn ich damit durch die Einkaufszentren marschierte. Es ist schon von Vorteil, dass ich so allerlei straffen und wegpudern kann, aber wie hätte ich Edvin sagen sollen, dass ich auf den Rollstuhl angewiesen bin? Warum habe ich das nicht offen gesagt? Es steht ja nicht fest, dass er das weiß. Und was wird er denken, was wird er sagen? Den abgenutzten alten Witz aus der Reha? Geradeaus und auf zwei Rädern in die Kurve? Ich rücke die Schienen um meine Waden ein wenig gerade.

Das saubere Hemd klebt schon unter den Armen, als ich in die Garage gehe, und die Haare, die ich vor dem Badezimmerspiegel mit Wasser nach hinten kämmen wollte, sind mir wieder in die Stirn gerutscht. Ich bringe kalte Luft mit ins Auto, als ich die Tür zuknalle. Die Portion von der Schweinerippe, die ich hastig verschlungen habe, liegt wie ein unverdauter Kloß in meinem Magen, aber ich war noch nie so bereit, Skogli zu verlassen, wie jetzt. Ich fahre den Imperial im Rückwärtsgang am Volvo vorbei, das Lenkrad zittert zwischen meinen Händen, und es ruckelt, als ob in mir etwas in Stücke bricht. Den Weg zu Evy hoch mit der Fräse zu räumen war nicht absurd. Aber das hier?

Ich bin mit diesen Wegen in Skogli aufgewachsen, die Sommerreifen sind fast neu, und zwei Tonnen Auto sollten an sich schon Gewicht genug sein, damit der Imperial sich manövrieren lässt. Aber ich kann dem Torpfosten nur um

Haaresbreite ausweichen. Es ist ungewohnt, aber nicht unmöglich, den Wagen auf der Straße zu halten. Das sage ich mir immer wieder.

Die Scheibenwischer klappern im 4/4-Takt, während das Summen des Motors sich wie ein Lied anhört, von dem ich geglaubt hatte, dass ich es nie wieder singen würde. Der Imperial lässt sich leichter manövrieren, nachdem ich das Tempo ein wenig steigern konnte, trotzdem habe ich eher das Gefühl, zu schweben als zu fahren. Wenn mir jetzt ein Wagen entgegenkommt, werde ich im Straßengraben landen. Aber mir kommt kein Auto entgegen. Niemand sonst ist heute Abend in Skogli unterwegs. Gott räumt den Weg für Evy Jacobsen und mich frei, für unsere erste Ausfahrt in fast einem halben Jahrhundert. Bei ihrer Einfahrt versuche ich, ein gleichmäßiges Tempo beizubehalten, aber die Kurve ist zu eng, die Räder geraten ins Schlingern, und es fühlt sich an wie eine Reifenpanne. Ich bin auf halber Höhe zu ihrem Haus, als der Imperial sich nach rechts legt, und weiter komme ich nicht. Die Lichter ihres Hauses blinken mir durch den Schnee auf der Windschutzscheibe zu, und ich versuche, das Auto wieder in Gang zu bringen, aber die Räder drehen sich nur noch im Leerlauf. Ich versuche es mit dem Rückwärtsgang, und der Imperial schaukelt hangabwärts. Der Knall, mit dem ich die Wagentür schließe, hallt wie ein Schuss durch den Abend.

Natürlich. Bis hierher und nicht weiter. So wie die Scheinwerfer des Autos zum Haus hochzeigen, weiß ich, dass er sich festgefahren hat. Meine Hand will schon die Knöpfe meiner Jacke öffnen, als ich sehe, wie er auf das Haus zukommt. Meine Großmutter hat mir mit der Behauptung Angst eingejagt, dass der Tod mit schweren Schritten durch

die Nacht kommt, aber an Edvin Engebretsen ist nichts be-
ängstigend. Von hinten angestrahlt sieht es aus, als hätte er
Flügel. Ich erhebe mich aus dem Rollstuhl und schleppe
mich zur Tür. Ich will stehen, wenn er mich zum ersten Mal
richtig sieht.

Ich will die Tür öffnen, ohne geklingelt zu haben, und kann
gerade noch denken, dass ich mich vielleicht zu sehr aufführe
wie ein Hausfreund, da steht sie schon vor mir. Irgendwie
kleiner als in meinen nächtlichen Träumen, aber so strah-
lend, dass ich mitten in einem Schritt innehalte.

Er kommt auf verschneiten Schuhen durch die Tür gerutscht,
und er hat etwas Verlorenes. Doch dann hebt er den Kopf
und erfüllt auf irgendeine Weise auf einmal den ganzen Raum.
Edvin ist schlanker als in meiner Erinnerung und trägt einen Mantel, der mir bekannt vorkommt. Ich versuche, mich
an die Wand zu lehnen, damit er nicht sieht, wie schlimm es
wirklich um meine Beine steht.
    »Ich hab es nicht bis oben geschafft«, sagt er.

Sie antwortet nicht sofort, sondern lächelt mich noch immer
an.
    »Das macht nichts, den Ausflug holen wir eben nach«, sagt
sie.
    »Nein«, sage ich. »Der Wagen steckt nicht fest. Ich kann
sehr gut nach unten zurücksetzen.«
    Das Lächeln gleitet von ihrem Gesicht, aber sie hält mich
noch immer mit den Augen fest.
    »Das ist weiter, als ich gehen kann«, sagt sie. »Ich brauche
den Rollstuhl.«
    »Das ist mir schon klar. War das ein Autounfall?«

Sie schüttelt den Kopf.

»Ich habe mir in Afrika ein Virus geholt.«

»Wir haben viel zu besprechen«, sage ich. »Hast du alles, was du brauchst?«

»Edvin. Ich glaube, es wird schwer, den Rollstuhl durch den Schnee zu schieben, und selbst wenn du es schaffst, dann will ich das nicht, nicht jetzt, nicht heute Abend«, sage ich. Die Anstrengung, so lange zu stehen, hat mir auf der Stirn den Schweiß ausbrechen lassen, und ich trete einen Schritt zurück, um mich auf die alte Reisetruhe zu setzen, die immer schon im Gang gestanden hat.

»Wir brauchen keinen Rollstuhl«, sagt Edvin, und ehe ich begreife, was er meint, hat er mich im Feuerwehrgriff hochgehoben. Meine Tasche rutscht meinen Arm hoch, und ich kann einen Schrei nicht unterdrücken.

»Was machst du?«, frage ich.

»Jetzt fahren wir«, sagt er.

»Das weiß ich.«

Ich stoße die Tür mit der Schulter auf und trage Evy über die Schwelle. Bleibe vor der Tür stehen, damit sie abschließen kann. Eine Schweißperle kullert über ihre Wange, und ich wische sie mit meiner Nase weg. Durch das Motorendröhnen des Imperial kann ich hören, wie die Scheibenwischer auf Hochtouren arbeiten. Ich finde Kraft in diesem Geräusch.

»Jetzt fahren wir«, sage ich noch einmal, und dann gehen wir bergab auf das Licht zu.

Was würde Donald tun?

Mama hat immer gesagt, wenn ich vor Weihnachten nicht brav wäre, würden unter dem Baum nur praktische Geschenke liegen. Papa droht niemals mit solchen Dingen, obwohl es ihm auch immer schwerer fällt, seitdem sie weg ist. Als Mama noch bei uns gewohnt hat, hat sie mich immer Donald junior genannt, aber ich weiß nicht, ob das war, weil ich gern Donald Duck gelesen habe, oder ob sie meinte, ich hätte Ähnlichkeit mit ihm. Anfangs war Donald ein ziemlicher Mistkerl. In einem Buch mit dreihundertfünfundsechzig Geschichten von 1936 bis 1945 ist er zuerst fast nur gemein. Die Geschichten sind kurz, und alles, was Donald im Kopf hat, ist es, andere reinzulegen. In der ersten Geschichte kann er nicht schlafen, weil eine riesige Libelle ihn wach hält. Donald zieht Jägerkluft an, holt sich ein Schrotgewehr und knallt das Insekt ab. Dann legt er sich ruhig und zufrieden wieder schlafen, obwohl er ein riesiges Loch in die Schlafzimmerwand geschossen hat.

Ich mag Donald. Hab Donald immer schon gemocht, auch wenn er zweiundvierzig Geschichten lang nur Scheiß baut. Als er dann brav sein will, sagt er als Erstes zu sich: »Was du nicht willst, dass man dir tut, das füg auch keinem andern zu. Und dann wirst du auch froh, ach, so froh.« Und genau in diesem Moment sieht er auf der anderen Straßenseite drei alte Männer mit Zylindern. Er kann der Versuchung nicht widerstehen und schnappt sich einen riesigen Stein, um dem ersten den Hut vom Kopf zu holen, aber als er gerade den Stein losfeuern will, überlegt er sich die Sache anders und lässt ihn fallen. Doch nach ein paar Schritten findet er plötzlich noch mehr Steine auf dem Boden, genug, um allen dreien die Zylinder vom Kopf zu schießen. Wieder bückt er sich, und wieder überlegt er sich die Sache anders. »Ich will brav sein, ich WILL, ich WILL ...«, sagt er, hebt das Gesicht zum Himmel hoch und faltet die Hände wie zum Gebet. Die Geschichte endet damit, dass Donald in einen Gully fällt, weil er nicht sieht, dass der Deckel fehlt. Zum Schluss sagt er noch: »Aber warum brav sein? Pa!«

Ich fand an diesen Geschichten immer nur seltsam, dass der Krieg Donald brav werden lässt. So ist das wirklich. Der Krieg scheint dafür zu sorgen, dass er sich mehr um andere kümmert oder sich alles jedenfalls noch einmal überlegt. In den Geschichten nach 1940 versucht er nicht mehr in jeder Folge, Tick, Trick und Track zu verprügeln, er verliebt sich in Daisy und will nicht immer nur alles kaputtschlagen, wenn etwas schiefläuft. Ich wünschte, es gäbe einen Krieg, in den ich ziehen könnte, damit mir dasselbe passieren könnte wie Donald, damit Papa mich nicht dauernd aus der Schule abholen und mit meinem Lehrer reden muss. Wenn ich alt genug wäre und es einen Krieg gäbe, in den ich ziehen könnte, würde Mama vielleicht auch traurig sein. Sie würde vielleicht begreifen, wie schlimm es ist zurückzubleiben. Was für ein Gefühl es ist, jeden Abend auf den Storvei hinauszuschauen, wie Papa das anfangs gemacht hat.

Markus' Eltern haben sich scheiden lassen, als wir im ersten Schuljahr waren, und ich habe ihn gefragt, ob sein Vater auch so dagestanden hat. Er sagte, dass er das nicht wüsste. Wie die anderen aus der Klasse mit geschiedenen Eltern wohnt Markus meistens bei seiner Mutter. Ich habe ihm erzählt, dass Papa ganz bestimmt so dastand, weil er sich wünschte, dass Mama zurückkäme. Markus wollte wissen, wie ich mir da so sicher sein könnte, und meinte, vielleicht stünde mein Vater so da, weil er auch gern weggehen würde. Da bekam ich Angst. Noch mehr als damals, als mir aufging, dass Mama weggehen würde. Viele Nächte nachdem Markus das gesagt hatte, musste ich bei Papa in seinem riesigen Bett schlafen. Ich drückte mich mitten auf der Matratze an ihn und hatte Angst, über den Rand zu fallen, wenn ich mich bewegte. Jetzt habe ich keine Angst mehr, dass Papa weggehen könnte, aber ich werde traurig, weil es ihm oft so geht wie Donald. Er versucht und versucht, aber irgendwie fällt er immer wieder in ein Loch.

Eine der witzigsten Geschichten über den gemeinen Donald ist, wie er Goofy helfen will, als der im Schlamm feststeckt. Donald will nett sein und das Auto anschieben, aber als die Räder Bodenhaftung bekommen, wird er mit Schlamm vollgespritzt. Goofy winkt zufrieden und fährt weiter, ohne Donald beim Saubermachen zu helfen. Und Donald sinnt auf Rache. Er gräbt vor der Garage ein riesiges Loch und füllt es mit Wasser, aber als Goofy zurückkommt, fährt er an dem Loch vorbei in die Garage. Donald wird wütend, und die ganze Sache endet damit, dass er über den Erdhaufen stolpert, den er ausgehoben hat, und selbst ins Wasserloch fällt. Manchmal wünschte ich, Papa könnte solche Löcher graben. Ich glaube, er würde sich besser fühlen, wenn er gemein wäre, jedenfalls solange er gemein wäre.

Seit einem halben Jahr wohnt Mama mit ihrem neuen Freund in Oslo. Als ich ihm das erste Mal begegnet bin, stank er, als ob er eine Parfümflasche zerbrochen hätte, und seine Haare klebten an seinem Kopf wie damals, als ich Vidar im Werkunterricht überredet habe, sich mit Leim zu kämmen. Mama macht eine Ausbildung zur Soundso-Pflegerin. Bei diesem Namen muss ich immer an Essen denken, auch wenn ich das gar nicht will. Ich finde es gar nicht witzig, in die Schule zu gehen, und ich mag auch keine Aufgaben machen. Ich hoffe, Mama kriegt bei ihrer Ausbildung ganz viele Aufgaben, eine Seite nach der anderen. Das geschähe ihr recht.

Ich schaue auf die Uhr. Noch eine Stunde, bis sie und dieser Freund herkommen wollen. Ich habe gesagt, sie könnte das Geschenk ja mit der Post schicken oder bis zum Frühling warten. Aber sie hat durchgesetzt, dass sie kommen darf. Sie sagt, dass ich ihr fehle, und wenn nach Weihnachten sie und der Freund erst in eine große Wohnung gezogen sind, kann ich jedes zweite Wochenende bei ihnen wohnen. Am Telefon hat sie erzählt, dass auch der Freund zur Schule gegangen ist und dass sie deshalb so wenig Platz hatten und ich nicht zu Besuch kommen konnte. Jetzt hat er Arbeit, und alles wird gut, sagt Mama. Aber nicht alles wird gut. Ich war ja nur froh, dass ich sie nicht besuchen konnte. Und wenn sie zur Schule gehen und kein Geld haben, dann begreife ich nicht, wieso sie Weihnachten ans Mittelmeer fahren können. Aber als ich das zu Papa gesagt habe, meinte er, dass Weihnachten vielleicht die billigste Zeit im Jahr ist, um ans Mittelmeer zu fahren. Besonders billig, sagte er, weil sie von Karlstad aus fliegen müssen und nicht von Gardermoen, wie wir das gemacht haben.

Mein Plan steht fest, und ich freue mich darauf loszulegen. Aber es kribbelt mir auch im Bauch, deshalb ziehe ich mich an und sehe nach den Fallen in der Garage und in der Scheune, nur, um etwas zu tun zu haben. Bei denen im Keller habe ich schon nachgesehen, und sie waren leer. Papa ist in der Küche und brät die Rippe, damit wir Zeit haben, in die Kirche zu gehen, ohne danach stundenlang auf das Essen warten zu müssen. Wie immer finde ich, dass Papa wie ein Mädchen aussieht, wenn er sich das rote Halstuch um den Kopf gebunden hat, aber er sagt, dass er lieber wie ein Mädchen aussieht, als Haare im Essen zu haben.

Ich halte die Luft an und zähle in Gedanken bis fünfzig, ehe ich die Haustür aufmache, aber natürlich hat es nicht mehr geschneit, seit ich zuletzt aus dem Fenster geschaut habe. Papa sagt, die Wetterfrau im Fernsehen hat für heute Abend Schnee versprochen, ganz bestimmt, aber ich weiß nicht, ob ich ihm oder diesen Frauen glauben soll. Das wäre ein wenig, wie an den Weihnachtsmann zu glauben. Warum sollte es heute plötzlich schneien, wo es das bisher in diesem Winter so gut wie nicht getan hat?

Ich weiß jetzt, wo die Mäuse in der Garage ihre Wege haben, und ich habe einen Plastikeimer hingestellt und ein Stück Brett zur Hälfte darüber gelegt, ganz am Ende liegt ein Stück Käse. Wenn die Mäuse angetrippelt kommen, kippt das Holz nach unten und sie plumpsen in den Eimer. Seitdem ich diese Fallen aufstelle, habe ich schon dreiunddreißig Mäuse gefangen. Es macht Spaß, etwas zu tun zu haben. Und deshalb denke ich fast gar nicht mehr an Donald und Daisy.

Im ersten Eimer liegt eine Maus. Sie ist auf dem Schaumgummi gelandet, das ich unten reingelegt habe, und sie scheint fast zu schlafen. Aber als ich sie vorsichtig mit einem Zweig anstupse, bewegt sie sich doch. Sie ist sicher nur satt, nachdem sie das andere Stück Käse gegessen hat, das ich in den Eimer gelegt hatte. Der zweite Eimer ist leer. In den beiden ersten Eimern in der Scheune ist nichts, aber in dem neben dem Käfig von Donald und Daisy sitzt noch eine. Es ist ein bisschen seltsam, dass ich den Käfig noch aufhebe, wo ich doch eigentlich gar nicht an Donald und Daisy denken will. Aber Papa sagt, vielleicht überlege ich mir das alles ja noch anders, und schließlich sei es nicht meine Schuld, dass die Hamster aus dem Käfig entkommen und verschwunden sind. Ich lege die letzte Maus zu den anderen in den Eimer und laufe wieder ins Haus. Denke an Mama, die mir keine Hamster erlauben wollte, weil die zu große Ähnlichkeit mit Mäusen hätten. Mama war blöd. Mäuse sind schön. Ich kapiere nicht, was sie damit gemeint hat, dass sie beim Anblick von Mäusen würgen muss, aber ich weiß noch, wie sie immer geschrien hat, wenn eine Maus auftauchte.

»Waren da welche?«, ruft Papa aus der Küche, als ich die Kellertür aufmache.

»Nur zwei«, sage ich.

»Zwei sind besser als keine. Dann können wir sie auf der Müllhalde aussetzen, ehe wir in die Kirche fahren«, ruft er.

Er sagt noch etwas anderes, aber da bin ich schon die Treppe hinunter und stelle den Eimer neben die Tiefkühltruhe. Auf dem Deckel liegt das Geschenk für Mama. Ich schaue auf die Uhr. Erst dreizehn Minuten vergangen. Die Zeit verstreicht an Heiligabend noch langsamer als sonst, aber heute liegt das nicht daran, dass ich an die Geschenke denke. Mir geht es um meinen Plan. Es ist ein guter Plan, und ich glaube nicht, dass Donald es besser machen könnte. Zuerst habe ich mich nach draußen geschlichen und das gelbe Plastikschild an den Briefkasten gehängt, damit die Postbotin weiß, dass sie zu uns ins Haus kommen muss. Und um sicher zu sein, dass alles läuft wie geplant, habe ich mich extra versichert, dass wirklich die Vertretung von gestern kommt. Eigentlich ist ein Mann aus Skogli unser Postbote, aber jetzt sind er und seine Freundin dahin gefahren, wo auch Mama hinwill. Die Vertretung wohnt übrigens ebenfalls in Skogli, aber ich finde es nicht wichtig, wo sie wohnt oder wie lange sie schon da wohnt. Wichtig ist, dass sie jung und hübsch ist. Deshalb habe ich in der Küche einen Mistelzweig aufgehängt. Und genau dann, wenn Mama reinkommt, um mir mein Geschenk zu geben, werde ich dafür sorgen, dass die Postbotin Papa küsst. Dann wird Mama kapieren, dass wir sehr gut ohne sie zurechtkommen und dass Papa nicht mehr den Storvei entlangstarrt.

Ich helfe Papa, in der Küche aufzuräumen, und als er die Backofentür aufmacht, damit die Schwarte an der Rippe knusprig wird, dauert es noch fünf Minuten, bis Mama kommen will. Einen Moment lang habe ich Angst, dass die Postbotin sich vielleicht verspätet, denn Papa hat erzählt, dass es am Heiligen Abend in der Regel zwar weniger Post gibt als sonst, dass aber viele Leute Geschenke in ihre Briefkästen legen. Aber als die Wanduhr im Wohnzimmer den ersten der zwölf Schläge macht, sehe ich den Hyundai unsere Einfahrt hochfahren und beim Briefkasten langsamer werden, ehe er weiter zum Haus kommt.

»Jetzt kommt die Postbotin«, rufe ich Papa zu, der sich im Badezimmer die Hände wäscht.

»Die Postbotin? Warum das denn?«, fragt er.

»Ich habe das Plastikschild aufgehängt, wir müssen ihr doch auch ein Weihnachtsgeschenk geben.«

»Ein Geschenk? Und was hast du ausgesucht?«

»Ich? Du bist doch hier der Erwachsene.«

»Daniel, so was musst du mir vorher sagen. Ich dachte, du hättest etwas für sie gebastelt.«

Papa knallt mit den Zehen gegen die Türschwelle, lässt sich aber nicht die Zeit zum Hinken. Er hat sich die schwarzen

Haare noch nicht zum Pferdeschwanz gebunden und sieht aus, als ob er zu einer Band gehört, bei der es eher wie Rülpsen klingt, wenn sie singen. Seine Augen jagen über die Anrichte, wie als wir beim Elternabend waren und er mit Kaffeekochen an der Reihe war. Er kann sich nie erinnern, dass er die Thermoskanne an die Haustür gestellt hat, damit er sie nicht vergisst. Er schaut kurz aus dem Fenster, als die Postbotin mit der Kasse unter dem Arm über den Hof kommt.

»Wir haben kein Geschenk. So was musst du vorher sagen«, sagt er noch einmal.

»Kannst du ihr nicht einfach eine Weinflasche geben? Die verschenkst du doch oft«, schlage ich vor.

»Gute Idee«, sagt er und rennt ins Wohnzimmer, als gerade die Türklingel geht.

»Hallo, fröhliche Weihnachten, Sie hatten das Schild ausgehängt«, sagt die Postbotin und lächelt. Ich weiß, dass sie Helle heißt, denn danach habe ich sie gestern gefragt. Ihre Haare sind so rot, dass ich mich richtig darüber freue. Rothaarige Mädchen sind nicht so albern wie andere. Bei Mama bin ich gar nicht sicher, welche Haarfarbe sie wirklich hat.

»Fröhliche Weihnachten«, sage ich. »Papa hat was für dich. Komm rein.«

»Das ist aber nett«, sagt sie, kommt hinter mir her in die Küche und bleibt fast genau unter dem Mistelzweig stehen. Ich schaue aus dem Fenster. Jetzt müssen Mama und dieser Freund bald kommen.

»Hallo, hallo«, sagt Papa, als er mit einer Weinflasche aus dem Wohnzimmer kommt, um die er noch schnell eine rote Schleife gebunden hat.

»Fröhliche Weihnachten«, meint er dann, und einen kurzen Augenblick habe ich Angst, er könnte sich blamieren, indem er ihr die Hand schüttelt wie einer Lehrerin. Aber als

Helle die Flasche entgegennimmt, legt sie die Arme zu einer Umarmung um ihn.

»Ich müsste Ihnen ja eigentlich einen Kuss geben«, sagt Helle, als sie ihn wieder loslässt.

»Das ist nur eine Flasche Wein«, sagt Papa.

»Aber wir stehen unter dem Mistelzweig«, lacht sie und zeigt nach oben.

Papa tritt einen Schritt zurück, schaut zur Decke und wirft mir einen strengen Blick zu.

»Ach, den hat nur Daniel aufgehängt«, sagt er.

Helle kommt zu mir, bückt sich und umarmt auch mich.

»Fröhliche Weihnachten, Daniel«, sagt sie. »Und danke für den Wein.«

»Wohl bekomm's«, sage ich und schaue auf den Hofplatz. Der ist einfach leer. Ich sehe nur die Spitze des Hyundai, die hinter dem alten Schweinestall hervorlugt. Und kein Auto kommt die Einfahrt hoch. Jetzt muss Mama doch bald hier sein. Aus dem Mistelzweigkuss wird zwar nichts mehr werden, aber Mama wird sich doch Gedanken machen, wenn sie eine fremde Frau bei Papa sieht. Zum Glück trägt Helle ihre Postkleider nicht. Nur eine rote Weste, und wenn ich Papa ganz dicht an sie heranbringen kann, dann sieht Mama das Postzeichen auf der Tasche vielleicht nicht.

»Ich habe auch noch Karten zu verschicken«, sage ich.

»Karten?«, fragt Papa. »Wir haben doch an alle Bekannten Weihnachtskarten geschickt.«

»Ja, aber die sind an Leute aus der Klasse. Ich habe gestern von denen Weihnachtskarten bekommen.«

»Die habe ich nicht gesehen.«

»Nein, ich hab sie auf mein Zimmer gelegt. Und da sind auch die Weihnachtskarten, die ich geschrieben habe«, sage ich.

»Aber dann kommen die ja erst nach Weihnachten an. Das hättest du dir vorher überlegen müssen. Manchmal könnte man glauben, du hättest in diesen vier Jahren immer nur die erste Klasse wiederholt«, sagt Papa.

»Sagen Sie das nicht«, erwidert Helle. »Ich war eben noch bei einer Frau und habe alle ihre Weihnachtsbriefe mitgenommen, und sie ging jedenfalls nicht mehr in die erste Klasse. Zu Weihnachten kommen alle durcheinander.«

Papa errötet an den Ohrläppchen und murmelt etwas, das ich nicht verstehen kann. Ich bin schon aus dem Wohnzimmer gelaufen, um die Karten zu holen, die ich vorher geschrieben habe. Es ist Viertel nach zwölf, jetzt muss Mama einfach kommen.

»Die wollte ich verschicken«, sage ich und lege die Karten auf den Küchentisch. Auf dem Hof ist noch immer kein Auto zu sehen.

»Sieben Karten«, zählt Helle.

»Ach, entschuldige, die letzte habe ich vergessen«, sage ich und stürze wieder aus dem Wohnzimmer. Endlich. Aus dem Wohnzimmerfenster kann ich sehen, wie ein Volvo bei unserer Einfahrt langsamer wird, ich drehe mich um, um zurückzugehen, und sehe, wie das Auto weiter geradeaus fährt. Was soll ich jetzt machen? Ich hole die letzte Weihnachtskarte der Mund- und Fußmalenden. »Fröhliche Weihnachten. Ich hoffe, du hast viele Geschenke gekriegt, und ein gutes neues Jahr. Hoffentlich wird das schön. Gruß, Daniel.«

»Was machst du denn noch?«, ruft Papa.

»Die Karte war hinters Regal gerutscht«, sage ich.

Wem soll ich sie schicken? Die einzige Adresse, die ich mit Postleitzahl weiß, ist die von Cornelia aus meiner Klasse, und ihr habe ich schon eine Weihnachtskarte geschickt. Sie wird glauben, ich hätte den Verstand verloren, aber darauf kann ich jetzt keine Rücksicht nehmen.

»Hier«, sage ich, als ich wieder in die Küche komme. »Acht Karten.«

»Das macht vierundsechzig Kronen«, sagt Helle.

»Moment. Ich muss nur schnell die Brieftasche aus meinem Zimmer holen«, sage ich.

»Jetzt mach aber mal einen Punkt«, sagt Papa und hält mich auf, als ich an ihm vorbeilaufen will. »Wir können die Postbotin doch nicht den ganzen Tag hier festhalten.«

Papa steckt ihr einen Hunderter zu, sie gibt ihm das Wechselgeld zurück, und der Hofplatz ist noch immer leer.

»Fröhliche Weihnachten, danke für das Geschenk und bis bald«, sagt Helle und hebt die Weinflasche wie einen Pokal.

»Fröhliche Weihnachten«, sagt Papa.

»Fröhliche Weihnachten«, sage ich und merke, dass ich gleich losheulen werde. Die Tür fällt hinter ihr zu, und ich denke an Papa und alle Löcher, in die er weiterhin fällt. Ich frage mich, was Donald tun würde.

»Ich muss ihr etwas zeigen«, sage ich zu Papa. »Kannst du mein rotes Hemd bügeln? Ich will lieber das Hemd zur Kirche anziehen und nicht den Pullover.«

Ich stürze hinaus und hole Helle mitten auf dem Hofplatz ein.

»Ich muss dir etwas zeigen«, sage ich und nehme ihren Arm.

Sie schaut auf die Uhr, und das Lächeln ist aus ihrem Gesicht verschwunden, als sie antwortet.

»Ich hab jetzt nicht mehr viel Zeit«, sagt sie.

»Bitte«, flehe ich und setze das ein, was Papa meinen Dackelblick nennt.

»Na gut. Schließlich ist Heiligabend. Da machen wir uns

keinen Stress.« Sie lächelt wieder, als ich sie am Arm in die Scheune und zu dem leeren Käfig von Donald und Daisy führe. Ich wollte ihr eigentlich dieselbe Geschichte erzählen wie Papa, aber es hat etwas damit zu tun, dass Heiligabend ist, der Tag, an dem das Jesuskind geboren wurde, und dass wir fast in einem Stall stehen. Vielleicht liegt es auch an dem leeren Käfig oder daran, dass wir meine Hamster niemals wiedersehen werden und dass ich einfach nichts richtig machen kann. Also erzähle ich Helle die ganze Geschichte, ich erzähle ihr alles, was ich weder Papa noch Markus oder anderen zu sagen gewagt habe. Ihre Augen werden blank, und als ich gerade selbst losheulen will, fällt es mir ein. Und ich weiß, was Donald tun würde.

»Kann ich dir ein Bild von ihnen zeigen?«, frage ich und bin noch immer so gerührt davon, was ich erzählt habe, dass ich mich nicht mehr verstellen muss, damit meine Stimme zittert.

Helle nickt und lächelt.

»Ich hatte noch nie einen Hamster, aber ich hatte immer schon Katzen. Ich weiß, wie schrecklich es ist, ein Tier zu verlieren«, sagt sie.

»Ich hol nur schnell das Album«, rufe ich und gehe rückwärts durch die Tür.

Wenn Papa mich jetzt sieht, rastet er aus. Wenn Papa mich jetzt sieht, kriege ich nichts zu Weihnachten, aber ich brauche keine Geschenke unter dem Baum, weder praktische noch lustige. Ohne zum Haus hinüberzuschauen oder zurück zur Scheune laufe ich zum Hyundai und ziehe mein Taschenmesser hervor. Zuerst will ich Löcher in die Reifen schneiden, aber dann werden Papa und Helle doch wissen, dass ich es war. Deshalb klappe ich die Ahle aus, drücke das Ventil nach innen und lasse die Luft aus den Vorderreifen. Das Auto sackt ein wenig in sich zusammen, und ich renne, so schnell ich kann, wieder in die Scheune. Helle steht noch immer neben dem Käfig.

»Tut mir leid«, sage ich und schnappe nach Luft. »Ich habe das Album nicht gefunden, aber ich zeige es dir, wenn du das nächste Mal kommst.«

»Ja, das möchte ich gern sehen«, sagt sie und geht zur Tür.

»Helle«, sage ich.

Sie dreht sich um und nickt. »Ich habe noch nie eine erwachsene Frau mit so schönen Haaren wie deinen gesehen.«

Helle lacht laut, und ich bin verlegen, weil sie lacht und weil ich überhaupt solche Dinge sagen kann.

»Du bist ein lieber Junge«, sagt sie. »Ein sehr lieber Junge.«

Ich gehe mit ihr zum Auto. Es kann doch nicht sein, dass Mama am Heiligen Abend so viel zu spät kommt. Sie darf doch ihr Flugzeug nicht verpassen. Zwei Autos kommen aus der Richtung des Flyktningesees, aber keines biegt zu uns ab. Helle öffnet die Autotür und will einsteigen.

»Aber was ist denn mit deinem Reifen?«, frage ich und zeige darauf.

Helle sagt ein sehr schlimmes Wort und schlägt die Hände ineinander, als sie sieht, was geschehen ist. Dann reißt sie sich zusammen und geht zum Kofferraum. Auf dem Storvei fährt noch ein Auto vorbei.

»Was machst du jetzt?«, frage ich.

»Ich muss den Reifen wechseln.«

»Oh, sieh mal. Der andere Vorderreifen hat auch eine Panne«, sage ich und zeige darauf.

Jetzt sagt sie das schlimme Wort dreimal nacheinander und versetzt dem Boden einen solchen Tritt, dass Kies aufgewirbelt wird. Papa öffnet die Haustür.

»Was ist denn los?«, ruft er.

»Helle hat eine Panne an zwei Reifen, deshalb muss sie jetzt hierbleiben.«

»Nein«, sagt Helle. »Oder doch, das mit der Panne stimmt schon, aber ich kann nicht hierbleiben. Ich muss beim Postamt anrufen und sie bitten, ein anderes Auto zu bringen.«

»Aber das dauert zwanzig Minuten – mindestens«, sagt Papa, als er auf uns zukommt.

»Das lässt sich ja nicht ändern, aber es ist nicht sicher, ob sie überhaupt freie Autos haben. Vielleicht sollte ich lieber gleich meins nehmen, aber dann muss ich es erst aus Kongsvinger holen«, sagt Helle.

»Dann nehmen Sie doch lieber meins«, sagt Papa.

Helle zögert, und ich bete in Gedanken, so laut ich kann: Bitte, bitte, mach, dass sie nein sagt.

»Aber brauchen Sie das denn nicht selbst?«

Papa schüttelt den Kopf.

»Erst wenn Daniel und ich zur Kirche fahren, und so lange dauert Ihre restliche Tour doch sicher nicht?«

»Nein, das nun wirklich nicht. Dann müsste ich schon noch mehr Pannen haben, und so viel Pech kann man doch nicht haben, auch wenn ich an einem Freitag, dem 13., geboren bin.«

Papa wirft seinen Kopf in den Nacken und lacht. Dieses Geräusch macht mir im Rücken eine Gänsehaut, weil es so ungewohnt ist. Und ich begreife auch nicht, was so komisch sein soll.

»Nein, so viel Pech kann man unmöglich haben. Ich wohne schon mein ganzes Leben hier in Skogli, und in dreiunddreißig Jahren hatte ich noch nie eine Panne, und zwei schon gar nicht.«

Ich gehe jetzt auf das Haus zu, damit sie meine Tränen

nicht sehen. Als ich mich auf der Treppe umdrehe, sehe ich, wie Helle Papa umarmt. Dann zeigt sie auf mich, und Papa dreht den Kopf und nickt. Mein Herz hämmert so sehr, dass ich schon glaube, dass meine Brust sich wieder zusammenkrampft. Sie hat begriffen, dass ich das war, und jetzt wird Papa wütend werden, und Mama wird wie üblich ungeschoren davonkommen. Ich laufe ins Haus, will mich in meinem Zimmer einschließen, aber im Wohnzimmer wollen meine Beine nicht mehr, und ich falle auf das Sofa.

»Was ist denn los mit dir?«, fragt Papa, als er hereinkommt. »Bist du etwa krank?«

»Ein bisschen vielleicht«, sage ich, setze mich aber auf dem Sofa auf, als ich sehe, dass er kein böses Gesicht macht.

»Typisch Mama, einfach so nicht zu kommen. Sie ist eine verdammt miese Kuh«, sage ich.

Papa tritt einen Schritt vor, sein Gesicht verdunkelt sich, dann bleibt er stehen und lässt die Schultern hängen.

»Daniel, so darfst du über niemanden reden, und schon gar nicht über deine Mutter. Und was soll das heißen, dass sie nicht kommt? Es ist ja noch gar nicht zwei Uhr.«

»Sie hat zwölf gesagt«, sage ich.

»Zwei!«, sagt Papa.

»Bist du sicher?«, frage ich.

Er nickt, und jetzt begreife ich, warum Mama mich Donald junior genannt hat. Weil nichts je so geht, wie ich das will. Ich lasse mich wieder auf das Sofa sinken.

»Muss ich Mama und diesem Freund unbedingt guten Tag sagen? Ich brauche kein Geschenk«, sage ich.

Papa antwortet nicht sofort, und wenn er mit dem Herzen reden könnte statt mit dem Kopf, dann bin ich sicher, dass er nein sagen würde.

418

»Daniel, du brauchst ihrem neuen Mann nichts zu sagen, und von mir aus brauchst du auch das Geschenk deiner Mutter nicht anzunehmen, ihr würde es nur recht geschehen. Aber ich glaube, du würdest es bereuen.«

Ich nicke. Papa hat Recht. Ich würde es bereuen, wenn ich ihr nichts gäbe, wenn ich einfach aufgäbe.

»Und dann darfst du das Geschenk, das du gekauft hast, nicht vergessen«, sagt er jetzt.

»Nein«, sage ich. »Das werde ich nicht, und jetzt ist mir noch etwas anderes eingefallen, was ich ihr geben kann.«

Papa streichelt meine Haare, als ich vom Sofa aufstehe und zur Kellertür gehe. Ich brauche ein wenig Zeit dazu, aber es wird ein richtig schönes Paket. Dann höre ich draußen ein Auto und renne nach oben, aber es ist nur der Nachbar, der für Papa eine Flasche Wein bringen will.

Als Mama und dieser Freund endlich auf unseren Hof fahren, stehe ich schon fertig für die Kirche angezogen am Fenster. Ich habe mit dem Besen den Mistelzweig heruntergeholt und in den Ofen geworfen. Nichts ist so gegangen, wie ich das geplant hatte.

»Wir müssen sie doch nicht ins Haus lassen?«, frage ich.

Papa schüttelt den Kopf. Ich ziehe die Jacke an, nehme die Geschenke und gehe hinaus auf die Treppe. Es schneit jetzt, und es ist schwer zu sehen, wo die Wolken aufhören und die Hügel anfangen.

Dieser Freund von Mama fährt einen alten Saab, und ich freue mich über die Rostflecken, die auf dem Lack der Kotflügel blühen. Mama dagegen rostet noch nicht. Ich versuche zu sehen, ob sie traurig ist, ob sie alt oder dick und wabbelig geworden ist. Aber Mama sieht aus wie immer und kann sogar von der anderen Seite des Autos her noch gut riechen.

Als sie mich umarmt, muss ich mir in die Lippe beißen, um nicht loszuheulen. Es tut gut, wieder von ihr umarmt zu werden. Ich spüre die Wärme durch ihre Kleider, genau wie früher, als ich klein war und bei ihr im Bett gelegen habe. Ihre Hand ist wie ein Schmusetier an meiner Wange. Ich hätte fast schon gesagt, dass sie mir gefehlt hat, als ich sehe, wie der Freund den Arm hebt, um auf die Uhr zu schauen. Er hebt ihn viel höher, als nötig gewesen wäre. Er hebt ihn, wie um sie zu sich ins Auto zurückzuwinken. Sie ist weggegangen. Sie wollte lieber seine Freundin sein als meine Mama. Sie ist schuld daran, dass Papa aufgehört hat zu lachen, bis heute. Also, warum brav sein? Pa.

»Hast du dir ein neues Auto gekauft?«, fragt Mama Papa und zeigt auf den Hyundai.

»Nein«, sagt Papa.

»Nein?«, sagt Mama.

»Nein!«, sagt Papa.

»Noch immer so wenig gesprächig?«, fragt sie jetzt.

»Ja«, sagt er.

»Wir wollen in die Kirche«, sage ich, damit sie nicht glaubt, wir hätten uns für sie in Schale geworfen.

»Du bist aber fein«, sagt Mama.

»Mama, du musst mir eins versprechen«, sage ich, täusche ein Lächeln vor und gebe ihr die Pakete.

»Was denn?«

»Du kannst meine Weihnachtsgeschenke sicher nicht mit ins Flugzeug nehmen, aber kannst du mir versprechen, dass du sie aufmachst, bevor du fliegst?«

»Sicher doch. Soll ich das jetzt tun?«, fragt Mama, zeigt weiße Zähne zwischen ihren roten Lippen und schüttelt das eine Paket.

»Nein, nein«, rufe ich. »Pack jetzt noch nicht aus, und

nicht schütteln oder drücken. Das ist verboten, weißt du doch.«

»Okay, okay. Wir können vielleicht auf der Fahrt zum Flugplatz noch eine Kaffeepause einschieben. Dann kann ich sie aufmachen. Hab dich lieb«, sagt sie.

»Hab dich auch lieb«, sage ich und liefere ihr das strahlendste Lächeln, das ich zustande bringe, als sie mir die Tüten mit den Geschenken gibt.

Zum Glück brauche ich nicht mit dem Freund zu sprechen. Sie sind auf halber Strecke zur Straße, als Helle in Papas Auto in unsere Einfahrt einbiegt. Im Schneegestöber scheint sie zu schweben. Der Freund fährt an die Seite und bleibt dann ganz stehen. Ich kann sehen, wie beide Köpfe sich drehen und hinter dem Auto herschauen. Erst, als Helle vor mir und Papa hält und aussteigt, fahren sie weiter.

»Endlich fertig. Danke für die Leihgabe. Das war wirklich wahnsinnig nett«, sagt Helle und streichelt Papas Oberarm.

»Gern geschehen. Ist doch nett, helfen zu können«, sagt er.

»Daniel«, sagt Helle und geht vor mir in die Hocke.

»Mmm«, sage ich, und es gefällt mir gar nicht, dass sie so dahockt, als wäre ich ein kleines Kind.

»Ich habe deinen Vater gefragt, ob ich dir etwas schenken darf, und er hat gesagt, das sei in Ordnung«, sagt sie.

Ich nicke nur.

»Es steht hinten im Auto. Kommst du mit?«, fragt sie und streckt die Hand nach mir aus.

Ich nehme die Hand und gehe hinter ihr her. Helle öffnet die Hecktür, und auf dem Sitz steht ein Pappkarton. Der ist nicht eingewickelt oder geschlossen, und zuerst glaube ich, es soll ein Jux sein, aber als ich mich vorbeuge, sehe ich zwei Katzenjunge auf einem Handtuch unten im Karton schlafen.

»Willst du nichts sagen, Daniel?«, fragt Papa.

Ich öffne den Mund, um atmen zu können. Mein Herz hämmert so laut, dass Papa und Helle hinter mir es bestimmt hören können.

»Sind die für mich?«, bringe ich heraus.

»Ja, die sind für dich. Fröhliche Weihnachten«, sagt Helle, und ich kann mich nicht mehr zusammenreißen. Ich heule so sehr los, dass mir die Zähne dabei klappern.

»Aber was ist denn los, Daniel?«, fragt Papa und legt die Arme um mich.

»Ich hab dich angelogen, Papa«, schluchze ich. »Donald und Daisy sind nicht weggelaufen. Als du im Sommer einmal zur Arbeit gefahren bist, habe ich den Käfig in den Hof gestellt, um mit ihnen zu spielen. Dann hat Markus angerufen und gefragt, ob ich mit zum Strand kommen wolle. Ich hatte ihnen genug Wasser und Futter gegeben, aber eins hatte ich vergessen.«

Ich kann Papa jetzt in die Augen sehen, und er erwidert meinen Blick, ohne mit der Wimper zu zucken.

»Ich habe nicht daran gedacht, dass die Sonne wandert. Als ich vom Flyktningesee nach Hause kam, stand der Käfig nicht mehr in der Sonne. Donald und Daisy waren beide tot. Aber weißt du, was das Schlimmste war?«

Papa schüttelt den Kopf.

»Donald lag über Daisy, wie um sie zu beschützen, und da habe ich an Mama und dich gedacht, dass du das auch für sie tun würdest. Ich habe euch alles kaputtgemacht, so wie ich meine Hamster umgebracht habe. Deshalb kann ich die kleinen Katzen nicht annehmen. Ich würde sie doch auch nur umbringen«, sage ich, sehe Helle an und schüttele den Kopf.

»Daniel«, sagt Papa und nimmt mein Gesicht zwischen die Hände. »Erstens weiß ich, dass Donald und Daisy tot sind.«

Ich muss Helle einfach ansehen, aber Papa dreht mein Gesicht zurück zu sich.

»Nein, sie hat nichts verraten. Ich habe die Hamster gefunden, als ich Regenwürmer suchte, da, wo du sie begraben hattest. Und Daniel, du weißt, dass es nicht deine Schuld war, dass Mama und ich uns getrennt haben. Das war überhaupt nicht deine Schuld. Vielleicht verstehst du das jetzt noch nicht, ich weiß nicht einmal, ob ich das schon so ganz verstehe, aber Mama und ich konnten nicht mehr zusammenleben.«

Ich nicke nur. Papa fährt mir durch die Haare und lässt mich dann los.

»Kann ich die Kätzchen wirklich haben?«, frage ich Helle.

»Ja, Daniel. Deshalb habe ich sie mitgebracht. Ich glaube nicht, dass sie es irgendwo besser haben könnten als bei dir.«

»Tausend Dank«, sage ich und nehme den Karton aus dem Auto. Der Schnee legt sich ins Fell der kleinen Wuschel, aber das scheint ihnen nichts auszumachen.

»Fröhliche Weihnachten, Daniel«, sagt Helle.

»Kannst du nicht bei uns essen?«, frage ich.

Helle schüttelt den Kopf, während sie lächelt, und sie ist fast ebenso hübsch wie Mama.

»Danke für die Einladung, aber ich muss zu meinen Eltern nach Kongsvinger. Dein Vater hat versprochen, mich hinzubringen, wenn ihr zur Kirche fahrt, aber vielleicht kann ich in ein paar Tagen vorbeikommen und nach den Kätzchen sehen?«

»Ja, bitte. Denn wir fahren doch nirgendwohin, oder, Papa?«, frage ich.

»Nein, nicht, dass ich wüsste«, sagt Papa. »Aber jetzt bring den Karton mit den Kätzchen ins Badezimmer, dann schlafen sie sicher noch immer, wenn wir zurückkommen.«

»Ja«, sage ich und bin schon losgerannt, als er hinter mir herruft:

»Denkst du auch an den Eimer mit den Mäusen, damit wir die auf der Müllhalde aussetzen können?«

Ich bleibe so plötzlich stehen, dass das eine Kätzchen auf das andere rutscht. Die blausten Augen, die ich je an einem Tier gesehen habe, schauen mich an. Ich weiß nicht so recht, was ich sagen soll.

»Sind die ein Junge und ein Mädchen?«, frage ich Helle.

»Ja.«

»Dann weiß ich, wie die heißen sollen«, sage ich und lächele.

»Denk an die Mäuse«, meint Papa.

»Die habe ich nicht mehr«, sage ich.

»Was soll das denn heißen?«, fragt Papa. »Hast du sie laufen lassen?«

Ich schaue zum Storvei hinüber, ehe ich seinen Blick erwidere.

»Irgendwie schon«, sage ich.

Fünf vor ein Leben lang

Wir hatten immer schon eine solche Freundschaft, die Frauen neidisch macht, manchmal geradezu eifersüchtig. Brunos Frau hat einmal gefragt, ob zwischen uns noch mehr liefe. Zuerst wollte ich mich dumm stellen und fragen, was denn sonst, aber ich schüttelte dann nur den Kopf. Die Hand auf der Bibel: So etwas war nie zwischen uns. Wir haben einander niemals auf diese Weise angerührt, abgesehen von einer seltenen Umarmung, wenn wir betrunken waren. Wir waren jetzt schon lange nicht mehr zusammen betrunken. Übrigens hat Bruno einmal, als wir eine Flasche Eau de Vie teilten, von einem anderen Jungen im Kinderheim erzählt, mit dem er sich einige Male angefasst hätte. Sicher ganz unschuldig, aber Bruno hat es nur dieses eine Mal erwähnt. Ich selbst habe keine solchen Erfahrungen. Dennoch haben sich bestimmt manche schon ihre Gedanken über uns gemacht. Skogli kann für solche Dinge oft um einiges zu klein sein.

Ich schiebe einige Weihnachtsgeschenke auf dem kleinen Tisch beiseite, auf dem mein CD-Gerät steht. Eigentlich sollten die Geschenke unter dem Baum im Aufenthaltsraum liegen, aber das habe ich nicht über mich gebracht. Die Weihnachtsstimmung hat es immer schwerer damit, mich zu finden, und in diesem Jahr ist sie gleich ganz ausgeblieben. Eigentlich kein Wunder. Ich kann nicht begreifen, wie an einem solchen Ort Weihnachtsstimmung aufkommen kann. Ich habe mich mehr nach Weihnachten gefühlt, als wir am Heiligen Abend in Shorts und T-Shirts segeln waren.

Es ist seltsam. Bruno und ich sind nur einige Dutzend Kilometer voneinander entfernt aufgewachsen, aber zum ersten Mal haben wir in einer Kneipe in Galveston, Texas, richtig miteinander geredet. Wie so viele Jungen unserer Generation aus dem Binnenland sind wir zur See gefahren, und als ich auf meinem vierten Kahn anheuerte, war Bruno bereits an Bord. Obwohl wir damals fast alle Spitznamen nach unserer Herkunft hatten, mussten wir den Atlantik überqueren, ehe wir miteinander geredet haben. Früher, als manchmal sieben, acht Monate vergingen, bis wir uns wiedersahen, konnten wir unser Gespräch einfach da fortsetzen, wo wir beim letzten Mal aufgehört hatten, als ob wir nur kurz die Zeitung geholt hätten oder so.

Damals in Galveston sorgte eine Diskussion darüber, wie man den Freitagabend am besten nutzen sollte, dafür, dass die anderen Matrosen, mit denen wir an Land gegangen waren, uns sitzenließen. Die anderen Jungs wollten weiter in einen heimlichen Puff. Aber ich wollte nicht mitkommen, und das sagte ich laut. Ich bin ja nicht prüde, aber Nutten sind wie Fertiggerichte: Alles schmeckt gleich. Und außerdem habe ich immer gern selbst gekocht. Bruno, der bisher nicht viel Zeit mit mir verbracht hatte, blieb auch am Tisch sitzen, als die anderen weitertorkelten.

Bruno und ich tanzten uns durch diesen Abend mit zwei Frauen, die sich als Tish und Dolores vorstellten. Als wir wieder auf dem Schiff waren, stellten wir fest, dass ihre Geschichten sich überaus ähnelten. Beide waren mit gewalttätigen Männern verheiratet gewesen, die Dick, Rick oder so hießen und jeden Tag wie ein langes Wochenende lebten. Dick, Rick oder so hatten Tish und Dolores dann auch jeweils mit zwei Kindern sitzenlassen. Aber an jenem Abend in der billigen Kneipe hatten die beiden Mädchen etwas an sich, Bruno und ich hatten etwas an uns, das mir dasselbe Gefühl gab, wie dann, wenn ich unter Deck stand und spürte, wie das Schiff seinen Kurs änderte. Als die Uhrzeiger sich unmittelbar vor der Sperrstunde ein letztes Mal begegneten, dachte ich, dass es für den Rest meines Lebens fünf vor sein würde. Später stellte ich fest, dass die Uhrzeiger auf Englisch »hands of time« heißen, und immer, wenn ich diesen Ausdruck höre, muss ich an Tish und Dolores und den Abend denken, an dem Bruno und ich Freunde wurden. Die Dollarnoten, die wir am nächsten Morgen auf unserem jeweiligen Nachttisch liegen ließen, waren sicher nicht weniger als die, die die anderen Seeleute der Negermama im Bordell zusteckten, aber Bruno und ich fühlten uns doch ein wenig tugendhafter, als wir in der Kombüse jeder eine Kanne Kaffee tranken und es uns vor dem Anfang der Wache grauste.

Wir arbeiteten noch fast vier Jahre lang auf denselben Schiffen, bis ein Telegramm Bruno mitteilte, dass seine Mutter gestorben war. Er war erst sechs gewesen, als sie ihn ins Kinderheim gesteckt hatte, und seit er zur See fuhr, war der Kontakt ganz abgebrochen. Bei einem meiner seltenen Besuche in seiner Kabine zeigte er mir mindestens ein Dutzend Briefe von ihr. Alle ungeöffnet. Und als er das Telegramm bekam, riss er es einfach in kleine Stücke und streute sie wie Konfetti am Heck des Schiffes aus.

Ich sagte, er solle hinfahren. Sagte, er werde es bereuen, wenn er nicht richtig Abschied nähme. Als ob ich gewusst hätte, wovon ich da redete. Ich war fünfundzwanzig, der jüngste von sechs Brüdern, und auf dem ersten Bild im Foto-album hat Mutter mich wie ein Mädchen angezogen. Das Bild wurde nicht lange vor ihrem Tod aufgenommen, und Vater musste aus dem Osten nach Hause kommen, um seine Frau zu begraben und seinen jüngsten Sohn zu taufen. In ihrem Tagebuch nannte Mutter mich Kari, und Vater, der ein über-aus praktischer Mann war, tauschte nur den letzten Buchsta-ben gegen ein l ein, als er mich zum Pastor trug. Bis heute weiß ich nicht, ob Mutter auf irgendeine Weise den Verstand verloren hatte und mich wirklich für ein Mädchen hielt oder ob sie mich nach ihrem Bruder in Tampere nennen wollte. Egal wie krank sie am Ende auch war, sie musste doch ver-stehen, dass dieser finnische Name für einen Jungen in Nor-wegen niemals akzeptiert werden würde. Vielleicht nahm sie ihn nur als Kosenamen und wollte die endgültige Entschei-dung treffen, wenn Vater wieder zu Hause wäre.

Ab und zu denke ich an mich als Kari, als der, der einen Schritt entfernt von den meisten anderen geboren worden ist. Die See hat das nur verstärkt. Ich glaube, deshalb habe ich mich später im Dorf so fremd gefühlt, und mental bin ich wohl nie ganz nach Hause gekommen. Noch schlimmer war es für meinen Vater. Die See wollte ihn nicht loslassen, und als er starb, konnte ich mich nicht mehr erinnern, wann er zuletzt gelächelt hatte. Die Aufgabe, Mutter und Vater für ein halbes Dutzend Jungen zu sein, die im Abstand von zehn bis zwölf Monaten geboren worden waren, hatte ihn in Hunde-jahren altern lassen.

Als Bruno das Schiff verließ, um seine Mutter zu begraben, wollte er uns in Rio wieder einholen. Doch dann verging fast ein Jahr, ehe ich ihn wiedersah. Ich stand im Büro der Ree-derei, als ein Telegramm von ihm kam. Er fragte, ob ich ihm an Land wohl ein wenig helfen könnte. Das Telegramm sagte nicht mehr, und ich dachte, er habe vielleicht das Haus seiner Mutter geerbt und brauche Hilfe beim Renovieren. Ich konnte einen Hammer halten, natürlich konnte ich das, aber ich hatte keine besondere Lust, das feste Land zu meinem festen Aufenthaltsort zu machen, jedenfalls nicht für längere Zeit, zugleich aber freute ich mich auf ein Wiedersehen.

Bruno hatte seine Zeit gut genutzt, und die zueinander passenden Goldringe, die Brit und er trugen, ließen mich nicht sofort registrieren, wie sehr ihr Kleid über ihrem Bauch spannte. Aber die Monate an Land hatten sein Leben in mehrfacher Hinsicht auf den Kopf gestellt. Der Grund, aus dem seine Mutter ihn ins Kinderheim gesteckt und seine Schwester zur Adoption freigegeben hatte, war drei Jahre zuvor gestorben und hatte ihr die Skifabrik in Skogli hinterlassen. Und schon stand der Mann, mit dem ich mich nur wenige Monate zuvor hatte vollllaufen lassen, der Mann, der allein zu Gene Vincent tanzte und davon redete, quer durch Amerika zu fahren, als Firmenbesitzer vor mir. Ich weiß nicht, warum, aber jedenfalls bildete Bruno sich ein, ich hätte ein Gehirn für Zahlen. Und vielleicht blieb ich, weil er solches Vertrauen zu mir hatte, vielleicht blieb ich, weil es der heißeste Sommer in Norwegen seit siebenunddreißig Jahren war, oder vielleicht blieb ich, weil ich mich danach sehnte, selbst entscheiden zu können, mit wem ich meine Freizeit verbrachte. Aber vor allem blieb ich, weil Bruno mir gefehlt hatte. Zugleich stellte ich klar, dass nur von sechs Monaten oder höchstens einem Jahr im Trockendock die Rede sein könnte. Das sagte ich auch noch, als ich ein riesiges Motorrad gekauft hatte und über die Kieswege von Skogli bretterte, ja, ich wiederholte diesen Satz, bis ich mich in Reni verliebte, Brunos ältere Schwester, der die andere Hälfte der Skifabrik gehörte.

Reni und ich heirateten, weil wir das mussten, aber das Kind, ein Mädchen, starb bei der Geburt, und diese Komplikationen führten dazu, dass wir keine anderen Kinder mehr bekommen konnten. Für Reni war das viel schlimmer als für mich, jedenfalls zu Anfang, und ich glaube, ich kann schon sagen, dass sie zu den Ersten im Dorf gehörte, die regelmäßige Trinkgewohnheiten entwickelten. Später suchte sie dann Eben Ezer auf und fand Trost in Jesus, und ich kann ihr keine Vorwürfe machen. Ich glaube, kein Mann kann sich so ganz vorstellen, was es bedeutet, wenn das Leben, das du neun Monate in dir getragen hast, am Tag seiner Entbindung stirbt. Reni war eine gute Frau, eine sehr gute Frau, und ich glaube, diese Trauer, die sie empfand, sorgte dafür, dass sie sich ohne Vorbehalte und Zurückhaltung für andere engagierte. Unser Haus war fast immer bevölkert von Trinkern, Frauen mit boxfreudigen Gatten und Kindern, die kein Zuhause hatten, das sie Zuhause nennen konnten. Ab und zu kam ich mir eher vor wie ihr Kind als wie ihr Ehemann, und umso größer war der Schock, als sie neben mir mitten in einem Satz starb: »Das ist wie der Frühling«, sagte sie, und dann war sie nicht mehr. Am Tag, an dem Norwegen seine letzte Weltmeisterschaft auf Holzskiern gewann, wurde sie vom halben Dorf zu Grabe getragen, und hier übertreibe ich nicht.

Mit dem letzten Weltmeister auf Holzskiern begann der Niedergang unserer Fabrik, und zwei Jahre später verkauften Bruno und ich alles. Wenn ich Kinder gehabt hätte, hätte ich mir vielleicht größere Mühe gegeben, hätte mich genauer nach neuen Möglichkeiten umgesehen oder es mit einer Umschulung versucht, aber ich brauchte ja niemandem etwas zu beweisen. Im Nachhinein habe ich mir überlegt, dass mein Leben eine ganz andere Richtung eingeschlagen hätte, wenn Reni und meine Tochter hätte groß werden dürfen. Ich hätte eine Art Anker gehabt, an dem ich mich festhalten konnte, der mich festhielt, vielleicht nicht in erster Linie an einem Ort, sondern eher in der Gewissheit, dass es nie zu spät für einen neuen Anfang ist.

Ohne einen solchen Anker segelte ich dann wieder, vor allem durch die Tage, später fand ich dann auch ein neues Schiff. Aber das Meer war nicht mehr das Meer. Humphrey Bogart hat einmal gesagt, dass das Meer der letzte Ort ist, wo ein Mann allein sein kann. Als ich wieder auf dem Meer war, hatte ich nie das Gefühl, allein zu sein, und mich erfüllte auch nicht mehr dieses Cowboygefühl aus der Zeit, als Bruno und ich zusammen unterwegs waren. Es war kein Abenteuer mehr dabei. Ich hätte genauso gut in der Fabrik arbeiten können. Es wäre vielleicht besser gegangen, wenn Bruno mitgekommen wäre, und fast hätten wir da weitergemacht, wo wir beim Tod seiner Mutter aufgehört hatten, aber er hatte noch immer eine Frau, er musste noch immer zwei Söhne ernähren. Genug gesagt.

Draußen auf dem Gang mischt sich das Quietschen der ungeschmierten Räder des Kaffeewagens mit den Glöckchen im Weihnachtslied, das über die Lautsprecheranlage läuft. Eigentlich könnte ein Kaffee mir guttun, und ich kann mir ja eine Tasse bringen lassen, aber ich habe gerade keine Lust, mit irgendwem zu sprechen. Auf dem Parkplatz lässt der Nordwind den Weihnachtsbaum aussehen, als wolle er durch die Dunkelheit davonsegeln, und am Waldrand ähneln die gezackten Baumwipfel einer Sturzwelle, die sich über einem Schiffsdeck erhebt. Ich glaube, man muss eine Weile zur See gefahren sein, um diese Ähnlichkeit zwischen Meer und Wald zu bemerken, und es ist nicht einmal sicher, dass man sie dann sieht, vielleicht bilde ich mir das alles ja nur ein.

Aber das ist mir scheißegal, ich bin so alt, dass ich die Dinge so sehe, wie ich sie sehen will.

Ich schließe die Augen und versuche, mich so zu sehen, wie ich wäre, wenn ich weiter zur See gefahren wäre. Aber »wenn« war immer schon ein Elendswort, und als ich zuletzt eine Stelle auf See hatte, habe ich nur die halbe Vertragszeit durchgehalten. Seither habe ich mehr oder weniger einen Bogen um das Wasser gemacht, abgesehen von der letzten großen Frühjahrsüberschwemmung. Skogli war vollständig abgeschnitten, und plötzlich mussten Bruno und ich jeder mit einem Flussdelta fertigwerden. Wir konnten die Witwe Hamletsen gerade noch evakuieren, als das Wasser ihren Küchenboden erreicht hatte, und wir halfen dem größten Schweinezüchter am Ort dabei, seine Tiere aus dem Schweinestall in die Scheune zu verfrachten. Das war eine ganz schöne Plackerei. Ein Schwein nach dem anderen. Ich ruderte, und Bruno hielt das Schwein fest, damit es nicht über Bord sprang. Wir sanken erschöpft auf dem Aufgang zur Scheune zu Boden, nachdem das letzte Schwein in Sicherheit gebracht worden war.

»Ich glaube, ich war nicht mehr so erschöpft, seit wir vor hundert Jahren mit diesen Frauen in Corpus Christi getanzt haben. Dolly und Miss, hießen die nicht so?«, fragte Bruno, als wir den Rest seiner Wasserflasche teilten.

»Dolores und Tish, und es war in Galveston«, sagte ich.

»Überlegst du dir manchmal, was wohl passiert wäre, wenn ich nicht zur Beerdigung meiner Mutter nach Hause gefahren wäre?«, fragte er dann.

»Ich habe schon mit dem Gedanken gespielt.«

»Können wir im September nicht einen Ausflug nach Galveston machen?«

Ich antwortete nicht sofort. Dachte an einen Traum, den ich

oft hatte, Bruno und ich betrieben darin irgendwo an der Golf-
küste eine Hafenkneipe, und jede Nacht hoffte ich, der Traum
werde einfach da weitergehen, wo er zuletzt aufgehört hatte.

»Fahren wir dann zusammen mit Brit?«, fragte ich.

Bruno schüttelte den Kopf.

»Hast du mit ihr darüber gesprochen?«

Wieder schüttelte er den Kopf.

»Aber was wird sie wohl sagen?«

»Brit soll sagen, was sie will«, sagte er und schaute mir in
die Augen.

An diesem Abend suchten wir die alten Gene-Vincent-
Platten heraus und teilten eine Flasche Jack Daniels. Zum ersten Mal fiel mir auf, dass Bruno anfing, sich in seinen Sätzen
zu verirren. Er hatte immer eine fast militärische Ausdrucks-
weise gehabt. Keine poetischen Schnörkel, sondern eine prä-
zise und scharf zurechtgehauene Sprache. Jetzt schien er sich
zu verhaspeln, und die Wörter blieben ihm im Mund stecken. Ich dachte noch nicht besonders viel darüber nach. Wir
hatten uns zwar wie achtzehn gefühlt, solange wir mit den
Schweinen beschäftigt gewesen waren, aber unser eigenes Alter hatte uns spätestens dann wieder eingeholt, als wir auf das
Sofa in meinem Wohnzimmer sanken.

Bruno fing an, in Hundejahren zu altern, genau wie mein
Vater. Wir schafften es noch, den Flug nach Texas zu buchen,
aber dann redete er plötzlich so, als ob wir schon dort wären.
Bruno benahm sich wie ein Zwanzigjähriger, als ob die letzten Jahre ausgewischt wären und nur ein klaffendes schwarzes Loch hinterlassen hätten. Brit hielt ihn für zu krank für
die Reise. Ich sagte, er sei nicht krank, nur vergesslich, und
ich würde problemlos damit fertigwerden. »Das ist eine Art
Ehrenschuld des Herzens«, sagte ich.

»Ehrenschuld des Herzens, das klingt ganz schön romantisch«, sagte Brit spöttisch.

Vielleicht hätte ich sagen sollen, dass alte Männer, die noch immer das halten wollten, was sie einander in jungen Jahren versprochen hatten, nicht viel Romantisches an sich hätten, aber ich ließ es dann unerwähnt, begnügte mich damit zu sagen, dass es viel für uns bedeuten würde, noch einmal den Ort zu erleben, an dem wir Freunde geworden waren. In dem Jahr, in dem Gene Vincent »Be-Bop-A-Lula« eingespielt hatte. Das heißt, ich bin nicht sicher, ob ich Gene Vincent erwähnt habe, aber ich erklärte, wir seien seit einem halben Jahrhundert Blutsbrüder, oder ich habe sicher gesagt, eng befreundet, und Texas werde Bruno guttun. Seltsamerweise ließ Brit sich von diesen Argumenten überzeugen, und Bruno und ich konnten endlich nach Amerika zurückkehren.

Ich kam gerade aus der Bank und hielt noch immer die Dollarscheine in der Hand, als ich mitten auf dem Zebrastreifen von einem Toyota umgemäht wurde. Danach bin ich nie wieder richtig auf die Beine gekommen. Infektionen im Krankenhaus und ein kleiner Schlaganfall nahmen mir den letzten Rest Widerstandskraft. Das Leben ist manchmal ein Boot mit durchgefaulten Rudergabeln. Genug gesagt.

Jetzt wohne ich seit drei Jahren hier im Altersheim. Wenn ich Kinder hätte, wäre es vielleicht anders gekommen. Wenn Bruno nicht so verwirrt geworden wäre, wäre es vielleicht auch anders gekommen. Aber es ist nun einmal nicht anders, es ist nun einmal so, hier sitze ich, und alle Reisen, die ich unternehme, gehen in mich selbst. Ich habe ein Zimmer mit Blick auf den Baklengselv, das ist im Grunde das Beste, was ich über dieses Haus sagen kann. Bisher war der Winter mild, fast schneelos, und auf dem Wasser gab es ausnahmsweise einmal kein Eis. An den meisten Nachmittagen sitze ich hier und sehne mich zum Fluss hinab.

»Weißt du«, habe ich gestern zu Bruno gesagt. »Dieser Fluss kann uns bis zum Meer bringen.«

Beim Gedanken an das Meer öffnete sein Gesicht sich zu einem Lächeln, und wenn ich nur seinen Mund ansah, könnten alle diese Jahre niemals gewesen sein. Die Lippen sind das einzige in einem Gesicht, das nicht altert, und sein Mund könnte auch einem Zwanzigjährigen gehören. Während die Augen im Laufe eines Satzes zuerst das Staunen eines Kindes zeigen und dann die Verwirrung eines alten Mannes widerspiegeln können, hat sein Mund seinen entschiedenen Zug nie verloren. Meine Lippen sind zwei blutarme Striche, während Brunos Mund noch immer etwas Hungriges und Einladendes hat. Ich habe Elvis nie leiden können, er war ein Waschlappen und ein Schmalzheini, aber Bruno konnte das Zittern seiner Oberlippe nachahmen, und früher hat das bei den Frauen an den Restauranttischen Begeisterung erregt. Jetzt bin ich nicht sicher, ob er noch weiß, wer Elvis ist, aber das Meer hat er nicht vergessen. Er trägt das Meer noch immer in sich, so, wie andere Männer nie den Namen ihrer alten Liebe vergessen. Es gibt einen Unterschied zwischen alten Lieben und Ex-Lieben. Ex-Lieben sind die, die mit deinen Kindern, einem Dreiviertel des Hauses und der Hälfte deines Gehaltes der nächsten zehn Jahre abhauen. Deine alte Liebe ist die mit den klarsten blauen Augen deiner Jugend, die, mit der du dich die Abfahrtshänge hinabstürztest, die dir mit einem Lächeln davonfuhr, mit der du nur Freitage und Samstage erlebt hast. In Momenten, in denen Bruno ziemlich klar ist, geht mir auf, dass er sich auf diese Weise an das Meer erinnert. Genug gesagt.

435

Irgendwann brauchte Brit dann eine Auszeit von Bruno. Auf eine gewisse Weise wurde er ein wenig wieder zum Seemann. Zwei Wochen zu Hause, zwei Wochen im Heim. Es tat weh, ihn zu sehen, denn Bruno hatte Momente, in denen er ganz klar war. Immer erkannte er mich, Brit und seine Söhne, das Problem war nur, dass er keinerlei Vorstellung von Zeit, Ort und seinem wahren Alter hatte.

Wenn Bruno zu dieser Auszeit sollte, wirkte er wie ein Kind, das zur Schule gezwungen wird. Mehrmals weigerte er sich, das Auto zu verlassen, wenn sie ankamen, und am Ende brachte Brit es nicht mehr über sich, ihn zu begleiten. Damals fing sein älterer Sohn an, mich zu holen. Und da saß ich dann, wie ein zweiter Judas auf Rädern, während der Sohn in sein Elternhaus ging, um den Vater zu holen. Am Ende lockerte Brit die Sache mit Lieben und Ehren in guten wie in bösen Tagen so ziemlich, und sie wirkte sehr erleichtert, wenn Bruno davonfuhr. Ich erinnere mich, wie der Sohn einmal den Vater aus dem Haus führte, und wir konnten hören, wie Brit die Tür schon abschloss, noch ehe sie halbwegs die Treppe hinuntergestiegen waren. In diesem Moment war Bruno Münster ein Mann, dessen Herz, Gehirn und Füße am selben Ort waren. Seine Augen waren zwei schwarze Johannisbeeren, die noch am Strauch hängen und plötzlich vom ersten Schnee des Herbstes befreit werden. Ich legte den Arm ganz fest um ihn, als wir ins Heim fuhren, und dann saßen wir da und wogten Schulter an Schulter, wie zwei Soldaten auf dem Weg zu irgendeiner Invasion.

Ich weiß nicht, was Bruno und ich an uns hatten, dass unsere Frauen so plötzlich starben, aber genau wie bei Reni erlosch auch Brits Licht ganz ohne Vorwarnung. Kein Flackern oder langsames Abblenden. Es wurde einfach dunkel. Eines

Abends, als sie hinter Bruno die Tür abschloss, war sie vermutlich schon tot, ehe er am Fuße der Treppe angekommen war. Was als Auszeit für seine Frau angefangen hatte, wurde für Bruno zum Dauerzustand, und jetzt wohnt er seit zwei Jahren in der Nachbarkajüte, wie er das nennt, wenn er verwirrter ist als sonst.

Die anderen Alten sind auf andere Weise alt als Bruno und ich. Wir sind nur von außen alt, das heißt, Bruno ist eigentlich nicht einmal das. Er hat eine Kondition wie ein Fünfzigjähriger, aber was ich meine, ist, dass du selbst bestimmst, wie alt du sein willst. Bruno und ich sind hier im Heim zu unserer eigenen Abteilung geworden, doch er hatte den Vorteil, dass er fast die ganze Zeit fünfundzwanzig war. Ich musste mich anstrengen, um wieder so jung zu werden, und nicht jeden Tag hatte ich Lust, in Erinnerungen an die Küste von Texas zu schwelgen. Es gab Tage, an denen ich mich vor ihm versteckte, an denen ich mich in meinem Zimmer einschloss und nur auf den Baklengselv hinausschaute. Aber ich hatte immer ein schlechtes Gewissen, wenn ich ihm wieder begegnete, sein Gesicht strahlte einfach, und er legte mir die Hände auf die Schultern und beugte seine Stirn zu meiner. Deshalb versteckte ich mich immer seltener vor Bruno, und wir versuchten, aus unserer Lage das Beste zu machen – bis dann Astrid Svanhaug auftauchte.

Astrid Svanhaug, das klingt nach einer holden Maid mit langen Zöpfen, die auf der anderen Seite des Tales wohnt. Aber Astrid Svanhaug ist alles andere als eine holde Maid. Ihre Brille ist wie eine umgekippte Klammer, und sie gehört zu der Art von Leuten, die ihr Namensschild tragen wie einen Orden. Die frühere Heimleiterin hat gern ein Auge zugedrückt, wenn es um Flaschen auf dem Zimmer und Übernachtungen ging, aber Astrid Svanhaug leitet das Altersheim wie einen Kindergarten. Das Positivste, was ich über Astrid Svanhaug sagen kann, ist, dass sie so klein und grau ist, dass sie anständigen Menschen nicht den Platz wegnimmt. Aber eigentlich ist das ein schlechtes Bild, denn Astrid Svanhaug ist in mein und Brunos Leben eingedrungen und hat die Herrschaft über jedes kleinste Detail an sich gerissen, wie zum Beispiel darüber, welche Zahnpasta und Seife wir benutzen. Astrid Svanhaug sorgt dafür, dass wir nur Billigprodukte verwenden, auf diese Weise bleibt jeden Monat von unserer Pension mehr für die alte Mutter Norwegen übrig. Astrid Svanhaug bringt mich dazu, an Jesu Existenz zu zweifeln, jedenfalls an der dessen, über den wir früher in der Sonntagsschule gesungen haben, dass er alle Kinder liebt. Er scheint sich jedenfalls nicht sehr viel aus seinen alten Kindern zu machen, die hier im früheren Irrenhaus von Skogli zusammengepfercht sind. Ich meine, und jetzt rede ich wieder wie ein Kind, es ist doch nicht gerecht, dass eine Frau wie Astrid Svanhaug Kopf und Beine hat, während es um Bruno und mich so steht.

Kurz nach ihrem Dienstantritt hat Astrid Svanhaug Bruno weiter nach hinten in den Gang verlegt, weil sie fand, es werde unruhig auf der Abteilung, wenn wir Tür an Tür hausten. Ich glaube auch, dass sie die Dienstpläne frisiert, und ich weigere mich zu glauben, dass eine Nachtwache, die für alle Abteilungen des Altersheims zuständig ist, den Vorschriften entsprechen kann. Das Schlimmste aber ist, wie sie uns erniedrigt, und ich weiß nicht, ob sie das aus purer Bosheit macht oder aus der verqueren Vorstellung heraus, dass es wirklich wichtig für uns sei, aktiv zu sein. Ich meine, ich werde nie wieder aus diesem Rollstuhl aufstehen, warum soll ich also diese Gewichte heben, und Bruno, der braucht nicht noch stärker zu werden.

Vor elf Tagen war der Bürgermeister zu Besuch, und Astrid Svanhaug setzte alles daran zu zeigen, dass sie das effektivste und zugleich gemütlichste Altersheim in der Gemeinde leitet. Als der Bürgermeister zum Mittagessen kam, hatte Astrid Svanhaug deshalb einen ganzen Luzia-Umzug bereitstehen, mit Kaja Krogh an der Spitze. Kaja war Kunstmalerin, ist jetzt aber noch weggetretener als Bruno. Ich war Sternsinger mit einem weißen Laken und einem riesigen Stern an einer Stange, und wie immer musste Bruno Münster meinen Rollstuhl schieben. Ich erklärte Astrid Svanhaug, dass ich mich mit meinen zweiundsiebzig Jahren weigerte, in einer Luzia-Prozession den Clown mit dem komischen Hut zu geben. Astrid Svanhaug sagte, ein Sternsinger sei kein Clown. Ich sagte: »Darauf scheiß ich doch.« Astrid Svanhaug sagte, Bruno und ich könnten am Heiligen Abend vielleicht eine Flasche haben. Ich sagte, ich hätte noch nie besonders darauf geachtet, was ich mir auf den Kopf setzte.

Man kann leicht nachvollziehen, warum Astrid Svanhaug Lust hatte, dem Bürgermeister zwei ehemalige Fabrikbesitzer vorzuführen. Außerdem würde es ein schönes Bild in der Lokalzeitung abgeben, wie der Bürgermeister gerade am Luzia-Tag der Leiterin einen Weihnachtsstern überreichen wollte, weil sie sich solche Mühe gab, den Alltag älterer Menschen angenehmer zu machen. Und mit der Luzia-Prozession ging alles gut – bis Kaja, statt beim Fernsehraum kehrtzumachen, wie wir das geübt hatten, ihr Kostüm auszog und dabei wie eine Stripperin die Hüften schwenkte. Ich nahm das als Hinweis darauf, dass Kaja ein recht ausschweifendes Künstlerinnenleben geführt hatte, aber ihr Tanz löste bei den restlichen Prozessionsteilnehmern ziemliche Unsicherheit aus. Zwei Luzia-Mädchen setzten sich vor der einen Wand auf Stühle, während Bruno mich mit dem Rollstuhl herumschwenkte wie zum Tanz. Es erinnerte durchaus nicht an unsere Eleganz, die wir im vergangenen Jahrhundert an einem Abend in Galveston vorgelegt hatten, und es ging immer schneller im Kreis, während ich bitter bereute, mich mit dem Aquavit gestärkt zu haben, den ich beiseitegeschafft hatte. Eines muss man Astrid Svanhaug lassen, sie reagiert schnell, und an dem Tag hat sie mit ziemlicher Sicherheit den Bruch mehrerer Oberschenkelhalsknochen verhindert. Leider konnte sie Bruno nicht rasch genug stoppen, und das, was ich zum Frühstück gegessen und getrunken hatte, gab den Feierlichkeiten plötzlich einen unerwünschten Aspekt. Aber es hätte noch peinlicher werden können, wenn die Fotografin ihre Kamera zum Einsatz gebracht hätte. Sie machte nämlich gar keine Bilder von der Luzia-Prozession, nachdem alles aus dem Ruder gelaufen war. Sie schien sich erst wieder gefasst zu haben, als der Bürgermeister dann Astrid Svanhaug den Weihnachtsstern überreichte. Nachdem der Bürgermeister gegangen war, gab Astrid Svanhaug keine Ruhe, bis sie den Aquavit von Brunos Sohn gefunden hatte. Da es nicht viele Stellen gibt, wo ein Mann auf Rädern eine Flasche verstecken kann, war sie auch schnell gefunden, und Astrid Svanhaug stellte klar, dass ich die Belohnung für meine Teilnahme am Luzia-Umzug vergessen könnte, und ich schwöre, sie sah dabei fast glücklich aus. Sie zog ihren Nutzen daraus und schien die ganze Katastrophe für einen billigen Preis dafür zu halten, dass sie mitteilen konnte, dass wir am Heiligen Abend früh ins Bett müssten.

»Was verstehst du unter früh?«, fragte ich in die Ecke meines Zimmers, in die sie mich wie einen frechen Rotzbengel geschoben hatte.

»So gegen neun.«

»Verdammt, das kann doch nicht dein Ernst sein«, fluchte

ich und konnte den Stuhl umdrehen, um ihr ins Gesicht zu schauen.

»Es ist Heiligabend. Ich habe allein Dienst. Ich muss früh anfangen.«

»Du kannst uns nicht so behandeln, wir sind erwachsene Menschen.«

»Auch erwachsene Menschen brauchen Schlaf.«

»Meinst du wirklich, ich kapiere nicht, was du hier machst?«, fragte ich und konnte nicht verhindern, dass meine Stimme in eine höhere Tonlage umschlug.

»Fröhliche Weihnachten«, sagte Astrid Svanhaug, und in ihren Augen konnte ich die falsche Dosierung von Medikamenten, Unterernährung und Spritzen sehen, die nachts in meinen Arm gepresst werden.

Jetzt ist es neun Uhr, und ich liege schon unter der Decke. Mit zweiundsiebzig Jahren werde ich wie ein kleines Kind ins Bett geschickt, aber ich liege vollständig angezogen hier. Bruno wurde als zweiter in sein Zimmer kommandiert, und ich habe ihn gebeten, sich auch angezogen hinzulegen. Ich hoffe, er hat daran gedacht, sich über Kopfhörer Gene Vincent vorzuspielen. Das hält ihn sonst immer wach.

Ich schaffe es, mich in den Rollstuhl zu heben, ziehe meine dicke Jacke an und lege mir eine Decke über die Beine. Die Schuhe kann ich ohne Hilfe nicht anziehen, aber das ist nicht so schlimm, wir haben es ja nicht weit.

Ich öffne vorsichtig die Tür, der Gang ist menschenleer. Einen Moment fürchte ich, das Geräusch der Räder könnte mich verraten, aber ich habe ein wenig Seife in die Nabe geschmiert, außerdem läuft irgendwo ein Fernseher so laut, dass Astrid Svanhaug das Quietschen wohl nicht hören wird. Ich fahre in ihr Arbeitszimmer. Aus dem Nachbarraum höre ich:

»Schön ist's auf Erden«. Ich finde Astrid Svanhaugs Tasche und bleibe damit auf dem Schoß sitzen. Denke, dass es noch nicht zu spät ist, rückwärts aus diesem Zimmer zu rollen und wieder ins Bett zu kriechen. Bruno wird morgen ohnehin nicht mehr wissen, was wir verabredet hatten. Ich sehe meine Hände an, die welk auf meinen Knien liegen. Greisenhände. Die Haut wirkt fast durchsichtig, und die Adern auf meinem Handrücken sehen aus wie Flüsse in einer Landkarte. Die Fingerknöchel sind eckige Felsen, wo das Wasser sich voranpresst, ehe es über den Rand stürzt. Ich öffne die Tasche, und wie erhofft liegt dort ihr Mobiltelefon. Ich stecke es in die Jackentasche und schiebe die Tür einen Spaltbreit auf. Noch immer niemand zu sehen. Sie ist wahrscheinlich in einem der hintersten Zimmer gegenüber Brunos.

Ich glaube, ich habe den Weg zu ihm noch nie so schnell hinter mich gebracht. Es ist ganz dunkel im Zimmer, und ich fürchte einen Augenblick, er könnte eingeschlafen sein, und ich müsste wertvolle Zeit damit verbringen, Leben in ihn zu schütteln.

»Na los, Bruno, jetzt hauen wir ab.«

»Wer ist da?«, fragt er mit seiner verängstigten Stimme.

»Karl«, sage ich.

»Wer?«

»Karl Hermansen.«

»Aus Galveston?«

»Wenn du willst.«

»Was?«

»Ja, Karl aus Galveston«, sage ich und kann die Lampe auf dem Nachttisch einschalten.

»Karl«, sagt er und lächelt. »Wie geht's?«

»Gut«, sage ich. »Weißt du noch, worüber wir vorhin gesprochen haben?«

»Ja«, sagt er und setzt sich im Bett auf, doch ich sehe seinem Gesicht an, dass er keine Ahnung hat.

»Wir gehen auf ein Fest«, sage ich.

»Fest, ja.«

»Es ist Heiligabend.«

»Ich kann Heiligabend nicht leiden. Im Kinderheim haben wir immer so schrecklichen Fraß gekriegt und mussten ganz früh ins Bett.«

»Genau wie hier«, sage ich.

»Ja, genau wie hier«, wiederholt er.

»Aber jetzt gehen wir auf ein Fest. Du weißt doch wohl noch, dass wir beim Hausmeister eingeladen sind?«

»Bei Arne?«, fragt er.

»So heißt er, ja«, sage ich, und in dem kleinen Augenblick, in dem Brunos Gesicht sich zu einem Lächeln öffnet, kann ich eine Träne nicht zurückhalten. Seine Augen sind klar und blank, und ohne die Schlägerei damals im Kinderheim wäre sein Gesicht frei von Narben oder anderen Dingen. Das Alter hat auch bei mir nicht zu sehr gewütet, die Jahre im Rollstuhl haben mich nicht schlaff werden lassen, und ich bilde mir ein, dass von dem Leben mit viel Aktivität unter freiem Himmel noch Spuren vorhanden sind. In dem Sommer, in dem ich überfahren worden bin, waren Bruno und ich eine Woche angeln und sind dabei von einem Waldsee zum anderen gewandert, und wenn mich jetzt jemand in einem Auto sieht, glaube ich nicht, dass er erraten kann, wie alt ich bin oder dass ich ein Krüppel bin.

Ich merke, dass Bruno mit mir redet, aber ich habe den Anfang nicht mitbekommen.

»Was hast du gesagt?«, frage ich.

»Wird da auch getanzt?«, fragt er.

»Ja, es wird auch getanzt«, sage ich. »Aber wir nehmen

dein CD-Gerät mit und Gene Vincent. Man weiß ja nicht, was Arne gern hört.«

»Ich habe ganz neue Batterien«, sagt Bruno.

»Das ist gut, aber ich glaube, Arne hat einen Stromanschluss«, sage ich.

»Ja, das hat er wohl«, sagt Bruno, und ich fahre zu seinem Bett und hebe zwei Bretter heraus.

»Bist du so weit?«, frage ich.

»Klar«, sagt Bruno, und jetzt hat er wieder seinen unsicheren Blick.

»Wenn die Leiterin in ihrem Büro ist, müssen wir sie einsperren, damit wir auf das Fest gehen können«, sage ich.

»Richtig, ja«, sagt er und lächelt, und ich denke an damals, als die Gespräche verstummten, wenn Bruno und ich ein Festlokal nur betraten.

Ich fahre zur Tür, öffne sie einen Spaltbreit und ziehe Astrid Svanhaugs Telefon hervor. Es ist viel dünner als das, das ich früher einmal hatte, und es gelingt mir nicht sofort, die Nummer des Altersheims zu wählen und auf den Knopf mit dem grünen Telefon zu drücken.

Über der Bürotür blinkt das rote Lämpchen, und das Klingeln wird durch den Gang geschleudert wie das Dröhnen eines Bohrers. Zuerst will Astrid Svanhaug offenbar nicht reagieren, sicher hat sie bei einem Bewohner eine Flasche gefunden, die sie jetzt Schluck für Schluck beschlagnahmt, aber dann kommt sie doch aus dem allerhintersten Zimmer gestürzt.

»Dann los!«, sage ich, aber in dem Moment, in dem Astrid Svanhaug die Bürotür öffnet, merke ich, dass Bruno nicht hinter mir steht.

»Was machst du denn da? Jetzt komm schon«, fauche ich.

»Wir wollen doch Musik mitnehmen«, sagt er.

»Idiot. Vergiss das jetzt. Wir müssen die Tür verbarrikadieren«, sage ich, und Bruno macht ein Gesicht wie ein gescholtenes Kind.

»Verzeihung, das war nicht so gemeint, aber jetzt musst du mir helfen«, sage ich, aber Bruno zeigt mit seinem ganzen Körper, dass er verärgert ist, und widmet seine Aufmerksamkeit dem CD-Gerät. Ich schiebe die Tür seines Zimmers ganz auf, und nun meldet Astrid Svanhaug sich am Telefon.

»Was ist das?«, fragt Bruno.

»Wer ist das?«, fragt Astrid Svanhaug.

Ich habe den Gang durchquert und nähere mich mit dem Rollstuhl seitlich so nah der Tür wie möglich, aber als ich zu den Brettern greifen will, um die Tür zu verbarrikadieren, fallen sie krachend auf den Boden. Im Telefon auf meinen Knien wird es ganz still. Ich versuche, die Bretter vom Boden aufzuheben, als Astrid Svanhaug die Tür von innen her aufstoßen will.

»Karl Hermansen, bist du das?«, ruft sie.

Ich kann das eine Brett mit den Fingerspitzen erreichen, aber in diesem Moment versetzt Astrid Svanhaug der Tür einen heftigen Stoß, und ich kippe um. »Meine Lebensgeschichte«, kann ich noch denken, ehe ich mit der Schulter zuerst auf den Boden knalle. Astrid Svanhaugs Hand schießt wie ein Fangarm durch die Türöffnung, um meinen Rollstuhl wegzuschieben, als Bruno angerannt kommt und sich mit seinem ganzen Gewicht gegen die Tür legt. Astrid Svanhaug lässt ein Geräusch wie Kreide auf einer Tafel hören und reißt den Arm zurück.

»Die Bretter«, stöhne ich, und Bruno schiebt sie wie einen Riegel vor, so dass die Tür nicht mehr geöffnet werden kann.

»Heb mich hoch«, rufe ich, während Astrid Svanhaug auf der anderen Seite der Tür schreit, sie werde die Polizei anru-

fen. Bruno hebt mich in den Stuhl, und ich ziehe die Kneif-
zange hervor, die ich den ganzen Abend schon in der Tasche
habe, und kappe die Telefonleitung an der Stelle, wo sie im
Loch in der Wand verschwindet.

»Jetzt können wir zu Arne gehen«, sage ich.

Bruno nickt nur.

»Tut mir leid, dass ich Idiot zu dir gesagt habe«, sage ich.
»Hast du das CD-Gerät?«

Er schüttelt den Kopf.

»Dann hol es«, sage ich, dann fahre ich in den Aufenthaltsraum und drehe den Fernseher so laut, dass Astrid Svanhaug
sich große Mühe geben muss, wenn sie gehört werden will.

Bruno kommt zurück, stellt mir das CD-Gerät auf die
Knie, und wir fahren mit dem Fahrstuhl ins Erdgeschoss. Ich
ziehe die Notiz hervor, die ich aus der Lokalzeitung ausge-
schnitten habe, und wähle dann auf Astrid Svanhaugs Mobiltelefon die Nummer der Nachrichtenannahme.

»Hallo?«, fragt eine Männerstimme nach dem zweiten
Klingelsignal. Im Hintergrund scheint ein Fest gefeiert zu
werden.

»Rolf Bakken«, sage ich. »Ich möchte einen gravierenden
Fall von Patientenvernachlässigung im Altersheim von Skogli
melden.«

Der Journalist antwortet nicht, und ich überlege, ob
Patientenvernachlässigung vielleicht das falsche Wort ist.

»Jetzt, heute Abend?«, fragt er schließlich.

»Das geht schon länger so. Aber heute ist es besonders
schlimm. Die Patienten wurden um neun in ihre Zimmer
eingeschlossen. Und die Angestellten lassen sich jetzt voll-
laufen.«

»Und Sie sind?«

»Ein Angehöriger.«

»Ich kann mir das vor morgen wohl nicht ansehen. Sie können ja die Polizei rufen«, sagt er.

»Dann rufe ich lieber eine Boulevardzeitung an. Da kann ich wenigstens sicher sein, dass etwas passiert.«

»Moment, lassen Sie …«

Ich lege auf, und Bruno schiebt mich weiter auf den Ausgang zu. Ich weiß nicht, ob der Journalist sich die Mühe machen wird, der Sache auf den Grund zu gehen. Bruno und ich haben diesen Kampf zwar schon nach Punkten gewonnen, aber wenn die Zeitung auftaucht, dann wird es der pure Knockout.

»Ein bisschen kälter als Galveston, nicht wahr, Bruno?«, frage ich.

»Ein bisschen«, sagt er und zieht sich den Schal vor den Mund. Die Lichter des Weihnachtsbaumes bewegen sich im Wind, und der Vollmond sieht blutarm aus, wie er da Richtung Kongsvinger wie ein Transparent über dem Wald hängt. Bruno muss sein ganzes Gewicht einsetzen, um mich durch den Schnee zu schieben. Heute Abend hat es doch viel mehr geschneit, als ich gedacht hatte.

»Wo wohnt Arne eigentlich?«, fragt Bruno zähneklappernd.

»Hart backbord«, sage ich, und wir haben den Parkplatz schon halb überquert, als mir etwas einfällt.

»Halt, Bruno«, zische ich, und er hält neben Astrid Svanhaugs Opel.

»Kannst du pinkeln?«, frage ich.

»Was?«, fragt er.

»Weißt du noch, wie wir in den Benzintank vom Mann deiner Cousine Wasser gegossen haben?«

»Nein.«

»Du fandest, dass er gemein zu ihr war, und dann sind wir

auf dem Heimweg von einem Fest an seinem Auto vorbeigegangen.«

Bruno sagt nichts.

»Kannst du in Astrid Svanhaugs Tank pinkeln?«, frage ich.

Bruno sagt noch immer nichts.

»Dann kann sie nicht starten. Dann bildet sich Kondenswasser.«

Wortlos geht Bruno zum Auto, lässt die Hose auf die Knöchel rutschen und öffnet den Deckel des Benzintanks in einer einzigen langen Bewegung. Einen Moment lang sehe ich den Sack zwischen seinen Oberschenkeln, und wieder staune ich darüber, wie gut er sich doch hält. Im Sommer wurden die Männer aus dem Heim vom Finnenverein zur Sauna nach Purkala eingeladen, und da hatte ich Bruno mehrere Jahre lang nicht mehr nackt gesehen. Die anderen Männer hatten Hintern wie leere Kissenbezüge, Brunos dagegen war noch immer prall gefüllt. Wenn ich ihn jetzt sehe, so direkt von hinten, sieht es aus, als wolle er eine Frau besteigen, als versuche er, sich in der Kaffeepause eine schnelle Nummer zu erschleichen. Bei diesem Anblick werde ich von innen seltsam warm.

»Ist es weit bis zum Fest?«, fragt Bruno, als er wieder bei mir ist und dem Rollstuhl einen Stoß versetzt, ohne viel mehr zu erreichen, als dass die kleinen Vorderräder sich in den Schnee graben.

»Nur ein paar Minuten«, sage ich, aber dann sehe ich, dass auf dem Storvei kein Schnee geräumt worden ist. Man kann den Rollstuhl nicht bis zu Arne schieben. Ich fühle mich ein wenig wie damals, als ich mich auf dem Rücken neben dem Zebrastreifen wiederfand, das Auto stand halbwegs über mir, und ich wusste nicht sofort, ob ich froh sein sollte, weil ich noch lebte, oder enttäuscht, weil ich nicht tot war.

Im Moment ist es fast noch schlimmer, denn ich bin so weit gegangen und habe so wenig erreicht. Ich denke an alles, was ich mir gewünscht habe, ohne es wirklich zu brauchen. Alles, wofür ich jetzt bete, ist ein Abend, an dem Bruno und ich in Frieden gelassen werden und uns ein letztes Mal mit dem Gefühl füllen können, gemeinsam auf See zu sein. Ich schaue mich über meine Schulter nach dem Altersheim um. Mein Herz krampft sich zusammen, als ich glaube, dass Astrid Svanhaug über den Platz gelaufen kommt, aber es sind nur die Zweige des Weihnachtsbaums, die sich im Wind bewegen.

»Vergiss es, Bruno«, sage ich. »Wir können nicht mit dem Rollstuhl zu Arne fahren. Du musst mich ins Altersheim zurückbringen. Und ich lasse Astrid Svanhaug erst heraus, wenn du wieder in deinem Zimmer bist.«

»Aber ich kann jetzt nicht zurück«, sagt er.

»Uns bleibt nicht anderes übrig«, sage ich.

»Schlitten«, sagt er.

Zuerst verstehe ich nicht, was er meint, doch dann jagt er in langen Sprüngen über den Hof, reißt eine Garagentür auf und holt einen Tretschlitten heraus. Ich habe keine Ahnung, wem der gehört, warum er dort steht oder woher Bruno von seiner Existenz weiß. Er kommt zu mir zurück, hebt mich auf den Schlitten und wickelt mir die Wolldecke um die Beine. Den Rollstuhl wirft er wie eine leere Pappschachtel beiseite, und dann stößt er sich ab und fährt mit dem Schlitten los. Ich weiß nicht mehr, wann ich zuletzt gehört habe, wie der Schnee auf diese Weise unter mir knirscht, und dieses Geräusch reißt mich für immer von der Wärme des Hauses und von verschließbaren Türen fort. Solche Dinge können als Glück durchgehen.

Zwischen dem Altersheim und Arnes kleinem Hof liegen keine anderen Häuser, und als die Straße zum Baklengselv hinunter abbiegt und die Lichter hinter uns verschwinden, komme ich mir vor wie mitten im Wald. Nach Renis Tod haben Bruno und ich den Silvesterabend allein am Svartbergtjern verbracht. Ein großes Feuer war das ganze Feuerwerk, das wir brauchten. Ich habe nie so gut geschlafen wie in jener Nacht, als wir in unsere Schlafsäcke krochen.

Plötzlich heult gleich neben uns ein Wolf, und noch bevor ich Bruno fragen kann, ob er das auch gehört hat, springt er nach links, und die Welt kippt mit mir zur Seite. Wir sind zu weit über den Straßenrand hinausgeraten und auf den Baklengselv zugerollt. Ich klammere mich noch immer an den Schlitten und merke, dass Bruno unter mir gelandet ist. Er schiebt den Schlitten wieder auf die Kufen, einen Augenblick lang glaube ich, in den Fluss zu rutschen, aber dann stoße ich gegen einen Stein. Bruno bleibt wie ein Bündel auf dem Boden liegen, und ich taste gerade meine Jacke nach der Taschenlampe ab, als ich wieder den Wolf höre, und diesmal bin ich sicher, dass es keine Einbildung ist. Er ist gleich neben uns. Dann spüre ich ein seltsames Vibrieren in der Brust. Aber als ich mir ans Herz fasse, merke ich, dass das Vibrieren aus meiner Jackentasche kommt, in die ich Astrid Svanhaugs Telefon gesteckt habe. Ich kann es hervorziehen, und das Wolfsheulen wird noch lauter. Auf dem kleinen Display leuchtet ein Bild von der auf, die immer im Auto wartet, und dort steht, dass Kathrine anruft. Kathrine ist aus der Entfernung wohl hübscher, aber selbst auf diesem Bild ist sie viel mehr, als Astrid Svanhaug verdient. Dann hört der Wolf mit Heulen auf, das Telefon aber leuchtet noch immer, und ich suche damit die Taschenlampe, die unter mich gerutscht ist. Der Lichtstrahl findet Bruno, und sein eines Bein ist seltsam verkrümmt.

»Tut es weh?«, frage ich.

Er schüttelt den Kopf. Ich packe einige Zweige des Strauches neben mir, versuche den Schlitten heranzuziehen, aber die Kufen versinken im Schnee, und ich komme nicht von der Stelle. Ich falte die Hände um die Taschenlampe, will mich an ein Gebet erinnern, aber mir fällt nichts ein. Der Wind ändert seine Richtung vom Balkengselv her und treibt mir Tränen in die Augen. Bruno sieht aus, als ob er sich hier schlafen gelegt hätte. Seine sehnigen Arme sind über der Brust verschränkt, er hat die perfekte Ruhestellung gefunden. Die Mütze ist über sein eines Ohr gerutscht, und hier im kalkfarbenen Licht der Taschenlampe könnte sein Gesicht einem kleinen Jungen gehören.

Mein Herz donnert wie ein Zugrad über einen Schienenstrang, und ich öffne den Mund zu dem Versuch, etwas von diesem Lärm herauszulassen.

»Tut mir leid, Bruno«, sage ich. »Ich hätte dich niemals hier mit reinziehen dürfen.«

Er gibt keine Antwort, scheint aber zu lächeln. Ich glaube ein Auto zu hören, konzentriere mich mit aller Kraft, versuche wirklich, mir ein Auto herbeizuwünschen, aber nichts passiert. Kein Motor bremst vor der Kurve ab, kein Licht findet die Baumwipfel in meiner Nähe. Und dann fängt der Wolf wieder an zu heulen.

»Lass nicht zu, dass er mich holt«, sagt Bruno, und durch das Rauschen des Flusses kann ich kaum seine Stimme hören. Ich drücke wahllos auf irgendwelche Knöpfe, und das Geräusch verschwindet. Ich könnte Arne anrufen und sagen, dass wir einen Unfall hatten. Ich könnte den Notruf verständigen. Ich könnte versuchen, Brunos Sohn zu erreichen, oder warten, bis Astrid Svanhaugs Lebensgefährtin noch einmal anruft. Ich atme tief durch. Stelle mir den Krankenwagen vor, der Bruno abholt. Seine Augen, die auf der Jagd nach etwas, das er erkennt, herumflackern. Und nach dem Krankenhaus, wenn sie sein Bein zusammengeflickt haben, was dann? Kann ich denn überhaupt wissen, ob ich ihn jemals wiedersehen werde? Ich werfe das Telefon in den Fluss. Ein kleiner Stern, der ins Wasser sinkt, dann ist er verschwunden. Ich werfe Bruno die Taschenlampe zu und lasse mich vom Schlitten sinken. Die Erde nimmt mich mit dem Geräusch entgegen, mit dem ein Kartoffelsack auf den Boden fällt. Ich fange an, mich zu Bruno hinüberzuziehen, Zentimeter um Zentimeter. Das CD-Gerät liegt noch immer in der Decke, die ich auf den Knien hatte, und ich kann das Bündel die letzten Meter mit mir schleifen. Bruno klappern die Zähne. Ich habe kein Gefühl mehr in den Beinen, als ich mich neben ihn lege, aber ich empfinde eine seltsame Freude, eine stille Ruhe, die ich seit vielen Jahren nicht mehr verspürt habe. Ich drücke auf *play*, und Gene Vincent fängt an zu singen.

»Well I've led an evil life, so they say.
But I'll outrun the devil on judgement day.«

»Fast wie Galveston, was?«, frage ich und versuche zu lächeln.

»Aber war es da so kalt?«, erwidert er, und ich kann kaum verstehen, was er sagt.

Ich ziehe die Decke über uns und drehe den Verschluss von der Flasche. Ich reiche sie ihm rüber, und Bruno trinkt, als wäre es Wasser. Ich lege den Arm um ihn und denke, dass es Gott doch gibt.

»Morgens konnte es in Galveston auch ganz schön kalt werden«, sage ich, und er nickt zustimmend. Die Taschenlampe ist fast ausgebrannt, und als das Licht über uns zusammensinkt, denke ich, dass die Zweige über Brunos Kopf auf dieselbe Weise nach oben zeigen wie damals die Uhrzeiger.

»Ich liebe dich, Bruno«, sage ich.

Maria Engel

Aus meiner Klasse wurden nur ein junges Mädchen, eine Heidin, und ich nicht konfirmiert. Das mit der Heidin ist eigentlich nicht richtig. Eine Heidin ist eine, die nie von Gott gehört hat. Thales Eltern waren Humanethiker und hatten sich bewusst gegen Gott entschieden. Für meinen Vater war das nicht von Bedeutung. Es kam auf dasselbe heraus, ob man Humanethiker oder Heide war, und nur eins war ebenso schlimm, und zwar die Jehuchteln. Aber in meiner Klasse gab es keine Zeugen Jehovas, und deshalb wurden Thale und ich als Einzige vom Konfirmandenunterricht ausgenommen. Das war eine schöne Zeit. Eine sehr schöne Zeit. Wir saßen immer am Fluss und rauchten heimlich rote Marlboros, von denen Thale die Filter abbrach, und sie zeigte mir mit der Zunge Dinge, die weit über Rauchringe hinausgingen. Dinge, die die Mädchen in unserer Pfingstler-Gemeinde mir absolut nicht beibringen konnten.

Ich weiß nicht so recht, ob Thale zur Jugendweihe gegangen ist, wir haben später nie darüber gesprochen, ich jedenfalls wurde im Gebetshaus befragt. Noch heute ist mir unklar, was der Unterschied ist zwischen den kirchlichen Ritualen und denen, die ich durchmachen musste, aber ich war doch sehr froh, dass wir uns am eigentlichen Tag nicht in den weiten, weißen Mehlsäcken blamieren mussten. Bei uns wurden Mehlsäcke bei der Taufe benutzt, und dann waren wir erwachsen oder jedenfalls viel älter als die Lutheraner, wenn sie in ihren flachen Taufbecken das Wasser berühren.

Ich höre die Stimme meines Vaters, wenn ich jetzt daran denke, denn so, wie er Humanethiker und Heiden in eine Schublade packte, so gibt es auch viele, die den Unterschied zwischen Lutheranern und Pfingstlern nicht kennen. Der Unterschied ist auch nicht so groß, aber obwohl wir an dasselbe glauben und dieselbe Treppe hochsteigen wollen, haben wir uns schon immer an unterschiedlichen Orten im Haus aufgehalten. Immer haben wir uns jeweils an unsere Wand gepresst, und manchmal bin ich noch nicht einmal sicher, ob wir am selben Tag zu Hause sind. Genau darum geht es mir ja auch. Als ich klein war, sind wir an Heiligabend nie zur Kirche gegangen, oder eigentlich sind wir gar nicht in die Kirche gegangen. Als ich dann aber geheiratet habe, wurde ich nicht nur zur anderen Wand hinübergezerrt, ich ließ mich holen, ohne mich umzusehen, und fühlte mich schließlich auch zu Hause. Bis jetzt. Was einmal war, wird langsam zu einer Entschuldigung für alles, was ich nicht mehr tun will.

Inzwischen sind fünfundzwanzig Jahre und einige zusätzliche Strafrunden vergangen, seit ich meine Frau kennengelernt habe. Ich war dreiundzwanzig, sie ein Jahr jünger. Veronika und Erik kamen nur einige Monate, nachdem ich Maria Engel vor dem Altar mein Ja-Wort gegeben hatte, auf die Welt. Ich habe diesen Kosenamen nun schon lange nicht mehr benutzt, aber wenn wir unterschiedlicher Ansicht sind, ertappe ich mich oft dabei, dass ich ihren ganzen Namen nenne. Und das sind wir jetzt. Unterschiedlicher Meinung. Maria Engelstad und ich. Wenn wir wenigstens in einem echten Streit aufeinander losgehen könnten, wie früher, als wir nur bis zur Schwelle des Schlafzimmers kamen, ehe es mit der Versöhnung auch schon losging. Aber jetzt wogen wir einfach nur hin und her, wie die Strömung uns eben führt. Nicht, dass sie mir nicht mehr wichtig wäre, aber seitdem die Zwillinge ausgezogen sind, kommt es mir vor, als seien wir zwei alte Gebrauchsmöbel geworden, noch immer praktisch und auch gar nicht unansehnlich, aber zugleich ein wenig durchgesessen und nicht gerade das Erste, was man seinen Gästen zeigen mag. Früher brauchte ich nur an Maria zu denken, und schon hielten alle meine Bewegungen inne. Der Gedanke an die Schultern, die ihre kastanienbraunen Haare auffingen, die Furche über der Nase, wenn sie lächelte, und die Biegung in ihrem Kreuz, die noch deutlicher wurde, wenn sie die Hosen durch ein Kleid ersetzte, ließen meine Hand oft, wenn ich mit dem Auto unterwegs war, zwischen dem zweiten und dem dritten Gang in die Irre gehen. Mehrere Male schaltete ich in der Kurve bei Sætermosvingen mitten in einer Phantasie über Maria, und während die Umdrehungszahlen stiegen, schien alle Kraft mich zu verlassen. Das Gebrüll des Motors wurde zu dem Blut, das mich durchschäumte, und dann kam das Gefühl, dass etwas brach. Etwas zerbrach in Scherben, und ich wollte es niemals reparieren.

Wenn wir jetzt einige Tage voneinander getrennt sind, muss ich mir bisweilen Bilder anschauen, um mich erinnern zu können, wie sie wirklich aussieht. Manchmal denke ich, dass Maria nicht mehr Maria für mich ist, dass sie, die einst meine Liebste war, jetzt nur noch die Mutter unserer Kinder ist. Auf eine gewisse Weise ist Maria auf einem Foto in unserem ersten Familienalbum geblieben, wo Veronika und Erik auf dem Schoß einer fünf Jahre älteren Cousine sitzen. Ich habe das Bild damals geschossen, auf dem Maria hinter der

Cousine steht und den Arm wie einen Sicherheitsgurt um die Zwillinge legt.

In diesem Jahr werden wir zum ersten Mal den Heiligen Abend ohne die Kinder feiern. Veronika hat Anfang Januar wichtige Prüfungen und ist lieber gleich in Deutschland geblieben, während Erik mit einigen Kumpels im Hochgebirge unterwegs ist. Deshalb habe ich Maria vorgeschlagen, etwas anderes zu unternehmen. Zum Beispiel im Ausland grüne Weihnachten zu feiern und einige Schritte in eine neue Richtung zu machen. Aber Maria nannte mich egoistisch und sagte, es sei wichtig für sie, die Traditionen beizubehalten. Ich dachte, dass Tradition ein Wort ohne Bedeutung wird, wenn wir es nur noch mit uns selbst füllen können. Das hätte ich auch sagen sollen, tat es aber nicht. Ich redete mir ein, dass das Gefühl, allein zu sein, das ich manchmal verspüre, wenn wir nebeneinander vor dem Fernseher sitzen, dem verlorenen Gefühl vorzuziehen ist, wenn ich irgendwo in Europa an einem Restauranttisch sitze und Maria anstarre, die offenbar lieber ganz woanders wäre. Ich dachte, deshalb hätte ich jetzt etwas bei ihr gut, und ich könnte mir die Kirche ersparen, weil wir zu Hause geblieben waren, so wie sie das wollte. Dass wir am Heiligen Abend viel Zeit in der Küche verbringen können, den Kümmelkohl selbst kochen, während das Knistern des Backofens, wann immer wir nach der Rippe sehen, sich ganz natürlich unter die Weihnachtslieder im Radio mischt. Dass wir an unseren großen Gläsern mit dem roten Inhalt nippen und den Tag langsam sinken lassen können, wie an unserem allerersten Heiligabend in der Hütte meines Onkels. Nachdem wir uns mit den Skiern hingemüht hatten, brauchten wir den Rest des Tages, um in dem alten Eisenofen genügend Wärme zu entfachen, damit wir das Essen auftauen konnten und nicht vollständig angezogen schlafen mussten. Gestern Abend habe ich deshalb erwähnt, dass wir die Kirche in diesem Jahr doch ausfallen lassen könnten, dass es gut sein würde, uns den Stress zu ersparen, die Rippe vor dem Gottesdienst zubereiten zu müssen und uns dann zu ärgern, weil die Schwarte beim Aufwärmen nicht mehr knusprig ist.

»Wann hast du eigentlich zuletzt gesagt, dass du mich liebhast?«, fragte Maria und kniff die Augen auf diese Weise zusammen, die mich anfangs immer unsicher gemacht hat.

»Hä?«, fragte ich zurück.

»Wann hast du zuletzt gesagt, dass du mich liebhast, ohne dass ich dich darum gebeten hatte?«

»Das habe ich schon verstanden, aber was hat das mit der Kirche zu tun?«, fragte ich zurück und musste mich arg zusammennehmen, damit meine Stimme nicht laut wurde.

»Wenn du nicht mehr sagen kannst, dass ich dir wichtig bin, kannst du es wenigstens zeigen, indem du mit in die Kirche gehst.«

»Da die Kinder nicht kommen, dachte ich, es wäre nicht so schlimm, in diesem Jahr mal nicht zu gehen. Wir könnten einen stillen, langsamen Heiligen Abend haben wie damals unseren ersten gemeinsamen.«

»Eben weil die Kinder nicht kommen können, ist es besonders wichtig für mich, in die Kirche zu gehen. Kannst du mir das nicht gönnen?« Ihre Stimme hatte dieses geduldige Lehrerinnenhafte, während ihr Gesicht einen Ausdruck annahm wie auf einem mit langer Blendezeit aufgenommenen Foto.

»Als Pfingstler bin ich nicht daran gewöhnt, Heiligabend in die Kirche zu gehen.«

»Jacob, du bist zu alt, um so zu kokettieren. Außerdem

hast du inzwischen mehr Heilige Abende mit mir in der Kirche erlebt als mit deinen Eltern in Eben Ezer.«

»Aber wir sind am Heiligen Abend nie in Eben Ezer gewesen. Darum geht es doch gerade. Wir waren zu Hause«, sagte ich und hätte fast hinzugefügt, dass ich mich auch nach all diesen Jahren in der Kirche noch nicht ganz zu Hause fühle. Es gibt so viele Requisiten um den Glauben, dass Religion mir noch immer steif und unnatürlich vorkommt.

»Ich wünschte, du könntest darauf verzichten, gerade heute deine Pfingstlerkarte auszuspielen, wirklich. Es ist doch Weihnachten«, sagte Maria und schüttelte den Kopf, ohne mir ins Gesicht zu sehen.

»Vergiss es, tut mir leid«, sage ich und versuchte, etwas Salziges hinunterzuschlucken, das ich lange nicht mehr wahrgenommen hatte, denn in diesem Moment, als sie zwischen Flur und Küche am Türrahmen lehnte, stand sie vor den Strichen, mit denen wir immer wieder die Kinder gemessen hatten. Beim Renovieren im vorigen Sommer wollte Maria die Bleistiftstriche übermalen, aber ich wollte das nicht. Ich sagte, dann könnten wir auch gleich die alten Bilder aus den Alben wegwerfen, weil wir so viele neue hätten. Ich hatte zum ersten Mal bemerkt, dass beide Kinder ihrer Mutter über den Kopf wuchsen, noch bevor sie sich nicht mehr messen lassen wollten. Die gezackten Striche über Marias Kopf wirkten jetzt wie die Umrisse der Kronen, die wir immer aufgesetzt hatten, wenn die Zwillinge früher Geburtstag feierten. Im selben Herzschlag fiel mir auf, dass Maria eine neue Brille hatte. Aber ich konnte mich nicht erinnern, ob sie die auch am Vortag schon getragen hatte oder ob sie an diesem Tag beim Optiker gewesen war. Die neue Brille stand ihr, der Rahmen ließ sie kleiner aussehen und nahm nicht so viel Aufmerksamkeit von ihren Augen und ihrem Gesicht weg. Aber ich sagte nichts. Ihr ein Kompliment zu machen, nachdem wir gerade erst über die Kirche diskutiert hatten, hätte falsch und schmeichlerisch gewirkt. Noch schlimmer wäre es gewesen, wenn sie die neue Brille schon seit einer Weile gehabt und ich sie erst jetzt bemerkt hätte. Wir beendeten den Abend damit, dass wir uns einige Flaschen Wein teilten, während wir uns von drei verschiedenen Fernsehköchen Tipps für das Weihnachtsessen geben ließen.

Als wir uns ins Auto setzen, um zur Kirche zu fahren, rieseln die ersten Schneeflocken herab, und die Wolken versperren den Blick auf das Funkeln der Sterne. Die Lichter an den Bäumen vor den Häusern an der Straße sind ein armseliger Ersatz, und ich frage mich, ob mit mir etwas nicht stimmt oder ob es eben so ist, älter zu werden? Dass die Weihnachtsstimmung nichts mehr ist, das von innen kommt, und dass sie durch das hohle Gefühl ersetzt wird, ein Schauspieler zu sein, der immer wieder und mit ständig abnehmendem Enthusiasmus dieselbe Rolle spielt.

»Glaubst du noch immer, wir hätten zu Hause bleiben sollen?«, fragt Maria, als wir den letzten Hang zur Kirche hochfahren.

Ich suche nach den richtigen Worten. Sie trägt einen roten Hut, der mich an die zwanziger Jahre erinnert, und so, wie sie ihn fast bis in die Augen gezogen hat, hat sie etwas Jungmädchenhaftes. Ich spiele mit dem Gedanken, auf dem Parkplatz ihren Arm zu nehmen, sie galant in die Kirche zu führen und zu sagen, sie habe sich gut gehalten. Vielleicht ist die Zeit mit uns als Paar ja gar nicht so arg umgesprungen?

»Vielen Dank«, sagt Maria atemlos, ehe ich antworten kann.

»Aber ich habe doch nichts gesagt«, wende ich ein.

»Gibt's sonst noch was Neues?«, fragt Maria und hat das Auto schon verlassen, noch ehe ich an der Handbremse ziehen kann.

Die Kirche ist fast voll, und wir müssen uns in die vorletzte Bank setzen. Mir ist das recht. Ich bin aus den ganzen Ritualen und dem Wechsel zwischen Sitzen und Stehen noch nie schlau geworden. Als Maria Patin beim ersten Kind ihrer Schwester war, saß ich während der eigentlichen Taufe ganz allein in der ersten Bank. Ohne es zu bemerken blieb ich die ganze Zeit sitzen, wenn die übrige Gemeinde aufstand. Maria hat diese Episode nie vergessen, und um sicher zu sein, dass ich mich nicht abermals blamieren werde, bittet sie mich noch einmal, mein Handy auszuschalten. Ich betone ein bisschen zu genervt, dass ich es schon bei ihrem ersten Hinweis ausgemacht habe, und lege dann mein Samsung lieber gleich in ihre Handtasche.

Der Weihnachtsbaum vor dem Altar ist der größte, den ich je in einem Haus gesehen habe, und ich muss einfach daran denken, dass es in Eben Ezer nie Weihnachtsschmuck gab. Ich frage mich, ob diese »Pfingstlerkarte«, wie Maria das genannt hat, wirklich eine Folge davon ist, dass ich älter geworden bin. Vielen Menschen ist es wichtig, an dem Ort zu sterben, an dem sie geboren worden sind. Vielleicht verhält es sich mit dem Glauben auch so, und während die Zeit vergeht, stellt sich eine Sehnsucht nach dem Ursprünglichen ein. Oder vielleicht ist es überhaupt nicht so. Welches Dach es über dem Gotteshaus gibt, in das ich gehe, war nie wichtig für mich. Wenn ich wirklich in mich hineinhorche, dann geht es vielleicht eher darum, dass ich nicht mehr so recht weiß, wie ich mit Maria zu zweit sein soll, und dann mache ich das, was die Männer in meiner Familie immer schon gemacht haben, wenn die Probleme zu groß wurden: Ich gehe einige große Schritte rückwärts. Anlauf nehmen, hat mein Vater das genannt.

Abgesehen von dem prächtig geschmückten Weihnachtsbaum unterscheidet sich diese Kirche noch durch etwas anderes von unserem Gebetshaus: Hier gibt es eine Pastorin. Doch das finde ich sogar besser, denn sie hat etwas in ihrer Stimme, in dem ich mich zu Hause fühlen kann. Sie nutzt ihre Stimme nicht, um die Worte einzuhämmern, sondern hat genug Vertrauen zur Botschaft, um sie für sich sprechen zu lassen. Eine nicht gerade ausgeprägte Eigenschaft bei den Verkündern meiner Kindheit.

Einige Kinder aus der Gemeinde sind vorgetreten, um das Weihnachtsevangelium vorzulesen, und nachdem wir zum Abschluss »Schön ist's auf Erden« gesungen haben, spüre ich etwas, das als beginnende Weihnachtsstimmung durchgehen kann. Das Gefühl von Verlorenheit, das dieser Tag mir bisher gebracht hat, lässt mich los, und mich erfüllt eine plötzliche Sehnsucht danach, mit Maria am Esszimmertisch zu sitzen und den Abend zur nächsten Nacht werden zu lassen. Vor den Fenstern fällt der Schnee jetzt dichter. Plötzlich kommt mir die Langsamkeit der Dinge, die wir schon so oft zusammen gemacht haben, wie genau das vor, was wir brauchen, und nicht wie eine Erkenntnis, dass wir ein wenig in den Rückstand geraten sind, was den Rest unseres Lebens angeht. Ich will nach Hause zur Schweinerippe, zu den Kerzen auf dem Tisch, zu der fröhlichen Stimmung dieser Dinge, aber obwohl ich plötzlich dieses dringliche Heimweh verspüre, nehmen wir uns die Zeit, Schlange zu stehen, um etwas Nettes über die Predigt der Pastorin zu sagen und fröhliche Weihnachten zu wünschen. Erst jetzt geht mir auf, dass ich sie nicht zum ersten Mal sehe. Sie ist im Sommer nach Skogli gezogen und bei jedem Wetter und zu jeder Tageszeit auf den Straßen hier unterwegs. Ich habe nur ihr Gesicht bisher nicht mit dem Namen der neuen Pastorin hier im Ort in Verbindung gebracht.

Draußen prickelt der Schnee in meinem Gesicht, und schon hat sich eine knöcheltiefe Decke über den Friedhof gebreitet. Die flackernden bleichen Lichter vor den Grabsteinen erinnern mich wie immer daran, wie gebrechlich es ist, das Seil, über das wir balancieren, und ich schiebe meinen Arm unter Marias.

»Ich muss zur Toilette«, sagt sie.

»Kannst du nicht durchhalten, bis wir zu Hause sind?«

»Ich hab in der Kirche so gefroren. Es fühlt sich an wie eine beginnende Blasenentzündung.«

»Dann geh schnell aufs Klo, ich warte hier«, sage ich und lasse ihren Arm los.

»Ich will hier nicht auf die Toilette gehen. Die stinkt immer so.«

»Aber was willst du dann machen? An einem der Häuser auf der anderen Straßenseite klopfen?«

Noch während ich es sage, merke ich, wie falsch es klingt, doch ich kann nicht mehr anhalten.

»Ich dachte, du würdest dir vielleicht die Mühe machen, mich zu einer Tankstelle zu fahren.«

»Die einzige, die jetzt geöffnet hat, liegt in der falschen Richtung.«

»Ja«, sagt Maria und schaut mir ins Gesicht, während überall auf dem Parkplatz Autos angelassen werden und die Deckenlampen in den Autos aufleuchten.

Wir fahren durch die stillen Straßen, und der Chevrolet ist kein Privatwagen mehr, sondern ein riesiger Bus. Ich komme mir vor, als säßen wir auf entgegengesetzten Seiten eines klaffenden Mittelganges. Als ich vor den Zapfsäulen halte, haben wir noch kein Wort gewechselt. Maria reißt ihre Tasche an sich und knallt mit der Tür. Ich schließe die Augen. Wir sind seit fast dreißig Jahren verheiratet, aber jetzt scheinen wir einander fremder zu sein denn je zuvor, vor allem in Situationen, wo sonst niemand dabei ist. Ich muss an eine Geschichte aus dem Zweiten Weltkrieg denken, über ein jüdisches Ehepaar, das acht Jahre voneinander getrennt war und einander aufs Neue kennenlernen musste. Manchmal kommt es mir auch so vor, obwohl Maria und ich seit unserer Hochzeit kaum länger als eine Woche voneinander getrennt waren. Die Autotür wird aufgerissen, und ich bin jetzt fertig mit Denken, fertig damit, die Wörter so lange abzuwägen, bis sie keine Bedeutung mehr haben.

»Maria, wir können nicht …«, beginne ich und öffne die Augen, als ein Weihnachtsmann sich über mich hermacht.

»He«, rufe ich und versuche, ihn mit den Händen abzuwehren. Ich spüre, dass etwas Kaltes und Metallisches an meinen Hals gepresst wird, und der durchdringende Geruch nach vergorenen Äpfeln füllt das Wageninnere.

»Fahr mich über die Grenze«, sagt eine Stimme, die betrunken oder ausländisch klingt, vielleicht beides. Ich versuche, den Kopf ein wenig zu drehen, aber der Weihnachtsmann presst das kalte Metall so hart gegen meinen Hals, dass der Schmerz meinen Kieferknochen entlangjagt.

»Tut mir leid, das geht nicht«, sage ich und kann die Augen so weit verdrehen, dass ich den Mann neben mir sehe, denn es muss ein Mann sein, er trägt eine Maske, die den ganzen Kopf bedeckt.

»Ich warte auf meine Frau«, sage ich, als er keine Antwort gibt. »Sie ist in der Tankstelle, auf dem Klo. Du musst ein Taxi nehmen.«

»Du hast zwei Möglichkeiten«, sagt die Stimme, und jetzt bin ich sicher, dass es ein Mann ist, und zwar ein betrunkener Mann. Ein Geräusch, wie wenn eine Feder gespannt wird, erklingt gleich an meinem Ohr, und ich kann nur noch nicken.

»Entweder fährst du mich jetzt nach Schweden oder du kannst Weihnachten mit einem riesigen Loch in der Birne feiern«, sagt der Weihnachtsmann, und jetzt weiß ich, dass ich mich aus dieser Lage nicht herausreden kann. Mit der linken Hand versuche ich, in dem Fach an der Tür einen Schraubenzieher zu finden, werfe aber nur eine CD auf den Boden, und der Weihnachtsmann presst sich so hart gegen mich, dass mein Kopf an das Seitenfenster knallt.

»Jetzt fahr endlich«, sagt er.

»Ich muss nur meiner Frau schnell eine Nachricht hinterlassen. Sie kommt doch ohne mich nicht zurück nach Skogli.«

»Ich schieße«, sagt der Weihnachtsmann, und ich hebe abwehrend die Hände, ehe ich den Rückwärtsgang einschalte und denke, dass ich den Tankwart aufmerksam machen kann, wenn ich zuerst zurücksetze. Oder vielleicht ist Maria schon fertig und sieht, dass neben mir jemand im Auto sitzt. Aber ehe ich die Kupplung loslassen kann, schaltet der Weihnachtsmann für mich und versetzt mir einen Stoß. Das Geräusch, mit dem mein Kopf die Fensterscheibe trifft, klingt wie berstendes Eis.

»Fahr«, sagt er noch einmal und hat dabei offenbar die Knöpfe des Radios gestreift. Ein altes Soulstück erklingt plötzlich im Auto.

»Do you love me? (I can really move)
Do you love me? (I'm in the groove)
Ah do you love? (Do you love me)
Now that I can dance.«

Ich werfe einen Blick in den Rückspiegel, als ich auf die Straße hinausfahre, aber niemand kommt aus der Tankstelle gerannt. Keine Stimme schrillt durch die Nacht. Kein Auto legt sich auf den Reifen schräg. Im Kreisverkehr bei der neuen Brücke kommt uns fegendes Blaulicht entgegen, und ich halte den Atem an, aber es ist nur ein Krankenwagen, der in die Gegenrichtung fährt.

Im Film ist es immer wichtig, mit Entführern zu kumpeln, sich mehr zum Menschen und weniger zum Opfer zu machen. Aber ich weiß nicht, was ich sagen soll. Mitten auf der Brücke wirbelt uns der Schnee entgegen, versperrt den Blick auf das andere Ufer, und einen schwerelosen Augenblick überwältigt mich das Gefühl, bereits tot zu sein und meinen Körper zu verlassen.

»Willst du Geld?«, frage ich.

»Fahr einfach.«

»Wohin in Schweden fahren wir?«

»Das weiß ich, wenn wir da ankommen.«

»Was ist passiert? Hat irgendwer dich rausgeworfen?«

Der Pistolenlauf trifft mich gleich über dem Ohr, ehe ich die Hand heben kann. Das Lenkrad wird bei dieser Bewegung mitgerissen, der Wagen schlingert nach links und schrammt an der Leitplanke entlang, ehe ich die Kontrolle zurückgewinne. Ein Wagen, der uns entgegenkommt, hupt und lässt die Scheinwerfer blinken, und so wie der Weihnachtsmann vollständig unbeweglich dasitzt, scheint der Tod auf eine Weise anwesend zu sein, die ich nie zuvor empfunden habe.

Ich schaffe es, meine linke Hand vom Handschuh zu befreien, beuge mich ein wenig zum Lenkrad vor und versuche, das Telefon in meiner Manteltasche zu finden. Maria ist nur einen Druck auf die Schnelltaste von mir entfernt. Dann fällt mir ein, dass mein Telefon noch in ihrer Handtasche liegt.

Die Stadt liegt hinter uns, der Abend legt sich wie eine Tunnelwand um den Mahlstrom aus Schnee, der vor den Vorderscheinwerfern aufgewirbelt wird. Irgendwo hinter uns, auf der anderen Seite der Dunkelheit, steht Maria und droht mit der Faust, weil ich nicht genug Geduld zum Warten hatte. Vielleicht habe ich es nicht besser verdient? Die anklagenden Zeigefinger der Prediger in Eben Ezer, die Worte, die ausgespuckt werden, so wie du andere behandelst, behandelst du auch den Herrn. Die vielen Male, wenn ich den Arm um Maria hätte legen und sagen können, dass sie mich noch immer auf eine Weise glücklich macht, wie das keinem anderen Menschen gelingt. Nicht weil ich musste, sondern weil ich gekonnt hätte. Einen Moment lang kann ich sehen, wie sie sich über meinen Sarg beugt, ihre Hand, die rasch etwas aus ihren Augen wischt, ohne dass ich sehen kann, ob es sich um Tränen handelt oder nur um Haare.

Neben mir atmet der Weihnachtsmann schwer, wie kurz vor dem Hyperventilieren, Kopf und Schulter sind zur Tür hinübergesunken, aber die Pistole zeigt noch immer auf meinen Hals. Bei Sætermokrysset fahre ich geradeaus, und ich weiß gar nicht, wie oft ich im vergangenen Jahr gewünscht habe, von Maria darum gebeten zu werden. Dass wir nicht in Richtung Skogli blinken sollten, sondern einfach weiter nach Europa fahren, wie damals, als wir nur zu zweit waren und die ganze Nacht lang unterwegs sein konnten, nur um zu sehen, wie weit wir kommen. Jetzt zeigt die Tachonadel den Weg durch den Heiligen Abend, und ich weiß nicht, ob ich

Maria jemals wiedersehen werde. Gleich hinter der Grenze ist eigentlich hinter keiner Grenze. Da gibt es nur eine Zollstation. Gleich hinter der Grenze muss nicht einmal Charlottenberg bedeuten. Du zwingst niemanden aus Kongsvinger, dich nach Charlottenberg zu bringen, und bildest dir ein, derjenige werde danach einfach nach Hause fahren, ohne bei der Polizei anzuhalten, falls du nicht vorhast, dafür zu sorgen, dass derjenige überhaupt nicht mehr nach Hause kommt. Vor einigen Jahren wurde ein Taxifahrer auf einem Rastplatz gleich vor der Grenze in seinem Wagen gefunden. Die Frau, die ihn fand, glaubte, er schlafe, aber seine Kehle war zu einem riesigen Lächeln aufgeschlitzt. Ich umklammere das Lenkrad mit beiden Händen, versuche, das Zittern aufzuhalten, das sich durch meinen Körper fortpflanzt. Das hier wird gut gehen. Es wird gut gehen. Es muss gut gehen. Ich habe das Gesicht des Weihnachtsmannes nicht gesehen, und wenn ich ihn in Charlottenberg absetze, was soll ich dann der Polizei sagen? Dass sie den Weihnachtsmann suchen müssen? Das werden sie sich sicher nicht zweimal sagen lassen.

Der Weihnachtsmann setzt sich auf und hebt die Pistole in Höhe meines Kopfes.

»Halt dahinten«, ruft er, und als ich zögere, bohrt er mir die Mündung in die Wange. Ich trete auf die Bremse. Fahre auf den Rastplatz, ohne das Blinklicht zu betätigen. Mein Herz schlingert. Rostiger Geschmack im Mund. Der Weihnachtsmann reißt sich die Maske ab. Es ist ein Typ im Alter der Zwillinge. Die Finger krümmen sich um den Abzug. Die linke Hand versucht in einer unbeholfenen Überkreuzbewegung den Türöffner zu finden. Ich werfe meinen Körper zur Seite. Treffe mit der Schulter die Pistole. Der Schuss füllt das Wageninnere. Der Weihnachtsmann fällt rückwärts aus dem Auto. Der Schuss hat meine Lunge getroffen. Ich kann nicht

468

mehr atmen. Dann merke ich, dass der Sicherheitsgurt mich am Atmen hindert. Ich reiße mich los. Neben dem Auto erbricht sich der Weihnachtsmann. Der Rückspiegel knickt ab, als ich sehen will, ob ich am Kopf getroffen worden bin. Nichts. Ich suche meinen Körper nach Blutflecken ab. Hole tief Luft, um festzustellen, ob ich im Bauch getroffen worden bin. Und dann begreife ich, warum es keine Mündungsflamme gegeben hat. Die Waffe, die noch immer neben mir auf dem Sitz liegt, ist ein Spielzeug. Eine raffinierte Nachahmung. Ich stoße die Tür auf. Renne auf die andere Seite. Trete den gekrümmten Mann in die Seite, aber das Nikolauskostüm fängt den Tritt auf. Ich hebe wieder den Fuß, bringe es aber nicht über mich, noch einmal zu treten. Die Nikolausmaske ist vollgekotzt, und der Geruch lässt mich einen Schritt zurückweichen.

»Du Arsch. Weißt du, was du getan hast? Meine Frau war in der Tankstelle. Wir wollten zum Essen nach Hause fahren. Seit fünfundzwanzig Jahren der erste Heiligabend ohne Kinder.«

Ich verstehe nicht, warum ich ihm das sage, und ich lasse die Spielzeugpistole auf die Nikolausmaske fallen. Setze mich ins Auto, drehe das Lenkrad in Richtung Kongsvinger und gebe Gas, als mir einfällt, dass ich ihm die Pistole nicht hätte zurückgeben dürfen. Aber was spielt das schon für eine Rolle? Was sagt es über mich als Mann, dass ich mich von einem betrunkenen Weihnachtsmann mit Spielzeugpistole bezwingen lasse? Das kann ich Maria nicht erzählen. Sie wird mir nie im Leben glauben. Ich weiß auch nicht, ob ich will, dass sie erfährt, wie leicht ich zu betrügen bin. Ich muss mir etwas anderen ausdenken. Etwas Besseres als die Wahrheit. Ich schaue auf die Uhr. Eine gute halbe Stunde ist vergangen, seit ich an der Tankstelle vorgefahren bin. Mit hundertdreißig auf dem Tacho jage ich vorbei an Overaas und Sætermokrysset. Ich bete das Gebet, das mein Vater mich gelehrt hat, als ich noch längst nicht richtig sprechen konnte, und schiebe zur Sicherheit für alle Lutheraner ein Vaterunser hinterher. Schnee und Wald flimmern vorbei. Vor mir wird das Geflimmer von Kongsvinger zu Straßen und Häusern, dann biege ich in den Tunnel ab, fahre am Fluss vorbei, über die Brücke und zur Tankstelle. Dort leuchtet das Schild mit der Aufschrift »geschlossen«. Ich stürze aus dem Auto. Klopfe an die Tür. Hoffe, dass drinnen noch jemand zum Abrechnen ist. Hoffe, dass Maria eine Nachricht hinterlassen hat. Hoffe, dass vielleicht doch jemand gesehen hat, was passiert ist. Es gibt keine Reaktion. Kein Licht wird angeschaltet. Keine Tür zu einem Hinterzimmer geöffnet.

Wenn ich mein Telefon hätte, könnte ich Maria anrufen. Ihr sagen, dass ich auf dem Heimweg bin, dass etwas passiert ist, dass ich alles erklären kann. Aber das ist nur etwas, das ich mir einrede. Denn egal wie ich versuche, es ihr zu erklären, alles würde sie darin bestätigen, dass sie mir nicht mehr wichtig ist? Plötzlich weiß ich nicht, wohin. Plötzlich habe ich keine Ahnung, ob sie überhaupt nach Hause gefahren ist. Ich komme an der Telefonzelle auf dem Rådhusplass vorbei. Überlege, dass ich von dort aus anrufen sollte, feststellen sollte, ob sie zu Hause ist, sie vorbereiten. Aber gerade jetzt kann ich mir nichts Traurigeres vorstellen als einen Mann, der im Schneegestöber am Heiligen Abend seine Frau aus einer Telefonzelle anruft.

Ich hoffe, diese zusätzlichen Minuten werden mir helfen, etwas zu finden, das ich sagen kann. Hoffe, dass die Vibrationen auf der Straße nach Skogli in mir alles wieder zurechtschütteln. Maria und ich im Doppelbett, das Gefühl, dass wir an entgegengesetzten Enden eines riesigen Raums liegen.

Aber was für ein Gefühl wäre es, ohne sie schlafen zu gehen? Wie wäre es, aufzuwachen und zu wissen, dass sie nie wieder dort sein wird? Die Art, wie sie sich reckt, um Kleider ganz oben aus dem Kleiderschrank zu holen, die konzentrierte Furche auf ihrer Stirn, wenn sie Sudoku macht oder mit angezogenen Beinen auf dem Sofa vor dem Fernseher sitzt. Und das sind nur die kleinen Dinge. Aber es sind unsere Dinge. Sie und ich.

Wieder fahre ich durch die Stadt. Der Schnee fällt jetzt nicht mehr so dicht, aber unten am Sætermobakken schlägt mehrmals etwas gegen den Wagenboden, und ich muss beide Hände auf dem Lenkrad liegen lassen. Beim Flyktningesee kommt mir das Räumfahrzeug entgegen, und fast wäre ich im Straßengraben gelandet. Als ich den letzten Hang vor Overgrenda erreiche, weiß ich noch immer nicht, was ich sagen soll. Ich weiß nicht, welche Art Ablass ich anbieten soll. Ob ich sagen soll, dass es mir leidtut, weil es schon so wurde, ehe wir in die Kirche gefahren sind, ob ich um Entschuldigung für alles bitten soll, was ich für so selbstverständlich halte, dass es nicht ausgesprochen werden muss. Ob ich versuchen soll zu erklären, dass langsam nicht dasselbe ist wie gleichgültig. Alles klingt gleichermaßen hohl.

Es geht leichter, den Hang hochzufahren, als ich erwartet hatte. Die Straße ist hier nicht geräumt, aber die unverkennbaren Spuren von Traktorketten haben den Schnee aufgepflügt. Oben am Hang hole ich einen Traktor ein. Eine Gestalt beugt sich über das Lenkrad, aber ich kann sie nicht erkennen.

Als ich um die letzte Kurve biege, ehe die Straße zu unserem Haus gerade wird, kann ich unter der Scheunenlampe den Wagen von Marias Schwester Rakel sehen. Ich fahre rückwärts hinter unseren alten Kartoffelkeller und würge den

Motor ab, während ich versuche, mich auf einen einzigen Gedanken zu konzentrieren. Aber es ist zu spät. Maria und ihre Schwester sitzen am Küchentisch und schütteln resigniert den Kopf darüber, was ihnen das Leben am Ende angeboten hat. Veronika oder Erik werden in einem Tonfall mit mir reden, als sei es plötzlich ihr Schicksal geworden, mich zu erziehen. Das Haus, das unsere Welt in der Welt war, ist jetzt nur eine Theaterkulisse. Wenn ich durch die Tür gehe, wird es auf der anderen Seite nur ein großes schwarzes Nichts geben. Ich will gerade den Schlüssel umdrehen – es hat doch keinen Sinn und durch Warten werden die Dinge auch nicht besser –, als ich Autoscheinwerfer sehe, die die andere Seite des Kartoffelkellers treffen. Ich halte den Atem an, und plötzlich weiß ich einfach, dass ich zwei Frauen im Auto sehen werde, wenn es vorüberfährt.

Aber an der Stelle, wo die Kurve in Richtung Stadt einsetzt, fährt Rakel langsamer und schaltet im Auto das Licht ein. Ich begreife nicht, was sie da macht, vielleicht wechselt sie die CD, aber ich kann ganz deutlich sehen, dass sie allein ist.

Ich wage nicht zu atmen, bis ihre Wagenlichter in der Dunkelheit verschwinden, dann fahre ich auf meinen eigenen Hofplatz und halte ein Stück unterhalb des Hauses. Ich weiß nicht so recht, warum, aber ich bilde mir ein, das zeigt, dass ich nichts zu verbergen habe. Aber ich kann nicht. Ich schaffe es nicht. Ich will nicht.

Doch ohne richtig darüber nachzudenken, ohne dass ich es eigentlich will, klopfe ich an die Tür und greife im selben Moment nach der Klinke. Die Tür wird aufgerissen, als habe Maria auf der anderen Seite bereitgestanden. Ihr Schal hängt lose um ihren Hals, sie hat den Mantel aufgeknöpft. Ich kann nicht erkennen, ob sie gerade gehen wollte oder ob sie es nur noch nicht geschafft hat, sich auszuziehen.

»Ich will nur …«, fange ich an, aber sie legt mir die Hand auf den Mund.

»Jacob, ich weiß, was du sagen willst, und du hast Recht«, sagt sie und streichelt mit der freien Hand meine Wange. »Ich werde nicht mehr klagen. Ich werde mir alle Mühe geben. Gib mich nicht auf. Nicht nach all den Jahren.«

Ich sage nichts. Lege die Arme um ihre Taille und stehe einfach da.

»Als ich aus der Tankstelle kam und du weg warst, hatte ich das Gefühl, in ein Grab zu starren«, sagt sie jetzt. »Bitte. Du darfst mich nie wieder verlassen.«

»Nein«, sage ich. »Ich wollte ja auch nirgendwohin.«

Menschen wie du und ich

Mama hat rote Rosen auf den Wangen. Mama hat sich gerade die Haare schneiden lassen, und im frischgesiebten Dezemberlicht wirkt sie fremd und anders. Wie ein Modell in einer Illustrierten. Wenn Mama sonst abends ihre Haare gelöst hat, fluteten sie wie eine Welle über ihre Schultern. Ich habe abends immer gern zugesehen, wie sie sich vor dem Spiegel im Schlafzimmer die Haare bürstete. Aber ich bin jetzt doch sehr stolz auf Mama. Stolzer als ich je auf einen Menschen, den ich kenne, gewesen bin. Bei der ersten Andacht, nachdem sie die Haare geschnitten hatte, drängten die anderen Frauen aus der Gemeinde sich um sie und fragten, ob sie vom Glauben abgefallen sei. Aber Mama wich nicht um einen Zollbreit zurück, und wie jetzt hatte sie rote Rosen auf den Wangen, hielt aber weiter meine Hand. »Ich glaube nicht, dass Gott Frisuren so wichtig nimmt wie ihr«, mehr sagte sie nicht, und ich musste einfach an Jeanne d'Arc denken, über die ich gerade ein Buch gelesen hatte. An diesem Abend wurde Mama zu Jeanne d'Arc, die stolz den Kopf hob, als die Fackel entzündet wurde, um sie wegen Hexerei zu verbrennen.

Jetzt ist der 23. Dezember, in einigen Tagen werden die halben siebziger Jahre hinter uns liegen, und Mama und ich ziehen einen riesigen Holzschlitten mit Truthähnen, die bei uns bestellt worden sind. An manchen Hängen um Skogli

474

setzen wir uns beide auf den Schlitten, und Mama steuert uns sicher nach unten. Es macht immer Spaß, mit Mama zusammen zu sein, aber es tut weh, auf den gefrorenen Truthähnen zu sitzen. Sie sind eckig und hart, und es ist eine seltsame Vorstellung, dass diese Vögel mich den ganzen Sommer gequält haben, wenn ich sie füttern musste. Zum Glück sind jetzt nur noch zwei übrig, und es ist viel Platz auf dem Schlitten. Ich bin jetzt ziemlich müde, und ich setze mich jetzt nicht nur auf den Schlitten, wenn es nach unten geht.

»Ist mein kleiner Levit schon müde«, sagt Mama und lächelt und muss noch zusätzliche Kräfte für den ersten kleinen Hang nach Overgrenda hoch aufwenden.

»Ich ruh mich nur kurz aus«, sage ich, und es passt mir nicht, Levit genannt zu werden, eigentlich passt es mir auch nicht, dass ich den Namen Levi bekommen habe, als ich gesegnet worden bin, aber im Moment kann ich daran nichts ändern.

Ich springe vom Schlitten, als wir bei der Witwe Johnsrud ankommen. Mama klopft an und hält den eingepackten Vogel vor sich, als sei sie der Weihnachtsmann, der bei einem braven Kind anklopft.

Frau Johnsrud öffnet die Tür einen vorsichtigen Spaltbreit, aber das Lächeln breitet sich über ihr ganzes Gesicht aus, als sie uns erkennt. Sie bezahlt Mama mit Münzen aus ihrem Portemonnaie, sie reden ein wenig über das Wetter und darüber, dass der letzte Truthahn für Frau Holt bestimmt ist. Frau Holt ist die reichste Frau im ganzen Dorf, und wenn ich mit zu ihr gehe, darf ich nur ein Plätzchen nehmen, obwohl immer die ganze Schüssel voll ist.

»Jetzt sind wir bald fertig«, sagt Mama, als Frau Johnsrud die Tür hinter sich geschlossen hat und wir den Schlitten weiter den Weg hochziehen.

Ich nicke nur und freue mich darauf, heißen Kakao zu bekommen. Jetzt geht es so steil aufwärts, dass ich nicht mehr auf dem Schlitten sitzen darf, sondern Mama schieben helfen muss. Oben in Overgrenda schneit es, und die Häuser hier sehen aus wie Schneelaternen.

In der letzten Korkenzieherkurve, ehe die Straße nach Overgrenda hin gerade wird, müssen Mama und ich an den Straßenrand ausweichen, um nicht überfahren zu werden. Ich erkenne Frau Holts grauen Volvo und glaube, dass sie uns mitnehmen wird, damit wir den Schlitten nicht nach ganz oben ziehen müssen, aber sie gibt einfach Gas. Erst nach der Kurve wird sie ein wenig langsamer und fährt vor der Hütte von Hudson-Arne zur Seite. Vielleicht hat sie sich die Sache ja anders überlegt, denke ich einen kurzen Moment, aber ehe wir ihr Auto erreicht haben, fährt sie wieder los. Beim süßlichen Auspuffgeruch wird mir ganz schlecht.

Mama stößt einen kleinen Schrei aus und lässt den Schlitten los. Der rutscht zwei Meter zurück, bevor ich mit den Füßen bremsen kann. Ich stelle ihn quer über den Weg, damit er nicht den ganzen Hang hinunterrutscht, und laufe zu Mama, die sich über etwas im Schnee beugt. Zuerst glaube ich, dass dort ein Reh liegt, aber als ich Mama erreicht habe, erkenne ich Hudson-Arne. Er liegt auf dem Rücken und trägt eine riesige Windjacke, die aussieht wie ein zerfetzter Kittel. Er hat weder Mütze noch Schal, und seine Hände haben fast dieselbe Farbe wie der Schnee.

»Ist er tot?«, frage ich.

»Nein«, sagt Mama.

»Ist er wieder betrunken?«, frage ich jetzt.

Mama nickt und versucht, ihn zum Sitzen zu bringen, aber Hudson-Arne kippt einfach um, wie ein Baum, der in der Mitte durchbricht.

»Ich hole Frau Holt, dann kann sie mit dem Auto kommen«, sage ich.

»Nein, Levi, wir dürfen ihn nicht länger im Schnee liegen lassen. Hol den Schlitten.«

Ich gehorche und versuche, seine Füße zu halten, als Mama ihn auf den Schlitten zieht. Seine Kleider riechen nach Essig, und er hat sich die Jacke vollgekotzt, aber für Mama scheint das keine Rolle zu spielen. Als sie ihn auf den Schlitten bugsiert hat, ruht sein Gesicht an ihrem, als ob er sie umarmen wollte.

»Schieb jetzt, damit wir ihn nach Hause bringen können«, sagt Mama, und ich muss im lockeren Schnee vor der Hütte alle Kräfte aufbringen, die ich überhaupt habe. Der Truthahn liegt neben Hudson-Arne, der plötzlich aussieht wie ein Mann mit zwei Köpfen.

In der Hütte riecht es genauso wie bei den Männern, die nur manchmal zu den Treffen kommen und sich immer ganz hinten hinsetzen. Ich weiß auch noch, dass mein Vater so gerochen hat, ehe er uns verlassen hat. Ich habe diesen Geruch noch nie leiden können.

»Mama, können wir nicht gehen?«, sage ich, als wir ihn ins Bett und unter die Decke geschafft haben.

»Ich muss hier erst ein wenig Ordnung schaffen«, sagt sie.

»Frau Holt wird sich aber ärgern, weil wir nicht kommen«, sage ich.

»Frau Holt soll sich ärgern, so viel sie will«, sagt Mama, und jetzt sind die Rosen auf ihren Wangen so rot, als ob sie Schminke benutzt hätte.

»Ich kann Betrunkene nicht leiden, die stinken und reden komisch«, sage ich.

»Vergiss nicht, Levi«, erwidert sie. »Betrunkene sind Menschen wie du und ich, nur sind sie an einem schlechten Tag aufgestanden.«

Dann sagt sie nichts mehr, sondern macht sich an die Arbeit. Lässt im Ofen ein Feuer knistern, gibt Wasser in zwei Töpfe und kocht in dem einen Suppe. Danach gießt sie das Wasser aus dem großen Topf in einen Zinkeimer und fängt an, den Boden zu putzen – sie findet keine grüne Seife, sondern schneidet einige Späne von Hudson-Arnes Rasierseife in das Wasser. Bald ist der muffige Geruch nach Kartoffelkeller vertrieben von Seife und in Bouillon gekochtem Gemüse. Mama hängt die Kleider, die auf dem Boden liegen, an die Nägel in der Wand und sortiert Bücher und Zeitschriften auf Stapel. Die leeren Konservenbüchsen und Flaschen packt sie in Kartons und stellt die auf die Treppe draußen.

Als sie wieder hereinkommt, fängt Hudson-Arne an, sich im Bett zu bewegen, und als er sich aufsetzt, staunt er offenbar gar nicht darüber, dass er Gesellschaft hat, sondern nennt Mama Ruth und Esther, ehe er den richtigen Namen findet. Mama gibt ihm ein wenig Suppe und spricht das Tischgebet, bevor er zu essen anfängt. Mama fragt, ob ich auch Hunger habe, aber ich schüttele den Kopf und sage, dass ich draußen warten werde. In der Hütte breitet sich jetzt Wärme aus, und ich habe keine Lust, im Haus eines Betrunkenen Handschuhe und Mütze auszuziehen. Ich habe Angst, mich mit irgendetwas anzustecken.

Durch das Fenster kann ich sehen, dass Mama die Petroleumlampe anzündet und Hudson-Arne kurz umarmt, ehe sie den Mantel anzieht und die Tür öffnet. Draußen dämmert es, und ich bin enttäuscht, weil Mama versprochen hat, dass wir den Weihnachtsbaum fällen, wenn wir die Truthähne abgeliefert haben, und wir waren doch noch nicht oben bei Frau Holt.

Mama lächelt, als sie die Tür hinter sich schließt.

»Jetzt warst du wirklich brav«, sagt sie und umarmt mich, und ich kann mir den Gedanken nicht verkneifen, dass es hoffentlich nicht dieselbe Wange ist, mit der sie eben Hudson-Arne berührt hat.

»Du hast den Truthahn vergessen«, sage ich und reiße mich los.

»Nein«, sagt sie. »Den hab ich Arne geschenkt.«

»Da wird Frau Holt aber wütend sein.«

»Frau Holt kann sich im Laden einen neuen Truthahn kaufen. Und wir fahren jetzt nach unten und suchen uns einen Weihnachtsbaum«, sagt Mama, und als sie sich hinter mich auf den Schlitten setzt, habe ich das Gefühl, dass der Heilige Abend schon angefangen hat.

Ich danke Ole Jacob Hoel, George Jones, Lars Mytting, Elisabeth K. Johansen, Christer Mjåset, Kjetil Furuberg, Leif Østli, Åge Aleksandersen, Håkon Terje Ohlgren, Jo Ann Benell, Eivind Skjervum, Uno Ellingsen, Gene Vincent, Adriana Sand und Carl Barks.